Volker Ebersbach
Der Schatten eines Satyrs

Volker Ebersbach

Der Schatten eines Satyrs

Historischer Roman

Buchverlag Der Morgen

ISBN 3-371-00128-8

I. BUCH:
VOR DEN SCHÄCHTEN DES ORKUS

Igneus est ollis vigor et caelestis origo
seminibus, quantum non noxia corpora tardant …

Urhauch des Feuers und himmlische Herkunft wohnt jenen Keimen
inne, soweit nicht die Schwere der Körper sie hindert im Wandel …

Vergil, Aeneis, VI., 730 f.

Der Satyr erwacht

»Woher komme ich?« fragte das Kind.

Es war allein in seiner engen, dämmrigen Schlafkammer und erinnerte sich keines Traumes. Blinzelnd rieb es sich die Augen und erkannte die ockergelbe, rostrote und lorbeergrüne Bemalung der Wände. Der Lichtschein des schmiedeeisernen Kandelabers taumelte darüber. Es roch nach frisch aufgegossenem Lampenöl, der Vorhang bewegte sich. Jemand mußte dagewesen sein. Ein Luftzug strich vom Innenhof herein.

Das Kind erwartete keine Antwort. Wie immer war es sehr zeitig erwacht. Nach dem traumlosen Schlaf ängstigten Titus die Lorbeergirlanden in ihrer gemalten Starre und die dicklichen, geflügelten Amoretten, die auf schwarzem, Wand für Wand zwischen rostfarbenen Feldern fortlaufendem Fries kindlichen Beschäftigungen nachgingen. Auf dem großen Wandbild über dem Bett wurde Achilles von dem Zentauren Chiron unterrichtet. Der junge, muskulöse, sonnengebräunte Held und sein Lehrer, halb Greis, halb Pferd, schienen in gelblichem Nebel zu schweben. Die Ohren des weisen Halbmenschen liefen tierhaft spitz aus, um sein zottiges Haar rankte sich Lorbeer, eine Hand faßte Achilles bei der Schulter, die andere wies auf eine Saite der Lyra, die der Schüler zwischen Hüfte und Armbeuge hielt. Bei der schwachen Beleuchtung war nicht zu erkennen, wohin in den halbgeschlossenen Augen des Zentauren die Augäpfel blickten. Titus fühlte sich scheel angestarrt und erschrak.

Der Vorhang bewegte sich stärker. Ein kurzgeschorener Kopf mit freundlichem Gesicht lugte herein.

»Harpocrates, woher komme ich?« rief das Kind.

Der Leibsklave verdrehte fragend den Kopf, trat einen Schritt näher und öffnete den Vorhang hinter sich ganz. Das Morgenlicht überstrahlte die Kandelaberflamme. Seine Farbe verriet, daß die Sonne aufgegangen war.

»Harpocrates«, wiederholte Titus, »du Verschwiegenster unter den Schweigern, sag, woher komme ich?«

»Aus dem Schlaf«, antwortete der Sklave.

»Nicht aus dem Orkus?«

»O nein! Siebenmal habe ich während der Nacht zu dir hereingeschaut, wie du es wünschtest. Immer lagst du in deinem Bett, und nur zweimal hast du die Seite gewechselt. Wer in der Unterwelt weilt, bleibt lange fort.«

»Bist du sicher?« beharrte das Kind. »Lügst du auch nicht?«

»Ich bin sicher«, antwortete Harpocrates. »Denn aus dem Orkus kommt man in menschlicher Zeitspanne nur einmal, und nur einmal steigt man wieder hinab.« Er goß Wasser aus einem Zuber in die silberne Waschschüssel und brachte Tücher.

»Nein, laß das!« rief Titus und sprang aus dem Bett. »Ich laufe hinunter ans Meer und bade.«

Mit ausgebreiteten Armen pflanzte sich Harpocrates in die Tür.

»Deine Mutter verbietet es!«

»Weshalb?«

»Du vergißt das Wiederkommen und läßt den Lehrer warten.«

»Es ist noch so viel Zeit!« seufzte Titus und tat, als wollte er sich waschen.

Harpocrates sagte, er werde die Grütze ins Eßzimmer bringen. »Nein!« widersprach Titus. »Ich will sie in der Küche mit dir essen, solange meine Mutter noch schläft.«

Kaum war der Sklave fort, streifte sich Titus die Tunika über, lauerte am Vorhang, bis Harpocrates in der Küche verschwand, lief barfuß in entgegengesetzter Richtung durch den Säulengang, durchquerte den Vorraum des Kellers und gewann den Hinterausgang, der in die umfriedeten Gärten des Landhauses führte. Hecken trennten das Blumengärtchen der Mutter vom Kräutergarten des Kochs und dem Wurzelgarten des Arztes. Ein Laubengang führte hinaus in den Park. Im Weinlaub hingen schwere Trauben mit gelbgrünen Beeren, groß wie Pflaumen.

Das Gelände stieg sanft an. Morgensonne schien durch die fleischigen, geschlitzten Blattwedel der Feigenbäume, zwischen denen zwiebelförmige Früchte der Reife entgegenschwollen. Sie verfing sich in gelbblühenden Hibiskusbüschen und in rotblühenden, lanzenblättrigen Oleanderbäumchen. Der Hang wurde steiler. Weit ausladende Platanen beschatteten ihn, überragt von den dichten Schöpfen eines Pinienwäldchens. Zwischen den Stämmen schimmerte weiß der Himmel. Wo das Gras unter dem Nadelteppich hervorquoll, brach der Boden jäh ab, stürzte der graugelbe Felshang in eine schwindelnde Tiefe. Auf Vorsprüngen, in den Fugen halb abgespaltener Gesteinsplatten und am Rand eines Saumpfades, der sich hinabschlängelte, trieb der Feigenkaktus seine blutroten Früchte. Unten spielte zwischen Riffen der Golf.

Titus warf sich auf den Rasen. Grell stieg die Sonne über den langgestreckten Rücken des Vorgebirges Pausilypon. Im Dunst verschwamm der schmauchende Kegel des Vesuv, der sich fern über Neapel erhob. Zur Mitte des Golfes hin klarte die Luft auf. Vor der Stirn des Pausilypon, die sich wölbte wie die eines Delphins, wuchs felsig, von einem kleinen Tempel gekrönt, die Insel Nesis aus der Flut, die sich in immer zarteren Farben dem offenen Meer zu weitete. Das Meer kräuselte sich schwach. Geglättet wie Straßen durchzogen es die Spuren heimkehrender Fischerboote. Im Westen ragte ein Kegelstumpf auf Kap Misenum herein. Dahinter staffelten sich die Gebirge der Inseln Prochyta und Aenaria, die ferneren höher, aber flauer. Weiß schimmerten die Villen von Bajae. Hoch über den Kolonnaden der Badestrände thronte der kaiserliche Palast, die Villa Caesaris. Vorn aber, wo die Felsenküste im Bogen abflachte, lehnte die Stadt Puteoli an vielfach gefalteten Hängen. Bis hinüber nach Bajae zogen sich die Landhäuser in ihren Gärten, Weinbergen, Zypressenhainen und Olivenpflanzungen. Weit liefen die Hafenmolen, bestückt mit ruhenden Schiffen, hinaus in den Golf. Gestern war die ägyptische Kornflotte aus Alexandria eingelaufen. Ihre plumpen Frachter glichen eher Häusern als Schiffen. In der Nähe des Hafens rauchten die Eisenwerkstätten aus rußigen Pyramidenstümpfen. Um eine weit über den Hafen vorspringende Felsnase mit Festungsmauern und Tempeldächern drängte sich, ein bunter Haufen von Häuserwürfeln, die griechische Altstadt. Draußen, unter dem Mittagsstand der Sonne, ragte über den Horizont, eine Woge, die zur Wolke wurde, aber mehr noch wie die Silhouette eines gigantischen verwitterten Schiffes, die Insel Capreae.

Titus sog die heraufwehende Salzluft ein. Es verlangte ihn, nicht nur mit Blicken, sondern leibhaftig zwischen dunklem Wasser und lichtem Äther zu schweben. Löste er sich von diesem Felsrand – ob er wirklich fiele? Finge ihn nicht ein Windhauch auf wie den Vogel dort, der sich, einem Stein ähnlich, aus überhängendem Gebüsch hatte fallen lassen, doch dann, weit unten schon, mit ausgebreiteten Schwingen dahinflog und reglos an Höhe gewann? Da war ihm, als würde er von innen zu Stein. Unter seinen Hüften senkte sich der Boden. Steine polterten voraus. Das Rasenstück, auf dem er gelegen hatte, sauste mit einer Staubfahne in die Tiefe. In seinem Hals würgte es. An den Fersen aber spürte er den Griff großer kräftiger Hände, die ihn zurückrissen. In panischer Angst warf er sich herum. Harpocrates sah ihn an.

»Nur einen Atemzug hattest du noch bis zum Orkus«, sagte der Sklave.

»Welche Göttin hat dich mir nachgeschickt?«

»Ich war dir von Anfang an auf den Fersen.«

»Nicht umsonst, Harpocrates, lieh dir der Gott des Schweigens seinen Namen.«

Schwindel verspürte der Junge erst auf dem Rückweg im Park. Er wankte und brach in Tränen aus. Die Knie knickten ein, seine Schultern wurden von innen geschüttelt. Harpocrates mußte ihn führen. Vor dem Laubengang trat ihnen mit grazil erhobenen Armen, verzückt zurückgeworfenem Kopf und tänzelndem Schritt ein bronzener Satyr entgegen, ein vollkommener, fast göttlich schöner Männerleib, dessen Muskelwölbungen in der Sonne glänzten. Nur das dünne Gehörn, das aus seinen Locken ragte, die tierhaft spitzen Ohren, wie sie auch der lehrende Zentaur hatte, und am Steiß ein kleines buschiges Schwänzchen verrieten die Mischnatur dieses Wesens.

»Schau ihn an, Titus!« sagte Harpocrates. »Tanze wie er!«

Der Junge mit den großen, dunkelblauen Augen schwieg.

»Das tut deinem Eigensinn gut!« sagte der Sklave.

Titus schüttelte den Kopf.

»Sieh! Dein Schatten!« rief Harpocrates und hielt ihm zwei gespreizte Finger über den schwarzen Scheitel, so daß dem Schatten des Kindes zwei dünne Hörner wuchsen.

Vergil mit Abschweifungen

Seine Grütze mußte er nun doch im Eßzimmer löffeln. Die Mutter saß ihm nachdenklich gegenüber. Sie aß morgens nichts. Titus las die gequollenen Rosinen aus dem schleimigen Schrot. Als die Mutter darauf bestand, daß er den ausgeplünderten Brei aufesse, verlangte er ein Näpfchen des zartbitteren sardischen Honigs, den ihm ein Gast geschenkt hatte. Harpocrates wartete die Zustimmung der Herrin nicht ab. Als er den Honig brachte, war sie schon durch einen Seufzer erleichtert. Sie duldete die Leckerei.

Das lange, schmale Gesicht der Mutter schien von Süße, Licht und Wohlklang nichts mehr wahrzunehmen. Zwei senkrechte Falten hatten sich über der Nasenwurzel in ihre Stirn gegraben, die sich, selbst wenn sie schlief, nicht mehr glätteten. Sie weinte selten. Und doch war der violette Keil zwischen Unterlid und Wange bei ihr ständig ein wenig geschwollen. In ihrem schwarzen, in der

Mitte gescheitelten Haar, das sie noch nicht hatte aufstecken lassen, leuchteten silbrige Streifen. Titus wollte sie um eine Belohnung für seinen Lebensretter bitten. Aber so wäre ihr sein Ungehorsam erst bekannt geworden. Lieber nahm er sich vor, diesen Morgen niemals zu vergessen und dem Leibsklaven seine Geistesgegenwart später einmal selbst gebührend zu vergelten. Sein Schreck war schon verflogen. Doch durch den leidenden Blick der Mutter fühlte er sich belagert. Er verdüsterte ihm die Welt. Hörte sie nicht das Flötenspiel des Mädchens in der Zimmerecke? Nun gefiel es ihm auch nicht mehr. Verstohlen fragte er sich, was ihm denn verlorengegangen wäre, hätte das Rasenstück ihn mit in die Tiefe gerissen.

Die Mutter rief das Mädchen und erhob sich. Ihr hochschwangerer Bauch trieb die Falten ihres weiten Kleides auseinander. Der Vater hatte aus Rom seinen Besuch ankündigen lassen.

»Dein Lehrer Acoetes erwartet dich«, mahnte die Mutter und stützte sich auf den Arm ihrer Zofe.

»Dürfen wir heute im Garten lernen?«

Die Mutter erlaubte es nicht. »Es wird heiß. Ihr hättet einen Vorwand, eher aufzuhören.«

Der alte Acoetes saß in der Bibliothek. Dem Regal, aus dem die hornigen, elfenbeinernen, vergoldeten oder mit Edelsteinen besetzten Knäufe der Schriftrollen ragten, hatte er schon die »Aeneis« des Vergil entnommen. Laut las er selbst den Abschnitt des heutigen Tages. Der Junge setzte sich an sein Pult, wo Wachstäfelchen und Griffel bereitlagen, und wartete, bis der Grieche sich unterbrach, seinen ergrauten Haarvorhang aus dem Gesicht strich, sich verneigte und seinen Gruß sagte.

»Nimm die Haare noch weiter zur Seite!« forderte Titus. »Laß mich deine Ohren sehen.«

Der greise Sklave gehorchte verwundert. Die Ohren des Lehrers liefen nicht so tierhaft spitz aus wie die des Zentauren. Sie waren rund, zart, feingegliedert, nicht anders als der Körper seines Schülers. Der Junge betrachtete seine sonnengebräunten, aber mageren Arme. Also, dachte er mit flüchtigem Verdruß, kann aus mir kein Achilles werden.

Der Schüler sprach einzelne Verse nach und ritzte sie in seine Tafel. Als ein hinreichend langer Text im Wachs stand, hatte er ihn zum Taktschlag des Lehrers in richtiger Betonung vorzutragen. Es war die Stelle im Ersten Buch, als Aeneas in einem Wald nahe Karthago erkannte, daß seine Mutter, die Göttin Venus, in Gestalt eines Mädchens mit Pfeilköcher und Bogen zu ihm gesprochen hatte.

»Wenn man eine Göttin zur Mutter hat«, fragte Titus, »die ewige Jugend genießt, ist man dann auch unsterblich?«

»Nein«, antwortete Acoetes, »der Vater müßte gleichfalls ein Gott sein. Des Aeneas Vater aber war Anchises, ein Sterblicher. Die Liebe, die Venus für ihn empfand, war eine Strafe Jupiters, eine Demütigung. So mußte auch der Held, den ihr Römer euern Ahnherrn nennt, am Ende hinab in den Orkus.«

»Ist es wahr, daß es von dort keine Wiederkehr gibt?«

»Im allgemeinen verhält es sich so. Doch war es einigen Helden, unter ihnen unserem Aeneas, vergönnt, bei den Schatten zu weilen und in die Lichtwelt zurückzukehren.«

Leise vertraute Titus dem Alten den Vorfall des Morgens an. »Wenn mich Harpocrates nicht gerettet hätte, wäre ich auf immer im Orkus geblieben?«

»Gewiß. Auf immer.«

»Und woher komme ich?« fragte das Kind.

»Du greifst Vergil und mir weit vor«, antwortete Acoetes. »Sieh, wir sind noch am Anfang der ersten Rolle. Was du erfahren willst, deutet der göttliche Vergil mit seiner Sehergabe erst gegen Ende der sechsten an. Zwei oder drei Jahre mußt du noch lesen.«

»Ich will es heute wissen!«

»Wenn wahr ist, was Vergil schaute, so befindet sich unsere Seele, die wir auch Lebenshauch nennen, lange bevor sie das allgewaltige Schicksal in die Verkörperung ruft, im elysischen Teil der Unterwelt, wo es ewig licht ist, heller als der klarste Teil der Oberwelt. Es ist dies auch der Ort, wohin die

Besten, Tüchtigsten und Verdienstvollsten nach ihrem Tod gelangen.«

In Eifer geraten, nahm Acoetes die sechste Rolle aus dem Regal, spannte sie ins Lesepult, suchte ein Weilchen, an den Knäufen drehend, und las die römische Heldenschau vor, die der selige Anchises seinem götterfürchtigen Sohn Aeneas wies.

Titus unterbrach ihn bald: »Hörte ich richtig, daß sich manche Schatten ein zweites Mal verkörpern können?«

»So ist es«, versicherte der Lehrer. »Doch keiner erinnert sich seiner früheren Verkörperung, weil er das Wasser des Lethestromes getrunken hat, das Vergessen bringt.«

»So wäre es möglich, daß ich ein Wiederverkörperter bin und schon tausend Jahre als Schatten im Orkus verbrachte?«

»Langsam Titus!« Acoetes rang die Hände. »Unsere Seele entstammt dem Feuer des Urhauchs, verbindet sich in der Oberwelt mit der Schwere irdischen Stoffes und läutert sich als Schatten auf langer Wanderung durch düstere, kalte, graue, feurige, lichte Zonen der Unterwelt ...«

»Und wir sind immer«, setzte Titus fort, »sehr kurze Zeit Fleisch und Blut? Dann aber für lange nur Schatten? So komme ich aus dem Orkus? Was ist überhaupt ein Schatten?«

»Die Art, in der wir nach unserem Tod und vor unserer Geburt vorhanden sind«, sagte der Grieche, »ist eher eine Erscheinung der Leere, ganz ungreifbar, ein Windhauch und den flüchtigen Träumen sehr ähnlich.« Er wandte sich wieder dem Text zu.

Doch Titus ließ ihn nicht weiterlesen. »Und gerade den Tüchtigsten winkt Wiederverkörperung?«

»Dieser Glaube ist verbreitet in den führenden Familien Roms, zu denen die deine gehört«, sagte der Lehrer. »Aber laß es mich kurz machen, mein Junge, die Sonne steht schon sehr hoch, und unser Text ist noch lang. In der Oberwelt können wir uns läutern, indem wir dem Willen der Götter gehorchen, ihnen Opfer bringen und das Gute tun. Von dem Bösen aber, das wir dennoch nicht unterlassen haben, läutert uns im Tartarus genau zugemessene Qual.«

»Und ist es wahr, was meine Amme sagte: Wir wohnen hier nahe den Schächten des Orkus? Auf seiner Schwelle?«

»Wie schwatzhaft sind doch die Weiber!« klagte Acoetes. »Aber deine Amme hat nicht unrecht. In dieser Gegend des glückseligen Kampanien reichen die Gewölbe der Unterwelt dichter als anderswo an die Oberwelt. Komm, wir wollen sie betrachten.«

Der Nordseite des Landhauses schloß sich ein Säulengang an, dessen Dach eine Terrasse bildete. Zwischen irdenen Gefäßen, in denen die Setzlinge ägyptischer Dattelpalmen gediehen, hatte der heiße Südsturm am Tag zuvor eine dünne Schicht afrikanischen Sandes hinterlassen.

»Sieh!« sagte Acoetes. »Das sind die Phlegräischen Felder und die Höhen des Gaurusgebirges. Was nimmst du wahr, wenn wir Nordwind haben?«

»Es riecht wie faule Eier. Die Stadt Puteoli, nach der wir unser Landgut Puteolanum nennen, heißt ja auch die ›Stänkerstadt‹!«

»Dieses stickige Gewölk«, erklärte Acoetes, »das aus den tausend Erdspalten der Phlegräischen Felder dringt, ist der Moderdunst des Orkus. Wer ihn unvermischt einatmet, wird wahnsinnig. Voreinst war er viel stärker, und es geschah, daß Vögel tot vom Himmel fielen. Sieht das Gebirge nicht aus wie ein gigantisches Stück versteinerten Schaumes, dessen Blasen im Augenblick des Platzens erstarrt sind? Alle diese Krater sind verschüttete Schächte des Orkus. Der Vesuv dort im Osten ist ein hochaufgetürmter Schlot für die unterirdischen Feuer. Die großen Krater jedoch, die du nach Westen hin siehst, der Schwefelkessel von Puteoli und der Averner See, gelten Vergil als Einstiege für die abgeschiedenen Seelen, und durch den letzteren gelangte Aeneas, noch lebend, hinab.«

»Laß uns ausfahren, Acoetes, ich will sie aus der Nähe sehen.«

Der Grieche wischte sich mit einer Gewandfalte Schweiß aus dem Gesicht. »Ich werde die Herrin fragen.«

Sie ruhte im Garten auf einem Liegepolster, von einem Sonnenschirm beschattet. Acoetes trat behutsam heran und sagte: »Domina, ich muß mich mit Titus wieder einmal in der öffentlichen Schule beim Grammatiker sehen lassen, wenigstens für eine Stunde, damit der Magistrat uns nicht patrizischer Überheblichkeit zeiht. Bitte befiehl uns ein Fuhrwerk nach Puteoli.«

Sie erhielten in den Stallungen zwei Pferde und im Wagenschuppen ein zweirädriges Gefährt. Ein Sklave lenkte das Gespann im Stehen durch die Zypressenallee, die zum Tor führte, und schwenkte in den Fahrweg zur Stadt ein. In rascher Fahrt ging es stetig bergab. Links säumten den Weg die Mauern der Villengrundstücke, überrankt von blühendem Gesträuch, Feigenblättern und Palmwedeln. Rechts fiel unter den silbriggrünen Wipfelbüschen der Olivenbäume die hellgraue, sorgsam gehackte Erde zu den hitzeflimmernden Phlegräischen Feldern hin ab. Warme Lichtfülle schlug Titus mit dem Fahrtwind entgegen. Hinter dem Wagen stieg eine Staubfahne in den wolkenlosen Himmel. An den Toren bellten Hunde. Mit Schwung und Geschick lenkte der Sklave das Gefährt über den zerklüfteten Weg. Jetzt erst löste sich ganz die Klammer des Schreckens von der Brust des Jungen.

Ein Stück abseits von den Marktbuden des Forums gebot Acoetes vor dem alten Mietshaus, in dessen Erdgeschoß die Schulräume lagen, Halt. Hinter grobleinenen Sonnensegeln tönte der Chor der Kinderstimmen. Die Stimme, die den Text vorsprach, unterbrach sich schimpfend. Es wurde atemlos still im Gewölbe. Man hörte einen Stock durch die Luft sausen und eine Knabenstimme aufheulen. Acoetes schlüpfte mit seinem Zögling hinter eins der Sonnensegel. Der Grammatiker ließ von dem Kind ab. Es war ein bleicher Glatzkopf mit einem Holzbein, ein entlassener Legionär. Er wandte sich um, verneigte sich tief vor Titus und grüßte den Griechen herablassend. Acoetes verneigte sich seinerseits tief vor dem freigeborenen Römer und berichtete von der fiebrigen Erkrankung, die den Sohn des Senators Petronius am Besuch der öffentlichen Grammatikstunden gehindert hatte. Er sei mit ihm das ganze Pensum durchgegangen und wolle sich erkundigen, wo sich die Schüler im Stoff befänden. Der Grammatiker gab mürrisch Auskunft. – »Das kann er schon«, sagte Acoetes, »denn er spricht, anders als diese Kinder, mit seinen Eltern Latein.«

»Griechlein!« warnte der Grammatiker. »Er war noch nie bei seinem Vater in Rom, und der kommt selten genug hierher. Bevor die Schule anfing, hat sich der Junge zuviel mit dem einheimischen Pack herumgetrieben, das zu Hause nicht aufhört, Griechisch zu plappern. Das freilich kann er sehr gut.«

»Die Domina«, sagte Acoetes, »kommt nächstens nieder. Das wird den Jungen verwirren. Schone ihn noch zehn Tage!«

Er werde warten, erwiderte der Grammatiker spitz. Der Magistrat würde den Sohn des Senators in der öffentlichen Schule allerdings nicht mehr vermissen, wenn ihn auch ein lateinischer Hauslehrer unterrichte. »Ein Petronius kann sich das wohl leisten, und ich, ein einfacher Veteran aus Pannonien, nehme nicht mehr Bezahlung als andere.«

Acoetes versicherte, er wolle mit dem Senator sprechen.

»Auch in Rom sähe man es gern!« ergänzte der Grammatiker.

Acoetes schob Titus, der befangen geschwiegen hatte, vor sich zum Ausgang, grüßte die Kinder, die ihm jubelnd mit dem griechischen »Chaire!« antworteten.

»Ich liebe dich sehr«, sagte Titus draußen auf dem Wagen und schmiegte die Wange an das Gewand des Alten. »Und ich hasse diesen stelzbeinigen Grammatiker. Ein Dummkopf, der gern Diktator wäre, nicht wahr? Wenn ich erwachsen bin, erbe ich dich. Dann lasse ich dich frei. Ich verspreche es dir!«

Der Sklave trieb die Pferde an, denn zur Stadt hinaus stieg die Straße auf eine Höhe.

»Das solltest du nicht tun«, erwiderte Acoetes. »Die Freiheit meiner hellenischen Vorväter kannst du mir ohnehin nicht wiedergeben. Mein Vater lehrte mich, ein Stück davon im Herzen zu bewahren, auch wenn das Leben nur aus Gehorsam besteht und man für Goldstücke von Haus zu Haus weitergegeben wird. Bei deinem Vater traf ich es gut. Wenn ich in eurer Bibliothek lese, bin ich zu Hause und fühle mich frei. Schick mich niemals fort, Titus!«

»Auch als Freigelassenen behalte ich dich im Haus.«

»Ich danke dir. Doch die Freiheit des Freigelassenen bedeutet mir nichts. Du wirst es später begreifen.«

Sie bogen in einen Weg ein, der schräg einen fast kahlen Hang hinablief und in kümmerlichem Gebüsch endete. Der Krater des Schwefelkessels von Puteoli tat sich auf. Titus drehte sich einmal um sich selber. Kahler Fels, Geröllhalden, Gestrüpp. Schmale graue Rauchwölkchen stiegen wie Fäden zum Himmel. Über den Löchern, zu denen sich einzelne Erdspalten vereinigten, bildeten sich fade und faulig riechende Schwaden, in die sich ein ätzender Brodem mischte. Die Hälfte des Pinienwaldes, der den Nordhang bedeckte, hatte rotbraune Wipfel, abgestorben, als wäre ein Gluthauch über sie hinweggestrichen. Acoetes sagte: »Zieh deine Sandale aus, aber tritt vorsichtig auf!« Der Boden, weißlich glatt wie eine erstarrte Schlammlache, war heiß. Im Weitergehen spürte Titus die Hitze noch durch die Sandalensohlen. In einem Loch brodelte aschfarbener Schlamm. An den Rändern leuchtete gelber Schwefelbelag. Titus hüstelte.

»Das ist der Dunst, durch den die Schatten der Abgestorbenen wandeln«, lachte Acoetes. »Sie ersticken nicht, denn die Manen haben keinen Atem mehr, und so riechen sie auch nichts. Sie haben mehr mit diesem beißenden Qualm gemein als mit unserem Fleisch und Blut. Wärest du wie unser Aeneas geschützt durch den Zauber der Sibylle Deiphobe, die vor Zeiten drüben in einer der Grotten von Cumae hauste, so könntest du dort in die Erdspalte hinabsteigen, die schon so breit ist wie eine Höhle, und die Modergefilde erreichen, wo die Bösen schmachten und in endloser Wiederholung ausgesuchte Strafen erleiden.«

»Was habe ich zu tun, damit sie mir erspart bleiben?«

»Für dich, einen Römer«, sagte der Grieche, »wird es nur eins geben: Rom zu dienen, wie es dein Vater tut.«

Der Junge wich vor dem Schwefelloch zurück; ihm

wurde übel. »Kehren wir um, Acoetes. Du sagtest, man wird wahnsinnig.«

»Kleine Mengen sind gesund«, entgegnete Acoetes. Er wies auf einen Steinwürfel, der mit einem kleinen Säulenportal am Rand des Kraters aus dem Fels sprang. »Die Kunst der Ärzte fand heraus, daß der Hauch des Todes in abgeschwächtem Maß dem Atem der Lebenden günstig ist.« Eine kleine Gesellschaft von Kurgästen trat soeben ins Freie. »In diesem Gelaß werden mit heißen Schwefeldampfbädern vielerlei innere und äußere Gebrechen geheilt. Möchtest du hineinschauen?«

Titus schüttelte den Kopf. »Unser Arzt schärfte mir ein, als er mich bei seinen Pulvern erwischte, Arznei sei dem Gesunden ein Gift.«

Acoetes führte ihn zurück zum Wagen.

»Nun will ich, daß wir zum Averner See fahren!« forderte Titus. »Zeig mir den Einstieg zum Orkus, den Aeneas benutzte!«

Abwehrend hob Acoetes Kopf und Hände. »Dieser Schacht ist fester verschlossen als der Schwefelkessel. Die Vögel, die ihn einst mieden, fliegen längst wieder darüber hinweg, und auf seinem Wasser liegen des Kaisers Kriegsschiffe vor Anker.«

»Die will ich auch sehen!«

Der Alte gehorchte.

Der nächstgelegene Teil des wassergefüllten Kraters, Gelände des Julischen Hafens und der kaiserlichen Thermalbäder, war abgesperrt. Die Straße schlug einen weiten Bogen. Die Sonne stand schon im Nachmittag, und Acoetes gab zu bedenken, dies sei die Stunde, in der sein Zögling ruhen müsse, als sie dem See nahe genug kamen, um das Ufer zu Fuß zu erreichen.

Das Wasser stand dunkel und reglos. Drüben beschien die Sonne Säulen und Kuppeln der Thermen, die Masten und die buntbemalten Heckseiten der Kriegsgaleeren. Eine Triere glitt unter rhythmischem Rudergeplätscher in den künstlichen Kanal, der in den Lucriner See und von dort in den Golf führte. Die hackenden Hammersignale der Rudermeister hallten an den Hängen wider, in deren Schatten Kastanienwälder lagen. Die Rufe der Schiffsleute fanden kein einfaches Echo. Sie zerschellten allmählich auf der glatten Wasserfläche. Desto unheimlicher kehrte die Stille wieder.

Acoetes legte sich ins Gras. Als Titus sich nach ihm umsah, waren die Augen des Alten geschlossen. Der Mund stand ein wenig offen. Er schlief.

Ein Pfad schlängelte sich im spärlichen Schilf das Ufer entlang. Libellen standen in der Luft; die Zikaden schrieen. Wo die Kastanien dicht ans Wasser traten, öffnete sich eine Falte des Hanges. Titus stieg hinauf in die feuchte Walddämmerung. Er gelangte vor eine Höhlung, die sich rasch verengte. Schwach wehte ihm die Mischung aus fadem und ätzendem Dunst entgegen. War dies der Einstieg, durch den Aeneas den Orkus betreten hatte? Froh, daß Acoetes nicht hinter ihm stand und unbefriedigend antwortete, verwandelte er die Vermutung fraglos zur Tatsache. Noch ehe die Finsternis ihn ängstigte, benahm ihm der unterweltliche Hauch den Atem. Beklommen kehrte er um.

Den Boden der Kastanienwälder bedeckten in Scharen die kreidigroten Blüten wilder Zyklamen. Er pflückte einen Strauß für die Mutter.

Tiberius Caesar

In der Nacht weckten ihn die Schreie der Mutter. Er verstand, daß es mit ihrem dicken Bauch zu tun hatte und mit dem Geschwisterchen, das er bekommen würde. Harpocrates fing ihn vor seiner Kammer ab und wies ihn wieder ins Bett. Stündlich werde der Vater erwartet. Die Ankunft des Vaters war Titus wichtiger als die des Kindes. In Rom besaßen die Petronier ein weitläufiges Stadthaus. Weshalb mußte er mit der Mutter ständig auf dem Puteolanum leben? Das Leben in Rom sei für sie alle zu teuer, hatte der Vater bei einem seiner seltenen Besuche geantwortet, ausweichend und unglaubwürdig. Die Mutter hatte er manchmal schon nach Rom holen lassen, zum Fest der Göttin Vesta, zu einer bedeutenden Theateraufführung, zum Geburtstag des Kaisers. Sooft er den Vater beim Abschied bat, auch ihn einmal mitzunehmen, entstand zwischen den Eltern betretenes Schweigen, als wäre es dort nicht geheuer.

In die Schreie der Mutter mischte sich ein tierhafter Unterton. Titus bangte, nun würden ihr spitze Ohren wachsen wie dem Zentauren auf dem Wandbild oder dem Satyr im Garten. Stille.

Der Schlaf mußte ihn wieder übermannt haben. Harpocrates trat ein, als der Spalt unter dem Vorhang schon heller war als der Kandelaber. Die Amme führte ihn ins Gemach der Mutter. An dem runden Marmortisch, dessen geschwungene Beine unter der Platte in Löwenköpfe ausliefen, beriet sich der Hausarzt mit einem Salbenmacher aus Puteoli. Fläschchen und Büchsen standen vor ihnen. Titus wußte, daß Säuglinge schreien. So fand er die Stille und das Geflüster bedrückend.

Die Geburtshelferin zog die Decke über der Mutter glatt. Sie hatte ihr die Kettchen aus Jaspis von den Schenkeln genommen, die den Schmerz der Kreißenden lindern sollten. Nun kniete sie nieder, breitete die Arme aus und sang ein Dankgebet an Juno, die Göttermutter, ein anderes an Latona, die den Gebärenden half.

Der Bauch der Mutter war ganz flach. Sie lächelte ihm entgegen, als er seinen Kopf zwischen ihre milchschweren Brüste preßte, die nach frischem, mit Duftkräutern versetztem Salböl rochen. Die Amme klatschte in die Hände, und die Mutter hob seine Wangen von sich fort. »Ach, Encolpius!« rief sie. Die Zofen hatten ihm den griechischen Kosenamen gegeben. »Willst du noch immer der Kleine sein, der ›gern am Busen ruht‹? Sieh dir dein Brüderchen an. Du bist jetzt der Große, Titus, und der dort ist der Kleine.«

Der Säugling lag still im Körbchen, bläulich, runzlig. Am Köpfchen klebten strähnige schwarze Haarbüschel. Er regte sich nicht. Titus trat keinen Schritt näher. »Lebt er?«

»Er lebt«, sagte die Mutter. »Jetzt schläft er.«

»Aus deinem Bauch ist er gekommen?«

»Genau daher.«

»Aber wie kommt der Urhauch, der er zuvor gewesen ist, in deinen Bauch?«

Die Amme kicherte. Die Geburtshelferin lachte auf, wartete, bis auch die Domina lachte, und bog sich dann vor Vergnügen.

Mißmutig ließ er sich aus dem Zimmer führen. So viel lieber es ihm sonst gewesen wäre, die Mutter heiter zu sehen, jetzt verstimmte es ihn.

Acoetes war angehalten, auf Unterricht zu verzichten. Er ging mit Titus spazieren und sann auf ein ablenkendes Gespräch. In der Zypressenallee trafen sie den Boten, der im Morgengrauen gleich nach der Geburt des Kindes dem Vater entgegengeschickt worden war. Auf seiner Lanze steckte noch immer der kleine Lorbeerkranz, der eine gute Nachricht verhieß. Acoetes wies auf den Kranz. »Hast du ihn nur vergessen, oder bringst du gute Nachricht zurück?«

»Er kommt!« versicherte der Bote. »Der Senator kommt mit der Reisegesellschaft des Kaisers und erhielt Erlaubnis, vorauszureiten.«

»Der Kaiser?« erstaunte Acoetes. »Unterwegs nach Kampanien?«

Der Bote nickte heftig. »Es heißt, seine Ärzte raten ihm, gegen den Hautausschlag, der ihn plagt, solle er die Kur des Schwefelkessels von Puteoli gebrauchen. Noch heute abend bezieht Tiberius Caesar die Kaiservilla zu Bajae und feiert ein glänzendes Fest. Das Amphitheater soll Gladiatorenspiele geben!«

Um die Mittagsstunde ritt der Senator Petronius mit zwei bewaffneten Begleitern die Zypressenallee herauf. Die Hunde bellten ihm fröhlich entgegen. Titus verließ den Schatten des Sonnensegels auf der Terrasse und lief hinunter ins Atrium. Staubverkrustet und schwitzend trat ihm der hagere Mann mit dem kurzen schwarzen Haar und dem stechend blauen Blick aus der Vorhalle entgegen. So möchte ich einmal werden, dachte Titus. Der Vater stand vor ihm, sah ihn, erblickte ihn aber nicht. Er warf das verschmutzte Reisegewand dem Sklaven zu, der ihm entgegenlief, eilte in den Säulenhof, wusch sich Arme und Gesicht eilig im Springbrunnen, befahl, ihm eine frische Toga zu bringen. Dann erst begrüßte er den Sohn. In einem Stuhl trug man ihm seine Gemahlin entgegen. Sie hielt das Neugeborene in ihren Armen. Die Amme nahm es entgegen und legte es im Atrium vor dem Senator auf den Boden. Der hob es auf, zum Zeichen, daß er es als sein Fleisch und Blut anerkannte, und gab dem Knaben mit fester Stimme zu Ehren des Kaisers, des Ersten Bürgers von Rom, den Namen Tiberius. Dann reichte er der Domina ein Halsband mit einer Kapsel in Form einer goldenen Olive. Es sollte dem Kind nach neun Tagen umgelegt werden. Der Name Tiberius war schon eingraviert. Glückbringende Gaben, sagte der Vater, seien in der Kapsel eingeschlossen. Er wollte sie nicht wie das niedere Volk zauberkräftig nennen.

Am Nachmittag sah Titus von der Terrasse aus dort, wo die Via Campana die Phlegräischen Felder durchschnitt, die gewaltige Staubwolke, in der sich die Wagenkolonne der kaiserlichen Reisegesellschaft, geschützt von berittenen Prätorianern, Bajae entgegenwälzte. Dem Senator blieb wenig Zeit. Kaum daß er gebadet, geruht, sich frisch gekleidet und einen Notar wegen der Geburt empfangen hatte, ließ er anspannen nach Bajae zum kaiserlichen Sommerpalast. Bei dem Gelage des Herrschers durfte er nicht fehlen, denn kürzlich war er zum Freund des Kaisers ernannt worden.

Das Neugeborene kam, wie der Arzt bedenklich wiederholte, nicht recht zu Atem. Die Einreibungen mit den teuren Salben und Ölen, die er bestellt hatte, zeigten keine Wirkung. Titus lag gegen Abend mit seiner Mutter allein zu Tisch. Sie aßen eine Kaltschale aus Gerstengraupen, geriebenem Käse, Honig und Wein. Die Amme trat ein und meldete den Tod des Kindes. Die Mutter erstarrte. Lange fand sie keine Träne.

»Nun ist er wieder ein Schatten drunten im Orkus«, sagte Titus.

»Ich konnte ihn ja nicht in meinen Leib zurücknehmen, wo er es gut hatte«, sagte die Mutter. Die beiden Falten zerschnitten ihre Stirn. Vor ihr standen in silberner Vase die wilden Zyklamen aus dem Kastanienwald am Averner See.

Mit Widerwillen dachte Titus an den Höhlengang und den faden und ätzenden Hauch, und er sann der unwahrscheinlichen, aber freundlichen Vorstellung nach, in den Leib der Mutter zurückzuschlüpfen, wenn einmal sein Leben abgelaufen wäre.

Die Mutter sann auch.

»Der Tod deines Bruders Tiberius«, sagte sie mit traurigem, tränenlosem Blick, »ist nicht nur ein Unglück für uns. Ich sehe darin ein böses Vorzeichen.«

Nähe des Vaters

Kaiser Tiberius residierte in der Villa Caesaris zu Bajae, in seinen Villen zu Misenum und Cumae oder in der Villa des Atticus zu Surrentum. Er überprüfte die Kriegsflotte, gebrauchte Kuren im Schwefelkessel von Puteoli und in den Thermen von Stabiae. Kraft seines Amtes als Oberster Priester des Reiches weihte er neue Tempel im glückseligen Kampanien. Innerhalb eines vollen Jahres machte er keine Anstalten, nach Rom zurückzukehren. Die Senatoren unter seinen Freunden beurlaubte er von den Sitzungen in der Kurie, um sie stets als Berater bei sich zu haben. Wer ein Gut in der Nähe besaß, durfte dort wohnen, sooft seine Pflichten es zuließen. Titus sah den Vater öfter. Manchmal blieb der Senator mehrere Tage und nahm sich auch Zeit für den Sohn.

Alles hatte sich bis dahin nach den Satzungen der Mutter bewegt. Auch unter den Bediensteten im Puteolanum überwogen die Frauen. Die einzigen Männer um Titus waren Sklaven: Harpocrates, Acoetes, der Koch, der Arzt. Die Stallknechte, Torhüter, Gärtner, Hundeführer, Botenläufer bewegten sich fern von ihm, und wenn sie grüßten, brauchte er sie nicht einmal zu beachten. Viel näher hatte er die Amme, die nun nur noch für seine Wäsche sorgte, und die Zofen der Domina. Oft hielt er sich auch bei den Mädchen auf, die, meist von der Domina selbst beaufsichtigt, die Wollarbeit besorgten. Er mochte ihre Gerüche, ihre Blicke, ihre Späße, auch wenn er sie nicht immer verstand. Die Mutter war streng; ihre Sklavinnen hätschelten ihn. Er spürte am Verhalten der Zofen und Spinnerinnen, daß von seiner Gestalt, seinen Bewegungen, seinen Worten ein Glanz ausging, der sie bedingungslos für ihn einnahm. Auch wenn die Domina selbst ein Pensum mitspann, blieb er der Liebling, und selbst sein Leibsklave und sein Lehrer widerstanden ihm selten. Verstrickten die Frauen sich allzu tief in Gespräche über Geister und Zauberei, wurden die griechischen, syrischen oder ägyptischen Märchen der Sklavinnen allzu sonderbar, las die Domina Fabeln des Phaedrus vor, eines Freigelassenen des Kaisers Augustus, der angeblich noch in Rom lebte. Abends zupfte eine Zofe die Lyra, eine andere blies die Flöte, eine dritte sang oder tanzte. Oft schien es Titus, alles gelte ihm. War die Domina weit genug fort, kam es vor, daß ihn ein Küchenmädchen in die Vorratskammer zog und ihn von den eingemachten Früchten des Feigenkaktus naschen ließ. Er hatte gespürt, daß die Mutter zum Vater aufsah, auch wenn der Vater lange fortblieb. Doch nun verwunderte es ihn, daß die strenge Frau, die keine Widersetzlichkeit duldete und selten lachte, keine Rechte mehr geltend machte, sobald der Vater über die Schwelle des Hauses trat.

Eine stille Würde ging vom Vater aus. Er hörte manchmal dem Unterricht zu, schloß sich den belehrenden oder unterhaltenden Spaziergängen mit Acoetes an, mischte sich aber selten ein. Den alten Griechen lobte er häufig, den Sohn seltener, er tadelte nie. Da er die Vaterrolle so lange hatte entbehren müssen, zog er die Trennlinie zwischen Mühe und Vergnügen nicht kleinlich. Der Streit mit dem Grammatiker über schulische Zuständigkeiten hatte sich mit der Rangerhöhung des Senators von selbst beigelegt. Aus Gesprächen der Eltern erfaßte Titus, die Sache habe mit einem Zwist zu tun, über den der Vater oft seufzte. Während Kaiser

Tiberius dem Senat, man wußte nur nicht, ob aus Freimut oder aus Müdigkeit, weitere Vorschriften ersparen wollte, bestand seine Mutter, die greise Livia Augusta, Witwe des Vergöttlichten Augustus, noch immer darauf, ein Senator, der seinen Sohn außerhalb Roms erziehen lasse, hätte ihn eine bestimmte Anzahl von Tagen im Jahr in eine lateinische Grammatikschule zu schicken, damit der Nachwuchs des Ersten Standes nicht auf die Stufe fremdzüngiger Provinzler herabsänke. Der Unfrieden zwischen dem Kaiser und seiner Mutter betraf wichtigere Dinge. In Rom machte er viele Leute unglücklich. Aber seit der Vater zum Freund des Kaisers erster Vorlassung ernannt worden war, schützte ihn überall der Wille des Erhabenen.

Der Senator zeigte seinem künftigen Erben weite Teile der Ländereien, die ihm in der Ebene des wasserreichen Volturnus, an den Hängen des Vesuv nahe Pompeji und in den Tälern des Milchgebirges bei Stabiae gehörten. Titus besichtigte Kornspeicher, Keltereien, Ölpressen, Werften, Käsereien, Gerbereien, Ziegeleien. Er sah zu, wie aus den Häuten des schwarzen kampanischen Büffelrindes geschmeidiges Leder und aus seiner Milch in Molke schwimmende Käsebällchen hergestellt wurden. Er opferte mit dem Vater auf den Altären der ländlichen Gottheiten, die auf dem Besitz der Petronier standen, und an größeren Festtagen in heiligen Bezirken den olympischen Göttern. »Sie sind die Voreltern unserer Voreltern«, sagte der Vater. »Von ihnen haben wir, was wir besitzen, die Verantwortung für das Gemeinwesen und den Auftrag zu herrschen. Wer herrschen will, muß besitzen, wer aber besitzt, muß jedem sein Auskommen lassen.«

Zum Fest der Minerva überquerten sie mit einem leichten Segler den Golf. Das südliche Vorgebirge, nach der Göttin benannt, trug einen Tempel der Minerva aus hellenischer Zeit. Titus betrachtete während der Opferfeier den gealterten sandfarbenen Bau und die Reste seiner Bemalung. Dick wie Korkeichen, sich stark verjüngend, strebten die dorischen Säulen zu den Fladenkapitellen empor, die das Gebälk trugen, als wäre das Licht des Äthers eine genau bemessene

Last. Im Fackelschein des Innenraums häuften sich Weihgeschenke. Die griechischen Priester riefen das langgewandete, behelmte Bronzestandbild der Minerva, die, auf eine Lanze gestützt, mit hellen Augen aus Elfenbein und Edelsteinen herabstarrte, in ihrer dorischen Mundart an: »Pallas Athana! Sei gegenwärtig!« Sie schwangen die zweischneidigen Opferbeile. Knaben trugen Körbe voller Blumen, Früchte und Räucherwerk herbei. Priestergehilfen reichten Opferkuchen und Schrot. Bläulicher Rauch wölkte über den brennenden Stücken geschlachteter Opfertiere. Mädchen sangen zum Saitenklang, zum Pfeifen der Flöten, zum Schlag der Handpauke die Hymnen der Göttin.

»Glückseliges Kampanien!« sagte der Vater auf der Rückfahrt. »Betrachte es als deine Heimat, als deine Mutter!«

»Nicht Roma!« fragte Titus. »Die Göttin mit der Mauerkrone?«

»Du wirst sie lieben, wenn du ein Mann bist. Sei aber auf der Hut vor ihr. Am Anfang der Stadt stehen Romulus und Remus, die Zwillinge aus dem Samen des Mars, von der Wölfin gesäugt, und noch ehe die Mauern sich mit Dächern gefüllt hatten, war Remus von Romulus erschlagen. Wir lächeln über die Griechlein. In Kriegen haben wir sie gejagt und versklavt. Aber was wir bauen, was wir dichten, was wir malen und was wir singen, kommt letztlich von ihnen. Was haben wir ihnen voraus? Die groben Witze und das schnelle Töten. Größe gab es auch bei uns. Davon später.«

Der Vater nahm sich Zeit. Er las mit Titus den Älteren Cato, Abschnitte aus Naevius, Ennius, Sallust, Livius. Das Kind erfuhr von der Härte seiner Voreltern, ihrer Redlichkeit, ihrem Mut, ihrer Sparsamkeit, ihrem unbeirrbaren Abwägen von Gewinn und Verlust, ihrer Eigenart, jeden Schritt im Leben nach dem Nutzen für das Gemeinwohl wie nach dem eigenen Vorteil zu befragen. Sie lasen ausgewählte Stellen des Marcus Tullius Cicero.

»Er ist nicht mehr verboten, aber auch noch nicht gern gesehen«, sagte der Vater. »Es heißt, er war gegen Julius Caesar. Aber er war nur nicht für ihn. Das kostete ihn den Kopf. Sie stellten ihn am Römischen Forum auf einer Stange zur Schau. Unser Glück, daß es Leute des Antonius waren, der ein Staatsfeind wurde.«

»Wieso unser Glück?« fragte Titus.

»Wir Patrizier müßten Cicero sonst ganz vergessen, und das wäre, als vergäßen wir uns selbst. Denn wiewohl ein neuer Mann in Rom, zugereist aus Arpinum, fand er die einleuchtendsten Worte für das Ethos unseres Standes. Seither sind wir gewohnt, es Humanitas zu nennen. Durch Jahrhunderte fehlte uns zur Menschlichkeit der Griechen viel. Die Griechen sind menschenfreundlich. Humanitas aber ist mehr: eine Menschenwürde, die feines Benehmen, gediegene Bildung, guten Geschmack und Anstand zusammen bedeutet. Sie ist Mäßigung und Güte, Rücksichtnahme und Freundschaft, Standhaftigkeit und Treue, Wohlwollen und Freimut, Frömmigkeit und Gerechtigkeit, kurz: Tugend, doch ohne die Härte der Vorfahren. Sie ist auch Stolz, der Stolz, sich selbst zu bewahren und immer zu wissen, was einem gefällt und wonach man strebt. Und sie ist Achtung, denn wer anderer Würde nicht achtet, hat selbst keine Würde, und wer anderer Würde verletzt, verliert ebensoviel von der eigenen! Befleißigst du dich dieser Humanitas, so wird jeder den Umgang mit dir leicht, heiter und angenehm finden, ohne daß dein Wesen flüchtig und oberflächlich wäre.«

»Es klingt wie eine Inventur auf einem Gut«, sagte Titus.

»Du begreifst mehr, als ich deinen elf Jahren zugetraut hätte. Vielleicht konnte nur Cicero uns sagen, wer wir sind, weil er von außen kam, als schon die Endzeit unseres Standes begann.«

Einmal nahm ihn der Vater mit in die Griechenstadt Neapel, die hinter dem Pausilypon lag. Der vierrädrige Reisewagen unterquerte ihn durch einen staubigen, von Fackelrauch geschwärzten Tunnel. Vedius Pollio, ein unternehmender Mann, hatte ihn im Auftrag des Agrippa, des Schwiegersohnes des Augustus, mit einem Heer von Sklaven graben lassen. Man schüchterte die Kinder dieser Gegend ein mit seinem Namen. Auch Titus hatte, wenn er störrisch war, die Amme drohen hören: »Ich hole den Vedius Pollio!«

Nun zeigte der Vater ihm die Fischteiche des Unholds, in denen die fleischfressenden, wohlschmeckenden Muränen gezüchtet wurden.

»Ist es wahr«, fragte Titus, »daß er verunglückte und zu Tode gepeitschte Sklaven in die Muränenteiche werfen ließ?«

Der Vater antwortete verschwommen. Grausam sei er gewesen, man dürfe aber nicht alles glauben. »Ich weiß nur: Als Augustus, zu dessen Freunden er sich zählen durfte, bei ihm zu Gast war, ließ ein Sklave ein Kristallgefäß fallen. Vedius befahl, ihn zu den Muränen zu werfen. Doch Augustus ließ es nicht geschehen.«

»Ist der jetzige Kaiser, zu dessen Freund du ernannt wurdest, auch so gut?« fragte der Junge.

»Wie wir alle«, antwortete der Vater, »gibt er sich redlich Mühe, gut zu sein. Er kümmert sich um die Armen, nimmt sich der Mittellosen an und beutelt die Blutsauger unter den Besitzenden. Mir scheint, er hält sich so lange in Kampanien auf, weil es ihm in Rom zu schwer wird, gut zu sein.«

Sie bogen in ein Pinienwäldchen ab, ließen anhalten und erstiegen eine rasenbedeckte Anhöhe. »Pausilypon heißt sorgenfrei«, sagte der Vater. »Auch Vergil hatte hier einen Garten.« Er wies auf einen marmornen Sarkophag, der auf Löwentatzen ruhte. »Sag ein paar Verse von ihm auf! So ehrst du seine Gebeine.«

Titus überlegte. Dann sprach er, mit offener Hand skandierend:

»Unwissend über das Schicksal und über sein künftiges Dasein
Bleibt, wenn das Glück ihn emporträgt, der Mensch, und er kann sich nicht zügeln.«

»So weit bist du in der ›Aeneis‹?« staunte der Senator.

»Mit Acoetes bin ich noch nicht so weit.«

Der Vater legte einen Arm um seine Schulter, als sie zurückgingen. »Auch Vergil war ein Freund des vorigen

Kaisers. Ein Kaiser, das sollst du dir merken, ist jeweils so gut oder so schlecht wie seine Freunde. Doch hat er immer diese und jene, und seine Gefahr ist, daß die Bösen gerade aus ihrer Bosheit Kraft gewinnen, die sie den Gutmeinenden zeitweilig überlegen macht.«

Vor ihnen lag das alte, winklige Neapel, sichtlich kleiner als Puteoli. Aber die Größe der Bauten und der säulenreichen Plätze, die Länge der Hafenmolen und die Ausdehnung der Akropolis, die mit mächtigen Stützmauern aus dem Fels wuchs und einen Tempel trug, massiger als der auf dem Vorgebirge der Minerva, bezeugten, daß die Stadt vor Jahrhunderten, als sie noch Parthenope hieß, die bedeutendste der Gegend gewesen war.

Der Senator verhandelte mit einem Weinhändler, der, wie eine Prüfung der Rechnungsbücher ergeben hatte, jahrelang den Verwalter der vesuvianischen Weinberge um eine bestimmte Summe betrogen hatte. Der Weinhändler berief sich auf ein mündlich festgelegtes Treuegeld für regelmäßige Abnahme. Dem stehe aber die schriftliche Preisvereinbarung gegenüber, erwiderte der Senator, und so regelmäßig habe der Händler nicht abgenommen. Titus bewunderte die Entschiedenheit, mit der sein Vater jedes Widerwort im voraus entkräftend, die Rechtslage darlegte, Zeugen nannte, Gesetze zitierte, Strafen androhte und sofortige Rückzahlung des Unterschleifs verlangte. Dem Griechen fiel keine Ausflucht mehr ein, und so tat er, als verstünde er nichts. Nicht lange spielte er den Begriffsstutzigen. Der Senator rief den Kutscher herein und ließ ihn mit der Peitsche knallen. Da wurde der Vorhang gelüftet, eine Truhe hervorgezogen, und zitternde Finger zählten den strittigen Betrag, Silberdenar um Silberdenar, in den Lederbeutel des Römers.

»Verschlagen sind sie nämlich auch, mußt du wissen«, sagte der Vater auf der Rückfahrt nach langem Schweigen. »Davon haben sie ein krankes, von Eigennutz zerfressenes Gewissen, das ihnen rät, jeder Gewalt nachzugeben. Das hat sie ihren Staat gekostet, besser: ihre vielen kleinen Staaten. Mit List haben sie Troja erobert, aber vor Eigennutz wären sie beinahe nicht ausgefahren, und Eigennutz hat sie hernach wieder entzweit. Zwietracht brachte sie in die Gewalt von Tyrannen, und die Tyrannen nahmen ihnen die Kraft, sich selbst zu regieren. Dabei liebte vor uns Römern kein Volk die Gerechtigkeit so wie die Griechen. Unser Puteoli hieß, als es noch Griechen allein bewohnten, Dikaiarcheia, das heißt: gerechte Herrschaft. Die es gründeten, waren vor dem Tyrannen Polykrates geflohen. Heute aber brauchen sie uns. Wo blieben Recht und Ordnung, wenn ihnen nicht dann und wann ein Römer in die Rechnungen sähe!«

»Fürchtet er nicht den Tartarus?« fragte der Junge.

»Nicht den Tartarus soll er fürchten, sondern mich!«

Im Frühsommer fuhren sie oft, wie es Titus sich wünschte, morgens vor dem Unterricht an den Golf hinab, um zu baden. Der alte Acoetes war ein ausdauernder Schwimmer; nur Harpocrates hatte das Schwimmen nie gelernt. Er begleitete sie in einem Ruderboot, denn der Vater strebte immer weit hinaus in das warme, schwappende, schäumende Salz, das unter den Sonnenstrahlen auf den Lippen brannte. Von Puteoli hallten Hafenlärm und die Hammerschläge der Eisenwerkstätten herüber. Weit draußen begegneten sie rosenbekränzten Barken aus Bajae mit prächtig gewandeten Paaren und Flötenspielern, die unentwegt ihre fließenden, von der zartklopfenden Handpauke begleiteten Melodien bliesen. Waren sie zurückgerudert, spürte Titus längst wieder Lust zu Sprüngen in das glasklare Wasser. Die Basaltfelsen, zwischen denen es gurgelte, wölbten sich grau wie die Haut der Elefanten, die der Junge bei einer Tierhetze im Amphitheater gesehen hatte. Schwarze Muscheln und grünblättrige Pflanzen hingen am Saum des Wassers.

Sie kehrten von solch einer Badefahrt zurück, als ein kaiserlicher Bote mit einer Briefkapsel den Senator erwartete. Lange blieb der Vater allein mit dem Schreiben in der Bibliothek. Dann erschien er mit ausdruckslosem Gesicht, ordnete an, auf morgen sein Gepäck für Rom bereitzustellen. Nun trat wieder ein steinerner Ernst in seine Züge, als hätte ihn der Blick der Gorgo Medusa gestreift. Der Kaiser, erklärte er, habe sich für unbestimmte Zeit auf die Insel Capreae zurückgezogen und seinen Freundeskreis entsprechend verkleinert. Der Brief weise dem Senator andere Pflichten in Rom zu.

Abends tafelten sie mit der Mutter. Der Vater brachte den Hausgöttern das Trankopfer für die Nacht dar. Kaum ein Wort wurde gesprochen. Es gab Tintenfisch aus dem Golf und Geflügel vom Hühnerhof des Puteolanum. Im Morgengrauen reiste der Vater ab.

Domus Petroniana

Im 782. Jahr nach der Gründung der Stadt, unter den Konsuln Rubellius und Rufus, starb auf dem Palatin die greise Livia, Witwe des Vergöttlichten Augustus und Mutter des Kaisers Tiberius. Der Senator Petronius sandte einen Eilboten mit einer Feder an der Lanze, die schlimme Nachricht verhieß, auf sein Landgut in Kampanien, um Frau und Sohn nach Rom zu rufen. Der Senat hatte beschlossen, vollzählig mit den nächsten Verwandten an der Trauerfeier teilzunehmen. Die Mutter ließ nur das Notwendigste packen, wählte die anstelligsten Sklavinnen aus, kleidete Titus mit ungewöhnlicher Sorgfalt und bestieg mit ihm den vierrädrigen Reisewagen. Der bewaffnete Bote ritt nebenher. Sie reisten Tag und Nacht, auf der Via Campana bis Capua, dann auf der Via Appia. Titus schlief mit dem Kopf an der Brust seiner Mutter. Sie strich ihm übers Haar und nannte ihn flüsternd Encolpius. Im Morgengrauen weckte ihn ihr heftiges Schluchzen.

»Schmerzt dich der Tod der Livia Augusta so sehr?«

»Nein, mein Encolpius. Mir ist bange um deinen Vater.«

Später erinnerte sich Titus Petronius, daß er an diesem Morgen aus dem Mund der Mutter zum erstenmal den Namen des Mannes vernommen hatte, der seiner Kindheit ein jähes Ende setzte: Aelius Sejanus, Präfekt der Prätorianergarde, Bevollmächtigter des Kaisers in Rom. Sie nannte ihn hastig das Haupt der falschen Freunde, die Tiberius von den wohlmeinenden trennten.

Hellwach sah er der Mutter ins Gesicht. Sie bereute ihre verängstigte Geschwätzigkeit. Aber nun bestürmte der Junge sie mit Fragen. Sie bemühte sich um Antworten, die er faßte, die nicht zuviel enthüllten und doch wahr blieben. Oft hatte Titus sie die Herrschaft des Augustus eine Zeit der Gerechtigkeit nennen hören. Nun rühmte die Mutter mit ihrem bebenden Alt Livia als ihre letzte Überlebende. Wieder erfuhr er, wie alt die Familien seines Vaters und seiner Mutter waren: »Dein Stammbaum reicht weiter zurück als in die Zeit der Könige, und der Republik haben wir mehrere tüchtige Männer geschenkt.« Doch dann hörte er von einer Schrumpfung des Vermögens, so daß eine Streichung von der Senatsliste bevorgestanden hatte. Ein Freund des Großvaters war wohlwollend mit der Sache vor Augustus gegangen und mit einer rettenden Schenkung zurückgekommen. »Solche Freundschaft«, fuhr die Mutter fort, »gab es damals noch unter denen, die dem Senat seinen Einfluß erhalten wollten, aber auch die Herrschaft des Kaisers für unumgänglich hielten. Jetzt gibt es mehr neue Senatoren als alte. Sie sind meist von geringer Abkunft, schnell reich geworden durch kaiserliche Gunst und doch voller Neid auf uns. Da der Kaiser fern ist, schwärzt man einander bei Sejanus an.« Anschwärzer, erfuhr Titus, teilten sich das Vermögen eines Verurteilten mit dem Präfekten und dem Kaiser.

Der Junge fragte, ob der Kaiser jede Anschwärzung glaube.

»Auch er hat Angst«, antwortete die Mutter.

»Angst? Er ist doch der Erste von uns allen!«

»Es gibt andere, die gern Erster wären, und solche, die einen der Ihren zum Ersten machen wollen und sogar Gründe dafür nennen können«, erklärte die Mutter. »Niemand weiß genau, wen Augustus zum Nachfolger haben wollte. Darum glaubt Tiberius, wird jemand angeschwärzt, eher Schlimmes als Gutes. Silius Calvus, deines Großvaters Freund, stand schon unter Anklage. Dein Großvater trat für ihn ein, und die Sache ging nur gut aus, weil die Kaiserinmutter auf seiner Seite stand.« Doch auch sein Vater, erfuhr Titus, kam in Gefahr. Unlängst hatte der Senator Petronius ein Gesetz eingebracht, das dank der Gunst Livias angenommen wurde und seinen Namen trug: Lex Petronia. »Seine Bestimmungen erleichtern das Los der Sklaven. Kein Herr kann mehr uneingeschränkt über Tod und Leben seiner Untergebenen verfügen: Will er einen Sklaven zur Strafe den Bestien in der Arena vorwerfen lassen, muß er ein Gerichtsurteil erwirken. Nun werden im Senat die Feinde des Gesetzes aufstehen, die Neureichen, die nie begreifen, daß wir nur das sicher besitzen, was wir klug und milde verwalten. Die sind auch deinem Vater feind.«

Morgensonne flutete über die Pinienhaine, Ölwälder und Rebhecken der latinischen Ebene. Grabmonumente, umringt von Zypressen, säumten die Via Appia. Fern röteten sich die Ziegelbögen des Appischen Aquäduktes. Weiß vom Marmor der Villen, Paläste und Tempel, wuchsen die Hügel von Rom in den Dunst, durch den die vergoldeten Tempeldächer blitzten. Eine Reiterabteilung sprengte herbei und teilte sich vor dem Gespann. Der Senator Petronius sprang vom Pferd. Er stieg in den Wagen, um Frau und Sohn zu begrüßen. Titus hörte unbekannte Namen von Leuten, Straßen, Plätzen. Der Vater schien nicht zu bedenken, daß sein Sohn Rom noch nicht kannte. Auch dies wußte Titus von der Mutter: Geboren war er in Rom, als die Annalen das 769. Jahr seit der Gründung der Stadt verzeichneten und Sisenna Statilius Taurus und Lucius Libo Konsuln waren. Doch er war kaum drei Jahre alt, da überschattete Rom der rätselhafte Tod des Germanicus. Beliebt beim Volk und bei den Truppen, Enkel der Livia, verheiratet mit der Enkelin des Augustus, hatte er auch in den Augen vieler Senatoren mehr Recht auf die Würde des Ersten gehabt als sein Onkel Tiberius. Gerede kam auf, ein schleichendes Gift habe die Gesundheit dieses kräftigen, geistig wie körperlich wohlgeratenen Mannes zerstört. Aber wer hatte das Gift bezahlt? Wer Tiberius nicht mochte, schob es auf ihn; wer ihm wohlwollte, verdächtigte Livia, die schon immer den wenig beliebten Sohn dem gefeierten Enkel vorzog. Die Witwe, des Augustus Enkelin, nährte diese Gerüchte, als sie mit ihrer Kinderschar aus dem Orient heimkehrte. Wenig später starb Drusus, des Tiberius einziger Sohn, und man munkelte: Gift gegen Gift! Wer Genaueres wußte, brachte, gleichgültig, wem er anhing, seine Familie auf ein Landgut.

Als sie die Porta Capena durchquerten, zog der Vater die Vorhänge zu. Titus sah nichts von der Stadt. Das Stadthaus der Petronier lag, umgeben von einem weitläufigen Park, am Hügel Quirinal in der Straße zum Granatapfel. Zwischen überwachsenen Mauern und Säulen stiegen sie aus. Die Schar der Anhänger und Schutzbefohlenen wich zurück. Auf der Treppe stand, leicht gebeugt und kahlköpfig, in purpurgesäumter und schwarzbeflorter Toga, wie auch der Vater sie trug, ein Greis. Titus erkannte seinen Großvater. Ihm fiel er sogleich um den Hals. Den fremden Frauen und Männern jedoch, die ihm in der Empfangshalle entgegenstarrten, wollte er keine Beachtung schenken, so eindringlich der Vater ihn mahnte, den Onkeln und Tanten, Basen und Vettern ehrerbietig zu begegnen.

»Was für ein eigensinniges Kind!« klagte eine Schwester des Vaters. »Es wird Zeit, daß du ihn nach Rom holst, sonst wird ein kampanischer Bauer aus ihm.«

»Trägt er die Haare nicht etwas lang?« fragte der Schwager. »Er sieht aus wie ein Griechlein aus Neapel.«

Eine Base zog abschätzig die Mundwinkel herunter, hängte sich in den Arm ihres bleichsüchtigen Gatten und bemerkte: »Wie dunkel seine Haut ist! Gewiß hat er Schafe und Ziegen gehütet.«

»Wohl auch Schweine«, setzte ein dicklicher Vetter hinzu.

Der Großvater, seit langem Witwer, zog Titus an sich und führte ihn auf die Seite. Er nahm die goldene Olive in die Hand, die sein Enkel an einem Halsband trug. »Hattest du nicht eine andere Kapsel?«

»Es ist die Bulla meines Bruders Tiberius«, antwortete der Junge. »Ich trage sie zu seinem Gedenken.«

Jemand drängte heran. »Ist der Kaiser endlich in der Stadt?« Er hatte nur den Namen Tiberius verstanden.

Der Großvater verneinte erstaunt. »Es ist doch bekannt, daß der nicht kommen wird.« Dann stellte er Titus vor. »Mein Junge, begrüße den Senator Pompejus Turbo. Er ist ein bedeutender Freund unseres Hauses.«

Turbo beachtete den Jungen kaum. Das Stimmengewirr übertönend, als wolle er allerseits gehört werden, fuhr er fort: »Sein Bevollmächtigter, unser heißgeliebter Aelius Sejanus, wird ihn würdig genug vertreten, meinst du nicht auch?«

Man sah sich mißmutig nach ihm um.

»Gewiß«, sagte der Großvater, und Titus sah ihm an, daß er den bedeutenden Freund seines Hauses verabscheute. »Wer wie er unter Einsatz des eigenen Lebens den Ersten Bürger vor einem niedersausenden Felsen rettete, darf wohl nach dem Ersten der Erste sein.«

»Jetzt übertreibst du«, lächelte Turbo. »Oder gehörst du zu denen, die dem Kaiser nicht mehr viele Jahre geben?«

»Ich meinte nicht die Nachfolge«, antwortete der Großvater vernehmlich, »sondern den derzeitigen Rang!«

»Den derzeitigen?« bohrte Turbo, bereit, sich zu entrüsten.

»Den er mit Hilfe der Götter behalten möge!« nickte der Großvater. Er schob Titus von dem lästigen Frager fort. »Komm, ich will dir zeigen, wie die Verstorbene ausgesehen hat.«

Zwischen zwei Säulen, an denen schwarzlackierte Lorbeerkränze hingen, stand die Büste der Livia. Titus, der Statuen des Tiberius kannte, sah die vielberedete Ähnlichkeit zwischen Mutter und Sohn: die schmale, leicht gebogene Nase, den kleinen, dünnlippigen Mund. Die leere Weiße des Marmors verbarg nicht den gewissenhaften Blick einer Frau, die gut rechnen konnte.

Ein Senator im Alter des Großvaters, kahlköpfig wie er, stand vor der Büste. Titus wurde dem Silius Calvus, dem wohltätigen Freund der Petronier, vorgestellt. Die beiden

Greise begannen zu plaudern. »Ein Jugendbildnis«, sagte Calvus. »Damals war es nicht schwer, eine Göttin in ihr zu sehen.«

»Wir waren selbst sehr jung«, entgegnete der Großvater, »und neigten dazu, unsere Sterblichkeit zu vergessen.«

»In diesen Zeiten hingegen halte ich es für ein Kunststück, alt zu werden.« Calvus raunte nur und schaute sich prüfend um.

Der alte Petronius faßte ihn fest ins Auge. »Ich bitte dich! In meinem Hause kannst du unbefangen reden.« Er sprach lauter als nötig, warf aber selbst einen suchenden Blick hinter sich. Turbo war fort. »Erinnere dich an das schmächtige schreckhafte Bürschchen mit dem kantigen Gesicht und den zusammengewachsenen Brauen, das sich damals Octavianus nannte! Als er sie ihrem Gatten entführte, obwohl sie mit Drusus schwanger ging, sagten wir Jünglinge: Das war ein toller Streich. Und wenn sonst für nichts, hatte er dafür unsere Bewunderung. Nun ist Augustus ein Gott, und wir opfern ihm weißschimmernde Stiere wie Jupiter selbst. So wandelbar sind die Dinge. Ovid, der ebendies so schön besang, schickte er in die Verbannung! Es war nicht nötig, daß Tiberius den Dichter am Pontus sterben ließ.«

Calvus stieß einen Zischlaut aus; ein Sklave kam mit Getränken.

»Der ist taubstumm«, sagte der Großvater. »Er hat mich fünfmal mehr gekostet als ein anderer. Soll ich dir den Händler nennen?«

»Danke«, antwortete Calvus. »Daß der Kaiser nicht kommt, ist kaum zu begreifen. Sie mochten einander nicht. Aber ist das ein Grund, der Totenfeier der eigenen Mutter fernzubleiben?«

»Der Bock hat anderes zu tun auf seiner Ziegeninsel!« lachte der alte Petronius. »Weißt du, wie man ihn neuerdings in den Gassen der Subura nennt?« Er streifte Titus mit einem Blick. »Nur wegen des Kindes sage ich es nicht laut ...« Er flüsterte Calvus etwas ins Ohr. Kichernd fuhren die beiden Glatzen auseinander. Sie tranken den Wein, den sie vom Tablett des taubstummen Sklaven genommen hatten. Die unbekümmerte Laune des alten Petronius hatte nun auch Calvus angesteckt.

»Es scheint ihm nicht zu gefallen«, sagte Calvus, »daß wir im Senat ihre Vergöttlichung beschlossen haben. Übrigens würde ich weitaus lieber die Vergöttlichung des Sejanus feiern.«

Titus spürte die sanfte Hand der Mutter auf seiner Schulter. »Laß dich Albilla vorstellen, der Gattin unseres Freundes Turbo.«

Er sah eine auffällig geschminkte Frau in purpurner Tunika und krokusfarbener Stola. Sie trug ihr Haar für ihr Alter zu jugendlich und hatte mehr Schmuck an Hals, Ohren und Armen, als der gute Geschmack zuließ. Auch sie achtete nicht auf den Jungen. Sie maß den Senator Silius Calvus, dessen letzte Worte sie verstanden hatte, von unten bis oben. Hinter einer Säule trat ihr Gatte hervor. Er tat, als hätte er Albilla gesucht, räusperte sich, als käme er von weit her und müsse sich bei ihr bemerkbar machen, nahm unbeteiligt ihren Arm. Doch ein eisiger Blick traf die beiden Greise, deren Erheiterung zu dümmlichen Grimassen erstarrte. Als er ihr Entsetzen sah, verharrte er einen Atemzug lang und grinste: »Es gab Gegenstimmen!«

»Kommt«, sagte die Mutter. »Es ist Zeit. Die Sänften warten.«

Vergöttlichung eines Schattens

Über dem Forum hing das Getöse der Trauermusik. Paukenschläge begleiteten rauhe Krummhörner und dumpfe Tuben. Die Sonne stieg in den weiten, trockenen Himmelsraum. Tiefe Schatten legten sich in die Portale der Tempel, in die Fensterfluchten des Palatiums auf dem Palatinischen Hügel, in die Arkaden der Markthallen und Gerichtsgebäude. Eine hölzerne Tribüne versperrte den Vorplatz der Kurie. Dort nahmen die Mitglieder des Senats Platz, die vielhundertköpfige Schar ernstblickender Männer in unterschiedlichem

Alter, barhäuptig, in schneeweiße Togen gekleidet, deren purpurner Saum, mit dem Trauerflor über die Schulter geworfen, wie ein hakenförmiges Ornament durch die Reihen lief. Gepanzerte und behelmte Prätorianer bildeten Absperrketten. Diesseits drängten sich die nächsten Anverwandten und die Schutzbefohlenen der Senatoren. Auf der anderen Seite wartete das Volk.

Ein marmornes Standbild ragte dort, hoch zu Pferde, mit gebieterisch ausladendem Arm über die Köpfe der Menge. Titus betrachtete es lange.

»Sieh ihn dir gut an«, sagte Albilla, die sich neben die Mutter gestellt hatte, »das ist Er, der wahre Freund aller Römer, dem der Kaiser so viele seiner Befugnisse anvertraut hat. Gleich wirst du Ihn selbst vorüberschreiten sehen!«

Doch die Trauermusik blieb fern hinter den Dächern und Terrassen der Kaiserpaläste. Sie verstummte, während Opferrauch über eins der vergoldeten Tempeldächer wölkte. Dann hob das abgründige, wie aus dem Orkus hallende Getöse von neuem an. Fackelträger erschienen auf der Straße, die vom Palatin herabführte. Zwischen den rußenden Rauchfahnen näherten sich langsamen Schrittes Bläser und Trommler. Eine schwere ägyptische Pauke auf Wagenrädern, von einem Pferdegespann gezogen, bedient von einem dunkelhäutigen Krauskopf, der schwitzend über ihr thronte, gab den Marschtritt an. Tief wie das Muhen weidender Rinder, folgten die Töne einer fahrbaren Wasserorgel. Dahinter kreischte eine Rotte zerlumpter, ascheverschmierter Klageweiber, die sich die Haare rauften, ausgerissene Büschel mit schaurigem Wehlaut den Gaffern wiesen und mit den Fäusten ihre Brüste schlugen. Tänzer ahmten in grauen Umhängen die Gebärden verzweifelter Schatten in der Unterwelt nach. Sie bettelten bei einem bärtigen, zerzausten Schiffsherrn um Überfahrt über den Styx. Doch Charon wies alle schroff ab, denn seine nächste Fahrt war allein dem Schatten der Kaiserin vorbehalten.

Der Sarkophag der Verstorbenen kam in Sicht, schwarzes Holz auf rostfarbene Tuche gebettet. Rappen zogen den

Wagen, schwarzgekleidete Liktoren mit Trauerfloren an den geschulterten Rutenbündeln begleiteten ihn. Schauspieler trugen ihm die Wachsmasken der Ahnen voran und ahmten die bekanntesten in Gang und Gesten nach. Auf tuchverkleideten Gestellen trug man die Büsten des Vergöttlichten Augustus und der Livia. Verhüllten Hauptes, aber in kostbaren Gewändern, folgten die nächsten Verwandten, wenige Männer, vorwiegend Frauen, Kinder, Halberwachsene. In der Volksmenge wurden Rufe laut: »Wo ist der Erste? Man sieht den Tiberius nicht! Wer soll die Trauerrede halten, wenn nicht ihr Sohn?«

Einer der Leidtragenden enthüllte sein Haupt und gebot Halt, schaute mit verkrampften Schultern und wie lauschend vorgeneigtem Gesicht in die Runde, hob beschwörend die Hände. Erregt zischte Albilla: »Das ist Er! Sieh Ihn dir an!«

Die Prätorianer hatten bis dahin mit dem Rücken zum Volk gestanden. Auf Zuruf ihrer Zenturionen machten sie kehrt und hielten den Murrenden Schilde und Klingen entgegen. Die Musik verstummte. Sejanus setzte sich den üppig bebuschten Helm auf, den er zuvor in der Hüfte getragen hatte, und wandte sich der Senatstribüne zu, als wären von dort die Rufe gekommen oder als wüßte er dort ihre Anstifter.

»Ehrwürdige Väter!« rief der Präfekt. »Wer etwas zu sagen hat, sage es hier laut im Angesicht des römischen Volkes. Obwohl jetzt einer das Wort haben sollte, der unserer Kaiserin näherstand als ihr, wollen wir zuhören. Verschließt euch aber wie üblich Feigheit den Mund, so richtet eure Anfrage schriftlich an mich, und ihr werdet auf gleichem Weg gebührend Antwort erhalten.«

Die Mutter preßte Titus zitternd an sich. Totenstille. Keiner der Senatoren rührte sich. Sejanus zog hämisch den Mund breit. Über seiner weit vorspringenden Nase spannte sich die Haut. Gemächlich nahm er den Helm wieder ab und zog das Gewand über seinen hyänenhaft vorgeschobenen Kopf. Auf seinen Wink erstieg ein etwa Siebzehnjähriger die marmorne Rednertribüne des Augustus. Neben ihm setzten sich die Schauspieler mit den Ahnenmasken in Ehrensessel. Der junge Mann zeigte, während er wartete, bis das Geraune sich legte, sein hübsches Gesicht herum, kratzte sich eins der abstehenden Ohren, heftete den Blick auf die Schriftrolle, die ein Sklave ihm vorhielt, hob ungeduldig und stolz die Hand.

»Ach!« flüsterte Albilla entzückt. »Das Stiefelchen!«

»Wer?« fragte die Mutter befremdet.

»Gajus Caesar ist es, ein Sohn des Germanicus, Urenkel also der Verstorbenen. Am Rhein, wo er im Heerlager seines Vaters aufwuchs, gaben ihm die Legionäre, weil er so gern Soldat spielte, den Spitznamen Caligula.«

Der Jüngling sprach klar und sicher. Hell eilte seine Stimme über das menschengefüllte Forum. Zwar las er ab, und seine Wortwahl wirkte altklug, doch während er die Ahnen und ihre Verdienste hersagte, die Güte, Schönheit und Klugheit der Verstorbenen pries und den Anteil herausstrich, den sie am Werk des Vergöttlichten Augustus hatte, quoll Leidenschaft in seine Worte. Die Sätze behielten ihre grazile, gleichsam durchscheinende Architektur, die Atmung des jungen Redners blieb in beherrschtem Gleichmaß. Seine Gesten rissen die Zuhörer mit. Man fragte einander, wer ihm den Text aufgesetzt habe oder wer sein Lehrer sei.

Titus hing bewundernd an dem apollinischen Gesicht des Gajus Caesar Caligula, das jedermann zweifeln machte, ob abstehende Ohren als Makel anzusehen wären. Er wünschte, der Vater behielte ihn in Rom und schickte ihn zu einem Lehrer der Beredsamkeit. Als Caligula das Ewige Rom und die Versammlung seiner Helden in den elysischen Gefilden feierte, nahm er sich vor, Rom zu dienen, ein Held zu werden und seinen Namen dem der Ewigen Stadt auf immer zu verbinden. Vielleicht lebte der Urhauch in ihm stark genug, vielleicht war sein Schatten voreinst ein Held gewesen und hatte sich, getränkt mit dem Vergessen des Lethestromes, in ihm neu verköpert, um dereinst im Elysium einer noch reineren Wiederverkörperung entgegenzuwandeln.

Am Schluß seiner Rede beschwor der Sohn des Germanicus die Eintracht der Stände und erflehte den Segen der Götter für das römische Volk, den Senat, den Ersten Bürger, dessen Bevollmächtigten und seine Ratgeber. Der innere wie der äußere Friede, an dem die Verstorbene mitgebaut, bleibe dann dauerhaft, wenn die Genannten einander in ihrer Würde unangetastet ließen. »Wer aber den Senat demütigt«, rief Gajus, und dies las er nicht ab, »der droht dem Ersten und allen römischen Bürgern!«

Unter den Senatoren entstand Bewegung; doch sie ging unter. Denn Sejanus gab ein Zeichen, zu dem die Musik wieder aufklang, so daß sich der Trauerzug weiterwälzte. Konnte man als Prätorianerpräfekt ein Held werden? Titus bemerkte nur, daß alle vor Sejanus zitterten. Ein schriller Hochruf auf Gajus Caesar war von der Senatstribüne her zu hören gewesen. Nun gewahrte er dort ein Knäuel aus purpurgesäumten Togen. Verwirrung kam in die festlichen Reihen. Aber sie lösten sich ohnehin auf, da der Senat sich dem Trauerzug anschloß.

»Wie keck er gesprochen hat«, bemerkte Albilla. Sie hielt sich an Titus und seine Mutter, während Prätorianer sie in die Prozession der Angehörigen einwiesen.

»Ja, sehr kühn«, sagte die Mutter teilnahmslos.

»Will man der Erste werden, ist es ratsam, dem Senat zu schmeicheln«, stichelte Albilla.

Beschwichtigend hob die Mutter die Hand. »Ich bitte dich, er ist noch nicht siebzehn.«

»Wo er nur gesteckt hat?« wunderte sich Albilla. »Seit Jahren hat niemand Caligula gesehen. Ließ man etwa auch ihn auf dem Land verschwinden?« Sie beachtete den erschrockenen Blick nicht. »Was wird nun aus ihm und seinen Geschwistern ...«

»Die Mädchen«, sagte die Mutter, »wird der Kaiser so gut verheiraten wie kürzlich Agrippina.« Ihr Blick schillerte gehetzt.

Sooft Titus Petronius in späteren Jahren der Mutter Neros gegenüberstand, dachte er daran, daß er auch ihren Namen zum erstenmal aus dem Mund seiner Mutter vernommen hatte

»Die Armen!« seufzte Albilla gekünstelt. »Der Vater seit zehn Jahren tot, die Mutter verbannt auf die Insel Pandateria! Was werden sie essen, da heutzutage so viel Gift unter den Leuten ist?«

Der Trauerzug bewegte sich über das Julische Forum zum Forum des Augustus und hielt noch einmal vor dem Tempel des Rächenden Mars. Priester hatten dort ein Opfer vorbereitet, das Sejanus im Namen des Kaisers Tiberius darbrachte. Der Vorplatz faßte nicht alle Trauernden. Titus sah nichts als Säulenschäfte und blitzende Prätorianerhelme, Rauchschwaden und Standbilder, die von Dachgesimsen in den klaren Himmel stachen. Geraunt wurde, Sejanus habe die Rache des Mars auf all jene herabbeschworen, die dem Ersten übelgesonnen wären.

Auf dem Marsfeld warteten, gerüstet und zu Pferde, die Abteilungen der Ritterschaft. Weißgekleidete Vestalinnen stimmten ihre Gesänge an. Die Bahre mit der toten Kaiserin wurde auf die Pyramide aus edlen, wohlriechenden Hölzern gehoben und mit Duftkräutern bestreut. Mit Fackeln traten die nächsten Verwandten heran und setzten den Scheiterhaufen in Brand. Feierlichen Wohlgeruch verbreiteten die Flammen. Blaue Weihrauchwolken stiegen auf. Die halbgeschorenen Leichenbestatter warfen Gewänder der Livia in die Flammen, ihre liebsten Gemälde, ihre Lieblingsschriften, ihre Kämme, ihren Handarbeitskorb, ihren Spinnrocken. Ein Mädchen von dreizehn Jahren, dessen langes braunes Haar unter dem Trauerumhang hervorquoll, löste sich von der Seite eines rothaarigen Jünglings. »Das ist Agrippina!« sagte die Mutter. Sie warf Livia das lange gehütete Kinderspielzeug nach in die Flammen.

Jahrzehnte später, mit Agrippina unter vier Augen, wenn sie geplaudert hatten, aber mit Worten nicht weiterwußten, sah Titus Petronius im Augenglanz dieser Frau manchmal das Mädchen wieder, das kleine Holzmöbel, Küchengerät, Wägelchen und Puppen aus dem Korb nahm und mit beinahe trotziger Gebärde, als wäre sie selbst aus diesen Spielen gerissen worden, zwischen die lodernden Scheite warf.

Als der Scheiterhaufen nach seiner hellsten Lohe einzusinken begann, verkündete die Oberpriesterin der Vesta, nun sei der Augenblick gekommen, da die Flammenglut den Urhauch der Betrauerten erlöse und sich ihr Genius vergöttliche. Der Vergöttlichten Livia Augusta wurde ein erstes Opfer dargebracht. Man enthüllte ihr Standbild. Die Weihe, die Titus auf dem Fest der Minerva gefühlt hatte, wollte nicht aufkommen. Er sah den Marmorblick einer Frau, die gut rechnen konnte. Daß ein Sterblicher zum Gott werde, glaubte er einfach nicht. Aber er stieß sich auch nicht daran, daß es behauptet wurde. Nur daß derlei der Senat beschloß und es Gegenstimmen gab, fand er sonderbar.

Er fühlte sich leer, während er zusah, wie die weißliche Asche mit seltenen Weinen gelöscht wurde, wie die Kinder des Germanicus in eine goldene Urne sammelten, was sie von den Gebeinen der Toten fanden. Gajus Caesar behielt er im Auge und unter den Mädchen Agrippina. Nur durch einen Schleier noch sah er das Mausoleum des Augustus, den künstlichen, mit Zypressen bepflanzten Erdkegel auf marmornem Sockel, und das Portal, in das man die Urne trug.

Albilla fing an, von den Gladiatorenspielen und Bewirtungen zu schwatzen, die den Rest des Tages ausfüllen sollten. Sie tätschelte Titus die Wange, machte ihm zärtlich Vorwürfe wegen seiner düsteren Laune und versuchte ihn mit der Aussicht auf Fechterkämpfe und Tierhetzen aufzumuntern. So sehr brauche er sich den Tod der alten Frau nicht zu Herzen zu nehmen. Lustig solle er sein, denn nun wäre sie ja vergöttlicht. Aber das klang giftig.

Die Mutter klagte, ihr sei nicht gut – die Hitze, der Staub, der Lärm. Sie schickte einen Boten zu ihrem Mann, sie erwarte ihn zu Hause, und ließ die Sänfte rufen. Albilla fragte, ob sie ihr für die Schauspiele nicht Titus allein überlassen wolle.

»Aber nein!« Wie blaß die Mutter plötzlich war.

Ahnen

Der Großvater trat in Unruhe aus seinem Zimmer, als er Schwiegertochter und Enkel sprechen hörte, und rieb die Hände umeinander. Mit einem Schwächeanfall, nicht ungewöhnlich für sein Alter, habe er sich beim Senat entschuldigt, und schwach sei ihm wirklich geworden: Seinen Freund Silius Calvus hätten zwei Prätorianer von der Tribüne weg nach Hause begleitet. Jemand müsse ihn angeschwärzt haben. Nein, den Hochruf auf Gajus Caesar hätte ein anderer ausgebracht, verbunden mit einer unumwundenen Schmähung des Sejanus; der befände sich schon in Haft. Das sei nicht Calvus' Art.

»Nur Albilla kann ihn verraten haben«, sagte die Mutter dumpf. »Mit ihr trat ich zu euch, als ihr vor Livias Bildnis sehr unvorsichtige Dinge sagtet!«

»Turbo selbst hat hinter der Säule gestanden!« bestätigte Titus eilfertig.

»Heilige Nemesis! In meinem Haus!« rief der alte Senator bestürzt und verschwand in seinem Zimmer.

»Warum war sie so nett zu mir, Mutter?« fragte Titus.

»Zu allen Kindern ist sie nett, weil sie selbst keine hat. Übrigens: Sie ist nicht nett, sondern aufdringlich und falsch. Wenn mein Verdacht richtig ist, darfst du ihr nicht wiederbegegnen. Lies deinen Abschnitt Vergil und laß mich ruhen.«

Der Junge spürte kein Verlangen nach der Schriftrolle. Im Atrium waren ihm geschnitzte Schreine aufgefallen, in denen Wachsmasken von der Art lagen, wie sie im Trauerzug der Livia Schauspieler sich vors Gesicht gehalten hatten. Auf säulenförmigen Konsolen standen die Büsten berühmter Petronier. Titus las die silbernen Schildchen. Die Züge des Petronius, der König Numa einen entscheidenden Rat gegeben hatte, fand er freundlicher und klüger als die des anderen, der Hannibal entgegengezogen war, und er verneigte sich vor einem dritten, der zähe verhandelnd eine makedonische Stadt zur Übergabe bewegt hatte, so daß ihre Bauten und Kunstwerke erhalten blieben. Seit er seinen eigenen Körper beobachtete, schien ihm alles Soldatische verdächtig. Er spürte, daß er dafür nicht in Betracht kam. Aber die berühmtesten Petronier, so wollte ihm scheinen, sprachen ihn auch von solch einer Verpflichtung frei: Der dort gehörte zu den verdienstvollsten Unterhändlern Julius Caesars während des Krieges in Gallien. Sein Sohn, die Büste daneben, hatte als Getreidepräfekt während der Bürgerkriege Rom vor einer Hungersnot bewahrt.

Aufblickend umrundete Titus den marmornen Merkur, der mit schlangenumwundenem Heroldsstab, Flügelschuhen und Flügelhut die Vorhalle beherrschte. Dieser Gott, hatte man ihn gelehrt, war dem Haus der Petronier besonders gewogen. Die Stunde seiner Geburt, sagte die Amme oft, hatte ihn selbst mit Nachdruck unter Merkurs Schutz gestellt.

Aber das Gemälde, das die größte Wandfläche bedeckte, konnte er sich nicht erklären. In hügeliger Landschaft weideten Schafe und Rinder. Auf dem Hintergrund schmuckloser Häuser empfing ein bärtiger, griechisch gekleideter Mann einen gerüsteten Helden mit bebuschtem Helm. Vor einem Tempel brachten weißgewandete Priester Opfer dar. Auf dem Rasen übte sich sonnengebräunte Jugend im Speerwurf und im Lenken von Kampfwagen.

Er lief zur Kammer des Großvaters, horchte, ob er schliefe, hörte ihn aber stöhnen und laut vor sich hinreden. Titus trat ein; vielleicht konnte er Großvater helfen. Doch der Alte lächelte ihn an, als hätte er ihn erwartet. Was das große Wandbild im Atrium darstelle, fragte Titus.

Sofort wurde der Großvater wieder ernst. »Es ist nicht die Zeit, danach zu fragen.«

»Nicht wahr, es hat mit unseren Ahnen zu tun.«

Der Großvater richtete sich von seinem Lager auf. »Vielleicht kann es dir bald niemand mehr sagen: Es ist König Euander, aus Arkadien eingewandert mit seinem Volk in dieses Gebiet lange vor dem Troer Aeneas! Noch vor Romulus herrschte er auf dem Palatinischen Hügel. Er ist der Ahnherr unseres Geschlechts unter den Sterblichen. Unsere Wurzel aber liegt wie die aller Edlen bei den Unsterblichen. Denn

Euander war ein Sohn des Gottes Merkur und der Nymphe Carmentis. Der Bote der Götter, Freund und Vermittler guter Ratschläge, der Gott des redlichen Erwerbs, der auch den unredlichen schützt, wenn Not ihn erfordert, ist es, dem wir Petronier besonders am Herzen liegen. Wie du wohl weißt, ist er ein olympischer Gott, Sohn des Jupiter und der Maja. Von Merkur, der, wie du vielleicht noch nicht wußtest, die Lyra erfand und sie bei seinem Bruder Apollo gegen eine Rinderherde eintauschte, kommt der adlige Strom unseres Blutes. Unsere Stammesmutter Carmentis aber ist nur eine ländliche Gottheit. Die Bauern rufen sie an um Auskunft über den Wetterverlauf und opfern ihr am Fuß des Palatin in einem kleinen Tempel, bevor sie ihre Früchte auf dem Forum feilbieten. Von ihr her ist unser Blut mit Roms plebejischen Familien verbunden, ob sie nun ärmer sind als wir oder, was jetzt vorkommt, reicher, angesehen oder unbeachtet. So sind wir Petronier allen freigeborenen Römern gleichermaßen verpflichtet und dürfen an ihrer Zwietracht, welchen Namen sie auch trage, nicht teilhaben. Aber merke dir auch, Titus: Wir sind älter als Rom und sind anders! Denn Arkadien, woher König Euander kam, liegt in Hellas, und unsere Familie gedieh zuerst unter den Etruskern, die in den Bergen nördlich von Rom lebten, nicht ohne Feindschaften gegen die Stadt der Städte, Aeneas – du hast ihn erkannt! – kam zu Euander in großer Bedrängnis um Waffenhilfe und erhielt sie. Wir waren auf italischem Boden die ersten Verbündeten der Aeneaden. Die Kargheit und Anspruchslosigkeit der Römer von einst – Vergil nennt Euander darin ihr Vorbild! Du sahst heute den Pomp dieses Leichenzuges, Titus. Selbst dieses Haus, obwohl es längst zu den weniger reichen zählt, hätte Euander nicht bescheiden genannt. Mit den Tugenden der Arkader, Etrusker und Römer ist es vorbei, und ich fürchte, auch Merkur hat seinen Segen von uns genommen, seit wir mit denen laufen, die ausgewogenen Gewinn geringschätzen und immer mehr wollen.«

Stimmen von draußen hatten sich in die letzten Sätze gemengt. Titus öffnete die Tür. Der Vater war gekommen. Blaß und verstört stand er am Wasserbecken des Innenhofes. Die Mutter redete auf ihn ein: »Du wirst nicht sprechen! Ich weiß: der Freimut der Petronier! Aber dein Vater verwechselte ihn schon zu oft mit Leichtsinn.«

»Wenn mich niemand hindert, zu hören und zu sehen, so muß ich auch sprechen!« beharrte der Vater.

»Willst du uns alle verderben? Wenn Turbo ihn angeschwärzt hat, kommt alles von Albilla, die sich meine Freundin nennt. Uns werden sie schonen! Uns müssen sie schonen!«

»Das wäre dasselbe, als hätten wir ihn angeschwärzt!«

»Einmal für ihn gutzusagen war doch genug! Diesmal wäre es Wahnsinn!«

»O ja«, nickte der Vater. »So weißt du es von deinen Eltern. Sie freilich sind die erwünschten vorbildlichen Leisetreter. Deshalb kommen sie nicht gern in unser Haus. Es ist ihnen zu gefährlich. Wenn aber die Leute meinen, daß Wahnsinnige manchmal die Wahrheit sagen, geben sie nur zu, daß alle, die über ihren Verstand verfügen, gewöhnlich lügen.«

»Dann lüg!« schrie die Mutter mit einer Stimme, die Titus noch nie vorher gehört hatte. »Eine Lüge gegen unser aller Untergang!«

»Wir sind so gut wie verloren«, erwiderte der Vater eisig. »Meine Lüge käme ihnen nur zupaß, sie könnten mir um so leichter die Ehre abschneiden! Müssen die Horcher des Sejanus nicht bangen, daß der Erfolg ihrer Arbeit sie nächstens brotlos macht? Also wenden sie sich, kaum daß sie einen Leichtsinnigen angeschwärzt haben, einem anderen zu, der nicht laut und deutlich genug widersprochen hat! Das sind wir! Es geschah in diesem Haus! Schau in jede Ecke, vielleicht hat sich schon ein Lauscher eingeschlichen, der dies alles mitanhört! Ich kann so nicht leben!«

Da sah die Mutter Titus in der offenen Tür. Sie flehte, man solle das Kind entfernen. Doch der Großvater hielt den Knaben fest. »Er ist alt genug. Wenn er sein Leben behält, so muß er Rom kennen! Wenn er es verliert, was schadet es, daß er ahnt, warum?«

Der Senator, der Sejanus geschmäht hatte, berichtete der

Vater, war schon abgeurteilt worden und erwartete seine Enthauptung. Gajus Caesar, genannt Caligula, galt wieder als verschwunden. Der Senator Silius Calvus aber, Freund und Wohltäter der Petronier, hatte nach einem strengen Verhör Gift genommen, um einer öffentlichen Verurteilung zuvorzukommen. Daß die Schergen des Sejanus sich an das Verbot, freigeborene römische Bürger zu foltern, nicht hielten, war allgemein bekannt. Und der Ankläger hieß Turbo.

Der Großvater nickte, als wüßte er alles längst. »Verhört worden ist Calvus, soso. Turbo! Verhört worden! Hinter der Säule!« Er ging zurück in sein Ruhegemach, wandte sich noch einmal um: »Es ist ratsam in diesen Zeiten, daß man stets Gift bei sich hat. Silius Calvus war gut beraten. So kann man wenigstens noch in Ehren sterben.«

»Diesmal werde ich es sein, der Calvus vor dem Senat verteidigt, auch wenn ich nur die Ehre eines Toten rette!« rief ihm der Vater nach. »Seit mein Gesetz angenommen ist, gilt mein Wort doppelt. Und den Pompejus Turbo verklage ich. Denn es gibt auch ein Gesetz gegen die Anschwärzer! Und Gift werde ich niemals bei mir tragen!«

Er bekam keine Antwort. Die Mutter starrte ihm ins Gesicht. Er schüttelte den Kopf.

Die Mutter brachte Titus zu Bett, wortlos, fern, fremd. Ihre Tränen hörten nicht auf zu rinnen, obwohl sie ganz still blieb. Das Kind zitterte. Sie legte sich halb auf sein Lager, zog seinen Kopf auf ihre Brust und nannte ihn Encolpius. »Alles ist nicht wahr«, flüsterte sie. »Du hörtest Gespenster. Wir sind nicht in Rom. Da draußen ist Kampanien! Höre, wie die Pinien rauschen, die reifen Feigen aufs Dach purzeln, die Nachtigallen schlagen! Die Dünste des Schwefelkessels riecht man heute nicht, der Wind weht von Süden, von Capreae her! Morgen darfst du mit Acoetes ausfahren. Wolltet ihr nicht Harpocrates das Schwimmen beibringen? Pflücke mir wieder wilde Zyklamen!«

Doch der Junge atmete schwer, röchelte, mußte erbrechen, mehrmals, bei jedem Anfall heftiger. Er schlief noch immer nicht, als zu später Nachtstunde der Hausarzt einen

Kräuterabsud brachte. Ob er auch ein Schlafmittel verabreichen dürfe, fragte der Arzt, es wäre ratsam. Der Vater, der von seinen Rundgängen im Garten hereingekommen war, verlangte auch davon. Dann schickte er den Arzt in das Zimmer des Großvaters. Als trüge er sich mit einer Ahnung, wollte er selbst nicht mitgehen. Der Arzt erschien wieder mit dem Bescheid, der Senator Gajus Petronius der Ältere bedürfe keines Schlafmittels, er habe bereits eins genommen, von dem er nicht mehr erwache.

»Livia Augusta!« fragte halblaut der Vater. »Wen nimmst du noch mit zu den Schatten?«

Am Morgen standen Schergen des Sejanus unter der Merkurstatue in der Vorhalle und riefen grob nach Gajus Petronius dem Älteren. Titus verbarg sich hinter einer Säule, denn er ahnte, die Mutter ließe ihn nicht sehen, was er nun fast ohne Atem verfolgte: Zwei Sklaven, vom Vater geschickt, brachten die Leiche seines Großvaters auf einer Bahre. »Auch gut!« sagte der Zenturio mürrisch. Als der Vater mit den Schergen gehen wollte, wiesen sie ihn ab: »Du bleib da! Von dir war keine Rede. Bleib da und hüte deine Zunge!«

Das Getrappel der Nagelstiefel verhallte. Der Vater nahm den Arm der Mutter. »Nun ist alles ungewiß«, sagte er. »Nun verstehe ich Cicero, wenn er schreibt: ›Ich weiß wohl, wen ich meiden muß, aber nicht, wem ich mich anschließen kann.‹«

II. BUCH: ARKADIEN, GESCHÄNDET

Quisquis amore tenetur, eat tutusque sacerque
qualibet: insidias non timuisse decet.

Wen die Liebe umfängt, der wandle beschützt und geheiligt
jeden Weg, den er will; Hinterlist schrecke ihn nicht.

Tibull, Elegien, I., 2, 29 f.

Man bleibt verschont

Man bleibt verschont, weiß aber, daß es ein Zufall war, eine Laune des Schicksals oder ein Winkelzug der Verfolger. Eigentlich gehört man zu den Vernichteten; der Zugriff wurde nur aufgeschoben. Alles, was man fortan wahrnimmt, tut, empfindet, erwägt, verliert an Wert. Kein Ding trägt das andere mehr. Die Welt ist auseinandergefallen. Nur ein langsam verlöschendes Trugbild zeigt noch, wie sie vorher war.

Titus erholte sich schnell in Kampanien. Aber die Verdüsterung im Wesen der Mutter teilte sich ihm mit. Der Eifer für Vergil ließ nach. Acoetes bemerkte an ihm Zerstreutheit und Gedächtnisschwäche. Der Junge verfiel oft ins Grübeln und hätte nicht sagen können, worüber.

Die seltenen Briefe des Vaters hörten sich auf eine unheimliche Weise sorglos an. Auch wenn er nichts davon erwähnte, war aus seinen Zeilen zu schließen, daß er doch geschwiegen hatte. Der Verdacht eines Komplotts im Senat verflog. Pompejus Turbo geriet ins Zwielicht. Der Senator Petronius hoffte, daß der Anschwärzer bald in den eigenen Schlingen strauchelte, und verschmähte es, öffentlich gegen ihn aufzutreten. Er wolle nicht, schrieb er, daß sein Name mit dem dieses Halunken gemeinsam in die Annalen eingehe. Lediglich um die Ehre seines Vaters wiederherzustellen, werde er, sobald die Zeit herangereift sei, das Wort ergreifen. Übrigens, fügte er einmal an, habe er noch immer kein Gift angeschafft. Bekundete er damit Unbeugsamkeit oder, daß er sich sicher fühlte? Die Mutter wußte und Titus ahnte, daß gerade der Unbeugsame in Rom verloren war. Was der Vater schrieb, klang nicht zielbewußt wie vorzeiten die Forderung des alten Cato, Karthago müsse zerstört werden, sondern zurückweichend wie die Beteuerungen mancher Senatoren in Roms »Täglichem Anzeiger«, der Ehrliche komme am weitesten.

Der »Tägliche Anzeiger«, von dem Harpocrates am Hafen für teures Geld nicht immer die neuesten Blätter auftrieb, hatte auch gemeldet, Gajus Caesar habe seinen Wohnsitz aus dem Haus seiner Großmutter Antonia in den Palast seines Onkels Tiberius auf Capreae verlegt. Eine Kolumne widersprach entschieden Gerüchten, eine Vergöttlichung der Livia habe stattgefunden. Zitiert wurde ein Brief ihres Sohnes, des Ersten Bürgers, der dem Senat mitteilte, die Verstorbene habe ausdrücklich auf göttliche Ehren verzichtet. Das genügte also, damit nicht wahr blieb, was die Vestapriesterin auf dem Marsfeld verkündet hatte.

Wie die Mutter gehofft hatte, verblaßte Titus die Erinnerung an Rom im lang gewohnten Tagesablauf, unter der Sonne des Golfes, im täglichen Gleichmaß vergilischer Verse und körperlicher Übungen, für die ein Gymnastiklehrer angeschafft wurde. Einzelheiten bewahrte sein Gedächtnis wie Splitter eines verwitternden Mosaiks. Oder es setzte sie neu zusammen. Manchmal bestieg er einen Hocker, ahmte die etwas gespreizte Gestik des Caligula nach, sprach aber dazu statt der Totenrede Worte des Aeneas an seine Gefährten:

»Haltet denn stand und bewahrt euch auf für die besseren Zeiten.«

Er hatte die Sonne im Rücken und verfolgte den Schatten seines ausschwingenden Armes. Dann trieb es ihn unwiderstehlich, die Zeigefinger hinter die Ohren zu legen und, sie nach vorn drückend, die abstehenden Ohren des jugendlichen Redners anzudeuten. Harpocrates blieb sein einziger Zuschauer. Da er der Vorführung nur mit verlegenem Schweigen folgte, befahl ihm Titus, den Soldatenhelm aus der Spielzeugkiste zu holen. Er führte dem Leibsklaven vor, wie der Gardepräfekt Sejanus die Falte seines Trauergewandes vom Kopf genommen, den Helm aufgesetzt und den Senat martialisch der Feigheit bezichtigte. Harpocrates schmunzelte. Titus, froh, daß er endlich Wirkung erzielte, prustete los und lachte lange über sich selbst. Dann gab er

Harpocrates auf, sich einen haushohen, lodernden Scheiterhaufen vorzustellen, und zeigte ihm, wie Agrippina das Spielzeug der Greisin in die Flammen warf. Harpocrates schmunzelte weiter und schwieg.

»Mitunter gefällt es mir nicht, daß du so beharrlich zu schweigen verstehst«, sagte Titus. »Schließlich hast du nur den Namen vom Gott des Schweigens. Sag, wie kamst du dazu?«

»Es ist nicht immer Schabernack der Herren oder Anmaßung der Untergebenen, wenn ein Sklave einen Götternamen trägt«, antwortete Harpocrates. »Deine Familie mag sich auf ihre Herkunft von Merkur, Jupiters Sohn, berufen. Meine Eltern waren nicht weniger edel, aber Ägypter. Dein Großvater Gajus Petronius brachte sie mit, als er am Nil Präfekt des Kaisers war. In meinen Adern fließt Blut von Pharaonen. Der Gott Amun, den ihr Jupiter nennt, ist so gut mein Ahnherr wie deiner. Mein Großvater wurde versklavt, weil er dem dreizehnten Ptolemaios diente, dem unglücklichen Bruder der Kleopatra, den die Römer besiegten. Vom Gott des Schweigens gaben mir meine Eltern den Namen, weil Schweigen eine Tugend ist, die Sklaven so wie Freie ziert, aber auch, weil seine Eltern Isis und Osiris mit Amun verwandt sind wie ich selbst. Man stellt ihn dar mit dem Finger auf dem Mund.« Und Harpocrates bestieg nun seinerseits den Hocker wie einen Sockel mit der Gebärde des Gottes.

Den Freitod ihres Schwiegervaters erwähnte die Mutter nie. Fragen, die Titus ihr stellte, ließ sie ohne Antwort. Daß der Großvater in den Tod gegangen war, erschien dem Jungen bald wie ein notwendiger Bestandteil der pompösen Trauerfeier, die er miterlebt hatte. Die Mutter ließ Musikanten und Pantomimen ins Haus kommen, um sich für ein paar Stunden aus ihrer Schwermut reißen zu lassen. Des öfteren nahm sie ihren Sohn mit, wenn sie sich im Theater von Puteoli griechische Schauspiele ansah, Tragödien des Sophokles, des Euripides, Komödien des Aristophanes oder Menander, aber auch lateinische Lustspiele von Plautus und Terenz oder billige Schwänke im Geschmack des kampanischen

Städtchens Atella. War er allein in der Bibliothek, las er, wie um sich die Nähe des Vaters zurückzurufen, immer häufiger anderes als Vergil. Er unterbrach den Unterricht des Acoetes: »Mir erschien Aeneas im Traum. Wo sein Gesicht hätte sein müssen, sah ich nur eine Wolke. Hat denn Aeneas gar keine Fehler? Macht er denn alles richtig?«

»Wie wir gelesen haben, irrte er sich mehrmals.«

»Aber dann ist es immer das Schicksal, sind es stets zwieträchtige Götter, die ihn in die Irre führen und foppen! Niemals hätte ich die Königin Dido verlassen, auch auf Geheiß der Götter nicht!« Titus stand auf und ging um sein Pult herum. »Manchmal meine ich, wenn Menschen ein Leid geschieht, machen die Götter sich darüber lustig, zumindest genießen sie es wie wir Sterbliche ein Theaterstück. Aber ein Trauerspiel auf der Erde wirkt auf dem Olymp wie das heiterste Satyrspiel. Helden sind vielleicht nichts als die Lieblingsschauspieler der Götter ...«

Titus wartete, ob der Alte noch einmal seinen Weltenkanon hersagte, nach dem die Menschen den Helden, die Helden den Göttern, die Götter aber dem allgewaltigen Schicksal zu gehorchen hätten. Doch Acoetes antwortete nur, ganz ohne erzieherische Absicht: »Du magst recht haben, Titus. Die Helden Homers sind lebendiger als Aeneas. Außer Helden sind sie auch Lügner, Diebe, Mörder. Es gibt kaum eine Untat, zu welcher der eine oder andere nicht fähig gewesen wäre. Helden waren sie vor allem, weil sie mehr Kraft und mehr Witz hatten als andere und weil sie die Strafen der Götter ertrugen, ohne zu winseln. Heute suchen die Menschen nur durch Witz auszugleichen, was ihnen an Kraft fehlt, oder durch Gewalt zu überleben, wo ihnen der Witz ausgeht. Wer beides nur unzureichend besitzt, dem bleibt nichts, als sein Los geduldig hinzunehmen. So geht es uns, den Sklaven.«

Titus bettelte, die Mutter möge erlauben, daß Acoetes mit ihm Homer lese, auch Lyriker: Alkaios, Pindar, Theokrit ...

Die Mutter wandte ein, es sei an der Zeit, ihm den Rhetoriklehrer zu bestellen, den er sich gewünscht hatte. »Sieh!

Wenn du Senator werden willst, mußt du gute Reden halten können.«

»Ich kann es!« behauptete Titus und führte ihr den Caligula vor. Die abstehenden Ohren ließ er weg, sie gehörten zu deutlich ins Fach der Schauspieler, das die Mutter zwar schätzte, aber nicht achtete.

Sie lächelte gezwungen. »Wenn du begabt bist, hat der Lehrer weniger Mühe. Warten wir, bis uns der Vater einen Rhetoriker aus Rom schickt.« Es klang nicht, als glaubte sie daran. »Lies einstweilen Homer und die Lyriker.« Dann klagte sie über die Hitze und verlangte allein zu sein.

Spielte er nach, was ihm weh getan hatte, wurde ihm wohler. Wiederholte er spielerisch, wovon ihm ein angenehmer Eindruck geblieben war, empfand er Lust. Nur die Verstellung dabei machte ihm immer ein schlechtes Gewissen. Nun sah er, daß auch die Mutter sich verstellte. Doch bei ihr vermißte er den Genuß.

Noch ließ er sich nicht fortschicken. Die Meldungen des »Täglichen Anzeigers«, aus dem er vorgelesen hatte, beschäftigten ihn.

»Warum holt der Kaiser den Gajus Caligula nach Capreae?«

»Damit er ihn besser beobachten kann«, antwortete die Mutter. »Caligula hat dem Senat gefallen, und das mißfällt dem Kaiser.« Dann wies sie ihn schroffer aus ihrem Zimmer, wie immer nach solchen Gesprächen mit der Mahnung, falls Besucher ins Haus kämen, mit niemandem über Rom, seinen Vater, den Senat und den Ersten zu sprechen.

Senat und Kaiser, das war ihm inzwischen klargeworden, mochten einander nicht, weil es eine Zeit gegeben hatte, in der es kein Römer wagte, sich als Ersten Bürger feiern zu lassen, sondern nur der Senat und die beiden gewählten Konsuln regierten. So verstand er auch, daß der Senat den Ersten zu ärgern versuchte, indem er seine Gunst jemandem zuwandte, der auch ein Recht hatte, der Erste zu sein. Aber welche Rolle spielte dabei der Prätorianerpräfekt Sejanus, den alle gleichermaßen fürchteten – wie es schien, sogar der Kaiser. Denn warum sonst schuf Tiberius nicht selbst Ordnung in Rom, sondern blieb, nun schon das vierte Jahr, auf der blauen Felseninsel Capreae, die an klaren Tagen von der Steilküste aus zu sehen war, manchmal wie eine Meereswoge, die sich anschickte, eine Wolke zu werden, manchmal wie ein verwittertes Schiff.

Die Leute erzählten sich, der Kaiser lebe in Abgeschiedenheit allein seinen philosophischen, literarischen und naturkundlichen Studien – eine Art freiwilliger Verbannung wie schon einmal, als er, noch zu Lebzeiten des Augustus, Rom und seiner lasterhaften Gemahlin den Rücken gekehrt und sich auf die ägäische Insel Rhodos zurückgezogen hatte. Nur wenige Vertrauensleute durften auf leichten Schiffen, denn die Insel besaß keinen Hafen für schwere Segler, zu ihm, um bei den Regierungsgeschäften zu helfen. Nur so, hieß es, fühlte er sich gefeit gegen einen bewaffneten Anschlag. Händler auf den Märkten und fliegende Handwerker, die am Tor des Puteolanum ihre Dienste anboten, hörte Titus von zwölf prachtvollen Palästen berichten; auf dem Ostteil der Insel, das aussah wie ein Schiffsheck, habe Tiberius sie errichten lassen. Einer wollte selbst dort Bleirohre verlegt haben, ein anderer am Zurichten der Türschlösser beteiligt gewesen sein. Die Mutter schalt sie flunkernde Strolche und ließ sie fortjagen, horchte aber, wenn eine Sklavin, die ihr das Haar legte, die Zahl der hübschen Knaben und Mädchen nannte, die kaiserliche Beauftragte in den Städten Kampaniens zusammenkauften, um sie mit anderen, die aus Ephesos, Alexandria und Massilia eintrafen, im Hafen von Puteoli für die Überfahrt nach Capreae zu sammeln. Alle Gerüchte über das, was Tiberius mit ihnen trieb, wollte die Domina genau erfahren, obwohl sie jedes verwarf: Der Kaiser sei im Grunde gut, er meine es gut mit allen, die Leute trachten nur danach, ihre eigenen Laster zu rechtfertigen, indem sie dergleichen dem Ersten Bürger andichten. Oft bemerkte sie zu spät, daß Titus lauschte.

Bei Einbruch der Dunkelheit sah er nicht mehr nur das Feuer des Leuchtturmes auf der Insel. Ein Schwarm von Lichtern zeichnete in der Dämmerung das gewaltige Schiffsheck aus Felsschroffen nach.

Volturnum oder Ein Satyrspiel

Während des Winters sprach sich herum, beim Neujahrsempfang des Sejanus sei im Atrium seines Hauses unter der Last wartender Bittsteller eine Bank zusammengebrochen. Einzelne hielten den Vorfall für ein Zeichen, daß der Bevollmächtigte des Kaisers bald gestürzt werde. Die meisten deuteten ihn dahin, die Schreckensherrschaft des Prätorianerpräfekten werde noch viele unschuldige Opfer fordern.

Vom Senator kamen keine Briefe mehr. Die Mutter sprach täglich davon, sie müsse ihren Sohn an abgelegenerem Ort verbergen. Dann fuhr sie ohne große Vorbereitung auf ein kleines Gut mit ihm, das die Petronier bei Volturnum besaßen. Die warme Jahreszeit hatte begonnen. Die Domina sagte zu Acoetes, der zurückblieb, der Junge bedürfe zu seiner Erholung eines unbeschwerten Sommers. Im Lehrstoff sei er weiter als sonst in seinem Alter üblich; er wirke »übergeistigt«. Körperlich fand sie ihn zurückgeblieben. Sie meinte die schmächtige Gestalt und seine Unlust bei den Leibesübungen in der kleinen Palaestra hinter der Villa. Nur sein Leibsklave Harpocrates, der Verschwiegenste unter den Schweigern, durfte mit.

Eine Wegstunde von dem Landstädtchen Volturnum entfernt, lag das Gut am Ufer des Flusses Volturnus, der sich, aus den Bergen Samniums kommend, tief eingeschnitten durch die kampanische Ebene schlängelte, teils hinter breitwipfligen, silbriggrünen Pappelhainen und unter kugeligem Weidengebüsch, teils in offener Grasweide und Kornflur. Der Fluß zog klar und still in seinem Kiesbett. Die Grasweiden grünten fett, verschleiert von gelben und weißen Blumen. Der Weizen schoß bläulich schimmernd in die Höhe. An den Netzen, die sich zwischen den Reihen gepflanzter Pappeln spannten, kletterten die Weinreben von Tag zu Tag höher.

Der alte Sklave Knemon verwaltete das Gut. Für Dorkon, Lampis und Dryas, die drei Ackerknechte, hielt er die Geräte in Ordnung; er teilte die Arbeiten ein, besserte hier und da am Gutshaus, an der Scheune und den Stallungen etwas aus, flickte die Flechtzäune des Gartens und der Viehhürden. Abends zählte er das Vieh und teilte das Futter zu. Sonst formte er Käse und legte die Stücke zum Trocknen auf hölzerne Darren oder warf sie in trübe Molke. Syene, die Frau, mit der er lebte, versorgte mit den Frauen der Ackerknechte das zahlreiche Federvieh, buk Brot, kochte Mus und Grütze, spann Wolle, filzte Ziegenhaar und hielt Haus und Hof reinlich. Zu allem zog sie auch ihre beiden halberwachsenen Töchter heran, wenn sie nicht auf der Weide waren. Agele, die ältere, hütete die Ziegen, Eumele die Schafe. Ein nicht mehr ganz junger, aber kräftiger Kilikier versorgte die zwanzig schwarzen kampanischen Büffelrinder, trieb sie zur Tränke in den Fluß, molk sie und ließ sich dabei von den Mädchen helfen, gab acht auf die beiden Pferde für den einzigen Wagen des Hofes und durfte, da er so rührig war und, wie er jedem versicherte, »die Welt gesehen hatte«, abends an der Straße eine Schenke betreiben, in der Brot, Wein, Käse, Grütze und manchmal auch Fleisch aus eigenem Aufkommen an Nachbarn und Durchreisende verkauft wurden. Er hieß Trimalchio und war erst vor kurzer Zeit auf dem Sklavenmarkt von Capua ersteigert worden, als die Erben des berühmten Maecenas eins ihrer Güter auflösten. Auf diese Herkunft war er sehr stolz. Als die Domina und ihr Sohn am Abend in seinem Garten aßen und seine Kochkünste lobten, ließ er nicht ab, davon zu schwatzen. In einem großen Bauer brachte er einen Raben, den er zum Sprechen abgerichtet hatte, und ließ sich immer wieder »Maecenatianus« nennen. Dazu behauptete er, den Freund des Augustus und Gönner der Dichter hätte er in Rom selbst bedient. Aber beim Tod des Maecenas konnte er höchstens ein Kind gewesen sein, und daß er Rom je gesehen hatte, machten die sonderbaren Dinge, an die er sich zu erinnern vorgab, wenig wahrscheinlich.

Die Mutter blieb ein paar Tage. Sie verhandelte, die Hand im schwarzen Lockenhaar ihres Sohnes, mit dem alten Knemon und schärfte ihm ein, Titus nicht wie einen jungen Herrn zu behandeln, sondern wie einen eigenen Verwandten in die täglichen Arbeiten einzuteilen, mit Schonung freilich, dies aber unauffällig, und mit niemandem darüber zu sprechen, wer er wirklich sei: den Harpocrates dürfe er härter herannehmen. Tagsüber lag sie auf einer Matte im schattigen Garten und grübelte, oder sie schaute Syene bei ihren Arbeiten zu und fragte sie aus, wie man ein kleines Kind ausfragt. Meistens ging sie schon vormittags wieder in ihre Kammer und holte versäumten Schlaf nach, denn nachts litt sie unter Alpträumen, schreckte auf, lag stundenlang wach oder wanderte im Haus umher, ohne von sich zu wissen.

Dann reiste sie ab. Sie versprach fest, zur Weinlese wiederzukommen und Titus zu holen. »Mein Encolpius«, sagte sie, »weine jetzt nicht, es wird mir nur schwerer! Du hast es hier besser als anderswo in der Welt. Es geht etwas vor, das ich dir nicht erklären kann. Hier bist du in Sicherheit. Sag keinem Fremden deinen Namen! Laß ihn dir weder durch Schmeichelei noch durch Gewalt entlocken! Lieber erfinde einen anderen! Die Bulla deines Bruders Tiberius trage zusammen mit der eigenen, dem silbernen Würfelchen. Denn mir erschien eine Nymphe im Traum, vielleicht deine Urmutter Carmentis. Sie sagte, du übernähmst mit der Bulla den Lebenshauch deines Bruders. Du hast einen Grund mehr zu leben als andere! Die bösen Vorzeichen sind nun erfüllt, und die guten wirken mit Merkur gemeinsam. So wirst du die schlimmsten Fährnisse überstehen und, wenn es not tut, aus Lebensgefahr gerettet werden.« Sie stieg in den Wagen. Bei der Erwähnung der Urmutter war Titus zumute gewesen, als wollte die Mutter aus seinem Leben treten und ihm dafür die Nymphe empfehlen. Sie beugte sich aus dem Wagenfenster, sah ihm tief in die Augen: »Auch wenn du hier wie ein Bauernjunge leben mußt und niemandem deinen Namen sagen darfst, vergiß nicht, wer du bist. Unsere Art ist es, sich mit niemandem zu vergleichen. Wie schauen zwar nach oben und nach unten, aber niemals angestrengt. Zumeist geht unser Blick geradeaus. Vielleicht wirst du später einmal sagen, daß du die Sonne unseres Standes hast untergehen sehen.«

Schon während der ersten Nacht hatte Titus sich heftig

nach dem Puteolanum zurückgesehnt. Nun überkamen ihn Heimweh und Einsamkeit, als dröhnte der Himmel. Er stand an der Landstraße und starrte der Staubwolke nach, unter der die Mutter dem sinkenden, im Dunst breitgezogenen Sonnenball entgegenfuhr. Auf Tellern und Pokalen, über Landschaften aus getriebenem Gold oder Silber, hatte er manchmal den Sonnengott mit einem Gesicht gesehen, das einen seltsam gequälten Ausdruck zeigte, als litte er unter der eigenen Hitze. So erschien ihm nun das scheidende Gestirn. Er überdachte, ob er sich unterwegs alle Dörfer und Weggabelungen gemerkt hatte, entschlossen, schon morgen nach Hause zu laufen. Aber er hatte auch gelernt, sich seinen Eigensinn zu bewahren, indem er ihn nicht ziellos gebrauchte. Die Mutter würde ihn wieder herbringen. Und wenn er die Bilbliothek und den alten Acoetes mit dem Fluß, den Wiesen und Pappelhainen verglich, an die Katzen des Hofes dachte und sich die Menschen vorstellte, mit denen er gleich essen würde, spürte er eine Verheißung neuen Erlebens, die seine Neugier weckte. So schlenderte er zurück.

Vor seiner Schenke stand Trimalchio, schneuzte sich die dicke, tropfenförmige Nase und wischte sich mit der Schürze Fett vom Mund. »Junger Herr, womit kann ich dir gefällig sein?« fragte er, leicht den stiernackigen Kopf neigend, durch dessen Scheitel eine beginnende Glatze schimmerte, und die Handflächen erbötig hebend.

»Du sollst mich nicht junger Herr nennen!« zischte Titus ihn an. »Ich habe einen Namen!«

»Aber auch an dem erkennt man gleich den jungen Herrn.« Trimalchio riß wichtigtuerisch seine Froschaugen auf.

Es hätte Titus gefallen, wenn man ihn hier Encolpius riefe. Doch diesem Menschen wollte er den Kosenamen nicht verraten.

»Ich werde schon einen Decknamen für dich finden«, sagte Trimalchio, da er ihn grübeln sah. »Was trägst du da für eine hübsche Bulla? Gold? Was hat sie gekostet?« Er packte die kleine goldene Olive und las laut den Namen Tiberius.

Wer weiß, argwöhnte Titus, was dieser nach Schweiß und Molke stinkende Rüpel, der, woher eigentlich? lesen kann, mir noch anhängt! Die Gestalt erschien seinem inneren Auge, die ihm oft aus einer Beklemmung geholfen hatte. Er tat ein paar tänzelnde, gleichsam balancierende Schritte, blieb mit erhobenen Armen vor Trimalchio stehen, schnippte mit den Fingern und entschied mit gewinnendem Lächeln: »Nenn mich Satyr!«

»Oho!« kicherte der Sklave. »Womit also kann ich dir gefällig sein, kleiner Satyr?«

»Wo ist mein Harpocrates? Den ganzen Tag suche ich ihn!«

»Er sollte mit mir die Rinder weiden«, antwortete Trimalchio, »war aber fast nur bei den Schafen und Ziegen, das heißt: bei den Hirtinnen Agele und Eumele. Es scheint, er verdient den Spitznamen Satyr weit eher als du.«

Wenn die Domina ihr Kind körperlich zurückgeblieben fand, irrte sie sich in einem: Sie ahnte nicht, daß es ihn in der Nähe von Mädchenhaaren und Frauenkleidern erwärmend durchrieselte. Die Empfindung hatte sich immer verstärkt, wenn eine der Zofen einen rutschenden Träger ihrer Tunika auffing, ihren Haarknoten richtete und ihn Encolpius nannte. Dann war ihm manchmal gewesen, als müßte er am Busen dieses Mädchens ruhen, der sich mit der Armbewegung hob, so daß auf dem dünnen Leinen die Brustwarzen hervortraten. Seit einiger Zeit hörte er den griechischen Kosenamen lieber von einer Zofe als von der Mutter; sobald das Mädchen einmal dazu gelächelt hatte, nicht spöttisch, eher entschuldigend wegen ihrer zweifelhaften Befugnis, schien ihm, nicht sie benutzte den Kosenamen mißbräuchlich, sondern die Mutter, die einen grämlichen Ton hineinlegte. Im Traum schmiegte er zuweilen wirklich seinen Kopf an einen Mädchenbusen. Wenn die eine ihn tags zuvor im Garten flüchtig an sich gedrückt hatte, spürte er wieder die weiche, duftende Wölbung und die etwas härtere Warze, die sich an seine Wange gepreßt hatte, nahe dem Mundwinkel, und beim Erwachen erinnerte er sich an eine fast würgende Wonne.

Deshalb versetzte ihm Trimalchio mit der Auskunft, Harpocrates halte sich bei den Schwestern auf, einen Stich ins Herz, als hätte er etwas versäumt. das nur ihn betraf. Zugleich ärgerte ihn die überrumpelnde Liebedienerei Trimalchios.

Der Kilikier hatte seine schwarze Herde schon im Pferch. Titus hoffte, auch die Schafe und Ziegen auf dem Heimweg zu treffen. Doch er lief weit durch die Pappelaue des Flusses, dessen Plätschern sich mit dem Rascheln der silbrigen Blätter im abendlichen Luftzug mischte. Wolliger Pappelsamen trieb ihm entgegen. Endlich hörte er im Schwirren der Zikaden Schafe blöken und Ziegen meckern. Die Tiere waren satt und durstig; kaum eins stapfte noch rupfend durchs Gras; die meisten lagen und kauten wartend ein letztes Blatt, einen letzten Halm. Eumele saß allein auf einem querliegenden Stamm und schwenkte einen verwelkenden Blumenkranz um den Zeigefinger, mißmutig und vertieft. Sie erschrak nicht über seine Schritte, sah ihm nur neugierig entgegen. Er blieb stehen, betrachtete sie wortlos. Längst hatte er die Schwestern miteinander verglichen. Ageles Busen trieb schon das fein gefältete Oberteil der Tunika weit auseinander. Sie hätte er lieber angetroffen. Doch als ihm Eumele ohne Scheu fragend in die Augen schaute, entdeckte er, daß sie das hübschere Gesicht hatte.

Sie meinte, er suche seinen Sklaven. Mit Agele sei er zum Pinienhain gegangen, um dort für die Nymphen Blumenkränze an die Äste zu hängen und dem bocksfüßigen Hirtengott Pan eine Schale Honig zu opfern. Sie habe nicht mitgehen dürfen und müsse nun schon allzulange beide Herden hüten. Gewiß sorgten sich die Eltern. Titus setzte sich zu ihr, betrachtete sie von der Seite, doch Eumele wandte ihm langsam wieder ihr Gesicht zu und ließ, ganz ohne das feuchte Schillern, mit dem ihn die eine oder andere Zofe Encolpius genannt hatte, seinen Blick tief ein in ihre braunen Augen. Auch dieses schmale, nußfarbene Gesicht mit den strichhaften, dicht über den Wimpern verlaufenden Brauen, der geraden Nase, dem knospenhaft runden Mund löste das erwärmende Rieseln aus, einen Durst, der sich gewiß nicht mit

Trinken stillen ließ, einen Hunger, dem ganz das Bedürfnis zu essen fehlte, ein Verlangen, das die Knie weichmachte und seinen Kopf in die Nähe ihrer Schulter zog. Sie roch nach dem groben Leinen ihrer Tunika und ein wenig nach Schweiß, Ziegeneuter, minderem Olivenöl und Knoblauch, seiner Nase nicht angenehm, und doch war ihm, als spürte er noch einen unbekannten lieblichen Duft, zu dem sein Gaumen einen verwandten Geschmack kennen wollte, ungewiß, woher. Mit der knappen Neigung seines Kopfes sah er ohne Absicht hinter den oberen Saum ihrer zu weiten, ungefältelten Tunika, und mit einem heißen Zucken in der Kehle erkannte er ihre kleinen Brüste, die viel weiter vorschwollen, als das Gewand ahnen ließ.

Sie sollte ihn Encolpius nennen. Es von ihr zu verlangen, erschien ihm aber zu frech. »Ist unter den Nymphen«, fragte er, »denen ihr opfert, Carmentis? Sie war meine Urmutter.«

Sie wagte nicht, daran zu zweifeln. Nur daß eine Carmentis in diesem Landstrich unbekannt sei, gab sie zur Antwort.

Er wollte sie fragen, welche Nymphe sie als ihre Urmutter betrachte, doch die Ziegen wurden unruhig; einige erhoben sich und liefen in die Dämmerung. Gemächlich kamen Agele und Harpocrates mit ihnen zurück. Sie trugen Pinienkränze auf den Köpfen, umschlangen einander die Schultern mit dem Arm und sangen eine Strophe auf Pan, den Beschützer der Herden.

Titus versagte es sich, seinen Sklaven anzufahren. Er ahnte, daß es ihm vor den Mädchen keinen Vorteil brächte, als junger Herr aufzutreten, sah er doch mit eigenen Augen, was Agele ihresgleichen erlaubte. Harpocrates bat: »Sei heute du der Schweiger! Besser noch, du bestätigst alles, was wir zu Knemon sagen. Eumele ist ein Schaf fortgelaufen, wir alle halfen, es zu suchen.«

Agele entnahm ihrer Tasche aus Hirschfell die fünfrohrige Syrinx und blies ihren Ziegen das Zeichen zum Aufbruch. Eumele folgte auf der ihren mit dem Ruf für die Schafe. So zogen sie heimwärts. Agele und Harpocrates sangen in einem fort. Nicht einmal, wenn ein Zicklein abirrte, unterbrachen sie sich. Titus ließ sich von Eumele die Hirtenflöte geben, versuchte ein paar Töne und sagte, morgen wolle er es richtig lernen. Doch die Hilfe, an die er dachte, bot ihm Eumele nicht an.

Zum erstenmal aß Titus gemeinsam mit Knemon und Syene, ihren Töchtern, den Ackerknechten Dorkon, Lampis und Dryas und ihren Weibern am großen Tisch. Die Grütze schmeckte ihm bitter, das Fladenbrot war grob, der Käse roch ein wenig nach Stall. Aus irdenen Bechern trank man mit Milch vermischten Wein. Harpocrates fischte ihm die schönsten Oliven aus der Salzlauge und nahm ihn in Schutz, als die Mädchen kicherten. Syene raffte sich auf und holte ein paar Eier. Knemon brummte: »Die Domina aber ...« Sie antwortete: »Ach, laß doch die Domina!«

Er schlief mit seinem Sklaven in derselben Kammer. Harpocrates begann schon zu schnarchen, als ihn der Junge fragte: »Willst du Agele heiraten?«

Harpocrates, gewohnt, jedem Ruf zu folgen, antwortete: »Sklaven heiraten nicht. Sie liegen miteinander!«

»Hast du mit Agele gelegen?«

»Nein. Aber vielleicht werde ich es tun.«

Das klang so einfach. Was sollte Schönes dabei sein, dachte Titus, wenn ich mit Eumele liege? Im Sitzen würde der Kopf viel bequemer an ihrem Busen lehnen.

»Was habt ihr also gemacht?«

»Dem Pan eine Schale Honig geopfert.«

»Wirklich nichts weiter?«

»Was denn weiter?« Harpocrates stützte sich auf. »Danach haben wir uns umarmt und geküßt.«

»Das ist doch mehr, als miteinander zu liegen.« Hastig gestand Titus, das alles wünsche er auch mit Eumele zu tun.

»Gleich morgen kannst du mit Eumele alles tun, was du willst«, sagte Harpocrates. »Du brauchst sie nicht einmal zu fragen, und auch ihr Vater muß es dir erlauben. Wir gehören allesamt zum Besitz deiner Eltern.«

Aber einen Unterton hörte Titus heraus, der ihm nicht empfahl, was ihm erlaubt war. Das machte ihn am nächsten

Morgen verlegen, als Knemon ihn fragte, an welcher Arbeit er sich beteiligen wolle. Da er mit Eumele angeblich sofort alles tun durfte, erregte er vielleicht den Verdacht, daß er Böses mit ihr vorhatte, wenn er verlangte, sie auf die Weide zu begleiten. Also fragte er zurück, was Knemon tun werde, und als er von einem Tor hörte, das instand zu setzen war, entschied er sich, dabei zu helfen.

Die Ackerknechte Dorkon, Lampis und Dryas gingen in einen Olivenhain, um den austrocknenden Boden aufzuhakken. Trimalchio öffnete seiner Herde den Pferch, und Harpocrates trug die Milchbottiche fort. Wehmütig sah Titus die beiden Mädchen mit ihren Schafen und Ziegen davonziehen, hörte in der Ferne die Töne der Syrinx verklingen. Knemon ließ ihn ein Brett halten, Nägel reichen. Schon den Hammer wagte er dem Sohn seiner Herrschaft nicht zu geben, und um ein anderes Brett zu holen, ging er lieber selbst, denn der Junge hatte doch nicht das Augenmaß. »Hier gibt es wenig für dich zu tun«, brummte er bald. »Geh, wohin du willst.«

»Soll ich Trimalchio helfen?« fragte der Junge, noch immer bemüht, seinen sehnlichsten Wunsch zu verbergen.

»Das ist zu gefährlich« antwortete Knemon »Wenn Pan plötzlich zwischen die Rinder tritt, könnte dich leicht eins niedertrampeln. Ich will dich nicht kränken, aber geh lieber und hüte mit den Mädchen die Ziegen und Schafe.«

Ihm wurde, als hätte Jupiter selbst gesprochen Fortan zog er Tag für Tag mit den Hirtinnen den Fluß hinauf über das Weideland. Auch Harpocrates war froh, hatte er doch, da er zu Titus gehörte, einen Grund, Trimalchio und seine schwarzen Büffelrinder sich selbst zu überlassen. Waren die Schwestern sonst stets beieinander geblieben, fand nun Agele Gründe, andere Wege zu gehen, und immer häufiger suchten die Pärchen verschiedene Triften auf.

Nicht lange, und Eumele hatte Titus alle Tonfolgen gelehrt, die sie auf den fünf Pfeifen ihrer Syrinx spielte. An einer Biegung des Volturnus saßen sie unter einer uralten heiligen Platane. Wenn es heiß wurde, badeten sie im Fluß. Eumele behielt ihre Tunika an, die schnell wieder trocknete; Titus zog sich, wie er es von den Klippen des Golfes gewohnt war, nackt aus und stieg langsam ins flache Wasser, denn es war viel kälter als der Golf. Eumele rannte hinein, wo es gleich tief wurde, schwamm, juchte, prustete, spritzte, und ehe Titus sich ganz überwunden hatte, um zu ihr zu schwimmen, flüchtete sie an Land, lachte, setzte sich in die Sonne, sah ihm zu. Das nasse Kleid klebte ihr an der Haut, die Brüste schimmerten durch. Aber flink winkelte sie ihre Knie an und verschränkte die Arme darauf.

Bald streckte sie, wenn er sich nach dem Bad neben sie setzte, sacht eine Hand nach ihm aus, sah ihn fragend an, streichelte erst seinen Arm, dann seinen Hals, seinen Schenkel, ohne die Augen abzuwenden, und noch immer verschleierten sie sich nicht wie bei den Zofen. Da wagte er es, die Lippen in ihr dunkelbraunes Haar zu drücken und sie ebenfalls zu streicheln, nahm ihre Schultern in die Hände, um sie an sich zu ziehen. Gleich, dachte er, gleich werde ich ihren Busen an meiner Wange spüren. Zuvor nahm er ihr Ohrläppchen zwischen die Lippen, wie es eine Zofe bei ihm getan hatte. Da sprang sie auf und lief fort.

Anderentags, als er wieder nach ihrem Ohrläppchen haschte, küßte sie ihn auf den Mund und sah ihn still an, als wollte sie ihm zeigen, dies wünsche sie, nichts anderes. Welches Glück war damit zu vergleichen! Aber der Kuß schürte den Durst, der nicht mit Trinken zu stillen war, den Hunger, dem das Bedürfnis zu essen ganz fehlte. Er küßte sie oft und drückte sie manchmal sehr lange an sich; sie versagte es ihm nie. Jedesmal fühlte er sich dann matt und traurig, als wäre sie fortgegangen, obwohl sie unverändert neben ihm saß und wartete, ob er sie wieder küsse. Er befahl ihr, fortzulaufen, um sie zu haschen. Die Jagd machte sie ausgelassen. Sie bewarf ihn mit den haarigen und stacheligen Samen der Kräuter, schlich sich, nach kurzem Versteck, hinter ihn und streckte ihn mit unverhofftem Griff rücklings ins Gras. Dann wieder ging sie auf keine Neckerei ein, sondern sang oder erzählte ein Märchen, flocht Kränze, die sie Pan und den Nymphen weihte, setzte auch ihm und sich selbst Gebinde aus Blüten auf. Sie zeigte ihm, wie man eine Grillenfalle baute. Im Handumdrehen hatte sie drei geflochten, ihm mißriet jede. Er gab es auf, denn schon hatte sich in einer ihrer Fallen eine Grille gefangen. Als er sie aufhob, sprang sie aus seiner Hand auf Eumeles Hals und glitt in ihre Tunika. Sie saß starr: »Bitte hol sie heraus!« Er fand die Grille nicht, spürte aber die weiche Haut ihrer Brüste, zitterte, wollte aufspringen, doch ein sanfter Schwindel hielt ihn. »Du mußt die Tunika ausziehen!« forderte er. – »Du aber auch!« antwortete sie. Sie knieten nackt voreinander. Die Grille war entsprungen und vergessen. Lange betrachtete er ihre Mädchenbrüste, bevor er erst die eine, dann die andere Wange sacht daranschmiegte und ihr seinen Kosenamen verriet.

»Encolpius!« wiederholte sie. Dann zog sie seine Tunika an. Sie wußten nicht, was sie dazu trieb, aber jeden Tag tauschten sie, kaum daß Agele und Harpocrates außer Sicht waren, ihre Kleider und fühlten sich wohler als vorher.

In Knemons Garten stand ein hölzerner Priapus. Nie zuvor war Titus ein Bildnis des Fruchtbarkeitsgottes mit dem übergroßen, aufgerichteten, rotbemalten Phallus, dem nur das Landvolk huldigte, aufgefallen. So hatte er auch nicht beachtet, was manchmal mit ihm selbst geschah. Erst neuerdings beobachtete er, wie oftmals, wenn er Eumele küßte, an ihrem Busen lag oder mit ihr die Kleider tauschte, Priapus in ihn fuhr. Sein Herz pochte dann so wuchtig, als füllte es den ganzen Brustkorb aus und hätte doch nicht genug Platz. Es war kaum zu ertragen.

»Ja, wenn du ein Sklave wärest«, seufzte Harpocrates abends in der Kammer belustigt, als ihm Titus alles geschildert hatte, »fiele dir so etwas leichter. Du wirst mit ihr liegen müssen.«

»Wenn es weiter nichts ist«, sagte Titus. »Du sagtest ja, daß ich es darf, weil ich der Herr bin ...«

»Trotzdem«, warnte der Sklave, »auch wenn du der Herr bist, tu es nicht mit Gewalt, sondern behutsam. Es wird ihr ein wenig weh tun. Aber wenn du dich zügelst, findet sie Gefallen daran.«

Am folgenden Tag legte sich Titus still neben Eumele. Sie fand nichts Unrechtes dabei, so daß er die Gelegenheit vermißte, bei der er keine Gewalt anwenden durfte. Behutsam vermied er, was ihr hätte weh tun können. Sie ließ weder Gefallen noch Ärger merken. Da richtete er sich auf und küßte ihre Brüstchen sehr sacht. Da es ihr sichtlich gefiel, sagte er sich: Es ist gar nicht so schwer, sich zu zügeln. Aber sein Herz pochte wuchtig, und Priapus fuhr in ihn. Das störte ihn nicht wenig, denn er fürchtete, daß sie es bemerkte und über ihn lachte wie die Weiber der Ackerknechte, wenn sie an dem hölzernen Gott im Garten vorübergingen. Als er von Eumele abließ und sich bäuchlings ins sommerwarme Gras wälzte, steigerte sich das fremdartige, wie es schien unstillbare Gefühl, und er fand es der Todesangst verwandt, die er an jenem Morgen auf der Felskante über dem Golf gespürt hatte.

Die Getreidefelder wurden gelb. Täglich waren die Ackerknechte mit ihren Weibern beim Sicheln, Bündeln und Dreschen. Knemon und Syene fuhren mit dem Gespann zwischen Feld und Scheune hin und her, und abends mußten die Töchter, Trimalchio, Harpocrates und Titus im Hof beim Worfeln helfen. Eumele sah es nicht ungern, wenn Titus auch dann in ihrer Nähe blieb. Es reizte ihn, zu erfahren, ob die anderen ahnten, daß sie zusammengehörten. Aber Auge und Hand stießen auf einmal bei Eumele auf Ablehnung, und als Trimalchio ihn Satyr nannte, wurde sie schroff und verschlossen, nicht etwa gegen die Lacher – spöttisch hatten die Frauen der Ackerknechte den Spitznamen aufgegriffen –, sondern gegen Titus selbst. Die Frauen fragten, über seine Miene erschrocken, ob ihn die Neckerei verstimme, wanden ihm einen Kranz aus Weinlaub und Efeu, drückten ihn in sein schwarzes Haar, drehten ihn tanzend herum, klatschten in die Hände und priesen sich selig, den leibhaftigen Dionysos im Jugendglanz zu erblicken. Eumele lief ins Haus und ließ sich den ganzen Abend nicht mehr sehen.

Titus wiederum verletzte es tief, daß Eumele freudig zugriff, als ihr Trimalchio an einem anderen Abend eine siebenrohrige Syrinx brachte, die er angeblich selbst gefertigt hatte. Jeder Ton, den sie auf der neuen Panflöte blies, traf ihn. Sie gebrauchte die Syrinx aber nur unterwegs. Hörten sie im Pappelwäldchen wieder das Rupfen und Malmen der Schafe und hatten einer des anderen Tunika übergestreift, verflog der Mißmut wie im heiteren Himmel der Rauch des Honigopfers, das auch sie nun ab und an im Pinienwäldchen dem Pan darbrachten. Die neunrohrige Syrinx, die Trimalchio dem Mädchen versprach, ließ auf sich warten.

Ohne Abrede fanden sie allmählich ein Maß für ihre Zärtlichkeiten, bei dem im Verlangen die Wonne überwog, und der Junge zügelte sich wohlweislich vor der Schwelle, auf der es ihn zu quälen begann wie ein böser Zauber, von dem er keine Erlösung wußte.

Einmal sagte sie zu ihm, und es klang eine Spur wie Abschied und Warnung: »Bald bist du wieder Herr und ich die Sklavin.«

Titus antwortete hastig: »Meine Urmutter Carmentis sagte zu meinem Urvater Merkur auch nicht: Du bist ein Gott, ich bin nur eine Nymphe! Vor dem allgewaltigen Schicksal ist niemand Herr oder Sklave. Alles kann sich umkehren! Harpocrates ist Sklave und hat doch göttliches Blut, warum nicht auch du? Mußten sich nicht vor Zeiten Götter und Sterbliche vermischen? Als Prometheus das erste Menschenpaar geformt hatte, blies er ihm göttlichen Odem ein. Aber mit wem konnten sich die Kinder dieses Menschenpaares vermischen, wenn nicht mit göttlichen Wesen? Nur eines weiß ich nicht genau: Wie geschah dieses Vermischen?«

Er wartete, ob Eumele es wußte. Sie schwieg, aber er sah ihren Herzschlag an der Halsader.

Und manchmal hätte er seinen Großvater gern gefragt, weshalb sein Ahnherr, König Euander, aus der zauberischen Landschaft Arkadien fortgezogen war. Hatte ihn jemand verjagt?

Der Satyr wird entführt

Trimalchio nahm unter den Leuten des Gutes bei Volturnum eine besondere Stelle ein. Als einziger konnte er lesen, schreiben und rechnen. So oblag ihm seit seinem Ankauf die Buchführung, für die zuvor jemand von einem größeren Gut der Petronier hatte herüberkommen müssen. Seine Schenke brachte ihn mit mehr Leuten zusammen als Knemon und Syene. Er stand gut mit Flurschützern und Waldhütern, kannte Magistratsbeamte nahe liegender Städte, erfuhr jeden Tag von Durchreisenden eine Neuigkeit, die manchmal sogar, wie er herausstrich, geradewegs aus Rom kam, vielleicht aber auch nur aus einem veralteten Blatt des »Täglichen Anzeigers«. Er blieb mitunter tagelang fort, ohne daß Knemon ihm eine Frage stellte. Sein erlaubter Gewinn war, wie er mit langen Blicken auf die Weiber der Ackerknechte und die Hirtinnen bekanntgab, recht ansehnlich. Trinkgelder wußte er durch seine einnehmende Art zu lockern. Er steckte sie in die Backe und trug sie in eine Kammer, zu der nur er den Schlüssel besaß. Ein unwiderstehlicher Hang zum Prahlen verführte ihn auch, unerlaubte Gewinne durchblicken zu lassen, denn obwohl ihn jeder als etwas Besonderes ansah, mochte ihn niemand, und die stillschweigende Abneigung bestärkte ihn in der Vermutung, er habe noch nicht genug geprahlt. Fühlte er sich ganz unverstanden, packte er den Hofhund bei der Schnauze und sagte, als gehörte ihm alles: »Du wachst über mein Grundstück und mein Haus!« Knemon hätte ihn in die Schranken weisen müssen. Aber nicht er verhandelte bei den Abrechnungen mit dem nächsthöheren Gutsverwalter, sondern Trimalchio, und er fürchtete, der rührige Kilikier, dem die Schimpfworte nie ausgingen, würde sich aufspielen. Schon war es Trimalchio, der wortreich darüber befand, ob Versehen, die dem frühzeitig gealterten Knemon unterliefen, zu melden waren.

Auch Titus gegenüber tat er sich keinen Zwang an. Das Staunen, mit dem der Junge ihn beobachtete, nahm er für Bewunderung. Wenn er nur den Mund hielt, war es tatsächlich ein Vergnügen, ihm zuzusehen, wie er zwischen den brüllenden Stieren umherging, dem einen die Stirn kraute, dem anderen prüfend auf den Bauch klopfte, ob er sich nicht blähe, wie er molk und die Milchbottiche forttrug. Den knappen, herrischen Ton, in dem er jedem Anweisungen erteilte, konnte er nur den Soldatentrupps abgelauscht haben, die manchmal in seiner Schenke einkehrten. Nicht ungern besuchte ihn Titus dort und ließ sich einen Leckerbissen zustecken, den es an Knemons Tisch selten oder gar nicht gab, eine gebratene Wurst, ein saftiges Stück Fleisch, einen Fisch aus dem Volturnus oder eine Granatfrucht, die sich genüßlich ausperlen ließ, während man den Gesprächen der Gäste lauschte. »Womit kann ich dir gefällig sein, kleiner Satyr?« fragte Trimalchio und schlug ihm auch einen Becher Wein nicht ab.

Die Weinlese begann. Ein Schwarm Winzer kam von einem anderen Gut und besorgte in wenigen Tagen die Arbeit. Als nur noch das sich verfärbende Weinlaub in den Rebnetzen hing, feierten sie ein Fest. Die Weiber der Ackerknechte ließen es sich nicht nehmen, aus Titus noch einmal einen jungen Dionysos zu machen. Mit Efeu und Reblaub bekränzt, mußte er sich in eine von Trauben überquellende Bütte stellen. Die Winzer umtanzten ihn mit Singsang und ahmten die Bewegungen ihrer Arbeit nach. Trimalchio schlug die Handpauke, und Knemons Töchter bliesen die Syrinx. Musik und Wein versetzten die Tanzenden in einen Rausch. Eigenwillig änderte Trimalchio den Takt, um einen Tanz aus seiner kilikischen Heimat zu zeigen. Aber die Ackerknechte ließen ihn nicht lange gewähren und verlangten von ihren Frauen den Kordax. Die Frauen bewegten aufreizend ihre Hüften, als hätten sie noch die schlanke Gestalt der Bacchantinnen, und umwarben Harpocrates mehr, als ihren Männern gefiel.

Plötzlich kamen alle aus dem Takt. Trimalchio hatte die Handpauke weggeworfen und unverfroren nach Agele gegriffen. Grimmig traten die Ackerknechte dazwischen, Agele hob die Handpauke auf und schlug den Takt weiter. Unverdrossen torkelte Trimalchio zu Eumele, die abseits in die Hände klatschte, um an einer bestimmten Stelle des Tanzes in die Rolle der Ariadne zu schlüpfen und sich, einsam am Strand von Naxos umherirrend, von Dionysos finden zu lassen. Die Trunkenheit machte ihn dreist und täppisch. Nun packte ihn der alte Knemon. Nur beiseite schieben wollte er den Rinderhirten, traf ihn aber mit dem Ellenbogen ins Auge. Trimalchio taumelte und fiel hart zu Boden. Erschrokken stand alles still. Plötzlich ernüchtert, erhob sich Trimalchio, hielt die Hand an das schwellende Auge und blickte mit dem anderen in die Runde. Harpocrates lachte los und wies mit dem Finger auf ihn: »Steht er nicht da wie der einäugige Zyklop, traurig, daß er die Galatea nicht kriegt?« Alle stimmten in sein Gelächter ein.

Trimalchio wartete. Sein Rausch ballte sich zum Zorn. Gerade setzten die Mädchen wieder ihre Panflöten an die Lippen, da polterte er rauh: »Das werdet ihr teuer bezahlen! Bald bekommen wir eine neue Herrschaft. Da guckt ihr, was? Der Hof wird abgerissen, ihr werdet alle verkauft an den Latifundienbesitzer, dem das Land ringsum gehört. Ihr lobhudelt die Herrschaft wegen geringer Abgaben! Könntet ihr denn mehr abgeben? Solche kleinen Güter lohnen sich nicht mehr.« Dann faßte er Titus ins Auge. »Auch für dich, kleiner Satyr, wird sich einiges ändern!« Und verschwand.

Das Fest war verdorben. Man rätselte, was hinter der Drohung steckte, und befragte die Winzer. Die wußten nichts und schoben alles auf Trimalchios Trunkenheit. Harpocrates aber raunte Titus zu, der Kilikier sei kein Mann leerer Drohungen, und Betrunkene, zumal im Zorn, verrieten oft ein Geheimnis.

Titus erschrak. Längst hätte die Mutter kommen und ihn holen müssen. Die Tage wurden kürzer und kühler. Es regnete; das Vieh blieb in den Ställen. Oft sah er Eumele einen ganzen Tag nicht. Er hatte wieder Zeit für sein Heimweh. Einfach aufbrechen, sich nach Puteoli durchfragen! Als sie eines Nachmittags im Wald jenseits des Volturnus Eicheln und Bucheckern für die Schweine sammelten, zog er Harpocrates ins Vertrauen.

»Schon seit Tagen«, antwortete der Leibsklave, »möchte ich dir etwas anderes vorschlagen. Laß mich allein gehen. Wenn Gefahr droht, komme ich besser durch. Gib mir deine Bulla, du hast ja noch eine. So kann niemand mich für einen entlaufenen Sklaven halten und mir ein Brandmal auf die Stirn drücken.«

Titus gab ihm das silberne Würfelchen, das seinen Namen trug. »Aber willst du Agele für mich allein lassen?«

»Sie braucht mich jetzt weniger als du. Zu essen findet man im Herbst überall. Du sollst nicht lange im ungewissen bleiben.«

Die Dämmerung, in der Harpocrates verschwand, schnürte dem Jungen die Brust ein. Er ließ Eicheln und Bucheckern liegen und lief in die andere Richtung. Atemlos gelangte er aufs Gut, sagte zu Knemon, ein Wolf hätte sie verfolgt, sein Sklave wäre ihm abhanden gekommen. Keiner am Tisch wagte Zweifel zu äußern. Nur Trimalchio bemerkte mit fadem Lächeln, im Herbst seien alle Wölfe satt und menschenscheu, und durch die Wälder der Ebenen streiften sie sogar fern in Kilikien nur zur Winterszeit.

Ohne die Tage zu zählen, lebte er dahin in der Betäubung des Wartens. Jeden Morgen, den er allein in seiner Kammer aufstand, dachte er: Heute oder nie erreicht mich eine Nachricht. Jeden Abend legte er sich hin mit dem Gedanken: Morgen ist noch ein Tag! Er mied Eumele und trieb sich allein herum. Seit er fortwollte, sah er ihr nicht mehr gern in die Augen. Arbeiten, die ihm der alte Knemon empfahl, ließ er liegen. »Ich bin der junge Herr!«

Auf der Landstraße kam ihm ein Reisewagen entgegen, begleitet von zahlreicher Dienerschaft zu Pferde, ein Teil bewaffnet. So wäre die Mutter nicht gekommen, und wenn, war es nicht geheuer. Obwohl die Schminke im Schweiß zerlief und die zu jugendlich frisierten Haare sich aus den Steckkämmen lösten, erkannte er sie: Albilla, die Gattin des Senators Pompejus Turbo.

Sie ließ anhalten und rief den Jungen. Einer der Bewaffneten sprang vom Pferd und hob ihn in den Wagen. Albilla lächelte süß. Sie roch stark nach dem Salböl eines städtischen Bades. Da er sich nicht umarmen ließ, machte sie Platz.

»Wo ist meine Mutter?«

»Du wirst es erfahren.« Sie schnaufte unheilvoll.

Der Wagen hielt vor Trimalchios Schenke. Stiernackig lehnte der Kilikier im Türrahmen und pflegte mit einem Holzspan seine Nägel. Neben ihm hing im Bauer der abgerichtete Rabe, der ihn »Maecenatianus« nannte. Seine Miene verriet, daß er Albilla kannte, vielleicht erwartete. »Herrin, womit kann ich dir gefällig sein?« Er neigte seinen Kopf, dessen fettiges Haar sich lichtete.

Wenn Titus Petronius sich späterhin dieser Ereignisse erinnerte, sah er eine Reihe rasch vorüberziehender Bilder, fühllos aufgenommen, weil er sie nicht verstand.

Knemon und Syene und alle anderen empfingen Albilla als die Herrin, und es schien, daß sie sich unterwürfiger benahmen als vor der Mutter. Kaum daß er gegessen hatte, wurde Titus ins Bett geschickt. Als er sich widersetzte, blitzte Albilla ihn an: »Gehorche! Oder was soll ich deiner Mutter über dich erzählen?«

Also würde er die Mutter sehen. Das beruhigte ihn ein wenig.

Aber er schlief nicht. Spät trat auch Albilla in die Kammer und ließ sich von Agele das Bett richten, in dem anfangs die Mutter geschlafen hatte, dann Harpocrates. Titus rührte sich nicht, atmete langsam und tief, als ob er schliefe. Kaum war das Mädchen gegangen, huschte Albilla an sein Bett und küßte ihn mit schwerem Weinatem auf mehrere Stellen des Gesichts. Er regte sich nicht. Da schlich sie zur Tür, öffnete sie lautlos und ließ sie angelehnt. Im Bett atmete sie so heftig, daß Titus sie für krank hielt. Gerade erwog er, sie zu fragen, ob sie etwas brauchte, als ein Lampenschein durch den Türspalt fiel.

»Leise!« flüsterte Albilla. »Wecke das Kind nicht!«

»Herrin, ich bin dir auch gern in meiner Kammer gefällig.« Die Stimme gehörte Trimalchio. Einen Spalt breit öffnete Titus die Augen. Im Schein des Öllämpchens erkannte er auch sein Gesicht.

»Seit wann schleicht die Herrin zu ihrem Sklaven?« fragte Albilla und schlug die Decke zurück. Sie war nackt.

Titus seufzte wie ein Schläfer, von der Schwelle des Erwachens zurücksinkend, streckte sich und atmete weiter tief und langsam. Aber er mußte die Kiefer aufeinanderpressen, um sein pochendes Herz zu bezähmen. Trimalchio ließ seinen Umhang fallen. Priapus war in ihn gefahren. Albilla wollte das Lämpchen löschen; der Sklave verbot es barsch. Er warf ihr die Arme zurück, kniete sich zwischen ihre Schenkel und senkte seinen priapeischen Pfahl hinein. Offenbar war der Augenblick, da es weh tat, bei ihr lange vorüber, denn es gefiel ihr von Anfang an.

Er sprang auf und schrie die beiden an: »Wo ist meine Mutter?«

Entsetzt verhüllten sie sich. Trimalchio faßte sich zuerst und grinste fade. Albillas Blick irrte umher. »Morgen bringe ich dich zu ihr, mein Junge, gleich morgen.«

»Jetzt sofort!« schrie Titus. Er tobte. Er trampelte auf die Dielen und trommelte mit den Fäusten gegen die Holzwand.

Der Kilikier löste unter dem Bett des Jungen ein paar Gurte, zwang ihn auf die Matratze, band ihn fest und schob ihn hinaus. Titus schrie um Hilfe. Knemon und Syene standen, Lämpchen in den Händen, mit wächsernen Gesichtern auf der Treppe. Albilla war tatsächlich die Herrin. Auch als sie ihm einen Becher Wein einflößte, in den sie etwas aus einem Fläschchen hatte tropfen lassen, sahen sie nur mitleidig zu. Ein paar Stufen tiefer gafften die Mädchen. Als er Eumeles Blick fand, wandte sie sich ab. Ich sehe sie zum letztenmal, dachte er, und nehme ihr Bild mit in den Orkus. Sie haben mich vergiftet, und warum auch nicht? War es mir schon verwehrt, ungeboren zu bleiben, ist dies wohl das beste.

Nach zeitlosem Dunkel hörte er wieder Stimmen. Er fühlte sich gerüttelt. Albillas Reisewagen rumpelte durch hellen Mittag. Sein Kopf schmerzte; er fühlte sich weit entfernt von allem, was er wahrnahm. Die Gegend kannte er nicht. Albilla lächelte ihn an, als sie seine Augen offen sah. Er wollte sprechen; es ging nicht.

»Du warst sehr krank«, sagte Albilla. Ihre Stimme klang wie die einer Taube im Morgengrauen. »Gewiß sind dir schreckliche Gesichte erschienen. Meine Arznei hat dir geholfen, nicht wahr?«

Titus anwortete nicht; er fühlte in seinem Gesicht eine blöde Starre.

»Sicher hattest du schlimme Ahnungen«, fuhr Albilla fort. »Ich will dir die Wahrheit nicht länger verheimlichen. Deinen Eltern ist etwas zugestoßen. Einzelnes erzähle ich dir später.«

Keine Überraschung. Die Stimme gehorchte ihm wieder. »Du hast sie umgebracht!« sagte er wie unbeteiligt.

Albilla fuhr ihn an: »Was du da sagst, ist gräßlich! Du bist noch immer krank! Das Gegenteil ist wahr! Ich habe ihnen versprochen, mich deiner anzunehmen. Mein Mann wird dich adoptieren, und wir werden dich aufziehen wie einen eigenen Sohn.«

»Und warum bist du die Herrin des Gutes bei Volturnum?«

»Wir sind auch die Herren des Puteolanum und anderer Besitzungen deines Vaters! Er hat sie uns vermacht, damit sie dir gehören können, sobald du die Männertoga anlegst. Sei nicht ungerecht in deinem Schmerz! Alles geschieht zu deinem Vorteil. Ich werde dir eine gute Mutter sein. Schon in Rom, bei der Totenfeier der Livia, hast du mir sehr gefallen, mein Kind.«

Die Landschaft wurde bergig. Am Stand der Sonne erkannte er, daß es nicht nach Rom ging, sondern ostwärts, ins wilde Samnium, wo der Volturnus entsprang. »Besser«, sagte er, »du hättest mich vergiftet!«

Sie ohrfeigte ihn, legte sich aber erschrocken die Hand auf den Mund und schwieg lange. Dann murmelte sie immer wieder: »Ich bin nicht nachtragend. Du wirst sehen, ich meine es gut.«

Er schlief. Irgendwann gegen Abend hatte er wieder die Augen offen. Ihm war, als sähe er draußen unter den Berittenen ein bekanntes Gesicht. Der Schlaf löschte seinen Blick.

In der engen, schmutzigen Kammer einer abgelegenen Herberge, die mehr einem Räuberquartier ähnelte, lag er hellwach. Den Wein, in den er dieselben schwarzen Tropfen hatte fallen sehen wie in der Nacht, hatte er, kaum daß sie im Zorn über seine Weigerung hinausgegangen war, um jemanden zu holen, der ihm den Kopf hielte, in die Kanne geschüttet, aus der sie sich bediente. Nun schnarchte sie. Seine Gedanken klärten sich. Der Vollmond schien aus dem Innenhof durch die offene Tür herein. Leise rief er die Götter an, vornehmlich Merkur, den flügelfüßigen, ihn fortzuholen, in den Tod oder in die Freiheit, wäre sie auch noch so ungewiß, und er hoffte, im Mondlicht werde sein Gebet leichter zum Äther emporschweben. Trat da nicht Merkur selbst in den Türausschnitt? Die Gestalt verharrte, kam, gleichsam flügelfüßig, lautlos näher. Das Bett knarrte, als Titus aufsprang. Der Mann legte sich und ihm je einen Finger auf den Mund. Es war sein Sklave, der vom Gott des Schweigens den Namen hatte: Harpocrates.

Der Satyr wird aufgegriffen

Sie flohen über ein Dach, liefen lange durch die mondhelle Nacht bergan. Im Morgengrauen erreichten sie eine Hütte aus groben geschichteten Steinen ohne Mörtel, die nur sommers von Hirten bewohnt wurde, und warfen sich ins Stroh.

Harpocrates hatte die Domina im Puteolanum nicht angetroffen und war, Gerüchten über einen Majestätsprozeß gegen den Senator Petronius auf der Spur, nach Rom gewandert. Dort hieß es, der Angeklagte hätte bei einem Kunstschmied Tafelsilber in Auftrag gegeben und dafür eine silberne Büste des Kaisers Tiberius einschmelzen lassen. Der Kunstschmied, der für die Petronier arbeitete, zeigte dem Sklaven statt einer Antwort nur Foltermale. Als er die Bulla mit dem Namenszug Titus Petronius in der Hand wog, gestand er bitter, die verhängnisvolle Aussage wäre ihm in einem Gefängniskeller mit glühenden Eisen abgezwungen worden. In Wahrheit hatte der Senator sich in der Kurie sehr spitzfindig, wie seine Kollegen dann fanden, über die Befugnisse eines Prätorianerpräfekten ausgelassen und nach dem Verbleib verschwundener Personen gefragt, ohne darauf zu achten, daß Sejanus selbst der Sitzung beiwohnte.

Der Bericht des Harpocrates ersparte dem Jungen nichts. Die einzige Rolle, die eine Büste des Tiberius wirklich darin spielte, war, daß der Senator sie während seiner Rede und noch lange danach mit der Hand berührt hatte: Das schützte vor Festnahme. Ein lobender Zuruf des Senators Turbo und die Zusicherung freien Geleits durch die Konsuln hatten ihn fortgelockt. Die Festnahme erfolgte tatsächlich erst nach mehreren Tagen. Aber als Ankläger trat, unter scheinheiligem Bedauern, Pompejus Turbo auf, den Kunstschmied als Zeugen benennend. Noch immer hatte der Senator Gajus Petronius der Jüngere kein Gift angeschafft. Harpocrates war auf dem Forum selbst an seinem abgetrennten, auf einer Stange zur Schau gestellten Haupt vorübergegangen. Über den Verbleib der Domina wußte er nichts Bestimmtes. Sie wäre nach Rom gereist, hatten die Zofen gesagt. Sie wäre bei den Pontinischen Sümpfen überfallen und verschleppt worden, behauptete der Türhüter der Domus Petroniana in der Straße zum Granatapfel. Das Haus gehörte schon dem Turbo, anderes war zu gleichen Teilen an Sejanus und den Kaiser gefallen. Harpocrates meldete sich bei Albilla als Sklave, der bei dem Überfall davongekommen wäre, lauernd, ob er wirklich stattgefunden habe. Sie pries sich glücklich, endlich einen Augenzeugen vorweisen zu können, denn die Behörden zweifelten: Die Strecke zwischen Rom und Kampanien sei schon lange von Raubgesindel gänzlich gesäubert. Ins Hausgesinde eingereiht, erlauschte er, daß der einer Abrechnung angefügte Bericht des Sklaven Trimalchio verraten hatte, wo Titus sich aufhielt. »Der rührigste Diener ist nicht immer der treuste«, sagte Harpocrates. Für Albillas Reise nach Volturnum hatte er sich als Wegkundiger angeboten.

Titus bezwang seine Tränen, damit ihm kein Wort seines

Sklaven entging. »Ich bin ein Schatten auf Abruf und gehöre dem Orkus mehr als der Lichtwelt«, sagte er.

»Wer dürfte anderes von sich sagen?« fragte Harpocrates.

»Aber dann bleibt es sich gleich, ob ich früher oder später abgerufen werde, ob ich kurz oder lange lebe! Kurz wäre vielleicht besser als lange. Hat man das Sonnenlicht liebgewonnen, fällt der Abschied um so schwerer.«

»Und du wolltest ein Held werden?«

»Warum nicht Senator? Willst du auch meinen Kopf auf der Stange sehen? Heißt das Rom dienen? Warum gibt es niemanden, der mich tötet! Nicht einmal Albilla hätte es getan!«

Titus stützte die Ellenbogen auf die Knie, schüttelte den Kopf und nahm ihn zwischen die Hände, wie um ihn festzuhalten. »Glücklich die Kinder der Vorzeit, die von ihren Eltern den Göttern geopfert wurden!«

»Ist dir nicht Merkur gewogen?« fragte Harpocrates. »Wir werden durchkommen!«

»Und wohin?« schrie Titus ihn an. »Überlasse mich hier meinem Schicksal, geh nach Volturnum und liege mit Agele. Oder heirate sie! Ich lasse dich frei!« Und er sprach die Formel: »Harpocrates, du sollst frei sein!«

»Das geht nicht«, wandte der Sklave ein. »Erstens bist du nicht volljährig, zweitens gehöre ich dir nicht mehr, sondern dem Turbo.« Und er schlug vor, sich gemeinsam südwärts durchzuschlagen, über die Berge Lucaniens und Bruttiums nach Sizilien. Dort sei der Winter am erträglichsten ohne Obdach.

»Und wenn man uns aufgreift?«

»Dich brächte man Albilla zurück, mich erwartet das Kreuz, weil ich dich deiner Entführerin entführt habe.«

»Ich will nach Rom und auf dem Forum alles Unrecht herausschreien, bis man mich totschlägt!«

»Das muß Albilla befürchtet haben. Darum wollte sie dich nur ein bißchen besser verstecken als deine Mutter.« Harpocrates faßte Titus beim Kinn und sah ihm fest in die Augen. »Und wenn du nicht gekuscht hättest, wärest du in die Sklaverei verkauft worden wie vermutlich deine Mutter!«

Der Herbst läßt keine Landstreicher umkommen, damit hatte Harpocrates recht. Aber das traf für die Ebene zu, nicht für die gebirgigen Gegenden, in deren Schutz sie wanderten. Schon nach wenigen Tagen trieb sie der Hunger auf den Markt der Hafenstadt Salernum. Sie hatten ein paar Kupfermünzen im Brustbeutel, und Harpocrates konnte feilschen.

Ein Barbier hielt sie freundlich an und heftete seinen Blick auf den mehrere Tage alten Bart, der Harpocrates im Gesicht stand. »Woher kommt ihr denn, ihr Hübschen? Geradewegs aus Rom? Willst du dir nicht den Bart scheren lassen? Sonst glaubt man es nicht. Wie ein entlaufener Sklave! Komm, es kostet nicht viel.«

Harpocrates schob den Arm mit dem gezückten Rasiermesser von sich. »Nein, ich behalte ihn lieber noch.«

Der Barbier äugte nach rechts und links und vertrat ihnen den Weg. »Aber was denn! Stehst du etwa unter Anklage? Oder hast du vielleicht Trauer? Ließ Sejanus einen deiner Verwandten über die Klinge springen?«

Verdutzt stammelte Harpocrates: »O nein, Ihm waren wir immer sehr ergeben. Lang lebe Sejanus! Ein Schurke, wer gegen ihn ist!«

Grinsend schnippte der Barbier mit dem Finger. Wie zufällig traten zwei Bewaffnete hinter einem Pfeiler hervor.

Sie wurden einem Ädil vorgeführt. Der ließ sich wiederholen, was Harpocrates über Sejanus gesagt hatte, schüttelte mit verschlossener Miene den Kopf und verwies die beiden Schergen mit ihren Gefangenen an die Prätur. Der Barbier rieb sich die Hände und watschelte mit. »Geschieht euch recht! Lumpenpack!«

Der Raum, in dem sie warteten, war völlig kahl. Nur die Büsten des Kaisers und höchster Würdenträger zierten, wie in solchen Amtsstuben üblich, eine Längswand. Einer der Simse war leer.

Der Prätor ließ sich zuerst vom Barbier berichten.

»Der Lausebart hat den Sejanus hochleben lassen!« keifte

der. »Jeden Tag kommen mehr solche Spitzbuben durch die Stadt!«

»Wie lange seid ihr unterwegs?« fragte der Prätor.

»Es werden zwölf Tage sein«, antwortete Harpocrates.

Der Prätor zog die Brauen hoch. »Und weshalb wart ihr seit sechs Tagen in keiner Stadt? Wo habt ihr denn genächtigt?«

»Gut, ich bin kein Geizhalz«, sagte Titus. »Ich gebe zu, er ist mein Sklave. Der Barbier soll ihm den Bart abnehmen, ich kann es schon bezahlen.«

Der Prätor musterte ihn belustigt. »Das ist es nicht, was ich meine. Wie kann man nur so ahnungslos dastehen! Wißt ihr nicht – Sejanus ist tot! Er wurde der Verschwörung gegen die kaiserliche Familie und gegen den Ersten selbst überführt und hingerichtet.«

Harpocrates schrie leise auf und packte seinen Schützling bei den Schultern. Tränen traten in seine Augen.

»Ich wußte es!« jubelte der Barbier. »Anhänger des Schuftes sind sie und wollten untertauchen!«

Harpocrates beachtete ihn nicht. Er führte Titus näher an den Prätor heran und rief: »Erhabene Götter! Nur eine winzige Spanne früher, und dieser vornehme junge Herr hätte noch seine Eltern.«

»Ich habe gesehen, daß er von Stand ist,« sagte der Prätor betreten. »Und du Tölpel«, wandte er sich an den Barbier, »merke dir, daß die Leute, auf die wir lauern, nicht gerade Lobpreisungen des Sejanus herausposaunen. Für diese kriegst du nichts!«

Er rief einen Schreiber und fragte Titus nach seinem vollen Namen. Der Vater hatte in der Nähe von Salernum eine Ziegelei besessen. Aber der Prätor blieb von solchen Angaben unberührt. Alles werde überprüft. Sollte es sich bestätigen, dürfe ein Antrag auf Anerkennung als Opfer des Sejanus gestellt werden. Dann wies er den beiden einen Raum im Gebäude der Prätur zu. Es war kein Kerker, doch sie durften auch nicht heraus. Es war Abend geworden. Der Prätor schickte ihnen eine Mahlzeit von seiner eigenen Tafel.

Kauend fragte Harpocrates: »Nun, Schatten auf Abruf?«

»Ich muß wohl noch bleiben«, sagte Titus. »Wer sonst könnte dafür sorgen, daß dem Andenken meiner Eltern Gerechtigkeit widerfährt?«

III. BUCH: DIE GEHEIMNISSE VON CAPREAE

Res dura et regni novitas me talia cogunt
moliri et late finis custode tueri.

Hart ist die Zeit, und die Herrschaft ist neu, darum bin ich zu solchem
Vorgehn gezwungen und lasse weithin die Grenzen beschützen.

Vergil, Aeneis, I., 563 f.

Verlust und Gewinn

Stetiger Südwind schwellte die Segel. Die »Cymodoce« folgte von Salernum aus der Küste. Wie gigantische Felsbrokken, von Riesen ins Wasser geschleudert, lagerten zwischen dunklen, unterm Herbstwind treibenden Wogen die Sirenusischen Inseln. Titus Pretonius, auf einer Truhe im Bug sitzend, erkannte das Vorgebirge der Minerva und den alten Tempel der Göttin. Über dem Meer riß der Himmel auf. Jäh wuchs dem Blick die Ostspitze der Insel Capreae entgegen. In eine Girlande aus Gärten und Pinienhainen geflochten, schimmerte am oberen Rand die Reihe der Villen, benannt nach den ranghöchsten Göttern. Die größte, die Villa Jupiter, die Kaiser Tiberius bewohnte, stand, alle überragend, auf der äußersten Kuppe des Felsens, der von fern einem hochragenden Schiffsdeck ähnelte. Eine halbrunde Säulenterrasse führte von der Morgenseite auf die Abendseite. Die Säulen schickten sich an, den Himmel zu tragen, doch der Himmel entzog sich ihnen in höhere Räume. Dort, so ging ein Gerücht, ließ der Kaiser seine Feinde, nachdem er ihr Urteil geprüft und bestätigt hatte, hinabstürzen.

Das Schiff tauchte in den Schatten der Felswände, oben kein Laut, keine Gestalt; wie unbewohnt zogen in der Höhe die Paläste und der alte Leuchtturm vorüber, dessen Feuer schon rauchte. Die Segel wurden eingeholt, die Ruder ausgelegt, die Hammerschläge des Rudermeisters hallten an den überhängenden Steinwänden wider, bis sie sich abflachten zu begrünten Hängen. Die Mole flog dem Bug entgegen, geschmückt mit einer festlichen Reihe Marmorstatuen. Ein Schwarm einfacher Häuser verteilte sich über Ölgärten und Weinterrassen. Das Ufer säumten Warenspeicher, Werkstätten, Wohnhäuser für Schiffsleute und Hafenaufseher, Schlafhäuser für Sklaven. Alles war kleiner und reinlicher als in anderen Häfen. Kein Markt lärmte, nirgends rumpelten Wagen. Die ganze Insel glich einem riesigen Landgut.

Ein Trupp Träger wartete mit einer Sänfte. Der Beauftragte des Kaisers, der den Aufgegriffenen und seinen Sklaven von der Prätur in Salernum abgeholt hatte, hielt einen Umhang gegen die Abendkühle bereit. Unaufgefordert war Harpocrates in die Sklavenrolle zurückgeschlüpft, sich demütig in Schweigen hüllend. Schon auf dem Schiff hatte er Abstand gewahrt. Nun trennte die Sänfte sie ganz. In den Polstern saß ein Graukopf mit der wächsernen Haut und dem stumpfen Blick des Büchermenschen. Mit unterwürfigen Worten stellte er sich Titus vor als sein künftiger Pädagoge Dardanius. Harpocrates lief mit anderen Dienern nebenher.

Der schattige Weg stieg stetig an. Hecken und Wipfel traten auseinander. Titus erkannte den griechischen Golf: In der Ferne der schmauchende Vesuv, die Vorgebirge Pausilypon und Misenum, dazwischen im dunstigen Abendlicht Bajae und Puteoli. Hecken und Wäldchen zogen vorüber, Brunnenhäuschen, Tempelchen, Blumenrabatten und immer neue Statuen von Göttern, Helden, Staatsmännern, Dichtern, Schauspielern. Ihre Gesten feierten Entschlossenheit und Wagemut, Macht und Lust, Weisheit und Willensstärke, Anmut, Ausdruck.

Titus erhielt einen Schlafraum für sich allein, verbunden mit einer Kammer für seinen Sklaven, in der Villa des Merkur. »Der Kaiser kennt anscheinend dein Horoskop«, sagte Harpocrates, als er ihn für die Tafel umkleidete. Dardanius drängte zur Eile. Im großen Triklinium, wo die Abendmahlzeit eingenommen wurde, stellte er Titus anderen Zöglingen vor, die auf der Insel eine erlesene Bildung erhielten: Söhnen von Konsuln und Senatoren, denen einmal der Titel »Freund des Kaisers« verliehen worden war.

Doch die Unterrichtssäle blieben Titus noch verschlossen. Täglich besuchte ihn Dardanius und fragte ihn ab, was er bisher gelernt hatte. Manchmal barst seine gefrorene Miene unter Ausrufen der Bewunderung. Sogleich aber rügte er die einseitig literarischen Kenntnisse und äußerte sich mißfällig über den mürrischen und, wie er es deutete, überheblichen Ton, in dem Titus antwortete. Jeden seiner Besuche schloß der Pädagoge mit der Ankündigung, bald schon werde der Kaiser selbst seine Fragen an ihn richten.

Titus ging spazieren und schwatzte mit Harpocrates, schnüffelte in den Bibliotheken und sah sich in den Bädern um. Die Villa des Merkur war karg, aber bequem ausgestattet, sparsam und doch prachtvoll geschmückt. Man aß wenig und erlesen. Nirgends ließ sich vordergründiger Zwang spüren. Die Zöglinge, die sich jeden Morgen zu den Auditorien in der Villa der Minerva begaben, klagten über keine Bürde. In den Gesichtern, mit denen sie wortkarg an Titus vorbeischritten, war die Bedeutsamkeit ihrer Ziele zu lesen. Gesprächsfetzen ließen ahnen, daß sie weitgehend selbst wählen durften, was sie lernten, und einen großen Teil des Tages beliebig einteilten. Den Erlauchtesten hatte Titus noch am ersten Abend erkannt: Es war der junge Mann, dessen hübsches Gesicht es als Vorurteil erscheinen ließ, in abstehenden Ohren einen Makel zu sehen, der Lobredner der Livia Augusta, Sohn des Germanicus, Gajus Caesar, genannt Caligula. Hier trug er den Titel »Erster der Jugend«. Titus hatte ihn am Ende der Abendtafel angestarrt, bis er fragend blinzelte: »Was ist, mein Junge? Liegt dir etwas am Herzen?«

»Der Kaiser fühlt sich in deiner Schuld«, schloß Dardanius das letzte Prüfungsgespräch. »Morgen wird er dich fragen, worum du ihn bittest. Überlege dir etwas Angemessenes!«

Man führte Titus auf eine weitläufige Dachterrasse. Binsenmatten schützten sie gegen die winterliche Seeluft; safranfarbenes Segeltuch schirmte die schräge Januarsonne ab. Unablässig knatterte ein gelockertes Tuchende. Titus fröstelte. Ein natürliches Amphitheater, fiel die Insel zur Mitte ab, wo zwei Buchten sie einschnürten. Dahinter trugen helle Felsschroffen, aus steilen Hängen auftauchend, eine wellige begraste Hochfläche. Dort lag das ländliche Häuserhäuflein Anacapreae.

Dardanius riß ihn an den Schultern halb herum und führte ihn einen kostbaren Teppich entlang. Männer in purpurgesäumten Togen umstanden eine sitzende Gestalt. Ehe er sie erkannte, brachte ihm jemand eine Büste des Tiberius und bedeutete ihm, sie zu küssen. Die Züge der Büste schimmerten vertraut: eine breite Stirn mit kurzen Haarfransen, zwischen Augen von kühler, fast abweisender Milde eine ebenmäßige, sanft gekrümmte Nase, ein hageres Kinn mit schmalem Mund, so strichhaft fest geschlossen, als hätte er sein letztes Wort gesagt und werde nie wieder sprechen. Aber war der Mann, der dort in goldverbrämtem Umhang auf elfenbeingeschnitztem Lehnstuhl saß, wirklich der Kaiser? Er trug die eisgrauen Haare schulterlang; der größte Teil des Gesichtes verbarg sich unter einem ebenso eisgrauen Bart. Wo die Haut sichtbar blieb, verdichtete sich ungleichmäßiges Rot zu Pusteln; weißlich schuppende Ränder umgaben die dunklen Löcher ausgebrannter Geschwüre; Salbtupfen glänzten auf frischen Schwären. Auch die Hände zeigten Spuren des unheilbaren Hautfraßes.

Unbeweglich richtete der Kaiser seine Augen, hellblau wie Milchtropfen auf dunklem Grund, auf sein Mündel: »Ich trauere mit dir um deinen Vater. Für seine Unbeugsamkeit habe ich ihn postum aus dem Freundeskreis zweiter Vorlassung in den der ersten zurückgerufen. Die damit verbundenen Rechte und Pflichten übertrage ich dir. Hier, nimm die Urkunde! Diese Ernennung ist ein Befehl! Alle Verwandten deines Namens schließe ich vom Sorgerecht aus, denn sie haben sich, als dein Vater in Gefahr geriet, schäbig von ihm abgewandt. Du sollst sie fortan nicht mehr kennen. Ich bin jetzt dein einziger Verwandter und trete an deines Vaters Stelle.« Der Kaiser schloß mit erhobenem Kinn die Augen. »Hätte ich mir über das verbrecherische Treiben des Sejanus eher die Augen öffnen lassen, hätte ich den Senator im Freundeskreis erster Vorlassung behalten, wie er es verdiente, wäre er noch am Leben. Bis zu deiner Volljährigkeit wirst du in meiner Obhut alles lernen, was du benötigst, um deines Vaters Werk fortzusetzen. Nun sage mir, welche Wünsche du außerdem an mich hast!«

Titus musterte die Männer, die den Kaiser umstanden. Sie hatten ihn nicht aus den Augen gelassen. Doch wenn er sich nun in ihren Blick verirrte, sahen sie ohne eine Bewegung des Augapfels an ihm vorbei. »Ich wünsche«, begann Titus, und seine Stimme klang ihm selbst etwas zu schrill, »daß der Senator Pompejus Turbo und seine Gattin, die meinen Vater angeschwärzt haben, von diesem Fels gestürzt werden, wie es gerechterweise mit deinen Feinden geschieht. Ich will zuschauen, wie du die Schufte richten läßt!«

Einer der Männer räusperte sich, flüsterte dem Kaiser etwas ins Ohr. »Die Rolle des Turbo«, sagte Tiberius, »ist in diesem Fall keineswegs aufgeklärt. Ich pflege niemanden voreilig zu töten. Sollten sich nicht alle Zweifel ausräumen lassen, wird, das verspreche ich dir, auch sein Horoskop überprüft. Was also verlangst du sonst noch?«

Titus antwortete: »Ich wünsche die Rückgabe meines gesamten väterlichen Vermögens, aller Ländereien, Villen, Güter, Werkstätten. Ich danke dir für die Kaufsumme, die dein Beauftragter dem Prätor in Salernum gab, damit mein Sklave wieder in meinen Besitz überging. Aber das kann nicht alles bleiben.«

Tiberius las lange in einer Schriftrolle, sagte dann: »Was Sejanus an sich gerissen hat, wurde dir bereits wieder überschrieben. Ich selbst verwalte es als dein Vormund. Allerdings hat mir der Senator Pompejus Turbo bei der Entlarvung des Sejanus unschätzbare Dienste erwiesen. Ich will, daß er behält, was er hat! Du sollst in voller Höhe mit anderen Werten entschädigt werden.«

»Aber ich wurde entführt!« sagte Titus enttäuscht.

»Ein Irrtum«, antwortete einer der Stehenden.

»Unser Stadthaus! Das Puteolanum, wo ich aufgewachsen bin! Das alles soll Turbo behalten?«

Der Kaiser schien mit einem barschen Bescheid zu ringen. Aber Titus spürte, wie er dem Kaiser auch gefiel. »Vorerst«, sagte Tiberius, »wirst du diese Besitzungen ohnehin nicht nutzen können. Du genießt die Auszeichnung, mein Gast zu sein. Bist du erst volljährig, steht es dir frei, wiederzuerwerben, woran dein Herz hängt. Du bist reich. Die Zinsen und Gewinne machen dich bald reicher, als je einer deines Namens war. Ihre Verwaltung liegt in besten Händen. Was für einen Wunsch hast du noch?«

»Was geschah mit meines Vaters Leichnam?« Titus erschrak über seine spröde Stimme und spürte seine Knie weich werden.

Halblaut gab der Kaiser das Wort einem der Stehenden.

»Nach ihm wird gesucht.«

Bin ich nicht selbst von der Schwelle des Orkus zurückgekehrt? fragte sich Titus. Wie sollte mich noch ängstigen, was man Lebenden antun kann? Er fühlte sich wie einer der rächenden Manen, als er beinahe schrie: »Und nach meiner Mutter soll gesucht werden! Sie wurde von Unbekannten verschleppt! Nach der Lebenden müßt ihr suchen!«

»Stattgegeben.«

»Und mein Lehrer Acoetes soll vom Puteolanum herüberkommen!«

Man werde prüfen, ob er die Fähigkeiten besitze, in der Villa der Minerva zu unterrichten.

Dardanius, beunruhigt über die Abkühlung der Antworten, griff nach den Schultern des Jungen, um ihn wegzuführen. Doch der Kaiser winkte ihn heran und betrachtete die Bulla, die goldene Olive mit dem Namenszug Tiberius, die Titus neben seinem silbernen Würfelchen trug. Ungefragt erläuterte er die Bewandtnis.

»Eigenartig!« sagte der Kaiser. »Ich hörte nie von einem doppelten Lebenshauch. Achte, daß du kein Doppelleben führst! Ich hörte, Merkur stehe dir günstig? Dazu paßt dein Würfelchen. Immer werden Verlust und Gewinn in deinem Leben nahe beieinander stehen wie Höhe und Tiefe auf dieser Insel. Aber wie ich dich heute gesehen habe, wirst du es nicht anders haben wollen. Merke dir dies: Verlange nicht von Menschen, was nur Götter leisten, gib aber auch nichts in die Hände der Götter, was du selbst bewältigen kannst.«

Dieser Worte erinnerte sich Titus Petronius später oft.

Bücher, die er während des Sommers am Volturnus gelegentlich vermißt hatte, umgaben ihn wieder. Mit erlesenen jungen Römern lernte er auf Capreae, was man nach dem Urteil des Tiberius wissen mußte, um einem Gemeinwesen zu seinem Wohl zu verhelfen: Arithmetik, Geometrie, Astronomie, Harmonielehre, Dialektik, Gesetzeskunde. »Nur der Wissende darf Verantwortung tragen!« sagte Dardanius, sooft der Schüler nachmittags am Sinn dessen zweifelte, was sie miteinander repetierten. Von Acoetes war nie wieder die Rede. Titus konnte den Pädagogen nicht leiden, doch sooft er es ihn spüren ließ, tat ihm der dürre Alte leid, und er fügte sich. Bedachte er, daß er sich an dem Ort befand, von wo aus die Welt, soweit sie bekannt war, regiert wurde, so verglich er sich mit Ganymed, den Jupiters Adler auf den Olymp entführt hatte. In dem Schmerz, der sich nun entfernte, war sein Selbstgefühl stärker geworden. Eine unbegreifliche Fügung führte ihn auf den Weg zurück, auf dem er einmal Rom dienen, sich einen Namen machen und fortleben würde für alle Zeit im Gedächtnis der Menschen.

Unter den Wahlfächern gefiel ihm am meisten die Weltkunde. Man pries ihm Italien, das auch Ausonien und Hesperien genannt wurde, die Schönheit seiner Niederungen und Gebirge, die Eigenheiten seiner Städte und Völkerschaften, seine Erzeugnisse, seine Mythen, seine Geschichte. Über den Landbau gab wieder Vergil mit seinem Lehrgedicht Auskunft. Das Geschichtswerk des Livius, ergänzt durch die neuesten Auffassungen des Velleius Paterculus, machte ihn vertraut mit den Taten der Vorfahren. Auch Thukydides und Herodot, die Geschichtsschreiber der Griechen, wurden gelesen. Die Berichte der Lehrer wiesen die Blicke der Zöglinge weiter hinaus in die Welt: in Gefilde, über die Kaiser Tiberius nicht mehr gebot. Im Norden hausten hinter einer kalten, regenreichen Waldregion, die das barbarische Germanenvolk bewohnte, am Rand ewigen Schnees die noch wilderen Hyperboreer, bei denen sommers die Sonne nicht sank und winters nicht aufging, so daß ihr Jahr aus einem langen Tag und einer langen Nacht bestand. Im Süden hingegen hatte der allzunahe vorüberjagende Sonnenwagen die Erde verbrannt und auch den Menschen die Farbe der Kohle verliehen. Hinter der Wüstenregion wollten Reisende wieder grüne Gefilde gefunden haben. Aber auch dort ließ die Hitze die Menschen im Schatten unwegsamer Wälder ohne sinnvolles Tun dahindämmern. Nur rings um das Meer, das in der Mitte lag und von den Anwohnern zärtlich »das Unsere« genannt wurde, gediehen Geist und Gesittung. Im Osten freilich lagen andere wohlgeordnete Reiche, den Römern nicht untertan: das der Parther und das der Inder, durch die Alexander der Große mit seinem Heer gezogen war, ohne sie ganz zu bezwingen. Der Handel schleuste von dort die kostbarsten Waren nach Rom: Salben und Wohlgerüche Arabiens, parthische Teppiche, indische Juwelen und Gewürze, Perlen aus Taprobane, heilsame Tinkturen unbekannter Landstriche. Oft stockte der Handel, denn dort war es am schwierigsten, Frieden zu halten. Besitzgier ließ beide Seiten einander beäugen. Drangen die Legionen weiter vor, verausgabten sie sich, und kein Nachschub erreichte sie mehr; blieben sie aber stehen, wurden sie bald zurückgedrängt. Noch hinter den Indern, hörte Titus, lebten die Serer in einem mächtigen Reich, gelbgesichtige Leute mit strähnigem blauschwarzem Haar und kleinen mandelförmigen Augen. Sie allein kannten die Kunst, aus Fäden, in die bestimmte Raupen sich einspannen, duftige Seidenstoffe zu weben. Westwärts verlor sich der Ozean im All, wie einige Schriften meinten, oder er dickte gallertartig ein und klebte an den sich herabwölbenden Sphären des Äthers, wie andere behaupteten. Da aber an die Strände Lusitaniens nach Stürmen fremdartige Hölzer und Pflanzen gespült wurden, hielten es manche Gelehrte für wahrscheinlich, daß sich hinter dem Ozean andere Welten erstreckten. Kühne Geister wie Eratosthenes hatten schon errechnet, daß die Welt eine Kugel sei und der gen Abend Segelnde von Morgen her bei den Serern wieder auftauchen müsse. Das alles hörte, las und wiederholte Titus gierig. Als aber zum Lehrgedicht des Arat über die Gestirne des Himmels übergegangen wurde, stellte er nachmittags ungeduldig Dardanius zur Rede: »Und was kommt hinter den Gestirnen? Ich will es gar nicht wissen! Viel lieber erführe ich endlich, wann und auf welche Weise ich die Herrlichkeiten des Erdkreises zu sehen bekomme, und wäre es erst einmal nur Italien! Ich lebe auf Capreae wie ein Gefangener!« Dardanius eröffnete ihm, solange er nicht mündig sei, dürfe er die Insel nicht verlassen, es sei denn im Gefolge des Kaisers, aus dessen Vormundschaft er nicht freikomme, bevor er alle Prüfungen bestanden habe. Auf eine bestimmte Anzahl von Jahren mochte er sich nicht festlegen. Das käme ganz auf seinen Eifer an.

Bald wurde er einem Rhetoriklehrer zugeteilt. Es ging also voran. Die Trockenheit und Lebensferne der Redeübungen verdroß ihn schon nach wenigen Tagen. Erfundene Rechtsfälle wurden verhandelt, wie etwa ein Gericht entscheiden müsse, wenn ein Sohn seinen Vater verklagt, weil der ihn ohne Grund des Ungehorsams bezichtigt. Als Grundlage dienten die »Kontroversen« eines berühmten Redners namens Seneca. Wenn Titus seine Übungsreden abfaßte, war er versucht, den Justizmord an seinem Vater zu verhandeln. Nie machte er Ernst damit. Er ahnte, daß er die Wiedergutmachung aufs Spiel setzte. So entnahm er die Themen seiner Gliederungen, Mustersätze und Redefiguren der gelehrten Welterklärung. Behutsam drängte ihn der Rhetor wieder zu den, wie er sie nannte, »forensischen Fällen«. Da er nicht sagte, wonach ihm zumute war, hatte Titus, während er deklamierte, stets das Gefühl, die Gesetze der Beredsamkeit durch allzu genaue Anwendung zu verulken. Doch der Lehrer nickte zufrieden zu allem.

Ein paarmal begutachteten Ärzte seinen Körperbau. Endlich war er zu den gymnastischen Übungen zugelassen. Denn so wenig es ihn in die Palaestra zog, er empfand es allmählich als Zurücksetzung, wenn er seinem heranwachsenden Körper nicht wie andere das Ebenmaß von Kraft und Geschicklichkeit sollte geben dürfen. Man lief um die Wette, sprang über Hürden, warf den Diskus, den Speer und die Keule, erwarb Treffsicherheit im Bogenschießen, focht im Innenhof der Villa des Mars mit der Klinge, und wer wollte, durfte sich von einem alten stiernackigen Faustkämpfer zeigen lassen, wie man seine Fäuste mit bleibeschwerten Riemen umwickelte, um sie zu Verteidigung und Angriff zu benutzen.

Titus sah dort fast immer Gajus Caligula, den Ersten der Jugend, und es zog ihn in seine Nähe. Doch der Faustkampf hatte es ihm zu sehr darauf angelegt, den Gegner durch plötzlichen Schmerz und rüde Verletzungen zu bezwingen. So hielt er sich mehr an den Ringmeister. Beim Reitunterricht begegneten sie einander am häufigsten. Caligula galt als der geschickteste Wagenlenker und war, wenn sich die Auditorien geleert hatten, fast immer in den Stallungen oder auf dem Reitplatz anzutreffen. Titus versuchte ihm aufzufallen. Sein geschickter Umgang mit Pferden blieb nicht unbeachtet. Bald ritten sie zu zweit die Saumpfade der Insel entlang bis zu den urweltlichen Felsentürmen, die vor der Südküste aus dem blauen, schwappenden, schäumenden Salz ragten. Selten fiel ein Wort.

Unversehens galten sie als Freunde. Doch Titus fühlte den Keim einer Freundschaft bereits verkümmern. Es war nicht schwierig gewesen, Caligula nahe zu kommen, weil alle anderen ihn mieden. Seinen Titel nahm niemand ernst. Man äffte hinter ihm seinen Gang nach, grüßte ihn mit hinter die Ohren gelegten Händen und riet ihm bei windigem Wetter, sich Sträflingskugeln an die Füße zu ketten, damit er auf der Insel bliebe. Was er an der gemeinsamen Tafel, im Lehrsaal oder in der Palaestra laut sprach, erhielt oft irgendwoher ein gehässiges Echo. Sogar Bedienstete hänselten ihn, indem sie absichtlich Suppe auf sein Gewand tropfen ließen, ihm Knochen statt Fleisch vorlegten, Wasser einschenkten und den Wein vergaßen oder, wenn sie eine Halle scheuerten, die er durchquerte, den Lappen um seine Beine klatschen ließen, als hätten sie ihn nicht bemerkt. Niemand fürchtete Strafe. Es hatte sich herumgesprochen, daß es Tiberius erheiterte, wurde ihm derlei hinterbracht. Wer den kleinsten Racheakt Caligulas in der Villa des Jupiter meldete, erhielt Genugtuung. Zuweilen ließ der Erste Bürger den Ersten der Jugend in die Villa Jovis rufen und fädelte erst nach Stunden eine zufällige Begegnung ein, nannte seinen Großneffen unverblümt »Stiefelchen« und entschuldigte sich für seine leidige Vergeßlichkeit.

Um einer Freundschaft willen hätte sich Titus gern mit ihm gemeinsam meiden und hänseln lassen. Aber Caligula beachtete verstohlene Treuebeweise nicht. Er machte den Jüngeren in langen Monologen zum Ohrenzeugen seiner Rachepläne. Diesem werde er die Ohren abschneiden, wenn er erst Kaiser wäre, jenem die Hände abhacken. Dem da lasse er gewiß das Wort »Stiefelchen« auf den Rücken brennen. Seinen kaiserlichen Großonkel werde er beim Spaziergang noch an geeigneter Stelle anrempeln, damit er sich drunten auf den Klippen den schwärigen Schädel zerschmettere. Kein Stillschweigen erlegte er Titus auf, sondern jedesmal mahnte er: »Erinnere dich gelegentlich daran!«

Mit Erleichterung bemerkte Titus, daß er seinerseits von einem Menschen umworben wurde. Der Gesangslehrer Lucius Calpurnius, genannt Scurra, der Witzbold, gehörte zu den unbarmherzigsten Quälgeistern Caligulas. Aber dem Spott des Scurra fehlte jene Bosheit, die alles verunglimpft und sich selbst für unantastbar hält. Er nahm es nicht nur in Kauf, daß Spott auf ihn zurückfiel, sondern forderte die Lästermäuler bedenkenlos gegen sich heraus, sobald das Gefühl mit ihm durchging. Gefürchtet waren seine geschliffenen Epigramme, die niemanden schonten. Aber kaum hatte er seine Zuhörer in Witz und Galle gebadet, mißbrauchte er ihre Aufmerksamkeit für den Vortrag schmachtender Liebeselegien und gezierter Epyllien. Eine Weile ertrug er die mürrischen Mienen. Der gereizte Unterton, der sich in seinen Gesang schlich, machte seine Distichen jedoch nicht angenehmer. Wagte es jemand, aufzustehen, unterbrach er sich schimpfend, schrie Apollos strafende Pfeile gegen diese Rotte stumpfsinniger Barbaren herbei und gebärdete sich hinter den höhnisch Abziehenden, als hätte er sie hinausgeworfen. Da er, wann immer man ihn antraf, zur Kithara seine neuesten Schöpfungen sang, stets etwas Sangbares bei sich trug und kaum abwog, ob man ihn im Ernst zum Vortrag aufforderte, nannte man ihn statt Scurra bald Apoll.

Titus hatte sich seine Zuneigung lange unberührt gefallen lassen, neugierig, wozu er den empfindsamen Possenreißer noch verlocken würde, wenn er ihn hinhielt. Halbherzig gab er der Versuchung nach, jemanden zu verletzen, der sich nicht wehrte. Heimlich höhlte er eine umfängliche Melone aus, schnitt ihr die verzerrten Züge einer tragischen Maske ein und schlich sich, während der skurrile Apoll leidenschaftlich sang, hinterrücks heran, um sie ihm über den Kopf zu stülpen. Der Streich gelang. Hundertfach brauste Gelächter und Gejohl durch die Villa der Minerva. Aber der Dichter entfernte nicht etwa die Melonenmaske, sondern zog sich tappend zurück. Titus hörte den hechelnden Atem Caligulas neben sich: »Recht so, Junge! Das war ein Vorgeschmack für die Maske, die ich ihm verpassen werde! Aus glühendem Eisen soll sie sein!«

Mit stockendem Atem wandte Titus sich ab. Er hastete dem Dichter nach. Der lag wie ohnmächtig hingestürzt auf den Marmorfliesen zu Füßen eines bronzenen, die Kithara zupfenden Apollo. Die Elfenbeinaugen mit den blauen Steinen der Iris starrten Titus an. Wie ein Ei das Kücken hatte die geborstene Melone den Kopf Scurras freigegeben. Er schluchzte. Titus entfernte sein Machwerk gänzlich und stammelte Entschuldigungen.

Scurra richtete sich auf, legte Titus den Arm um den Hals und küßte ihn ab. »Laß doch, laß doch«, lachte er, noch Tränen in den Augen, »ihr könnt nichts dafür, ihr bleibt ewig Kindsköpfe, das ist euer Schicksal. Wer keine Kindheit hatte, wird nie ganz erwachsen sein. Mir geht es ähnlich.« Titus fragte ihn aus. Scurra hatte seine Eltern durch einen Justizirrtum unter Augustus verloren. »Auch Augustus konnte nicht überall sein.«

Zum Erstaunen der anderen waren die beiden fortan unzertrennlich. Sie zogen durch die Gärten und trugen einander Verse vor. Sie schwänzten die gymnastischen Übungen, an denen der Gesangslehrer noch teilgenommen hatte, und Titus ließ sich von ihm unter Vorwänden aus den Rhetorikstunden rufen. Nächte durchwachten sie in der Bibliothek, in griechischen und lateinischen Lyrikern wühlend. Warnte Dardanius, diese Unregelmäßigkeiten dürften nicht Tiberius zu Ohren kommen, herrschte der Junge ihn an: »Wo ist mein Lehrer Acoetes? Nur diesem gehorche ich. Holt ihn vom Puteolanum!« Dardanius drohte, wenn ihn der Kaiser ein zweites Mal rufe, so nicht, um sich unverschämte Wünsche anzuhören. Titus anwortete: »Dann wird er sich peinliche Fragen anhören müssen! Wann sehe ich die Urne meines Vaters? Wo bleibt meine Mutter?«

Noch in der Obhut des Acoetes hatte Titus die Hirtengedichte Vergils auswendig gelernt. Sie waren ihm mit den Sommertagen am Volturnus verschmolzen. Nun machte er aus seinen Erinnerungen an Knemon und Syene, Agele und Eumele, an Syrinx, Pan und Priapus, an Herden, Pappeln und Pinien selbst bukolische Verse. Da er keinen vergaß, sobald er ihm gelungen schien, schrieb er nichts auf. Scurra half ihm metrische Härten ausfeilen, geschwätzige oder überladene Verse verwerfen, allzu unverhüllte Nähe zum Vorbild meiden. Er gewann ihn für andere Vorbilder, Catull, Properz und Tibull, für die leise Sulpicia, Horaz und Ovid. Manchmal fand Titus seinen Eifer übertrieben. Aus heißen Blicken wurden gewagte Umarmungen. Plötzlich warb Scurra wieder für die gymnastischen Übungen und half ein bißchen zu eilfertig dabei, die weichlederne Gliedfessel zwischen den nackten Schenkeln zu befestigen. Noch gab sich Titus ihm zuliebe ungeschickter, als er war, und ließ sich Küsse gefallen. Doch als er spürte, wie Priapus in den Dichter fuhr, rannte er fort. Er hatte sich daran gewöhnt, des öfteren verschwommen und angenehm von der Hirtin Eumele zu träumen. Nie wußte er beim Erwachen genau, was sie miteinander getan hatten. Nun träumte er bedrängend klar, daß er sich anschickte, über sie herzufallen wie Trimalchio über Albilla.

Doch gerade, als er sich zwischen die Schenkel des Mädchens senken wollte, sprang ihm dort hart und hämisch ein Glied entgegen. Er schlug noch um sich, als er erwacht war. Bis zur Wehrlosigkeit hatte der Traum ihn besessen. Harpocrates wischte ihm den Schweiß ab, gab ihm zu trinken, brachte neues Bettzeug. Noch im Morgengrauen ritt Titus nach Anacapreae. Er blieb jedem Unterricht fern und lebte bei dem alten Einsiedler Philalethes, seinen Lehrsätzen lauschend, seinen Übungen folgend, bis Scurra ihn unter den heiligsten Versprechungen zurückholte.

Mit ihm war der Erste der Jugend gekommen, freundlich, ohne Vorwurf, ohne Androhung einer Strafe. Auch Scurra behandelte er mit Güte. Alles war ohne Bedeutung.

Aber keine Freundschaft gedieh mehr. Caligula, so einzeln er stand, drängte sich überall ein. Titus Petronius lernte, sich vor dem Schwachen zu hüten, dem er sich erschlossen hatte, und den Starken zu beschwichtigen, indem er ihn unmerklich bei seiner Schwäche faßte.

Die Insel auf der Insel

Die philosophischen Vorträge und Übungen beherrschte der Stoiker Areios Didymos, ein hagerer, weißhaariger Weiser, der sich nach einem Leben in strenger Enthaltsamkeit und Vergeistigung rüstig den Neunzigern näherte. Ihm verdankte es die Stadt Alexandria, daß sie im Bürgerkrieg von Octavian, dem späteren Augustus, verschont worden war. Augustus hatte sein Denken bei ihm geschult, Livia in seinen Schriften Trost über den unverhofften Tod ihres Sohnes Drusus gefunden. Von Tiberius war er nach Capreae berufen worden.

Areios Didymos verschmolz andere große Philisophenschulen, die Akademie und den Peripatos, mit der Stoa, besonders wenn er die Ethik behandelte. Aber nie ließ er Zweifel über den Vorrang der Stoa aufkommen. Der Aufmerksamkeit seiner jugendlichen Zuhörer versicherte er sich, indem er von den Gemütsbewegungen ausging. Er zählte die

Mittel auf, mit denen man sie steuern könne, damit die Seele Ruhe finde, der Verstand die Welt mit Gelassenheit beurteile und die Hand frei werde zu rechtem Tun. Titus lauschte mit gierigem Ohr. Gerade war er der Beobachtung seiner Seelenregungen erschlossen und bedurfte eines zuverlässigen Wegweisers. Zweck aller Seelenruhe, hörte er, war die Tugend, die ihren Wert in sich selber fand und sich in ungestörter Pflichterfüllung für das Gemeinwohl äußerte. Enthaltsamkeit und eine Bezähmung der Wahrnehmungen und Gefühle bis zur Abstumpfung dienten dazu, den Urhauch, der einem innewohnte, zur Vernunft zu läutern und alle Übel der Welt standhaft zu ertragen. Die stoische Apathie, Fühllosigkeit gegen Schmerz und Angst, Verlockung und Lust, pries der Philosoph als das höchste erreichbare Gut. Von einem bestimmten Grad der Läuterung an sei man fähig, sich die Welt zu erklären, und eine richtige Erklärung der Dinge mache sie erträglicher. So werde der Mensch frei für die Tugend. Mit Hilfe der Schulhäupter erklärte Areios Didymos alles, was sich unter der Sonne zutrug. Titus bemühte sich, wahr zu finden, was ihn die Männer lehrten, die über sein Fortkommen entschieden. Er konnte sich eine lange Kette von Erklärungen zurechtlegen, weshalb er seine Eltern verloren hatte. Aber der Schmerz kehrte dabei zurück und nahm zu. »Ich bin gesund!« sagte er unvermittelt zu Dardanius. »Ich bin zu gesund für die Stoa. Du nennst sie eine Arznei. Aber unser Arzt sagte, Arznei sei dem Gesunden Gift.«

Scurra nährte sein Mißtrauen. Von Platon und Aristoteles floß nur das in die Vorträge ein, was der Stoa nicht widersprach. »Sie haben aber auch scharfsinnige Staatslehren verfaßt! Die suchst du in der Bibliothek so vergeblich wie Cicero, der auf ihnen fußt. In der Villa Jovis liegen die Prachtausgaben, und nur Tiberius liest darin.«

Der Erste der Jugend bemerkte, daß die beiden während der Vorträge des Areios Didymos manchmal kicherten. Er bestellte Titus allein zu sich. Ernst und ohne ein Wort der Zurechtweisung fragte er ihn nach seinen Zweifeln aus. Sie saßen in einem Ziertempelchen hoch über dem Meer. Unlängst war Caligulas Frau im Kindbett gestorben. Der junge Witwer bemühte sich, die alte Vertraulichkeit zurückzugewinnen.

»Du findest die Stoa albern?« fragte Caligula. »Mein Onkel, der Kaiser, würde dir das hart verweisen. Aber es genügt, wenn ich weiß, daß mehr in dir steckt als in den anderen. Es ist sogar wichtiger für dich. Glaube nicht, wir hätten uns der stoischen Lehre verschrieben. Wir geben ihr nur Ansehen, weil die Tugend niemand ablehnen kann und in Gleichmut und Gelassenheit Senat und Kaiser einander hinreichend ertragen. Die Plebs muß ruhig bleiben! Das ist die sogenannte Eintracht der Stände. Jeder muß dafür Opfer bringen. Der Senat hat viele Köpfe, der Kaiser nur einen. Notfalls opfert der Erste den Zweiten: Tiberius darf den Göttern danken, daß Sejanus ihn umbringen wollte. Ein großer Blutfleck deckt viele kleine zu. Warum gaffen die Leute bei Hinrichtungen und schmähen einen, dem sie am Vortag noch zujubelten? Einen hat es getroffen, sagen sie sich, obwohl es jeden von uns treffen konnte, und jeder findet es richtig, daß es diesen trifft und nicht ihn. Und dann gibt es Brot und Fleisch umsonst. Die Armen pfeifen nämlich auf die Tugend, und du mußt ihnen auf vielerlei Weise die Mäuler stopfen.« Er sprang auf und fuchtelte. »Wie ich es hasse, das feige Geschmeiß! Alle wissen, wie schlecht sie sind durch und durch, und haben doch nichts anderes im Sinn, als ihre Haut zu schonen!«

Caligula setzte sich schwitzend und keuchend. »Merke dir: Die Stoa ist für die Ahnungslosen eine Anleitung zum Selbstbetrug, öffentlich gutgeheißen, weil sich jeder Gewinn davon verspricht, wenn sich sein Gegner der Tugend befleißigt. Wer schlau ist, genießt das Leben und lacht über die Dummköpfe, die einander in die Falle tappen.« Seine grünen Augen traten auseinander und wurden starr wie die einer Eidechse.

Titus hoffte, nun erhalte er Zugang zu den Staatslehren der Griechen. Aber Caligula lud ihn zu einem ersten Ritt hinüber nach Anacapreae ein. So hatte Titus Petronius den Einsiedler Philalethes kennengelernt, den »Liebhaber der Wahrheit«.

Früher, erfuhr Titus unterwegs, war er ein Freund des Tiberius gewesen, und auch nach dem alten Bruch durfte er sich nicht von der Insel entfernen. Seine Lehre ging aus der Philosophie Epikurs hervor. Wer sich öffentlich zu ihr bekannte, kam in den Verdacht, ein Schlemmer und Lüstling zu sein, so daß sie unter Römern verpönt war. Aber die Zahl ihrer heimlichen Anhänger war groß, und auch Tiberius hatte sich von ihr bewegen lassen, zurückgezogen auf Capreae zu leben, denn ihr oberster Grundsatz lautete: Lebe im Verborgenen!

Anacapreae war nur über einen steilen Saumpfad zu erreichen, für den die Stallungen wenige abgerichtete Maulesel bereithielten. Im Zickzack ging es den Fels hinauf. Wo die Stufen dicht aufeinander folgten, mußte man absitzen. Regelmäßige Rufe mahnten herabkommende Bauern, an Ausweichplätzen zu warten. Kahle Abgründe wechselten mit undurchdringlichem Dickicht. Dann plötzlich traten die Steineichen auseinander. Abseits vom Dorf breitete sich ohne Zaun der Garten aus, in dem Philalethes ein geweißtes Häuschen bewohnte.

Titus faßte sofort Zutrauen, als er sich einen Schüler des Siron von Neapel nannte, dem auch der Dichter Vergil zu Füßen gesessen hatte. Also konnte er kaum jünger sein als der Stoiker drunten in der Villa Minervae. Anzeichen eines schwelgerischen Lebens waren an ihm ebensowenig zu entdecken. Seinen Garten und das schattige, von Weinlaub und Efeu umwucherte Säulenhalbrund, in dem er zu seinem neuen Schüler zu sprechen begann, pries er als Insel auf der Insel. Unumwunden bezeichnete er in seiner Einführung die Lust als das höchste Gut und den Schmerz als das schlimmste Übel. Auf Widerworte gefaßt, fügte er hinzu, auch der Epikureer schätze die Enthaltsamkeit, jedoch als einen Weg zu maßvoller Lust und als einziges Mittel, sich die Fähigkeit zum Genuß zu erhalten. Ohne viel Aufwand finde man auf diesem Weg seine Seelenruhe, denn alles zum Leben Notwendige sei leicht zu beschaffen. Nur Unbescheidenheit hindere die Menschen, einen schmerzfreien Zustand zu erreichen.

»Was du nicht unbedingt brauchst, sollst du so lange entbehren können, bis du das Beste davon leicht bekommst!« Nicht nur der Mangel sei ein Feind der Lebensfreude, sondern, weit tückischer noch, der Überdruß, der Lust in Schmerz verwandle bis zur Abstumpfung der Sinne. Und er kündigte an, in genau bemessenen Übungen sich und seinem Gast das Trinken so lange zu versagen, bis der Gaumen den Wohlgeschmack frischen Quellwassers spüre. Mehrtägiges Fasten erst werde die Süße trockenen Brotes erschließen.

»Zu diesen Übungen«, sagte Caligula, als sie zurückritten, »lasse ich dich mit ihm allein. Ich kenne sie schon und habe anderes zu tun.«

Titus Petronius fand, sooft er einige Tage bei dem Epikureer verbrachte, alle Regeln maßvoller Genüsse bestätigt. Mit Gesprächen und kleinen Arbeiten wußte der Philosoph ihn bei den Fastenübungen von Hunger und Durst abzulenken, bis sie dem Schmerz ähnlich wurden. Dann feierten sie ein kleines Fest, das den Schmerz als Abwesenheit von Lust, als Folge des Mangels erwies. »Wir empfinden ihn als Übel«, erläuterte Philalethes bei einem Becher Wein, einem Stück Ziegenfleisch und mit Knoblauch bestrichenen Brotscheiben, »aber wir sollten ihn als Freund ansehen. Die Lust ist ein leichter Freund, der Schmerz ein schwieriger. Er warnt uns vor Üblem. Gehen wir geschickt mit ihm um, gelangen wir zu höherer Lust. Der kleine Mangel, die Verzögerung verfeinern jeden Genuß. Worin läge sonst der Reiz der Dinge, die wir mögen? Die Sprache selbst vermählt Schmerz und Lust, wenn sie uns sagen läßt: Dies reizt mich!«

»Aber der Schmerz, den wir nicht ertragen!« sagte Titus. »Er schließt uns aus von jeder Lust und schafft niemals Lust!«

»Wir dürfen ihn betäuben«, antwortete Philalethes, »wenn wir dem Schein nicht erliegen, das Betäubungsmittel sei eine Quelle der Lust. Jede Betäubung, nehmen wir Mohn oder Wein, läßt das Übel, gegen das sie sich wendet, weiterbestehen, ohne daß wir es empfinden. Was wir aber nicht mehr empfinden, können wir weder überwachen noch bekämpfen, und es wird sich mit dem Betäubungsmittel gegen uns verbünden. Also: lieber den Schmerz ertragen, solange es geht!«

»Glaubst du«, fragte Titus, »daß auch Erklärungen der Dinge, die uns weh tun, betäubend wirken?«

Mit einem Aufleuchten der Augen erkannte Philalethes, daß von seinem Gegner, dem Stoiker Areios Didymos, die Rede war. »Wenn du es so siehst, kannst du auch den menschlichen Geist mit allen Vorzügen und Nachteilen unter die Betäubungsmittel rechnen. Andere Philosophenschulen werfen uns vor, das Gemeinwesen kümmere uns nicht. Als Tiberius das Amt des Ersten übernahm, war es dieser Vorwurf, der uns entzweite. Er griff ihn auf, obwohl ich ihn widerlegt hatte. Was blieb mir übrig, als ihm zu sagen, er habe Epikur nicht richtig verstanden? Sein Zorn gab mir nur recht! Denn wie es um das Gemeinwohl bestellt ist, liest man am besten im Herzen dessen, der es zu seiner Sache gemacht hat.«

»So gilt auch für das Gemeinwesen«, schloß Titus, «der Grundsatz, daß man keinem Übel abhilft, indem man es durch Erklärungen betäubt?«

Der Philosoph nickte und faßte zusammen: »Da unsere Sinne der einzige Zugang zu den Dingen sind, die wir genießen dürfen oder meiden müssen, fügen wir uns schwersten Schaden zu, wenn wir sie betäuben oder abstumpfen, wie es die Stoiker wollen. Schärfen müssen wir unsere Sinne! Durch abgestufte Reize läßt sich die Genauigkeit unserer Wahrnehmung schulen. Nur dann fühlen wir unverfälscht, nur dann entsprechen unsere Gedanken den wirklichen Dingen. Betäubst du einen Körperteil, kann ihn dir jemand abhacken, ohne daß du es spürst. Erklärt dir jemand, weshalb ein Mensch getötet werden muß, wirst du seine Hinrichtung billigen. Ein Römer, der Epikur verstanden hat, sieht die verheerenden Folgen für sein Staatswesen ab, wenn er Lehrer hört, die für alles eine Erklärung feilbieten!«

»Genug!« Caligula trat aus einem Lorbeerstrauch. Er war gekommen, den Zögling abzuholen. «Ein andermal mehr!

Ich höre, du entwickelst neue Gedanken, und wüßte gern, wohin sie dich führen.«

Titus berichtete seinem Freund Scurra über die Übungen in Anacapreae. Der Dichter kannte ein Werk der Verskunst, das epikureische Lehren behandelte und in der Villa der Minerva gelesen werden durfte. Sie lasen das Lehrgedicht »Über die Natur der Dinge« des Lucretius Carus. Blendete sie der Zauber der Verse? Von der Entstehung des Kosmos, vom Aufbau des Erdkreises und des Himmels erfuhren sie, von Atomen, kleinsten Teilchen des Stoffes, ihren Gestalten und Bewegungen, sinnlicher Erfahrung kaum einsichtig, von der Herkunft der Lebewesen, der Beschaffenheit der Seele und den Wegen ihrer Wahrnehmungen, von sehr fernen, den Dingen abgewandten Göttern, von einem unausweichlichen Ende der Welt. Über die ethischen Fragen, die Philalethes behandelte, und über Folgerungen für das Gemeinwesen fanden sie nichts.

Caligula unterbrach ihre Deklamationen. »Morgen reite ich wieder nach Anacapreae. Halte dich bereit, Titus!«

»Scurra soll uns begleiten!« antwortete Titus. »Erst wenn wir drei sind, ehren wir den Philosophen mit einem freien Gespräch.«

Der Erste der Jugend runzelte die Stirn, gab aber nach.

Scurra hörte aufmerksam zu, als Philalethes seinen Freund Epikurs Hauptlehrsätze abfragte. Während der Übung richtete er seine erste Frage in Form eines Distichons an den Philosophen:

»Wenn aber Lust und Genuß sich derart selber empfehlen – warum tut dann nicht frei jedermann, was ihm gefällt?«

»Nicht alles, was in Verse paßt, ist wahr«, anwortete Philalethes. »Du hast mir aber eine Überleitung in den Mund gelegt. Ohnehin wollte ich heute erläutern, wie wir Epikureer über die Freiheit denken.«

»Laß hören!« bemerkte Caligula. »Sparen wir uns die Übung. Genau darauf bin ich schon lange neugierig.«

»Wir Menschen«, begann der Philosoph, »trachten zwar alle danach, zu tun, was uns gefällt ...«

Dazu nickte Caligula heftig.

»Sobald wir zu wissen meinen«, fuhr der Epikureer fort, »was uns besser gefällt als anderes, tun wir dafür sehr viel, was uns sonst nicht gefiele. Denn wie wir Schmerz in Kauf nehmen, um zu höherer Lust zu gelangen, nehmen wir für die Lust, die wir als die höchste ansehen, Ungemach auf uns bis in den Tod. Nichts macht uns hilflos Geborene lenkbarer und gefügiger, als wenn uns jemand zeigen kann, was uns gefallen wird. Ob es wahr ist oder nicht – er gewinnt Macht über uns. Regen sich unsere Zweifel, besitzt er bereits Macht genug, uns zu drohen. In plötzlicher Bedrohung aber tun wir nicht, was uns gefällt, aus Furcht vor den Folgen. So kann es kommen, das wir lieber verzichten.«

»Verstehe ich nicht!« murrte Caligula.

Unbeirrt sprach der Philosoph weiter. »Nichts hingegen macht einen Menschen unabhängiger, nichts unbeugsamer, als wenn er selbst erfahren hat, wonach zu streben sich lohnt! Wer sich nicht betrügt, wird sehen, daß es wenig ist. Wer sich selbst erkennt, kann über sich verfügen, und gerade in kargen Verhältnissen wird er den Göttern ähnlich. Wer viel braucht, ist auf viele angewiesen. Wer wenig braucht, tut, was er will! Als höchster Gewinn der Genügsamkeit winkt uns die Freiheit.«

Nun stutzte auch Titus. Er hatte gesehen, wie Caligula die Mundwinkel herabzog und dem Vortrag mit zunehmendem Befremden folgte. Scurra schwieg nachdenklich wie zu einer Offenbarung, deren Folgen er für sich selbst noch nicht absah. Titus jedoch glaubte, Vertrautes zu hören. Vielleicht war etwas von dieser Lehre in das Ethos der Humanitas geflossen, das ihm der Vater beschrieben hatte.

»Wer mehr braucht«, schloß Philalethes, »als das zum Leben Notwendige, das, wie wir hörten, leicht zu beschaffen ist, der muß dienen oder sich dienen lassen! Wer dienen muß, hat Folgen zu fürchten. Wer aber einem anderen dient, weil er ihn fürchtet, ist nicht frei. Ebensowenig ist frei, wer anderen die Freiheit nimmt, denn er hat ihren Widerstand zu fürchten. Wehe dem Herrscher, der die Bürger fürchtet wie mancher Bürger seine Sklaven!«

»Wenn keiner den anderen fürchtet«, fragte Caligula spitz, »wer arbeitet dann?«

»Arbeiten die Pflanzen? Arbeiten die Tiere, die wir nicht zähmten?« Der Philosoph genoß das ratlose Schweigen. »Und doch bringen sie Dinge hervor, die anderen nützen. Der Same wird von dem Tier, das die Frucht frißt, fortgetragen und geht woanders auf. Eins nützt dem anderen, indem er sich selbst nützt. Alle Wesen, die etwas hervorbringen, gehorchen dem natürlichen Mangel, der Schmerz androht. Nur Menschen bringen hervor, weil sie Menschen fürchten, nicht anders als gezähmte Tiere! Frei nenne ich allein das Wesen, das schafft ohne Furcht vor anderen Wesen.«

Caligula lachte. Er blickte von einem zum anderen. »Wer so etwas sagt, verdiente den Tod, spräche ihn nicht seine Einfalt frei! Du machst dir die Welt zurecht nach deinem Bilde. Ich sehe nur, daß einer den anderen frißt. Und wer von uns möchte wohl leben ohne das Fleisch einer geschlachteten Kuh? Oder ist es weniger grausam, eine Ziege zu schlachten? Woher nehmen wir ein Bett, einen Wagen, ein Schiff, wenn wir keinen Baum fällen? Wer brät, wer zimmert, wer rudert, wenn nicht Sklaven?«

Mit verschlossener Miene antwortete Philalethes: »Wer ein Tier schlachtet oder einen Baum fällt, hat schon gewählt. Lebe denn ich so genügsam und verborgen, wie ich es sollte? Ihr hört mir zu, und ich habe Freude daran. Vielleicht will auch ich, indem ich euch belehre, nichts anderes als Macht über euch gewinnen. Damit nicht einer den anderen frißt, gaben wir Menschen uns Gesetze. Wer am Gemeinwesen teilhat, ist verpflichtet, sie zu achten. Er muß, um ihren Schutz zu genießen, jemandem Macht zugestehen, darüber zu wachen. Da es aber dem Mächtigen leichter ist, Gesetze zu brechen, ist er mehr an sie gebunden als andere. Wer hingegen im Verborgenen lebt und genügsam bleibt, braucht sich um Gesetze nicht zu kümmern und hat doch keinen Menschen zu fürchten.«

»Ich las aber bei Epikur«, widersprach Caligula, »auch die Macht sei ein Mittel, Sicherheit vor den Menschen zu finden.«

»Hättest du genauer gelesen«, antwortete der Philosoph, »wäre dir nicht entgangen, in welchen Zwiespalt der Mächtige gerät. Wer Macht erlangt, muß sie behalten und andere abschrecken. Wer aber Furcht verbreitet, sagt unser Meister, ist selbst nicht frei von Furcht. Der warnenden Gewalttat folgt die notwendige. Ich widerriet Tiberius nicht, das Amt des Ersten anzunehmen, obschon ich wußte, daß ich meinen besten Freund verlor. Auch Epikur hätte ihm die Wahl gelassen. Nur hätte er entschiedener wählen müssen! Will er in Rom der Erste sein, um das Gemeinwohl zu fördern, kann er nicht auf dieser Insel im Verborgenen leben. In dem Bemühen, beides zu vereinen, erschöpft er seine Mittel, und er hat weder das eine noch das andere.«

Caligula räusperte sich entrüstet. »Du weißt so gut wie ich, daß er nicht wählen konnte! Es war notwendig, daß er das Amt annahm, und daraus ergeben sich neue Notwendigkeiten.«

»Notwendigkeit nennt Epikur ein Übel«, entgegnete Philalethes. »Aber er fügt hinzu: Es besteht keine Notwendigkeit, unter einer Notwendigkeit zu leben.«

»Ach! Was rätst du ihm denn in deiner Weisheit? Soll er sich umbringen lassen oder sich selber umbringen?«

»Ich will nicht unbedingt recht behalten«, sagte Philalethes leise, »aber ich kann dir versichern: Für mich hat der Tod nichts Schreckliches. Bin ich da, ist er nicht da. Ist er da, bin ich nicht mehr.« Seine Stimme hatte zu zittern begonnen, als er das Zerwürfnis mit Tiberius erwähnte. Nun gewann sie neue Kraft. Er wandte sich Titus und seinem Freund zu: Nur weil der Mensch von Natur aus furchtsam sei und zu Übergriffen neige, beides unterschiedlich verteilt und oft einander bedingend, sei es ratsam, im Verborgenen zu leben. Das schließe nicht aus, daß er auch zur Gemeinschaft geschaffen sei. Er pries die Fähigkeit, Freunde zu gewinnen, und die erfüllte Liebe zwischen den Geschlechtern. Dafür bedürfe es keiner Gesetze. »In Freundschaft und Liebe tun Menschen ganz, was ihnen gefällt. Wo sie fehlen, möge jeder achten, was dem anderen gefällt, und ihn nicht stören, auf daß er nicht gestört werde. Freundschaft und Liebe macht das Gefallen der Menschen aneinander vollkommen. Aber nur wer frei ist, wie ich es beschrieb, kann Freundschaft und Liebe empfinden.« Dann flocht er den Kranz seiner Gedanken zu Ende, indem er darauf verwies, Menschenlos sei es, in all dem stets unvollkommen zu bleiben. »Denn wahre Freiheit genießen nur die schweigenden Götter.«

Die Götter, erfuhr Titus nun in einem Schlußkapitel, brauchte man weder anzurufen noch zu leugnen. Ohne Verbindung zu den Geschicken der Menschen lebten sie, sich selbst genug, in fernen Zwischenwelten. »Wir haben von ihnen nichts Böses zu fürchten, aber auch nichts Gutes zu hoffen. Nur nacheifern dürfen wir ihnen ohne den Ehrgeiz, ihnen je an Glückseligkeit zu gleichen.« Und der Philosoph fügte an, die schönste Frucht der Weisheit wäre, unter den Menschen zu wandeln wie ein Gott.

Titus hegte längst Zweifel, ob er der Nachfahr eines Gottes und einer Nymphe sei. Nun erfuhr er, daß es nicht möglich war.

Auf dem Rückweg fragte er Caligula: »Warum hast du dem Epikureer nicht widersprochen? Glaubst du nicht mehr, daß deine Familie von Venus und dem Troer Anchises abstammt?«

Der Erste der Jugend lachte. »Das Ammenmärchen wäre gut für den Mann auf der Straße. Nur, leider – es zieht nicht mehr. Darum brauchen wir die Prätorianer. Weißt du noch nicht, wie unsere Voreltern, meine wie deine, zu dem kamen, was sie uns vererbt haben? Einer ist stark, der andere schwach. Der eine prügelt, der andere hält still. So war es mit Romulus und Remus, so wird es bleiben.«

»Wer sich stark fühlt, versteht es so«, bemerkte Scurra, der nebenherritt.

»Wer es so versteht, der ist der Stärkere!« sagte Caligula. »Richtet euch danach! Noch könnt ihr wählen.«

Scurra blieb zurück. Titus wollte auf ihn warten, aber Caligula drängte ihn weiter. Sie rasteten bei den Felsentürmen. Unter den Pinien kreischten im strähnigen Gras die Zikaden. Nach dem Schwimmen im Meer bildeten sich Salzkrusten auf der Haut. Caligula hielt in der Sonnenglut aus, als wäre sein Blut kalt wie das einer Eidechse.

»Warum behält Tiberius den Epikureer auf der Insel?« fragte Titus.

»Es ist dasselbe wie mit uns beiden. Ließe er ihn ziehen, müßte er ihm Mörder nachschicken. Aber er findet, wer einen Philosophen töten lasse, gestehe sein Unrecht ein. Ich sehe das anders.«

»Du magst ihn auch nicht! Ich habe es gesehen. Was gefällt dir an seiner Lehre?«

»Daß man das Leben genießen soll. Die Stoiker vermiesen einem alles. Und daß es keine Götter gibt.«

»Aber es gibt sie doch! Sie kümmern sich nur nicht um uns …«

»Ist das nicht dasselbe?« unterbrach ihn Caligula. Seine grünen Augen wurden eidechsenhaft starr und traten leicht auseinander. »Gibt es keine Götter, muß ein Mensch die Geschicke der Welt in die Hand nehmen. Jetzt ist es Tiberius, bald werde ich es sein. Und ich werde unter Menschen wandeln wie ein Gott, das glaube mir!«

Titus wandte sich ab. Das Meer gleißte zu grell hinter Caligulas abstehenden Ohren.

»Dient euch denn alles, was menschlicher Geist ersinnt, nur als Vorwand, euch über andere zu erheben?«

»Uns!« antwortete der Erste der Jugend. »Uns, solltest du sagen. Unterscheide endlich, was für dich und was für andere gilt! Du bist reich, du genießt Vorrechte. Du gehörst dazu.«

Im Dunkel der Schlafkammer verhandelte Titus jeden Lehrsatz mit Harpocrates.

»Eigentlich wetteifern sie nur«, sagte er, »mit Ratschlägen, wie es sich leichter sterbe. Der Stoiker redet mir ein, ich verlöre nicht viel dabei, der Epikureer verspricht mir, ich werde zufrieden sein, wenn ich meinen Teil genossen habe.«

»Der Sklave fragt da nicht viel«, erwiderte Harpocrates. »Mir scheint, ihr wollt euch darüber trösten, daß ihr keine Götter seid.«

Quaestiones potentiae oder Machtfragen

Wer nicht zum engeren Kreis seiner Begleiter gehörte, bekam den Kaiser selten zu sehen. Eines Morgens trat Tiberius mit römisch gestutztem Schopf und bartlos aus der Villa des Jupiter, bestieg eine Sänfte und ließ sich mit großem Gefolge hinunter zum Hafen tragen. Bald darauf sah man den kaiserlichen Segler, mit bunten Fähnchen geschmückt, in der Bläue des Golfes auf Kap Misenum zuhalten. Es hieß, der Kaiser werde Rom besuchen, um dringende Angelegenheiten zu klären und zu erkunden, ob er wieder auf dem Palatin regieren könne. Die schwefligen Bäder hatten seinen Ausschlag merklich gelindert. Doch schon nach zehn Tagen war er wieder da. Aus seinem Gefolge verlautete, er habe die Hauptstadt gar nicht betreten. Vor ihrem Weichbild sei er aus der Sänfte gestiegen. Nach einem langen Blick über Hügel, Mauern, Türme und Tempel habe er ausgerufen, ihn ekle vor Rom, und Rom ekle vor ihm. Er wolle die falschen Huldigungen nicht und nicht die Beteuerungen der Senatoren, sie sagten nur ihre eigene Meinung, obwohl sie ihm nach dem Mund redeten. Die Schauspiele habe er verflucht, die man von ihm erwartete, die Wagenrennen, Gladiatorenkämpfe, Tierhetzen, die Seeschlachten auf künstlichen Teichen, die Sängerwettbewerbe, den Pöbel verwünscht, der sich in die Stadt drängte und auf Kornspenden und Fleischzuteilungen wartete, einander betrog und bestahl und dann, undankbar, mit Spruchbändern und Sprechchören in der Arena den Kaiser für alles verantwortlich machte. Der Prätorianerpräfekt Naevius Sertorius Macro war ihm mit den letzten Todesurteilen gegen Sejaner entgegengeritten, um seine Unterschrift einzuholen. Dann hatte der Kaiser dem Troß befohlen, umzukehren.

Wieder verschwand er der Welt hinter einsamen Studien und ließ sich von rauschenden Lustbarkeiten entrücken. »Geselligkeit mehrt den Genuß«, hatte Philalethes gesagt. »Besonders wenn einer zweifelt, ob er rechtens besitzt, was er genießt, sucht er Gefährten zum Schwelgen.« Caligula hatte sich dafür verwendet, daß auch Titus Petronius manche Einladung zu den Lustbarkeiten des Tiberius erhielt, die einen oder mehrere Tage dauerten. Der Zögling bekam an bestimmten Tagen Zutritt zu Speiseräumen, Lesezimmern, Wandelhallen und Ruhegemächern der Villa Jovis. Gemälde, Reliefs und Skulpturen zeigten nicht einfach nackte Götter und Göttinnen, Nymphen und Satyrn, sondern die Gestalten stellten einander nach, umarmten und küßten sich mit dem Ausdruck der Wollust, verharrten in lüsterner Gebärde, standen, knieten, hockten, lagen miteinander, einfach oder verkehrt, reitend oder nach Art der Tiere. In einer Kuppelhalle war überlebensgroß Atalanta zu sehen, wie sie den Helden Meleager mit dem Mund erregte. Sofalehnen liefen in Frauenbrüste aus, Tischplatten wurden von Satyrn getragen, denen zu aller Muskelanspannung noch Priapus in den Gliedern steckte. Auch das getriebene Edelmetall des Tafelgeschirrs war ein einziger Reigen unverhüllter Lust.

Morgens wurden Flamingozungen und Pfauenleber auf goldenen Tellerchen gereicht. Aus Gefäßen von farbigem Flußspat floß Wein in Pokale aus unzerbrechlichem Glas, die einzigen dieser Art in aller Welt, denn den Erfinder dieser Kostbarkeit hatte der Kaiser vom Felsen stürzen lassen, weil er meinte, das Gold verlöre seinen Wert, wenn die Herstellung bekannt würde. Tiberius ließ sich von karg bekleideten halberwachsenen Mädchen bedienen. Die eine oder andere erinnerte Titus mit ihrem kleinen Gesicht zwischen schwarzem Lockenbausch an die Hirtin Eumele, und in seinen Ohren begann es zu rauschen, wenn der greise Kaiser nicht nur nach den dargebotenen Speisen griff, wenn er das Gewand zurückschlug und sich die käsige, weißbehaarte Brust küssen ließ. Frauen sah man im kaiserlichen Villenbezirk sonst selten. Die Villa der Venus, nur mit Anweisung zugänglich, lag gesondert hinter übermannshohen Hecken, und auch die Villa der Diana, wo Ehepaare wohnten und weibliche Gäste ein Gemach erhielten, verbarg sich in einem abgesperrten Garten. Caligula hatte dort mit seiner jungen Frau gelebt, bis sie starb, und manchmal den Besuch seiner drei Schwestern empfangen. Der einen, Agrippina, war Titus am Tor begegnet, und lange hatte er ihre kastanienfarbenen Schneckenlokken in Erinnerung behalten.

Caesonius Priscus, der im Rang eines römischen Ritters das Amt für Vergnügungen innehatte, ließ zu gegebener Stunde an ein Bronzebecken schlagen. Dann brach die Gesellschaft zum Bad auf. Geschmeidig trabende Kappadokier trugen die Gäste in Sänften zum Hafen. Dort wartete ein Schwarm reich verzierter Ruderboote. Unter dem rhythmischen Gesang der Mannschaften glitten sie aufgetürmte Felsenufer entlang. Das kleine Geschwader bog in eine Schlucht ein, an deren Ende die schmale Einfahrt zu einer Grotte sich wölbte. Die Grotte, genannt »die Blaue«, weitete sich innen zu einer wassergefüllten Halle. Tropfsteingebilde schienen draußen die überhängenden Felsen wie natürliche Säulen zu tragen. Drinnen schmückten gehauene Statuengruppen die Felswände. Ein eigenartiger Zufall der Gebirgsbildung hatte es gefügt, daß die Grotte, die durch ihre schmale Luftöffnung kaum Tageslicht erhielt, ganz aus dem Wasser erleuchtet wurde. Die unter Wasser erweiterte Kluft ließ die Vormittagssonne bis weit in ihr Inneres auf den Boden fallen, so daß die Salzflut aufschimmerte wie ein von innen erhellter flüssiger Stein und der Widerschein im Spiel der Wellen über die Höhlenwölbung tanzte.

Flötenbläser, Knaben und Mädchen, zu Handpauken und Zimbeln tanzend, empfingen die lautlos gleitenden Boote. Wein aus Samos, Chios, Zypern, Sizilien, Leckerbissen, aus Muscheln und Krebsen bereitet, standen auf langen Tafeln. Bademeister warteten mit Handtüchern und Salbölkännchen auf. Stieg man ins laue Wasser, tauchte man in einen blauen

Lichtschein. Die Haut der Schwimmenden wurde ein fahl schimmernder Hauch. Das muntere Treiben zu Musik und Gesang schien sich am Rand der Unterwelt zu bewegen.

Stieg der Kaiser ins Wasser, ermahnte ein Beckenschlag alle Gäste, es zu verlassen. Eine Schar hübscher Kinder beiderlei Geschlechts, seine »Fischlein«, vollführten in seiner Nähe mit Geschick und Ausdauer Tauchkunststücke und verabreichten ihm nach eingeübtem Ritual mit Händen und Mund Liebkosungen. Hatte er davon genug, befahl er einige Mädchen mit voll entwickelten Körpern zu sich, ruhte auf Kissen, die, mit aufgeblasenen Tierdärmen gefüllt, im Wasser schwammen, sah zu, wie die fahlblauen nackten Leiber sich tummelten, warf sich prustend zu ihnen. Später gab er sie für Gäste frei, die er selbst bestimmte, ließ sich trockenreiben und salben, bestieg ein Ruhebett und beobachtete heftig atmend die Badenden.

Hatte er genug geruht, rief er einen Schreiber, um ihm ein Kapitel seiner »Lebenserinnerungen« zu diktieren. Er gestattete seinen Gästen nicht nur zuzuhören, sondern ließ sich gern durch Fragen Erinnerungen »aufstöbern«, so nannte er es, »wie von Treibern das Wild«. Tat ihm leid, was er gesagt hatte, ließ er es sofort am Feuer einer Fackel verbrennen. Das vorherrschende Thema seiner knappen Sentenzen und Traktate war die Bürde, in Rom der Erste zu sein. Ein Ausdruck, als würde er fortwährend gestört, beherrschte sein Gesicht. Aber wer sich ohne seine Erlaubnis zurückzog, erfuhr seine Ungnade. Auch nachmittags an der großen Tafel, zu der man in die Villa des Jupiter zurückkehrte, setzte er sein Diktat fort. Noch gegen Abend auf Wandelgängen durch die Lauben und Alleen des Parks, auf Pfaden, die sich den Saum des Felsens entlang oder durch halbwilde Piniengehölze schlängelten, mußte der Schreiber ihm auf den Fersen bleiben, obwohl seine Einfälle bereits splitterten und die schwere, hölzerne Würde eines Betrunkenen seine Bewegungen prägte.

Titus hörte den Kaiser grimmige Vorwürfe gegen seine Mutter erheben, sie hätte ihn in die Nachfolge des Vergöttlichten Augustus gegängelt, sie hätte mehrere Giftmorde, auch den an seinem Neffen Germanicus, auf dem Gewissen. »Gern, nur zu gern gäbe ich dem Senat alle Befugnisse zurück«, schrie Tiberius in rauschhaft gesteigerter Verzweiflung. »Aber Unwürdige haben ihm auf immer das Recht genommen, Rom zu regieren. Nörgler verbreiten, die Bestechlichkeit und der Wucher des Senats wären ein notwendiger Preis für die alte Freiheit gewesen, der sie nachtrauern. Aber die Segnungen, die der Erdkreis seit den Taten des Julius Caesar erfuhr, beachten sie nicht! Die Neuartigkeit der Herrschaft zwang Augustus zu ungewöhnlichen Sicherheitsvorkehrungen, und auch ich kann nicht darauf verzichten. Bin ich denn frei? Jeder Eckensteher in Rom ist freier als ich! Die Macht ist eine Wölfin, die man bei den Ohren halten muß.« Er schloß seinen winzigen, schmallippigen Mund, bis er zu einem Strich zusammenwuchs, als wolle er nun auf immer schweigen. Doch dann fuhr er fort: »Wahr hat der Dichter Laberius gesprochen: ›Wen viele fürchten, der hat selbst vor vielen Furcht.‹ Sooft ich erwog, mein Amt niederzulegen, warnte mich meine Mutter: ›Wer einmal der Erste ist, kann nie wieder leben wie ein gewöhnlicher Bürger.‹ Zu viele lauern ihm auf, um ihn zu erschlagen wie einen tollen Hund, darunter manche, die sich seine Freunde nennen. Man wirft mir vor, mein Schweigen in den Sitzungen des Senats sei Verstellung gewesen, ich hätte Gesinnungen erkunden wollen. Aber ich wollte nur erfahren, ob diese Versammlung in der Lage wäre, Rom ohne mich zu verwalten. Forderte ich bei Abstimmungen ausdrücklich auf, jeder solle nur sein Gewissen befragen, witterten all die Kleinmütigen, Übriggebliebenen, Durchgeschlüpften eine besonders heimtückische Falle und stimmten zu.« Der Kaiser schnaufte und trank. »Die Macht! Ich wollte sie nicht, ich finde keine Lust an ihr!«

Gajus Caligula, der viel Schabernack von seinem Großoheim hatte hinnehmen müssen, rechnete in solchen Augenblicken mit der Wehrlosigkeit des Trunkenen. »Nicht wollen und nicht können«, rief er schrill in die Stille, »ist zweierlei, und in den Fragen der Macht verhält es sich damit ebenso wie in denen der Lust!«

»Hüte deine Zunge, du Auswurf!« fauchte Tiberius und warf einen Pokal. »Jederzeit kann ich verfügen, daß nicht du mein Nachfolger wirst, sondern dein Onkel Claudius! Ein Trottel ist im Amt des Ersten nicht so gefährlich wie ein Scheusal!« Verdrossen fügte er hinzu: »Jawohl! Claudius! Der hockt zwischen seinen Schriftrollen und wartet gern, der wird mir nicht nach dem Leben trachten.«

Lange klagte er, die Frage der Nachfolge sei die drückendste. Weder einem Scheusal noch einem Trottel dürfe er das Reich anvertrauen, aber seine Feinde und seine Mutter hätten in seiner Familie so gut aufgeräumt, daß ihm nur noch diese Wahl bliebe. »Verschwendung und Armut drohen das Reich zu zerreißen, das menschenwürdige Auskommen ist selten. Seht, wie mich die Götter gezeichnet haben. Auf dem Forum verwehrte ich es einem siechen Bettler nicht, mir die Füße zu küssen. Seither frißt an mir dieser unheilbare eitrige Ausschlag und vergiftet mir die Tage, die ich noch unter der Sonne habe, als sollte sich vor aller Welt erweisen, daß der Erste ebensowenig nach den Lehren Epikurs selig werden könne wie der Letzte. Wehe, mich ekelt vor mir selber!«

Die Sonne berührte glühend in taubenfarbenem Dunst den Horizont des Meeres. »In meiner Höhe«, sprach Tiberius, und die weinschlaffen Lippen verschleierten seine Worte, »hört man den Donnergang der Gestirne und den Klang der aneinanderreibenden Sphären!« Er wandte sich um zu dem Dichter Marcus Manilius, der an einem neuen Lehrgedicht über die Himmelskörper arbeitete. »Aber harmonisch, wie Platon im ›Timaios‹ meint, kann ich die Töne nicht finden. Hört ihr nicht das Knirschen, mit dem sich die Sonne in ihrer Sphäre hinter den Erdkreis quält?«

Die Neugier hatte Titus an der Hand seines Pädagogen fast ununterbrochen in der Nähe des Kaisers gehalten. Auf den Felsen von Capreae sah man abends beinahe von jeder Stelle die Sonne ins Meer sinken. Manchmal schon hatte er gehorcht, ob er die Achsen des Sonnenwagens knarren hörte, wie er es sich nach Beschreibungen des Acoetes vorstellte, und an das gepeinigte Gesicht des Sonnengottes auf dem getriebenen Metall des Tafelgeschirrs gedacht. Oder war das Phaethon gewesen, der unbefugt den Sonnenwagen lenkte? Schon gewohnt, sich einer Episode aus dem Götterglauben als eines Gleichnisses für einen Gedanken zu bedienen, fragte er Dardanius leise: »Kann es je wieder geschehen, daß ein Phaethon unbefugt den Sonnenwagen besteigt?«

Dardanius, dankbar für das Vertrauen, verstand den Hintersinn. »Als Phaethon mit dem Sonnenwagen verunglückte, kam nicht nur er selbst zu Schaden, sondern weite Teile der Welt wurden verbrannt und versengt. Sollte es je wieder ein Unbefugter wagen, wird es ihm und uns ebenso ergehen. Zuerst hörte Phaethon ein Knirschen.«

Mit dem Einbruch der Dämmerung wandte sich Kaiser Tiberius wieder seiner krampfhaften Suche nach Lust und Genuß zu. Für die ausgewählten Getreuen, die er als Gäste duldete, traten alle Gebote der Scham außer Kraft. Der geistigen Schamlosigkeit seines Diktats folgte die Orgie. Wer Schamlosigkeit hinnahm, durfte schamlos sein. Caesonius Priscus, der Vergnügungsmeister, stellte bei Fackelschein zwischen den Hecken der Gärten um die Villa Veneris nackte Liebespaare zur Schau. Lusthelfer sorgten für einen lebenden Katalog aller bekannten und neu erprobten Arten der Liebesbegegnung. Eine richtige Geliebte hatte seit langem niemand mehr in der Nähe des Kaisers gesehen. Fälle empörender Nötigung selbst vornehmer Damen gehörten der Vergangenheit an. Es galt als ausgemacht, daß ihm die Fähigkeit, selbst zu genießen, was er betrachtete, abhanden gekommen war. Auf Capreae ließ sich nichts verheimlichen: Aus dem Kreis seiner Kämmerer sickerte durch, er ließe sich von Sklavinnen noch nicht entwöhnte Säuglinge bringen und an die Scham legen.

Die Gäste, mit Gleichmut die Erfahrenen, verwirrt und angestachelt die Neulinge, folgten den einladenden Gesten der Pärchen. Tiberius tauchte als Zuschauer auf, wo es ihm beliebte.

Erst als der Pädagoge sich zurückzog, begriff Titus, daß die Gebärde eines Pärchens ihm galt. Ohne langes Besinnen legt er sich zu dem Mädchen, das der Jüngling mit einer Verbeugung freigab. Tiberius hatte das Ende der Wege erreicht, auf denen Venus voranwandelt, Titus Petronius stand am Anfang. Nur weil sein Herz tobte, glaubte er, sie ähnele Eumele. Ihre Augen lagen so tief im Schatten der angeklebten Wimpern, daß sie leer erschienen. Er tastete nach einer Brust. »Du hast die falsche!« kicherte sie. »Die andere ist besser.« Er taumelte. Niemand sollte ihm das mehr voraushaben! Priapus drohte ihn im Stich zu lassen. Das Mädchen half, aber schon schüttelte er die Hände ab, als könnte er damit Trimalchio und Albilla von sich wegjagen. Er sank zwischen die Schenkel. Das also ist es. Nun geschieht es. Wo es ihn sonst durchrieselt hatte, verbreiteten sich Dumpfheit und Trauer. Es war schon geschehen. Etwas hatte sich aus ihm losgerissen. Etwas war unwiderruflich. Ein fader Geruch erinnerte ihn an die Phlegräischen Felder. Der Schoß barg ihn nicht.

Das Mädchen stützte sich verwundert auf, und da er sich nicht rührte, sagte sie: »Pfui!« Der Jüngling erschien mit einer Gerte. »Entweder ist er ein völlig ungehobelter Bock«, beschwerte sich das Mädchen, »oder er war noch unschuldig.«

Der Jüngling holte aus mit der Gerte. Da rief jemand über die Hecke: »Laßt ihn! Er war noch unschuldig. Ihr seht doch, daß er sein Bartfest noch nicht gefeiert hat! Ich schicke ihn morgen in die Villa der Venus. Nehmt euch ein bißchen Zeit für ihn.«

Es war Gajus Caligula, der Erste der Jugend.

Villa Veneris

Foeda est in coitu et brevis voluptas,
et taedet Veneris statim peractae.
Non ergo ut pecudes libidinosae

caeci protinus irruamus illuc,
nam languescit amor peritque flamma.
Sed sic, sic sine fine feriati
et tecum iaceamus osculantes.
Hic nullus labor est ruborque nullus:
Hoc iuvat, iuvat, et diu iuvabit;
hoc non deficit incipitque semper.

Wüst und kurz ist die Wonne eines Beischlafs;
Venus hastig zu folgen, weckt nur Abscheu.
Also! Nicht mit der niedren Gier der Tiere
blindlings hier auf der Stelle losgerammelt,
sonst ermattet die Liebe, stirbt die Flamme.
Sondern sanft, ohne Ziel und ohne Mühe
will ich Küsse mit dir im Liegen tauschen.
Das macht keinerlei Plage und erhitzt nicht,
das beglückt, ja beglückt und dauert lange.
Niemals sind wir am Ende, stets am Anfang.

Titus Petronius saß in seinem Zimmer und trug die Verse zu einer Tonfolge auf der Lyra, die gemächlich dahinklang, sich selber vor. Als er mit flacher Hand den Nachhall der Saiten abfing, wurde hinter ihm heftig Beifall geklatscht. In der Tür stand mit dem Jüngling vom Vorabend die rundliche Philomela, die entlaufene Gattin des Philalethes, Vorsteherin der Villa Veneris. »Entschuldige, daß wir uns hereingeschlichen haben«, sagte der Jüngling. »Du bist uns für heute gemeldet. Warum läßt du uns warten?« Er hatte buschige Brauen, einen stechenden Blick und Grübchen in den feisten Wangen. »Ich bin Aulus Vitellius und soll es dir zeigen. Aber wenn du es so anstellst, kann ich die Peitsche weglassen.«

»Komm jetzt«, drängte Philomela. »Amymone wartet.«

In der Ausstattung war die Villa der Venus ein kleineres Abbild der Villa des Jupiter: lichte Farben, luftige Treppenhallen und Wandelgänge, ein weitläufiges Bad, lange Zimmerfluchten, sonnige und schattige Terrassen. Hetären schwatzten miteinander, Lustknaben tollten einem Ball hinterher, behäbige Kinäden räkelten sich auf weißen Bänken, warteten auf einen Dienst.

Amymone saß in ihrem Gemach auf einem Polster. Als Titus hereintrat, hellte sich ihr Gesicht auf. Er gefiel ihr.

»Es ist eine andere als gestern, eigens von Gajus für dich ausgesucht«, sagte Vitellius und begann mit ihr zu tätscheln. Sie schob ihn mit dem Fuß weg. »Ich möchte mich mit ihm unterhalten!« Langsam zupfte sie die gefältelte, durchsichtige blaue Seide ihres Gewandes zurecht. Dann schaute sie zu Titus auf. »Komm näher. Darf ich dir meinen Namen erklären? Amymone heißt eine Quelle in Griechenland, und ich hoffe dir eine unerschöpfliche Quelle der Wonne zu sein. Die Jungfrau, die der Quelle den Namen gab, mußte viel Wasser tragen. Meergötter entführten sie, damit sie nicht nur die Schwere, sondern auch die Sanftheit des Elements kennenlernte. Bitte sei auch du nicht so schwer, sondern so sanft wie das Wasser.«

Sie tauschten aus, was sie über Nymphen wußten. Als er sie streichelte, zeigte sie ihm ein Band. »Hier, zieh!« Das Kleid teilte sich und fiel von den Schultern. Sie stand auf und stieg ganz heraus. Der Jüngling, der sich Vitellius nannte, wollte sich zu ihr stellen. Titus kam ihm zuvor. »Wie du willst«, sagte Vitellius, »bitte schön, so herum.« Er hob Titus die Tunika bis zu den Hüften. Titus spürte hinter sich unangenehm nahe den dicklichen nackten Bauch. »Geh weg, Aulus!« bat er.

»Das ist nicht üblich!«

»Wenn er sagt, geh, dann geh!« fauchte Amymone.

»Aber ich muß dem Gajus berichten.«

»Du wirst ihm berichten, was ich dir berichte. Jetzt such dir was anderes.«

Titus tat mit ihr, was er mit Eumele am Ufer des Volturnus getan hatte. Die Erinnerung darin lebte in seinen Versen, seine Verse heiligten, was er tat. Lange zügelte er das Tier, das ihn auf sie wälzen wollte. Er sprach seine Verse; sie lauschte. Er ließ seine Hände sprechen. Selten berichtigte sie ihn. Endlos, das mußte er einsehen, ließ sich das Wohlgefühl nicht ausdehnen. Wuchs es nicht mehr, lief es Gefahr, sich zu trüben. Er bäumte sich auf, wieder riß sich etwas los aus ihm, aber er lachte.

Auch Amymone lachte. »Was für einen Springquell habe ich dem Felsen entlockt! Es hat doch etwas auf sich mit meinem Namen. Aber ich hoffe, du hältst Wort mit deinem letzten Vers und beginnst erst.«

Der Hüter der Herden und Fluren lieh ihm sehr freigebig seine Kraft. Das Mädchen lehrte ihn, es dahin zu bringen, daß die Lust in beiden gleichzeitig erblühte, und schwatzte noch ein wenig, wie oft es ihr gefiel und wieviel sie allgemein für gut hielt.

Aulus Vitellius weckte ihn. Hinter ihm stand Gajus Caligula. »Was wir gesehen haben«, sprach der feiste Jüngling feierlich und streifte die Deckentäfelung mit einem Blick, »gereicht dir außergewöhnlich zur Ehre. Wer sich bei den Werken der Venus so in der Gewalt hat wie du, schafft sich und seiner Gespielin die höchsten Genüsse, der wird ein Frauengenießer, der sich sehen lassen kann.«

»Du hast das Zeug zum Spintria!« lachte Gajus. »Das ist genau wie bei den Dienern des Mars: Einer, der in Reih und Glied steht. Aber als Diener der Venus! Sang nicht Ovid, Liebe sei Kriegsdienst?«

»Eben ein Strammsteher wie ich«, ergänzte Vitellius. »Aber äußerste Auslese, nicht für den Garten, sondern für das Schlafgemach des Tiberius. Das eben mit Amymone war allerdings kaum mehr als Nummer eins. Du müßtest hinzulernen und dürftest mich nicht wieder wegschicken. Ich verspreche dir, es macht Spaß!«

»Die nötige Ausdauer hast du«, warf Caligula ein. »Denn der Kaiser braucht lange, bis er sich satt gesehen hat. Es bewerben sich viele, aber die meisten sind leider wie die Kaninchen.«

»Wozu braucht er so was?« fragte Titus. »Macht ihm das Freude?«

»Aber gewiß! Der Kaiser braucht immer Strammsteher!« Vitellius feixte anzüglich. »Wir werden Zahlen und Buchstaben bauen. Wehe, wer zu früh schlappmacht. Kaninchen ziehen wir das Fell über die Ohren.«

Titus Petronius zog sich die Decke unters Kinn, starrte auf das Loch in der Deckentäfelung und schwieg.

»Es wäre sehr vorteilhaft für dich«, drängte Vitellius.

»Ein Strammsteher bekommt natürlich Sold wie jeder Soldat«, erklärte Gajus. »Weißt du, dein väterliches Erbe... Vielleicht bringst du es in der Villa der Minerva doch nicht weit genug. Dann könnte der Fall eintreten, daß du dein Vermögen nie wiedersiehst. Da wäre es ratsamer ... Als Spintria hättest du in kurzer Zeit genug, um darauf zu pfeifen. Sieh dir den Aulus Vitellius an! Die Vitellier sind auch eine vornehme Familie. Aber sein Vater wurde von der Senatsliste gestrichen, weil seine Habe zu weit geschrumpft war. Dank der Verdienste seines braven Sohnes sitzt er seit kurzem doch wieder in der Kurie. Irgendwann willst du ja mündig werden. Wenn dich der Kaiser so schön strammstehen sieht, muß er dich umgehend für volljährig erklären. Eher darfst du ohnehin über keine Kupfermünze verfügen.«

»Wieviel kriegst du für jeden neuen Strammsteher, Vitellius?« fragte Titus.

»Das ist doch unwichtig«, sagte der Erste der Jugend.

»Ich bin kein Sklave«, erwiderte Titus. »Mein Geld wird Tiberius nicht behalten, meinen Körper wird er nicht bekommen.«

»Wie du willst.«

»Amymone kannst du allerdings nicht wiedersehen«, ergänzte Vitellius.

Er blieb nicht dabei, sondern stiftete von Zeit zu Zeit verlockende Zusammenkünfte. Immer wieder versuchte er Titus an die »helfende Gegenwart des Dritten« zu gewöhnen. Schließlich gab er es auf. Philomela ließ Titus nicht mehr in die Villa Veneris.

Umgang mit Wissen

Mehr als fünf Jahre verbrachte Titus Petronius auf der blauen Insel Capreae, ohne das Festland zu betreten. Um sein Kinn sproß ein schwarzer, weicher Bart, aber niemand kam auf den Gedanken, ihm das Bartfest auszurichten. Seine Anträge auf Entlassung aus der Vormundschaft des Tiberius wurden in der Kanzlei der Villa Jovis regelmäßig abschlägig beschieden. Der Beamte vertröstete ihn auf das Ergebnis fachlicher Prüfungen. Aber die Prüfungen wurden verschoben. »Laß den Bart wachsen, bis sich deine Mutter gefunden hat«, sagte der Kanzlist ein andermal. »Ohnehin gehört es sich so.« Es klang wie Hohn auf seine wiederholten Anfragen. Jemand hintertrieb sein Fortkommen. Der Jüngling Aulus Vitellius kam ihm öfter, als es der Zufall erlaubte, unter die Augen. Vitellius klagte über eine ererbte Schwerhörigkeit und forderte manchmal auch einen, der gar nicht mit ihm sprach, auf, lauter zu reden. Anfangs kümmerten Titus die Stockungen in seinem Fortkommen nicht. Es freute ihn sogar, daß seine Leistungen in der Palaestra und im Fechtsaal nicht ausreichten. Die Kerle, die sich in der Villa des Mars auf eine militärische Laufbahn vorbereiteten, waren ihm doch zu grob. Mehr machte ihm zu schaffen, daß der Rhetor an ihm herummäkelte.

»Es klingt wunderbar. Aber daraus wird nie eine Senatsrede!«

Titus hatte seinen Mitschülern angesehen, daß sie mitgerissen waren. »Alle haben mich verstanden!«

»Du drückst dich aber nicht richtig aus. Wenn du dich anders ausdrückst, als es die vorgeschriebenen Muster verlangen, weckst du Verdacht, daß du es auch anders meinst: feindlich womöglich.« Unter vier Augen sagte ihm der Rhetor: »Du wirst ein besserer Redner als die Emsigen, die alles genaustens wissen und doch nichts können. Aber gewisse Vorschriften mußt du einhalten!«

Titus fragte seinen Pädagogen: »Lerne ich schlecht?«

»Du lernst ausgezeichnet«, anwortete Dardanius.

Mit der Zeit wurde er wirklich faul. Mit dem Starrsinn dessen, der ohne eigenes Versagen ins Hintertreffen gerät, verlegte er sich aufs Dichten. Nur der Gesangslehrer Calpurnius Scurra tadelte ihn nie. Scurra wußte, daß es in Rom Geschäftsleute gab, die beliebte Texte einer Schar von Schreibsklaven diktierten und so in kurzer Zeit eine Dichtung verhundertfältigten. Der Verkauf solcher Schriftrollen erbrachte außer einem Gewinn, an dem der Dichter beteiligt wurde, auch manche Einladung zum Vortrag in vermögenden Häusern oder öffentlichen Theatern, dessen Erlös bis auf eine geringe Abgabe dem Dichter allein zufloß. Sie wetteiferten darin, saubere Abschriften ihrer Verse anzufertigen, und schmiedeten Pläne, heimlich von der Insel zu verschwinden. Nach Vergils Vorbild nannte Titus seine Sammlung »Bukolika«.

»Auch wenn du lateinisch schreibst«, sagte der Gesangslehrer, »kommst du dem Geschmack des Publikums neuerdings sehr entgegen, indem du nicht nur deinem Werk, sondern auch dir selbst einen griechischen Namen gibst.«

Titus wählte sofort den Kosenamen Encolpius.

Scurra verriet ihm, daß er es keineswegs unbescheiden fand, sich Eumolpus zu nennen. Obwohl seine Stimme einen krähenden Klang hatte, der zu Spottjamben besser paßte als zu Liebeselegien, war er von ersteren ganz abgekommen. »Jeder, den mein Witz trifft, hat mehr zu sagen als ich, und alles fällt auf mich zurück.« Trotzdem, antwortete Titus, halte er es für gewagt, sich als »Einer, der schön singen kann« zu empfehlen. »Eine schöne Stimme«, beharrte Eumolpus, »kann die Natur jedem in den Hals legen. Ich meine den unvergleichlichen Wohlklang der Silben und die Anmut der Verse, zu denen ich sie verflechte.«

»Wir wollen sehen, was Rom dazu sagt«, meinte Titus.

Dardanius mahnte nun doch zu mehr Fleiß, wenn sein Zögling, die Finger im Bart, antwortete: »Das habe ich vergessen.« Er fürchtete Prüfungen sichtlich mehr als irgendein Schüler. Angst und Ratlosigkeit begannen in dem wachen und spitzfindigen Blick des Pädagogen miteinander zu ringen. »Deine edle Abkunft gibt dir nicht das Recht, deine Begabung verkommen zu lassen! Dein Scurra kann trödeln, wie er will, er ist frei und wird wie du höchstens Zurücksetzung erfahren. Aber ich bin ein Sklave des Tiberius und muß mit strengster Bestrafung rechnen.«

»Ich werde für dich eintreten«, versicherte Titus.

»Was soll herauskommen, wenn ein Versager für den anderen eintritt? Es steht noch anders mit dir: Mir scheint, der Kaiser behält dein Geld und deine Güter lieber noch ein Weilchen.« Verwirrt schlug er sich mit der Hand auf den Mund. »Aber meine Meinung ist völlig unmaßgeblich.«

In der Kanzlei trat Titus nun fordernder auf. Die Fluchtpläne des Gesangslehrers waren ihm zu verworren. »Traut man mir nicht? Wurde die Ehre meines Vaters etwa nicht wiederhergestellt?«

Stirnrunzelnd antwortete der Beamte: »Deines Vaters Andenken ist ohne Makel. Aber der Kaiser behält sich natürlich vor, zu beobachten, wie du dich entwickelst.«

»Wird der Kaiser denn so viel ärmer, wenn ich mich gut entwickle und meinen Bart ablege? Er hat selbst gesehen, daß ich in der Villa der Venus nicht versage. Ich möchte ihn sprechen!«

Die Vorlassung wurde überraschend schnell gewährt. Andere Anträge waren stets abschlägig beschieden worden.

»Wenn ich ein Versager bin, Caesar, so jage mich von der Insel! Ich werde mich mit meinem Sklaven durchzuschlagen wissen.«

Tiberius sagte mit viel Güte: »Du bist kein Versager, Titus Petronius. Wer so edle Voreltern hat, versagt nicht. Du bist nun alt genug, dann und wann mit deinem Pädagogen an meiner gelehrten Abendunterhaltung teilzunehmen. Was ich aus der Villa Minervae über dich höre, befriedigt mich zwar nicht. Aber ich bin überzeugt, es liegt an deinem Lehrer. Bald wirst du es selbst sehen.«

Diese Nachricht versetzte Dardanius in zermürbende Unruhe. Er verbrachte ganze Nächte in der Bilbliothek. »Nicht dir, sondern mir wird er knifflige Fragen stellen«, jammerte der Pädagoge. »Was hast du nur gegen mich heraufbeschworen!«

Die Sklavenseele übertreibt, dachte Titus.

Auch andere Jugendliche erschienen mit ihren Lehrern in der Runde der Grauköpfe um Tiberius. Man aß und trank wenig, raunte einander Belangloses zu und wartete befangen, mit welchem Thema der Kaiser den Gedankenaustausch eröffnen werde. Sein leises Gespräch mit dem Bibliothekar konnte sich unverhofft durch eine Änderung der Lautstärke in den Auftakt verwandeln. Direkte Fragen wurden selten gestellt; Neulinge blieben an den ersten Abenden verschont. Aber Titus hörte mit Befremden zu. Schon Acoetes hatte ihn gelehrt, Kenntnisse als Werkzeuge zur Lösung von Problemen zu handhaben. An dieser Tafel trug man Kenntnisse vor, um zu beweisen, daß man sie besaß. Nicht anders, schien ihm, betrugen sich Weiber, die einander ihre Schmuckkästchen unter die Augen hielten. Hatte einer dargelegt, was er wußte, sah der Nächste darin die Gelegenheit, seinen Wissensschatz auszupacken. Rief er damit Erstaunen hervor, fand sich ein Dritter, der zum selben Gegenstand eine Einzelheit verriet, deren Kenntnis er bislang mit niemandem geteilt hatte. Man dankte ihm für das großzügige Geschenk und bewunderte die Gründlichkeit, mit der er forschte. Blieb das Erstaunen aus, weil ein Vorwitziger eine allerseits bekannte Tatsache auftischte, fand sich doch ein Grübler, der die abenteuerlichsten Gründe bemühte, um ausgemachte Wahrheiten unverhofft in Zweifel zu ziehen. In welch entfernten Winkeln der vergangenen und der gegenwärtigen, ja der künftigen Welt konnte menschliches Wissen schnüffeln und wühlen! Hatte sich Titus damit abgefunden, daß er die Richtigkeit mancher Behauptungen kaum überprüfen konnte, ärgerte ihn seine vergebliche Suche nach einer übergeordneten Frage. Übergeordnet schien einzig eine stillschweigende Abmachung, Wissen habe seinen Wert in sich selbst und zeichne den Besitzer aus.

Zwischenfragen lockerten auf. Man fragte einander aus Höflichkeit, gab dem anderen Gelegenheit, mit Wissen zu prunken, erwarb, indem man sich vorübergehend unterwarf, ein Recht, sogleich selbst mit einem kaum bekannten, aber überaus wissenswerten Faktum zuzuschlagen. Unverkennbar bezeichnete es den Rang eines Gesprächsteilnehmers, wie dreist er einem anderen mit Zwischenfragen auflauern durfte. Tat sich einer mehr hervor, als ihm zustand, wurde er augenblicklich durch eine Fangfrage gestellt. Titus zweifelte nicht lange, daß es auch eine Rangfolge gab, wer gewisse Dinge zuerst wissen durfte. Denn manchmal hörte er jemanden etwas Beachtliches sagen, ohne daß es Beachtung fand, und wenn es nach einiger Zeit ein offenbar Ranghöherer schamlos wiederholte, erhoben sich Beifallsstürme.

Tiberius hörte vorwiegend zu. Wissenswerte Feststellungen, wie sie annähernd Gleichrangige austauschten, reichten nicht an die gescheite Würde des Ersten Bürgers. Ihm stand es vor allen anderen zu, entlegene, oft rätselhafte Zwischenfragen einzustreuen und allein mit der Entscheidung, an wen er sie richtete, die Rangordnung der Tafel zu bestätigen oder zu ändern. Selbst Fangfragen stellte er, sofern erforderlich, nur Rangnäheren. Manchmal jedoch durchbrach er alle Regeln, um einen Menschen aus schwer erfindlichen Gründen unmöglich zu machen, indem er ihn in der Kenntnis ausgesuchtester Einzelheiten überbot.

Daß sich etwas anbahnte, bemerkte Titus, als sein Pädagoge an Tagen vor einer gelehrten Abendunterhaltung sehr unruhig wurde und die Aufsicht über seine Studien vernachlässigte, um zu erfahren, wann sich der Kaiser in die Bibliothek begab. Hatte er es heraus, brach er ab und verschwand für den Rest des Tages.

»Wie, Dardanius, hieß doch gleich«, rief Tiberius eines Abends plötzlich dem zusammenzuckenden Pädagogen zu, »jener Jugendfreund Alexanders des Großen, der Statthalter in Babylon wurde?«

»Es war Harpalus.«

»Aha! Unterschlug er nicht gewaltige Summen?«

»Gewiß. Die Quellen schwanken zwischen fünfzehn und achtzehn Millionen. Am glaubhaftesten scheint mir ...«

»Das wollte ich nicht wissen. Der Name des Schiffes ist mir entfallen, auf dem er nach Kreta flüchtete.«

»Es war die ›Thetis‹.«

»Und was hatte die ›Thetis‹ geladen außer dem Dieb?«

»Syrische Datteln, Pistazien, Hammelschmalz und Ziegenleder.«

»Nun sage mir doch, Hüter unserer raschelnden und wispernden Herde«, wandte sich Tiberius an den Bibliothekar, »woher nimmt unser Dardanius gerade heute diese verblüffenden Kenntnisse?«

»Sonst«, kam mit quäkender Stimme die Antwort, »las er immer brav die Schriftrollen, die du, erhabener Caesar, absichtlich schief ins Regal gehängt hattest. Manchmal befolgte ich deine Weisung, die von dir benutzten Rollen ordentlich einzuhängen, und versah andere mit Spuren scheinbarer Benutzung. Wir vergessen alle nicht, wie kläglich Dardanius am Abend darauf scheiterte. Heute aber sorgte ich, bevor er kam, für untadelige Ordnung. Da bot er mir für eine Auskunft, in welcher Schrift du, erhabener Caesar, gelesen habest, diesen Ring!« Der Freigelassene warf einen mit Rubinen besetzten Goldring in die Mitte. »Gewiß hat er ihn seiner barbarischen Mutter aus der Nase gerissen. Woher besäße ein Sklave sonst solche Juwelen?«

Dardanius war zusammengesunken. Aber plötzlich riß es ihn hoch. »Beschämen willst du mich, Herr?« schrie er. »Siehst du die Blöße nicht, die du dir selbst gibst? Bist du es nicht, der zuerst in der Bibliothek sitzen muß, um den Stoff für solche Fragen zusammenzustoppeln? Laß uns die Rollen tauschen! Ohne Vorbereitung will ich dir ein paar Fragen stellen, die jeder hier lachhaft leicht finden wird. Wie werden hören, was du antwortest, erhabener Caesar!« Ein Lachkrampf schüttelte ihn.

»Das wagst du?« brüllte Tiberius. »Stell deine Fragen den Fischen! Auf die Klippen mit ihm!«

Hinten war der Saal offen zur östlichen Terrasse, unter der das Meer gegen die Felsen wühlte. Zwei Schergen zerrten den Pädagogen hinaus. Jemand hielt Titus den Mund zu, damit er nicht aufschrie. Doch Titus starrte noch auf den Ring. Er gehörte ihm. Titus schob die Hand weg, blieb aber stumm.

»Ich sehe, du bleibst gefaßt, wie es sich gehört für einen Römer«, sagte Tiberius und trank ihm zu. »Nun lauf, Junge! Wolltest du nicht sehen, wie ich mit Schuften verfahre? Lauf, lauf, es geht sehr schnell? Du weißt doch, zu wem du gehörst.«

Der Schrei klang fern und verloren wie eine Sinnestäuschung.

Vergeßlichkeit und ein Merksatz

Im letzten Jahr auf Capreae wurde Petronius sehr einsam. Die Obszönität der Willkür machte ihn menschenscheu. Der neue Pädagoge behandelte ihn kalt und launisch wie einen Verlorenen. Keine Stunde konnte er mit Scurra zusammenbleiben, ohne daß Vitellius oder Caligula sich einmischte. Es tat ihm nicht einmal leid, denn sobald ein herzlicher Ton in ihr Gespräch kam, regte sich bei Scurra wieder der verkehrte Priapus. Immer häufiger, manchmal sehr lange, weilte Caligula mit Aufträgen seines kaiserlichen Großoheims in Rom. Titus fand dann Vitellius besonders oft und besonders schwerhörig in seiner Nähe. Der Trotz verleitete ihn, sich ausgedehnter mit dem Gesangslehrer zu unterhalten, als ihm lieb war.

»Ich rate dir«, sagte Gajus Caligula, zurückgekehrt aus Rom, »stelle dich mit mir gut! Wenn der Alte zu den Göttern gerufen wird, bin ich dein Vormund. Diese eintrocknende Eiterbeule hat dich längst vergessen. Nur ich kann dich für volljährig erklären. Versuche nicht abzuhauen! Du kämst nicht durch und hättest die letzte Wahl: Sklaverei oder Tod.«

Scurra ritt hinter ihnen. Titus hatte darauf bestanden, daß er mitkäme. Dann folgte eine Rotte Gladiatoren, die Caligula sich in Rom gekauft hatte, um bei härteren Fechtübungen sein kaltes Blut in Wallung zu bringen.

Es war windstill und heiß. Vor der Küste ragten die Felsentürme aus dem seidigen Blau der unbewegten See. Auf dem einen, erklärte Caligula, lebte eine besonders große Eidechsenart, die auch in der Farbe von allen, die an der Inselküste vorkamen, abwich. Er hatte einen Seilaufzug anbringen lassen. Oben klebte eine Holzbude am Fels, in der ein Sklave die Winde betätigte, wenn es Caligula beliebte, ein paar Nachmittagsstunden auf dem Felsenturm herumzuklettern und seine Tiere zu beobachten.

In einer Felsfalte lag ein Boot. Die Gladiatoren übernahmen das Rudern. Immer wieder zogen sie den Strick für die Glocke, oben regte sich nichts. Sie warteten, riefen. Vielleicht vertrat sich der Sklave auf der kleinen Grasfläche die Füße. »Hat er denn keine Ohren?« schnaubte Caligula. Scurra sah ihm frech ins Gesicht. Er verkniff es sich nicht, sich die Hände hinter die Ohren zu legen. Die rauhen Schreie verhallten zwischen den überhängenden Felsen und mischten sich mit denen aufflatternder Seevögel. Caligula tobte; er zerrte an den Seilen, daß beinahe das Boot umschlug, trampelte, brüllte. Dann bot er dem Gladiator, der es auf sich nähme, hinaufzuklettern, ein Goldstück. Aus dem Angebot, wußte jeder, wurde rasch ein Befehl. Der Gladiator kletterte lange. Manchmal konnte er sich mit den Füßen gegen den Fels stemmen. Dann wieder mußte er sich, nur das Seil zwischen den Beinen, Hand um Hand hinaufziehen. Caligula schickte anfeuernde und beifällige Rufe hinauf, klatschte, trieb zur Eile. Endlich verschwand der Kletterer in der Holzbude. Eine Weile geschah nichts. Dann flog ein menschlicher Körper mit steifen, verkrümmten Gliedmaßen herab und klatschte nicht weit vom Boot ins Wasser. Der magere, eingetrocknete Leichnam war von Vögeln angefressen. Nun besann sich Caligula. Drei Monate zuvor, am Abend vor seiner Abreise nach Rom, war ihm der Tod des Fischers gemeldet worden, der den Sklaven täglich mit Nahrung und Frischwasser versorgt hatte. »Ich wollte das noch regeln. Etwas kam dazwischen.«

»Anscheinend«, kicherte Scurra in die betretene Stille, »ist nicht nur der Erste der Alten vergeßlich, sondern auch der Erste der Jugend.«

Caligula fuhr herum, starrte den Spötter aus graugrünen Augen an. Er stand wie versteinert, nur eine schwache Brise spielte mit seinem blonden, auf dem Scheitel sich lichtenden Haar. Mit einem ruckhaften Zugriff warf er Scurra über Bord. Er befahl, mit Rudern und Bootswand den Schwimmenden an die Leiche heranzudrängen. »Du sollst dich besser erinnern!« schrie er. »Du sollst den Sklaven nie vergessen!« Er lachte unter Zuckungen, krümmte sich, als ersticke er.

»Titus!« schrie Scurra, die Ruder abwehrend, die ihn mit dem Gesicht an die Leiche stießen. »Caligula kann nicht schwimmen!«

»Komm doch ran!« lachte Caligula, die Gladiatoren hinter sich. »Versuch es doch, kleiner Strammsteher, Busenkneter, Schenkelreiter, Schoßlecker, Bettfechter! Versuch es doch, feiges Euter!« Obwohl Titus sich nicht rührte, hatte er abwehrend die Arme angewinkelt. Sein Gelächter würgte ihn.

Keuchend und spuckend gewann Scurra einen Felsvorsprung, an dem er sich mit Kraft und Geschick aus dem schwappenden Wasser zog. Schon wollte einer der Gladiatoren mit dem Ruder nach ihm schlagen. Caligula hielt ihn zurück. Der Fels war hier nicht rundlich und glatt wie die Haut eines Elefanten, sondern als wären in eine Masse, bevor sie versteinerte, Myriaden von Kieseln geregnet, glich seine Oberfläche einem Gitter kleiner und größerer, durch scharfe Kanten miteinander verbundener Spitzen. Scurra hatte seine Schuhe verloren und stand barfuß wie auf einem Nagelbrett. Quälend langsam arbeitete er sich den Fels entlang; seine Füße verkrampften sich wie über Klingen. Manchmal, er war bereits zu weit vom Wasser entfernt, um hineinzuspringen, schien es, daß er weder weiterfand noch zurückkonnte. Titus fühlte mit ihm den Schmerz. Aber er konnte nicht helfen, und es peinigte ihn, daß es so aussah, als ob er nicht wollte.

Weit oben warf sich Scurra in den verdorrten Rasen einer Mulde. Caligulas Irrwitz verhallte. In den Auditorien und im Garten des Philalethes sind jahrelang dieselben Worte in seine abstehenden Ohren geschlüpft wie in die meinen, dachte Titus Petronius. Nur wer Recht und Gesetz kennt, wird das vollkommene Scheusal. Die Ruhe des Raums kehrte wieder. Die Zikaden schrieen. Im hellen Grün der Pinienschöpfe zerstob das Licht.

Caligula kauerte sich zu Titus ins Bootsheck. »Merke dir: Hat einer von dieser Welt weniger als du in den Händen und unter den Füßen, unterwirf ihn! Hat einer mehr als du, mußt du dich unterwerfen, auch wenn du etwas kannst, was er nicht kann, und sei es Schwimmen! Du hast nur einen Freund. Das bin ich. Ich habe den Schlüssel zu deinem Reichtum. Meine Anerkennung, du hast dich nicht weggeworfen an Vitellius und seine Strammsteher. Wem du mehr vertraust als mir, der wird es zu spüren bekommen, und du kannst ihm nicht helfen. Sollte dir je ein Mensch mehr gefallen als ich, so schonst du ihn nur, indem du dich von ihm fernhältst. Und stelle mir niemals unangenehme Fragen!«

Seinen Sklaven Harpocrates machte ihm niemand streitig. Doch der war schweigsam geworden.

IV. BUCH: MÜNDEL EINES SCHEUSALS

Nec quae te circum stent deinde pericula cernis?
...
Non fugis hinc praeceps, dum praecipitare potestas?

Siehst du denn nicht, von welchen Gefahren du bald schon umstellt bist?
...
Fliehst du nicht Hals über Kopf, solang' sich ein Ausweg noch bietet?

Vergil, Aeneis, IV., 561/565

Der gefälschte Tod

Im März des 790. Jahres nach Gründung der Stadt brach Kaiser Tiberius noch einmal nach Rom auf. Zwischen Capreae und Kap Misenum wartete das kaiserliche Prunkschiff. Kleinere Schiffe brachten den Herrscher und sein Gefolge zu ihm. Auch Titus Petronius war befohlen worden, seine Sachen zu packen. Man segelte bis Ostia. Dort erhielt der größere Teil der Reisegesellschaft Weisung zu warten, während der Erste sich mit einem Flußschiff den Tiber hinaufrudern ließ. Tagelang stand Rom im Festschmuck. Die Altäre der Götter rauchten von reichlichen Opfern, und die Priesterkollegien sonderten mindere Weihgeschenke aus, um Platz für neue zu schaffen. Prätorianer erschienen plötzlich im Getrappel ihrer Nagelstiefel vor den Tempeln und geboten Einhalt. Eine gesiegelte Order erreichte Ostia, das Prunkschiff solle den Kaiser in Antium an Bord nehmen. Die Anker waren noch nicht gelichtet, da erschien eine neue Botschaft: Statt in dem villenreichen Badeort werde Tiberius sich in dem abgelegenen Fischerort Astura einschiffen. Fiebernd kam er dort an. Stundenweise stellte sich Atemnot ein. In seinem Gepäck befand sich ein Korb mit dem Skelett der gezähmten Schlange, mit der er sich gern die Zeit vertrieben hatte. Nach seinem Landgang im ersten Grün der Gärten nahe Rom war sie über Nacht von Ameisen gefressen worden. Ohne einen Seher zu befragen, nahm er dies für ein schlimmes Vorzeichen: So, fürchtete er, werde der Mob in Rom ihn zerreißen. Der Leibarzt Charikles warnte vor einer Seereise. Ein Wagentroß wurde zusammengestellt, und es ging südwärts zu den Gestaden des griechischen Golfes. Auf der Landzunge von Misenum bezog Tiberius die weitläufige

Villa, die ein Jahrhundert zuvor der Feldherr Lucullus hatte errichten lassen. Naevius Macro, Präfekt der Prätorianer, eilte von Rom herbei.

Titus Petronius schlenderte mit dem Gesangslehrer Scurra durch die Gemäldegalerie der Lucullusvilla, schlaff von einem Mahl, das der Kaiser, selbst an der Spitze der Tafel liegend, im großen Eßsaal gegeben hatte, um die bedenklichen Befunde des Charikles Lügen zu strafen und die Erwartungen seines Großneffen Gajus Caligula, der sich schon bewegte, als trüge er den goldenen Lorbeerkranz, noch einmal zu dämpfen. Sie tauschten Vermutungen aus, weshalb Tiberius unvermittelt so heiter und dem Witz zugetan war und Musik, Gesang und Tanz erlaubt hatte, die er sonst kaum noch ertrug, und wunderten sich über die milde Ruhe seines Gesichtes bei der Aufhebung der Tafel.

»Entweder«, sagte Scurra, »hofft er alle über sein nahes Ende zu täuschen, oder er möchte, falls es bevorsteht, noch einen angenehmen Eindruck hinterlassen. Vielleicht reuen ihn die Leiden, die er anderen zugefügt hat, weil er nicht mehr glaubt, daß sie notwendig waren.«

Sie hielten vor einer Bronze, die auf einer Halbsäule zwischen zwei mythischen Gemälden des Apelles stand. Es war eine Büste des Tyrannen Hieron von Syrakus. Einem leutseligen Faltenspiel um die kleinen, tiefliegenden Augen widersprachen der brutal vorgeschobene Hals und der grimmig verzogene Mund.

»Ich habe in dieser Villa den Platon lesen können«, fuhr Scurra fort, »zwar nicht sein Werk über den Staat, aber den ›Gorgias‹. Wenn man die Herzen der Tyrannen aufschlösse, heißt es dort, würde man Wunden und Hiebe entdecken.«

»So wie zumeist der bissigste Spötter selbst einmal übel verspottet worden ist«, antwortete Titus.

Die Stimme eines Ausrufers, der durch die Säle und Wandelgänge hetzte, störte die umherspazierenden Tafelgäste auf: »Des Kaisers Atem steht still!«

In der Halle vor dem Ruhegemach des Kaisers umringten die Zurückkehrenden den Astrologen Thrasyllus. Fuchtelnd entwand er sich allen Fragen. Das Schicksal des Ersten hänge in keiner Weise von den Bahnen der Gestirne ab, nur der höchste göttliche Wille lenke es, Menschen unerfahrbar, dorthin, wo sein Genius in den Kreis der Götter eintrete. »Bei Todesstrafe ist es verboten, die Gestirne nach dem Schicksal des Kaisers zu befragen. Wollt ihr, daß ich sterbe für ein Rätsel, das ich nie ergründen kann?«

Der purpurne Vorhang, der die Tür verhüllte, teilte sich. Heraus trat Caligula. Hinter ihm baute sich, den Helm am Harnisch, der Gardepräfekt Macro auf. Man hörte nur noch das Knistern in den verlöschenden Kohlebecken, die wegen des unverhofft kalten Regenwetters aufgestellt worden waren. Mit unbeweglichem Blick saugte der Erste der Jugend das gespannte Schweigen ein. Wirr stand sein spärliches Blondhaar vom Kopf, als hätte er es sich soeben gerauft. Durch die Trauermiene rang sich ein Feixen. »Es ist aus mit ihm«, raunte er, gerade noch hörbar, und hob den Versammelten seine Rechte entgegen, an der schon der Siegelring des Kaisers blitzte. Nun gab der Vorhang auch Charikles frei. »Tiberius ist tot«, verkündete der Arzt.

»Hoch lebe unser Kaiser Gajus!« rief Macro. Er schob den jungen Mann ein Stück vor und streckte ihm die Rechte nach. Man bildete eine Reihe, um den Siegelring des neuen Herrschers zu küssen. Es blieb still im Saal, denn immer nur der brachte sein Hoch auf Gajus aus, der gerade vor ihn hintrat. Aus einem der verglühenden Kohlenbecken löste sich ein verhaltener Knall. Ein Stück Glut war unter der weißen Holzkohlenasche zersprungen, versprühte Funken und fachte das Feuer neu an, bis halbverbrannte Stücke am Rand hell aufprasselten. Alle starrten auf den Vorgang. Der Zug der Huldigenden, kaum wieder in Bewegung, horchte nochmals auf: Hinter dem Vorhang, als wäre die Tür offengeblieben, klagte eine schwache Stimme. »He, he«, hörten die Gäste, »wo sind meine Diener? Bringt mir zu essen, mich hungert!«

Caligula fuhr herum. Ein einzelner winselnder Aufschrei der Bestürzung brach sich in den Winkeln der Kassettendecke; Aulus Vitellius, der Strammsteher, stieß ihn aus, als er gerade seinen Mund zum Siegelring führen wollte. »Wer ist bei der Leiche?« fragte Macro vernehmlich. – »Niemand«, beteuerte Charikles. Macro verschwand hinter dem Vorhang. Wer Caligula schon gehuldigt hatte, versuchte zu fliehen; Prätorianer versperrten alle Ausgänge. Lange zeigte sich Macro nicht. Caligula ging ihm nach. Von dem Polster, in das er sich hatte fallen lassen, nahm er die Kissen mit.

Lange hörte man nur das ersterbende Knistern in den Kohlebecken. Keins flackerte noch einmal auf. Dann fiel die Tür hart ins Schloß, der Vorhang teilte sich wieder, Caligula und sein Präfekt stellten sich auf. Die Huldigung nahm ohne weitere Verlautbarung ihren Fortgang. Aber jetzt glitt manchmal, während er seinen Siegelring küssen ließ, ein scheues Lächeln über Caligulas Gesicht. Zu jedem sprach er ein paar leise Worte, manchen nahm er beim Kinn, zog ihn näher, bohrte ihm seine graugrünen Augen ins Gesicht. So machte er es auch mit Titus. »Nun, mein Mündel, wartest du nicht mehr lange auf die Gebeine deines Vaters, und auch über deine Mutter sollst du Nachricht erhalten«, raunte er. »Was ich suche, das finde ich!«

Als der letzte an ihm vorbei war, sprang er auf eine Stufe und schrie: »Hurra! Jetzt ist das Stiefelchen Kaiser! Tut euch keinen Zwang mehr an, nennt mich Caligula! Es waren wakkere römische Legionäre, die mir in Germanien den Spitznamen gaben. Ab heute ist alles möglich, selbst das Unglaubliche! Vorbei ist die Zeit der verschrobenen Greise! Die Jugend bricht auf! Jeder soll sein Recht kriegen. Das heißt: Jeder nehme sich heraus, was er packen kann! Ich hindere keinen daran, etwas aus sich zu machen. Aber die Schleicher und Schleimer mögen vor mir auf der Hut sein. Ich werde sie aufstöbern und zertreten wie Ungeziefer.«

Schneller, als eine Nachricht nach Rom gelangen konnte, trafen in Misenum Huldigungsschreiben des Senats und der Legionen ein. Macro hatte alles vorbereitet. Die Villa des Lucullus sah keine Trauerfeier, sondern ein Freudenfest, das in wenigen Nächten die Weinkeller leerte. Im Taumel der Gelage nahm niemand Anstoß daran, daß sich das Gerücht verdichtete, Tiberius habe kein natürliches Ende gefunden. Doch bald ergingen aus Rom dringende Bitten an den neuen Herrscher, auf dem Palatin einzuziehen. Stimmungsberichte wußten von Ausschreitungen gegen Vertraute des Tiberius. Die Ankündigung einer Bestattungsfeier war von einer aufgebrachten Ansammlung mit dem Ruf beantwortet worden: »In den Tiber mit dem Tiberius!« Wenn der Kaiser sich nicht unverzüglich seinem Volk zeigte, käme das Amt des Ersten in Gefahr. Bestimmte Kreise des Senats forderten unverhüllt seine Abschaffung. Von einem Tag zum anderen änderte sich der Ton in der Villa des Lucullus. Der Sohn eines Konsulars wurde morgens mit einer Giftschlange im Bett tot aufgefunden. Man erinnerte sich, daß er noch am Abend des Trauertages Caligula keck gefragt hatte: »Waren nicht gestern die Iden des März?« Ein anderer hatte während des Gelages verbreitet, die weichsten Kissen könnten so scharf wie Dolche werden. Auf der Terrasse steckte ihm unversehens ein Dolch im Rücken.

Titus Petronius stellte sich krank. Er blieb in seinem Gemach und ließ Harpocrates jedem versichern, wie schlecht es ihm gehe. Seine Angst, der Arzt werde nichts feststellen, steigerte sich zum Fieber, bis er wirklich schlotterte, als er untersucht wurde. Harpocrates schwatzte unablässig von Erbrechen und Fieberphantasien. »Erkläre seinem Vormund, daß mein Herr morgen nicht mit nach Rom aufbrechen kann!« verlangte der Sklave. Der Arzt nickte. Man ließ Titus bleiben; aber vor seiner Tür bezog ein Prätorianer Posten.

Scurra kam, um sich zu verabschieden. »Wahrscheinlich sehen wir uns nicht wieder. Unterwegs verschwinde ich. Du bist der einzige, dem ich mich anvertraue. Bitte, verrate mich nicht. Dir muß ich es sagen. Ich tauche unter. Mit Landstreichern ist besser leben als mit dem Geschmeiß, das jetzt hochkommt. Solange das Stiefelchen der Erste ist, kann man nur als der Letzten einer überleben.«

»Warte noch!« Titus sah ihn bittend an. »Finde einen Vorwand, hierzubleiben, bis ich gesund bin. Dann gehe ich mit dir.«

»Ich kann nicht warten deinetwegen. Wir würden beide verdächtigt. Wärest du nicht krank geworden!« Scurra seufzte. »Und außerdem: Ich verzichte nur auf den Stand eines römischen Ritters, du aber gäbst ein Senatorenvermögen preis. Dir rate ich ab!«

»Ich wollte krank werden und wurde es«, gestand Titus. »Vielleicht bin ich durch meinen Willen morgen wieder gesund.«

Scurra schüttelte den Kopf. In seinem schütteren Haar waren ganze Büschel grau geworden. »Siehst du! Deine Art ist es, dich in dich selbst zurückzuziehen. Flucht taugt nicht für dich.«

Aber die Aussicht, einander höchstens durch Zufall je wiederzusehen, gefiel auch Scurra nicht. Sie verabredeten, jedes Jahr, sofern sie es einrichten könnten, am Todestag des Tiberius die Gemäldegalerie der Lucullusvilla aufzusuchen, bis sie sich wiederträfen.

Im abgedunkelten Zimmer lauschte Titus dem Lärm der aufbrechenden kaiserlichen Reisegesellschaft. Der Arzt ließ der Diät wieder kräftigere Nahrung folgen und riet zu Spaziergängen. Mit Harpocrates streifte Titus durch Gärten, beobachtete den Hafenverkehr von Puteoli, saß in einem Lusthäuschen am Kap und blickte hinüber nach Capreae, bestieg den abgeflachten Vulkankegel auf der Landzunge, badete im Meer. Immer hielt sich ein Prätorianer in Reichweite. Der Verwalter der Villa sagte, er sei nur angewiesen, das Mündel nicht fortzulassen. Wann und wie es nach Rom komme, entziehe sich seiner Kenntnis.

Bei sinkender Sonne lief Titus über den aschfarbenen Sand des Strandes. Die Wellen leckten ihm den grauschwarzen Sand von den Füßen. Nach dem Schwimmen hatte er sich in diesem dunklen Sand gewälzt und Harpocrates gefragt, ob er nicht einem den Orkus durchwandelnden Schatten ähnele. »Nein«, sagte Harpocrates und wies auf die hellgespülten Füße. »Du siehst aus wie ein Sklave, der mit geweißten Füßen auf dem Verkaufsgerüst feilgeboten wird.«

Ein Bote kam von der Villa. Das Mündel des Kaisers

werde dort erwartet. Im Atrium trat ihm ein Beauftragter des Palatiums entgegen, stellte eine große Urne aus Flußspat vor seine Füße und händigte ihm eine Briefkapsel aus. In die Urne war gemeißelt:

»Gajus Petronius starb wie ein Held, um den Ersten zu retten.
Dankbar schweigt der Senat. Dankbar verneigt sich das Volk.«

Der Brief trug das Siegel Caligulas. »Da siehst Du«, schrieb der junge Caesar, »wie genau ich mein Versprechen halte. Eigenhändig habe ich auf der Verbannteninsel Pandateria die unbestattete Asche meiner Mutter und meiner Brüder eingesammelt, um sie in Rom beizusetzen. Meine nächste Maßnahme war, die Gebeine Deines Vaters suchen zu lassen. Gib ihnen ein würdiges Begräbnis auf meine Kosten! Über Deine Mutter erfuhr ich nichts Endgültiges. Ihre Spur verliert sich in Oberägypten. Tiberius hat wirklich suchen lassen. Doch da er auch nicht das geringste seiner Verbrechen eingestand, erfuhrst Du nichts. Sobald Du Dich der Ehrenpflicht gegenüber Deinem Vater entledigt hast, wünsche ich Dich bei mir in Rom zu sehen. Auch Du wirst erfahren, daß andere Zeiten beginnen.«

In der Totenstraße von Puteoli kaufte Titus eine Grabstelle. Im Duft der Pinien schritt er zwischen den blanken und verwitterten Grabmonumenten vornehmer Familien den Hang entlang. Die Sonne schien ihm ins Gesicht; ihre Helligkeit blendete ihn, verlieh ihm aber, wenn er die Lider schloß, ein Gefühl der Geborgenheit. Er blieb stehen und lauschte den Vogelstimmen, die aus Zypressen und Lorbeerbäumen schlugen. Was durfte er seinem neuen Vormund glauben? Gewiß wurden gewichtige Gebeine umgehend gefunden, sobald ein Kaiser nach ihnen suchen ließ!

Der Makler nahm die Zerstreutheit seines Kunden für frische Trauer. Als Titus einen abseits gelegenen Platz wählte, sagte er: »Diesen Winkel? Wenn der Kaiser die Rechnung bezahlt, solltest du eine weithin sichtbare Stelle nehmen.«

»Es ist nicht wegen des Preises.«

Vergeblich versuchte der Makler ihn auszufragen, wen er begraben wolle. Er führte seinen Kunden in die Steinmetzwerkstatt, die ihm ebenfalls unterstand. Gestenreich wurde Titus ein bildnerisch aufwendig geschmücktes Grabmonument beschrieben, das die Steinmetze gleich morgen anfangen würden. Die Bildwerke, die der Geschäftsmann in die Luft malte, dienten ihm als Vorwände für weitere neugierige Fragen. Titus nahm vorlieb mit einem schlichten Sarkophag, den ein umlaufendes Relief aus trauernden Genien und Asphodelen zierte. Der Makler jammerte über so viel Bescheidenheit und fragte nach der Inschrift. Ein Wink wies Harpocrates zu den beiden Trägern, die mit der Urne an der Totenstraße warteten. Barsch fragte Titus den Makler nach Namen und Stand. Er heiße Habinnas, war die Antwort. Sein Gesicht gehörte zum afrikanischen Typ. Das Geschäft habe er von seinem Freilasser gepachtet, der aber, der berühmte Senator Pompejus Turbo, hätte es auch erst vor wenigen Jahren gekauft. Durch eine Erbschaft sei ihm in dieser Gegend allerlei Besitztum zugefallen, das er beständig durch den Ankauf gewinnbringender Unternehmen mehre.

Harpocrates kam mit der Urne zurück. Titus ließ Habinnas die Inschrift lesen. Im Gesicht des Freigelassenen regte sich nichts.

»Kanntest du den Mann, den Turbo beerbt hat?«

Habinnas verneinte klaren Blickes. Titus gab sich nicht zu erkennen.

Er setzte seinen Namen unter die Rechnung und begab sich wieder in die Obhut des Prätorianers, der ihm, Beschützer und Bewacher, überallhin folgte. Längst hatte er es aufgegeben, ihn anzusprechen.

Titus Petronius zog sich in sich selbst zurück. Ich halte die Urne meines Vaters in der Hand, weiß aber nicht, ob seine Asche darinliegt. Ich halte ein Mädchen in den Armen, das mir nichts abschlägt, und werde nie erfahren, ob es mich liebt. Für jeden Menschen möchte ich anders heißen; den meisten wäre ich lieber namenlos. Denn wer bin ich eigentlich? Hatte das Wölckchen des Urhauchs, aus dem ich wurde, einen Namen? Wer fragt meinen Schatten einst im Orkus, wie er heiße? Man kann dem Tod davonlaufen oder ihn abwarten. Und obwohl jeder seinen eigenen einzigen Tod stirbt, kann der Überlebende ihn fälschen, indem er nachhilft, verleumdet, wiedergutmacht, Gebeine unterschiebt. Ich bin nichts als das lebende Unterpfand eines Vermögens, das andere sich teilen. Sie würden mich töten, wenn sie sich einig wären.

Eine bittere Scheu hielt ihn davon ab, sich hinauf zum Puteolanum fahren zu lassen.

Langeweile macht fett

Der Herbstnachmittag brütete auf den Sonnensegeln des Amphitheaters. Im Siegerschmuck zogen die Gladiatoren des letzten Kampfes an der kaiserlichen Tribüne vorüber und grüßten die Mitglieder der Ersten Familie. Senatoren und Ritter erhoben sich von den Plätzen, das Volk sprang auf und jubelte. Alle Blicke richteten sich auf den jungen, lächelnden Gajus Caesar, der mit schräg erhobenem Arm die freien Bürger seines Reiches grüßte. Die ahnungslose Menge liebte den neuen Imperator abgöttisch. Aus dem vielstimmigen Geschrei einiger Sitzreihen sammelte sich der rhythmische Ruf: »Sü-ßer! Sü-ßer! Sü-ßer!« Andere antworteten: »Pup-pe! Pup-pe! Pup-pe!« Lauter darauf: »Lieber Kleiner! Lieber Kleiner!« Von den obersten Rängen, wo die Ärmsten saßen, brauste es: »Schoßkind-chen!« Zuletzt stimmten die Prätorianer ihr »Stie-felchen« an. Lachend fiel das ganze Amphitheater ein, Tücher wurden geschwenkt, Tafeln mit Glückwünschen in die Höhe gerissen; im Singsang alter Gassenhauer erschollen Huldigungsformeln, die Bronzetuben schmetterten eine Schlußmusik. Stallknechte zogen in der Arena an Haken die Kadaver getöteter Tiere und Gladiatoren zu den Fallöchern.

Titus Petronius stand nicht weit von der kaiserlichen Familie. Auch im Palatium – über der Stadt eine Hügelstadt aus Palästen und Gärten – trennte den Flur, wo er mit anderen den Juliern nahestehenden Personen Zimmer hatte, nur eine breite

Marmortreppe von dem Stockwerk, das Gajus Caesar mit seinen Verwandten bewohnte. Aber wie hier ein Zaun aus schwerbewaffneten Prätorianern die Erste Loge umgab, forderte auch an der Palasttreppe ein Doppelposten Prägemarken von jedem, der die Ersten Gemächer betreten wollte.

Weder in Puteoli noch auf Capreae war Titus je unter die Augen gekommen, was er nun seit einem halben Jahr alle zehn Tage, mitunter mehrere hintereinander, mit ansehen mußte; die Menge hatte das blutige Schauspiel lange entbehren müssen: Kaiser Tiberius hatte niemals Spiele gegeben. Das trugen die Römer ihm nach. Als Caligula anläßlich einer öffentlichen Verbrennung von Anklageschriften und Prozeßakten bekanntmachen ließ, wie viele Folterungen und Hinrichtungen sein Vorgänger veranlaßt hatte, verbreitete sich die Nachrede, Tiberius habe das Volk so tief verachtet, daß er selbst das Schauschlachten, das allen Römern zustand wie das tägliche Brot, eifersüchtig für sich allein genießen wollte. Endlich wohnte der Kaiser wieder in Rom! Noch nach achtzehn Jahren lebte das Andenken des klugen, schönen, leutseligen Germanicus fort, so daß die Herrschaft seines großzügigen Sohnes monatelang mit den Rauchwolken üppiger Dankopfer begrüßt wurde. Die Götter gaben Rom nicht verloren.

Auf seiner Reise nach Rom hatte Titus mehrmals erwogen, eine Unachtsamkeit des Prätorianers zu nutzen und sich wie Scurra abzusetzen. Aber er fürchtete den Verlust seines echten, in den Steuerlisten nachprüfbaren Namens. Von seinem Vermögen hätte er keine Kupfermünze je wiedergesehen. Und Scurra mochte auch darin recht haben: Die Freiheit in einer Welt, die er nicht kannte, endete vielleicht allzubald in einer schlimmeren Gefangenschaft. Wie wollte er zugleich seinen Namen verheimlichen und beweisen, daß er kein entlaufener Sklave war? Und seine Manuskripte – sein Gedächtnis behielt die Verse, sobald er sie aufgeschrieben hatte, nicht mehr zuverlässig – lagen unter seiner Habe in der Truhe, die er weder allein tragen noch unbemerkt öffnen konnte. Schwer wäre es ihm auch gefallen, aufs Lesen zu verzichten. Die Papyrusrollen mit ihren schwarzen Schriftzeichen hielten ihn fester als geschmiedetes Eisen. Und da er wußte, daß er nicht fortkonnte, fand er auch Gründe, zu bleiben. Noch immer fühlte er den Blick der Göttin Roma mit der Mauerkrone auf sich ruhen. Eine mütterliche Gebärde, die ihn einlud, ihr zu dienen, wie es seine Väter getan hatten, milderte seine Strenge. Er sagte ihm auch, weshalb er den ererbten Besitz nicht preisgeben durfte: Wer dem Gemeinwohl dienen wolle, hatte ihn der Vater gelehrt, müsse besitzen.

Die Göttin war ein Sinnbild wie die anderen Gottheiten, deren Figuren zu Beginn der Spiele durch die Arena getragen wurden. Sie lechzte nicht nach dem Blutdunst. Doch die Leute, die ihr Vergnügen daran fanden, verstand Titus nicht: Noch nach so vielen Malen bezog er jeden Stich, jeden Hieb, den die Fechter einander versetzten, jede Wunde, die eine Wildkatze in Menschenhaut riß, auf sich selbst. Er begriff, daß alle dachten: Den trifft es, nicht mich! Der da verreckt, ich aber lebe weiter, gehe nach Hause, esse und trinke. Aber mußten sie dazu nicht dem irrigen Glauben anhängen, es gäbe viele Tode zu sterben? Warum sonst gierten sie wieder und wieder nach demselben Anblick? Ich brauche nur einen Tod zu sterben, wußte Titus. Bin ich da, ist er nicht da; ist er gekommen, bin ich nicht mehr. Was ich durch ihn verliere, werde ich nicht vermissen können. So lehrte es Epikur. Nur wenn es mehrmals zu sterben gälte, bestünde Grund zur Todesangst. Titus Petronius fürchtete den Tod immer weniger. Aber er war auch gleichgültiger gegen sich selbst geworden.

Austräger verteilten in den Reihen der Senatoren und Ritter Körbe voller Geschenke. Wertmarken für Brot, Fleisch, Wein, Gerätschaften, Fuhrwerke, Bekleidung, Freudenhausbesuche wurden unter das mindere Volk geworfen. Man balgte sich. Der Kaiser wandte sich, umgeben von aufwendig frisierten Frauen, zum Gehen. Ennia Naevia, seine neue Gemahlin, dürr, vogelnäsig und mit weit vorspringendem Gebiß, ging, weil sie ihn sonst überragt hätte, leicht vorgeneigten Kopfes an seiner Linken. Caligulas Rechte hielt die Hand seiner Schwester Drusilla halb in die Höhe. Ihr Haar, nicht blond, sondern von fader Helle wie das seine, wich in Lokkenterrassen aus der gewölbten Stirn. Träge und füllig, ähnelte sie ihm wenig. Neben ihr schritt, zierlich und mit ältlicher, verträumter Miene, das mattbraune Haar glatt zurückgekämmt, Livilla, Caligulas jüngste Schwester.

Titus rief den vorgeschriebenen Gruß und Segenswunsch für den Imperator und seine drei Schwestern, sah aber allein der dritten entgegen, die ganz außen ein wenig zurückblieb. Ihre großen braunen Augen schienen fortwährend etwas zu suchen, aber nichts zu sehen, und konnten doch einen Blick, der ihnen begegnete, plötzlich gefangensetzen. Ihre Haut, frischer als die der Geschwister, neigte auch mehr zur Sonnenbräune. Ihre Nase war klarer geformt, ebenso ihr Kinn, ohne den Fettballen, der den anderen anhing; ihr Mund wirkte breiter und voller, trieb aber nicht die Wangen in die Breite wie bei Drusilla. Das Haar, in der Mitte gescheitelt, über Schneckenlocken nach hinten gerafft, hatte Farbe und Glanz der Kastanien, wie sie in diesen Tagen auf Parkwegen lagen. Aus dem mageren Mädchen, das die Spielsachen der Livia Augusta in die Flammen des Scheiterhaufens geworfen hatte, war eine Frau Anfang zwanzig geworden. Julia Agrippina ging hochschwanger. Als sie seinen Blick einfing, erschienen die beiden dünnen, ungleich langen Fältchen über ihrer Nasenwurzel, verwundert, abweisend, dann als grübele sie, was sie nächstens mit ihm bereden wollte.

Unter den Ehemännern der Schwestern stach Gnaeus Domitius Ahenobarbus, Agrippinas Gatte, mit kupferrotem Krauskopf hervor. Nur der vergoldete, rot bebuschte Helm des Gardepräfekten Macro überstrahlte ihn. Macro schritt hinter der Gemahlin des Kaisers, die einmal seine eigene gewesen war. Von einem Zerwürfnis zwischen dem Ersten Bürger und seinem ranghöchsten Soldaten war aber nichts zu spüren. So verstummten Gerüchte nicht, Macro habe dem Herrscher seine Frau zugespielt, um ihn in die Hand zu bekommen und beiseite zu schieben und das ganze Volk als Geisel zu nehmen, wie es beinahe Sejanus gelungen war. Die

Beamten des Palatiums folgten. Titus reihte sich ein unter die »Jugendfreunde des Kaisers«, in die er vorläufig eingestuft worden war.

Tagelang hatte man ihn nach seiner Ankunft in einem Gastzimmer des Kaiserpalastes warten lassen. Ein Kanzlist fragte ihn aus. »Der Kaiser selbst hat mich herbefohlen und zur Eile getrieben! Hier sein Brief!« Das müsse überprüft werden. Die Ausfragerei wiederholte sich, als wüßte in diesem Haus eine Tür nicht von der anderen. Alle Beweisstücke, die Titus als Mündel des Caligula kennzeichneten, wurden mitgenommen. Man ließ ihn weiter warten. An Fortlaufen war weniger zu denken als zuvor, denn nirgends durfte er dort hinaus, wo er hereingekommen war. Von Zeit zu Zeit, wie um ersterbende Hoffnungen zu beleben, erschien ein immer neues Gesicht, stellte längst beantwortete Fragen, nickte, versicherte, sein Vormund lasse ihn nächstens rufen.

»Ach, du bist es!« hatte Caligula ihn dann begrüßt. »Du stellst dir nicht vor, wie beschäftigt ich bin. Ich muß mehrere Boten zugleich hören und dabei noch Berichte aus den Provinzen lesen! Mein Vörgänger hat mir manche Last hinterlassen! Komm, laß dich umarmen. Du solltest mir ein wenig helfen.«

»Wie das?« fragte Titus verwundert.

»Ich brauche zuverlässige, mir ergebene Leute. Ich sehe zu viel Geschmeiß, das sich hier Herr im Hause fühlt, weil Tiberius nie da war. Du könntest ein Amt im Palatium übernehmen. Du bekämst ein Gehalt von mir, ich könnte dich für volljährig erklären.«

»Stellst du mich mit den Freigelassenen auf eine Stufe, die mich so ausdauernd befragt haben?« antwortete Titus. »Ich habe längst das Alter, um über mein Vermögen zu verfügen, und dürfte bald Sitz und Stimme im Senat erhalten wie meine Väter und Vorväter.«

»Im Senat? Was willst du bei den Scheißern? Da ist keine Macht. Bei mir kannst du etwas werden.«

»Ich habe alles behalten, was du mir auf Capreae sagtest. Ich bleibe trotzdem meinen Vätern treu.«

»Willst du etwa gegen mich arbeiten?«

»Das ist nicht möglich. Ich will mich nur fernhalten von dir.«

»Wie!« Caligulas Gesicht schwoll, seine Ohren röteten sich. »In die Mysterien der Macht hast du dich einweihen lassen, und jetzt willst du dich fernhalten? Das gibt es nicht. Wer dies mit deinem Wissen versucht, kann nur gegen mich arbeiten.«

»Wenn du nur auf meinen Besitz aus bist, töte mich.«

Caligula grinste. »Ich bin auf dich aus! Du bist hübsch, begabt, umgänglich. Selbst deine Anfälle von Trotz finde ich reizend. Es gibt nicht viele wie dich, und ich kann auf die wenigen nicht verzichten. Du bekommst Zeit, dir alles zu überlegen.«

Er rief Titus noch einmal zurück: »Warte, laß uns beide überlegen. Auch im Senat brauche ich Leute, die wissen, was von mir zu halten ist. Ich glaube, da machen sich manche falsche Hoffnungen. Wir wollen einander im Auge behalten.«

Fortan gehörte der junge Petronius, über dessen nie geschorenen Bartflaum spöttische Vermutungen angestellt wurden, zu den ersten, die vor den kaiserlichen Gemächern zur Morgenbegrüßung Caligulas und seiner Schwestern zu erscheinen hatten. Den Rest des Tages durfte er zubringen, wie ihm beliebte. Es schien ihm geraten, durch keine Beschäftigung aufzufallen. Er überließ sich der Langenweile, wurde träge und setzte Fett an. Gänge durch die Stadt waren ihm nur auf schriftlichen Antrag in Begleitung einer Leibwache gestattet. Er ließ sich Rom zeigen. Da er sich nirgends auskannte, fiel es den Wächtern leicht, ihn zu gängeln. Sie führten ihn auf die Foren, durch die öffentlichen Hallen, am Tiberufer entlang, in Bäder und Bibliotheken, durch die Parks an den Hängen des Pincius und des Janiculus, wählten Theateraufführungen und andere Schaustellungen für ihn aus. Selten äußerte er Wünsche. Als er nach dem Tempel der Nymphe Carmentis am Fuß des Palatin fragte, zeigte man ihm ein leeres, stinkendes Gewölbe, in das lärmende Zecher urinierten. War dies der Ort, wo einmal vor Markttagen die Bauern seiner Urmutter geopfert hatten, oder wurde er gefoppt? Dieselbe bittere Scheu, die ihn vom Puteolanum ferngehalten hatte, warnte ihn auch davor, sich in die Straße zum Granatapfel auf dem Quirinal führen zu lassen, wo sein Vaterhaus stand.

Fast täglich mußte er sich spätnachmittags zu den Gelagen einfinden, die der Kaiser seinem engsten Gefolge, wechselnden Gästen aus der Stadt und dem Reich und Gesandten ferner Länder gab. Er aß mäßig und verabscheute die Vomitive, mit denen man sich in Nischen zurückzog, um den Magen für einen nächsten Gang zu leeren. Mit kaum jemandem glückte ihm ein Gespräch. Die Welt, die er sah, schien aus Dingen zu bestehen, über die man hier nicht sprach. Erwähnte er derlei, kam keine Antwort, und er zweifelte, ob er den Mund bewegt oder nur nachgedacht hatte. Für die wenigen zugelassenen Gesprächsgegenstände gab es feste Formeln, für die nicht genehmen festgelegte Umschreibungen. Da er nichts tat, hatte er nichts zu berichten, nichts zu fragen. Andere bereiteten sich auf ein palatinisches Amt vor oder erwarteten die Weihen eines Priesterkollegiums. Ihn ließ man mit allem in Ruhe. Man fragte ihn nicht einmal, was er für Aufgaben vor sich sähe. Sie hatten alle wenig Leben in den Augen. Manchmal schien es ihm, er wandele unter geschminkten Schatten. Wie er auch lebte, andere taten, wonach ihn verlangte. Dann wieder fragte er sich, wie sie es in der Nähe des Kaisers aushielten, was sie ihnen denn einbrachte, daß sie dafür alles preisgaben, was ihm das Leben bedeutet hatte.

Er hörte nicht auf, sich über die Verschwendung zu wundern. Die Langeweile lehrte ihn aber, sie hinzunehmen wie ungewöhnliches Wetter. Nach den Gladiatorenspielen zu Ehren des Augustus machte sich Caligula bei der Tafel zum zweitenmal am selben Tag zum Mittelpunkt der Welt. Witzig, freigebig, duldsam führte er vor, wie man fünf gerade sein läßt. Einem schuf er die Gelegenheit, seinen Gegner zu vernichten, einen anderen nahm er vor Rache in Schutz. Diesen gab er allgemeinem Gelächter preis, für jenen warb er um Anerkennung. Alles geschah unverhofft und gab dem Gelage etwas Abenteuerliches. Mancher, dem vom Anblick der

Fechter noch wohliger Schauder in den Gliedern steckte, sah sich plötzlich gleichsam selbst in die Arena gestellt. Da belebten sich die Augen des Gefolges. War der Kaiser vorangegangen, stießen auch andere waghalsig die Formeln der Unterhaltung um. Auf einmal durfte alles gesagt werden, wenn man es nur in heitere Gewänder hüllte und mit Übermut würzte. Mancher glaubte, in der Runde der Götter zu liegen, denen die tragischen Geschicke der Menschen als die schönsten Wendungen im Lustspiel des Weltgeschehens galten. Erdbeben, Seuchen, Hungersnöte, mochten sie auch halbe Provinzen verheeren, lieferten Stoff zu behaglichen Betrachtungen über die Torheit einer ewig nutzlos sich abrackernden Menschheit.

Auch Caligula hatte Fett angesetzt. Vormals schlank und gelenkig, fiel er in Badehallen und an den Stränden von Antium durch einen klobigen Rumpf ohne Hüften auf. Sein Hals wurde immer kürzer. Seine Frisöre gaben sich Mühe, die Glatze mit überlangen Strähnen vom Hinterkopf her zu verdecken. Langweilte der Erste Bürger sich auch? Unter den Arkaden der Basiliken pries man noch die Segnungen seiner Geschäftigkeit. Anschwärzer hatten schlechte Zeiten; die Gerichte wiesen sie ab. Im Atrium der Freiheitsgöttin Libertas drängte sich lesehungrige Jugend: Schriften, die unter Tiberius verboten waren, hatte die größte öffentliche Bibliothek freigegeben. Kleine Leute eröffneten neue Geschäfte, weil gesperrte Erbguthaben plötzlich ausgezahlt wurden und die Steuern sanken. Der eine schwärmte für das »Stiefelchen«, weil es eine Anklage zertreten hatte, der andere nannte es ein Füllhorn der Fortuna, weil ihm der Fiskus den Wert eines niedergebrannten Speichers ersetzte. Die »Strammsteher« des Tiberius waren übers Forum gejagt worden, die Hände auf dem Rücken gefesselt, ein Schwert mit der Spitze nach oben unters Kinn gebunden, damit sie erhobenen Kopfes die Schmähungen der Menge hinnahmen. Aber man hörte Murren, die schmutzigsten Lüstlinge und verworfensten Schmarotzer wären nicht dabei. Die habgierigsten Lieblinge des vorigen Kaisers hätten sich rechtzeitig bei dem jetzigen eingeschmeichelt und genössen ungeschoren ihren erhurten Reichtum, während ein paar Unglückliche im Meer ersäuft würden.

Eines Tages hatte sich herumgesprochen, einem kaiserlichen Sklaven, beim Diebstahl einer Silberschale ertappt, seien die Hände abgehackt und um den Hals gebunden worden. »Recht so!« sagten junge Besitzer neuer Läden und Werkstätten. Ältere, die an die Tage des Sejanus zurückdachten, warnten: »Mit einem Sklaven fängt es an.« Titus hatte gesehen, wie der Gerichtete unter den tafelnden Gästen herumgeführt wurde, hatte sich an Capreae erinnert, an das Ende seines Pädagogen Dardanius, an die Hungerleiche vom Felsenturm, und beobachtet, wie sich die düstere Miene Caligulas, vertraut durch manche rachedurstige Vertraulichkeit, aufhellte.

An diesem Abend hielt der Trübsinn des jungen Kaisers jedem Becher Wein stand. Als der Freigelassene Homilus mit seinem Stab auf die Fliesen pochte und die Ankunft eines Königs meldete, hob er zu einem läppischen Gruß die Rechte, ohne den Kopf aus der stützenden Linken zu lösen. Der König der Maurusier schickte sich an, ein Huldigungsschreiben zu verlesen. Caligula winkte ab. Dem königlichen Gast wurde ein Platz im Hintergrund angewiesen, sein Gefolge mußte in einem Nebensaal speisen.

Drusilla flüsterte ihm etwas ins Ohr. Laut und grob wies er sie zurecht: »Bedenke, daß mir alles erlaubt ist! Ich kann jedem, auch dir, antun, was ich will! Niemand tut einen Atemzug ohne meine Gnade!« Dann gab er ihrem Gatten Aemilius Lepidus einen Wink, er dürfe sie an einen anderen Platz geleiten.

Man unterhielt sich gedämpft. Niemand ließ lange den übellaunigen Kaiser aus den Augen. Ein Gewitter schien aufzuziehen. Sooft er auf dem erhöhten Polster seine Lage änderte, verstummte auch das Geschirrklappern und das Schlurfen der Sklavenfüße.

Desto vernehmlicher war der Kuß, den Caligula seiner Gattin auf den Nacken schmatzte. »Ein so schöner Nakken!« rief er. »Und doch genügt ein Wort von mir, und er wird durchgehauen. Nicht wahr, Macro, du würdest mir gehorchen?«

Steif erschien der Gardepräfekt an der Seite seiner geschiedenen Frau, die Hand an der Waffe. Er schwieg, machte aber Miene, sie zu verteidigen. Caligula übersah es. »Heute nicht. Entfernt euch alle beide. Aber laßt euch nicht erwischen.«

Darauf befahl er den Wagenlenker Eutychus zu sich. »Auch die Gerstenfresser sollen kommen!« schrie er. Cassius Chaerea, Tribun seiner germanischen Leibwache, holte aus einem Seitengemach die fünf erfolgreichsten Gladiatoren des Tages. Caligula ließ sich die neuartigen Visierklappen ihrer Helme erklären, setzte auch einen auf, befingerte den funkelnden Metallkamm, spielte mit der schnabelförmigen Luftklappe, ließ sich einen Spiegel bringen. Dann trank er Eutychus zu; der antwortete mit einem Preis der Pferdegöttin Epona.

Von den Speisen hatte Caligula kaum etwas angerührt. Nun folgte er aufmerksam den Blicken der Gäste, als sie einander anstießen und einen Senator begafften, der, wohl in Angst, als Mäkler zu mißfallen, alles, was ihm vorgesetzt wurde, pausenlos hinunterschlang, als hätte er zehn Tage nichts gegessen. Caligula warf den Helm aus der Hand, stand auf und brachte unter dem Gelächter der Runde dem Alten seinen eigenen mit Leckerbissen gefüllten Silberteller.

Auf dem Rückweg verharrte er vor seinem Onkel Claudius und stierte ihn an. Kopfwackelnd, froschäugig, mit schiefen Schultern erhob sich der jüngere Bruder des Germanicus. Seit ihm zu Ohren gekommen war, Tiberius hätte zuzeiten erwogen, ihn in der Nachfolge vorzuziehen, fürchtete er seinen Neffen wie ein Gespenst. Caligula spuckte ihm einen Olivenkern ins Gesicht. Sofort regneten von allen Seiten Kerne von Oliven und Datteln auf den schlotternden Mann, der sich, die Hände vorm Gesicht, hinter eine Säule rettete und nach einer Weile auf seinen Platz zurückhumpelte.

Unter den Gästen entstand Bewegung. Der Schauspieler und Sänger Apelles erhielt Erlaubnis, den Monolog des Hippolytus zu singen. Seine Kopfstimme übertönte eine Weile den Lärm der Wagenlenker und Gladiatoren. Während der Pantomime Mnester eine Probe seiner Kunst bot, huschte ein dicklicher Jüngling von Platz zu Platz und warb gebärdenreich um Ruhe: Aulus Vitellius, der Strammsteher. Sein Todesurteil war öffentlich bekanntgemacht und heimlich in Verbannung verwandelt worden; Caligula hatte ihm die Abreise verboten. Der Mann Mitte fünfzig mit dem knochigen, gesunden Gesicht, zu dem er zurückkehrte, war Titus allenthalben durch die beflissensten Hochrufe auf Gajus und seine Schwestern aufgefallen: der Vater des Vitellius, Enkel eines Schuhflickers, wie manche, eines Freigelassenen, wie andere meinten, durch Wucher in den Senat gekommen, durch Verschwendung verstoßen, durch die einträgliche Strammsteherei seines Sohnes wieder aufgenommen. Er wartete, bis der Pantomime sich verbeugte, blickte pfiffig um sich, schnippte mit den Fingern, schnappte nach Luft vor Ungeduld, stellte in Erwartung dessen, was er herbeiwinkte, eine so aufgeräumte Stimmung zur Schau, daß ihr Gegensatz zu der des Gastgebers um seinen Kopf fürchten ließ.

Auf unsichtbaren Rädern rollte ein künstlicher Felsen in die Saalmitte und drehte sich mehrmals um sich selbst. Jeder durfte die an einen Berg geschmiedete nackte Andromeda bewundern, eine nußhäutige Äthiopierin, makellos von Gestalt. Statt des Meerungeheuers lehnte eine gezähmte Riesenschlange den erhobenen Kopf an ihre Wade. »Seht! Die Pyrallis!« rief Aulus Vitellius, selbst überrascht. Dafür traf ihn eine schallende Ohrfeige seines Vaters. Doch man munkelte: »Tatsächlich, die Pyrallis! Eine stadtbekannte Hure im Palatium! Aber sie ist auch die teuerste.«

Im Felsen verborgen, ahmte eine Wasserorgel das Schnauben des Ungeheuers nach. Zymbeln klirrten. In der Rüstung des Perseus sprang ein Gladiator herzu und begleitete den sich drehenden Fels mit einem Fechtertanz, der mit der Befreiung der mythischen Jungfrau endete. Pyrallis tanzte die Freude der Andromeda mit mattglänzenden Gliedmaßen langsam, verführerisch, unnahbar zum Spiel der Flöten. Unter beherrschten Zuckungen von Hüften und Schultern ließ sie die Riesenschlange sich an ihrem Leib emporwinden und wand sich selbst mit zunehmender Wonne.

Caligula klatschte heftig. Der ältere Vitellius verneigte sich. »Inniggeliebter Gajus! Sie gehört dir und ist schon bezahlt!«

Huldvoll winkte der Beschenkte Pyrallis zu sich, tastete sie ab, küßte sie überall, wo die Schlange entlanggeglitten war. Gereizt wichen nun auch seine beiden jüngeren Schwestern von seiner Seite. Livilla ging zu ihrem Gatten. Agrippina jedoch sah, daß Ahenobarbus mit den Wagenlenkern würfelte, und schaute suchend um sich.

Titus starrte ihr mit einer zwanghaften Dreistigkeit entgegen, die ihn selbst ärgerte. Sie bemerkte seinen Blick nicht ungern, setzte ihn aber sogleich gefangen, und wieder schienen die beiden haarfeinen Fältchen über der Nasenwurzel zu bedeuten, sie habe mit ihm zu reden. Entschlossen kam sie zu ihm. Obwohl es Frauen längst nicht mehr verboten war, bei Tisch zu liegen, zog sie es wegen ihres hochschwangeren Bauches vor, zu sitzen. »Ich weiß inzwischen genau, wer du bist«, sagte sie. »Aber du siehst mich immer an, als wüßtest du nicht, wer ich bin.«

»Ich kenne dich aber, seit du deiner Urgroßmutter die Puppen in die Flammen nachgeworfen hast!«

Sie lächelte mit kurzem Aufleuchten ihrer braunen Augen. »Warst du nicht sehr vertraut mit meinem Bruder auf Capreae?« fragte sie. »Er sprach von dir, wenn er nach Rom kam. Man konnte meinen, er liebte dich. Warum vernachlässigt er dich? Warum hast du dein Bartfest noch nicht gefeiert?« Mit dem Handrücken strich sie ihm über die Wange. »Der Flaum wird schon hart!«

»Ich weiß es nicht«, wich Titus aus.

»Schickt er dir nicht von Zeit zu Zeit Mädchen?«

Titus bejahte einsilbig. Warum berührte die einzige, die mit ihm sprach, so hartnäckig alles, was ihm peinlich war? Auch die Mädchen langweilten ihn. Caligula kündigte sie ihm mit der lässigen Floskel an, er wolle ihm wieder einmal eine »Abreibung« verschaffen. Er hatte ihn auch schon eingeladen, mit ihm allein »eine Auswahl gefügiger Leiber zu genießen«. Doch ob er Befriedigung fand oder nicht, der Genuß förderte das Verlangen, und jede versäumte Weigerung untergrub seine Kraft, sich zu weigern. An Amymone erinnerte er sich genau. Von diesen Begegnungen blieb ihm kein Gesicht. Eine Zeitlang sah er, wenn er die Augen schloß, teilnahmslos Brüste, Schultern, Schamhaar, Hüften, Schenkel; doch ehe die Bilder verblaßten, schürten sie wieder dumpfe Lust.

»Ich weiß nicht, was aus mir werden soll«, sagte Titus. »In der Gunst deines Bruders bin ich ärmer als mein Sklave, der sich, da ich ihn so selten brauche, überall Kleingeld verdient.«

»Ich sorge mich um meinen Bruder.« Agrippina gab nun seinen Blick frei. »Er verändert sich von Tag zu Tag. Schon fügt er dem Reich Schaden zu. Den König der Maurusier derart vor den Kopf zu stoßen! Es geht um unsere Grenzen in Afrika.«

»Dazu habe ich kein Urteil«, erwiderte Titus. »Ich werde abseits gehalten. Sonst hätte ich dir etwas Neues erzählen können.« Er wartete, ob sie ihn berichtigte. Wußte sie nichts davon, daß er kein palatinisches Amt hatte übernehmen wollen?

Aber sie fauchte sich in Zorn über ihren Bruder. »Die Pyrallis! Jeder Senator, die gesamte Ritterschaft hat sie schon gehabt. Nur er nicht. Ist er ein Schuljunge, daß ihn das kitzelt? Welch eine Schande für uns, seine Schwestern!«

Da sie ihn wieder ansah, sagte Titus: »Ich verstehe.«

»O nein!« Agrippinas Blick wurde bohrend. »Ich kann mir nicht vorstellen, daß du mich ganz verstehst.«

Ein vielstimmiger Aufschrei riß alle Blicke zur Spitze der Tafel. Geschirr fiel zu Boden, die Musik setzte aus, Gäste stoben fort. Caligula kippte rücklings auf sein Polster, zappelte, fuchtelte, heulte, kreischte. Ein hohles Gebrüll, das nicht aus seiner Kehle zu kommen schien, kletterte hinauf zu kopfstimmiger Schrille, riß ab, wiederholte sich schneller und durchdringender.

Agrippina schlug die Hände vors Gesicht, sprach zwischen den Handballen: »Ich ahnte das! Es kommt wieder. Als Kind hatte er es selten, und es verlor sich. Das ist das Erbteil der Julier, die fallende Sucht.« Sie rannte zu ihren Schwestern, die den von Krämpfen Geschüttelten hielten, bis Ärzte und Sklaven ihn hinaustrugen. Titus, der Agrippina gefolgt war, verharrte. Sie stand vor Ahenobarbus, schlang ihm die Arme um den Nacken, hielt sich die Hände auf den Bauch, und er hörte sie deutlich sagen: »Ich bin sicher, daß es von dir ist.« Da bemerkte sie Titus. Lauter rief sie: »Arme Roma! Wie wenig Glück hast du mit deinen Lieblingen!«

Wie sie da stand, hochschwanger, zwei haarfeine schmerzliche Stirnfältchen über der Nasenwurzel, kam Agrippina dem Bild der Mutter nahe, das Titus im Gedächtnis bewahrte.

Ahenobarbus entdeckte ihn mißmutig. »Was gaffst du sie an? Hau ab, Milchbart! Laß die Oliven erst reif werden.« Spöttisch musterte er die Knabentunika, die Titus trug, hob prüfend ihren Saum.

Ein Gehirnfieber hielt Caligula mehrere Tage und Nächte zwischen Leben und Tod. Vor den Tempeln der Götter verdoppelte sich die Zahl der Opfertiere. Im Palatium wurde gemeldet, ein Mann hätte für die Rettung dem Jupiter Capitolinus gelobt, sein Leben als Gladiator zu wagen. Ähnliche Gelübde folgten. Caligula, wieder bei Besinnung, ließ ihren Wortlaut mit den Namen erfassen. Eines Morgens erschien er, bleich und abgemagert, aber sehr aufrecht, in der Halle, wo er die Begrüßung der Verwandten, Freunde und Schutzbefohlenen entgegennahm, und bestieg ein Podest. Einer seiner großen Zehen war vergoldet. Einigen befahl er, den Zeh zu küssen; andere, darunter Titus, nahm er von der Demütigung aus. In der Kälte des graugrünen Eidechsenblickes, mit dem er es tat, schien Titus ein Funken Angst zu glimmen. Angst vor dem Schöneren, Begabteren, Beliebteren, Verzicht auf einen Druck, von dem er sich keine Wirkung erhoffte. Für den Nachmittag und die folgenden Tage ordnete er Spiele an, um allen, die bei den Göttern seine Genesung erwirkt hatten,

Gelegenheit zur Einlösung ihrer Schwüre zu geben. Ein Familienvater, der sich vor den Schergen versteckt hatte, wurde, mit Blumenkränzen und Binden aufgeputzt wie ein Opfertier, durch die Straßen von Rom zur Hinrichtung geführt.

Antium

Titus Petronius feierte sein Bartfest in Antium. Dezemberwolken hatten Regen übers Tyrrhenische Meer herangeschleppt. Am festgesetzten Morgen jedoch war der Himmel vom rauhen Nordwest leergefegt. Von ihrem fernen flachen Winterbogen warf die Sonne dasselbe gelbe Licht auf die Bucht wie an dem Tag, als Titus vor Kaiser Tiberius stand. Er fröstelte trotz seines wollenen Mantels auf dem Weg durch die Gärten der kaiserlichen Villen. Vom Nachtfrost hatten die graugrünen Palmenwedel helle Spitzen. Sie raschelten im Wind. Die zerklüfteten Wipfelteile einer alten Zeder wogten. Am Portal des Badehauses empfing ihn einer von Caligulas Barbieren. Er führte ihn an den Schwimmbecken vorüber ins Wannengewölbe. Heißes, mit duftenden Essenzen versetztes Wasser brachte das Blut wieder in Bewegung. Ein Badesklave bearbeitete ihn mit Schwämmen und Bimsstein, ein anderer rieb ihn trocken, ein dritter verrieb Öl auf seiner Haut und massierte die leidigen Fettpolster. Es wollte kein Ende nehmen. Aber nachher würde er auch nur faul daliegen, aus Langerweile essen und trinken und dummes Gerede anhören müssen. Er sehnte sich nach Anacapreae, seinem Oleander und Efeu, seinem Hähnekrähen und Ziegenmeckern, nach Worten der Güte und des gesunden Menschenverstandes, wie Philalethes sie gesprochen hatte. Konnte das Elysium angenehmer sein? Hier war der Tartarus. Die Qualen des Tantalus wurden übertroffen von ihrer Umkehrung an des Kaisers Tafel. Wie recht hatte Epikur, vor Überdruß zu warnen!

Endlich rief man ihn in die Barbierstube. Caligula probte

neue Gewänder an. Die Toga für Titus lag auf kostbarer Lade bereit. Soeben streifte Caligula ein seidenes Frauengewand ab. Seine Füße standen etwas wacklig auf den Kothurnen eines Schauspielers. Er nahm Titus bei den Schultern, um seinen schwarzen Bartflaum ein letztes Mal zu küssen. »Ich hatte vor, heute als Venus zu Tisch zu gehen und dich als Cupido auf den Schoß zu nehmen. Leider brachte mir der alte Thrasyllus ein Horoskop, das mir kriegerisches Auftreten anrät. Wer weiß, was die Sterne mir zugedacht haben. Mein Vater könnte noch leben, hätte er mehr auf sie geachtet – nicht zu reden von Julius Caesar!«

Er ließ sich die Halbstiefel eines Gardesoldaten anlegen. In der Ecke stand ein silberner Brustpanzer. »Er wird mir passen. Ich habe kaum zugenommen seit meiner Krankheit. Du mußt wissen: Dies ist der Harnisch des großen Alexander. Ich habe seinen Sarkophag öffnen lassen. Denn da ihn Jupiter bis heute nicht beansprucht hat, gehört er rechtens keinem anderen als mir.«

Der Panzer ließ sich jedoch nicht ohne Drücken und Rükken anpassen. Caligula ächzte und fluchte. Der goldene Bart, der ihm gebracht wurde, hellte sein Gesicht wieder auf. »Wie du siehst, lege ich an, was du unbedingt ablegen willst«, sagte er vor dem Spiegel. »Ich hätte an deiner Stelle noch gewartet. Aber in Agrippina hast du ja eine unwiderstehliche Fürsprecherin. Stünde sie nicht kurz vor ihrer Niederkunft, wäret ihr sehr verdächtig.« Er nahm den dreifachen goldenen Blitz in die Hand, wie er für Jupiterbildnisse üblich war, schwang ihn vor dem getriebenen Silber seiner Brust und über seine notdürftig zugekämmte Glatze, schnitt furchterregende Grimassen und brüllte bedrohlich. Er ist verrückt, dachte Titus. Meine Gefangenschaft dauert nicht mehr lange.

Plötzlich verstummte Caligula, grübelte, ging im Kreis, sagte, als diktierte er einen Erlaß: »Antium ist schön.« Er wiederholte »schön« in verschiedenen Tonlagen und lauschte dem Klang des Wortes nach. »Telegonos, der Sohn des Odysseus und der Kirke, hat es gegründet. Er tötete seinen Vater und heiratete seine Stiefmutter Penelope, sein Stiefbruder Telemachos nahm die Kirke. Jeder will seinen Vater töten und die Mutter heiraten. Ist es nicht so? Wir Waisenkinder wissen das am besten. Die Sage will, daß es die Stiefmutter war, weil das schicklicher klingt. Manche Leute meinen, ein Fluch liege auf Antium. Es ist aber ein Segen! Meine herrliche Mutter hat mich hier geboren. Hier ist der Mittelpunkt der Welt. Ich werde Rom hierherverlegen.« Sein auseinandertretender Blick irrte umher, sah niemanden. Als er Titus streifte, kam er zu sich. »Welchen Beinamen willst du dir zulegen, wenn du die Jünglingstoga nimmst? Zeichnest du deine Verse nicht mit Encolpius? Titus Petronius Encolpius, ein stattlicher Name!«

»Du spottest, Gajus. Mit diesem Namen hielte man mich in Rom für einen Freigelassenen.«

»Was wäre dabei? Unter palatinischen Beamten fielest du desto weniger auf. Oder reizt deinen Hintern noch die Senatsbank?«

»Du sagst es. Ich kann ohne Beinamen mein Bartfest feiern.«

»Willst du mich ärgern? Laß uns die Feier hinter uns bringen! Mich hungert. Die Gäste warten. Wo sind deine Freunde?«

»Ich habe keine Freunde.«

»Ah! Siehst du! Dein einziger Freund ist der Kaiser. Brav gelernt! Es kann beginnen.«

Flötenbläser traten ein. Vor Titus stellte ein Knabe sich auf und sang einen Hymnus auf das Jünglingsalter. Der Barbier rieb Titus die Wangen mit Balsam ein und schabte ihm, die Ellenbogen feierlich schwingend, zum Takt der Musik langsam den Bart ab. Auf einem vorgewärmten Stein wurden die Barthaare getrocknet. Caligula schenkte seinem Mündel eine goldene Büchse zu ihrer Aufbewahrung. Titus legte seine Bulla und die seines Bruders dazu.

»Halt!« fuhr Caligula dazwischen. »Häng sie wieder um! Für volljährig kann ich dich nicht erklären. Ich bleibe dein Vormund.«

»Wieso?« fragte Titus enttäuscht. «Das Gesetz ...«

»Die Gesetze, in denen du dich so gut auskennst, binden nirgends die Volljährigkeit an das Bartfest. Kein Gesetz kann mich zwingen, dich zu entlassen. Deine Verwandten müßten es fordern. Es hat sich noch keiner gemeldet.«

»Gajus! Und wenn ich dich auf Knien darum bitte und deinen vergoldeten Zeh küsse, was du noch nie verlangt hast?«

Verwirrt schaute Caligula auf seine Füße. »Wovon willst du leben? Ich kann dir nichts auszahlen von dem, was dir gehört. Tiberius hat alles durchgebracht. Der Fiskus ist leer. Ich müßte zum Wucherer gehen, um meine Schuld bei dir zu begleichen. Ja, Titus, du bist mein Gläubiger! Warte, bis ich Germanien bezwinge!«

»Ich brauche nichts. Ich werde die goldene Bartbüchse versetzen!«

»Du wirst das Ding doch nicht behalten wie ein Bauer? Im Tempel der Fortuna warten die Priester, daß du es der Glücksgöttin darbringst, damit sie dir allezeit gnädig sei. Sie wird dir helfen!«

Auch auf den Stufen des Fortunatempels stand niemand, um ihn zu beglückwünschen. Die Priester sangen, verbrannten etwas Weihrauch und ließen die goldene Büchse verschwinden.

An der Frühstückstafel trank man auf seinen Genius. Drusilla und Livilla unterbrachen ihren Schwatz kaum. Agrippina jedoch legte mit großen Augen Schlingen um ihn, die ihn zu ihrem Platz zogen. »Entschuldige, daß ich nicht aufstehe, mein Zustand«, sagte sie, holte mit weicher Hand sein Kinn zu sich herab, um ihn zu küssen. »Was für ein süßer Junge ist er doch, so glatt im Gesicht!«

Seine Wange landete auf ihrem Busen. Die Runde lachte und rief im Takt: »Encolpius! Encolpius!« Er roch den Duft ihres weitgefältelten Kleides. Das Lachen in ihrer Brust dröhnte an seinem Ohr.

Die gute Laune wandte sich anderen zu. Agrippina schien ihn zu vergessen. Plötzlich trank sie ihm wieder zu, ließ sich nachschenken, tätschelte seine Wange. »Möge mich

Juno Lucina bald von der Kindeslast erlösen«, flüsterte sie, »dann wären die Saturnalien lang genug, um meinem rothaarigen Rüpel noch Hörner aufzusetzen.«

Titus durchfuhr es wie bei keinem der nackten Mädchen, die Caligula ihm manchmal schickte. Sie erschrak, wie ihm das Blut ins Gesicht schoß.

»Bist du so schüchtern oder so hitzig?« fragte sie.

Er nahm all seine Frechheit zusammen. »Du wärest vielleicht, wenn du verstehst, die Abkühlung, die ich mir wünsche. Dein Bruder versorgt mich großzügig, wie es seine Art ist. Aber er macht mich geil, damit ich gefügig werde. Hilf mir da heraus, bitte.«

»Hattest du noch nie eine Freigeborene?«

»Nie! Für manch eine wird mir von dem Vermögen, an das ich nicht herankomme, die Kaufsumme abgebucht, weil ich sie angeblich geschwängert habe. Jedesmal kommt ein Notar mit der Rechnung zu mir. Was aus der Sklavin wird, erfahre ich nicht.«

»Ich schicke dir einen Kinäden«, sagte Agrippina. »Der hat solche Fischblasen, die Unliebsames verhüten. So kann jede mit jedem. Sogar die Tochter mit dem Vater, die Mutter mit dem Sohn und die Schwester mit dem Bruder, und keine braucht zu bangen, daß sie einen mißwüchsigen, wirrköpfigen Magier zur Welt bringt. Warum guckst du mich an wie ein Opferkalb? Sing mir, ich sorge für Ruhe, deine Elegie von der allzu rasch befriedigten Wollust: ›Wüst und kurz ist die Wonne …‹«

»Später vielleicht«, antwortete Titus. Den Mut, der ihm geholfen hatte, ihr mit Blicken aufzulauern, fühlte er schwinden. Zugleich trauerte er ihm nach. Warum bin ich einer freigeborenen Frau gegenüber so gehemmt? Obwohl sie sich beinahe anbietet? Vielleicht weil die Sklavinnen allzu willig sind? Es sein müssen? Wie ich selber? In der Gefangenschaft von Agrippinas Augen, die ihn so groß und gewölbt anglänzten, daß er es nicht mehr sonderbar fand, wenn die Griechen manche Göttin »kuhäugig« nannten, fiel er zurück in die Angst, es gäbe viele Tode zu sterben.

»Was ist? Verschmähst du mich etwa?«

Titus schrak auf. »Ich bewundere deinen Freimut und danke dir für deine Ehre. Ein verlockender Streich! Ich bin dabei.«

»Vergiß die Ehre«, antwortete sie streng. »Gib lieber auf dich acht, sonst kommen wir nicht mehr dazu!«

Er wurde gerufen. Caligula trank ihm zu. »Auf die entschwundene Pracht deines Bartes! Laß dich feiern! Für dich fangen die Saturnalien heute schon an. Laß uns die Rollen tauschen wie Herr und Sklave! Wünsche dir etwas!«

Titus nahm seinen Becher. »Hoch lebe das Stiefelchen! Ich trinke auf das Wohl meines Schuldners, auf daß er mich bald auszahle!«

Caligula erstarrte wie eine Eidechse. Niemand trank. Vitellius', Vater wie Sohn, murrten vernehmlich, schütteten ihren Wein unter die Tafel. Caligula fauchte: »Hüte deine Zunge, kleiner Tittenküsser! Wenn ich dich meinen Gläubiger nannte, hieß das nicht, ich wäre dein Schuldner.« Dann grinste er versöhnlich.

Das Gelage ging weiter. Wegen des kalten Windes äußerte niemand den Wunsch nach einem Spaziergang unter den immergrünen Gewächsen der Alleen. Nur Agrippina entfernte sich mit der Bemerkung, sie müsse nun ruhen. Ihr leerer Platz überrumpelte Titus. Wie ein tückischer Gladiator warf die Langeweile wieder ihr Netz über ihn. Er trank, um nicht zu ersticken an der Aussicht, die Frühstückstafel werde ohne Pause übergehen in die Abendtafel.

Der goldene Jupiterbart, der Caligula beim Saufen störte, machte die Runde. Titus hielt es für sein Vorrecht, ihn anzulegen. Da sah Caligula von seinen Würfeln auf. »Hüte dich vor dem Neid der Götter! Sind dir deine apollinischen Locken nicht Zierde genug?«

Ahenobarbus raunte Titus väterlich zu: »Nimm ihn ernst! Du hast ihn mit meiner Frau eifersüchtig gemacht!« Dann ging auch er.

Vitellius', Vater wie Sohn, schnalzten mit den Zungen. Jeder wußte: Äußerte sich Caligula, wie auch immer, über das

Haupthaar eines anderen, sprach aus ihm der Ärger über seine Glatze.

»Wie ich las«, sagte Titus, da man ihn fragend ansah, »nahm es Julius Caesar als Beweis, daß seine Soldaten ihn liebten, wenn sie Lieder auf seine Glatze sangen. Gewiß dankte er es dem Dichter, der ihm half, sich heiter dem Lauf der Dinge zu fügen.«

»Aha?» fragte Caligula unerfreut.

»Machst du nicht auch Gedichte?« näselte Aulus Vitellius.

Titus fing eine Lyra auf, die der ältere Vitellius ihm zuwarf, und verlangte übermütig eine Handpauke dazu. Er sang sein Lied von der entschwundenen Lockenpracht:

»Locken, ihr einzige Zierde der äußren Gestalt, ihr entschwandet.
Laub, das ihm Frühling sproß, tilgte der grimmige Frost.
Nun sind die Schläfen betrübt, denn dahin ist ihr eigener Schatten,
und, von der Sonne gebräunt, lächelt der Scheitel so blank.
O ihr tückischen Götter! Die Freude, die ihr als die erste
uns, wenn wir jung sind, beschert, rafft ihr zuerst auch hinweg.«

Während er zur Handpauke griff, fühlte er sich lockerer. Ich werde Agrippina haben! Er wechselte den Takt und sang mit der krähenden Gassenhauerstimme, die er Scurra abgelauscht und auf Stadtgängen bei Bettlern wiedererkannt hatte:

»Ärmster! Eben noch strahltest du in Locken
schöner warst du als Phoebus und Diana
Nun ist glatter als Bronze, als der runde
Pilz nach Regen im Garten deine Kopfhaut.
Ängstlich meidest du Mädchen, weil sie lachen,
meinst, nun komme der Tod zu dir auch schneller,
denn verloren ist schon ein Teil des Kopfes.«

Die Gäste grimassierten ihr Lachen nieder. Reglos belauerte Caligula die Tafel. Er ließ seinen Barbier rufen und tuschelte mit ihm. Wasserschüssel, Schere, Messer, Handtuch wurden gebracht. Zwei rosige, muskulöse Germanen aus der Leibwache des Ersten hielten Titus die Arme auf den Rücken.

»Runter mit der Lockenpracht! Das nenne ich ein Bartfest vollkommen machen!« Caligula klatschte sich auf die Schenkel. »Sind Dichter nicht auch Seher? Du hast dir selber geweissagt. Die Götter werden dein Opfer zu schätzen wissen.«

Unter beifälligem Gejohl wurde Titus kahlgeschoren.

Der Prunkharnisch Alexanders des Großen, seitlich geöffnet, klapperte um Caligulas Brust; er keuchte unter irrwitzigem Gelächter. Das Haaropfer hatte seine Stimmung gerettet, nachhaltig, wie sich erwies: Das Gelage dauerte bis zum nächsten Morgen. Man fütterte Titus und füllte ihn mit Wein. Als die Mädchen kamen, die sich zur Musik entblößten und von den Gästen beiseite holen ließen, schwebte er zwischen Schläfrigkeit und trunkener Ohnmacht. Sooft er einnickte, weckte ihn ein kalter Guß auf die Glatze. Erst gegen Morgen, als unter den Tafelnden der Schlummer der Erschöpfung um sich griff, fand auch er Ruhe.

Ein erster Sonnenstrahl schimmerte durch die Arkaden, da stürzte ein Bote herein und verkündete, soeben, gerade als der Wagen des Sonnengottes am Horizont heraufrollte, sei Agrippina von einem gesunden Knaben entbunden worden. Die Strahlen seines göttlichen Antlitzes hätten das Kind eher berührt als die Erde! Ein bedeutsames Vorzeichen. Die Gesellschaft möge sich in Agrippinas Villa einfinden, ein jeder solle Zeuge sein, wie der Vater das Kind zum Zeichen, daß er es anerkenne, vom Boden aufhebe.

»Ein Goldjunge!« schrie Caligula. »Schade, nicht meiner!«

Man torkelte durch die Gärten und Alleen. Titus hielt sich verdeckt, aber niemand achtete mehr auf seine Glatze. Auf Zehenspitzen sah er, wie Ahenobarbus das schreiende Kind in die Höhe hielt. Er meldete, Agrippina wünsche, ihr kaiserlicher Bruder möge einen Namen vorschlagen. Der zog hämisch die Mundwinkel herunter. »Nun, er soll Claudius heißen!« platzte er heraus, wieherte die Umstehenden an, bis sie mitwieherten und sich nach seinem Onkel, dem Familientrottel, die Hälse verdrehten. Ahenobarbus entfernte sich mißmutig. Man solle auf das Einverständnis der Mutter warten.

Unterdessen gaben Astrologen das Horoskop bekannt. Es lautete günstig. Bedenkliches verbarg sich hinter gewundenen Ausdrücken.

»Ich jedenfalls«, dankte Caligula den Sterndeutern, »freue mich herzlich, daß mein Neffe in Antium geboren wurde wie ich selbst! Das allein ist Vorzeichen genug. Antium soll man dereinst die Wiege der Götter nennen.«

Ahenobarbus, aus dem Gemach seiner Frau zurückgekehrt, lachte auf. »Ein Kind von mir und Agrippina? Daraus kann unmöglich etwas anderes werden als ein Scheusal, ein Ungeheuer, das die Welt ins Verderben stürzt.«

»Unerhört!« rief Vitellius. »Unerhört!« echote sein Sohn.

Aber der Kaiser klopfte seinem Schwager auf die Schulter. »Laß nun hören, wie meine Schwester über den Namen denkt.«

Ahenobarbus erhob das Kinn über die Köpfe der Wartenden. »Unter den Domitiern«, verkündete er, »zu denen ich gehöre, ist der Vorname Lucius verbreitet. Und Agrippina besteht auf einem kaiserlichen Beinamen. Tiberius führte den Beinamen Nero. So heiße mein Sohn denn Lucius Domitius Nero!«

Die Hochrufe gellten Titus in den Ohren. Gähnend trottete er hinüber ins Gästehaus. Als er in sein Zimmer schlich, trat er auf Schriftrollen. Überall lagen seine Manuskripte zuhauf. Harpocrates hockte dazwischen. Er hatte begonnen, sie einzusammeln. »Wohl die Hälfte haben sie mitgenommen.«

»Meine Haare wollten sie alle«, antwortete Titus.

»Ich besorge eine Perücke«, sagte der Sklave. »Mich aber haben sie durchgeprügelt und ausgefragt und wieder geprügelt.«

»Was hast du ihnen gesagt?«

»Herr!« entrüstete sich Harpocrates. »Du kennst meinen Namen!«

Auch die Perücke gab Titus nicht den Mut, sich in das lustige Treiben der Saturnalien zu mischen. Man ließ ihn in Ruhe. Caligulas Wut, so plötzlich und heftig sie auflohte, verrauchte. Ebenso rasch verlor, was ihn erheiterte, seinen Reiz. Die Haare seines Mündels wuchsen dagegen sehr langsam. In Roms Gassen sang das Volk während der Saturnalien ein »Lied von der entschwundenen Lockenpracht«. Niemand wußte, woher es kam. Jeder meinte die dürftig überkämmte Glatze des Kaisers, aber mehr noch die Hoffnungen, die er in die Herrschaft des Gajus gesetzt hatte. Titus Petronius erfuhr davon durch seinen Sklaven Harpocrates. Beide hatten angenommen, der Text wäre in irgendeinem Geheimarchiv verschwunden, und fragten sich, wie er unter die Leute hatte kommen können.

»Wenn ihn die Spitzel, die mich gewalkt haben, selbst verbreiten«, sagte Harpocrates, »dienen sie schon dem nächsten Kaiser. Nicht einmal Räuber und Wegelagerer dulden einen Verrückten an ihrer Spitze.«

Zum erstenmal hatte Titus erfahren, daß in Rom das Volk eine Stimme besaß. Wie auch immer seine Worte in diese Kehle gefunden hatten, es gab eine Verwandtschaft. Lange fragte er seinen Sklaven darüber aus. Später, als er das Volk selbst kennenlernte, kannte niemand mehr sein Lied.

Der Schlaf, das scheue Tier

Agrippina ließ Titus einen Brief bringen, in dem sie die Willkür ihres Bruders bedauerte. Nie rief sie ihn zu sich. Als sein Haupthaar wieder die Länge eines kleinen Fingers hatte, traf er sie auf Spaziergängen nie allein. Geputzte Militärtribunen begleiteten sie; die schimmernden Helme in der Armbeuge, traten sie derb auf den knirschenden Marmorkies und blickten mit erregt funkelnden Augen um sich, während sie ihr anzügliches Lachen genossen. Verschworen sie sich mit Agrippina gegen den Kaiser, oder warben sie um seine Schwester, die ihre Ehe ausdrücklich nicht ernst nahm? In jedem Fall, fand Titus, gingen sie ein bißchen zu offen vor. Eine Amme, die den kleinen Nero trug, hielt sich oft in ihrer Nähe. An sie machte sich Titus heran, um das rosige Gesichtchen mit den stumpfen Säuglingsaugen zu betrachten. Auf dem Scheitel des Kindes verdichtete sich rotblonder Haarflaum. Ahenobarbus sah man nie; er kränkelte seit einiger Zeit. Titus wollte Agrippina nicht antworten, litt aber darunter, daß sie den Entschluß nicht bemerkte.

Caligula sprach in zehn Tagen keine drei Worte mit ihm, ließ aber streng darauf achten, daß er keiner Gasterei, keiner Tierhetze, keinem Gladiatorenkampf, keinem Wagenrennen, keiner Opferfeier, keiner Amtshandlung fernblieb. Wer einer Einladung nicht folgte, wurde nicht sofort bestraft. Traurig stellte ihn der Kaiser beim Morgenempfang zur Rede: »Läßt du mich auch allein, mein lieber Freund? Weigerst du dich, die Einsamkeit des Mächtigen zu lindern?« Die ausgesuchten Schikanen, die dann folgten, waren um so empfindlicher, als sich nie vorhersagen ließ, bei welcher Gelegenheit sie einsetzten. Titus achtete darauf, daß sein Widerspruchsgeist nicht verkümmerte, denn er beobachtete, daß die Kette der Schikanen manchmal gerade bei denen nicht abriß, die den Ersten nur aus Versehen verletzt hatten und sich sonst eilfertig allem fügten. »Am wenigsten«, sagte er zu Harpocrates, »verträgt er es, auf keinen Widerstand mehr zu stoßen, obwohl er alles daransetzt, Widerstände zu beseitigen – wer soll das verstehen?«

»Was tust du, wenn er dir allzu lange keine Mädchen schickt?« fragte Harpocrates. Sooft Titus bei Caligula seine Volljährigkeit anmahnte, wurden ihm die Mädchen für eine Zeit entzogen. Einmal hatte der Vormund ihn schon in sein Gemach rufen lassen, damit er, an Händen und Füßen gebunden, zusähe, was er mit seinen Weibern triebe. »Weißt du, wer sie waren?« hatte ihn Caligula anschließend gefragt. »Gattinnen von Senatoren! Willst du dich immer noch mit diesen Scheißern auf dieselbe Bank setzen? Sie haben im Würfelspiel ihre Frauen gesetzt und verloren. Ich nehme nur, was mir zusteht!«

Harpocrates fragte weiter: »Was tust du sogar, wenn du Mädchen haben kannst, aber nicht willst, weil sie dir zu willig sind? Da hast du es, Herr: Schikanen sind die Selbstbefriedigung der Macht.«

Titus wußte, daß sie im Würfelspiel verloren hatten. Er sah, daß Senatoren immer verloren. War es Unachtsamkeit? Die Gelage folgten einander zeitweise so dicht, daß es auch geübten Prassern schwerfiel, ihren Rausch auszuschlafen. Wer noch glaubte, er besäße genug, um sich Schmeichelreden ersparen zu können, erhielt über kurz oder lang die kaiserliche Einladung zum Würfelspiel. Einen Bettelstab konnte er gleich mitbringen. Den Senator, der während des Spiels seinen Becher mit der Hand bedeckte, schrie Caligula an: »Du trinkst meinen Wein nicht? Morgen kommen wir zu dir und kosten den deinen. Ist er besser, wirst du die Freundlichkeit haben, mir deinen Keller zu schenken. Ist er schlechter, wirst du nie wieder Wein saufen«. Es gab auch einen Senator, der argwöhnte, der Gastgeber spiele falsch. »Meinst du mich?« fragte Caligula. »Wie schade, daß du nicht selbst mit ansehen kannst, was für lustige Verrenkungen du machen wirst, wenn dich morgen die Henkersknechte am Haken die Gemonischen Treppen zum Tiber hinabzerren!«

Aesius Proculus, reich und angesehen, war bekannt geworden als der schönste, bestgewachsene, kräftigste Mann von Rom, ein gepflegter Hüne, dem seit dem Tod seiner Gemahlin die Herzen selbst ehrbarer Matronen zuflogen. Man nannte ihn den Koloß-Eros. Selbst die Schwestern des Kaisers sprachen oft von ihm, zu oft. Als bei einem Gladiatorenspiel ein einziger Fechter alle verfügbaren Gegner erledigt hatte und die vornehmsten Damen in hysterischem Chor nach einem neuen Kampf schrieen, ließ Caligula Schweigen gebieten, trotz brütender Hitze die Sonnensegel zurückrollen und sprach in die widerhallenden Ränge mit klirrender Stimme: »Mein Vorrat an Fechtern ist erschöpft. Aber

Koloß-Eros wird euch den Gefallen tun und gegen den Sieger kämpfen.« Der Aufgerufene hatte die Wahl, zu kämpfen oder auf unklärbare Weise zu verschwinden wie mancher Senator. Er hatte sich eine erstklassige Fechtausbildung leisten können. Nicht lange, und der bis dahin unbesiegte Gladiator lag tot im Sand. Der Kaiser sprang auf. »Das war mein letzter! Mein tapferster! Die Helden Homers lebten in ihm wieder auf! Ich hatte dich nicht geheißen, ihn zu töten. Warum achtetest du nicht auf meinen erhobenen Daumen?« Damen fanden den Koloß-Eros noch am selben Abend erdrosselt in einem Unrathaufen.

Caligula bestellte sein Mündel zu sich. »Willst du noch immer Senator werden?«

»Ich bin nicht mehr so erpicht darauf«, antwortete Titus.

»In welches palatinische Amt darf ich dich also einführen lassen?« fragte der Kaiser. »Ich gebe dir die Wahl.«

»Ich möchte auch kein palatinisches Amt.«

»Wie denkst du dir deine Versorgung, Söhnchen? Du frißt, säufst und hurst auf meine Kosten. Von dem, was ich dir schuldete, ist fast nichts mehr da.«

»Laß mich einfach laufen. Ich werde durchkommen.«

»Das wäre freilich das einfachste. Aber du bist nicht irgendwer. Ich bin den Manen deines Vaters verpflichtet. Sie gehören zu den beharrlichsten, die mir nachts erscheinen, wenn ich den Schlaf überlistet habe. Irgendwie sind wir Schicksalsbrüder.«

»Die Manen meines Vaters werden mir helfen.«

»Du bringst mich auf einen Gedanken. Die Manen deines Vaters werden dir am ehesten helfen, wenn du ein Priesteramt übernimmst.« Caligulas Blick verengte sich bedrohlich. »Dagegen dulde ich nun aber keine Widerrede mehr! Wähle, in welches Priesterkollegium du eintreten möchtest.«

Vom nächsten Tage an wurde Titus Petronius darauf vorbereitet, in die Priesterschaft des Merkur einzutreten, des Boten der Götter, des Freundes guter Ratschläge, der die Lyra erfunden, aber bei Phoebus Apollo gegen eine Rinderherde eingetauscht hatte, der den rechten Erwerb begünstigte und den unrechten schützte, wenn ihn Not erforderte. Diese Rangeinstufung befreite ihn endgültig vom Militärdienst und von der Steuer. Vorerst behielt er Wohnrecht im Palatium. Oft atmete er nun den Opferrauch und Weihrauchduft der Tempel. Stets war er unter den Jünglingen, die Hymnen sangen, wenn Caligula ein neues Heiligtum weihte, wenn er als Oberster Priester einem Götterbild den Kopf abhauen und das eigene Bildnis daraufsetzen ließ. Der Gott behielt seinen Namen, trug aber nun die Züge des Kaisers. Ein einziges eigenes Tempelstandbild gönnte sich der Erste; es war vergoldet. Auf dem Capitol sah ihn Titus über ein Gerüst ans Ohr der riesenhaften Jupiterstatue klettern, etwas hineinflüstern und lauschend den Kopf zum Mund des höchsten Gottes neigen. Beim Opferschmaus, als alle Amtspersonen erwartungsvoll schwiegen, schüttelte ihn ein Lachkrampf. Warum niemand den Grund seiner Erheiterung erfahren wolle, fragte er. Geflissentlich erkundigte sich der Vorsteher des Kollegiums. »Jupiter hat mir erlaubt, beiden Konsuln wie Opferstieren die Gurgeln durchzuschneiden. Er liebe aufwendige Opfer und werde seinen Blitzstrahl nicht gegen mich wenden. Ihr glaubt mir nicht? Machen wir die Probe!« Man glaubte ihm. »So sollen die gewählten Konsuln auch Konsuln bleiben, wie es der Senat, das Vorbild alles Richtigen und Guten, will«, fuhr der Oberste Priester fort. »Aber wenn er mich mit der Frage beehrte, wen ich für das nächste Konsulat vorschlage – für wen wohl würde ich mich entscheiden? Für meinen Onkel Claudius, zum wievielten Male übrigens? – und für meinen schnellsten Hengst, den unübertroffenen Incitatus!«

Die Priester nahmen derlei mit undurchdringlicher Gelassenheit hin. Ob er Ernst machte oder nicht, sie selbst fühlten sich geschützt durch die heilige Scheu, die der Kranke mehrfach vor ihnen gezeigt hatte. Titus schien es, da auch sein Leben nie angetastet worden war, als hätte er insgeheim schon lange zu ihnen gehört. Die Poesie der Hymnen, die er lernen mußte, tröstete ihn. Die Riten, die man ihm zeigte, gingen ihm um so leichter von der Hand, als er, mit Epikur, die

Götter, denen sie galten, wohl achtete, aber keine Berührung mit ihnen erwartete. Doch sooft von den Weihen gesprochen wurde, die irgendeinmal kommen mußten, sahen die Priester wie auf Verabredung Titus an, während sie sich darüber verbreiteten, ein vollkommen reiner Lebenswandel sei nun einmal die Vorbedingung. So hatte es auch Caligula noch immer nicht eilig, an seine Volljährigkeit zu denken. »Du bist gut untergebracht. Später sehen wir weiter.« Er behandelte sein Mündel zuvorkommend und mit Zuneigung und sagte während kleiner Unterredungen manches Gescheite, so daß sein öffentliches Gebaren wie das Werk eines dämonischen Doppelgängers erschien. Titus verhielt sich still. Nun nahm er seine Gefangenschaft an. Der Gefangene schränkt allmählich seine Bewegungen weiter ein, als er muß, damit er nicht an die Kerkerwände stoße.

Aber die Nächte waren verräterisch. Oft lag er lange wach, weil er, um das Gelage durchzuhalten, nachmittags geschlafen hatte. Es half kaum, mit Bedacht wenig zu trinken, heftiger Harndrang scheuchte ihn mehrmals wieder auf. Es widerstrebte ihm, mit einem vollen Nachtgeschirr im Zimmer weiterzuschlafen, und er wollte die Vertraulichkeit mit Harpocrates nicht mißbrauchen, indem er ihn jedesmal weckte. Lieber bemühte er sich über die schwach von Fackeln erleuchteten Flure zum Abtritt am Ende des Gebäudeflügels.

Er wußte, daß Caligula stundenlang über Flure und Treppenaufgänge irrte und manchmal irgendwo sitzend wartete, bis in den Pinien die ersten Vögel wisperten. Meistens entnahm Titus dem Zuruf der Wache, ob sein Vormund in der Nähe war. Aber Caligula liebte es, sich an den eigenen Wachtposten vorüberzuschleichen, um zu erfahren, wie zuverlässig seine Germanen waren, und Säumige abzustrafen. Wenn sein Rausch abklang und der Schlaf ihn noch immer mied, war er schreckhaft und scheu, und die Scheu schlug wie bei Raubkatzen rasch in Angriffslust um. Einen Kammersklaven hatte er erstochen, einen anderen erwürgt im Wahn, gedungene Mörder lauerten ihm auf. Titus war an dem Zuruf der Wache, den er seinerseits auslöste, sehr gelegen. Sah er seinen Vormund hinter eine Säule treten, setzte er seinen Weg beherzt fort, grüßte ihn laut mit dem Vornamen und setzte hinzu: »Ich bin Titus, dein Mündel.« .

Caligula trat dann heran, nahm ihn beim Kinn, zog ihn unter eine Fackel und sah ihm lange mit stumpfen, auseinandertretenden Augen ins Gesicht. »Seit Capreae«, sagte er einmal, »ersetzt du mir meine ermordeten Brüder.«

»Ich bedaure sie wie du«, antwortete Titus erschrocken.

»Das solltest du aber nicht! Jeder von ihnen hatte mehr Recht als ich, der Erste zu werden. Ich bin nur der übriggebliebene! Wer meinen Brüdern nachtrauert, bedauert, daß ich der Erste bin!«

»Aber dein Knabenbildnis gab ein Bildhauer der Capitolinischen Venus bei, und Augustus hatte eine Kopie davon in seinem Schlafgemach und legte sich niemals nieder, ohne es zu küssen.«

»Falsch!« fauchte Caligula. »Auch das war ein Bruder. Er trug denselben Namen wie ich, starb früh wie die anderen.«

»Dann ähnelst du ihm sehr, Gajus Caesar.«

»Ich ähnele ihm nicht nur, ich bin es, wiedererstanden, wiederverkörpert. Ich bin Gajus der Einzige.«

»Darf ich jetzt gehen?«

»Du hast sehr blaue Augen«, lallte Caligula. »So blaue Augen wie der älteste Adel von Rom. Das ist nicht mehr erlaubt! So blaue Augen darf es nur noch in meiner Familie geben. Bleibe immer mein Sohn, dann bist du sicher. Wo sind all die anderen großen Familien geblieben? Augustus hat viele umgebracht, Sejanus und Tiberius haben sie ausgerottet! Wir sind übrig. Aber für uns ist nichts übrig. O über die Ungunst meiner Zeit!« Er machte eine der tragödischen Gesten, die er dem Apelles abgesehen hatte. Mit seinen fülligen Hüften wirkte sie weibisch. »Den Leuten geht es zu gut. Lange ist kein Unglück geschehen, das sie kirre macht. Julius Caesar hatte seinen Bürgerkrieg, Augustus verlor seine Legionen in Germanien. Tiberius durfte erleben, wie das Theater von Fidenae einstürzte und Tausende einander tottrampelten. Was bleibt mir? Ich sollte wieder einmal die Kornspeicher schließen. Das Volk muß hungern, sonst wird es faul und aufsässig.« Breitbeinig stemmte er die Fäuste in die Hüften. »Wie sagt doch so treffend der Dichter Accius! ›Mögen sie mich hassen, wenn sie mich nur fürchten!‹«

Er schwieg lange. Titus wollte weiter. Caligula hielt ihn fest: »Was waren meine letzten Worte?«

Titus wiederholte den Vers des Accius.

Der Vormund tastete ihn ab, die Fettpolster auf Armen und Brust. »Schade, daß du kein Mädchen geworden bist. Bei deiner Brust könnte man denken, die Götter waren sich nicht einig. Nein, für die Knabenliebe bist du mir zu kostbar. Es ist in anderer Hinsicht schade: Mit dir hätte ich gern einen Nachfolger. Ach, meine Frauen, alle taugen sie nichts. Nächstens lasse ich mich wieder scheiden. Die Orestilla habe ich nun auch satt. Wie lange wird mir die Lollia gefallen? In Wirklichkeit liebe ich nur eine, und mit der darf ich keinen Nachfolger haben, das verbietet der Neid der Götter, die jede echte Wonne sich selbst vorbehalten.«

Sein Blick hatte Titus durchbohrt, irrte nun aber aus dem Fackelschein ins Dunkle. »Als mein Vater noch lebte«, fuhr er fort, »und ich, ein kleines Kerlchen, am Rhein in seinem Feldlager heranwuchs, durfte ich zusehen, wie ein gefangener Germanenfürst zur Hinrichtung geführt wurde. Der hatte so blaue Augen wie du! Er hoffte auf Gnade und flehte mich darum an, der Schlaue, mich, den Sohn des Befehlshabers, der ich schon Stiefelchen aus vergoldetem Leder und ein silbernes Brustpänzerchen trug. Ich bat meinen Vater um das Leben dieses Fürsten, und er durfte es behalten. Doch der Gefangene entwich und überfiel uns noch einmal mit einer größeren Horde, und viele römische Soldaten verloren ihr Leben. Das hat man von der Gnade! Und als die Legionen meinen Vater, den Germanicus, statt des Tiberius zum Kaiser ausrufen wollten, verzichtete er. Aus Bescheidenheit, ließ er seine Freunde meinen. Aber es war Angst! Angst vor seiner Großmutter Livia, die den Enkel dem Sohn geopfert hätte! Alle Bescheidenheit ist Angst. Mir kommt man mit Gift nicht bei!« Caligula grinste mit faunisch verzerrtem

Mund; seine tiefliegenden Augen füllten sich unterm Fackelschein mit Schatten.

»Wozu forschst du mich aus?« fragte Titus.

»Ich forsche dich aus? Ich dich? O nein, mein Titus! Du bist es, der mich stumm, aber beständig ausforscht, du mit deinem blauen Blick, der sich selbst noch nicht kennt. Du siehst mich an wie mein verlorenes Gewissen. Es war eine angenehme Regung, die mich bewegte, um das Leben des Germanenfürsten zu bitten, und die Gewährung durch meinen Vater war ein Glück, das ich nie wieder gefühlt habe. Warum bringst du mich nicht vor Gericht? Warum klagt mich niemand an für das, was täglich durch mich oder in meinem Namen geschieht! Ich bin doch kein König, ich bin nur der Erste Bürger. Sind denn alle Römer Feiglinge geworden? Es macht mir keinen Spaß mehr, neue Quälereien für euch Feiglinge zu ersinnen. Warum trifft mich nicht Jupiters Blitzstrahl? Warum verfolgt Juno mich nicht, die ich hundertfach durch Ehebruch beleidigte? Obwohl sie einen Tugendhaften wie Aeneas verfolgte mit Pein und Ungemach! Liebst du ihn immer noch, deinen jüngferlichen Vergil? Fauler Zauber! Wenn die Götter, wie dieser Epikur lehrte, sich um uns nicht kümmern, dann muß ich, der Erste Bürger Roms, ihre Geschäfte in der Welt übernehmen. Sonst wird sie eine Beute des Gesindels und der Sklaven. Du kennst dich ja sattsam aus in den Sitten der Götter. Treibe ich es denn schlimmer als Jupiter? Platon hat es erkannt: ›Jeder von uns möchte Herr womöglich aller Menschen sein, am liebsten Gott.‹ Aber wie sähe die Welt aus, wenn jeder dürfte, wie er will? ›Einer sei Herr‹, sang Homer.«

Er hielt sich mit den Händen die Schläfen.

»Aber sie wollen mich aushöhlen, indem sie mir den Schlaf rauben! Oder weshalb trampeln sie mitten in der Nacht unter meinem Palast vorüber und streiten johlend um die ersten Plätze im Circus Maximus? Wenn ich sie niederhauen lasse, heulen sie! Nicht einmal meinen Pferden gönnen sie Ruhe! Auch die Stallungen muß ich von Prätorianern bewachen lassen, das Futter muß ich selbst prüfen, sogar den Mist berieche ich, damit ich dahinterkomme, wenn sie mir meine Lieblinge versauen und verhexen wollen! Wenn mein Hengst Incitatus siegt, sind die Ränge außer sich. Aber das marmorne Häuschen und die elfenbeinerne Krippe gönnen sie ihm nicht. Hast du gehört, was dieser Schauredner sich zu sagen erdreistete, Sohn des Seneca, mit dessen Kontroversen man uns auf Capreae gequält hat, zugewandert aus Hispanien, wo man sich, wie Catull spottet, die Zähne mit Urin weiß reibt? Ich verunglimpfe, wenn ich meinen unbesiegten Renner zum Konsul vorschlage, nicht nur die römischen Ämter, sondern alles, was in Rom außer mir menschliches Antlitz trage! Incitatus ist ein Kerl, aber der Senat besteht aus Feiglingen, dabei bleibe ich! Ich lasse diesen Annaeus Seneca nur in Ruhe, um zu erfahren, wie weit er es noch treibt!«

Er klatschte in die Hände und rief einen Namen. Ein Sklave trat aus dem Dunkel und reichte ihm einen Krug Wein. Caligula leerte ihn in einem Zug und ließ für Titus nachschenken. »Trink und geh schlafen.« Seine Stimme klang, als ringe er mit Tränen. »Der Schlaf, mein Titus, ist ein liebes, aber sehr scheues Tier. Wie mein Incitatus! Früher half mir der Wein in den Schlaf. Jetzt nicht mehr. Ich fühle mich wie aus bröckelndem Kalk. Ich brauche Flüssiges, das ihn zusammenklebt. Du willst sagen, mein Titus, wir müssen maßhalten, sonst werden wir die Beute des Überdrusses, und dieses einzige Leben, das wir haben, taugt zu nichts mehr. Auch ich habe Anacapreae nicht vergessen. Aber beim Herkules! Wie soll ich maßhalten? Sie lassen mich nicht.«

Er rülpste nach seinem hastigen Trunk.

»Wozu taugt der Schlaf? Ich liebe meine Träume nicht mehr. Bis auf einen: Ich sehe alle Römer, und sie haben nur einen Hals! Ich sehe die ganze Menschheit, und sie besitzt nur ein einziges Haupt! Und ich halte ein Schwert in den Händen und hebe es in die Höhe, um dieses Haupt abzuschlagen. Aber der Schlaf, das scheue Tier, läßt mich nie zu Ende träumen. Jetzt darfst du gehen, mein Titus, oder liegt dir noch etwas am Herzen?«

»Es ist nun aber so«, Titus zauderte, »daß der Erste, wer er auch sei, einen einzigen Hals und ein einziges Haupt hat und die nur sicher sind, wenn jeder sein Auskommen findet.«

»Du bist es nicht allein«, antwortete Caligula,» der mich an mein Amt als Volkstribun erinnert! Morgen werde ich es ausüben.«

Am folgenden Tag ging der Kaiser über die Märkte und streute Geld unter die Leute. Aber die vierschrötigen Germanen, so viele er auch mitnahm, wurden der aufwirbelnden Tumulte nicht Herr. Der Gebäudeflügel, in dem Titus wohnte, blickte über den Tempel der Dioskuren hinab auf das Forum und seine öffentlichen Hallen. Am Nachmittag schwoll der Lärm in der Tiefe weiter an, und Schmerzensschreie gellten auf. Titus drängte sich unter die anderen »Jugendfreunde des Kaisers«, die Sklaven und Wächter, die über die Marmorbalustrade der Arkaden spähten. Die Männer da unten brüllten, die Weiber kreischten, die Halbwüchsigen pfiffen, als wollten sie den Tempel, der zur Eingangshalle des Palatium umgebaut worden war, stürmen. Das Tempeldach verdeckte die Freitreppe, auf der manchmal der Erste zum Volk sprach. »Wir sind verloren!« schrie Aulus Vitellius. »Sie reißen uns in Stücke!« Aber schon wiesen andere auf das benachbarte Dach der Basilika Julia. Aus einem Fenster des Lichtgadens stieg Gajus Caesar Caligula, kenntlich am Purpurgewand und am goldenen Lorbeer, der die schlecht zugekämmte Glatze bekränzte. Zwei Prätorianer schleppten ihm einen halbgefüllten ledernen Sack nach.

Das Getöse ebbte ab. Die Augen der Menge wandten sich dem Kranzgesims der Basilika zu, wo der Kaiser sich zwischen die Feldherrnfiguren gestellt hatte und in den Sack griff. Einzelne Stimmen priesen den Erhabenen, den Besten und Größten Imperator, den Göttlichen und seine Schwestern. Dorthin warf Caligula die ersten Münzen. Das Brüllen und Kreischen schwoll wieder an. Schmerzensschreie übertönten Jubelrufe. Es hatte um Mittag in Strömen geregnet, und die Stadt erhielt Licht aus einem Loch in der abgeregneten Wolkendecke. Der Goldregen glitzerte auf. Caligula trat zurück und ließ die Prätorianer weitermachen. Er krümmte sich wie nach einem unsichtbaren Tritt in den Bauch. Aber es war Gelächter. Kurz darauf erschien er atemlos bei seinen Freunden in den Arkaden. »Seht sie euch an, die Nachfahren des Aeneas, die Erben des Romulus! Sie treten einander auf die Hände und holen die letzte Münze mit den Zähnen aus dem Dreck! Seht, Zertrampelte werden vom Platz getragen! Tote fressen nicht mehr.«

Die Betten der Schwestern

Titus hatte Caligula von einer Tinktur reden hören, die, über lange Zeit den Speisen beigemischt, einem Jüngling allmählich Brüste wachsen ließe und ihn in einen wirklichen Hermaphroditen verwandeln könne. Er überwand seinen Widerwillen gegen Vomitive, die zwischen den Gängen einer Mahlzeit den Magen entleeren halfen, und begann wieder abzumagern. Er gebrauchte sie schließlich so ungehemmt, daß sie seine Gesundheit untergruben. Bald konnte er ärztliche Befunde vorweisen, die ihm erlaubten, den kaiserlichen Orgien ganz fernzubleiben.

Ohnehin hörten sie im Mittsommer jäh auf: Des Kaisers Lieblingsschwester erkrankte schwer. Die Mittel der Ärzte versagten. Auch in Essig zerstoßene Perlen halfen nicht. Drusilla welkte rascher als die Rosen, die sich um die Säulen vor ihren Gemächern wanden. Nach wenigen Tagen war sie tot. Die Gerichte durften nicht tagen, jede Mahlzeit mit Gästen war untersagt, die Bäder und Bibliotheken schlossen, Gelächter in der Öffentlichkeit zog die Todesstrafe nach sich. Caligula schloß sich lange ein und kleidete sich wie ein Witwer. Weinend vertraute er seinen Freunden an, er habe mit Drusilla eine pharaonische Geschwisterehe geführt, ägyptische Isispriester hätten sie in aller Form getraut. Dann reiste er mit sehr kleinem Gefolge nach Sizilien, um sich in dort beheimatete Mysterien einweihen zu lassen.

Zu unbeobachteten Begegnungen mit Agrippina, die sich

Titus erhoffte, kam es dennoch nicht. Die anderen, die da schon waren, hohe Militärs und Senatoren der angesehensten Ränge, hängten sich offener an sie, nicht mehr nur in Arkaden oder auf Parkwegen, sondern sie bestachen die Palastwache und tafelten der Staatstrauer zum Trotz halbe Tage und ganze Nächte in Agrippinas Gemächern. Auch Livilla, die jüngere Schwester, ließ sich den Hof machen. Die kleine Mattbraune mit der farblosen Haut bekam rosige Wangen, wurde gesprächig, blühte auf, als hätte sie die Lebenswärme Drusillas eingesogen. Was Titus nicht selbst beobachtete, erfuhr er durch Harpocrates, der sich mit Köchen, Kämmerern und Schildwachen gut stellte. Mittelpunkt der verdächtigen Geselligkeit war der eigentliche Witwer dieser Trauerzeit, Drusillas gesetzlicher Gatte Marcus Aemilius Lepidus, Präfekt der Prätorianer seit Macros rätselhaftem Freitod. Lepidus, ein unumstritten schöner Mann mit grauem Schläfenhaar, federndem Gang, gewinnendem Lächeln, athletischen Schultern, bezog seine Sicherheit nach Drusillas Tod nur noch aus seinem Waffenrock, der in Rom der gefürchtetste war. Viele rechneten sich aus, wann sich Caligula von ihm alle Geschenke zurückholen würde, mit denen er die Scheinehe abgegolten hatte. Man sah den Kopf des Lepidus wakkeln. Doch der schien einen Ausweg zu wissen.

In purpurgesäumter Toga schritt an seiner Seite neuerdings oft der Senator Valerius Asiaticus. Er hatte bereits einmal das Konsulat bekleidet. Damals war er einer der beiden Konsuln gewesen, denen Caligula nach einem Götteropfer versichert hatte, er fühle sich befugt, ihnen nach Belieben die Köpfe abschlagen zu lassen. Seit längerem trug er keine prächtigen Gewänder mehr, denn gerade die seinen gefielen dem Kaiser. »Ich bitte dich, mein Lieber, mache mir dieses Gewand zum Geschenk!« pflegte ihn Caligula zu begrüßen. Mit Geduld hatte er das städtische Amt des Getreidepräfekten erlangt. Ihm unterstanden die Kornspeicher. Einmal hatte er auf einer Inspektionsfahrt in seiner schweren Amtstracht bei glühender Sonne neben der kaiserlichen Kutsche herlaufen müssen, weil ihm entgangen war, daß Caligula sich einen seiner apulischen Hengste wünschte. Diesem kantigen breitschultrigen Mann mit den wachshäutigen, stets blaurasierten Wangen ging der Sinn für Aufsässigkeit ab; aber in der Kunst des Speichelleckers, seinem Herrn die Wünsche von den Augen abzulesen, hatte er es auch nicht weit gebracht. Angst vor unerwarteten Hieben zog ihm die Schultern nach vorn, eine tiefer als die andere, und auch sein Schritt hatte ohne ersichtlichen Grund etwas Schleppendes, als ob er hinkte. Seit er spürte, daß sein Kopf nicht mehr festsaß, suchte er das Vertrauen des Lepidus, der den seinen, obschon er wackelte, so hoch trug.

Im Kielwasser der beiden fehlte seit einigem nie ein gewisser Ofonius Tigellinus. Anfangs kannte man ihn als zweifelhaften Helden aus der Gesellschaft der Wagenlenker um Caligulas Liebling Eutychus. Den gehässigen Zungen, er wäre der Sohn eines freigelassenen Tänzers und Musikanten, glaubte man nicht gern, aber kaum jemand hielt seinen goldenen Ritterring für echt. Nur die Vitellier, Vater und Sohn, verbürgten sich in schwülstigen Beteuerungen, und das hatte Caligula genügt, ihn zum Präfekten der Nachtwachen und Feuerwehren zu ernennen. Hager und hochgewachsen, der enge Blick von einem Lid halb verhängt, trug er das Haupthaar länger als üblich. Titus hörte, er verberge damit einen Riß im Ohr, Mal einer Rauferei. Harpocrates horchte den Barbier aus und erhielt Bestätigung. Tigellinus überhäufte, wo man die kleine Gesellschaft antraf, Livilla mit Artigkeiten. Fortwährend wandte er ihr sein gelbes Gesicht zu, steckte seine Geiernase an ihr Ohr. Seine schwarzen Augen ließ er dabei wandern, um zu erkunden, wer ihn so vertraut mit des Kaisers Schwester sah. Den Nacken schob er, auch wenn er sich aufrichtete, weit vor. Es war die Haltung, die Titus schon an Sejanus aufgefallen war. Sooft er im Amphitheater Hyänen beobachtete, die man mitunter nach einer Tierhetze durch die Arena rennen ließ, um zu sehen, wie sie ihre Schnauzen in die zerfetzten Raubtierkadaver und in die verbluteten Sträflinge gruben, mußte er an die Mutter und ihren Vergleich denken.

Überraschend und ohne allen Pomp kehrte Caligula aus dem Süden zurück. Die Pärchen stoben auseinander. Titus entdeckte am selben Tag Livilla mit Tigellinus in einem Lusthäuschen des palatinischen Gartens. Er genoß es, zu fragen: »Weißt du nicht, Livilla daß dein Bruder wieder da ist?« Die Meldung half ihm zugleich aus empfindlicher Verlegenheit. Dem Dichter Ovid hatte es lebenslängliche Verbannung eingetragen, etwas zu sehen, was er nicht sehen durfte, und dies unter Augustus, den die Legende bereits als Inbegriff römischer Gerechtigkeit behandelte. Harpocrates, der seinem Herrn Buchrolle und Klappstuhl nachtrug, bekräftigte: »Ja, ja! Er ist schon in der Stadt!« Hastig trennte sich Tigellinus von Livilla.

Caligula blieb wortkarg, übellaunig, in sich gekehrt. Lange hing ihm noch sein spärliches Haar über die Ohren, und erst nach einem Monat ließ er sich rasieren. Alle Morgenempfänge und Gelage sagte er ab. Agrippina ging wieder allein durch die Arkaden. Die Amme trug ihr den kleinen Nero nach. Bei einer Begegnung drückte sie Titus wortlos die Hand, und erst im Weitergehen, schon abgewandt, gab sie seine Finger frei. Aus einiger Entfernung schickte sie die Amme zurück und ließ sie bestellen: »Du sollst meine Herrin heute vor dem Mahl in ihrer Wohnung besuchen. Sie will dir etwas schenken.« Seit sein Haar wieder voll und dicht war, hatten ihm freigeborene Frauen auf unterschiedliche Weise zu verstehen gegeben, daß sie ihn für einen schönen Mann hielten. Er aber, eingedenk, daß die Priester von ihm Reinheit des Lebenswandels erwarteten, gab sich kühl. Desto eher fiel ihm in Gesellschaftsspielen die Rolle der zärtlich gehegten Geisel oder des Opfers verliebter Folterungen zu. Scheu und widerwillig fügte er sich. Die Schäkereien spiegelten zu bitter seine wirkliche Lage wider. Damit reizte er die gelangweilten Mänaden weiter. Ohne Vorwand wurde er eingefangen und abgeküßt wie ein Satyr, und manchmal ruhte sein Kopf an einem Frauenbusen, ohne daß er wußte, wem er gehörte, denn listige Zofen vergaßen nie, ihm die Augen zu verbinden. Ihn selber, dachte er nun, würde Agrippina nicht mit einem Goldstück fortschicken wie seinen Harpocrates, den er einmal mit einer Rolle voller elegischer Verse zu ihr geschickt hatte.

Merkwürdig fand er, daß im Vorraum Helikon, Caligulas Oberkämmerer, mit einer Zofe schäkerte. Statt zu fragen, was er hier suche, zogen sie sich wispernd in ein Seitengelaß zurück. Eine andere Zofe war nicht zu sehen; so wagte sich Titus auf Zehenspitzen weiter. Das Empfangszimmer fand er leer. Noch ehe er auf dem Mosaik des Fußbodens Agrippinas Kleider liegen sah, hörte er ihre Stimme. Er lauschte an dem Vorhang ihres Schlafgemachs.

»Nimm nicht, mein Gajus, was uns widerfuhr«, sagte sie, »zum Anlaß, alles Menschliche zum Gespött zu machen!«

Caligula antwortete: »Ich habe nur euch, meine Schwestern, mein eigen Fleisch und Blut! Nur ihr seid wert, zu leben. Rom mag untergehen! Sollen es die Germanen plündern, sollen die Juden von Alexandria es kaufen! Nur nicht gleich, ein Weilchen will ich noch mit der Ewigen Stadt spielen.«

»Du bist kein dummer, übermütiger Junge mehr, Gajus! Die Herrschaft über Rom ist kein Spielzeug! So wie du es getrieben hast, kannst du sie über Nacht verlieren. Laß dir Drusillas Tod eine Mahnung sein! Mit dir stürzen auch wir!«

»Ich weiß, Schwester, daß viele mir an die Gurgel wollen. Aber du sagst es selbst: Um mich sind noch mehr, die wissen, daß es auch ihnen schlecht gehen würde, wenn sie mich nicht schützten. Eure Todesangst ist meine beste Leibwache.«

»Geh nach Germanien, Gajus! Du hast es versprochen. Die Legionen erwarten dich. Züchtige die Fürsten der nördlichen Wälder, überschreite den Rhein, räche die gemarterten Römer! Man wird dich wieder lieben wie am Anfang. Der Senat gewährt dir einen Triumph, und du wirst den Kummer um Drusilla verwinden.«

»Was soll ich am Rhein? Leichter können meine Feinde Rom

nicht in die Hand bekommen! Nein, Agrippina, rate mir das nicht! Willst etwa auch du mich los sein? Komm, laß mich nicht länger zappeln, sei mir gut wie früher! Du bist besser als Drusilla.«

Etwas fiel zu Boden. Caligula keuchte. Ein stummer Kampf zwischen Kissen.

»Hör auf, Gajus! Du wolltest mich nackt sehen, bitte! Aber damit fange ich nicht wieder an! Ich bin Mutter, nimm Rücksicht auf die Ehre deines kleinen Neffen Nero! Meinetwegen laß dem Ahenobarbus immer ein Tröpfchen Gift ins Essen mischen, er bedeutet mir nichts. Aber verschone mich! – Nein! – Du sollst nicht, nein!«

»Und doch krieg ich dich wieder, du ranzige Katze, warte! Hab dich nicht wie eine Jungfrau!«

Agrippina lachte glucksend. »Ich kann mich nicht erinnern, daß ich jemals Jungfrau war.« Doch dann wieder schroffer: »Laß mich!«

»Livilla hat gestern nicht die Lucretia gespielt. Aber du...«

Ein Tischchen wurde gegen den Vorhang geschleudert. Caligula, der ihm wohl auswich, fiel mit dem Rücken in eine Falte. Der Vorhang riß die Stange mit herunter. Caligula starrte Titus an.

Er stand auf, packte Agrippina, die auf dem Bett lag, beim Handgelenk und zeigte auf Titus: »Der kleine Strammsteher ist dir wohl lieber? Ich kann es dir nicht verdenken.« Hastig riß er Titus die Tunika herunter und griff ihm wie ein Kinäde zwischen die Schenkel. »Also los! Dann eben ihr! Ihr beide, los! Ich will euch zuschauen. Macht schon, ich will was sehen!«

Er hatte sein Mündel aufs Bett geschleudert. Agrippina bedeckte sich nicht. Sie stützte sich auf den Ellenbogen. Ihr Blick traf Titus neugierig, lauernd. Ihm war, als schiele sie leicht; auch die Fältchen traten wieder in ihre Stirn. Dann lief sie hinaus.

»Schlappschwanz!« höhnte Caligula. »Komm, ins Bad!«

Durch die Dampfwolken sagte er: »Ich war sicher, du

würdest versagen. Wußtest du, was ich mit meinen Schwestern mache?«

»Ich wollte es nicht glauben. Ich dachte, du prahlst.«

Ohne Trauer schwatzte Caligula von Drusilla. »Mit dieser Göttin hat unsere Großmutter Antonia mich schon erwischt, als wir noch klein waren. Auch die anderen beiden habe ich zur Frau gemacht. Allen gilt eine Jungfrau als begehrenswert. Du hattest noch keine? Albern. Du kannst ohnehin keine Jungfrau vögeln. Bist du drin, ist sie keine Jungfrau mehr. Aber die Schwestern, der Reiz des Verbotenen. Nicht zu unterschätzen. Sagte nicht jener Epikureer in Anacapreae, die höchste Lust ergebe sich aus einer leisen Beimischung von Schmerz? Schau, alle Weiber der Welt kann ich haben, jede, die mir über den Weg läuft, sofort, ich brauche nicht einmal zu fragen. Denkst du, das ist auf die Dauer vergnüglich? Du darfst wenigstens warten, bis ich dir eine Abreibung zuteile. Meine Schwestern und ich, mußt du wissen, sind sehr sittenstreng erzogen worden, als mein Vater noch lebte, und als er gestorben war, versuchte ihn unsere Mutter zu überbieten. Die innere Stimme, das dürfe man nicht, ist der feine Stachel, der mich zum höchsten Genuß des Weibes treibt. Auch meine Schwestern kommen nie davon los. Agrippina war heute schlecht aufgelegt.« Er sann nach, rieb sich die Schultern, zerblies Dampfwolken. »Überhaupt! Seit sie einen Sohn hat, nimmt sie Rom so wichtig.« Er stieg aus dem Becken, ließ sich in Tücher wickeln, als spräche er nicht mehr mit seinem Mündel.

Am Abend schlich sich Titus ungerufen in Agrippinas Wohnung. Ihr Blick hatte ihn den ganzen Tag verfolgt. Ohne sein Versagen wäre sie vielleicht nicht abgeneigt gewesen.

Im Vorraum würfelten Prätorianer. »Du kannst hier nicht durch!«

Er nannte seinen Namen. Die Herrin habe ihn rufen lassen.

Sie grinsten ungläubig. »Doch nicht jetzt! Und wenn du der Kaiser wärest, wir ließen dich nicht durch.«

»Wer ist bei ihr?«

Einer schüttelte den Lederbecher. »Rate mal!«

Der Kopf einer Zofe erschien im Vorhang. »Lärmt nicht so!«

»Was ist denn?« Mit aufgelöstem Haar sah ihr Agrippina über die Schulter. »Ach du. Laßt ihn.« Sie winkte ihn näher.

In ihrem Gemach kleidete sich ohne Eile der Prätorianerpräfekt Marcus Aemilius Lepidus an.

Der Unglücksrabe

Ermutigt durch einen älteren Priester, der seine Lage verstand, verlangte Titus Petronius wegen seiner Volljährigkeit eine Befragung der Sibyllinischen Bücher. Sie lief günstig aus. »So sei es denn«, entschied Caligula mit gespreizten Mundwinkeln. »Die Priester werden fortan deine Familie sein, wenn es die Götter wollen.«

Einen Tag nach den Iden des März, zum Fest der Liberalia, das dem Weingott Bacchus und seiner Schwester und der Getreidegöttin Ceres geweiht war, am Todestag des Kaisers Tiberius, der unter die Glückstage gezählt wurde, legte Titus mit anderen, viel jüngeren »Jugendfreunden des Kaisers« seine Bulla ab und weihte sie den Laren seines Vormunds, vertauschte die Knabentoga mit der Männertoga, zog mit den Familien der anderen aufs Capitol, zahlte während des Opfers vor dem Tempel der Jugend eine Münze und ließ sich in die Bürgerliste von Rom eintragen.

Als Oberster Priester bestand Kaiser Gajus jedoch darauf, daß Petronius am selben Tag ein Opfer vor dem Tempel des Merkur vollzog, um zu zeigen, was er gelernt hatte. Das Priesterkollegium sollte entscheiden, ob er sich für den Priesterstand eignete.

Während die anderen jungen Männer zum Festmahl gingen, hatte Titus sich gründlich zu waschen und einen mit Frühlingsblumen bekränzten Jungstier in Empfang zu nehmen und zum Rundtempel des Merkur zu führen. Der Tempel stand, von einem Ring alter Zypressen umschlossen, am Fuß des Hügels Aventin, der Längsseite des Circus Maximus gegenüber, in dem eine grummelnde Menge auf die Wagenrennen anläßlich der Liberalia wartete. Mit betäubenden Kräutern gefüttert, widersetzte der Stier sich nicht. Der Sonnenglanz seiner vergoldeten Hörner lockte Schaulustige herbei. Einer der Priester rief sie, vor dem Altar angelangt, auf, ihre Zungen zu zügeln. Die Opferdiener beschworen unreine Geister, sich zu entfernen. Zum hymnischen Singsang seiner künftigen Kollegen richtete Petronius das vorgeschriebene Gebet an den Gott seiner Familie, seinen Ahnherrn. Da er nicht aufhörte, daran zu denken, daß diese Worte nie in jene Zwischenwelt und ans Ohr der Gottheit dringen würden, so wie seine Abstammung von ihm nichts als eine erbauliche Einbildung war, stockte er einmal. Strenggenommen wurde dadurch die Opferhandlung ungültig.

Aber niemand schien es zu bemerken. Ungestört ließ man ihn weitersingen. Nun schüttete er Quellwasser und Wein, Opferschrot und Weihrauch über den Kopf des Stierchens, dessen traurigen Blick die Blumengebinde verhängten, kostete selbst den Wein und gab davon den Umstehenden zu trinken, schnitt von der Stirn des Opfertieres die längsten Haare und warf sie in die Altarflamme, die mit dürrem Holz, Harz und Schwefelkörnern zum Lohen gebracht wurde. Dann fuhr er mit dem Opfermesser durch die Luft vom Kopf bis zum Schwanz und verkündete, es sei geweiht. Ein Opferdiener fragte feierlich: »Soll ich es tun?« Petronius antwortete: »Tu es!«

Als das Opferbeil gegen die Stirn des Stierchens schlug, als der zweite Opferdiener das Messer durch die weiße Kehle gleiten ließ und der Blutstrahl in die Bronzeschale schoß, dachte Titus: Unschuldiges Kalb! Wenn es doch den da träfe, den Unhold, der seinen ausgehöhlten, brüchigen Schädel mit dem Gewand des Pontifex Maximus verhüllt und nicht einmal an sich selbst glaubt!

Caligula war mit einer Verspätung, als hätte ihn Neugier doch noch von anderer Beschäftigung fortgelockt, zum Opfer erschienen.

Während die Eingeweide kochten, verbrannten aus Weizenmehl, Öl und Honig gebackene Fladen in der Altarflamme. Prüfend schaute der Oberste Priester in die Töpfe. Er brach das heilige Schweigen: »Was ist das? Die Leber zerkocht ja völlig! Habt ihr, ehrwürdige Priester, bevor ich kam, etwas Unheiliges bemerkt? Der Gott nimmt das Opfer nicht an!«

Die Priester schwiegen.

»Ist Merkur nicht auch der Gott der Prahler und Maulhelden?« fragte Caligula. »Mein lieber Titus! Ich sehe mich gezwungen, die Frage, ob du volljährig in die Familie der Priester eintreten darfst, einer Vogelschau anheimzustellen. Waren deine Voreltern nicht Etrusker? Dieses Volk schenkte einst den Römern die kundigsten Vogelschauer. Du wirst dich solch einer Entscheidung sicher nicht widersetzen.«

Der Augur war schnell herbeigerufen. Das Opfermahl wurde abgesagt. Man zog hinauf auf den Aventin, zu einem freien Platz, der den Blick nach Süden in die latinische Ebene öffnete. Aus vier Spießen und einem Purpurtuch wurde ein Zeltdach errichtet, unter das der Augur sich setzte. Nicht lange, und er sah von Westen her, also von rechts, einen Falken über den Himmel fliegen. Das bedeutete Unglück. Doch der Falke jagte einen Raben.

Titus, erregt und von der Frühlingsschwüle erhitzt, widersprach: Der Rabe käme also auch von rechts, und bei diesem Vogel bedeute das Günstiges. »Was redest du dazwischen!« zischte Caligula, ehe der Augur zu Wort kam. »Hörst du den Raben nicht krächzen? Der krächzende Ruf des Raben gehört, wie du wissen solltest, zu den ungünstigen Zeichen, die also überwiegen.«

»Aber der Unglücksrabe krächzt, weil ihn der Falke verfolgt!«

Niemand achtete mehr auf Titus. Der Augur ließ von einem Gitter, das ihm nachgetragen worden war, die Tücher entfernen und warf Körner zwischen die aufgackernden Hühner. Sie fraßen nichts.

Caligula gab bekannt, alles sei ungültig. Titus mußte, ins Palatium zurückgekehrt, die Männertoga zurückgeben und sich die Bulla wieder umhängen lassen. Von der Bürgerliste wurde sein Name gestrichen.

Stirb endlich, Gladiator!

Gajus Caesar reiste an den Rhein, um gegen die Germanen Krieg zu führen. Lange ließ er die Römer in Ruhe. Die Konsuln versuchten wieder zu regieren. Der Senat faßte Beschlüsse und erließ Gesetze. Die Gerichte tagten. Die Opferaltäre rauchten. Die Märkte wimmelten. An den Ersten erinnerten nur seine überlebensgroßen Standbilder. Traf eine Siegesmeldung ein, schüttelten Veteranen, von Söhnen und Enkeln ausgefragt, die Köpfe und schwiegen.

Wenn Titus Petronius sich später an die Zeit des Caligula erinnerte, waren ihm die grotesken Saturnalien des Grauens, die der Kaiser in seiner Hauptstadt gefeiert hatte, grell gegenwärtig. Die ruhigen Monate seiner Abwesenheit verschwammen in Nebel. Nur Agrippina, die ihm von Zeit zu Zeit zu spüren gab, daß sie ihn begehrte, ohne sich Erfüllung zu gönnen, behielt er in lichter Erinnerung.

Er war ein eifriger, kundiger und daher geschätzter Teilnehmer ihrer Abendunterhaltungen geworden, die sich um Kunst und Bildung bewegten, aber nicht selten Belange des Reiches streiften. Sie zog ihn ins Vertrauen und machte ihn zum Zeugen ihrer Heimlichkeiten mit Aemilius Lepidus. Das konnte bedeuten: Der ist dir im Weg, weil ich ihn wichtiger finde. Manchmal schien ihm aber auch, sie ersetzte sich die Erfüllung, indem sie sich daran weidete, daß er schmachtete. Als Ahenobarbus starb, hätte sie Lepidus, Drusillas Witwer, heiraten können. Sie dachte nicht daran. Der Schönling ging auch zu anderen Frauen, darunter Livilla.

Daß eine Verschwörung sich anbahnte, blieb Titus lange

verborgen. Verdacht schöpfte er, als auch der Redner und Philosoph Annaeus Seneca in Agrippinas Kreis verkehrte. Seneca, ein blutvoller, zur Fülle neigender Mann aus Corduba in Hispanien, dessen Haar sich schon lichtete, obwohl er gerade in seine besten Jahre kam, sonnte sich noch im Gelehrtenruhm seines Vaters, des gesuchten Rhetorikers und Verfassers der »Kontroversen«, hatte aber auch selbst schon einige Prozesse gewonnen. Er kannte sich aus in den Gerichtshallen. Unter Tiberius war er Prätor geworden; unter Caligula verzichtete er darauf, sich um ein Amt zu bewerben. Sogar mit Klagen gegen die Staatskasse war er schon durchgekommen, wo sie Nachlässe beschlagnahmte, weil der Erblasser dem Kaiser nichts vermacht hatte. Zwar standen am Ende Kompromisse – die Erben erhielten ihren Teil, wenn sie die Säumigkeit des Verstorbenen durch eine großzügige Spende an den Fiskus wiedergutmachten –, aber die Raffgier der kaiserlichen Finanzbeamten stieß an Grenzen.

»Ich bin ein aufrechter Römer«, gab Seneca, geschmeichelt durch beifällige Begrüßung bei Agrippina, bekannt. »Ich finde es löblich, wenn gewisse Gesetze einen Teil der großen Vermögen in die Staatskasse ableiten, und das, obwohl ich selbst nicht gerade arm zu nennen bin. Was der Staatskasse zufließt, könnte dem Wohl aller dienen, befände sie sich nicht in den Händen von Versagern.«

»Das Grundübel scheint mir«, bestätigte der Getreidepräfekt Valerius Asiaticus, »daß die Kasse des Kaisers noch immer nicht von der Staatskasse getrennt worden ist. Caligula kann mit unseren Geldern machen, was er will. Er ist ein Faß ohne Boden. Sonst hätte er nicht jene Versteigerung palatinischen Besitzes veranstaltet, bei der ein Geschäftsmann, als er einnickte, unversehens einen Trupp abgetakelter Gladiatoren erwarb! Er schickt uns Rechnungen über Schiffe, mit denen er nach Britannien übersetzen will. Wir haben aber Nachricht, daß er im Heerlager nur Besäufnisse feiert. Er schickt uns gefangene Germanen, aber die Germanen der Palastwache verstehen ihr Kauderwelsch nicht, und es stellt sich heraus, es sind Sklaven aus den verschiedensten Provinzen mit künstlich gebleichten Haaren!«

Der Gardepräfekt Aemilius Lepidus nickte. »Ich finde, Rom bewahrt Ruhe und Ordnung auch ohne den Ersten.«

So ging es an mehreren Abenden. Man wurde sich nur nicht einig, ob man Caligula, während er am Rhein lag, einfach absetzen oder auf seine Rückkehr warten sollte, um ihn zu ermorden.

Titus, anfangs geduldet, weil sich jeder seine Wut auf den Vormund ausmalte, erhielt bald Aufgaben als Meldegänger. Auch die Listen seines Sklaven Harpocrates wußte der Kreis zu schätzen. Agrippina versprach ihm: »Für deine Dienste sollst du, sobald das Ungeheuer gestürzt ist, dein ganzes Vermögen wiederbekommen.« Sie vertraute ihm aber an, daß sie die Verschwörer noch hinhielt wie andere zuvor, weil sie ihnen nichts zutraute. »Auch sie sind Fässer ohne Boden! Sie sind verschuldet, das ist ihr ganzer Unmut. Bei der nächsten Gelegenheit lassen sie sich kaufen. Seneca ist die Ausnahme. Aber gerade er will lieber vermitteln als zuschlagen.« Ein andermal verriet sie ihm, daß niemand anders als sie am Abend seines Bartfestes die Schergen nach der Durchsuchung seines Zimmers zu sich gerufen und ihnen, eigentlich auf Schlüpfriges aus, das »Lied von der entschwundenen Lockenpracht« abgekauft hatte, um es unter die Leute zu bringen. »Leider«, beklagte sie sich, »ist das Volk feige und vergeßlich und auch ein Faß ohne Boden.«

Livilla war gegen die Ermordung ihres Bruders. Sie warb dafür, ihn nur abzusetzen, und erklärte sich bereit, mit ihm in die Verbannung zu gehen. Tigellinus verzog spöttisch das Gesicht. »Ich komme mit.«

»Absetzung in Abwesenheit bedeutet Bürgerkrieg!« entschied Lepidus, den Agrippina als Haupt der Verschwörung behandelte. »Ich wette, mit unserem Geld wirft er seine Truppen gegen Rom. Zu gern wäre Gajus Caesar einmal ein Caesarlein! Wenn wir ihn aber herlocken, wird nur sein Blut fließen.«

»Wenn er nicht noch so jung wäre!« stöhnte Valerius

Asiaticus. »Man sollte nur alte Männer als Herrscher zulassen. Die hat man nicht so lange am Hals.«

»Tiberius, so alt er war, hatten wir lange genug am Hals«, bemerkte Seneca.

»So oder so: Wir müßten dem Volk einen neuen Kaiser empfehlen«, gab Agrippina zu bedenken. »Und das schleunigst.«

»Ich würde meine Prätorianer schon überzeugen«, sagte Lepidus. Er rieb den Zeigefinger am Daumen. »Wen sie ausrufen, der ist es.«

»Du verteilst schon die Rollen«, sagte Livilla. »Du siehst am liebsten dich selbst als Imperator. Aber das gibt es nicht.«

Tigellinus pflichtete ihr bei.

»Der Erste«, entschied Agrippina, »hat ein Verwandter des Göttlichen Augustus zu sein. Einen Verwandten seines Feindes würde das Volk niemals anerkennen.« Sie spielte auf jenen Lepidus an, der mit Octavianus Augustus und Marcus Antonius zeitweilig ein Triumvirat gebildet hatte.

»Wer käme da noch in Frage?« erkundigte sich Lepidus kühl. »Eine Frau werden die Römer wohl nicht über sich dulden.«

»Claudius, der Familientrottel!« platzte Tigellinus heraus in demselben Ton, in dem Caligula seinen Onkel zu hänseln pflegte.

»Alt genug wäre er«, brümmelte Seneca.

»Der nächste Kaiser könnte längst regieren«, sagte Agrippina, unberührt von den Frechheiten, aber mit Leidenschaft, »wenn ich, des Augustus älteste Urenkelin, ihn wüßte.«

»Dein Sohn Nero vielleicht?« fragte Livilla hämisch. »Er kann gerade laufen dank der beiden Ammen, die du für ihn unterhältst, der weiblichen und der männlichen.«

Titus Petronius errötete. Sie meinte ihn. Er fand Spaß daran, wenn er sich in Agrippinas Gemächern aufhielt oder ihr auf Spaziergängen folgte, dem kleinen rotblonden Lucius Domitius bei den ersten Gehversuchen behilflich zu sein. Es hatte lange gedauert, bis das Rollgestell, an dem das Kind sich festhielt, wegfallen konnte. Die Amme hielt den Jungen, Titus kauerte sich in kleiner Entfernung auf den Weg und breitete die Arme aus. Der Wicht setzte mit strahlenden Augen die Beine voreinander. Immer seltener kam er ins Torkeln. Titus schenkte dem Kleinen Spielsachen, wie er sie selbst gemocht hatte, bevor er zu Büchern übergewechselt war: einen wollenen Ball, Tonfiguren, besonders Reiter, Ochsengespanne aus Holz, eine zierliche Kelterpresse, einen Kornspeicher, Fischerboote mit Tonmännchen und winzigen Netzen. Das Geld dafür lieh ihm Harpocrates.

»Ein gesunder Römer«, fügte Livilla an, »lernt mit spätestens elf Monaten laufen, nicht erst mit anderthalb Jahren!«

»Ich denke«, meldete sich Valerius Asiaticus, »wir brauchen gar keinen Ersten. Caligula ist fort – niemals verlief die Getreideversorgung so glatt. Die Speicher sind immer voll. Auch sonst läuft alles. Hat nicht Augustus seine Maßnahmen damit gerechtfertigt, die alten Freiheiten wiederherzustellen? Ist nicht Tiberius einzig von seiner Mutter Livia davon abgehalten worden, die Republik wieder sich selbst zu überlassen? Ich finde, die Zeit ist gekommen. Rom lege den Kaiser ab wie ein Paar Stiefelchen, die nicht mehr passen.«

»Du irrst«, rief Agrippina. »Auch das wäre Bürgerkrieg!«

»Sie hat recht«, sagte der schöne Lepidus. »Die Einmütigkeit des Senats täuscht. Sie ist das Werk des Ersten. Unter der Kruste ist er gespalten. Wie vielleicht auch wir! Welcher Senator weiß noch, wozu er im ehrwürdigen Haus der Kurie sitzt? Sie haben nichts gelernt, als dem zuzustimmen, was dem Kaiser behagt, und abzulehnen, was ihm mißfällt. Die meisten würden ohne ihn wie vor Augustus den Purpursaum an ihrer Toga zu nichts anderem verwenden, als sich rücksichtslos die Truhen zu füllen. Daß sich das Geld des Ersten und das des Staates in einer Kasse befinden, hat nämlich auch seinen Segen: Was die Senatoren dem Staat an Einkünften vorenthalten, kann ihnen der Kaiser durch geeignete Maßnahmen jederzeit wieder abknöpfen, und wären es Majestätsprozesse!«

»Du würdest dir nicht die Taschen füllen, nicht wahr?« fragte Annaeus Seneca, einen anerkennenden Blick Agrippinas erhaschend.

So ging es in den Sommer hinein. Der Kreis wuchs; jeder brachte neue Parteigänger für seinen Plan mit. Längst ließ sich die Zahl der Sklaven, die ihre Verschwiegenheit immer teurer verkauften, kaum noch überblicken, und die Täfelung der Gemächer wurde nicht mehr regelmäßig überprüft. Seit seiner unmißverständlichen Abfuhr drängte Lepidus auf die Absetzung des Kaisers und mahnte, durch Geheimboten sei er von dessen baldiger Rückkehr unterrichtet. Ihr gälte es zuvorzukommen. Valerius Asiaticus kam seltener; er entschuldigte sich mit seinen Pflichten als Getreidepräfekt. Tigellinus blieb ganz weg. »Er hat die Nachtwachen und Feuerwehren unter sich«, sagte Livilla. »Im Sommer brennt es häufiger.«

Unter den Freigelassenen, die Caligula mit palatinischen Ämtern betraut hatte, warf Callistus, von den Kämmerern der für das Bettzeug Verantwortliche, ein Auge auf Titus. Er wies sich mit einem Geheimsiegel als Vertrauter des Valerius Asiaticus aus und sprach manchmal einvernehmlich mit Agrippina. Gebildet und wendig, wußte er Titus in kleine Unterhaltungen auf der Treppe zu ziehen und ihn bei seinem Sinn für das Angenehme zu packen. »Armer Gajus«, seufzte er listig, »in seiner Sucht, den Senat zu schikanieren, übersieht er, woher ihm wirklich Gefahr droht. Von der Garde, die ihn beschützt!« Er sprach hastig und zwinkernd und kratzte sich mit langen Nägeln im schwarzen Kraushaar. »Wenn Lepidus dein Geld in die Fänge bekommt, wirft er es unter seine Prätorianer, und du siehst keinen Silberling mehr davon! Halte dich fern von dem, laß dich da nicht hineinziehen! Ich finde auch, der Verrückte muß weg. Aber die Zeit ist noch nicht reif. Es ist besser zu warten, bis der Senat sich regt, sagt der Senator Valerius Asiaticus!«

Es war zu spät. An einem der folgenden Abende entstand Waffenlärm auf den Fluren und drang rasch ins Vorzimmer. Die germanische Palastwache machte die Prätorianer nieder, die Lepidus immer mitbrachte. Ihr Tribun Cassius Chaerea stürmte herein. »Liegenbleiben! Ihr seid alle verhaftet! Marcus Aemilius Lepidus, mitkommen! Der Rest wartet.«

Sie holten einen nach dem anderen aus Agrippinas Wohnung, auch die Schwestern des Kaisers, so lautstark sie sich empörten. Titus war unter den letzten. Callistus hatte einmal hereingeschaut und wortlos mit den Schultern gezuckt. Der Morgen graute, als man ihn übers Forum zum Kerker führte. Eine staunende, fluchende, drohende Menge war zusammengelaufen. Man pries den Kaiser, verdammte die Verräter. Aus dem Gefängnistor rannte ein Entlassener und zeigte in der Gasse, die sich vor ihm bildete, seine Striemen und Zangenmale. Mit sich überschlagender Stimme brüllte er: »Ja, es hat weh getan, ja, es waren meine Schreie, Bürger! Mit dieser Sache hatte ich nichts zu tun, das schwöre ich, so wahr ich den Gajus und seine Schwestern mehr liebe als mich selbst. Aber ich hatte eine Lektion nötig. Und mancher unter euch hat sie nötiger als ich!«

Zuerst dachte Titus, die Schergen hätten den Gefolterten zu solchen Worten gezwungen, um die Leute einzuschüchtern. Aber sie liefen ihm nach, zogen die Klingen und herrschten ihn an: »Halt dein Maul! Bei des Gajus Schwestern wird nicht mehr geschworen!« Und sie stritten entschieden ab, daß dieser Bürger gequält worden sei.

Titus fiel in ein birnenförmiges Verlies zwischen Unbekannte. Oben knallte das Gitter auf die kleine Öffnung. Es stank nach faulem Stroh, Urin, Kot, nassem Gemäuer. Gab es von hier aus einen Schacht zum Orkus? Er wollte stehen, aber seine Knie schmerzten vor Angst und Schwäche und knickten ein. Er zitterte und röchelte. Seltsam: Er fühlte sich schuldig. Der Scherge, der ihn mehr beschimpft als verhört hatte, immer zwei Prügelknechte zur Seite, nannte ihn einen Dieb, und er wußte augenblicklich nicht mehr, was ihm auf der Welt gehörte und wovon er bislang gelebt hatte. Der Scherge nannte ihn schwul. Hatte er sich nicht doch manchmal von einem zartgliedrigen Knaben mit verhängtem Blick streicheln lassen bis zum Erguß? Der Scherge nannte ihn gottlos. Hatte er nicht während des mißlungenen Opfers Unheiliges gedacht? Der Scherge brüllte ihn an: »Du Scheißhaufen!« Die Prügelknechte behandelten ihn zaghaft, weil er sich wirklich beschmutzt hatte.

Die Unbekannten schubsten ihn hin und her. Jedem nahm er ein wenig Platz weg. Aber es fiel immer noch einer in den Menschenhaufen des Verlieses. Oben Gebrüll und Gekreisch in den widerhallenden Gängen und Gewölben. Dann ein kaum noch menschlicher Schrei. Niemand hatte all die Stunden ein Wort gesprochen. Doch jetzt sagte einer, der herunterfiel, ungefragt, als könnte er ohne Mitwisser nicht weiterleben: »Ich habe zusehen müssen. Der Henker hat ein Mädchen geschändet, weil das Gesetz es verbietet, eine Jungfrau hinzurichten.«

»Das Gesetz«, antwortete Titus grimmig, »verbietet es, freigeborene römische Bürger auch nur zu mißhandeln!«

Es gab Menschen, die in diesem Totenkessel noch lachen konnten. »Für Folterknechte gibt es weder freigeborene Bürger noch Gesetz!«

Eine Winde quietschte; im Fackelgeflacker kam ein Seil mit einem Holz herunter. »Titus Petronius soll sich dranhängen!«

Seine Arme hielten ihn. Man zog ihn heraus und stellte ihn auf die Beine. Callistus sagte: »Er ist es!« Sie führten ihn in ein Gewölbe, das einen schmalen Streifen Tageslicht erhielt.

»Nenne alle Namen!« forderte Callistus.

»Ich kenne keine Namen«, antwortete Titus. »Ich war nur dabei, wenn es um Kunst und Bildung ging.«

»Aber Gesichter wirst du erkennen!«

Sie wuschen ihn in einem Zuber, streiften ihm eine saubere Tunika über, zerrten ihn durch einen Kellergang vor ein langes Gitter.

»Du kriegst hundert Hiebe«, sagte Callistus. »Für jedes Gesicht, das du erkennst, wird dir einer abgezogen. Es ist dein Glück, daß ich bei Agrippina nicht zugelassen war, sonst könnte ich das selber erledigen. Ziere dich nicht! Du hast die Möglichkeit, Unschuldigen zur Freiheit zu verhelfen.«

»Warum kommt Valerius Asiaticus nicht her?« fragte Titus. »Der wüßte auch Namen.«

Callistus hüstelte verlegen und schielte nach rechts und links zu den Prügelknechten. »Dem stinkt es hier zu sehr. Und ich sagte dir schon: Ich verzichte auf Namen!« Er zwinkerte heftig.

Titus begann zu verstehen: Die nächste Verschwörung suchte aus den Trümmern der Gescheiterten ihre Leute zusammen.

An Haaren und Ohren führten sie ihm Leute zu. Es waren Fremde. Er schüttelte den Kopf. Er bemühte sich, besser zu durchschauen, was gespielt wurde, um sich auszurechnen, was ihm blühte, wenn er log. Noch kein einziger Hieb war ihm erlassen. Mochten sie ihn totschlagen!

Da führten sie den schönen Aemilius Lepidus durch den Gang. Ihn haßte er für jede Nacht, die er in Agrippinas Bett gelegen hatte. »Der war dabei!«

»Versuche nicht, mich zu foppen!« drohte Callistus. »Das wissen wir! Die Römer warten auf seinen Kopf.«

»Aber der da«, fistelte Titus und zeigte hinter den Henker, »der da mit den Schreibtäfelchen unterm Arm war selber auch dabei!« Neben Cassius Chaerea schritt, an seinem Ohr flüsternd, der hagere, gelbhäutige Tigellinus mit dem halb verhängten Auge, den Kopf hyänenhaft vorgeschoben.

»Danke!« sagte Callistus und trat hastig dem Tribun in den Weg: »Einen Augenblick! Du wolltest mir, einem Freigelassenen, nicht glauben! Hier hast du einen freigeborenen Zeugen, einen Liebling des Gajus. Er sagt, daß Tigellinus dabei war.«

Cassius Chaerea, untersetzt, vierschrötig, blickte mit rotem, stumpfnäsigem Gesicht zu dem Verdächtigten auf. »Das ist nun peinlich für dich. Auf die Aussage des Hauptangeklagten pfeife ich, und was ich von den Worten der kaiserlichen Schwestern halte, sei dahingestellt. Aber der da – ich erkenne ihn. Ich muß dich festnehmen!« Der Präfekt der Nachtwachen und Feuerwehren wurde abgeführt. Zwei schwarze Pfeile aus seinen Augen hatten Titus getroffen.

Er bekam eine saubere Zelle. »Vielleicht hast du Glück«, sagte Callistus. »Der allein ist die hundert Hiebe wert. Morgen kommt Gajus zurück. Nur wir wußten es.«

Draußen brandete der Jubel der Schaulustigen, denen der Henker das Haupt des Aemilius Lepidus zeigte.

Caligula kehrte aus Germanien zurück. Der Senat hatte ihm eine Ovation zuerkannt, seinen Antrag auf einen Triumph aber verworfen. »Wer hätte gedacht«, sagte der Wächter, der Titus beim Essen zusah, »daß der Senat sich das traut. Aber die geplatzte Verschwörung der Garde mit des Kaisers Schwestern macht ihn stark.«

Caligula feierte seine Rückkehr mit einer Hochzeit. Diesmal heiratete er die dicke Caesonia, Tochter des Caesonius Priscus, der unter Tiberius das Amt für Vergnügungen innegehabt hatte. Mit ihr besuchte er alle Gefangenen. Mit den Überführten, die nicht sofort gerichtet worden waren, verfuhr er überraschend gnädig, befanden sich doch seine beiden Schwestern unter ihnen. Dem Todesurteil gegen Lepidus folgten nur wenige. Andere, die schon vollstreckt waren, wurden öffentlich bedauert. Agrippina und Livilla mußten in die Verbannung auf die Pontinischen Inseln gehen, Tigellinus verschwand in unbekannter Richtung. Seneca, angeklagt wegen unerlaubter Beziehungen zu Livilla, erwartete die Verbannung nach Korsika. Valerius Asiaticus blieb im Amt. Die meisten Eingekerkerten kamen frei. Titus war unter den ersten.

Ohne Agrippina verödete der Palatin. Ihr Sohn lebte auf dem Lande bei einer Tante. Titus wollte ihn besuchen, aber niemand durfte zu dem Kind, dem jüngsten männlichen Nachkommen des Augustus. Titus suchte sich wieder ruhige Plätzchen in den palatinischen Gärten und ließ sich von Harpocrates, der, von anderen Sklaven versteckt gehalten, sehr um ihn gebangt hatte, Buchrollen und Klappstuhl tragen.

Bei den Morgenempfängen stand Caligula stumm, blaß und steif auf dem kleinen, mit kostbarem Tuch verkleideten Podest und ließ sich seinen vergoldeten, mit Perlen besetzten Fuß küssen. Angehörige des Senats wurden abgewiesen. Wer dennoch darauf bestand, vorgelassen zu werden, hatte sich wie ein persischer Untertan auf den Boden zu werfen. Wer, obwohl zugelassen, fortblieb, wurde nicht behelligt. Titus machte fast täglich Gebrauch davon, nicht weil er den Fuß hätte küssen müssen, sondern weil er wie Tänzer, Dichterlinge, Schmierensänger und Wagenlenker des Freundschaftskusses gewürdigt wurde. Caligula wollte mit Rom und den Römern nichts mehr zu tun haben. Sogar seine Lust an Schikanen erlosch. Was eingeschliffen war, blieb. Wer ihm nicht mehr unter die Augen kam, wurde vergessen.

An einem grauen zugigen Januartag saß er schon frühmorgens im Theater. Sein Gefolge war klein, der Beifall spärlich. Titus saß unter den Zuschauern; ins Theater ging er immer gern. Ein Bote mahnte ihn, dem Kaiser, der ihn mit leichtem Aufflammen seiner Eidechsenaugen erkannt hatte, zum Frühstück zu folgen. Titus mußte sich beeilen, denn Caligula stieg schon in die Kryptoporticus, den unterirdischen Gang, der das Theater mit dem Palatium verband. Als Titus die untersten Treppenstufen erreichte, hörte er den Gesang alexandrinischer Knaben. Jemand brüllte: »Hau zu!« Das Gefolge machte lärmend kehrt. Die Knaben juchten. Man rannte Titus um. »Jupiter!« hörte er Caligula schreien. Prätorianer trieben die germanische Leibwache vor sich her, hinterließen Leere. Titus sah Cassius Chaerea, das Schwert gezückt. »So treffe dich Jupiters Zorn! Stirb endlich, Gladiator!« Der Hieb spaltete Caligulas Schädel vom Kinn her. Die dicke Caesonia drückte kreischend ihr Kind an die Brust. »Noch eins!« schäumte Chaerea. Die Prätorianer hackten mit ihren Klingen auf Caligula los. Eine fuhr ihm zwischen die Schenkel. Getroffen fiel auch Caesonia mit dem Kind in sein Blut. Titus fühlte sich hart am Hals gepackt. Der Getreidepräfekt Valerius Asiaticus riß ihn auf die Beine. »Was willst denn du noch hier! Kannst du dich nicht von ihm trennen?« Einen Prätorianer, der fragend auf Titus zeigte, winkte er weiter. »Auch seinen Lieblingen geht es schlecht. Aber mit diesem Schriftstück kommst du heraus.« Er kritzelte etwas auf ein vorgeprägtes Täfelchen und drückte seinen Siegelring in den

Wachsfleck. »Du hast den Verräter Tigellinus verraten und mich nicht verpfiffen. Dafür bist du volljährig. Mehr kann ich nicht tun. Geh damit aufs Amt der Bürgerlisten. Dort bekommst du deinen Zensus. Der macht dich zum freien römischen Bürger, der immer seine Steuern gezahlt hat.«

»Und Geld?« fragte Titus. »Mein Vermögen?«

»Nichts mehr da«, sagte der Getreidepräfekt. »Und wenn sich noch etwas fände ... Hau ab, es geht um dein Leben!«

Harpocrates nahm ihn bei der Hand.

V. BUCH: ROMA VON UNTEN

Nescio quomodo bonae mentis soror est paupertas.

Armut, ich weiß nicht, warum, ist die Schwester des guten Charakters.

Petronius, Satyricon, 84,4

Dem Satyr steht die Welt offen

Sie liefen durch die graue Stadt. Neblige Januarkälte erstickte das Leben der Straßen. Harpocrates hatte seine Hand losgelassen, doch Titus blieb dicht hinter der schützenden Schulter, unfähig, auch nur zu fragen, wohin es ging. Entsetzen schnürte ihm die Kehle ab. Sein Atem flatterte noch vor Angst. Zugleich spürte er zum erstenmal wieder, daß er lebte.

Hinter dem menschenleeren Forum des Augustus begann die Subura, das ärmlichste und schmutzigste Stadtviertel von Rom. Diesen Bezirk hatte Titus noch nie betreten. Harpocrates kannte sich aus. »Du brauchst jetzt vor allem Geld«, sagte er, »gerade zum Untertauchen brauchst du Geld. Wer gar nichts hat, fällt ebenso auf wie einer, der viel hat. Was in meinem Brustbeutel steckt, reicht nicht weit.« Dann lachte er bitter. »Der Kaiser war auf dein Vermögen scharf. Seine Mörder haben es bekommen.«

Titus blieb stehen. »Laß mich allein, Harpocrates. Ich kann dich nicht ernähren. Ich lasse dich frei.«

»So weit waren wir schon einmal«, höhnte der Sklave. »Und womit willst du die Freilassungssteuer bezahlen? Du könntest mich allenfalls verkaufen. Aber jeder für sich, gehen wir beide vor die Hunde. Überlaß alles mir! Wir werden überleben.«

Straßenhändler, müßige Handwerker, Geldwechsler, Rechtsberater standen um ein Kohlenbecken und wärmten sich die Hände.

»He!« rief Harpocrates. »Ist einer unter euch, der zuverlässigen Leuten eine Kleinigkeit borgt?«

»Was bürgt für eure Zuverlässigkeit?« fragte der Wechsler.

Er trat schon in das Gewölbe, wo sein Schragen mit der Geldlade hing. Als er das Täfelchen sah, zog er die Brauen hoch. »Wer so hohe Steuern gezahlt hat, muß mehr leihen, als ich habe.«

»Ich brauche nur eine winzige Summe«, beteuerte Titus.

»Das gefällt mir noch weniger.«

»Nennst du das Untertauchen?« flüsterte Titus.

»Diesem wohlgeratenen Senatorensohn«, sagte Harpocrates laut, »hat der Kaiser alles gestohlen, was er hatte.«

»Dann soll er es sich vom Kaiser wiedergeben lassen.«

»Aber der Kaiser ist tot!« sagte Titus.

»Caligula tot?« Die anderen kamen näher. »Du träumst!«

»Er wurde umgebracht! Wir haben es selbst gesehen!«

»Selbst gesehen!« knurrte der Wechsler. »Du willst wohl Rauch verkaufen!«

»Gajus ermordet?« rief ein Händler. »Wieder so ein Gerücht!«

Ein anderer: »Dem kommt keiner bei!«

Ein Marktweib mischte sich ein: »Der Kaiser hat das Gerücht selbst ausgestreut, um uns auf die Probe zu stellen!«

»Ihr selber seid seine Gerüchtemacher!« sagte ein Salzfischverkäufer und schneuzte sich mit dem Ellenbogen.

Harpocrates griff Titus an den Hals und zeigte dem Wechsler das Kettchen mit der goldenen Olive. »Was gibst du dafür?«

»Auf eine Bulla leihe ich nichts«, antwortete der Wechsler. »Das Früchtchen säuft und hurt, und ich habe die Eltern am Hals!«

»Er hat keine Eltern.«

»Dann seinen Vormund.«

»Sein Vormund war der Kaiser, und der ist tot!«

»Verschwindet, sage ich!«

»Wer lügt, der stiehlt auch!« keifte das Marktweib.

»Feines Pack!« rief ihnen der Salzfischverkäufer nach. »Laßt euch nicht wieder blicken!«

Ein Stein flog ihnen zwischen die Beine.

»Was sind das für Menschen!« keuchte Titus. »Gerade die Wahrheit glauben sie nicht.«

Durch die breiteren Straßen zogen schwerbewaffnete Prätorianerabteilungen in Richtung der Foren und des Palatin. Eine Menschenmenge, die sich zusehends verdichtete, schloß sich an. Titus und Harpocrates ließen sich treiben. Am Forum des Augustus stauten sich die Prätorianer; auch am Caesarforum kam niemand durch. Auf der Höhe des Kapitols quollen dichte Rauchwolken über den Giebel des Jupitertempels. »Der Senat opfert den Göttern!« riefen die Leute sich zu. »Wichtige Entscheidungen stehen bevor!«

Harpocrates zog Titus in die andere Richtung. »Aufs Römische Forum vor die Kurie! Dort geht es auch um deine Dinge.« Er wußte einen Umweg, der noch nicht verstopft war. Sie begegneten einer Abteilung der Stadtwache, die Senatoren zum Forum begleitete. Während die Prätorianer überall Neugierige zurückjagten, versuchte die Stadtwache möglichst viel Volk aufs Forum zu schleusen. »Bürger!« rief einer der Senatoren. »Römer! Findet euch vor der Kurie ein und tut euern Willen kund, wie es weitergehen soll mit der Republik! Der Erste ist tot! Sprecht uns, den Vätern, euer Vertrauen aus!«

Auf dem Forum blieben sie in der schubsenden, schreienden Ansammlung stecken. Mit Mühe hielt die Stadtwache für die Senatoren zur Kurie eine Gasse frei. Vom Kapitol schritt fast vollzählig der Senat herab. Schulter an Schulter bewachten die Prätorianer den Tempel der Dioskuren, der vom Forum in die Kaiserpaläste führte. Die Stadtwache, die, den Rücken zur Kurie, den Zug der Senatoren schützte, war schlechter bewaffnet, aber noch in der Überzahl. Wo es zu Handgreiflichkeiten mit Prätorianern kam, wich sie zurück. Aber auch die Prätorianer gaben schnell auf, als hätten sie keine eindeutigen Befehle. Nur gegen die Bürger gingen sie in gewohnter Härte vor.

Einer der Konsuln betrat die Rednertribühne. »Bürger!« schrie er in die gespannte Stille, die sich ausbreitete.

»Quiriten! Unser aller Freiheit ist zum Greifen nahe! Laßt den Senat ungestört tagen, enthaltet euch jeder Gewalt. Bis zum Abend sollt ihr erfahren, wer die Geschicke Roms nun in die Hand nimmt.«

»Es lebe der Senat! Es lebe die Republik!« Die Rufe blieben spärlich. Schwächliche Sprechchöre erstickten in ratlosem Gemurr und Gemurmel. Die hohen Torflügel der Kurie schlossen sich.

Es blieb unruhig. Ein Mann in geflickter Handwerkertunika ließ sich auf die Tribüne helfen. »Bürger! Habt ihr Geduld bis zum Abend?« Tausendstimmige Ungeduld brauste auf. »Der Senat hat kein Recht mehr, über uns zu beschließen. Jeden Willkürakt des Ersten hat er einmütig gebilligt. Sogar ermuntert hat er ihn zu seinen Untaten. Ich sage euch: Die Volksversammlung muß einberufen werden! Sie erteilt das Imperium, sie wählt die Magistrate. He, ihr Grauköpfe! Ist unter euch einer, der in zartester Jugend noch die Volksversammlung tagen sah?«

Ein Prätorianertribun brüllte: »Maul halten! Der Kaiser allein hat das Recht, sie einzuberufen! Abwarten! Ruhe bewahren! Sonst lasse ich alle auseinanderjagen!«

Mehrere Bürger zankten sich auf der Rednertribüne um das Recht, zum Volk zu sprechen. Während die Stadtwache sie beschwichtigte, bestieg gegenüber ein Kriegsveteran die Tribüne des Augustus. »Aeneaden!« wiederholte er, bis man ihm zuhörte. »Es ist wahr, dieser Senat hat alle Rechte verwirkt! Caligula bekam, was im gebührte. Nur ein neuer Caesar aus dem göttlichen Geschlecht der Julier kann einen neuen Senat einberufen!«

Die Stadtwache verhinderte knapp, daß die Menge die Kurie stürmte. »Wer ist der neue Caesar? Hoch lebe der neue Caesar!«

Der zweite Konsul zeigte sich. Da er die Rednertribüne nicht erreichte, ließ er sich von der Stadtwache auf die Schultern heben. »Quiriten! Der Senat bereitet eine Volksversammlung vor!«

»Pfui!« brüllte der Veteran. »Das darf nur der Kaiser!«

Der Konsul gab den Bürgern zu bedenken, das Geschlecht der Julier sei am Ende. Von dort sei kein Caesar mehr zu erwarten.

Titus dachte an Agrippinas Sohn. Auf welchem Landgut mochte man den kleinen Lucius Domitius verborgen halten?

Stadtwache, Prätorianer, Bürger mit ihren Sklaven hatten sich so verkeilt, daß nur Bewaffnete und Händler mit Backwerk und Getränken sich noch bewegen konnten.

»Da seid ihr ja, meine Täubchen!« Der Wechsler hatte sich an einen Brotverkäufer gehängt. »Ich sehe, ihr habt keinen Rauch zu verkaufen, sondern echte Ohrenware. Verzeiht mir! Gewiß seid ihr hungrig. Was wißt ihr noch über den Tod des Kaisers?« Er kaufte ein paar Kringel und teilte sie aus. »Über das Darlehen später. Mir scheint, wir erleben Dinge, von denen noch unsere Enkel ihren Enkeln erzählen werden.«

Unterdessen hallten aus dem Tempel der Zwillinge Kastor und Pollux Befehle. »Platz da!« Nagelstiefel trappelten die Freitreppe herab. »Es lebe der Kaiser!« Man wich zurück. »Es lebe der Imperator Claudius!« Die Prätorianer antworteten. Mit gezogenen Waffen bahnten sie eine Gasse. Überraschung, Gelächter unter den Leuten. »Der Bücherwurm!« – »Ein Bruder des großen Germanicus!« – »Den die eigene Mutter eine Mißgeburt nannte!« – »Hoch lebe der Sohn des Drusus, der Enkel der Livia!« Der Jubelruf breitete sich nicht aus. »Dann ist er kein Julier, sondern ein Claudier!« – »Sie sind seit Generationen verwandt und verschwägert!« – »Hoch Claudius Caesar!« Aber die Stadtwache gab den Weg zur Kurie nicht frei. Die Leute spuckten die Prätorianer an. Steinwürfe richteten sich gegen den Sessel, der auf vier Germanenschultern wankte. Claudius holte die zittrige Hand zurück, die er zum Gruß erheben wollte, und schützte damit sein faltiges, froschäugiges Gesicht.

Der Prätorianertribun befahl Abschwenken. »Ins Prätorianerlager!« Die Stadtwache ließ den Zug zwischen dem Tempel des Caesar und dem Heiligtum der Vesta durch. Wenige Bürger folgten ihm.

Sofort verbreiteten sich Gerüchte. »Ein gemeiner Soldat hat ihn auf seiner Streife durchs Palatium aus einem Vorhang gewickelt! – Erst hat er nur seine zitternden Beine gesehen! – Um Gnade gefleht hat er! – Freilich, die Prätorianer brauchen ihren Kaiser, sonst werden sie brotlos. – Ihr Präfekt Cassius Chaerea soll als erster gerufen haben: Hoch Claudius Caesar! – Aber er war das Haupt der Verschwörung! – Nein! Valerius Asiaticus.«

»Ich weiß auch nicht«, sagte der Wechsler, »wie Rom ohne einen Kaiser bestehen soll. Aber der?« Er wollte sich trollen. Harpocrates hielt ihn fest. »Morgen. Morgen sehen wir weiter.«

Da hieß es, eine Abordnung von Senatoren verlasse die Kurie durch den Hintereingang. Der Wechsler wartete. »Sie wollen zu den Prätorianern!« Harpocrates nahm Titus auf die Schultern. Titus erkannte an der Spitze der Abordnung den Getreidepräfekten Valerius Asiaticus. »Aha, der Saubermann!« sagte der Wechsler.

Vermutungen jagten einander. »Sie nötigen Claudius zu verzichten.« – »Oder sie huldigen ihm!« – »Der Getreidepräfekt ist ein Ehrenmann!« – »Wer hinten herausgeht, holt jemanden hinten herein.« Die Konsuln zeigten sich auf dem Balkon der Kurie. Der Senat habe noch keinen Beschluß gefaßt. Sie warnten vor Ausschreitungen. Nur der Senat könne den Ersten bestätigen. Jeder Übergriff werde mit dem Tode bestraft.

»Da wird sich wohl kein Henker finden«, sagte der Wechsler.

»Wir können auf das Darlehen nicht bis morgen warten«, drängte Harpocrates.

»Kommt mit«, beschloß der Wechsler. »Seid meine Gäste. Sagt mir, was ihr gesehen habt.«

Titus aß widerwillig, aber hungrig, was die Frau des Wechslers ihm vorsetzte: Brot, Schmalz, Käse, Öl, Haferbrei, schwarze Oliven. Harpocrates hatte sich in die Sklavenkammer stecken lassen.

»Wie willst du mir je etwas zurückzahlen?« fragte der

Wechsler. »Wenn der Senat an der Macht bleibt, trägt niemand die Schulden des Kaisers.«

»Aber mein Vater war Senator«, antwortete Titus, »und wurde ein Opfer der Willkür, die der Senat zu leiden hatte. Man muß sich an seinen Sohn erinnern.«

Der Wechsler wurde immer wieder an seinen Schragen geholt. Prätorianer ließen sich Golddenare in kleine Münzen umtauschen, um einen Teil ihrer Prämie zu vertrinken. Hunderte hatte Claudius an jeden verteilen lassen, Tausende zugesichert. »Wenn der Senat ihm morgen nicht huldigt, jagen wir ihn auseinander«, sagte ein Tribun.

Keiner schlief ruhig in dieser Nacht. Betrunkene Prätorianer zogen johlend durch die Straßen, prügelten sich mit Streifen der Stadtwache. Seltener kam es zu Verbrüderungen. Die Hochrufe auf Claudius nahmen zu. Aufgestörte Mieter warfen Unrat aus den Fenstern und schütteten Nachtgeschirre aus.

Am Morgen bildete sich nahe dem Gewölbe des Wechslers ein Auflauf. Der Senat sei auseinandergegangen. Prätorianer hätten ihn wieder zusammengetrommelt. Teile der Stadtwache wären dabeigewesen, andere entwaffnet worden. Ein Ausrufer meldete, Claudius habe die Kurie betreten dürfen. Ein anderer folgte: »Der Senat und das Volk von Rom haben Claudius als Ersten Bürger bestätigt und huldigen ihm!«

»Wehe!« jammerte ein Rechtsberater. »So viel Dummheit so weit oben!« – »Er soll versichert haben, jederzeit den Senat und die Magistrate zu achten!« erwiderte ihm ein Buchhändler. Der Rechtsberater lachte. »Die beamteten Trottel haben ihren Obertrottel gefunden!« – »So sprichst du, weil man dich aus dem Amt gejagt hat!« sagte der Buchhändler. »Ich habe in meinem Laden ein Buch von Claudius über die Karthager und eins über die lateinische Sprache. Ein Geschichtswerk ist angekündigt, das den Livius übertreffen soll!« – »Er ist gebildet!« pflichtete der Wechsler bei.

Titus stand mit Harpocrates abseits. »Es ist wahr«, sagte er halb zu sich selbst. »Dieser Senat kann seine Macht nie zurückgewinnen. Ein Mann wie mein Vater müßte Einfluß auf den Ersten bekommen, ihn im Bann der Humanitas halten. Oder, unerreichbarer Glücksfall, selbst der Erste werden.«

»Träume nicht!« mahnte Harpocrates. »Wäre derlei möglich, hätte er nicht zu sterben brauchen. Nun ist auch für dich das Spiel aus. Vorerst wenigstens.«

»Das würde ich nicht sagen«, bemerkte der Wechsler, der nur den letzten Satz gehört hatte. »Claudius gilt als Pedant. Wenn alles stimmt, was du mir gestern erzählt hast, mein Junge, könntest du mit einer Eingabe Erfolg haben. Aber es wird schwierig.« Er schüttelte den Kopf. »Wie konntest du nur so töricht sein! Ein Günstling Caligulas, und hat nichts auf die Seite geschafft! Ach nein, wer sich bestehlen läßt, dem soll man auch nichts leihen.«

Nun mischte der Rechtsberater sich ein, der gelauscht hatte. Er ließ sich den Fall erläutern und äußerte sich überaus zuversichtlich. Der Wechsler ließ sich nochmals das Täfelchen zeigen.

»Wenn du diesen Rechtsbeistand nicht verschmähst – wir kennen uns gut, und daß er aus dem Amt gejagt wurde, spricht allein für seine Ehrlichkeit –, sehe ich eine Möglichkeit, dich mit Bargeld auszustatten. Laß dir deinen Steuerzensus ausstellen und bringe ihn mir! Darauf leihe ich dir alle zehn Tage, was du zum Leben brauchst und was du für die Eingabe aufwenden mußt. Mein Freund wird sein Honorar, verständlich, immer im voraus fordern. Sobald deine Eingabe Erfolg hat, wird es dir nicht schwerfallen, mir alles mitsamt den Zinsen zurückzuzahlen.«

Das Tabularium, wo er sich schon einmal in die Bürgerliste eingetragen hatte, verwies ihn aufs Kapitol in den Hof des Juno-Moneta-Tempels. Dort wurde Titus Petronius anstandslos für das Täfelchen ein mit Leder verstärktes Pergament ausgestellt, das seinen Namen, seine Familienzugehörigkeit und die Höhe der bisher entrichteten Steuern festhielt. Alle Daten waren schon vorhanden. Die Streichung, nach dem verhängnisvollen Probeopfer, das seine Priesterlaufbahn beendet hatte, angeordnet, brauchte nur rückgängig gemacht zu werden. Sogar das Bestätigungssiegel über seine freie Geburt war aus dem Geburtenbuch im Tempel der Juno Lucina eingeholt worden. Der Geldwechsler legte alle Gebühren aus. Draußen ließ er sich die Zensusrolle aushändigen, steckte sie in eine Kapsel und zählte seinem Schutzbefohlenen das erste Darlehen in den Beutel. »Ich werde jederzeit kostenlos für deine freie Geburt bürgen«, versicherte er, »und sooft du den Zensus auf einer Behörde vorlegen mußt, gebe ich dir diesen Sklaven mit.« Ein Kerl wie aus Eisen verbeugte sich. »Meine Frau trägt alles sauber ein.«

Sie stiegen wieder hinab in den Straßenlärm der Subura. Ausrufer übertönten das Gehämmer kleiner Werkstätten. Händler vertraten ihnen den Weg, Botenläufer schubsten sie beiseite, Sänftenträger brüllten sich Bahn. Spülicht rann durch die Wagenspuren, die sich ins Steinpflaster gegraben hatten. In den schrundigen Treppenhäusern, durch die Harpocrates seinen Herrn auf der Suche nach einem preiswerten Mietzimmer schleppte, stank es nach verdorbenen Küchenabfällen und Abtritt. Jeder pißte in die Ecke, wo es ihm paßte, und ließ sich von Vorübergehenden nicht stören. Die Männer polterten, die Weiber trampelten, die Kinder grölten, die Säuglinge plärrten. Der Hausverwalter, dessen Preise Harpocrates nicht gleich von der Hand wies, schlürfte Suppe aus einer Blechschüssel. Im Sitzen hatte er seinen Kittel bis über die Knie zurückgestreift und die stark behaarten Beine gespreizt. Er trank ungemischten Wein aus einem schmierigen Holzbecher. Während er aß und mit Harpocrates verhandelte, fertigte er noch Hausbewohner ab, die verschiedene Gebrauchsgegenstände gegen Entgelt bei ihm ausliehen. Endlich stand er auf, stapfte mit zu großen Schuhen den Gang entlang und zeigte die Kammer. In den Stockwerken werde es nur teurer, sagte er mit dröhnendem Baß, aber unterm Dach habe er wieder Billiges. »Feilschen kann ich nicht, ich bin nur der Verwalter. Der Vermieter selbst kommt einmal im Monat.«

Titus zog die Dachkammer vor. Sie lag dem Lärm etwas ferner, und auch der Schmutz, beobachtete er, sammelte sich unten. Der Haarige hielt die Hand auf. »Miete im voraus.«

Dann bemäkelte er die Beschaffenheit der Münzen, gab sich aber zufrieden.

Die Dachkammer roch tranig. Lüften half nichts. Schon am Abend rochen auch die Sachen so, die man trug. »Für die meisten Römer«, sagte Harpocrates, da sein Herr nicht aufhörte zu schnuppern, »ist dies der Geruch der Freiheit. In den großen Sklavenunterkünften und in den Schlafsälen für Obdachlose ist die Luft noch schlechter.«

Sie lagen auf dünnen Strohsäcken, mit ihren Mänteln bedeckt, zusammengerollte Tücher unterm Kopf. Die Kammer war kalt; Winterwind fegte durch die Gasse. Die Fensterscheiben aus trübem Glas klapperten in den Bleifassungen. Im Kohlebecken lag weiße Asche. Sie waren spät eingeschlafen; dann hatten sie die rumpelnden, ächzenden Fuhrwerke geweckt, die nur nachts durch die Straßen durften, und das Peitschengeknall und Gepfeif der Treiber.

»Wozu ist man frei, wenn man so leben muß!« schluchzte Titus.

Harpocrates strich ihm übers Haar. »Erlaube mir, Herr, die Gegenfrage: Wozu warst du bisher frei?«

»Aber ich war nicht frei!«

Getrampel unterbrach sie. Eine Diebsjagd war auf den Dächern unterwegs.

»Herr, wenn du jetzt über deinen Besitz verfügen könntest, was würdest du tun? Besser essen, besser trinken, besser liegen, Bücher lesen. Ich würde dir wieder den Klappstuhl nachtragen.«

»Du warst oft genug mit in Anacapreae. Was hättest du gegen ein Leben in mäßigen Genüssen, getreu der Lehre des Epikur?«

Harpocrates strich ihm übers Haar.»Erlaube mir, Herr, bisher hat dich der Überfluß gehindert, nach Epikurs Lehre glücklich zu werden, nun hindert dich der Mangel. Wann hattest du eine Wahl?«

Titus schloß wieder die Augen. Wie schicksalsergeben habe ich doch gelebt! Schicksalsergeben wie die Gestalten griechischer Romane, mit denen die palatinische Bilbliothek vollgestopft ist. Und wenn ich zumindest eine Abfindung bekäme – was finge ich mit meiner Freiheit an?

Sofort mischten die griechischen Romane, die er im Klappstuhl verschlungen hatte, sich in seine Gedanken. Die Mutter suchen, im fernen Äthiopien vielleicht? Zu Philalethes nach Anacapreae reisen? Am Volturnus nachschauen, ob Eumele noch die Schafe hütete? In der Villa des Lucullus auf Eumolpus warten, wie Scurra sich nun wohl nannte? Agrippina aus der Verbannung befreien?

Gewiß schmerzten die unzertrennlichen Liebesbande jene griechischen Romanhelden, die er nun alle kannte, aber wie sehr sehnte er sich danach! Und gewiß fände er eine Gelegenheit, nach dem Vorbild seiner Väter Rom einen bedeutenden Dienst zu erweisen.

Grammatik der Armut

Der Rechtsberater versaß in der Wartehalle des Tabulariums mit Titus drei Tage vor der kaiserlichen Kanzlei für Eingaben. Er ließ sich sein Stundengeld zahlen und warnte vor Beschwerden, wenn untergeordnete Beamte mit Ausflüchten oder Beleidigungen antworteten. Mit Schikanen müsse man sich abfinden, jedes Aufbegehren verschärfe sie nur. Als Titus am dritten Tag das Stundengeld einbehalten wollte, kam es zu Streit. »Heute wärest du vorgelassen worden«, sagte der Berater, »hättest du den Freigelassenen, der die Namen einsammelte, nicht so angefahren! Er hat deinen Namen beiseite gesteckt, bis du ihn freundlicher behandelst. Ich kenne diese Sorte. Bestich ihn, dann bist du morgen an der Reihe!«

»Ich habe nichts, um ihn zu bestechen, wenn ich dir zahle.«

»Dann mußt du weiter warten und mir mehr zahlen.«

»Weder das eine noch das andere!« schimpfte Titus. »Fädle es ein, daß ich den Kanzleivorsteher selbst sprechen kann. Ihr beide dürft euch dann das letzte teilen, was ich habe.«

»Wenn das reicht für einen Kanzleivorsteher«, sagte

der Berater verkniffen und ließ ihn stehen. »Bis morgen also.«

Am anderen Tag legte Titus ein doppeltes Zehntagedarlehen dafür an, daß der Freigelassene in einem Seitengelaß außer der Reihe den Rechtsbeistand anhörte. Nach einer Weile kamen sie wieder; der Freigelassene blinzelte versöhnlich, und der Rechtsberater flüsterte: »Er hofft, daß du ihm später noch etwas gibst. Dafür darf ich, aber allein, noch heute den Vorsteher der Kanzlei sprechen.« Nicht lange, und er wurde aufgerufen.

Weit nach Mittag erst kam er aus einem anderen Korridor wieder. »Ich habe eine gute und eine schlechte Nachricht für dich«, sagte er mit verschlossener Miene und setzte sich zu seinem Kunden. »Welche willst du zuerst hören?« Titus forderte die schlechte. Der Berater hüstelte. »Andersherum wäre es besser. Es steht günstig um deine Sache insofern, als das Tabularium tatsächlich noch unanfechtbare Belege über die Vermögenslage deiner Eltern aufbewahrt. Deine Erbschaftsrechte würden anerkannt, wenn wir da herankämen. Aber die Schwierigkeiten, von denen ich hörte, müssen von jemandem aufgebaut worden sein, der unerschwinglich hoch bestochen worden ist. Da können wir nicht gegenhalten. Jener Pompejus Turbo, über den du Beschwerde führst, ist – es kommt eben immer noch dicker! – fatalerweise vor einem Jahr kinderlos seiner Gattin nachgestorben und hat alles, was er besaß, außer dem Teil, der unantastbar dem Kaiser zusteht, einem seiner Lieblinge vermacht, und zwar – halte dich fest! – einem Freigelassenen! Auch seinen Namen bekommen wir für kein uns erreichbares Geld aus dem Kanzleivorsteher heraus. Denn der ist, wie es sich nun einmal eingebürgert hat, selbst ein Freigelassener. Du müßtest ihn eigentlich kennen. Er heißt Callistus.«

»Ich muß sofort zu ihm. Er war mir wohlgesonnen!«

Der Rechtsberater hielt ihn fest. »Ausgeschlossen. Er läßt dich grüßen, wird dir aber nicht helfen. Das hat er mir nachgerufen. Schon einmal hätte er dir einen Dienst erwiesen, und der wäre ihm beinahe übel bekommen. Vielleicht findet er dich undankbar. Ehrlich gesagt, ich könnte ihn verstehen nach dem Auftritt gestern! Aber wenn es nur das wäre! Meine Erfahrung hat mir gezeigt: Wenn ein Freigelassener einem anderen das Vermögen eines Freigeborenen zuschanzt, und so steht es ja, wenn Callistus die Hände drin hat, dann holt es nicht einmal Merkur zurück.«

Titus streckte die Hände vor, als wollte er ihm das Gesicht zerkratzen. »Du hast es von Anfang an gewußt!«

»Nun ja, geahnt. Ich wollte dich nicht entmutigen. Man hätte Callistus vielleicht umgehen können. Aber du hast es ja auf den Zusammenstoß mit ihm angelegt.«

»Du Schuft!« schrie Titus. »Für diese Posse läßt du dich vier Tage lang bezahlen?« Seine Stimme verhallte an der Marmortäfelung, die Wartenden betrachteten ihn wie einen Verlorenen. Der Berater war keineswegs beleidigt. Er legte Titus die Hand auf den Mund, denn ein Aufseher erbot sich, den Schreihals hinauszuwerfen.

»Ich rate dir, gib auf. Wen die Kanzleien loswerden wollen, den lassen sie wiederkommen, bis er sich beschwert. Wer sich beschwert, ist ein Querulant. Den Querulanten bringt man zur Ruhe, indem man ihn erst verwarnt, dann beschimpft oder bedroht und schließlich betrügt. Du wärest bestenfalls betrogen worden.«

Titus ließ Geld in die ausgestreckte Hand klimpern. Auch der Sklave des Wechslers, der sich mit dem verpfändeten Zensus bereithielt, öffnete die Hand. Der Wechsler wußte schon von dem Mißerfolg, denn der Berater war vorausgegangen. Er lieh nichts mehr. »Sieh zu, wie du deinen Zensus auslöst! Und vergiß die Zinsen nicht! Deinen Hausverwalter habe ich unterrichtet. Versuche nicht zu verduften!«

Die Miete wurde gestundet, jeder Bissen, den sie verzehrten, angeschrieben. Man behielt Harpocrates und seinen Herrn abwechselnd im Auge. Wer seinen Steuerzensus verpfändet hatte, dem lieh man, der lief nicht fort, selbst wenn ihm das Schuldgefängnis drohte. Denn er riskierte die Verwechslung mit einem entlaufenen Sklaven. Titus war bald nicht nur in seiner Gasse bekannt. Durch seine unangemessenen Manieren fiel er auf; seine gewählte Ausdrucksweise machte ihn überall zum Gespött. Zwischen den Schaben einer kohldunstigen Garküche wurde ein Rhetoriklehrer auf ihn aufmerksam.

»Hörbar ist deine Fremdheit hier, junger Mann!« Er schob die leergegessene Tonschüssel über den gescheuerten Tisch. Sein Gesicht hatte die listige Scheu des verkannten Gelehrten. Die feinen Lesefalten der Augenwinkel erinnerten Titus an Acoetes und Dardanius. In der Miene des Tragöden schien sich der Rhetor am besten zu gefallen. An seinem rechten Unterlid hing wie ein von ständigem Tränenfluß genährtes Gewächs eine Warze. »Ich glaube, wir sind Leidensgenossen. Mein Name ist Sextus Flaminius, aber meine Schüler nennen mich in ihrer liebenswürdigen Gehässigkeit Agamemnon, weil ich unter Caligula meine Tochter verlor, und das auf eine Weise, als hätte ich sie – wie der Griechenkönig seine Iphigenie – diesem – nun« – er räusperte sich – »nicht gerade keuschen Gotte geopfert. Du ahnst, was ich meine? Und wie heißest du, o ebenmäßiger Jüngling?«

Harpocrates legte wie der ägyptische Gott, dem er seinen Namen verdankte, den Finger auf den Mund.

»Nenne mich Encolpius.«

»Wie hübsch!« Nochmals öffnete der Rhetor die Schleusen der Beredsamkeit. Manchmal unterbrach er sich, wartete aber vergeblich, ob er als Lohn für seine Offenheit Nahrung für seine Neugier erhalte. »Da du dich wie nur wenige im Garten gebildeter Rede auszukennen scheinst, weißt du gewiß, von wem ich spreche, wenn ich dir verrate, daß der wortgewaltige Seneca mein Freund war. Er ist es noch, aber die Götter vermochten uns zu trennen. Weil er in einem rednerischen Wettstreit Caligula besiegte, ward er nach Korsika verbannt. Da steht er nun auf hoher Felsklippe und schaut aufs Tyrrhenische Meer, ob nicht ein rettendes Segel auftauche, ihn heimzuholen.« Agamemnon breitete die Arme aus und blickte in eingebildete Fernen.

»Du irrst«, sagte Titus. »Er wurde verbannt, weil er in einer Verschwörung mit des Kaisers Schwestern zusammensteckte.«

»Dann wärest du über den Palatin besser unterrichtet als ich!«

Der Kauz gefiel Titus. Endlich bemühte sich wieder jemand mit wohlgesetzten Worten um ihn. Obwohl Harpocrates sein Zeichen wiederholte, ließ er sich hinreißen zu prahlen: »Ich habe dort gelebt. Ich weiß, wie sie es treiben, die da oben.«

»Was weißt du da schon!« lachte Agamemnon, und mit dem Glanz der Worte verlor auch seine Stimme ihren Klang. »Die da oben? Die beklauen einander, weiter nichts! Und was da geklaut wird, gehört weder dem einen noch dem anderen. Hier unten wird vielleicht ein bißchen unverschämter geklaut, aber es gibt wenigstens Leute, die ihre Habe sauer erarbeiten. Die können einem leid tun.«

Titus staunte, wie klar und einfach der Mann das sah.

»Was meinst du aber«, fuhr Agamemnon fort, »wird Kaiser Claudius einen so hochgelehrten und verdienten Mann wie Seneca zurückrufen? Daß er die verdorbenen kaiserlichen Schwestern läßt, wo sie sind, kann ihm nicht hoch genug angerechnet werden. Claudius ist Gelehrsamkeit und gebildeter Rede außerordentlich zugetan.«

Titus ließ ihn schwatzen. Doch Agamemnon verstummte. Er konnte einfach nur dasitzen, die Augen schließen und das Sattsein genießen. Er kannte den Hunger. Sein Lehramt an einer Rhetorenschule, verriet er dann, habe er wegen seiner Bekanntschaft mit Seneca verloren; nach Monaten des Elends unterrichtete er nun in den Häusern reich gewordener Ritterfamilien Grammatik und Rhetorik. »Gebildet zu reden wird wieder Mode, verstehst du? Diese Leute brauchen, um in den Senatorenrang aufzusteigen, zu dem Vermögen, das sie erraffen, auch das öffentliche Ansehen großer Redekunst. Das Stiefelchen hat Platz geschaffen auf den Senatsbänken. Wenn du möchtest, vermittle ich dir auch ein paar Stunden und nehme dich in den kleinen Kreis meiner Schützlinge auf. Wenn du wirklich den Mangel leidest, den du zur Schau trägst, gebe ich dir etwas von meinen abgelegten Sachen. Ein paar Botengänge sind dir gewiß nicht zuviel.«

Jeden Morgen hatte Titus vor der Mietwohnung des Rhetors zu erscheinen, ihn zu begrüßen und zu fragen, womit er behilflich sein konnte. Agamemnon nannte ihm Haustüren, wo Titus ihn als krank entschuldigen und vertreten durfte, während er selbst woanders einträglichere Stunden übernahm. Ein Drittel des Erlöses strich Agamemnon ein. Bald stellte er seinen jungen Hilfslehrer dem Kollegium der Grammatiker vor, das ihn für einen monatlichen Beitrag in seine rechtliche Obhut nahm und von Zeit zu Zeit zu einem bescheidenen Festessen einlud.

Einen Teil seiner Schulden konnte Titus nun begleichen. Aber die Einnahmen reichten nicht aus, beim Wechsler seinen Zensus auszulösen. Die Zinsen wurden unerschwinglich. Harpocrates rasierte ihn täglich und schnitt ihm gelegentlich die Haare. Als die Eltern eines Schülers Agamemnons abgelegte Toga erkannten, schenkten sie ihm eine neue. Die Nachbarn grüßten wieder freundlicher; manche steckten ihm Leckerbissen vom Markt zu und baten ihn verstohlen, Briefe und Gesuche für sie aufzusetzen. Auch die Feuerversicherung des Viertels trug ihm Schreibarbeiten auf, ein Sterbekassenverein ließ ihn Mahnungen für rückständige Beiträge verfassen und austragen. Sein gutes Benehmen begann etwas abzuwerfen.

Nun sah er auch die Theateraufführungen, Wagenrennen und Fechterkämpfe, zu denen mancher ihn in guter Absicht mitschleppte, aus den hintersten Reihen. Er roch den Schweiß der Armen und ihre säuerlichen Brotbeutel. Nicht mehr nur ihr vielstimmiges Jauchzen hörte er, wenn der Löwe dem Gladiator an die Kehle sprang und dabei dessen Kurzschwert in seine Mähne fuhr, wenn zwei Fechter sich, beide todwund, in ihrem Blut wälzten oder die Gespanne der Grünen über die der Blauen siegten. Er lauschte auch ihren Gesprächen, ihrem Murren, begann die Sprechchöre zu verstehen, mit denen die Vereine dem Kaiser ihre Meinungen und Bitten kundtaten. Die einfachen Leute waren in Rom anders als in Kampanien. In Rom sprach auch der Pöbel Latein, und Griechisch zu verstehen war ein Vorrecht der Gebildeten. Allmählich überwand Titus den Widerwillen gegen diese Gesichter, in denen Angst und Gier sich mischten. Er hörte fast nur von Geld und Tauschvorteilen reden, von Teuerung und Verlust. Wollte ihm jemand wohl, zeigte er ihm, womit etwas zu verdienen oder einzusparen war. Aus dem Geschwätz der Treppenhäuser, Garküchen und Ladengewölbe erfuhr er nach und nach, was in den Köpfen der Menge vorging, die einen Caligula ertragen hatte. Eine gewisse Verwandtschaft der Schicksale ließ sich nicht leugnen: Er war wie sie gegängelt, erschreckt, unterdrückt, ausgeplündert worden. Aber fünfundzwanzig Jahre lang hatte er Vorrechte genossen, und er hoffte, sie wiederzuerhalten. Man merkte es ihm an und ließ es ihn spüren. Wer war das Volk? Jeder war ein anderes Volk. Die meisten wußten nicht, was im Palatium vorgegangen war. Die etwas wußten, schwiegen, fanden sich knapp damit ab wie Agamemnon oder gefielen sich in Anspielungen, die stillschweigend voraussetzten, wer die Macht habe, dürfe sich nun einmal alles erlauben. Begriff er, worüber man sich stritt, einander Vorwürfe machte, weshalb man sich prügelte oder auch nur nicht mehr grüßte, fand er die Denkweise dieser Leute kindisch und unberechenbar für einen, der nach vernünftigen Gründen fragte.

Er verschwieg seinen wirklichen Namen und nannte sich weiter Encolpius. Der Haß auf die alten Senatorenfamilien wurzelte tief. Jeder hatte sich seinen eigenen Caligula zurechtgemacht, jeder war der Schuster seines »Stiefelchens« gewesen. »Was war denn das für eine Freiheit, als der Senat herrschte?« fragten die Ältesten. »Freiheit für den begüterten Adel, für Schwindler, die sich als Nachfahren der Götter ausgaben, um uns auszuquetschen! Wenn wir nicht frei sind, sollen die auch nicht frei sein!« Die Demütigungen mancher Senatoren gingen als Anekdoten von Mund zu Mund. Und den Blutsaugern und Speichelleckern, hieß es, war recht geschehen.

An manchem Schwatz beteiligte sich Titus mit knappen Fragen. Als Caligula Geld vom Dach der Basilika Julia warf?

»Ich war nicht dabei.« Daß Menschen zertrampelt wurden? »Die waren selber schuld.« Daß vornehme Frauen genotzüchtigt wurden? »Sie waren schon vorher Huren.« Und die halbe Legion, die wegen sinnloser Befehle in Germanien zugrunde ging? »Das haben wir nicht gewollt.«

Claudius wurde abwartend freundlich beurteilt. Auch er hatte sich mit erhöhten Kornspenden, Steuersenkungen, Schuldenstreichungen eingeführt. Er rief vermögende Ritter in den Senat und ließ mehr Freigelassene zum Priesterkollegium des Augustus zu.

Titus fragte Agamemnon nach einem guten Essen, weshalb die einfachen Leute den Senat so streng beurteilten, den Kaiser aber, wer er auch war, mit so viel Nachsicht gelten ließen. »Nicht einmal in einem Mietshaus fragen sie, woher einzelne ihre Befugnisse nehmen. Der Hausverwalter, ein haariger Freigelassener, führt sich auf wie ein Imperator. Die Wartehalle des Tabulariums, voll von Betrogenen, die nichts als Schikanen zu erwarten hatten, war von ehrfürchtigem Schweigen erfüllt wie ein Tempel!«

»Ach weißt du«, sagte Agamemnon und wischte sich Gemüsereste aus dem Bart, »der Senat hat sich beim Volk für alle Zeiten unmöglich gemacht. Bis Julius Caesar ihn in die Schranken wies, war er sich über nichts einig, als was ihm die Schatztruhen füllte. Die Provinzen und das Heer, das sie eroberte, ließ er verkommen. Wie konnte es ausbleiben, daß die Soldaten ihren Mann über die Alpen nach Rom schickten! Plötzlich besann sich ein Teil des Senats darauf, was er dem Volk schuldete, und huldigte dem Diktator. Wer ihn verstand, machte seinen Schnitt: Der alte Schuldenmacher würde jedem genug lassen, wenn man ihm und seiner Bande erlaubte, sich die Truhen zu füllen. Diese heimliche Absprache zwischen Senat und Caesar gilt bis heute, und wenn beide Seiten sie einhalten, ist auch das Volk ruhig. Im Grunde kümmert es die Leute nicht, wer oben ist. Die oben haben etwas zu verteilen, und darum tun sie so wichtig. Jeder, der etwas verteilt, spielt sich auf, damit man ihm das meiste zubilligt. Und solange die Leute ihren Happen bekommen, lassen sie ihn gewähren. Sich mit Vorurteilen zu begnügen ist die Natur der Menschen. Wer dürfte mehr von ihnen verlangen? Die Vorurteile gedeihen, wo keiner dahinterschauen kann.«

»Aber das meinte ich ja«, sagte Titus. »Ich habe nie begriffen, wie sich Aeneas unsichtbar glauben konnte, als er in eine Wolke gehüllt wurde. Die Wolke wurde doch gesehen! Warum fragen die Leute nicht mehr wie früher, als der Senat herrschte, was hinter der Wolke steckt, in die sich die Instanzen hüllen?«

»Der Senat«, antwortete Agamemnon, »wahrte noch den Augenschein, als wären alle Bürger gleichermaßen frei. Aber dieser Augenschein wurde immer teurer, und kein Senator wollte von dem, was er hatte, etwas abgeben. Man zerstritt sich, wie der Augenschein weiter zu wahren sei. Den Happen, für den die Leute sich fügen, beschnitt man immer weiter. Julius Caesar gab der Plebs den Happen zurück. Daher kommt die Macht des Ersten bis heute.«

»Aber warum hat der Senat nach Caligulas Ende mit Claudius verhandelt?« fragte Titus. »Überall gab es hoffnungsvolle Stimmen, die Herrschaft eines einzelnen werde von uns genommen.«

Agamemnon lächelte. »Als sie die Volksmenge sahen, zitterten die Senatoren um die Vorrechte, die sie noch haben, und verzichteten darauf, alle wiederherzustellen. Wer in Rom von Freiheit spricht, denkt immer nur an seine Vorrechte.«

Titus widersprach: »Mein Vater lehrte mich, daß die Belange der Vermögenden einmal mit denen aller Römer zusammengingen. Die Vorrechte des Senats müssen doch anfangs dem Gemeinwesen und seiner Verteidigung gedient haben. Wenige starke Familien schützten alle vor äußeren und inneren Feinden, und ihre Humanitas diente allen als Vorbild.«

»Damals war Rom eine Stadt«, sagte Agamemnon. »Heute ist es ein Reich, das den Erdkreis überzieht, soweit wir ihn kennen! Je größer und mächtiger Rom wurde, desto schamloser benutzten die Senatoren ihre Vorrechte dazu, das Gemeinwesen auszuplündern. Der Schutz vor äußeren Feinden diente als Vorwand für immer aufwendigere Kriege in allen Teilen der Welt, der Schutz vor inneren Feinden bemäntelte die Forderung nach immer vermessenern Vorrechten. Darum hofft die Plebs seit den Tagen des Julius Caesar, ein einzelner könne sie vor den Bedrückungen und Übergriffen der Vermögenden schützen. Einer soll der Erste sein, so wollen es die Leute, und jedem das Seine zumessen, möglichst jedem das Gleiche, denn im Grunde gönnen sie einander nichts, und es quält sie am wenigsten, wenn jeder dasselbe hat. Wer derlei verspricht, hat alle in der Tasche.«

Agamemnon zog ein Geldstück aus seinem Beutel, machte Titus ein Zeichen, eins dazuzulegen, und schickte Harpocrates nach einem Krug Wein.

»Aber versprechen und halten ist zweierlei«, fuhr der Rhetor fort. »Wir nennen Augustus gerecht und großmütig. Wer beizeiten aufgeräumt hat, der kann Großmut walten lassen! Seither nimmt auch der Erste Vorrechte in Anspruch und verteilt Gunst. Zuzeiten fordert er mehr, als der Senat je gefordert hat, und der Schutz vor Übergriffen kostet den kleinen Mann mehr als einst die Übergriffe. Die Armen sind wieder die Geprellten.«

Agamemnon trank seinen Becher in einem Zug leer. »Irgendwann wird einmal alles zu Ende sein«, sagte er, schloß die Augen und genoß die erste Berauschung.

»Was wird dann von uns bleiben?« fragte Titus Petronius.

»Was blieb von den Griechen?« fragte Agamemnon zurück. »Von den Ägyptern? Den Babyloniern? Wenn es eine Nachwelt gibt, wird ihr nur unsere Kunst bleiben, mein Encolpius. Das sollte dich trösten, da du, wie ich bemerkt habe, den Künsten so zugetan bist.«

Agamemnon schenkte sich, da Harpocrates faul blieb, selbst noch einen Becher ein und schien entschlossen, nur noch zu genießen.

»Damit bin ich nicht zufrieden«, sagte Titus. »Die Leute müssen doch merken, daß der Senat und der Erste nur darüber uneins sind, wie man sie am besten niederhält und bestiehlt! Und wenn sie es nicht merken, so sollte man es ihnen sagen! Wozu sonst alle Kunst der Beredsamkeit?«

Agamemnon schlug die dicken Augenlider noch einmal auf zu einem väterlichen Blick. »Du verrätst nur, daß du niemals schwer gearbeitet hast. Sonst wüßtest du, daß kaum ein Betroffener Zeit und Kraft findet, sich darüber Gedanken zu machen. Und vergiß nicht die öffentliche Wohltätigkeit, in deren Genuß du schon manchmal gekommen bist. Nicht wahr, bei Volksbewirtungen und Kornspenden hat auch unsereins seine fetten Tage.«

»Aber da sind nicht nur wenige Reiche und viele Arme«, bohrte Titus, »sondern auch manche von mittlerer Wohlhabenheit, die Familien, in denen du mich Stunden geben läßt. Dort hat man Zeit! Außerdem sehe ich nicht wenige, die den ganzen Tag herumsitzen und an den Ecken stehen, weil sie keine Arbeit finden.«

»Freilich, freilich«, sagte Agamemnon. »In Rom läuft alles zusammen, was hoch hinauswill. Einige fühlen sich schon weit oben, wenn sie in Rom auf öffentliche Kosten nichts tun, denn im Reich sieht es vielerorts noch übler aus! Pfiffige bringen es bald weiter. Die Rechte des freigeborenen römischen Bürgers gelten ja noch, besonders natürlich für die Pfiffigen, und Gesetze, die diesen helfen, werden bald von ihnen zurechtgebogen.«

»Das sind doch wenige!« murrte Titus. »Warum halten so viele Betrogene still? Ich sehe es, aber ich begreife es nicht.«

Agamemnon nickte, als hätte ihm Titus das Stichwort gegeben. »Du bist jung und unerfahren. Du kennst diese Leute noch nicht, weil du nicht lange genug mit ihnen gelebt hast. Du bist ein Treibhausgewächs! Aber prüfe dich selbst: Wie jegliche Schmach geben die Menschen auch die ungern zu, daß sie betrogen werden. Sogar vor sich selber verbergen sie das Unrecht, das ihnen geschieht, solange sie nicht hoffen können, sich wirksam dagegen zu wehren. Eher noch verteidigen sie ihre Unterdrücker, sosehr sie ihnen verhaßt sind, als daß sie ihre eigene schmachvolle Lage eingestehen. So gelangen sie zu einem Schein von Stolz, und oft genug ist es der Widerschein des Stolzes, den ihre Peiniger zur Schau tragen.«

Agamemnon hatte täglich mehr Erfolg. Agamemnon wuchs. Agamemnon verhielt sich pfiffig. Titus beobachtete ihn, und noch war nicht zu erkennen, daß der Rhetoriker seinem Ende entgegenwuchs. Von Monat zu Monat wurde er vornehmer. Immer öfter ließ er sich die Haare schneiden, immer köstlicher roch sein Salböl, immer häufiger trug er neue Kleidung. Schüler, die er Titus ganz überlassen hatte, beachtete er auf der Straße nicht mehr. Andere grüßte er schon von weitem. Er lief ihnen entgegen, erkundigte sich, was er für sie tun könne, begleitete sie ein Stück, fragte beim Abschied nach der nächsten Begegnung, erbot sich, Streitigkeiten zu schlichten. Schon wurden ihm wieder Rechtsfälle übertragen. Jungen Leuten aus besten Verhältnissen drängte er seine Hilfe auf. Für Schulden war er taub. Agamemnon wußte, was er wußte. War das Staatsschiff verloren, handelte klug, wer ein paar Planken und Vorräte für sein Rettungsboot auf die Seite brachte. War die Welt dem Untergang bestimmt, fiel für den Klugen immer noch etwas ab, ehe sie wirklich unterging.

Rollentausch

Das Erschrecken über den Absturz, das Schwindelgefühl des Fallens steckten Titus tief in den Gliedern. Er blieb schüchtern, verschlossen, lustlos. Nur einmal hatte ihm Harpocrates vorgeschlagen, auf dem Weg zu einem Schüler zum Quirinal abzubiegen und in der Straße zum Granatapfel einen Blick auf das Haus der Petronier zu werfen. Unter Tränen war Titus stehengeblieben: »Nein! Ich will dieses Haus nicht sehen, ehe ich es als Besitzer betrete!« Abends schmetterte es ihn nieder, wenn er sich das ganze Ausmaß des Unrechts vor Augen hielt, das ihm angetan worden war, morgens stärkte es sein Selbstgefühl. Er sprang auf und dachte: Ich werde nicht im Elend enden, von hier führt kein Weg in den Orkus.

Es gab wenig zu essen, aber es schmeckte ihm auch nicht. Er lebte ganz ohne Frauen. Immer waren sie ihm zugeführt worden. Eine anzusprechen schien ihm unmöglich, selbst wenn sie die gelbe Kappe der Dirne trug. Der Denar, den ein Mädchen im billigsten Freudenhaus gekostet hätte, wäre übrig gewesen. Aber gerade nach Billigem verlangte ihn nicht. Sein Verlangen überhaupt schien einzuschlafen. Harpocrates genügte ein Weg mit dem Wassereimer, und er machte die Bekanntschaft einer hübschen Sklavin, die ihn umsonst einlud. Nicht lange hatte er sich bemüht, seinem jungen Herrn die fällige »Abreibung« zu suchen: Der palatinische Ziervogel war zu wählerisch. »Wenn du so zerknirscht dahinlebst«, mahnte Harpocrates, »trocknen deine Säfte ein. Ein totes Ding nutzt sich ab, wenn man es häufig benutzt. Mit einem lebendigen verhält es sich umgekehrt: Vernachlässigst du einen Körperteil, so muß er verkümmern.«

Die Sommerabende in der Dachkammer wurden heiß und drückend. Lehm, Mauerwerk und Holzgebälk sogen die Tageshitze bereitwilliger auf als Marmor. Die Häusergevierte der Subura wurden zu stinkenden Backöfen. Jede freie Stunde nutzte Titus, um in seinem Gedächtnis all den Gedichten nachzuforschen, deren Manuskripte in seiner Truhe auf dem Palatin zurückgeblieben waren. Daß sie ihm je wieder in die Hände fielen, wagte er nicht zu hoffen. Er bat Harpocrates um Hilfe. Doch der vertrieb sich die Zeit bis zu seiner Verabredung, indem er gegen sich selbst würfelte. »Herr, ich bitte dich noch einmal: Komm mit. Meine Freundin hat eine Freundin. Mir zuliebe …«

»Ich brauche diese Freundin nicht.«

»Herr, es gibt auch Frauen, die fein genug sind, daß sie dich dafür bezahlen. Ich finde sie leicht heraus. Liegt man weit genug unten, kann man der Göttin Roma unters Kleid schauen.«

Titus warf seinen Griffel hin. »Wozu hast du vom Gott des Schweigens deinen Namen! Ich sage dir: Diese Kleider riechen nicht gut für meine Nase. Das ist kein lebensnotwendiges Bedürfnis, wie Epikur lehrte.«

»Warum berufst du dich nicht gleich auf Diogenes?« fragte Harpocrates. »Dieser Kyniker war ein Muster darin, aus der Not eine Tugend zu machen. In aller Öffentlichkeit verschaffte er sich selbst eine ›Abreibung‹ und sagte: ›Ich wäre glückselig, wenn ich auch meinen Hunger stillen könnte, indem ich mir den Bauch reibe.‹«

»Das ist unscharf und pöbelhaft gedacht!« tadelte Titus. »An dieser Anekdote ist nichts Witziges, wenn man die Bedürfnisse des Leibes nach ihrer Notwendigkeit für das Leben unterscheidet ...«

Als hätte er den grimmigen Dämon gerufen, der ihn verfolgte, pochte es mit einer Heftigkeit an die Tür, die sich nur der Hausverwalter herausnahm. Sofort brach ihm der Schweiß aus; die Stimme versagte ihm. Ohne zu warten, trat der Hausverwalter ein. Mit Hünenschultern, zwiebligem Schweißgeruch und Polterstimme füllte er die schmale Kammer. »Mein Patron, der Besitzer dieser Häuser, läßt dich wissen, daß diese Kammer mit den Kalenden des Juli das Doppelte kostet. Wenn du den Preis nicht für einen Monat im voraus zahlen kannst, packe deine Sachen, aber nicht ohne die zwei Monatsmieten mit Verzugszinsen zu begleichen, die noch offen sind.«

Harpocrates sprang auf. »Morgen ... Übermorgen ...«

»Halt dein Maul, Sklave, dreckiger«, brüllte der Verwalter. »Das höre ich immer! Heute! Sonst lasse ich euch festnehmen.«

Titus kannte den Ton des Treppenunholds. Aber so unverschämt war ihm noch nicht gedroht worden. Er stammelte Ausflüchte.

»Gebt her, was ihr habt, und verschwindet. Die höhere Miete bringt ihr nicht auf. Ich hatte genug Scherereien mit euch.«

Waren die Saturnalien des Grauens nicht vorüber? Caligula war tot. Römische Hausverwalter spielten sich noch immer auf wie er.

Titus griff in den schlappen Lederbeutel unter seiner Tunika. Seine grammatischen und rhetorischen Stunden brachten immer weniger ein. Man klagte ihm über Teuerung. Agamemnon verlangte seinen Teil, auch wenn er den Schüler gar nicht vermittelt hatte. Titus nahm die Redekunst ernster und lehrte sie gewissenhafter, als es den Eltern seiner Schüler lieb war. Auf die rhetorischen Albernheiten, mit denen man die Beamten des Claudius auf sich aufmerksam machte, verstand er sich nicht. Die Quacksalber der Gelehrsamkeit wurden bevorzugt, die beschränkten Vereinfacher, die mit schmückenden Wendungen das Flache und Unverstandene zudeckten. Er verdroß seine Wohltäter durch wählerische Bemerkungen und ehrliche Urteile. Agamemnons wohlmeinende Ratschläge über die Kunst des Schmarotzens fielen auf keinen guten Boden. Schon war er mehrmals hinausgeworfen worden.

Harpocrates ahnte, daß sein Herr die beiden Bullae in der Hand hielt, die goldene Olive und das silberne Würfelchen, wußte, daß sie mehr wert waren als drei Monatsmieten oder ein Steuerzensus. »Was du bei uns findest«, sagte er rasch und stellte sich vor Titus, »wird dich nicht zufriedenstellen. Gib meinem Herrn eine Stunde Zeit! Eine vornehme Familie wird ihm etwas vorstrecken.« Dabei streichelte er dem Verwalter wie einem guten Freund die Schulter.

Der Hausverwalter holte tief Luft, hielt sie eine Weile an, sagte: »Eine Stunde! Kein Sandkorn länger! Ich warte!«

»Alles, was wir haben, bleibt hier als Pfand«, versicherte Titus.

»Ich brauche kein Pfand. Ihr geht mir auch so in die Schlinge, wenn ihr mich betrügen wollt.«

Sie hasteten durch die Gassen. Überall wurde die Abendmahlzeit bereitet. Es roch nach Zwiebeln, Essig, schlechtem erhitztem Öl. Titus hatte das Essen sparen wollen; jetzt krampfte sich sein Magen zusammen. Aus dem Knoblauchgeruch irrlichterte eine Erinnerung an die Hirtin Eumele. Webstühle klapperten. Im Dampf einer Walkerei klatschte Wäsche. Aus offenen Fenstern Kindergeschrei, Gelächter,

Flüche, Gekreisch, Blechgeklapper, das Winseln getretener Hunde.

»Herr«, sagte Harpocrates, »es wäre gut, du gäbest mir wie schon einmal deine Bulla. Vielleicht müssen wir uns trennen, damit ich dir treu bleiben kann. Dann wäre mir das silberne Würfelchen sehr nützlich.«

»Was hast du vor?« Titus gab ihm die Kapsel.

»Auch wenn ich es genau wüßte, würde ich es dir nicht sagen«, antwortete Harpocrates. »Jedenfalls ist eine sichere Hand vonnöten. Halte dich hinter mir, als wäre ich der Herr und du mein Sklave.«

Der Wechsler rückte keinen einzigen Denar heraus. »Die Zinsen sind zu weit im Rückstand. Ich habe dieses Geschäft übrigens satt und werde den Zensus verkaufen. Ein Käufer hat sich schon von allein gemeldet. Er ist dir gar nicht übelgesonnen. Gegen gewisse Bedingungen, sagte er, würde er dir alle Schulden schenken.«

»Heißt er vielleicht Callistus?« fragte Titus.

Der Geldwechsler schickte seine Frau hinaus, die ihm eine Schüssel Brei vorgesetzt hatte, goß etwas Öl darüber und aß. »Möglich«, sagte er kauend. »Du wirst es bald erfahren.«

»Wir haben erfahren«, fauchte Harpocrates, »daß es verboten ist, auf einen Steuerzensus Geld zu leihen, wir zeigen dich an!«

Der Wechsler lächelte mißmutig. »Dann verfällt das Pergament der Behörde, und Geld habt ihr trotzdem keins.«

»Das ist uns egal! Aber dir sollte es doch ein Sümmchen wert sein, Scherereien zu vermeiden.«

»Der mir den Lappen abkauft, braucht sich um nichts zu scheren.«

Harpocrates schaute sichernd um sich. Dann stürzte er sich dem Wechsler an den Hals. »Wo ist das Pergament? Ich drücke zu!«

Der Überfallene zappelte und grunzte. Brei kleckerte ihm von den Lippen. Er zog einen Schlüssel aus dem Gürtel und zeigte damit auf einen groben Holzkasten neben seinem Schreibpult. Harpocrates gab Titus den Schlüssel. »Nimm auch Geld mit, soviel du zu fassen kriegst«, flüsterte er. »Alles ist jetzt beim Essen. Bis jemand sein Geschrei hört, sind wir über alle Dächer!«

»Nein«, stammelte Titus, »ich stehle nicht. Damit kommen wir nicht weiter. So geht das doch nicht.«

Harpocrates fluchte in seiner Muttersprache, ließ den Wechsler los und sprang zur Truhe. Der Wechsler schnappte nach Luft, ehe er seine Stimme wiederfand. Harpocrates wühlte schon in Geld und Pergament. Der Wechsler rief seinen Sklaven, doch der ließ auf sich warten. Er stürzte zum Fenster: »Hilfe! Diebe! Nachbarn, helft mir! Eure Ersparnisse!«

Plötzlich standen zwei Mann Stadtwache in der Tür. Der Hausverwalter grinste ihnen über die Schulter. »Beim Herkules, ich wußte, daß ihr Spitzbuben seid. Gut, daß ich euch nachgegangen bin!«

Harpocrates umkrampfte den Steuerzensus seines Herrn. »Alles wird sich aufklären«, sprach er feierlich zu den beiden Bewaffneten. »Ein Mißverständnis! Nehmt mich mit zum Prätor!« Er trat zwischen sie und bot ihnen die Hände zur Festnahme. Dann rollte er die Augen wie ein Schauspieler auf der Bühne und schrie Titus an: »Du aber verschwinde, nichtsnutziger Sklave! Sonst bringe ich dich ans Kreuz! Scher dich in die Sklavenkammer dieses ehrlichen Bürgers und flehe ihn an, daß er dich nicht an mich verkauft!«

»Was soll das heißen?« wunderte sich der Wechsler.

»Daß du verbotene Geldgeschäfte abwickelst!« antwortete Harpocrates, dem die Herrenrolle keine Schwierigkeit bedeutete. »Nehmt ihn auch mit! Ich kann es dem Prätor beweisen.«

»Aber der ...«, stotterte der Hausverwalter, »ich verstehe nicht!«

»Maul halten!« sagte einer der Schergen und stieß ihm die Faust vor die Brust, daß er beiseite taumelte. »Keine Verwirrung stiften! Platz machen!«

Auch Titus konnte später nicht sagen, daß er gleich alles verstanden hätte. Seine Beine jedoch trugen ihn in den Flur, über eine Fensterbank in den Hof, eine Holztreppe hinauf, durch ein Gewirr von Veranden, durch fremde Wohnungen. Nasse Wäsche klatschte ihm um die Ohren, Blumentöpfe gingen hinter ihm zu Bruch, Blechgeschirr wurde ihm nachgeworfen, spielende Kinder stoben auseinander. Eine Dicke stellte sich ihm in den Weg, aber ihre Arme waren zu kurz, ihn zu fassen; er wischte vorbei, wurde verfolgt, erreichte ein flaches Dach, konnte verschnaufen, denn die morsche Treppe brach unter dem wütenden Stampfen der Verfolgerin zusammen.

Harpocrates hat mich entwischen lassen, dachte er. Aber vor dem Prätor kann ihm keine List mehr helfen, und seine Treue kommt ihn teuer zu stehen. Erkennen sie ihn als Sklaven, ist ihm der Tod sicher; verwechseln sie ihn mit mir, kann es ihm kaum besser ergehen. Aber ich darf ihn nicht opfern! Er wollte umkehren. Die Dicke ächzte zwischen den Trümmern der Treppe und versuchte, sich einen Balken vom Schlüsselbein zu heben. »Warte, schmutziges Sklavenaas!« drohte sie. »Aus diesem Holz lasse ich das Kreuz zimmern, an dem du verrecken sollst!«

Seine Beine hatten recht getan. Er floh weiter über die Dächer, im Zickzack zwar, aber zumeist dem verglühenden Himmel über dem Janiculushügel entgegen. Als er sich weit genug vom Haus des Wechslers entfernt glaubte, schlich er zwischen den Bündeln der Kichererbsen, die zum Trocknen aufgehängt waren, eine ruhige Treppe hinunter. Eine Fledermaus huschte über seinen Kopf; ihr Flügelschlag strich einen feinen Luftzug über sein Gesicht. Ohne auffällige Eile stahl er sich durch den Tempelbezirk am Marsfeld, an den Theatern vorüber, zum Tiber, erreichte die Fabriciusbrücke und betrat das Heiligtum des Äskulap auf der Tiberinsel, um sich unter die Heilung und Erleuchtung suchenden Tempelschläfer zu mischen. Ein blinder Priester wies ihm einen Platz zu, legte ihm beruhigend die Hand auf die Stirn, so daß der Schlaf nicht lange auf sich warten ließ. In der Nacht weckte ihn brennender Durst. Er wollte seinen Sklaven nach Wasser schicken, weckte aber einen Fremden, der ihn anknurrte. Ihm träumte, er wäre Ulixes.

Wer flieht, den jagt man

Ihm blieb nicht viel Zeit, zu überlegen, wie er heim nach Kampanien fände. Lichas, Schiffsbesitzer aus Massilia, war einäugig: eine ungeschlachte Gestalt, die nach Art der Seeleute breitbeinig mehr torkelte als ging, denn fester Boden machte seinen Schritt unsicher wie den Landmenschen das schwankende Deck eines Seglers, so begegnete er Titus am Hafen von Ostia.

»Halt!« rief er und packte den jungen Mann am Arm. »Wer flieht, den jagt man! Was hast du ausgefressen?«

»Niemand jagt mich«, erwiderte Titus keuchend und zitternd.

»So wird man dich jagen und fassen wie der Jäger das Wild, das ihm seine Hunde aufgescheucht haben.«

»Dazu hat niemand Grund«, beteuerte Titus.

»Was du nicht sagst! Und wenn ich einen habe?« Lichas hielt ihn mit einer Hand. Sie war kräftig genug. Die andere schlug seinen Mantel zurück und wies auf den priapeischen Vorsprung, der unter seinem Bauch die Tunika straffte. »Wohin willst du denn so eilig?«

»Ich suche ein Schiff nach Kampanien! Nach Puteoli!«

»Da bist du ja bei mir gerade richtig«, lockte der Schiffsherr. »Ich steche noch vor der Abenddämmerung in See. Schau sie dir an, die ›Nemesis‹! Ein prächtiges Schiff, auf dem selbst Götter und Heroen gern reisen würden.«

»Ich werde ein anderes Schiff finden.«

Lichas runzelte die Stirn, packte ihn vorn am Gewand und drehte es mit der Faust. »Was du auch ausgefressen hast, du kleines Miststück, ich nehme dich mit. Wer ist hinter dir her, he? Wo ist das Geld, das du geklaut hast?«

»Ich habe kein Geld.«

»Und womit willst du die Schiffsreise nach Kampanien bezahlen? Hör zu: Ich frage nicht weiter. Auf meinem Schiff bist du in Sicherheit. Du darfst mein Mundschenk sein und dir hin und wieder eine Wohltat erweisen lassen.« Lichas zerrte ihn zu dem Laufsteg seines Seglers, dem gerade eine Dame mit einem Knaben an der Hand zustrebte. Sie ging auf hohen Kothurnen und wiegte sich in den eng gegürteten Hüften. Ihr Haar stand, sorgfältig gedreht und geflochten, wie ein Turm auf dem Kopf. An den Ohren schaukelten schwere Juwelen. »Das ist sie!« flüsterte Lichas wie verwandelt. »Sieh in Tryphaena deine Mutter, mein Junge, und Giton wird dir gewiß ein zärtlicher Bruder sein.«

Tryphaena wartete, mit einem Finger an der Perlenkette nestelnd, die ihr doppelt um den hohen, dünnen Hals hing. Ihr Kopf war schmal wie der einer Windhündin, die Nase lang und kräftig. Ihr angemalter Mund hatte Mühe die vorstehenden Schneidezähne zu bedecken, auch wenn sie nicht lächelte. »Was bringst du mir da für einen Satyr?« Sie beäugte Titus länger unten als oben.

»Nicht dir«, verbesserte Lichas. »Laß mir meinen Fang, so laß ich dir deinen.«

»Was hat er gekostet?«

»Nichts. Ich habe mir wie in Vorväterzeiten meinen Sklaven selbst gefangen.« Auf dem Laufsteg schon rief er seinen Leuten zu: »Flink! Wir sind vollzählig. Taue los und Segel setzen!«

»Ich bin kein Sklave«, beschwerte sich Titus. »Es ist nicht statthaft, einen freigeborenen römischen Bürger zu entführen. Ich lege beim Prätor Verwahrung ein!«

»Auf hoher See bin ich der Prätor!« donnerte Lichas und schlug sich mit der Faust auf die Brust. Der Laufsteg wurde schon eingeholt. »Und sind wir erst in Massilia, glaubt man mir mehr als dir.«

»Nach Massilia segelt ihr?«

»Du doch auch! Unter diesem Wind läuft kein Schiff nach Süden aus. Tröste dich: Auch in Massilia leben freundliche Griechen.«

Der Abendwind blähte das Segel. Die knarrenden Ruder arbeiteten nicht lange. Friedfertig klatschten die Wellen am Bug vorüber, der sie in schneller Fahrt durchschnitt. Nach Massilia also, an Galliens südliche Küste, in die entgegengesetzte Richtung! Seine Odyssee begann gerade erst.

Auf einer Auktion war Lichas, wie er sich beim Nachtmahl brüstete, die »Nemesis« billig zugefallen, eins der kaiserlichen Lustschiffe des Caligula, die mit goldenen und silbernen Beschlägen, Elfenbeinkanten und Edelsteinborten prunkten. Das Heck war mit Oleanderbüschen, Weinstökken und kleinen Obstbäumen bepflanzt. »Billig« war sicher ein Scherz. Aber der neue Kaiser versuchte zu sparen und stieß manches aus der Hinterlassenschaft seines unseligen Vorgängers unter Wert ab.

Sie speisten in einer schwach erleuchteten Laube des Hecks. Mit seinem Schmuckstück, prahlte Lichas, kreuzte er zu seinem Vergnügen zwischen den Häfen, in denen er Geschäfte abwickelte, um seine Frachtschiffe und Handelskontore zu beaufsichtigen. Wenn man ihm glaubte, unterhielt er eine ganze Flotte, die Wein und Öl, Getreide und Bauholz, Marmor und Erz an allen Küsten zwischen Alexandria und den Säulen des Herkules aufkaufte oder feilbot.

»Eigentlich bin ich reich genug«, sagte Lichas. »Ich besitze in Massilia ein schönes Haus, was sage ich: einen Palast, in dem auch der Kaiser sich wohl fühlen würde. Ich könnte mich dort zur Ruhe setzen und ein faules Leben führen. Aber ich war schließlich selbst einmal Sklave und habe als Freigelassener lange fremde Vermögen verwaltet; ich weiß, daß ich bald nackt übers Forum laufen würde, wenn ich in meinem Besitz die Augen nicht überall hätte. Außerdem ließe mein Weib Hedyle mir keine Ruhe. Sie ist nämlich, so gut sie auch haushält, zänkisch und trocken wie ein Reisigbesen. Wenn der Seemann nach Hause kommt, nicht wahr, dann wetten die Türflügel mit den Beinen seiner Frau, wer sich weiter aufsperrt. Aber meine Hedyle? Sie empfängt mich mit Flüchen und läßt sich meine Einnahmen vorrechnen. Dabei weiß ich nicht einmal, was sie während meiner Abwesenheit treibt. Freilich, niemand sagt ihr etwas nach. Sooft ich nach Hause komme – ihr Ruf als ehrbarste Matrone von ganz Massilia ist unerschütterlich. Ich glaube, Venus hat ihr einen Eisklumpen von den Gipfeln der Alpen in den Schoß gelegt. Von dort stammt sie nämlich.«

Tryphaena aß gelangweilt und ließ kein Auge von dem neuen Fahrgast, der mit Heißhunger verschlang, was der Knabe Giton ihm vorlegte. Lichas lehnte sich satt ins Polster zurück und spuckte die Kerne der Oliven, von denen er noch naschte, beharrlich Titus in den Schoß. »Du sollst es gut bei mir haben! In meiner Kajüte ist ein Schlafplatz für dich. Bist du nicht müde vom vielen Laufen?«

»Wie heißt du überhaupt?« fragte Tryphaena und hielt Lichas, der eine Olive kaute, die Hand vor den Mund.

Titus antwortete griechisch und nannte sich Encolpius.

»Ein wunderhübscher Name!« erstaunte Tryphaena. »Eine liebreiche Mutter muß ihn dir geschenkt haben. Wo lebt sie?«

»Ich weiß nicht, wer sie gekauft hat«, antwortete Encolpius.

»Armer Junge! Ich werde sie dir ersetzen. Auch in meiner Kajüte ist noch ein Schlafplatz.«

»Der gehört mir!« warnte Lichas.

»Wie der bei dir der meine ist!« entgegnete Tryphaena.

»Hüte dich vor ihr«, riet Lichas und rückte seinem Fang näher. »Sie ist noch geiler, als ihr Name besagt, eine Mänade, die sich nicht einmal mit einer ganzen Rotte Satyrn zufriedengibt. In Tarent habe ich sie mir angelacht, für unterwegs. Aber ich fiel wie ein Hähnchen aus dem Schnee in den Siedekessel.«

Tryphaena warf eine Gurke nach ihm, so heftig, daß ihr Kopf wackelte und die Ohrgehänge klimperten. Lichas fing die Gurke auf und hielt sie ihr anzüglich entgegen. »So etwas solltest du nicht wegwerfen, Liebling, zumal ich heute Encolpius zu mir nehme.«

»Wir haben einen Vertrag!« trotzte Tryphaena. »Ich kann mich jederzeit von dir trennen.«

»Schon, schon«, lachte Lichas. »Aber auf hoher See?«

»Auch auf hoher See!« rief Tryphaena und stürzte an die Reling.

Lichas eilte ihr nach und redete begütigend auf sie ein. Die Büsche in ihren Kästen verdeckten die Sicht. Man hörte die beiden keuchen wie zwei Ringer. Giton, lockig, geschminkt und in Mädchenkleider, kauerte sich vor Encolpius. »Bleib ruhig, es geschieht nichts. Sie wird nicht ins Meer springen. Und Lichas wird dir kein Leid tun. Seine Augen sind größer als seine Eier. Sie hat ihn längst völlig fertiggemacht.«

In diesem Augenblick plumpste dennoch etwas ins Meer. Erschrocken huschten die beiden unter den Oleanderzweigen hindurch. Aber sie fanden Tryphaena und Lichas in fester Umarmung. Einer der mit Erde gefüllten Kästen war von Bord gekippt. Im mondbeschienenen Kielwasser trieb sein Wipfelchen davon. Lichas kniete nieder und grub schnaufend sein einäugiges Gesicht in Tryphaenas Schoß, während sie ein inbrünstiges Gebet an Venus vulgaris zu den Sternen sandte. Dann ging das Paar unter Deck.

Giton richtete Encolpius den Schlafplatz in der Kajüte des Lichas, sagte noch ein paar beruhigende Worte und verschwand. Als Lichas kam, hatte Encolpius eine Weile schon geschlafen. Der Schiffsherr streichelte ihn und küßte ihm den Nacken. Dann ließ er sich in seine schaukelnden Bettgurte fallen und schnarchte.

Ähnlich verliefen die folgenden Nächte und auch die Mittagsstunden, wenn die Hitze sogar die Seeleute, die gerade nichts zu tun hatten, in den Schatten trieb. Manchmal gelang es Lichas, sich von seiner Geliebten loszureißen. Encolpius, wenn er nicht wirklich schlief, stellte sich schlafend und vermied es, auf dem Bauch zu liegen, denn Lichas versuchte oft, ihm die Hinterbacken zu küssen. Zur Gewalt schien er sich nicht mehr entschließen zu können. Er lüpfte behutsam und neugierig das Gewand des Gastes, betrachtete sein Gemächt und stellte es auf die Probe. Encolpius vergaß, daß er den Göttern kein irdisches Walten mehr zutraute, und sprach lautlos ein Stoßgebet an Diana, die jungfräuliche Hüterin der Keuschheit. Als hätte die Göttin ihn erhört, ließ Lichas den Erfolg seiner Streichelei stehen und wandte sich seufzend ab: »Ach nein, ich hebe ihn mir für ein andermal auf.«

Giton gab Encolpius, sooft sie einander begegneten, findig kund, wie es sich mit den Herrschaften verhielt. »Seit du an Bord bist«, flüsterte er ihm zu, »nimmt sie den Lichas noch häufiger in Dienst. Du kannst es glauben: Sie hat wirklich ein mütterliches Herz und will nicht, daß er dich beschmutzt.«

Für Giton mochte sie mütterlich empfinden; er zählte vierzehn oder fünfzehn Jahre. Sie hatte ihn einem verarmten Reeder in Korinth, einem Schuldner des Lichas, abgekauft mit dem Versprechen, ihn zu pflegen und zu erziehen und zurückzubringen, sobald die Eltern zahlen konnten. Seine Dienste galten als Zinsen. Er versah bei ihr die Stelle einer Zofe, damit, wie sie sagte, kein zweites Weibsstück das Schiff unsicher machte. Für seine Unberührtheit sollte Lichas selbst haften. Denn Tryphaena, die sich auf Verträge gut verstand, hatte ein Schriftstück im Tempel der Artemis von Korinth hinterlegt, nach dem Gitons Vater sofort sämtliche Schulden erlassen wurden, wenn dem Kind das geringste zustieß, und Lichas zahlte nicht gern für Vergnügen, die keinen Gewinn abwarfen.

Nicht lange blieb verborgen, weshalb ihr so viel an der Reinheit des unfreiwilligen Fahrgastes lag. Bei Tisch pflegte sie, wiewohl gesättigt, zu sagen: »Ich habe solchen Appetit auf Wurzeln!« Dabei sah sie immer seltener Lichas an, immer häufiger Encolpius. Oder sie erwog, die Kästen mit den Bäumchen, Rebstöcken und Gemüsestauden musternd: »Auf diesem Schiff könnte man auch Spargel ziehen.« Sie räkelte sich im Polster und seufzte, sie höre nicht gern immer dieselben Nüsse klappern, sie höre viel lieber mal einen anderen Spatz zwitschern. Einmal wandte sie sich unverblümt an Encolpius: »Welches Handwerk du auch gelernt haben magst, Jüngling, du solltest dein Werkzeug nicht zu lange schonen!«

Lichas fürchtete um seine Rechte und ging jedesmal mit ihr unter Deck, auch wenn er sichtlich keine Lust hatte. Doch ihr Schatz an zweideutigen Worten erschöpfte sich daran nicht. Sie pries, obwohl niemand von Krieg sprach, das Glück der Soldaten, nach mutigem Kampf von einem Pfeil, einem Schwert, einer Lanze durchbohrt zu werden, machte sich Vorwürfe, daß sie die Schlange nicht gekauft hatte, die ihr in einer Gasse von Ostia feilgeboten worden war, seufzte, sie fühle sich matt, daß ein rechter Pfosten vonnöten wäre, sie zu stützen, nicht die dünne Gerte, das biegsame Zweiglein, das ihr immer geboten werde. Lichas schlug mit der Faust zwischen das metallene Geschirr und drohte ihr Prügel an. »Drohe mir nur mit deinem Stock!« höhnte Tryphaena. »Ich weiß einen härteren Prügel, der soll mich bezwingen, den will ich schmecken. Du bist rundherum nichts als eine leere Drohung wie diese Wolke da oben am Himmel, aus der kein Lüftchen bläst.«

Die Sommerwinde wurden tatsächlich fauler. Die Segel hingen schlaff; die Rudersklaven bekamen zu tun. Tryphaena fühlte sich von den Hammerschlägen des Rudermeisters belästigt und verlangte, Lichas solle ihnen mehr Ruhe gönnen. So kam das Schiff nur langsam voran. Als in der Ferne ein felsiges Vorgebirge auftauchte, stöhnte Lichas: »Das ist erst Korsika! Noch nicht die Hälfte der Strecke hat unsere ›Nemesis‹ zurückgelegt.«

Lieber teilte ich an dieser wilden Küste mit Seneca die Verbannung, dachte Petronius, als noch einen einzigen Tag auf diesem Schiff zuzubringen.

Denn Lichas hielt nicht durch. Er schlief bei Tisch ein. Als sich Tryphaena erhob und Encolpius seiner Wege gehen wollte, faßte sie seine Hand und sagte: »Wir können gut und gern eine Bettdecke einsparen.«

Er suchte nach einer Ausflucht: »Bitte verzeih mir, ich kann nicht, denn ich liebe schon eine Frau.«

Sie war keineswegs verstimmt. »O wie reizend! Ist sie schön?«

»Sie ist schön«, antwortete er. Wen meinte er eigentlich? »Du aber bist schöner.«

Die Lüge löschte ihren Zorn. »Sag mir ihren Namen!« lockte sie.

»Doris!« So nannte er heimlich Agrippina, wenn er an sie dachte.

»Komm, du wirst mir viel von ihr erzählen!«

Er saß an ihrem Bett und stammelte. Die Wahrheit hätte

diesem eitlen, dummen Ding unglaublich geklungen, und um Glaubwürdiges zu erfinden, fehlte ihm die Ruhe. Tryphaenas mütterliche Zudringlichkeit gemahnte ihn an die Phädra der griechischen Tragödie, die, als ihr Stiefsohn sie abwies, wie eine Vergewaltigte um Hilfe geschrieen hatte. Tatsächlich drohte sie, bei Lichas als Raub einzuklagen, was er in unbegreiflicher Torheit verschmähte.

»Er wird dir nichts glauben.«

»Zweifle nicht! Ich kenne ihn. Eifersucht, gepaart mit Besitzgier, glaubt derlei nur zu gern. Das mindeste wäre, daß er dich doch noch zu dem zwingt, wovor ich dich so lange zu bewahren wußte. Weißt du mir dafür keinen Dank?«

So gab er sich geschlagen und half Tryphaena, eine Bettdecke einzusparen. Es fiel ihm nicht allzu schwer, denn sie pflegte sich. Giton wartete mit Erfrischungen auf.

Sie war weder enttäuscht noch zufrieden. »Du bist wie Falernerwein. Man bekommt vom Trinken Durst!«

Sooft Lichas bei Tisch einschlief, richtete sie an Encolpius ihre klug ausgedachten Fragen. »Willst du mir nicht das Gärtlein umgraben?« hieß es einmal ums andere. »Weißt du nicht, wie man einer ehrbaren Frau die Pforte aufstößt?« Mit der weichesten Stimme, der sie fähig war, lud sie ihn ein: »Komm, Zimmermann, oder was du gelernt hast! Laß uns endlich den Mast ins Schiff setzen.« Auch Encolpius war nicht immer aufgelegt. Fand sie ihn träge, rüttelte sie ihn auf: »Zeige, daß du mein Gebieter bist, und schwinge dein Zepter!«

Lange ließ Lichas sich doch nicht täuschen. Aber er machte mit unerwarteter Milde seine Rechte geltend und wahrte sich nur nach Bedarf den Vortritt. Im übrigen war er Encolpius eher dankbar. »Als ich dich einfing«, bemerkte er einmal, »ließ ich mir nicht träumen, wozu solch ein Satyr wie du alles gut ist.«

Es kam vor, daß Lichas den Mittag verschnarchte und auch sein Satyr sich nicht vom Polster bewegte. Nun fing Giton an, ihn zu betteln: »Bitte, Encolpius, hab ein Herz und überwinde dich! Auch ich bin vor ihr nicht mehr sicher.

Wenn du dich meiner zarten Jugend erbarmst, werde ich, sobald wir an Land sind, gewiß eine Gelegenheit finden, es dir zu vergelten.«

Meist fand er bald Verständnis. Manchmal aber verfluchte Encolpius das Schiff samt Lichas und Tryphaena: »Beim Neptun! Wie ich diesen Katzenstall hasse!«

»Auch ich«, antwortete Giton, »habe die ›Nemesis‹ herzlich satt. Vergönnte mir Poseidon, über die Wellen zu laufen, ich liefe ohne Rast nach Korinth zurück zu meinen lieben Eltern.«

»Wohl dir, daß Eltern auf dich warten!« antwortete Encolpius. »Wie gern würde ich Lichas und Tryphaena eins auswischen!«

»Warte, bis wir an Land sind! Ich finde gewiß eine List, mit der wir beide ihnen entkommen.«

Einmal, als Giton sehr lange auf seinen neuen Freund hatte einreden müssen, hörten sie, vor Tryphaenas Kajüte tretend, Laute der Lust, obwohl Lichas mit seinem Schnarchen das Schiffsheck zittern machte. Neugierig den Vorhang teilend, sahen sie, wie sich Tryphaena mit einem Baubon, auch Olisbos genannt, abgab. Sie erschrak nicht im geringsten und versuchte ihr Treiben auch nicht zu verbergen. Sondern anklagend hielt sie ihnen den rotledernen Notknecht entgegen und grollte: »Was wollt ihr! Für eine freigeborene Frau ist er immer noch schicklicher als ein Rudersklave.« Doch als Encolpius sich zu ihr legte, nicht lustlos übrigens, denn der unerwartete Anblick spornte ihn an, flüsterte sie an seinem Ohr: »Bitte sag Lichas nichts davon. Er würde sich entrüsten. Je mehr wir uns Massilia und seiner Gattin Hedyle nähern, desto unerträglicher kehrt er den biederen Hausherrn heraus. Wenn du mir versprichst, zu schweigen, will ich dir etwas Ruhe gönnen.«

Dieses Angebot brachte ihm nicht nur die willkommene Verschnaufpause, sondern verhalf ihm auch zu einem Plan. Seit der Wind kräftiger blies und die Berge Liguriens näher kamen, ließ Lichas sich von Giton mehrmals am Tage ein elfenbeinernes Kästchen bringen, um ein kostbares Geschmeide zu bewundern, das darin auf purpurnen Samt gebettet lag. »Dies werde ich meiner Hedyle schenken«, sagte er, als ihm sein Satyr über die Schulter lugte, »als Entschädigung dafür, daß sie mich so lange entbehren mußte. Das wird sie sanfter und zugänglicher stimmen als sonst. Und weil sie, wie ich sie kenne, allen Leuten in Massilia erzählt hat, ich wäre ein Raffzahn und Geizkragen, will ich ihr gleich auf der Mole, umringt von den Hafenbeamten und den Würdenträgern der Stadt, die zu meinem Empfang immer erscheinen, das Kästchen geöffnet überreichen. Sie soll den Inhalt herumzeigen, damit jeder weiß, wer ich bin. Ich zweifle nicht: Man wird mich gebührenfrei unter die Priester des Göttlichen Augustus aufnehmen.«

Was sein Ansehen in Massilia betraf, so hatte Lichas nicht geprahlt. Das Nahen des Prunkseglers, der an den blinkenden Beschlägen und dem Garten auf seinem Heck gut erkannt wurde, war schon von der Küstenwache gemeldet worden. Als sich die Anker in den Grund des Hafens gruben, warteten am Kai mit den Hafenbeamten die angesehensten Bürger oder ihre Vertreter, um Lichas zuzujubeln und die Götter zu preisen, wenn er sein treues Weib Hedyle nach langer Zeit wieder in seine Arme schloß.

Tryphaena zog sich unaufgefordert in ihre Kajüte zurück. Giton und Encolpius jedoch durften dicht hinter Lichas den Laufsteg hinabschreiten. Sie hielten sich bei den Händen, denn gleich hatten sie einen Augenblick allgemeiner Verwirrung für ihre Flucht zu nutzen.

Hedyle trug ihr schönstes Kleid. Das Geschmeide hätte darauf sehr gut gewirkt und gewiß ein wenig von ihrer Häßlichkeit abgelenkt. Mit mißtrauisch verkniffenem Mund blickte sie Lichas entgegen. Beinahe feindselig verengten sich ihre kurzsichtigen Augen. Als Lichas das Tuch von dem Kästchen in seiner Rechten nahm, lief ehrfürchtiges Murmeln durch die Reihen der Umstehenden. Alle Blicke spähten unter den Deckel des Kästchens, den Lichas langsam mit der Linken abhob. »Nimm es nur!« drängte er. »Zeige es herum!«

Ihm selbst verbarg der Deckel noch den Inhalt des Kästchens. Kurzsichtig, wie sie war, versäumte auch Hedyle, es rasch wieder zu verschließen. Ihre Augen unterschieden nicht gleich das rote Leder von dem purpurnen Samtpolster. Alle anderen aber sahen den Notknecht prangen, den Giton heimlich entwendet und gegen das Geschmeide vertauscht hatte, wie Encolpius ihn geheißen. Neugierig, aber schwer von Begriff, hielt Hedyle das beschämende Dingsbums prüfend in die helle Sonne.

Man kicherte. »Wie sinnig!« Jemand rief: »Du willst wohl gleich heute wieder abreisen, Lichas?« Ein Hafenbeamter prustete: »Das nenne ich ein passendes Seemannsgeschenk!«

Lichas war erbleicht. Tryphaena, durch die verwunderten Rufe und das Gelächter aufs Heck gelockt, rief: »Da ist er ja! Gerade suche ich ihn in allen Winkeln!« Da sie sich nun doch gezeigt hatte, bestand sie darauf, daß er ihr gehörte, um jeden Verdacht gegen ihre Beziehungen zu Lichas abzuwenden, als wäre sie eine einsame Reisende.

Hedyle lief mit verhülltem Haupt davon. Der Lederphallus war stupsend den Würdenträgern vor die Füße gerollt. Giton hatte den rechten Augenblick erkannt und wie verabredet Reißaus genommen. Nicht so Encolpius. Er wartete, daß Giton das ausgetauschte Geschmeide hinwarf, damit man sie nicht auch als Diebe verfolgte, denn ein so schwerer Raub vervielfachte den Eifer der Häscher. Verwirrt starrte er dem Jungen nach. Da wand er sich schon in den Händen der Hafenwache.

Lichas tobte. Doch als man ihm seinen Satyr vorführte, bemühte er sich um Fassung. »Wo ist das Geschmeide?« Der Junge habe es. »Also laßt ihn los!«

Die Wache machte Anstalten, Encolpius zu durchsuchen.

»Laßt ihn los!« wiederholte Lichas.

Kaum war er frei, rannte Encolpius in die Richtung, in der er Giton hatte verschwinden sehen. Nach wenigen Schritten wurde er gefaßt. »Sagte ich es dir nicht? Wer flieht, den jagt man«, rief Lichas. »Ich wollte nur sehen, ob du mit drinsteckst. Jetzt durchsucht ihn!« Da sie nichts fanden, fragte

Lichas versöhnlicher: »Sag, warum habt ihr das ausgeheckt?«

»Ich nahm an«, stammelte Encolpius, »weil du Hedyle gram bist, würdest auch du lachen. Ich wollte nichts stehlen!«

Lichas rollte sein einziges Auge und stemmte die Hände in die Hüften. Er wartete, bis sich die Erheiterung der Schaulustigen legte. »Es ist wahr, ich bin manchmal Hedyle gram«, sagte er und blickte mit seinem Auge herrisch in die Runde. »Aber sie ist meine Gattin, und wer sie öffentlich bloßstellt, bringt auch über mich Schande. Du hast nicht gestohlen, aber du wußtest von dem Anschlag. Der Lumpenjunge kommt ans Kreuz, dafür sorge ich ...«

Er wurde von Tryphaena unterbrochen, die den Laufsteg herabschwebte und auch Giton als ihr Eigentum beanspruchte.

»Schweig!« brüllte Lichas. »Sonst haftest du für den Schmuck!«

»Übe wenigstens mit Encolpius Nachsicht!« flehte Tryphaena.

»Gut! Er mag sich selber heraushauen«, beschloß Lichas. »Anläßlich meiner Heimkehr gebe ich morgen Gladiatorenspiele. Encolpius soll als Gladiator in der Arena kämpfen und sein Schicksal selbst entscheiden. Ich hoffe«, wandte er sich an einen der Würdenträger, »das Gericht wird noch heute zusammentreten und dieses Urteil angemessen finden.«

VI. BUCH: ULIXES IN LUMPEN

»omnia« inquam »ista vera sunt; nec ulli enim celerius homines incidere debent in malam fortunam, quam qui alienum concupiscunt. unde plani autem, unde levatores viverent, nisi aut locellos aut sonantes sacellos pro hamis in turbam mitterent? sicut muta animalia cibo inescantur, sic homines non caperentur, nisi spei aliquid morderent«

»Das alles ist wahr«, sagte ich. »Und kein Mensch müßte schneller ins Unglück geraten, als wer sich aneignen will, was ihm nicht gehört. Aber wovon sollen denn die Landstreicher, wovon die Spitzbuben leben, wenn sie nicht als Angelhaken Kästchen oder von Münzen klappernde Beutelchen unter die Leute legen würden. Wie man die stummen Tiere mit Futter ködert, so lassen auch die Menschen sich nur fangen, wenn man sie an einem bißchen Hoffnung knabbern läßt« ...

Petronius, Satyricon, 140, 15

Das schwimmende Reich der Phaiaken

Die Nacht hatte Encolpius im naßkalten Keller der Gladiatorenkaserne verbracht. Kräftige Nahrung und Polster für die Pritsche waren ihm gebracht worden, denn sein Gegner sollte keinen Halbtoten abstechen. Aber Waden und Handgelenke schmerzten von den Ketten. Eine schwere Rüstung drückte ihm auf die Schultern. Ein eiserner Helm, der fast den ganzen Kopf umschloß, benahm ihm den Atem. Die Beinschienen klemmten, die klobigen Schuhe erlaubten nur tappende Schritte. Das Sonnenlicht der Arena blendete. Er stapfte in den Sand. Aus den zugeharkten Bluttümpeln stieg ein süßlicher Geruch. Der Ausrufer kündete griechisch den Kampf an: Tytos Enkolpios gegen den unbesiegten Sohn der helvetischen Berge, den berühmten Odomarix. Titus Encolpius verwünschte die hochnäsige Trägheit, mit der er es immer verschmäht hatte, sich von Gladiatoren schulen zu lassen. Sprechchöre priesen Lichas, den Segensbringer Massilias. »Athena und Poseidon mögen ihn schützen!«

Ein Büttel drehte seine Schultern, damit er sich vor der Tribüne des einäugigen Lichas verneigte. Der Schiffsherr prangte im neuen Ornat eines Augustuspriesters. Da erschien der Gegner, ein strohköpfiger halbnackter Hüne, bewaffnet mit Dreizack und Netz. Der Büttel berichtigte die Art, wie Encolpius Schild und Schwert hielt, und schob ihn auf eine bestimmte Stelle. Die Menge lachte, wartete, murrte. Plötzlich hörte er den Büttel an seinem Ohr zischen: »Weiche nicht von dieser Stelle!«

Der Helvetier hob den Dreizack und wedelte mit dem Netz. Wie lange konnte man mit so viel Blech auf dem Leib dem Netz entgehen? Vielleicht hatte der Büttel recht: Ließe er sich erst herumjagen, würde ihm nur desto lauteres Gelächter auf seinem Weg in den Orkus nachhallen. Doch Odomarix traute dieser Schicksalsergebenheit nicht. Langsam umkreiste er sein Opfer. Blitzschnell warf er das Netz und holte es wieder ein. Er riß Encolpius den Schild aus der Hand. Enttäuscht über die rasche Entwaffnung stöhnten die Schaulustigen auf. »Nimm hin!« brüllte Odomarix und schleuderte seinen Dreizack. »Gib's ihm!« johlten die Ränge. Der Dreizack prallte an seinen Brustpanzer. Stürzte er, oder ließ er sich fallen? »Er hat's!« hörte er tausendstimmig. Unter ihm gab der Boden nach. Vielleicht war er tödlich getroffen und träumte schon den Traum eines Sterbenden? Der Schreck war ihm unters Nasenbein gestiegen wie in jenem Augenblick, als die Erdkante der Steilküste unter ihm nachgegeben hatte und in die Tiefe des Golfes gestürzt war. In einer Kaskade aus Sand fiel er ins Dunkel. Ein schmerzhafter Aufprall nahm ihm das Bewußtsein.

Zuerst hörte er sein Blut in den Ohren rauschen. Dann vernahm er das Geschrei der Seevögel. Er spürte Prellungen an Kopf und Schultern, fühlte sich auf einer schwarzen Flüssigkeit aus einem tiefen Schacht emporgetragen. Als er die Augen öffnete, erkannte er Gitons Gesicht. Giton hatte Wort gehalten. Er blickte besorgt vor sich hin. Als er sah, daß Encolpius erwachte, lächelten seine Augen; der Mund blieb ernst. »Verzeih mir, daß ich mein Versprechen nicht sanfter einlösen konnte.« Ein Fremder kauerte sich neben ihn, fragte: »Ist der Bettfechter endlich bei sich? Tryphaena verlangt nach ihm!«

Jetzt wurde er auf entferntes Stimmengewirr aufmerksam. Tryphaena verwahrte sich schrill und unter Drohungen. Männer lachten sie aus. »Elendes Piratengesindel! Mir verdankt ihr das Schiff. Jetzt wollt ihr mich in dieser Nußschale aussetzen?«

Der Fremde eilte fort. Jemand rief: »Alkinoos duldet unter uns keine Weiber.« Die Stimme des Fremden setzte hinzu: »Uns alle überstehst du nicht! Nimm dir deinen Bettfechter mit!«

»Wer ist das?« fragte Encolpius. »Wo bin ich?«

»Unser neuer Beschützer«, antwortete Giton, »nennt sich Ascyltus, weil er sich von niemandem einschüchtern läßt. Sei nett zu ihm, auch wenn er dir zu grob vorkommt. Du verdankst ihm dein Leben. Ich kenne ihn schon lange. Er lebte im Hause des Lichas, um Hedyle und ihrem Sohn Lesen und Schreiben beizubringen. Als Lichas einmal längere Zeit in Massilia blieb, wurden wir Freunde. Eine wohlwollende Gottheit muß meine Schritte gelenkt haben, als ich am Hafen fortlief und dich verlor, denn auf der Landstraße nach Olbia rannte ich geradewegs Ascyltus in die Arme.«

Ascyltus erschien wieder hinter Gitons Schulter und fragte: »Tryphaena möchte wissen, ob du lieber mit ihr reist!«

»Mit wem reise ich, wenn ich nein sage?«

»Gerade war ich dabei, es ihm zu erzählen«, sagte Giton.

Ascyltus war von Hedyle aus dem Haus geekelt worden und unter die Piraten gegangen. Als Späher hatte er in einem verfallenen phönikischen Küstenwachturm bei den Stoechadischen Inseln die »Nemesis« ausgespäht. Die goldenen und silbernen Beschläge, die weithin in der Sonne blinkten, stachen den Piraten in die Augen. Doch ehe sie mit ihrem Schiff »Bona Dea« auslaufen konnten, lag die »Nemesis« im Hafen von Massilia. Ascyltus war in die Stadt geschickt worden, um auszukundschaften, ob sich das Prunkschiff bei Nacht von der Mole entführen ließ. Eine Bestechungssumme für die Ruderwache trug er bei sich.

»Aber ich hatte den Göttern gelobt, dich zu retten«, ereiferte sich Giton. »Und kaum hatte Ascyltus gehört, daß sich Tryphaena auf dem Schiff befände und mir das Kreuz drohte, änderte er den Plan: Ich sollte als Lockvogel dienen.«

»Tryphaena, wie man sie kennt«, sagte Ascyltus, »würde, kaum daß sie Gitons Stimme hörte, die Ruderwache bewegen, den Laufsteg herunterzulassen. Die paar Trunkenbolde niederzumachen, traute ich mir schon zu.«

Ein Löwengesicht mit gespaltener Nase beugte sich über Encolpius. »Was ist? Tryphaena wartet schon im Boot. Sie behauptet, keiner könne sie so gut rudern wie du.«

»Du kommst gerade recht«, sagte Giton. »Die Schlampe soll warten. Auch diesem Mann, Encolpius, verdankst du dein Leben. Es ist der Maschinenmeister des Amphitheaters. Das Geld, mit dem Ascyltus nachts die Ruderwache gewinnen sollte, haben wir ihm zugesteckt, damit er uns unter die Arena ließ. Wir wollten deine Leiche in Empfang nehmen. Ascyltus jedoch, dem kaum ein Gewerbe unbekannt ist, zog rechtzeitig den richtigen Hebel, so daß du uns noch lebend vor die Füße fielst. Der Maschinenmeister schäumte zwar über den Betrug, begriff aber beneidenswert rasch seine Lage und kam mit uns. Ascyltus hieb uns mit deinem Schwert den Weg frei, und er trug dich in unser Versteck.«

»Giton hat mir erzählt«, ergänzte Ascyltus, »wie gut du dich bei Tryphaena als Bettfechter gehalten hast. Da dachte ich mir, so einer ist als Lockvogel noch sicherer, und bestach auch den Büttel, damit er dich an der richtigen Stelle hielt.«

»Versuche aufzustehen!« sagte Giton. »Sieh dort, die ›Bona Dea‹, das Schiff des Piraten Alkinoos, in dessen Gewalt wir uns jetzt befinden.« Unweit der »Nemesis« durchschnitt ein stolz aufgeschwungener Bug, dessen Schnabel in den Kopf eines ergrimmten Ebers auslief, die glitzernden, gischtenden Wellen. »Diese ›Gute Göttin‹ nahm uns ins Schlepp, nachdem wir Tryphaena herausgelockt, die Ruderwache überwältigt und die ›Nemesis‹ entführt hatten. Sie wartete auf offener See. Aber jetzt sind wir schneller und schleppen den alten Kasten.«

Encolpius versuchte ein Stück zu gehen. Da erblickte er Tryphaena, die händeringend im Beiboot über den Wellen hing. Sie schrie in Todesangst nach einem Mann, der sie an Land rudern sollte. Die Piraten weideten sich an ihrer Not. Ascyltus spottete: »Der Notknecht schafft es wohl nicht?« Sie schrie nach Encolpius. »Der ist nicht bei Kräften!« lachte Ascyltus.

»Komm, mein Giton«, sprach Tryphaena feierlich. »Wir weichen der Unmenschlichkeit dieser Barbaren!«

»An Land«, antwortete Giton, »erwartet mich das Kreuz.«

»Aber Giton, mein Giton! Was soll ich deinen Eltern in Korinth sagen?«

»Sag ihnen, mir ginge es gut, ich lebe bei den gutmütigen Phaiaken und komme nie mehr dorthin, wo man Kinder verkauft.«

Schließlich ging Ascyltus, der auf der »Nemesis« den Befehl übernommen hatte, unter Deck und fragte die gefesselte Ruderwache, wer zu der Dame ins Beiboot steigen wolle. Es fanden sich zwei linkische Kerle. Die anderen wollten lieber bei den Piraten bleiben. Sie schworen bei allen Göttern Treue.

»Wartet, bis euch Alkinoos gesehen hat!« sagte Ascyltus.

Er stieg mit den beiden zu Tryphaena ins Beiboot, um seine Maßnahmen auf der »Bona Dea« zu melden. Die Winde quietschte.

Encolpius hatte sich in eine Ecke gesetzt. Der Maschinenmeister des Amphitheaters gesellte sich mit Giton zu ihm.

»Piraten haben mich gerettet!« sagte Encolpius. »Als hätte Merkur mir beigestanden!«

»Phaiaken!« berichtigte ihn Giton. »Nenne sie Phaiaken, das hören sie lieber. Du wirst sehen, sie sind alle ehrenwerte Leute, die das Unglück verfolgt hat wie uns. Auch der Maschinenmeister, der uns um deinetwillen unter die Falltür der Arena geführt hatte, ist uns inzwischen dankbar, daß wir ihn betrogen haben. Immerhin hat er dein Leben gerettet, statt seins zu verplempern.«

»Es ist wahr«, sagte der Maschinenmeister, »viel taugte mein Leben nicht mehr. Ich aß das Gnadenbrot. Du siehst vor dir einen ruhmreichen Veteranen der Achten Legion Augusta. Die Nase wurde mir jenseits des Rhein von einem Germanenpfeil gespalten. Aber was bekam ich, als ich meine zwanzig Jahre Dienst herum hatte? Ein Gütchen, das sich nicht halten ließ! Ich mußte es einem Freigelassenen verkaufen, weil mich die Schulden erdrückten. Und auch auf meinen Posten im Amphitheater wartete bald ein Jüngerer.«

»Ascyltus war einmal Tuchweber«, erzählte Giton. »Sein Vater ernährte mit diesem Handwerk noch die ganze Familie, acht hungrige Wuschelköpfe! Sie kamen mit einem einzigen Webstuhl durch, weil sie keinen Sklaven mitfütterten. Kaum war auf Pump ein zweiter Webstuhl angeschafft, errichtete ein Freigelassener, der von seinem kinderlosen Herrn geerbt hatte, gegenüber einen Schuppen mit zehn Webstühlen und ein paar Dutzend Sklaven. Aus war es für Ascyltus mit der Weberei. Die Eltern mußten für den Hergelaufenen schuften, der sie ruiniert hatte. Ascyltus schlug sich durch mit Gelegenheitsarbeiten. Aber es liegen zu viele auf der Straße. Ein feiner Herr wollte ihn in Cremona studieren lassen, wenn er bei ihm den Bettfechter machte. Das schmeckte ihm nicht lange. In Massilia las ihn Lichas auf. So lernten wir uns kennen. Du weißt, er kam vom Regen in die Traufe. Aber wovon leben, wenn alle Preise steigen, nur nicht der Lohn für ehrliche Arbeit? Wenn sich die Mieten verdoppeln?«

Sie beobachteten, wie sich die Ruder der »Bona Dea« in Bewegung setzten. Das Piratenschiff holte auf und näherte sich der »Nemesis«, bis eine Laufbrücke von Bord zu Bord gespannt werden konnte. Mit seinen Getreusten, unter ihnen stolzgeschwellt, denn er war gelobt worden, Ascyltus, betrat das Oberhaupt der Piraten den gekaperten Prachtsegler, nahm alles in Augenschein und beschloß, sich darauf einzurichten. Er nannte sich Alkinoos nach dem König der Phaiaken in Homers »Odyssee«, der die Gerechtigkeit liebte. Ascyltus stellte ihm den »Bettfechter« Tytos Enkolpios vor und empfahl ihn seinem Wohlwollen. Der Piratenkönig fragte ihn aus, und Encolpius berichtete, wie es ihm in der Subura von Rom ergangen war.

Alkinoos nickte. »Von Rom her breitet sie sich ja aus übers ganze Reich, die Pest, die uns allen das Leben vergällt hat. Die Sklaven werden immer zahlreicher und billiger. Überall, wo die römischen Adler siegen, fallen sie den Treibern in die

die Hände. Und seit ein Gesetz für die Sklaven bessere Stallungen fordert, hecken sie wie die Mäuse. Mancher Freigeborene, dem sie die Arbeit wegnehmen, hat sich schon selbst in die Sklaverei verkauft. Aber ich fürchte, diese Kleinmütigen verdienen schlecht daran. Ein freigeborener römischer Bürger verdient sein Brot in Freiheit, und wenn es sein muß, nimmt er es sich von denen, die ihn daran hindern wollen. Ich selbst habe eine Mühle besessen. Aber seit Ägypten römische Provinz geworden ist, seit es sich zu Roms Kornkammer entwickelt hat, verwandeln in Italien die Grundbesitzer ihre Getreidefluren in Weinland. Da war meine Mühle gar bald verloren! Der Kaiser wußte, warum er dem Senat weniger einträgliche Provinzen zur Verwaltung überließ und sich selbst Ägypten vorbehielt. So hat er über die Versorgung der Bäcker Rom in der Hand.« Mit leuchtenden Augen sah Alkinoos in die Runde, und mit der Genugtuung eines Mannes, der sich nicht mehr weit von der Vollendung eines ungeheuren Wagestückes weiß, fügte er hinzu: »Aber wir werden den Kaiser in die Hände bekommen!«

Seine Getreuen rumorten beifällig. Unterdessen hatten die Piraten Hausrat und Vorräte von der »Bona Dea« auf die »Nemesis« umgeladen und zwischen den Büschen und Bäumchen des Hecks eine bescheidene Tafel aufgestellt und gedeckt. Giton beeilte sich, das freundliche Bild, das Alkinoos von Encolpius gewann, noch vorteilhafter zu färben. Seine Untergebenen zeigten sich beeindruckt von der gewählten Sprache, dem feinen Benehmen und dem hübschen Gesicht ihres Gastes. Jeder beteuerte auf seine Weise, daß ihn die schlimmen Zeiten zum räuberischen Leben zwangen. Sie waren Töpfer, Schmiede, Färber, Salbenmacher, Ziegelbrenner, Walker, Ölhändler, Korbflechter, Seiler, Schiffbauer gewesen, freigeborene Italiker, deren Gewerbe verkamen, weil wenige Geldsäcke in großen Werkstätten mit Scharen von Sklaven dieselben Dinge wie sie viel billiger herstellten. Zu stolz, von der Wohltätigkeit derer zu leben, die ihre Lebensgrundlage zerstört hatten, waren sie wie Ascyltus Landstreicher geworden, kleine Diebe, Wegelagerer, Betrüger, Spitzbuben, immer gewärtig, für geringe Vergehen einen hohen Preis zu zahlen. Bis sie, einer nach dem anderen, einer mit dem anderen zu Alkinoos stießen, dem sie vertrauten, weil er wußte, woher ihr Elend kam, und entschlossen war, etwas dagegen zu unternehmen.

Die Bande hatte sich der Piraterie verschrieben, als ein Steuermann phönikischer Abkunft ihnen den schweren Frachtsegler »Bona Dea« mit voller Ladung zuspielte.

Jeder hatte ein Recht auf gleichen Anteil. Auch im Umgang miteinander gestand jeder dem anderen gleiche Rechte zu, und ihr oberstes Gebot war die Mäßigung. Das machte sie gutmütig und offen. Wer aber gegen die geringste ihrer einfachen und leicht zu befolgenden Satzungen verstieß, sollte auf einsamen Inseln oder an unbewohnten Küsten ausgesetzt werden. Ihre Beschlüsse faßten sie nach freimütigen Unterredungen, bei denen jeder Gehör fand und niemand verlacht werden durfte. Der Oberbefehl kam dem zu, der für die jeweils bevorstehende Unternehmung den besten Rat wußte. So hatte Ascyltus die Entführung der »Nemesis« in die Hand genommen. Doch es blieb kein Zweifel, daß über allen Ratschlüssen Alkinoos stand. Denn er hatte es verstanden, seinen Phaiaken einen Plan begreiflich zu machen, dem sich jede andere Tat einfügte wie das Glied einer langen Kette. Er wollte nicht, dem Zufall unterworfen, zwischen den Küsten des Tyrrhenischen Meeres kreuzen, sondern eine kleine Flotte zusammenkapern und einen Schatz an edlen Metallen und Juwelen anhäufen, um dann eine Seereise von kaum vorstellbarer Länge und Dauer anzutreten. An ihrem Ende erst sollte jeder über seinen Beuteanteil frei verfügen dürfen: dann würden auch ihre Rudersklaven die Freiheit erhalten.

Der phönikische Steuermann hatte in einer Schrift, die in seiner Familie lange weitervererbt worden war, gelesen, daß seine Vorväter diese Seereise schon einmal erfolgreich gewagt hatten. Afrika, so wußte der Steuermann, sei eine vom Meer umschlossene Landmasse, einer riesigen Insel vergleichbar, sah man ab von der schmalen Landbrücke zwischen Ägypten und Sinai. Wer, so heiß die Sonne brenne, weit genug nach Süden vorstoße, könne sie umsegeln und Äthiopien erreichen, ohne Ägypten zu durchqueren. Alkinoos plante, sobald ihm genügend Schiffe und Vorräte und ein ansehnlicher Schatz zum Tauschhandel mit fremden Völkern zu Gebote standen, durch die Säulen des Herkules das Meer zu verlassen, an dessen Küsten überall römische Legionen standen, so daß sie es »das Unsere« nannten. Er wollte nach Süden segeln, Monate, Jahre, bis Afrikas Küste nach Osten wich, ihr folgen und wieder nordwärts fahren, sobald die Küste sich dorthin schwang. Irgendwann würde er ein Gestade erreichen, das dem König von Äthiopien unterstand. Diesen hoffte Alkinoos dafür zu gewinnen, mit gewaltigen Sperranlagen die Wasser des Nil zurückzuhalten, so daß die große Überschwemmung, ohne die in Ägypten kein Halm wuchs, ausblieb. »Vielleicht«, frohlockte der Pirat, »genügt schon der Ausfall einer einzigen Getreideernte in Ägypten, und eine Hungersnot hält Rom im Würgegriff. Endlich wird das ganze Volk gegen den Kaiser und seine Günstlinge aufbegehren, nicht nur eine Handvoll Schlechtweggekommener! Denn solange noch einige von uns ihr Auskommen finden, wäre jede Erhebung von vornherein verraten. Erst wenn wir alle ohne Brot sind, werden wir einig genug, um den Kaiser zu stürzen. Aber kein Kaiser läßt es so weit kommen. Darum müssen wir dem Brot, das er verteilt, das Wasser abgraben.« Seine erlesene Truppe, fuhr Alkinoos fort, brauchte sich nur noch an die Spitze des Aufruhrs zu setzen, und der Verhaßte, der wie seine Vorgänger Italien und andere Provinzen des Reiches herunterwirtschaftete, war gestürzt, Alkinoos wurde König und herrschte über ein neues glückseliges Reich der Phaiaken so gerecht wie jetzt schon an Bord der »Guten Göttin« und der »Nemesis«.

Encolpius besann sich auf Zeiten, als er noch Titus Petronius gewesen war: Was ihn in der Villa Minervae auf Capreae die Weltkunde gelehrt hatte, ließ Möglichkeiten offen, daß die Seereise ihr Ziel fand. Aber welch ein Umweg! Er stimmte Alkinoos darin zu, daß derjenige Rom einen bedeutenden Dienst erwies, der einen schlechten Herrscher stürzte und einem guten zur Macht verhalf. Er selbst war Zeuge geworden, wie das Scheusal Caligula abgestochen und Claudius auf den Schild gehoben wurde.

»Aber Claudius macht es nicht besser!« unterbrach ihn Alkinoos. »Eher schlimmer! Caligula hat sich bloß um nichts gekümmert. Claudius will überall seine Schrullen durchsetzen.«

Encolpius schwieg und ließ offen, ob er die Reise mitmachen würde. Ein paar Tage lang ging er jedem Gespräch darüber geschickt aus dem Weg. Es fiel ihm schwer, einem Häuflein von Habenichtsen die Errichtung einer gerechten Herrschaft zuzutrauen. Mochten sie noch so kühn, beharrlich und ehrenwert sein! Wer sich daran gewöhnte, anderen das Notwendige wegzunehmen, nahm der nicht bald auch mehr? Hatte Alkinoos auch nur einen Tag gezögert, von der schwerfälligen, schmucklosen »Bona Dea« auf die prächtige »Nemesis« umzuziehen? Die drakonischen Strafen, die er gelegentlich verhängte, redeten eine deutliche Sprache: Einer, der nächstens ausgesetzt werden sollte, weil er sich dem Beschluß der Mehrheit nicht beugte, war ertappt worden, wie er sich zuvor, um nicht zugrunde zu gehen, am gemeinsamen Schatz vergriff. Alkinoos ließ ihn lebend in Stücke hauen und den Seevögeln zum Fraß über Bord werfen. Ein anderer lebte seit langem unter Deck hinter Gittern. Er hatte sich seinen Anteil ausgebeten und wartete darauf, bei der nächsten Landung entlassen zu werden. Doch es gab eine Fülle einleuchtender Gründe, weshalb sich die seefahrenden Phaiaken vorerst von jeder Küste hatten fernhalten müssen. Selbst die gekaperte »Nemesis« war auf offener See erwartet worden. Da im schwimmenden Reich der Phaiaken alles allen gehörte und niemand zur Arbeit gezwungen werden durfte, es wären denn solche, von denen die Seetüchtigkeit der Fahrzeuge und ihre Verteidigung abhingen, stank es auf den Schiffen durchdringend, und fast alles, was der täglichen Bequemlichkeit hätte dienen können, war zerbrochen. Encolpius war bei einem kurzen Besuch auf der »Bona Dea« sofort der überall herumliegende Unrat aufgefallen. Bald befand sich auch die »Nemesis« in einem beklagenswerten Zustand. Mit ihr wollten sie Afrika umsegeln?

Encolpius trat vor Alkinoos und eröffnete unumwunden, daß er in Wirklichkeit der Senatorensohn Titus Petronius war. Er hatte damit gerechnet, daß man ihm nicht glauben würde, aber nicht erwartet, daß man an seiner Geschichte so wenig fand. Die Getreuen des Piratenkönigs kniffen die Augen zusammen. Niemandem blieb der Mund offen. »Mir geht es wie euch«, warb er. »Mein Eigentum haben Unwürdige an sich gerissen! Ich weiß einen kürzeren Weg zur Gerechtigkeit. Helft mir, das Meine zurückzuholen! Es soll uns allen gehören und jedem helfen, das Seine wiederzubekommen.«

»Wie soll das geschehen?« fragte Alkinoos.

»Auf einer der Pontinischen Inseln lebt eine kluge und schöne Frau in der Verbannung. Es ist Agrippina, eine Schwester Caligulas, aber in Ungnade gefallen, weil ihr das Wohlergehen der Römer am Herzen liegt. Sie gehörte zu den Häuptern einer Verschwörung, die mißlang, weil sie Leute wie euch vergaß. Laßt uns diese großartige Frau befreien! Ihr Rat wird uns von unschätzbarem Wert sein. Sie wird uns helfen, denn sie war mir sehr gewogen. Sie ist eine zuverlässigere Hoffnung als die Seereise um Afrika. Ihre Freundschaft ist uns sicherer als die des Königs von Äthiopien. An ihrer Seite könnte, noch ehe dieser Monat zu Ende ist, das römische Volk den Palatin stürmen.«

Die Piraten lachten. Sie meinten, ein kindischer Schwärmer schwatze von einer Märchenprinzessin. »Eine Frau?« spottete Ascyltus. »Wir haben Tryphaena fortgeschickt, damit unter uns kein Streit aufkommt. Nun sollen wir uns ohne Not freiwillig ein Weibsstück aufhalsen? Es wäre aus mit der Gerechtigkeit!«

Alkinoos allein blieb ernst und schwieg lange. Dann hob er die Hand und gebot Ruhe. »Das ist nicht die Frage! Wir sind keine Weiberfeinde, im Gegenteil: Unsere Gerechtigkeit soll auch den Frauen ein besseres Leben bringen. Aber da haben wir es schon: Es geht hier nicht nach Schönheit!

Denkst du, Encolpius, wir haben nicht längst bemerkt, daß du ein verwöhntes Söhnchen aus dem Haus eines Blutsaugers bist? Es ist ganz folgerichtig, daß du uns nun eine verunglückte Blutsaugerin empfiehlst! Uns trennen nicht nur Einzelheiten unserer Pläne. Dein Plan ist weder verwegener noch gefahrvoller als der unsere. Wenn ich dich richtig verstanden habe, bist du, sosehr du unser Freund sein möchtest, schon ein bißchen unser Feind. Es ist wahr, Rom hat genug Unzufriedene, um über Nacht das Unterste zuoberst zu kehren. Aber deine Unzufriedenheit ist nicht unsere. Deine Gerechtigkeit will jedem das Seine wiedergeben. Nicht lange, und die Ungerechtigkeit wäre zurückgekehrt. Wir haben, als wir auf einen Schlag alles verloren, erkannt, wie unsinnig es ist, daß einzelne Menschen mehr an sich bringen als andere. Unsere Gerechtigkeit gibt jedem das gleiche!«

»Diese Rede kenne ich«, antwortete Encolpius. »Nicht nur Schwärmer und verträumte Sklaven führen sie im Mund, sondern desgleichen die Neidhämmel, die keinem mehr gönnen, als was sie selber haben. Wie weit ihr auch kommen mögt: Wölfe werden sich im Schafspelz unter euch mischen. Weder das Seine noch das gleiche wird jeder bekommen. Auch eure Gerechtigkeit kann nicht von Dauer sein.«

»Das Volk wird seine Hirten haben«, antwortete Alkinoos, »die von den Schafen die Wölfe fernhalten.«

Encolpius schüttelte den Kopf. »Wenn ihr meinen Vorschlag nicht annehmt, laßt mich meinen Weg allein gehen. Kennt ihr euch selbst so schlecht? Mußtet ihr nicht Wölfe werden, um euch gegen Wölfe zu wehren? Ich habe von euch etwas hinzugelernt, dafür danke ich euch: Auch ich muß ein Wolf werden, damit ich wiederbekomme, was Wölfe mir entrissen haben. Nur wenn ich wieder besitze, was mir gehört, bin ich stark genug gegen die Schufte, die auch eure Feinde sind. ›Mehr vermag, wer mehr besitzt‹, sagt der Dichter Plautus. Laßt uns freundschaftlich auseinandergehen!«

»Nun meine ich auch«, sagte Alkinoos mit beleidigtem Blick, »daß unsere Wege sich trennen. Denn früher oder später faßt du Fuß auf der Seite der Wölfe, die wir ausrotten wollen.«

Er versprach bitter, bei ruhiger See in der Nähe einer Küste ein Boot zur Verfügung zu stellen, weil die Entführung der »Nemesis« Encolpius mitzuverdanken war.

»Ich möchte mit ihm gehen«, bat Giton, »ich gehöre zu ihm.«

Alkinoos nickte bedauernd.

»Auch ich ziehe mit!« rief unverhofft Ascyltus. »Was er gesagt hat, finde ich richtig. Ich glaube nicht an die Umseglung.«

Alkinoos wurde blaß.

Noch fünf andere baten um die Erlaubnis, sich dem Boot anzuvertrauen, darunter der Maschinenmeister des Amphitheaters.

Alkinoos kaute an seinen Bartenden. »Außer einem Mundvorrat kann ich euch nichts mitgeben«, sagte er dann. »Wir haben noch zuwenig.« Tiefatmend hob er die Schultern. »Ihr werdet mich verraten oder zugrunde gehen!«

Encolpius antwortete: »Selbst wenn einer von uns dich verraten wollte – er könnte es nicht. Deinem Unternehmen drohen weit schlimmere Gefahren als der Verrat einiger Abtrünniger, und bestehst du sie, kann dir nichts mehr etwas anhaben. Aber ich gelobe dir bei den Göttern: Wenn wir einander je wiederbegegnen, soll alles, was mein ist, auch dein sein.«

Alkinoos nickte ungläubig.

»Laß dir zum Abschied«, sagte er ruhig, »eine Fabel erzählen. Merke sie dir gut, denn ich erzähle sie dir, weil ich dich nicht aufgebe und dennoch fürchte, daß du verloren bist. Es ist die Fabel vom Schaf im Wolfspelz:

Ein Schaf hatte beobachtet, wie Hirten den Wölfen, die sie erlegten, das Fell abzogen. Sie trockneten die Felle, gerbten sie und nähten sich Mäntel daraus. Doch immer wieder gelang es einem Wolf, sich bei Nacht ein Schaf aus der Hürde zu holen und zu entkommen, so daß die Herde weiter in großer Angst lebte. Das aufmerksame Schaf aber verbrachte die Nächte in der Nähe eines trocknenden Wolfspelzes, denn es war ihm nicht entgangen, daß die hungrigen Wölfe um dieses Überbleibsel eines Gefährten stets einen großen Bogen machten. Als eines Nachts ein besonders verwegener Wolf seine Scheu überwand und gerade an dieser Stelle in die Hürde brach, fiel es dem Schaf ein, sich den Wolfspelz überzustreifen. Der Wolf stutzte; er roch einen Kameraden. Doch dann fragte er: ›Warum zitterst du so, Bruder? Frischauf und zugepackt! Es gibt genug Schafe für uns beide. Und zu zweit können wir uns besser wehren.‹ Die Stimme des Wolfes erschreckte das verkleidete Schaf so, daß es zu flüchten versuchte. Der Wolf erstaunte: Jetzt sucht er vor mir das Weite! Was für ein feiger Wolf! Noch stand er unschlüssig. Kaum aber wandte er sich der schlafenden Herde zu, begann das Schaf im Wolfspelz warnend zu blöken. Da setzte der Wolf ihm nach, riß ihm den falschen Pelz herunter und fraß es mit großem Behagen.«

Am nächsten Morgen kamen unter der aufsteigenden Sonne blasse Berge in Sicht. Alkinoos ließ das versprochene Boot wassern, teilte den Abtrünnigen Wegzehrung zu und umarmte jeden noch einmal mit abgewandtem Gesicht. Die vier Piraten und der Maschinenmeister ruderten nach den Hammerschlägen des Ascyltus. Giton legte eine Angel aus. Encolpius saß im Bug und träumte dem schwimmenden Reich der Phaiaken nach, das den Säulen des Herkules entgegensegelte. Vielleicht gelang der »Bona Dea« und der »Nemesis« die Seereise, vielleicht versteinerten sie allmählich.

Titus Petronius gedachte in den folgenden Jahren manchmal mit Bangen, oft aber mit Zuneigung des schwimmenden Reichs der Phaiaken.

Die heilige Tunika

Fischer sagten ihnen, daß sie die Küste Sardiniens betraten. Ascyltus, der die Besitzungen seines Schützlings Encolpius nicht vergessen hatte, fragte die mageren, faltigen, braungegerbten Gesichter, wie weit es nach Kampanien zu wandern sei. Aber sie kannten Kampanien nicht. Encolpius lachte auf.

»Du willst in Cremona studiert haben? Sardinien ist eine Insel!«

Die Küste war rauh und felsig, das Land unwegsam. Die Fischer zeigten keine Gastlichkeit. Als die Gestrandeten anfingen, für die Nacht eine Hütte zu bauen, kamen sie mit Knüppeln. Sie bedeuteten den Ankömmlingen, aufs Meer zurückzurudern.

»Mit diesem Boot erreichen wir kein Festland«, sagte Encolpius. »Wenn in euren Sitten die Grausamkeit anstelle der Gastfreundschaft steht, so sagt uns wenigstens, wo freigeborene römische Bürger auf dieser Insel ihresgleichen finden!«

»Der einzige weit und breit, der das römische Bürgerrecht hat«, antwortete der Älteste, »ist hier Lykurg. Er ist weder Römer von Herkunft noch freigeboren, aber unermeßlich reich: So kaufte er sich das Bürgerrecht. In seinen Händen liegt die Verwaltung der Bleigruben. Er kann euch helfen. Wenige Meilen von hier steht seine Villa auf einem Fels über dem Meer.«

Die Sonne stand schon dicht über dem Horizont. Ein Saumpfad erklomm die Steilküste. In einer Felsspalte fanden sie eine Quelle, die ihren Durst stillte. Oben strich der Wind, von der See her auffrischend, weithin über wellige Grasflächen und dorniges Gestrüpp. Verrottete Baumstümpfe verrieten, daß hier Wälder abgehauen worden waren. In ausgewaschenen Felsfurchen, von fortgeschwemmtem Erdreich halb überdeckt, bleichten die toten Wurzeln. In dämmernder Ferne schwelten Holzkohlenmeiler.

Es war schon fast dunkel, als sie den Rand einer weiten Schlucht erreichten, die das Steilufer spaltete. Auf ihrem Grund waren langgezogene Holzgebäude zu erkennen. Berge gebrochenen Gesteins türmten sich dazwischen, und der kleine Fluß, der, aus verkarstetem Hügelland kommend, sich in die Schlucht ergoß, wurde durch ein weitläufiges Netz aus Kanälen und Becken geleitet. Die rauhen Schläge einer geborstenen Glocke brachten soeben das Pochen zahlloser Hämmer zum Schweigen, mit dem langgezogene Reihen in Lumpen gekleideter Sklaven Gesteinsbrocken zerkleinerten. Den Mauleseln, die, jeder mit zwei Körben behängt, das Bleierz aus Höhlungen im hinteren Teil der Schlucht herantrugen, wurden die letzten Lasten abgenommen. Die Göpelräder, die das zerschlagene Erz feinmahlten, bevor es zum Schlämmen in die Becken kam, standen still. Aufseher führten die geblendeten Pferde mit den Maultieren in die Stallungen. Die Sklaven stellten sich zum Abmarsch in die Schlafbaracken auf. Befehle und Peitschengeknall hallten zwischen überhängenden Felsen wider. Eine aufgeschüttete Mole verband die bizarren Eilande der Bucht. In ihrem Schutz lagen mit gerefften Segeln breite Frachtkähne zur Verschiffung des aufbereiteten Erzes. Aus den Schründen des gegenüberliegenden Abhanges wuchs Gemäuer, wie es Burgen und Tempel hätte tragen können. Aber der Widerschein des letzten Abendlichtes verglomm an den Säulenschäften verzweigter Wandelgänge und den Giebelfiguren einer vielflügeligen Villa, während die Schatten der Nacht aus den Wipfeln eines Parks krochen.

Die Sterne funkelten schon, als sie die Schlucht umgangen hatten. Die Fackeln der Torwache tauchten auf. Ascyltus gebot Halt. »Geh du hinein, Encolpius! Du bist von uns der Feinste. Auch wenn du Lumpen am Leib hast!«

Zwei Torwächter nahmen Encolpius in die Mitte. Das Eisentor, nur einen Spalt geöffnet, sprang krachend zu. Hunde bellten, strichen heran, sprangen winselnd vor den Stiefeln der Wache zurück. Die Fackeln erhellten eine Allee fremder Götterbilder. Manche erkannte Encolpius, sein ägyptischer Sklave Harpocrates hatte sie ihm beschrieben, und auch in Rom waren sie ihm vereinzelt begegnet: den Apisstier mit der Sonnenscheibe zwischen den Hörnern, den schakalköpfigen Anubis, den widderköpfigen Chnum, die kuhköpfige Hathor, den krokodilsköpfigen Sobek. Noch nie hatte er eine so zahlreiche Versammlung steif stehender, sitzender oder liegender Menschengestalten mit Tierköpfen gesehen. Auch die Göttergestalten der Vorhalle trugen fremdländische Merkmale. Eine der Göttinnen hatte auf ihrem Leib eine ganze Traube von Brüsten. In der Mitte hing unter einer großen Glocke aus ungewöhnlich klarem Glas eine schmutzige, löcherige Tunika, deren Nähte wie mit Metall beschwert die Ärmel und den Saum weit herabzogen. In goldenen Lettern erklärte eine Inschrift, dies sei die heilige Tunika des Lucius Naevius Lycurgus, an dem sich jeder ein Beispiel nehmen möge. Die Wache nötigte Encolpius, sich davor zu verneigen.

Ein Türhüter gab ihn weiter an einen anderen, dieser rief einen Kämmerer herzu, als der Fremdling noch einmal den Hausherrn selbst zu sprechen wünschte. Wer er sei. »Ein Schiffbrüchiger.« Woher er den Namen des Hausherrn wisse. »Von den Fischern.« Aus welchem Hafen sein Schiff gekommen sei. »Ostia.« Wohin er habe reisen wollen. »Nach Hispanien. Aber nach diesem Unglück wäre mir schon geholfen, wenn der Hausherr mich einem Schiff empfehlen wollte, das mich zurück nach Italien bringt.«

Der Kämmerer verschwand. Ein anderer erschien nach geraumer Zeit und führte Encolpius durch einen grüngetäfelten Gang in einen dampfenden Baderaum. Ein fetter, gelblicher Mann mit römisch geschnittenem strähnigem Schwarzhaar entstieg dem Becken und ließ sich in Tücher hüllen. Auf einer Marmorbank ließ er sich mit duftenden Ölen einreiben und mit kunstreich verzierten Schabeisen bearbeiten. Er musterte Encolpius aus kleinen schwarzen Augen. Der Badesklave war ständig bemüht, seinen Rücken mit einem Tuch bedeckt zu halten. »Sprich!« sagte Lykurg.

Encolpius suchte nach Worten. Da entdeckte er auf der geröteten Stirn Lykurgs das regelmäßig geformte, stets heller bleibende Hautstück, das die kostspielige Behandlung nach der Methode des Scribonius Largus verriet. Wohlhabende Freigelassene ließen sich so die Brandmale aus ihrer Sklavenzeit entfernen.

»Warum sprichst du nicht? Was willst du von mir?«

Encolpius wiederholte, was er dem Kämmerer gesagt hatte.

»Wie viele seid ihr?«

Lykurg hob einen Arm, um sich die Haare aus der Achselhöhle entfernen zu lassen. Für einen Augenblick kam in der Falte des Tuches, das seinen Rücken abdeckte, eine Narbe zum Vorschein, wie sie nur ein Peitschenhieb hinterließ.

»Du bist doch nicht allein den Wellen entkommen. Rede! Oder ich lasse mit Hunden die Gegend absuchen. Wo sind die anderen? Hast du sie ausgeraubt? Hast du sie umgebracht?«

»Sie warten unweit vom Tor. Wir hoffen auf deine Hilfe.«

»Laß sie holen!« befahl Lykurg dem Kämmerer. »Und du«, wandte er sich an Encolpius, »warte dort, wohin man dich bringt!«

Der Raum, in den man ihn führte, war verdächtig eng. Er hatte kein Fenster, keine Sitzgelegenheit. Ein einziger Kandelaber blakte in der Ecke. Die Luft war dumpf wie in einer Grabkammer. Die Wände schluckten jedes Geräusch. Als Ascyltus und Giton mit den anderen erschienen, tauschten sie besorgte Blicke.

In einem purpurnen, reich mit Gold bestickten Mantel, wie ihn Könige ferner Reiche zu tragen pflegten, wenn sie auf dem Palatin den Ersten Bürger von Rom besuchten, betrat Lykurg die Schwelle. Er ging keinen Schritt weiter. »Schiffbrüchige seid ihr also? Aus Ostia? Wie kommt ihr aber in diese Gewässer, in denen es außer der kaiserlichen Erzflotte keinem Schiff zu segeln erlaubt ist?«

»Der Sturm hat uns vom Kurs abgetrieben«, faselte Ascyltus.

»Welcher Sturm? Seit den Iden des vorigen Monats gab es hier kaum einen Windhauch, kein einziges Wölkchen am Horizont.«

»Strömungen ...«, stotterte Encolpius.

»Strömungen ...«, äffte Lykurg ihn nach. »Wer steht mir dafür gerade, daß ihr keine Piraten seid, die mein Anwesen auskundschaften wollen, um es zu überfallen?«

Er winkte nach hinten. In einer der Wände erhob sich Getöse. Sie trat auseinander wie ein Vorhang. Da standen Bewaffnete, bereit, die Gäste des Lykurg in Ketten zu legen.

Es ging schlüpfrige Stufen hinab. Zwischen schwarzem, feuchtem Gemäuer stolperten sie auf fauliges Stroh. Ein Gitter fiel.

Der Verdacht, belauscht zu werden, dämpfte rasch das erregte Geschwätz. Die Piraten fanden sich am schnellsten mit ihrer Lage ab und schliefen bald ein. Ascyltus fluchte erfinderisch vor sich hin. Giton hing an seinem Hals, weinte und bat ihn zu schweigen.

Nicht lange war es Encolpius unwillkommen gewesen, wenn Giton, der noch immer in seinen Mädchenkleidern ging, ihn küßte, sich an ihn schmiegte, sich nachts zu ihm legte. Ascyltus, dessen Werbungen er früher schon nachgegeben hatte, beschwerte sich bald: »Der Geschmack ist dir erst beim Zusehen gekommen. Aber nun willst du den ganzen Topf für dich, obwohl ich nicht satt bin.« Beschwichtigend war Giton zwischen sie getreten: »Zankt ihr euch um den Topf, geht er in Scherben. Da ihr euch um den Löffel nicht zu streiten braucht, weil ihr jeder einen habt, bedient euch abwechselnd.« Die Unverfrorenheit, mit der Ascyltus sich seinen Teil nahm, wann er wollte, schüchterte Encolpius ein. Kam Giton zu ihm, verhielt er sich ebenso zart wie bei der Hirtin Eumele, ebenso schonend wie Sokrates bei Alkibiades. So kam der Junge, dem der Dreiste so gut gefiel wie der Schüchterne, meist erst zu Encolpius, wenn er bereits bei Ascyltus gewesen war. Wer ihm nicht drohte, den konnte er warten lassen. Wer nach ihm schmachtete, konnte ihm nicht zürnen. Selbst gegen die kleinen Erpressungen, vor denen Giton nicht zurückscheute, erwies sich Ascyltus, dessen Verlangen nur immer dasselbe naheliegende Ziel kannte, als der besser gewappnete Fechter. Traurig hatte sich Encolpius damit abgefunden, daß im Streit zweier Herzen um ein drittes das stärker liebende schlechter kämpfte. So gerecht es wäre, dachte er, daß es siegte, so sicher muß es unterliegen. Auch in der klammen Finsternis dieses Kellers lag er lange allein und lauschte, wie ein anderer seinen Trost vernaschte.

Die Fischer, die anderentags als Zeugen in den Keller geführt wurden, schworen bei der heiligen Tunika des Lykurg, daß sie die Fremdlinge erkannten, die mit einem unversehrten Boot von offener See her gelandet wären. Einige hatten während des Fangs weit draußen ein Schiff mit einem anderen im Schlepp gesichtet. Das genügte Lykurg. Bis zur Ankunft einer Amtsperson erklärte er die Gäste zu Gefangenen und teilte sie zur Zwangsarbeit in den Bleigruben ein.

Unwillkürlich sann Encolpius auf ein Mittel, seinem Leben selbst ein Ende zu machen. Zugleich erschrak er, wie rasch er sich bereit fand, es wegzuwerfen. Nun war er auf die Stufe eines Sklaven herabgesunken. Zwischen gebrandmarkten Sträflingen, zu Halbtieren verkommenen Sklaven und wenigen freien Lohnarbeitern, deren Los kaum besser war, hatte er Tag für Tag von Sonnenaufgang bis Sonnenuntergang Bleierzbrocken zu zerklopfen. Zwei der Piraten waren beim Verladen an der Mole beschäftigt, die anderen mußten in der Tiefe eines Schachtes Erz hauen. Ascyltus war unter die Leute gekommen, die Futter für Maulesel und Pferde herbeischafften. Giton hatte man in das Küchenhaus zu den Frauen der freien Lohnarbeiter und den Sklavinnen gesteckt. Sein Frohsinn versiegte nicht. Tagsüber verwöhnten ihn die Küchenweiber, nachts wanderte er in der Schlafbaracke von Strohsack zu Strohsack. Ascyltus machte den Zuhälter und bestimmte den Preis.

Daß Lykurg sie nicht hatte brandmarken lassen, ließ hoffen, daß er mit der Prüfung ihrer Herkunft durch eine Amtsperson rechnete. Mit Sträflingen und Sklaven verfuhr er hart. Kaum ein Tag verging, an dem nicht einer zum Krüppel oder zu Tode gepeitscht wurde. Auf dem Richtplatz über der Schlucht standen selten weniger als ein halbes Dutzend Kreuze. Oft hallten die Felswände den ganzen Tag und die halbe Nacht wider von den Schreien eines Abgeurteilten. Die Anlässe waren nicht immer geringfügig. Die Aussichtslosigkeit ihrer Lage verleitete gerade die Rechtlosen zu ausschweifenden Gewaltakten gegen Aufseher, aber auch gegeneinander. In Abständen weniger Tage ankerten an der Mole Schiffe, die aus den Häfen des Reiches den Abschaum der Gefängnisse, den Bodensatz der Sklavenmärkte und ein paar

Lohnarbeiter brachten, die, mittellos und halb verhungert, gerissenen Werbern in die Hände gefallen waren. Fast mit jeder Ladung kamen mehr von diesen abgezehrten Ahnungslosen.

Sie durften weder ausgepeitscht noch gekreuzigt werden. Die strengste Strafe, die Lykurg über sie zu verhängen wagte, war die Versetzung in eine der Bleihütten, die weiter nördlich ihren giftigen Rauch mit dem Qualm der Kohlenmeiler vermischten. Sie hatten die Schmelzöfen mit Erz und Holzkohle zu beschicken. Sie gossen das Blei in Barren für Dachplatten, Fenstereinfassungen, Wasserrohre, Schreibtafeln, Särge, Weihfiguren. Sie gewannen Bleiweiß für die Schminke römischer Damen. Die meisten starben irgendwann an schweren Vergiftungen. Der Rauch der Hütten tötete den Pflanzenwuchs; für die Meiler war schon halb Sardinien abgeholzt worden.

Neben den Schrecken seiner Strafen setzte Lykurg den Ansporn der Belohnung. Fügsamen unter den Freien winkten Sonderzahlungen und der Aufstieg zu Aufseherposten. Er hielt sie an, ihre Gelder nicht den betrügerischen Händlern hinzuwerfen, die mit den Sklaventransporten an der Mole landeten, sondern zu sparen. An jedem Lohntag erbot er sich, ihre Ersparnisse zu verwalten und mit Zinsen zu mehren. »Beklagt euch nicht über eure Lage«, sagte er in einer seiner Festtagsreden. »Ihr habt mit eurer Freiheit nur schlecht gewirtschaftet, weil sie euch in die Wiege gelegt wurde. Recht geschieht euch, wenn ihr euch kaum noch vom schmutzigsten Sklavenpack unterscheidet. Wer wie ich einmal selbst Sklave war, weiß, was die Freiheit kostet. Nur er kann ermessen, wieviel jeder Tag der Freiheit einbringt, wenn man ihn klug und fleißig nutzt, statt ihn mit Firlefanz zu vertrödeln.«

An keinem Festtag, so reich der römische Kalender damit versehen war, ruhte die Arbeit. Nur zu kurzer Feier versammelten sich die Freien um ein rohgezimmertes Holztempelchen. Bevorzugte legten Priesterbinden an, opferten sparsam der jeweiligen Gottheit und sangen die festgelegten

Hymnen, Gedächtnislücken überlallend, aus rauhen Kehlen. Jedesmal erschien Lykurg selbst im Priesterschmuck und opferte gesondert der Juno Moneta, der Schirmherrin der Geldstücke und ihres Umlaufs, die in Rom auf dem Kapitol über den Kellerwerkstätten der kaiserlichen Münze einen prächtigen Tempel besaß. Stets verband sich mit diesem Ritus die Ausstellung der heiligen Tunika. Vier Leibwächter des Lykurg trugen in einem Geleitzug bewaffneter Aufseher die Glasglocke aus der Vorhalle der Villa zum Tempelplatz. Die Versammlung verneigte sich davor und pries in einem Hymnus, den jeder auswendig lernen mußte, ihren Besitzer als Liebling der Götter.

»Seht hin!« sprach dann Lykurg. »Die der Juno Moneta geheiligte Tunika schenkte mir mein einstiger Herr, der kaiserliche Präfekt von Ägypten, anläßlich meiner Freilassung! In alle Säume ließ er Goldstücke einnähen. Aber ich habe nicht eine einzige Naht geöffnet, nicht eine einzige Münze herausgenommen und bin doch reich geworden! Mein Weg in die Freiheit begann damit, daß ich, entschlossen, hart zu arbeiten, diese heilige Tunika einem guten Menschen in Verwahrung gab, dem ich anspruchslos bis zur Selbstverleugnung diente. Ich hatte gelernt: Bescheidene Pflichterfüllung findet den sichersten Lohn. Als seine Kräfte nachließen, fand er für seinen Getreidehandel keinen zuverlässigeren Teilhaber als mich, und als ich sein Erbe antrat, fand ich die heilige Tunika ganz unangetastet wieder. Nehmt euch ein Beispiel! Seht hin, verneigt euch vor meinem Genius!«

Am Abend nach solch einer Feier nahm Ascyltus die Gefährten beiseite. Noch immer saßen sie, sooft es ging, beieinander und trauerten nach der Schinderei des Tages, nach Durst und Schweiß, Gestank und Gefluch gemeinsam dem schwimmenden Reich der Phaiaken nach, das sie so leichtfertig verlassen hatten.

»Mir ist es gleichgültig«, sagte Ascyltus diesmal, »in welchen Gewässern Alkinoos jetzt segelt, bei welchen unbekannten Völkern er Nahrung und Kleidung eintauscht. Vielleicht haben ihn schon die Fische oder die Geier gefressen.

Uns werden bald Läuse, Flöhe und Wanzen gefressen haben, wenn wir nicht bald diesem verworfensten aller Schurken entkommen. Ich habe keine Lust zu warten, bis die Kräfte des Lykurg nachlassen, ich schmeichle mir nicht mit der Hoffnung, daß er ausgerechnet mich zu seinem Teilhaber erwählt. Oder erwartet ihr noch die Ankunft einer Amtsperson? Haben wir die nicht eher zu fürchten? Drohen uns nicht von jedem, der unsere freie Geburt bezeugen könnte, die schwersten Anschuldigungen? Noch hält uns ein unglücklicher Zufall auf dieser Insel des Schreckens fest. Schon morgen können wir als überführte Verbrecher verurteilt sein, unter weit grausameren Bedingungen unser restliches Leben hier zu verbringen!«

An dem Bemühen um wohlgesetzte Rede erkannte Encolpius, daß sich Ascyltus an ihn wandte. Doch seine Erfindungsgabe war überfordert. Er wußte kein Mittel, zu fliehen.

Da sagte Giton: »Alles ist vorbereitet, bis auf eure Hilfe.«

»Ihr sollt sie bekommen, wenn ihr euch etwas Rechtes ausgedacht habt«, antwortete der Sprecher der Piraten.

»Giton hat neuerdings Zugang zur Küche der Villa«, begann Ascyltus. »Auch dort sind die Küchenweiber Leckermäuler.«

»Die Köche!« verbesserte Giton. »Mit Billigung der Wachen, die auch nicht zu kurz kommen, haben wir ein Abkommen getroffen. Die Küchenweiber schicken mich als Leckerbissen zu den Köchen des Lykurg, und ich bringe ihnen dafür von der herrschaftlichen Tafel, wonach ihnen gerade das Mäulchen steht.«

Ascyltus forderte nun äußerste Aufmerksamkeit: »Wir werden unsere Haut retten, indem wir sie zum Schein preisgeben. Wir ködern Lykurg mit seinem eigenen Verdacht! Ein Mittelsmann hat es schon ausgehandelt: Lykurg verzichtet auf unsere Köpfe, wenn wir unter dem Siegel der Verschwiegenheit ihm allein ein Geständnis ablegen, das ihm hohen Gewinn einbringt.«

»Ich verstehe«, sagte der Maschinenmeister des Amphitheaters. »Du willst ihn mit einem Piratenschatz locken.«

»Du bist klüger, als ich dachte!« antwortete Ascyltus. »Lykurg macht zur Bedingung, daß wir alle ein Gelage mit ihm feiern.«

»Das klingt unwahrscheinlich«, sagte Encolpius.

»Im Gegenteil!« erwiderte einer der Piraten. »Das klingt sehr glaubhaft, denn es riecht verdammt nach einer Falle, wie nur dieser Lump sie ersinnen kann. Er wird erst unser Geständnis schriftlich festhalten, dann das Versteck des Schatzes wissen wollen, das wir freilich noch erfinden müßten, und uns zuletzt umbringen lassen. Das Schriftstück schützt ihn vor der Behörde.«

»Eine Falle«, lächelte Ascyltus, »wird uns nur gefährlich, wenn wir sie zuschnappen lassen. Giton hat die Sachen eines Selbstmörders durchsucht, bevor seine Leiche entdeckt wurde.«

»Ihr erinnert euch vielleicht«, erklärte Giton, »an den alten Illyrier, der mit einem verbrannten Bein von den Schmelzöfen zurückkam. Unter seinem Strohsack lag ein Beutelchen, mit dessen Inhalt man eine ganze Hundertschaft vergiften könnte.«

»Heute«, fuhr Ascyltus fort, »hat Lykurg unseren Giton in der Küche seiner Villa ertappt. Nur dieser Auftritt fehlte noch in unserer Tragödie! Statt ihn züchtigen zu lassen, trug er ihm auf, ihm als Mundschenk zu dienen. Giton wird dafür sorgen, daß Lykurg und seine Wächter einen Wein trinken, von dem ein Schluck genügt, um unter den Tisch zu sinken. Mit ihren Waffen können wir, die Verwirrung nutzend, einen Ausbruch aus der Villa wagen. Vom Tafelsilber mag jeder mitschleppen, was er kann.«

Die Piraten waren der Sache gewogen. Das Tafelsilber lockte. Bedenken, daß die Wächter nicht trinken dürften, zerstreute Giton mit der Versicherung, ihnen unwiderstehlich zuzureden. »Lykurg wird ihnen erlauben, sich Mut anzutrinken für die Hiebe, die uns den Garaus machen sollen.« Ascyltus wurde ermächtigt, die Zusammenkunft mit Lykurg auszuhandeln. Er wiegte den Unhold in Sicherheit, indem er sich erbot, auch nach dem kleinen Gelage mit seinen Gefährten als Geiseln in der Villa zu bleiben, bis der Piratenschatz wirklich gefunden wäre.

Der kaiserliche Grubenverwalter empfing seine Gäste in aufgeräumter Stimmung. Gerade hatte er das oberste Küchenweib, die Frau eines Aufsehers, in sein Haus genommen und, wie auf dem Palatin üblich, den Gatten gezwungen, ihr den Scheidebrief zu senden. Der Erfolg beschwingte ihn; die Frau jedoch ließ er nicht an die Tafel. Ungeduldig hörte er das Geständnis an, ohne es aufschreiben zu lassen. Vielleicht war gar keine Falle vorbereitet. Gierig lauschte er, wo der Schatz versteckt sei. Giton erschien mit dem Wein. Da Lykurg die Sitte wohlhabender Römer nachahmte, sich selbst die bessere Sorte vorzubehalten, fiel es nicht schwer, die Gefährten vor dem tödlichen Trank zu bewahren. Als Giton auch den Wächtern einschenken wollte, erhob Lykurg lediglich dagegen Einwände, daß sie den besseren Wein bekamen. »Ich sehe, du willst dich überall einkratzen, Bürschchen! Gewöhne dir das ab! Aber da du schon zweien eingegossen hast, sollen die anderen nicht schlechter bedient werden.«

Tafeldiener brachten einen neuen Gang, als Lykurg seinen Becher leerte. Noch hatten nicht alle Wächter getrunken. Da griff sich der Gastgeber mit verdrehten Augen an den umfänglichen Leib. Augenblicklich fuhren die Schwerter der Wache in die Höhe. Giton rannte den Tafeldienern in den Weg, so daß sie stolperten und mit den gefüllten Fischen, Vögeln und Lämmern durcheinanderpurzelten. Lykurg brüllte, aber nicht alle Wächter kippten um. Encolpius entging knapp einem Hieb, taumelte gegen ein Feuerbecken. Sofort schüttete Ascyltus einen Ölkrug aus. Polster gingen in Flammen auf, Vorhänge und die Gewänder Lykurgs brannten. Wer noch unverletzt war, versuchte mit Decken und Weinschläuchen zu löschen. Ascyltus warf Encolpius eine Waffe zu, riß Giton mit sich, schrie die Piraten an, sich zu bewaffnen und zu folgen. Lärm und Feuer lockten neue Wachen herbei. Der Maschinenmeister des Amphitheaters schleppte sich schwerfällig, beladen mit Tafelsilber, durch einen schmalen Flur, der in die Vorhalle führte. Encolpius hörte in seinem Rücken das Keuchen eines Verfolgers. In seiner Todesangst hob er die Klinge, und schon steckte sie auch im Rücken des Maschinenmeisters, der beiseite taumelte. Eine Vase fiel vom Sockel und zerbrach. Encolpius duckte sich hinter eine Herme, und während sein Verfolger ihm in die Klinge rannte, so daß er sich fragte, weshalb es Mars plötzlich so gut mit ihm meinte, fiel es ihm hart aufs Herz: Der erste tödliche Stoß hatte seinen Lebensretter getroffen.

Da prallte eine Lanze gegen die gläserne Glocke in der Vorhalle. Sie zerbarst. Encolpius raffte die heilige Tunika mit den von Goldstücken beschwerten Säumen vom Bügel. Unverletzt gelangte er zu den anderen ins Freie. Der Flammenschein aus der Villa vertiefte die Schatten des Parks. Unbemerkt überkletterten sie die Mauer und rannten hinaus in die Sternennacht der kahlen Hügel.

Im Morgengrauen wagten sie sich zwischen die Fischerhütten. Unter dem Gebüsch des Steilufers hatte Encolpius lange keinen Schlaf gefunden. Niemand fragte ihn nach dem Maschinenmeister. Er war mit den Piraten im Getümmel verloren. Etwas anderes quälte ihn: Wie kämen sie zu einem Segler? Vielleicht hätte Harpocrates Rat gewußt. Da kam ihm, wie von Merkur eingegeben, der rettende Gedanke. Sie hängten die heilige Tunika an einen Stab und schritten singend ins Dorf. Ehrfurchtsvoll wichen die Fischer zurück und gaben alles, was sie verlangten.

Das Gespenst des Untergangs

Die Jahreszeit war noch freundlich. Ein stetiger Wind trieb Encolpius und seine Gefährten in dem sardischen Segler den Küsten Kampaniens entgegen. Ein weißer Säulengang am Ufer, dahinter ein dunkelblauer Berg, über dem Hang ein weißer Cirrusschweif, lichtblau darüber der Himmel: Der Wind wollte es, daß der Bug genau auf die Insel Capreae zeigte. Der Säulengang mündete auf eine mit Blumenschalen und Statuen geschmückte Mole. Ein Sklave zeigte sich. Ascyltus fragte, ob er ankern dürfe.

»Wenn ihr beabsichtigt, Schüler zu werden, recht gern. Aber ihr seht nicht aus, als ob ihr das Geld dazu hättet.«

»Beim bläulichen Glaukos!« rief Encolpius. »Wir sind Schiffbrüchige. Seit uns Fischer ihr Fahrzeug liehen, bist du der erste Mensch, dem wir begegnen. Um Epikurs willen sei gastfreundlich und melde uns deinem Meister Philalethes.«

»Philalethes ist tot«, sagte der Sklave. »Diese Schule hätte er nicht erschwingen können! Herr dieses Anwesens ist der Philosoph Philokryptos, der Freund des Lebens im verborgenen, des Philalethes letzter und weisester Schüler und seither unangefochten der Erste Gärtner im Garten Epikurs!«

Er ließ sie in ihrem Segler warten. Die Wasserschläuche waren fast leer und rochen faulig. Zuletzt hatten sie rohe Fische gegessen. Ihre Haut war rissig, ihr Haar verfilzt.

Ein behäbiger Mann in weißem, langem Philosophengewand stellte sich auf den Rasenplatz neben die Fontäne. Sklaven, die er auf die Mole schickte, fingen geschickt die Taue auf. Ascyltus warf den Ankerstein über Bord und reffte das Segel.

Ohne Bewegung hörte sich Philokryptos an, was Encolpius erzählte. Sein lockiges, angegrautes Haar fiel lang über die Ohren. Während er auf den Berg und in den Himmel schaute, stach sein harter, krauser Bart in die Sonne. Dachte er sich den Bart weg, so schien es Encolpius, er hätte dieses Gesicht auf Capreae schon einmal gesehen: in der Villa Veneris, unter den Strammstehern des Tiberius. Er flocht Einzelheiten über seine Zeit auf der Insel ein. Philokryptos nickte, holte seine Arme hinter dem Rücken hervor und rieb sich über dem Bauch das angeschmutzte Gewand. »Genug! Ich glaube dir.«

Durch den Säulengang näherte sich die Schar seiner Schüler, gelernte Sentenzen murmelnd, einer von Feigenbäumen beschatteten Bankreihe. »Wenn ihr denn wirklich nicht die geringste Barschaft gerettet habt, seid meine Gäste. Geht ins

Haus, nehmt ein Bad und eßt! Kommt dann heraus in den Garten, setzt euch zu meinen Schützlingen, lauscht meinen Gedanken und legt mir die euren dar, damit ich sie geradebiege.« Philokryptos führte die drei ausgedörrten Gesellen vor die frischgesalbten, nach Haarwässern duftenden Jünglinge. »Seht sie euch an! Schiffbrüchige des Meeres! Bedauert sie nicht, denn sogleich genießen sie Wasser und Öl, Brot und Wein, den Balsam menschlicher Worte auf eine Weise, die euch im Überfluß alles Notwendigen immer verwehrt bleibt.«

Die Kühle des Bergschattens breitete sich schon im Garten aus, als Encolpius und seine Gefährten sauber und satt zurückkehrten. Frische Kleidung hatten sie nicht bekommen. Philokryptos saß allein unter dem größten Feigenbaum, naschte aus einem Korb die frischgepflückten Früchte und las eine Rolle, deren Hörner ein vor ihm kniender Sklave drehte.

»Ihr habt recht lange, zu lange in meinen Wannen gesessen!« sagte er mißmutig. »Ist von meinem Wein auch für mich etwas übriggeblieben? Meine Schüler werden endlich lernen, trocken Brot zu essen, wenn ich euch noch ein paar Tage behalte.«

Ascyltus schwoll die Zornader, doch Encolpius hielt ihm den Mund zu. »Wir werden dein gastliches Haus, Herr, verlassen, sobald ich dem Grab des Philalethes einen Besuch abgestattet und seinen Manen ein Opfer dargebracht habe.«

»Schau dir die Felswände an!« antwortete der Philosoph. »Von hier führt kein Weg hinauf nach Anacapreae. Du müßtest den kaiserlichen Hafen anlaufen und dort um Erlaubnis einkommen.«

»Gib mir eine Empfehlung mit«, bat Encolpius.

Philokryptos schüttelte langsam den Kopf. »Ich werde das Grab des Meisters nicht von Leuten besudeln lassen, die mich belügen. Als ihr gebadet habt, fand mein Sklave in euren Sachen eine Tunika. Sehr schön habt ihr sie getarnt mit Löchern und Schmutzflecken, wie übrigens euch selber. Was soll ich davon halten, daß die Säume von eingenähten Goldstücken klimpern? Landstreicher seid ihr, eine gemeine Bande übelster Sorte!«

Sie trauten ihren Augen nicht: Der Philosoph weinte.

»Diese Tunika gehört nicht uns«, versicherte Giton. »Aber wir werden dir aus ihren Nähten deine Wohltaten vergelten. Wenn der Besitzer sich hat retten können, werden wir einen ehrlichen Weg finden, ihm das fehlende Gold zu ersetzen.«

»Wenn ihr mich nicht betrügt«, antwortete Philokryptos, »bin ich weit davon entfernt, euch zu schröpfen. Von Philalethes durfte ich lernen, Bedrängten zu helfen. Als Caligula so hart vorging gegen alle, die Kaiser Tiberius den Gram seines Alters zerstreut hatten, fand ich bei ihm Unterschlupf. Heute lebe ich von dem, was er mich lehrte, und diese Buchrolle erbte ich wie viele andere von ihm. Kaiser Claudius war es schließlich, der mir erlaubte, in dieser Villa eine Philosophenschule einzurichten!«

»Wer gab dir das Geld dazu?« unterbrach ihn Encolpius.

»Ein alter Freund, der hochherzige Aulus Vitellius.«

»War der nicht ein Strammsteher des Tiberius?«

»Junger Mann! So abschätzig solltest du nicht von einem Venusdienst sprechen, der große Übung erfordert und den lustverheißenden Lehren des Epikur keinesfalls entgegensteht. Schon manchem Sklaven brachte er die Freiheit.«

»Dir gewiß auch«, bemerkte Encolpius.

»Was wäre dabei? Umtanzen doch Weisheit, Liebe und Freundschaft den Erdkreis, ohne einen Unterschied des Standes zu kennen! Auch Äsop und Phaedrus waren Sklaven, und der Dichter Horaz kam als Sohn eines Freigelassenen auf die Welt.«

»Zahlen deine Schüler gut?« fragte Ascyltus.

»Sie kommen im Sommer und im Herbst auf Vergnügungsfahrten von Bajae, Bauli und Misenum herüber, und ich muß sie lehren, was sie hören wollen. Gern hätte ich diesen Garten zu einer neuen Heimstatt Epikurs gemacht. Aber die Vorurteile gegen ihn bringen sie aus ihren Elternhäusern mit, und ich kann seine Lehre nur einflechten, wo es sich anbietet. Ohnehin bevorzugen sie die Oberfläche der Weisheit und naschen sich von Akademikern, Peripatetikern und Stoikern zusammen, was sie für ihre Ämterlaufbahn brauchbar finden. Noch keinen habe ich dazu bewegen können, den mühseligen Saumpfad nach Anacapreae hinaufzusteigen. Nur wenige bleiben länger als ein paar Tage. So stehe ich hier gleichsam am Ufer auf einem Markt, biete die Schätze der Weisheit feil, und wie überall in der Welt findet das Unechte mehr Anklang als das Echte.«

Encolpius versprach dem Philosophen für die Übernachtung einen Betrag, den die vornehmste Herberge verlangt hätte. Sofort wurde er umgänglicher und lud sie an seine Abendtafel. Am nächsten Tag bot er Encolpius einen Sklaven an, der ihm zeigte, wie man durch eine Spalte des Felsens über gehauene Stufen und Holzleitern auch von dieser Stelle aus Anacapreae erreichte. Giton und Ascyltus hatten mit den duftigen Betten der Philosophenschule Freundschaft geschlossen und blieben zurück. Auf der windigen Höhe äugten ihm kauend und meckernd Ziegen aus quergeschlitzter Iris entgegen. Schwarzbraun gescheckte Böcke senkten die Hörner. Zwischen verdorrten Ölbäumen fand er im gelben Gras die noch wenig verwitterte Marmorstele. Darauf stand, zu einem griechischen Distichon gefügt, Wissen könne nur heißen, was uns wieder in den Stand der Unschuld führe. Darunter war vermerkt, dies seien die letzten Worte des Philalethes gewesen. Was uns wieder in den Stand der Unschuld führt, dachte Encolpius, ist vielleicht nichts anderes als der Tod. Dann vollzog er das Opfer.

Sie hüteten sich, mit ihrem sardischen Segler den Hafen von Puteoli anzusteuern, wo eine strenge Hafenbehörde wartete. Lieber hielten sie auf den schmauchenden Vesuv zu, wo unweit von Neapel, wie sich Encolpius erinnerte, die Griechen einen Markt für Fischereifahrzeuge unterhielten. Im wolkenlosen Herbsthimmel stand über der dünnen Rauchsäule des Vulkans eine einzelne Haufenwolke. Seitwärts leuchtete die Akropolis von Neapel.

Vor Werkstätten und Netzschuppen legten sie an. Zwischen

Fässern und Ölamphoren, auf einem Berg von Schiffstauen und Takelwerk saß ein schmieriger Kerl und flickte ein Segel. Sie sollten nur festmachen, rief er. Wenn sie den Kasten verscheuern wollten, müßten sie den nächsten Morgen abwarten. Nach Mittag sei hier alles tot. Gegen Abend kreuzten manchmal noch Makler auf, um Vorverhandlungen anzuknüpfen. »Für ein Handgeld würde ich euch raten. Ihr wollt doch schwarz verkaufen? Mir dürft ihr euch anvertrauen. Sie nennen mich Philokrotos, weil ich mich im Lärm wohl fühle, besonders im Lärm des Feilschens.« Er spuckte einen abgebissenen Faden aus.

»Vor allem hütet euch vor den Wirblern! Sie wirbeln euch Hände und Zahlen vor der Nase herum, und ehe du zu Atem kommst, ist die Ware weg, und du hältst statt Geld einen Scheißdreck in der Hand. Gibst du so einem auch nur einen Finger, gehört dir dein Arm nicht mehr.«

In dem Griechisch dieser Leute, das er aus seiner Kindheit kannte, fragte Encolpius, wer diese Wirbler seien.

Philokrotos horchte auf. »Bist du so lange fortgewesen mit diesem müden Kahn? So weißt du auch nicht, daß in dieser Gegend jedes dritte Haus, jedes zweite Stück Land und beinahe jede Werkstätte dem Senator Pompejus Turbo gehört hat? Turbo bedeutet bei den Römern soviel wie Wirbel.«

»Soviel ich weiß«, sagte Encolpius, »gehörte halb Kampanien einmal den Petroniern!«

»Wenn alle Römer wie die wären, hätten wir Griechen uns mit ihnen vertragen. Da sie einander umbringen, könnten wir Griechen uns die Hände reiben: Sie sind gekommen, sie werden gehen, wir bleiben. Wäre nicht das Sklavengesindel, das sie hergeschleppt haben aus allen Windrichtungen. Es nimmt uns Arbeit und Brot weg, und wird es freigelassen, macht es sich auf Märkten und in Gewerberäumen breit mit dem Geld, das es geerbt hat. In dieser Gegend sind es die Freigelassenen des Turbo, die nennen wir die Wirbler. Überall haben sie die Pfoten drin, im Wein, im Öl, im Fisch, im Salz, im Wucher, sogar hier, wo wir jeden kaiserlichen Steuereinnehmer zu Aalködern zerhacken würden, sahnt das Geschmeiß ab. Sie treten auf wie eine Gladiatorentruppe aus derselben Kaserne, halten zusammen und helfen einander, sich die Taschen vollzustopfen. Wer ein Schwein hat, kann mit Speck angeln! Sie legen dir jede Bestechungssumme hin, sobald eine Amtsperson aufkreuzt. Unsereinem werden wegen einer Lappalie die Krallen breitgeklopft, weil sie leer sind! Warum kleben sie zusammen, die Mistkäfer? Weil einer sie zusammenhält wie ein persischer Satrap. Der hetzt sie los, wo es etwas zu holen gibt, und schützt sie, sobald die Hunde kläffen. Das ist der Erste der Wirbler, der da drüben in Puteoli den feinen Herrn spielt. Alle müssen bei ihm abliefern, und nicht einmal der Kaiser treibt seine Steuern so blutig ein wie dieser plattfüßige Kilikier. Der Wirbler, dem ihr in die Hände fallt, muß euch einfach anscheißen, damit ihm was bleibt, denn die Hälfte seiner Provision wandert in die Villa dieses Viehtreibers. Ja, ein Viehtreiber war er, aber dann hat seine Herrin den Rammler an ihm entdeckt, und sein Herr muß die beiden erwischt haben, denn auch er kam nicht zu kurz, wie sich das Stehaufmännchen jetzt brüstet. Was wird, wenn solch ein trautes Paar kurz nacheinander kinderlos stirbt? Woher sollten übrigens Kinder kommen, wenn Eheleute sich so einen Misthaufen ins Bett holen! Der kilikische Viehtreiber wußte, was er von seinen Bullen gelernt hatte. Er durfte sich Turbos Vermögen mit dem Kaiser teilen. Gepriesen sei der heilige Raffzahn! Der hat mit dem Schwengel gerafft. Eine schöne Brut haben uns da die Römer ins Land geschleppt. Mit dem Schwert teilen sie und herrschen, aber der Raffzahn zermalmt und verschlingt. Ich begreife nicht, daß es kein Ende nimmt. Jede Schüssel wird leer. Aber der verdient noch, indem er praßt. Er kauft alles bei sich selber mit anderer Leute Geld und verdient daran. Je mehr er verschleudert, desto voller wird seine Truhe. Manche halten es für ein Wunder und munkeln von Zauberei. Als steckte sich der seinen eigenen Schwanz ins Maul und würde davon schwanger! Aber kein Wunder dauert ewig, und wenn der Thunfisch fault, wird er dick und bunt, und wenn er platzt, dann stinkt er.«

Encolpius hatte den Mann, der sich offensichtlich in seinem eigenen Lärm am wohlsten fühlte, unterbrechen wollen, um ihm die niederschmetternde Wahrheit zu entlocken. Endlich verstand der Netzeflicker seinen wartenden Blick. »Du weißt nicht, von wem ich spreche? Er nennt sich Gajus Pompejus Trimalchio Maecenatianus. Am Pausilypon hatte ich einen Fischteich gepachtet, aus der Hinterlassenschaft des Vedius Pollio. Als der Teich dem Trimalchio in die Hände fiel, wurde mir die Pacht gekündigt und einem seiner Wirbler zugeschanzt. So geht es hier fast jedem.«

Encolpius nestelte im Bündel, ohne die Tunika sehen zu lassen, und gab dem Netzeflicker die Münze, die seine Finger faßten. Sie war beachtlich, und die Gefährten runzelten die Stirnen. »Dies zum Dank für deine Auskünfte.« Philokrotos nannte eine Seemannsherberge, in der sie billige Schlafplätze fänden, erbot sich, auf den Segler aufzupassen und sich anderentags für den Handel bereitzuhalten. Die Herberge lag nicht weit entfernt.

Encolpius trottete hinter den beiden her. Nach langer Irrfahrt hatte er verheißenes Land betreten. Sein Tempeltraum erfüllte sich auf sonderbare Weise. Nicht wie Aeneas, wohlgerüstet und mit erprobten Getreuen, kam er, sondern wie Ulixes in Lumpen, eine Bettlergestalt in der Gesellschaft von Landstreichern. Plötzlich fiel die Scheu von ihm ab, die ihn dem Puteolanum und der Straße zum Granatapfel ferngehalten hatte. »Laßt mich einen Tag allein!« bat er seine Gefährten. »Verkauft morgen den Segler günstig und kommt dann nach Puteoli. Wir treffen uns um dieselbe Stunde am Tempel des Augustus und der Roma. Gebt acht auf die Tunika!«

Sie wollten ihn nicht gehen lassen. Das bürgte ihm für ihre Ehrlichkeit. »Wenn wahr ist, was du uns über dich erzählt hast und Philokrotos nicht lügt, sieht dich dort niemand gern am Leben.«

Encolpius wandte sich noch einmal um. »Welchen Wert hat denn ein Leben von einem Tag zum andern, das alles nimmt, wie es kommt?«

Ihm war, als hörte er den Ruf des Schicksals, das Frauenkleider trug wie die Göttin Roma mit der Mauerkrone, und das Zaudern ebenso liebte wie wechselvolle Umwege. Doch er war noch nicht weit gelaufen, da verstand er sich nicht mehr. Während in der sinkenden Sonne die Akropolis von Neapel erglühte, suchte er am Abhang des Pausilypon den marmornen, auf Löwentatzen ruhenden Sarkophag Vergils. Den Park aber, durch den er als Kind mit dem Vater gegangen war, fand er eingezäunt, und ein Wächter wies ihn mit Drohungen von der Pforte. »Geh zu Trimalchios Morgenempfang und laß dir eine Eintrittsmarke geben!« Vor dem Tunnel, der das Vorgebirge unterquerte, wurde ein Wegegeld verlangt. Über der Kasse des Einnehmers grinste herablassend die Büste eines feisten stiernackigen Glatzkopfes mit tropfenförmiger Nase. Es war Trimalchio, der Pächter des Tunnels. Die heilige Tunika hatte nur Goldstücke enthalten. Der Einnehmer sagte: »Ich kann nicht herausgeben.« Encolpius wollte den Umweg über den Berg einschlagen. »Das geht nicht mehr«, antwortete der Einnehmer, »alles abgesperrt. Unser aller Gönner hat den Erben des Vedius Pollio die ganze Gegend abgekauft. Sie kamen in Geldschwierigkeiten, weil man in Rom so lustig lebt. So bekam er billig, was er wollte.« Auch die Herberge an der Straße nach Puteoli gehörte Trimalchio. Waschwasser, Handtücher, Salböl und die Benutzung des Abtritts wurden ungewohnterweise gesondert berechnet. »Unser gütiger Herr«, erklärte der Wirt, »schreibt niemandem vor, wie oft er sich säubert, und die Hartleibigen sollen nicht bezahlen, was sie nicht benutzen, wie es sonst in Gasthäusern üblich ist. Trimalchio liebt nämlich die Sparsamkeit. Sie hat ihn groß gemacht.«

In aller Frühe ging Encolpius die Totenstraße von Puteoli hinauf. Kaum etwas hatte sich verändert, doch er fand auf dem Sarkophag mit den trauernden Genien und Asphodelen eine andere Inschrift.

Suchend schaute er sich um. Die Insel Nesis schwamm im Morgengleißen des Golfes. In den leise rauschenden Wipfeln der Pinien hing noch salzige Kühle. Da knirschten Schritte im Kies. Um einen blühenden Busch bog der Aufseher. Zu den Fragen des Fremden grübelte er eine Weile. Dann führte er ihn in das unterirdische Columbarium, wo in langen Reihen staubiger Nischen, mehrere übereinander, Urnen und Büsten weniger Vermögender standen. Nach ein paar Schritten erkannte Encolpius die Urne aus Flußspat. »Unser Herr, der ehrenwerte Gajus Pompejus Habinnas, hat es so verfügt«, sagte der Aufseher, »denn nie ging die fällige Pacht für das Grabmal ein. Aus Ehrfurcht vor dem Kaiser, aus dessen Kanzlei das Geld erwartet wurde, hat er lange genug verzichtet.«

Encolpius ließ sich Öl, Wein und Honig für ein Trankopfer holen, und während er wartete, las er, als hätte er ein Traumgesicht, wenige Nischen weiter auf einer Urne die Inschrift: »Zum Gedenken an seinen Lehrer Gajus Pompejus Acoetes, in Dankbarkeit freigelassen auf dem Krankenbett, stiftet dies Gajus Pompejus Trimalchio Maecenatianus, der Förderer von Bildung und Kunst.«

Wortlos teilte Encolpius die Opferzutaten für seinen Vater und seinen Lehrer auf. Dann floh er durch den kellerig riechenden Gang hinaus in den warmen, flimmernden Herbsttag, als verfolgten ihn die Schatten des Orkus. Unter der steigenden Sonne hastete er bergan aus der Stadt. Von den Phlegräischen Feldern wehte fader Geruch herüber. Das Licht und die Farben der Landschaft waren wie damals, als er mit Acoetes im Wagen zum Averner See fuhr. Aber an die Stelle der abbröckelnden Lehmmauern einzelner Landhäuser und Villen war eine endlose Ziegelmauer mit Glasscherben und Eisenspitzen gesetzt worden, nirgends ein Tor oder eine Pforte. Er bestieg einen alten Ölbaum, um dahinterzuspähen. Die Landhäuser waren eingeebnet, die Obstgärten abgeholzt, die Weinreben gerodet. Künstliche Wasserläufe durchzogen kurzgeschorenen Rasen, Blumenboskette wechselten mit kleinen Seen, in denen sich Ziertempelchen und Statuen spiegelten. Weder in der Größe noch im Alter, noch in der Stilrichtung paßten sie zueinander. Alles war sichtlich zusammengesucht in zahlungskräftiger Eile. Auf rundlichem Hügel reckte überlebensgroß ein marmorner Priapus mit phrygischer Zipfelmütze seinen mächtigen vergoldeten Phallus in die stille Mittagsluft. Neu angepflanzte Baumgruppen verrieten, daß ein verbogener Geschmack römische Parks nachzuahmen versuchte. Nicht allzuweit entfernt erkannte Encolpius die Zypressenallee des Puteolanum. Wo das Landhaus der Petronier gestanden hatte, erhob sich im Weiß frischbehauenen Marmors ein Palast von den Ausmaßen einer Markthalle. Die Kapitelle riesiger Säulen fächerten sich wie die Wipfel von Dattelpalmen, und in Stein gehauen schlangen sich überreife Dattelrispen mit vergoldeten Früchten die Schäfte herab.

In der Ferne knallte eine Peitsche. Von der Stadt her näherte sich in einer Staubwolke ein vierrädriger offener Reisewagen, von zwei Rappen mit silbernem Zaumzeug gezogen. Er war so gut gefedert, daß er auf der hitzeflimmernden Straße zu schwimmen schien. Zuerst bemerkte Encolpius auf dem Sitz einen Mann mittleren Alters in sauberer Gelehrtenkleidung, der laut aus einer Schriftrolle vorlas, aber nicht allein gegen Hufgetrappel und Räderknirschen anschreien mußte, sondern auch gegen das Gepfeif von Flötenbläsern, die auf den Trittbrettern mitschaukelten. Der Mann, dem die gemischte Unterhaltung galt, feist, stiernackig, kahl, die Nase ein fettiger Tropfen, war leicht zu erkennen. Trimalchios Kinn versank im Bausch eines Gewandes aus grüner, golddurchwirkter Seide. Die Augen hielt er wie schlafend geschlossen. Der Wagen verlangsamte seine Fahrt; er näherte sich der Kurve vor dem Tor. Encolpius verließ seinen Baum. »Weg da!« schrie jemand. Ein zweiter Wagen preschte zweirädrig heran. Die Frau mit dem bunten Kopftuch, den schweren goldenen Ohrgehängen und Armreifen und dem Schoßhündchen, das zwei fächelnde Zofen ankläffte, konnte nur Trimalchios Gattin sein. Sie war sehr fett; aber das nußfarbene Gesicht hatte seine schmale Form behalten. Die Augen blickten dumpf; aber strichhaft schmal und dicht verliefen darüber die Brauen. Die dunkle Knospe des Mundes war weit aufgegangen; doch auf der geraden Nase lag noch ein

Hauch von der kindlichen Anmut der Hirtin Eumele aus dem Gut bei Volturnum.

Als Encolpius das Tor erreichte, wurde es gerade geschlossen. »Was stehst du hier herum?« knurrte der Torhüter. »Gebettelt wird nicht bei unserem Herrn! Komm morgen an den neugeweihten Serapistempel, den er gestiftet hat. Dort gibt er eine öffentliche Tafel mit allem, wonach dir der Zahn tropft.«

Wie betäubt streifte er durch die Gegend. In den Pinienwäldern um den Schwefelkessel schlug ihm der ätzende Geruch des Totenreiches entgegen; unter den gelben Kastanienwipfeln am Averner See fand er wilde Zyklamen. Wenn es Götter gäbe, jetzt hätten sie ihm helfen müssen! Wie konnte er je das Seine wiederbekommen? Es war nicht mehr dasselbe.

Gegen Abend wartete er vor dem Tempel des Augustus und der Roma auf seine Gefährten. In einer Garküche hatte er ein wenig gegessen. Dem Gedränge der Gassen entstieg in prächtigem Aufzug das Priesterkollegium der Sechs Männer, gefolgt von ihren Gehilfen und einem störrischen Stier mit vergoldeten Hörnern, der dem Genius des Kaisers geopfert werden sollte. Es waren bejahrte Freigelassene, die ihr Vermögen mit weithin sichtbarem Schmuck zur Schau trugen. Rotgesichtige Dickwänste und gichtgekrümmte Magerlinge übertrieben die Würde ihrer Schritte, blickten aus leeren Augen und verkniffen die Lippen, verdrossen über den allzu späten Genuß ihres rastlosen Gewinnstrebens. Trimalchio war nicht dabei.

Verwundert fragte Encolpius einen Mann, der sich aus dem Gefolge gelöst und für die Dauer der Opferhandlung einen Platz gesucht hatte, wo er sah und gesehen wurde. »Er sagt, die Gebühren sind ihm zu hoch«, antwortete ihm der Mann bereitwillig, wie um seine gute Bekanntschaft mit dem hohen Herrn herauszustreichen.

»Keine Summe Geldes schützt das Gesetz vor seinen Fingern«, staunte Encolpius, »und das einzige Amt, das es vor seinen goldenen Sandalen nicht verschließt, ist ihm zu teuer?«

Der Mann betrachtete ihn neugierig. Encolpius erkannte seinen Gelehrtenumhang. »Sah ich dich nicht in Trimalchios Kutsche vorlesen?«

»Bist du nicht jener beredte Jüngling, der sich in Rom als Titus Petronius ausgab?«

»Agamemnon! Was tust du hier? Was lockte dich weg von Rom?«

»Eine Anzeige Trimalchios, daß er eine Rhetorenschule gründen wolle und einen geeigneten Vorsteher suche. Ich bewerbe mich dafür, indem ich ihm vorlese und auch sonst gefällig bin.« Agamemnon sah gepflegt und zufrieden aus. Die Warze an seinem rechten Unterlid war größer geworden. »Aber ich«, fuhr er fort, »habe weit mehr Grund zum Staunen, daß ich dich hier treffe. Lag die Domus Petroniana, die du dein Vaterhaus nanntest, nicht auf dem Quirinal in der Straße zum Granatapfel? Man erzählt sich in Rom, du wohntest längst wieder dort und ließest dich von den gesuchtesten Lehrern in Dingen unterrichten, die du eigentlich bestens beherrschen müßtest. Als ich am Tor nach dir fragte, um der Sache auf den Grund zu gehen, wurde ich sehr schroff abgewiesen!«

»Es überrascht mich nicht«, antwortete Encolpius, »daß der Kaiser ein fragwürdiges Erbteil bald wieder veräußert hat. Aber wie kommt dieser Unbekannte, Käufer oder Mieter, dazu, sich auch meinen Namen anzueignen? Beim Priapus! Trimalchio kann doch nicht überall seinen Hintern haben!«

Agamemnon lachte. »Hast du dich auch schon unter seine klimpernden Fittiche begeben? Nun, er macht sich nicht nur hier breit, ein bißchen auch in Lukanien, Apulien, Sizilien. In Rom, das weiß er, würde man ihn auslachen. Da hat sich ein anderer eingenistet.«

Als die Opferfeier beendet war, begann es zu dunkeln. Agamemnon fand sich bereit, mit Encolpius noch ein Weilchen die Wartezeit zu verschwatzen. Als die Leute in den Gassen schon ihre Laternen anzündeten und Ascyltus und Giton noch immer nicht erschienen, lud der Rhetor seinen

Schützling in seine Wohnung ein. In seinen Augen war alles nicht so schlimm. Daß die öffentlichen Sitten, die Gelehrsamkeit, die Redekunst, die Künste und der gute Geschmack überhaupt so herunterkamen, ließ sich nicht mehr aufhalten. »Schuld sind die Herren in Rom. Verbraucht und verlottert, verschleudern sie ihr Vermögen, lassen ihre Ländereien veröden, überbürden sich mit Schulden, sterben kinderlos oder empfehlen ihre Erben der öffentlichen Wohlfahrt. Bei Trimalchio dagegen stimmt die Rechnung, alle Welt ist bei ihm verschuldet, er hat Schwung. Der verdient nicht nur, der läßt auch verdienen. Wenn ich meine Schule bekomme, stelle ich dich als Hilfslehrer ein, und auch du wirst verdienen. Dann werden wir ihm eine Nase drehen. Denn so gut er sich mit Gebildeten stellen möchte, er schläft immer gleich ein, außer wenn Gaukler auftreten. Was in seinem Kopf hängenbleibt, verdreht er. Aber dumm ist er nicht, wie hätte er es sonst so weit bringen können?«

»Aber wie lange? Mögen die alten Herren verkommen sein«, fragte Encolpius, »mit solchen neuen Herren bricht alles zusammen!«

Agamemnon schüttelte den Kopf. »Er will den Herren nur spielen, weil er Sklave war. Wir haben unseren Spaß daran.«

»Das ist das schlimmste!« Encolpius fuhr wütend mit dem Finger auf seinen Gastgeber los. »Ich habe gelernt, wer herrschen will, müsse besitzen. Trimalchio zeigt: Wer besitzt, der kann herrschen. Und wer bezahlt das Spektakel? Scharen zerlumpter Tagediebe, denen er ihr Auskommen genommen hat. Sieh mich an!«

»Ich sagte doch, auch du kannst deinen Schnitt machen.«

»Lieber ginge ich in die Verbannung wie Seneca, wie Agrippina.«

»Agrippina?« fragte Agamemnon. »Sie ist begnadigt und lebt wieder in Rom, mittelmäßig verheiratet, wie man hört.«

Encolpius fuhr aus dem Polster. »Ein Grund mehr, daß ich morgen nach Rom aufbreche.«

»In diesem Aufzug! Eine Vogelscheuche hat leere Taschen.«

»Träfe ich nur meine Gefährten wieder! Denn wir haben ein paar Golddenare, nicht einmal wenig.«

»Gewiß hast du sie darum nicht wiedergetroffen!«

Doch er traf sie wieder. Am nächsten Tag fand er sie vor dem schilfsäuligen Tempel des Serapis in der Schlange aus armen Puteolanern und obdachlosen Strolchen, die sich vor der öffentlichen Tafel des Trimalchio gebildet hatte. Sie fielen sich in die Arme. Doch Encolpius stutzte: »Was denn: Haben wir es nötig, um wohltätige Süppchen zu betteln? Wo ist die Tunika?«

Ascyltus schwieg verlegen, Giton traten die Tränen in die Augen. »Darum mußtest du ja gestern vergeblich auf uns warten. Wir haben sehr lange gesucht. In einem öffentlichen Warmbad versagte die Heiligkeit unserer Tunika. Sie sah ja aus wie irgendein lumpiges Kleidungsstück. Jemand hat sie verwechselt.«

»Wie konntet ihr so unachtsam sein!« jammerte Encolpius.

»Weil wir schon aufgeregt waren!« verteidigte sich Giton. »Beschimpfe uns bitte nicht nach allem, was wir durchgemacht haben! Als wir am Morgen den Segler verscheuern wollten, fehlte von ihm jede Spur, und von dem redseligen Netzeflicker auch.«

Da legte jemand die Hand fest wie ein Liktor auf seine Schulter. Encolpius sprang herum und sah die dicke Warze an Agamemnons Lid. Der Rhetor klatschte in die Hände. »Denk dir, welch ein Glückstag! Trimalchio gibt mir die Schule! Morgen ziehe ich ein.«

Encolpius gratulierte betreten und stellte seine Gefährten vor. »Wir hingegen haben nun auch das Letzte verloren.«

»Kein Grund zur Trübsal!« rief Agamemnon. »Ich brauche jetzt Leute, die sich für nichts zu gut sind und nicht gleich wieder fortlaufen. In drei Tagen gibt Trimalchio zur Feier der Schuleröffnung seinen Mitfreigelassenen und mir ein Gastmahl unter dem prächtigen Dach seines neuerbauten Stadthauses. Und da er in seiner Freigebigkeit nicht gern überboten wird, darf jeder mitbringen, wen er will. Das ist die beste Gelegenheit, euch bei ihm einzuführen. Für neue Sachen schieße ich euch etwas vor.«

Encolpius knirschte vernehmlich mit den Zähnen. Sollte er der Schmarotzer eines Schmarotzers werden und zuschauen, wie sein Eigentum durchgebracht wurde?

»Was gibt es zu überlegen?« drängte der Rhetor. »Laßt euch gebührlich herausfüttern. Es gibt Vergnügliches zu sehen, der Wein fließt in Strömen, und wenn das Fest abzusaufen droht, kommt der Höhepunkt: Dann pflegt Trimalchio mit allem Pomp sein eigenes Begräbnis feiern zu lassen und dabei zuzuschauen.«

Ascyltus bedankte sich stürmisch, und Giton küßte Agamemnon die Hände. »Kommt mit in die Schule! Ich zeige euch die Zimmer!«

Am Morgen nach dem Gastmahl des Trimalchio, das er später in seinen »Satyrgeschichten« schilderte, hing Titus Petronius trüben Gedanken nach. Alle wissen, wie übel es läuft, aber keiner steigt vom Wagen, selbst die den Schaden haben, rennen noch mit. Ich habe das Gespenst des Untergangs gesehen. Wäre es doch nur ein Gespenst! Ich gäbe mein Leben darum.

VII. BUCH: WIEDERGEBURT

Fata viam invenient ...
Schicksale finden den Weg ...

Vergil, Aeneis, III., 395 / X., 113

Militat omnis amans, et habet sua castra Cupido ...
Jeder, der liebt, ist Soldat, und Cupido
befehligt das Lager ...

Ovid, Amores (Liebeselegien), I., 9, 1

Apollo ohne Waffen

Mitte März, am Todestag des Kaisers Tiberius, fuhr Titus Encolpius mit einem Fährschiff hinüber zum Kap Misenum, um der Villa des Lucullus einen Besuch abzustatten. Fünfmal hatte er die Verabredung mit Eumolpus, wie sein Gesangslehrer Calpurnius Scurra sich nannte, versäumt, und die Hoffnung, ihn noch zu treffen, schmolz dahin, je länger er durch die Säle wanderte. Oft blieb er stehen und ließ nur die Augen wandern. Das bemalte Holz, die farbenfreudigen Mosaike, die Skulpturen aus Marmor, Alabaster, Elfenbein, Bronze schienen zu fragen: Was willst du von uns? Still fragte er zurück: Was könnt ihr mir sagen? Mit Wohlgefallen sehe ich euch an. Gehe ich wieder hinaus, ist die häßliche Welt nicht erträglicher. Wer den Hermes des Praxiteles sah, findet die Krummbeinigen und Zwiebelköpfigen nur noch unausstehlicher, und wer die Venus mit dem schönen Hintern betrachtet hat, zu wem möchte der sich noch ins Bett legen? Jupiter hatte Macht, sich seinen Ganymed holen zu lassen, doch welchem Sterblichen steht ein Adler zu Gebote? Wer hat die Gabe, sich in einen Stier, einen Schwan, einen Goldregen zu verwandeln? Wer, zarte Daphne, die du dort in den Farben des Zeuxis von Apollo verfolgt wirst, hätte mich in ein Gebüsch verwandeln sollen, als Lichas und Tryphaena mir nachstellten? War ich im Amphitheater zu Massilia mutiger, weil ich meisterliche Bildnisse des Achilles kannte? Fiel mir die Plackerei in den Bleigruben Sardiniens leichter, wenn ich mich an Darstellungen der zwölf Arbeiten erinnerte, die Herkules verrichten mußte? Warum dachte ich keinen Augenblick an euch, Harmodios und Aristogeiton, hehres Paar der Tyrannenmörder, als ich Caligula in seinem Blut sah? Wo warst du, Venus von Knidos, als ich am Ufer des Volturnus nicht wußte, was ich mit der Hirtin Eumele anstellen sollte? Was tatest du dagegen, daß ein Viehtreiber aus ihr eine putzsüchtige, zänkische Matrone machte? Kommt diese Ohnmacht vielleicht daher, daß nur eine gewöhnliche Hetäre namens Phryne für dich Modell gestanden hat? Oder sind wir, ihr Marmorgötter, so ratlos übereinander, weil hier vorwiegend mittelmäßige Kopien herumstehen? Wenn schon die Götter, wie Epikur meint, mit uns nichts zu tun haben – sollte nicht wenigstens die Kunst auf dem Weg durch die Oberwelt ein wenig beistehen? Ich erwarte nicht, daß Merkur mit Flügeln an Hut und Sandalen, den schlangenumwundenen Heroldsstab schwingend, zu mir herabschwebt, um mir die Beschlüsse der Olympier zu melden. Wenn Venus es für nötig befand, sich sogar vor ihrem Sohn Aeneas, einem Halbgott, zu verstellen, wie kann ich dann erwarten, daß sie mir, einem armen, umgetriebenen Satyr, die wahre Liebe in den Schoß legt? In diesen erstarrten Räumen weiß jeder, zu wem er auf immer gehört, wer ihn verschmäht, wer ihn verfolgt, was ihm Gutes und Arges bevorsteht. Aber da draußen? So viele Männer, so viele Frauen, so viele Paarungen, so viele Gewalttaten, die Menschheit ein breiter Strom vielfarbigen Fleisches, und die Wellen darauf sind die nie versiegenden wollüstigen oder schmerzlichen Zuckungen ihrer Leiber. Die Liebe, um deretwillen allein es sich lohnt, mitzuschwimmen, die wahre und erfüllte Liebe ist nur hier und da ein Goldkörnchen im Schwemmsand. Wenn nicht durch Gesichte und Orakel, so sollten die Götter doch wenigstens durch die Kunst zu uns sprechen und uns bewegen. Unsere Nöte und Wünsche, unsere Flüche und unsere Bewunderung weisen ihre Werke aber weit von sich. Wir stehen allein da, jammern über den Verfall aller Dinge und nagen selbst emsig daran.

Er verharrte vor der Bronzebüste des Tyrannen Hieron von Syrakus. »Dein leutseliges und verächtliches Gesicht verstehe ich nun besser«, sagte er halblaut. »Wer in der Liebe ist, zu dem redet die Kunst, dem helfen die Götter. Wer aber die Liebe verwirft oder wen sie meidet, der verfällt der Bosheit und nimmt Verzweifelte zu Spießgesellen.«

»Und wenn man die Herzen der Tyrannen aufschlösse, würde man Wunden und Hiebe entdecken«, antwortete eine bekannte Stimme.

Eumolpus begrüßte ihn mit einem Epigramm aus dem Stegreif. Er trug den langen, abgeschabten Mantel der Philosophen und Dichter, ein schmuddeliges Bündel, ausgetretene Sandalen, und den Takt seiner Verse schlug er mit einem knotigen Wanderstock. Ohne die Verabredung hätte ihn Encolpius allenfalls noch an der Stimme erkannt, denn Scurra hatte sich sehr verändert. Sein verfilzter Bart und sein gelichtetes Haupthaar waren vor der Zeit beträchtlich ergraut, und seine Gesichtshaut alterte wie bei Landstreichern, die wenig aßen, viel tranken und sich selten wuschen.

Encolpius ergriff seine Hand. »Endlich treffen wir uns! Verzeih bitte, daß ich dich so oft warten ließ!«

»Auch ich komme zum erstenmal«, antwortete der Dichter. »Ich habe ganz Italien durchreist. Zur Überfahrt nach Griechenland hat mir immer das Geld gefehlt. Denn nur selten durfte ich in Theatern auftreten, und kein Buchhändler läßt meine Verse abschreiben.«

»Man sieht dir an, daß du es nicht leicht gehabt hast.«

»Die Kunst erfordert viel Gleichmut. Auf Märkten und in Bädern fliegen mir mehr Kohlstrünke, Eier, nasse Schwämme oder gar Steine zu als Münzen. Wurde ich zu Abendgesellschaften geladen – die Kenner sind noch nicht ausgestorben –, so kamen die Gäste, wie ich bald merkte, nicht etwa, um mich zu hören, sondern um sich sehen zu lassen. Selbst wenn sie mir eine Weile zuhörten, genossen sie es weit mehr, anschließend über die Kunst im allgemeinen weitschweifige Reden zu führen. Die Schwierigkeit der Kunst besteht auch darin, all die Verächtlichen zu ertragen, an die man sie verschenkt. Der wahre Dichter macht seine Verse nur für sich selbst.«

Er grinste abwartend. Das Werben um Wohlwollen hatte Krähenfüße in seine Augenwinkel gezeichnet, die sich nicht mehr glätteten.

»Wie?« fragte Encolpius. »Das verstehe ich nicht: Du lebst in Armut, um deine Kunst an Menschen zu verschenken, die du verachtest? Daß du sie nur für dich machst, halte ich für eine Ausrede!«

»Und wie steht es mit dir, mein Lieber?« fragte Eumolpus listig. »Wo sind deine Verse, welches Schicksal ist ihnen widerfahren? Du trägst anständige Kleider, siehst aber nicht aus wie der Herr, der du werden wolltest. Bist du den Musen davongelaufen, oder sind sie dir gram? Sonst verstündest du mich recht gut!«

Mit mancher Erheiterung über sich selbst erzählte Encolpius, wie er den Palatin mit der Subura hatte vertauschen müssen, welche Odyssee darauf gefolgt war. »Meine geschriebenen Verse sind verschollen, und im Kopf habe ich nur noch wenige.«

»Du konntest weiterleben ohne deine Verse?«

»Mir begegnete viel Unerwartetes, und ich habe dem Verlorenen kaum nachgetrauert. Es war doch wie das meiste, was wir Römer zustande bringen, ein Abklatsch dessen, was die verspielten, verträumten Griechen geschaffen haben.«

»Freund!« fuhr Eumolpus auf. »Es gibt nichts Edleres, als den edlen Griechen nachzueifern. Du solltest weder sie noch uns verunglimpfen!«

»Mir ist nur der Gebrauch verdächtig, den wir von den Griechen machen«, verteidigte sich Encolpius. »Was ist unser Nacheifern anderes als ein Schleier über unserer Schwäche? Wir trauen dem nicht, was wir selbst hervorbringen, und mit weitschweifigen Reden über die Kunst im allgemeinen überspielen wir unseren Mangel an Selbstvertrauen: Stolz und unfruchtbar urteilen wir über die Künste anderer Zeiten. Sagte ich stolz? Es ist Übermut und Anmaßung.«

»Ich sehe«, nickte Eumolpus, »unsere Gedanken liegen einander doch nicht so fern. Ich finde, die Sendung des Dichters ist, seiner Zeit fremd zu bleiben. Denn nur so kann er ihr etwas sagen. Wer dazugehört, kann nur loben, wer aber nicht lobt, wird ungern gehört. Was habe ich mich, als ich noch Spottgedichte verfaßte, geärgert über diese neunmalkluge, harthörige Zeit! Wir wissen alles, aber nichts wird anders. An allem finden wir einen Makel, aber wir schaffen nichts. Die gewohnten Töne langweilen uns, aber die gesuchten Töne reizen unser Ohr nur kurz. Trotzdem kommt niemand mit heiler Haut von der Bühne, der nicht neue Töne gesucht hat. Und was gilt als neuer Ton? Wahrt man die alten Formen, so hören die Leute das Neue nicht. Findet man neue Formen, so haben sie nur dafür Ohren, aber nicht für das, was sie sagen.«

»So wäre denn auch die Kunst am Ende«, antwortete Encolpius, »und das größte Werk eines Dichters wäre sein Verstummen. Ich bin schon verstummt und wußte nur nicht, wie richtig ich daran tat.«

»Freund!« entsetzte sich Eumolpus. »Du verzagst zu früh! Die Weisen, allen voran Epikur, haben zwar gelehrt, die Welt zu durchschauen, nicht aber, sie auch zu ertragen. Das vermag allein die Kunst. Von den Weisen erfahre ich die rechte Lebensart, aber nur die Kunst gibt mir die Mittel, sie zu verwirklichen und andere dafür zu gewinnen. Nur die Kunst ist eine Tat, in die wir unser Wissen über das Gute umsetzen können. Jeder andere Gebrauch des Wissens endet als Mißbrauch. Meine Sorge ist nur, wem die Kunst gefällt. Denn ohne zu gefallen, kann sie nicht wirken. Kunst, die den Gescheiten gefällt, sagt den Unbedarften nichts, den Gescheiten aber nur, was sie schon wissen. Kunst, die der Unbedarfte versteht, langweilt den Gescheiten, wenn sie ihn nicht sogar anwidert. Also erlaube ich mir in Maßen eine Kunst, die mich und einige erlesene Kenner aufrichtet, und gräme mich nicht, daß mich die meisten verkennen. Für diese befleißige ich mich einer Kunst, die geringe Ansprüche zufriedenstellt, mir dafür aber etwas einbringt.«

»Viel scheint es nicht zu sein«, unterbrach ihn Encolpius.

»Das liegt daran«, erwiderte Eumolpus, »daß ich mich dieser Einsicht noch nicht allzu lange erfreue. Ich würde auch Tingeltangel nicht verschmähen, wenn ich geeignete Partner fände. Denn allein wäre ich nicht sicher, ob ich immer im richtigen Tonfall bleibe. Womöglich verfiele ich in unzulässigen Ernst, der mir die Zuhörer vergrault, und wenn erst die Steine fliegen, ist es zu spät. Aber auch Verse über entlegene, wunderbare Dinge, denkwürdige Ereignisse, unerhörte Begebenheiten und Katastrophen finden immer ihre Abnehmer, und keine Zeit ist arm an Stoffen dieser Art. Ich verspreche mir von künftigen Tagen sogar wachsenden Gewinn. Denn um Rom ist es schlecht bestellt, und seine Lage kann sich nur verschlimmern. Erstaunliches steht bevor, Stoff genug für erstaunliche Verse. Freilich dürfen, als gleichbleibende Süße gewissermaßen, die heiteren und schlüpfrigen Töne nicht fehlen, die offenen Geheimnisse der ewigen Liebe, die das Ohr der Leute so lecker findet, daß man getrost den bittersten Wermut hineinmischen darf. Aber das ist, wie gesagt, alles nur für die Leute. Meine besten Sachen mache ich für mich allein.«

Sie gingen auf und ab. Encolpius fand manchen Satz bestechend, suchte aber unentwegt, was ihn an den Darlegungen des Dichters störte. Plötzlich vertrat er ihm den Weg. »Hättest du noch Hab und Gut deiner Eltern, brauchtest du nur deine besten Verse zu dichten! Dann erübrigte es sich, den Leuten zu gefallen.«

»Ich wünsche mir mein Hab und Gut nicht zurück!« lachte Eumolpus. »Es versperrte mir nur den Blick auf die Dinge der Welt, die danach dürsten, in Verse gegossen zu werden. Ein Dichter muß arm sein! Dem wohlhabenden Dichter, glaub mir, versiegt bald die Quelle der Eingebungen, und wer im Garten eines bequemen Landhauses dichtet, findet bald schon selbst keinen Gefallen mehr an seinen Sachen. Das tiefste Elend und die äußerste Verzweiflung mögen verstummen machen. Aber wenn dich keine Entbehrungen mehr quälen, keine Drohungen mehr schrecken, wirst du auch verstummen. Beide Zustände sind nicht naturgemäß. Was naturgemäß sei? Das fragst du mich? Zu dulden! Sieh dort auf meisterlichem Mosaik den göttlichen Dulder Odysseus vor dem eigenen Haus in Bettlergestalt! Geht es im Grunde nicht jedem Menschen so? Fühlen wir uns nicht alle ausgesperrt, ausgesperrt von dem, was wir für unser höchsteigenes Glück halten? Welchen Sinn hätte Kunst, wenn sie nicht lehrte, zu dulden?«

»Odysseus war aber ein König!« entgegnete Encolpius. »Sein Dulden diente einzig der Rückkehr nach Ithaka, um das Seine wieder in Besitz zu nehmen und gerecht zu herrschen. Welchen Sinn, frage ich dich, hätte die Kunst, wenn sie nicht lehrte, zu herrschen?«

Eumolpus betrachtete den Freund aus zusammengekniffenen Augen. »Und doch wurde Odysseus eines Tages von seinem eigenen Sohn getötet! Mag eine Kunst die Starken lehren, zu herrschen. Gewiß lehrt eine andere die Schwachen, zu dulden. Auf eins können beide nicht verzichten: Kunst muß gefallen.«

Lauter, als er wollte, antwortete Encolpius: »Ich kann keine Kunst machen für Leute, die ich verachte, wären sie nun reich oder arm!« Seine Stimme hallte in der Galerie wider, und Vorübergehende sahen sich um. »Wer der Willkür gefallen möchte, macht sich ebenso lächerlich wie einer, der es dem Unverstand recht zu machen sucht.«

»Verachtest du dich auch selbst ein bißchen?« fragte Eumolpus unbewegt.

»Den, der ich bin, verachte ich wohl«, antwortete Encolpius leise. »Aber ich will einer werden, den ich achten kann, und achtenswerte Leute um mich haben. Wir reden hier über den Sinn von Kunst, weil wir von lauter Kunst umgeben sind. Laß uns hinausgehen, und ich frage dich nach dem Sinn unseres Lebens! Du wirst vielleicht antworten, der Sinn deines Lebens sei, Kunst zu machen. Aber deine Kunst hat wieder nur den Sinn, dir das Leben zu ermöglichen, du spaltest sie sogar in eine Kunst für deine Seele und eine für deinen Wanst. Begreifst du nicht, daß du es für den Sinn des Lebens erklärst, einen Schein von Sinn aufrechtzuerhalten? Aber ich sage dir: Das Leben hat nicht mehr Sinn als die Welt, in der es sich entfaltet. Vielleicht kann Kunst ehrlicherweise nichts anderes, als dies einzugestehen. Solche Kunst stelle ich mir sehr heiter vor.«

Eumolpus betrachtete ihn, als hätte er den Gegenstand für ein neues Gedicht entdeckt. »Fändest du das zumutbar?« fragte er.

»Diese Frage, so berechtigt sie scheint, kommt entschieden zu spät«, antwortete Encolpius. »Ob ich geboren werden möchte, hat mich niemand gefragt, und so frage ich auch niemanden, wozu ich leben soll. Nichts anderes wäre ja die Frage nach dem Sinn! Und wenn uns die Götter nicht antworten, ist es vermessen, wenn wir einander fragen, warum wir leben. Mir kann es niemand sagen, und ich lasse es mir auch von niemandem sagen. Ich bin ein freigeborener Römer und halte es nur unter meinesgleichen aus. Darum will ich, sobald ich kann, zurück nach Rom.«

Eumolpus wich zurück. »Du willst nach Rom? Nach allem, was dir dort angetan worden ist? Bei dieser wahnwitzigen Teuerung?«

»Apollo«, sagte Encolpius, »spielt nicht nur die Kithara. Er führt auch trefflich den Bogen!«

»Aber niemals beides zugleich«, entgegnete Eumolpus. »Du hast weder das eine noch das andere in den Händen.«

»Von meinen Vätern und Vorvätern ließe ich mir noch sagen, wozu ich lebe. Ihr Recht und ihr Gut will ich zurückfordern. Erinnere dich, Scurra: Auf Capreae ließ man uns lernen, wie man einem Gemeinwesen zu seinem Wohl verhilft.«

»Das Gemeinwesen haben Lumpen in der Hand.«

»Gerade wenn sich die Lumpen breitmachen, gibt es für Edle etwas zu tun.«

Eumolpus lachte. »Rom betrete ich nie wieder. Laß uns nach Griechenland gehen. Zu zweit tingeln wir uns das Geld für die Schiffsreise zusammen. Während Rom dahinstirbt, kommt die Heimat der Künste und der Gelehrsamkeit wieder zu Kräften. Dort schätzt man die Musen noch, dort wirft niemand Steine nach wandernden Sängern und Philosophen, dort haben Knaben und Mädchen noch reine Liebe zu verschenken. Habe ich dich doch vorhin ertappt in der Klage, daß du die reine Liebe vermißt! Wir werden Arkadien schauen, die Urheimat deiner Vorväter. Dort und nirgends sonst findest du wieder, was dein ist.«

Encolpius setzte sich auf eine Bank. Es klang ihm verlokkend.

»Unter den Römern«, drängte der Dichter, »kannst du nicht bestehen, ohne anderen anzutun, was dir angetan wurde. Prüfe dein Innerstes, bedenke, wozu du fähig wärest, und vergiß dabei nicht, daß du dich selbst unter die Harmlosen zählst. Dann ahnst du vielleicht, was dir von jenen noch bevorsteht.«

Der Dichter weckte schlimme Erinnerungen. Grauen kroch Encolpius übers Herz.

Plötzlich rief Giton nach ihm. Der Junge hatte sich, weil ihn die Bilder langweilten, in den Gärten herumgetrieben. Eumolpus schlug vor Bewunderung über seine Schönheit die Hände zusammen. »Nun verstehe ich gar nichts mehr! Wem solch ein Wesen gehört, was kümmert den die Kunst? Was kümmert den Rom? Weshalb gebärdest du dich wie ein verlassener Liebender?«

»Irgendeine Gottheit«, seufzte Encolpius, »hat uns dazu verurteilt, aneinander vorbeizureden.«

»Das soll uns nicht hindern, auch ihn der Kunst zu überantworten. Gewiß kann er tanzen.«

Giton nickte freudig. »Auch die Handpauke kann ich schlagen, die Flöte spielen, und ich singe nicht schlecht.«

»Mit ihm sind wir unwiderstehlich«, sagte Eumolpus. »Wir tun uns zusammen. Ich wette, wir können uns bald nicht mehr vor Einladungen retten. Noch diesen Sommer treten wir in den besten Häusern auf. Kannst du deine Elegie von der allzu rasch befriedigten Wollust auswendig?«

»Auch anderes«, antwortete Encolpius.

»Laß uns mit ihm gehen!« bettelte Giton. »Keinen Tag halte ich es mehr in Agamemnons Rhetorenschule aus.«

Encolpius hielt sich die glühenden Wangen. Wie gern opferte er die Beredsamkeit und die Grammatik der Dichtkunst auf! Schon vor längerem hatte sich Ascyltus davongemacht. Ein römischer Ritter, der sich in Bajae zur Ruhe setzte, beschäftigte ihn als Vorleser.

»Auch mich hält nichts mehr bei Agamemnon«, sagte Encolpius. »Sie widern mich an, seine erfundenen Rechtsfälle, die schmuckvollen Tischreden, die verlogenen Lobpreisungen örtlicher Beamter, die bestellten Leichenreden und nicht zuletzt diese Schüler, die auf Verlangen ihr eigenes Todesurteil auswendig lernen, ohne dabei stutzig zu werden.«

Agrippina am Spinnrocken

Sie tingelten um den Golf. In Bajae traten sie auf und in Bauli, in Neapel, Stabiae und Surrentum, in Pompeji und in den Kurorten des Milchgebirges. Der Sommer war angebrochen. Die reichen Römer, aber auch mäßig begüterte, kamen nach Kampanien und bezogen ihre Landsitze. Mit Zimbelgeklirr machten die drei Straßenmusikanten auf sich aufmerksam. Eumolpus sang Heldenliedchen, die den Zuhörern nicht zuviel zumuteten, und Encolpius schlug die Kithara; Encolpius sang Hirtenidyllen auf Venus und Cupido, Pan und Priapus, Eumolpus blies dazu die Flöte. Giton tanzte wie immer in Mädchenkleidern, gelockt und geschminkt, ahmte mit Kopfstimme einen Kastraten nach, denn in den Bergwerken Sardiniens hatte der Stimmbruch seiner Knabenkehle den Schmelz genommen, schlug eine Handpauke, verteilte Duftwolken und schmachtende Blicke. Sie zeigten sich auf Märkten, in Säulengängen, auf Parkpromenaden, bis jemand sie mitnahm, der Zerstreuung für den Abend suchte, ohne viel dafür auszugeben. Meist sorgten Gitons Reize dafür, daß sie auch ein Nachtlager in den Kammern der Bediensteten erhielten.

Es war in Bauli; gerade flüchteten sie aus der Mittagshitze in die Kühle einer Schankstube, da lief ihnen ein Hausdiener nach, dessen Gewandung eine ungewöhnlich reiche Herrschaft verriet. Sie wußten zu gut, daß ihre Kunst Leuten dieses Ranges nicht entfernt genügte, und fürchteten Züchtigung, weil sie vielleicht zu nahe an der Terrasse eines empfindlichen Ohres geplärrt hatten. Nicht zum erstenmal hätten sie mit Stöcken und Hetzhunden Bekanntschaft gemacht. Aber der Diener begrüßte sie zuvorkommend und lud sie bereits auf den Nachmittag in die Villa eines Ritters namens Crispus Passienus ein. Besonders die Herrin, eine überaus kunstsinnige Dame, bestehe darauf, das Trio zu sehen und zu hören. Ob man sich lustig machen wolle, fragte Eumolpus mißtrauisch. Der Sklave tadelte seine falsche Bescheidenheit. Es klang wie Hohn.

Trotzdem fanden sie sich ein. Sie waren nicht die einzigen ärmlichen Gestalten, denen das Gittertor so selbstverständlich geöffnet wurde, als wären sie langerwartete liebe Gäste. Den Park bevölkerten Trödelweiber, Bauchladenbesitzer und Bootsvermieter, Handlanger und Botenläufer, die sich stundenweise mieten ließen. Nur allzu schmutzig durften sie nicht sein. Am Tor hatten sie einem Schreiber Namen und Geburtsort anzugeben und eidesstattlich zu versichern, daß sie von freier Geburt und ohne eigenes Verschulden in Not geraten wären. Dann ergingen sie sich, wenig geschickt um bessere Haltung bemüht, auf den Parkwegen, stellten sich, ohne zu drängen, an die Tische, wo es Brot und gebratenes Fleisch, Wein und gesalzene Oliven gab, kauerten sich auf die Rasenfläche vor der Terrasse und warteten, was ihnen geboten würde.

Der Diener, der ihnen nachgelaufen war, begleitete sie wortlos, bis sie gegessen und getrunken hatten; dann zeigte er ihnen ein Holzpodest zwischen Terrasse und Rasen: »Der römische Ritter Crispus Passienus und seine Gattin, deren Herkunft noch weit vornehmer ist, aber nicht breitgetratscht werden soll, erlauben sich, schuldlos verarmten Freigeborenen etwas Gefälliges zu bieten. Verneigt euch vor der Herrschaft, und gebt euer Bestes!«

Während Eumolpus ein Wiegenlied auf Herkules herleierte und aus dem Stegreif Schmeicheleien auf die Gastgeber untermischte, während Giton zu seiner Tanznummer ein Liedchen trällerte, in dem er gleichsam vor Königin Dido den Liebesgott Cupido im Gewand des Ascanius spielte, ließ Encolpius die Terrasse nicht aus den Augen. Mit einiger Huld ließ es die Dame des Hauses sich gefallen, daß Giton sie mit Verbeugungen und Verrenkungen als die karthagische Königin der »Aeneis« behandelte. Hoheitsvoll saß sie unter trapezförmigem Sonnenschirm, von dem glitzernde Perlenschnüre herabhingen, und spann unentwegt. Auch ihre Gesellschafterinnen waren in diese nutzbringende Beschäftigung vertieft. Unter Claudius war es in wohlhabenden Familien aufgekommen, nicht nur Geld und Brot für die Armen zu spenden, sondern auch Garn für ihre Kleidung zu spinnen. Valeria Messalina, die Gattin des Kaisers, ging damit voran, und der »Tägliche Anzeiger« meldete regelmäßig das Pensum ihrer Wollarbeit.

Encolpius erkannte die Schneckenlocken und die großen Augen, die es begreiflich machten, wenn Dichter Göttinnen kuhäugig nannten. Er setzte die Maske eines Satyrs auf und sang seine Elegie von der allzu rasch befriedigten Wollust, die sie vielleicht noch kannte. Sie ließ tatsächlich eine Weile die Spindel beiseite, legte sich zu ihrem Mann auf das erhöhte Polster, spielte mit den Fingern im Bausch ihres Gewandes und lauschte. Ihr Kinn, oval wie eine makellose Olive, glitt in die stützende Hand, der kleine Finger hätschelte ihre vollen und doch scharf geschnittenen Lippen. Über ihrer langen, geraden, an der Spitze leicht gerillten Nase erschienen jene feinen senkrechten Stirnfalten, die ihr einen Ausdruck ständig wacher Sinnlichkeit gaben. Bei meiner Mutter, dachte Encolpius, wirkten sie besorgt und verzweifelt, und ihr Blick war traurig. In diesen leicht hervortretenden Augen fand er jedoch den zitternden Glanz, den er von den Zofen kannte, ständig bereit zur Lust, aber gezähmt durch Berechnung. Die Starre, mit der sie sich auf ihn hefteten, wurde fast töricht; wenn Agrippina jemanden heftig ansah, schien sie leicht zu schielen wie Aphrodite auf manchen griechischen Malereien. Zu ihren Füßen spielte ein etwa sechsjähriger rotblonder Knabe mit einem Schoßhündchen. Sein Näschen war kurz und weich, spitzbübisch standen die Ohren ab, leicht bogen sich die Löckchen von seinem Scheitel weg, eine Schnur aus Halbedelsteinen bedeckte ihn und hing auf die Stirn herab.

Als Encolpius verstummte, warteten die Gäste, ob die Herrschaft klatschte. Nur Pfauenschreie waren aus dem Park zu hören. Agrippina verlangte die Elegie noch einmal.

Sie schien zu grübeln. Unsicher, ob sie sich erinnerte, riß sich Encolpius die Satyrmaske vom Gesicht, als die letzte Saite verklang. Agrippina klatschte wohlwollend, auch die Gäste bekundeten ihren Beifall. Ein Sklave deutete Encolpius an, sich zu der Dame zu begeben. Es verschlug ihm fast den Atem; sein Herz pochte wild. Er sah die verdutzt geweiteten Blicke seiner beiden Gefährten. »Wir sehen uns bestimmt wieder«, stammelte er. Es klang wie ein Abschied für immer.

Crispus Passienus zog eine saure Miene, als der Straßensänger sich vor dem Polster tief verneigte. Atemholend hob er die Schultern wie zu einem Schauspiel, das er kannte. Encolpius sah in Agrippinas Blick Verlangen, aber kein Erkennen.

»Führe ihn hinein«, befahl sie.

In dem Gemach fand er nur eine marmorne Badewanne, ein Liegepolster und Kleidernischen mit bestickten Vorhängen. »Hast du ein Glück!« empfing ihn eine Sklavin. Sie begann ihn auszuziehen. Ein Neger, den sie herbeigepfiffen hatte, schüttete dampfendes, duftendes Wasser aus einem Holzzuber in die Wanne. »Wie heißt du?«

Da er schwieg, verscheuchte sie den Neger. »Bist du zu vornehm, um deinen Namen zu sagen? Das soll es ja geben.« Sie musterte seine Schenkel, seine Lenden, biß sich auf die Unterlippe. »Die Herrin hat aber auch Glück! Mir steht es nur zu, dich zu schrubben.«

Mit Schwamm und Bürste fiel sie über ihn her. Allmählich wurden ihre Hände behutsamer. »Wir haben Zeit, die Festlichkeit dauert noch eine Weile. Ist dir das Wasser warm genug?« Sie rief nach dem Neger, er solle nachfüllen. Der Neger tätschelte ihr den Hintern und grinste Encolpius an, wie um ihn zu ermutigen. Dann ging er.

Er stieg aus der Wanne und griff nach den Tüchern. Wachsam wandte sich die Sklavin, die in einer Kleidernische gewühlt hatte, um: »Auch das obliegt mir!« Länger als notwendig strichen ihre Hände den flauschigen Stoff über seine Weichen, und als sie das Tuch wegnahm, blieb ihr der Mund offen. »Zu diesem Wunder«, kicherte sie, »muß ich etwas besonders Hübsches heraussuchen!«

Als er sah, wie sie sich bückte und in der Nische weiterwühlte, spürte er den Blutandrang nach dem warmen Bad, und ihn schwindelte leicht. Sie trug nur ein schlichtes kurzes Hemdchen. Nackt, wie er war, ging er ihr nach. So oder ähnlich war es oft abgelaufen, wenn ihm in einem Haus, das seinen Versen gelauscht hatte, ein Nachtlager geboten wurde. Doch das Mädchen fuhr auf und schob ihn weg. Ihre Arme zitterten. »O nein!« seufzte sie. »Das bleibt für die Herrin. Sie läßt mich zum Krüppel schlagen, wenn sie merkt, daß ich genascht habe!«

»Sie wird mir nichts anmerken. Du sagst doch, wir hätten Zeit.«

»Ich habe auf dem Balkon deine Verse gehört. Beherzigst du sie so schlecht? Vielleicht merkt sie dir nichts an, aber mir!«

Sie warf ihm eine rotseidene, mit Lotosblüten bestickte Tunika hin und lief hinaus. Er drehte das Gewand mehrmals herum, ehe er es überstreifte. Gemahnte es ihn an die Lotophagen, die vom Genuß der Lotosblüten ihr Gedächtnis verloren? Sollte er sich wie Ulixes hüten, zu vergessen, wer er war? Er suchte das Mädchen, fand es aber nicht. Der kühle Luftzug im Flur ernüchterte ihn. Über die Marmortäfelung irrte ein Sonnenstrahl. Er trat auf einen Balkon. Brütende Hitze schlug ihm entgegen. Über den Inselbuckeln Prochyta und Aenaria rötete sich die Sonne. Sie schien im Meer zu zerfließen. Aus dem Schatten des Parks tönte das Geraune der Gäste. Wie auf einen stummen Befehl brach es ab. Er beugte sich vor. Agrippina hatte, nach Art eines Imperators vor seinen Truppen, die Hand erhoben und setzte, wie es schien, eine Rede fort. Sie sprach von einer Schlange und anderen Vorzeichen. »Römer!« rief sie mit klarer Stimme. »Freigeborene Italiker, die ihr unsere Bundesgenossen wart und nun durch die Güte des Kaisers unsere Brüder geworden seid! Ich verspreche euch: Euer jüngst erworbenes Bürgerrecht bleibt kein leerer Titel. Euch soll geholfen werden! Ich bin nicht der Kaiser und nicht seine Gemahlin, aber ich bin die Tochter des Germanicus, der euch vor einem Vierteljahrhundert durch feigen Giftmord genommen wurde. Er hätte euch manches ersparen können! Aber die Alten sollen nicht umsonst gelitten haben, und die Jungen dürfen nicht verzagen! Aus Unrecht soll wieder Recht werden. Wisset, daß ich stets an euch denke, die Enkelin des Marcus Agrippa, die Urenkelin des Vergöttlichten Augustus! Eure Lage wird besser, so wahr uns die Götter beistehen!« Sie nahm den rötlichblonden Knaben, der sich an ihre Hüfte schmiegte, bei den Schultern und schob ihn stumm der Versammlung entgegen, die in Jubelschreie ausbrach: »Seht! Der Same des Vergöttlichten!« – »Gleicht er nicht dem lieblichen Ascanius, dem Sohn des götterfürchtigen Aeneas?« – Griechische Zungen riefen: »Seht, Eirene ist es, die uns Recht und Gesetz, Frieden und Eintracht der Stände wiederbringt, und ihr Sohn ist Plutos, der uns Wohlhabenheit verheißt!« Und die Stimmen vereinten sich: »Ein Goldjunge! Seht, ein Goldjunge, der Same des Vergöttlichten Augustus!«

Encolpius trat in den Flur zurück. Mühsam ordnete er seine Gedanken. Nun begriff er: Endlich wieder die Kühle marmorgetäfelter Räume! Straßenstaub und Schweiß bissen ihn nicht mehr. Saure Molke wich dem feinsten Wein, statt auf muffigem Seegras würde er auf Daunen und Wollflocken liegen. Statt Dörrfisch und madiger Feigen erwarteten ihn Spanferkel und Pfirsich. Schriftrollen aus bestem Papyrus würde er wieder an vergoldeten, mit Juwelen besetzten Hörnern drehen. Nicht nur diesmal sollte er in Thymian baden. Statt grober, fadenscheiniger Leinenfetzen konnte er fortan Seide und Lammwolle tragen. Mit dem Badewasser und den löcherigen Lumpen war Encolpius von ihm abgefallen: Er war wieder Titus Petronius. Die Zofe hatte recht: Der Bock sollte sich zu den Ziegen scheren. Ihn hatte eine Nymphe entdeckt, wenn nicht eine Göttin. Anfangs hatte er lachen wollen, aber es betraf auch ihn, was Agrippina sagte.

Ein kahlgeschorener Eunuch sprach ihn unwirsch an: »Warum läßt du dich suchen? Soll die Herrin auf einen wie dich warten?«

Er führte ihn in einen ganz mit rosenfarbenen Polstern ausgelegten Raum, drehte ihn an den Schultern, beroch ihn an Achseln und Scham und kämmte sein Haar. »Möchtest du Wein?«

Da bewegte sich der Vorhang. Agrippina war ganz in durchsichtige blaue Seide aus Kos gehüllt. Aber der Stoff war so scharf gefältelt, daß sie mit Bewegungen der Schultern oder der Schenkel beliebig die Durchsichtigkeit verändern konnte. Sie glitt auf ein Polster und stützte den Kopf auf. »Woher kennst du die Elegie, die du so anmutig vorgetragen hast?«

Der kahle Sklave hatte sich hinter sie gekauert und begann ihr den Busen zu streicheln. Es schien sie zu belustigen, wie empört ihr Gast sich aufrichtete. »Beruhige dich, er nimmt dir nichts weg. Ich mag die echten Eunuchen nicht um mich. Sie sind unbeteiligt und daher hochnäsig. Dieser hier trägt eine Spange im Fleisch, so daß eine Frau sich vor ihm sicher fühlen kann und doch nicht auf die Schmeicheleien des Begehrens zu verzichten braucht. Gleich darfst du ihn ablösen. Aber erst sagst du, wer dich das Lied gelehrt hat. Kennst du den Dichter selbst? Auch seinen Vortrag hast du so gut nachgeahmt, daß es mich nicht wundern würde.«

Er stutzte. Sie erkennt mich nicht! »Was ist mit diesem Dichter?« fragte er. »Ich hörte zuletzt, ein Hochstapler gibt sich in Rom für ihn aus. Ist das wahr? Ich war lange nicht dort.«

»Den nimmt niemand ernst. Petronius gilt als verschollen.«

Er kam ihr mit dem Gesicht noch näher und sah ihr fest in die Augen. »Dann hast du ihn wiedergefunden.«

Ihre Stirnfältchen erschienen, das leichte Schielen trat in ihren Blick. »Götter! Er ist es wirklich. Wie konnte ich nur so blind sein! Es war mir gleich rätselhaft, was mich überkam.« Sie küßte ihn innig, aber nicht länger als eine Schwester. Dann stand sie auf, verschränkte die Arme vor ihren Brüsten und schickte den Sklaven nach einer Stola. »Wenn es so ist, haben wir allerdings anderes miteinander zu schaffen.«

Sein Mund war wie ausgetrocknet, der Speichel schmeckte bitter. Sie führte ihn in ein Bibliothekszimmer mit Schreibtisch und geschnitzten Armstühlen. »Setz dich! Erzähle, was dir geschah!«

Neugierig hörte sie zu. Für die erheiternden Seiten seiner Geschichte zeigte sie wenig Sinn. »Weiter, weiter!« forderte sie, sobald er darauf verweilte. In ihrer Empörung über das Unrecht, das ihm widerfahren war, lag etwas Mütterliches. Knapp berichtete sie, wie beharrliche Briefe und das Geld treuer Freunde ihre Rückberufung aus der Verbannung bewirkt hatten. »Übrigens auch dein Geld, Petronius! Du faßt es nicht? Dein treuer Harpocrates wird dir alles erklären, wenn du nächstens in die Domus Petroniana auf dem Quirinal einziehst. Er muß irgendeine Auseinandersetzung mit einem Wucherer vor dem Prätor gehabt haben, und am selben Tag war der Erlaß des Claudius herausgekommen, alle, die durch die Schreckensherrschaft Caligulas zu Schaden gekommen wären, sollten ihre Ansprüche melden. Dein Zensus öffnete ihm überall die Türen, und allein Cerberus, der das Totenreich bewacht, weiß, woher er all die Zeugen holte, die für deine Sache aussagten. Man erkannte ihn als deinen Sachwalter an, weil er auch deine Bulla hatte, und so wurdest du in Abwesenheit als volljährig in dein Vermögen eingesetzt, mit erheblichem Verlust freilich, denn der Kaiser konnte nur herausrücken, was Pompejus Turbo ihm vermacht hatte, das Stadthaus und alle Werte, die daranhängen, Parks, Miethäuser, Bäder, Gewerberäume. An die kampanischen Besitzungen war nicht heranzukommen, die sind in festen Händen. Harpocrates ließ sich von Dümmlingen, die ihn, um ihre begehrlichen Schmeicheleien loszuwerden, beharrlich mit dir verwechseln, in die Hochstaplerrolle drängen.« Einer dieser Dümmlinge, berichtete Agrippina, sei ihr jetziger Mann gewesen. Crispus Passienus, der als Gerichtsredner schon bessere Zeiten gesehen hatte, fühlte sich betrogen, als er herausbekam, daß er sich unablässig der Huld eines Sklaven empfahl. Als Kurier Agrippinas stellte er ihn vor eine peinliche Wahl. »Ich gebe zu, er hat es nicht fein angestellt«, lachte sie, »aber du sollst sehen, daß ich es verstehe, eine Scharte auszuwetzen. Er sagte zu Harpocrates: ›Entweder du steuerst Geld für die Rückberufung meiner Verlobten bei, oder ich klage dich an wegen Mordes an deinem Herrn.‹

Daß er Zeugen fände, war ihm anzusehen. Er ist da nicht zimperlich. Du wirst ihn noch näher kennenlernen.«

Darauf beschrieb sie lebhaft die Nützlichkeit ihrer Ehe mit dem Ritter. Einer Schwester des kaiserlichen Scheusals sei mancher noch feind, ohne zu wissen, daß sie leidenschaftlich danach trachte, die Freundin aller rechtschaffenen Leute zu werden. Vorerst wähle sie sorgfältig aus, wem sie sich zu erkennen gebe. Den Kaiser, ihren Onkel, erwähnte sie kaum, seine Gemahlin nicht ohne verhaltene Feindseligkeit. Um so öfter flocht sie ihren rotblondgelockten Sohn ein, Lucius Domitius Nero, den Goldjungen, den während ihrer Verbannung eine Tante erzogen hatte.

»Große Pädagogen, weißt du, konnte sich die alte Lepida nicht leisten. Wir mußten vorerst mit einem Tänzer und einem Barbier vorliebnehmen. Der Barbier übrigens macht sich nicht schlecht, ein Freigelassener namens Anicetus. Er hat den Namen in der Tat, ist buchstäblich nicht zu überbieten, wenn man darunter versteht, daß er schlechthin alles kann. Diesen werde ich wohl behalten, wenn ich meinem Lucius jetzt bald bessere Lehrer bestelle.« Dazu sei sie verpflichtet, weil die Götter unzweifelhaft viel mit dem Jungen vorhätten. »Denn stell dir vor: Unlängst schlichen sich Mörder in dieses Haus, um ihn während der Mittagsruhe zu erwürgen. Ich lasse offen, wer sie schickte! Du wirst früh genug selbst darauf kommen. Die Mörder wurden gefaßt, weil sie ein furchtbarer Schreck überwältigte. Als sie zugreifen wollten, ringelte sich aus dem Kissen meines Goldjungen wie von den Göttern gesandt eine Schlange! Zum Dank habe ich heute dieses Fest veranstaltet.«

Sie verstummte, da er ihr unentwegt in die Augen schaute. Dann fragte sie: »Ich bin älter geworden?«

»Eine Schönheit bleibt immer schön«, sagte Petronius.

»Und wie alt bist du jetzt? Erst siebenundzwanzig? Dann kannst du nicht klagen, die hättest Zeit verloren. Auch so wärest du kaum eher auf die Senatsbank gekommen.«

»Ich glaube auch nicht, daß ich diese Entbehrungen und Gefahren umsonst durchgestanden habe, wie es vielleicht scheint«, sagte Petronius. »Ich kenne jetzt die Plebs. Ich kenne die Sklaven. Ich kenne die Freigelassenen. Ohne diese Kenntnis ist man kein vollwertiger Patrizier.«

»Poche nicht auf deinen Stand«, warnte Agrippina.

»Nein, nein, ich weiß. Aber es scheint mir sehr schwierig, wenn nicht unmöglich, von oben herab ein Volksfreund zu sein.«

»Komm«, sagte sie, »es ist spät geworden mit uns. Man erwartet mich an der Tafel mit den besseren Leuten. Ich werde dich vorstellen. Man wird Augen machen!«

Das Flammenlicht der Feuerbecken bewegte die gemalte Architektur der Wände, die Girlanden, Blumengebinde und Amoretten. Agrippina schilderte den Gästen noch einmal die Schlangengeschichte und überraschte sie dann mit der Nachricht, ein Satyr hätte sich in ihren Garten verirrt, wäre aber trotz dieser eigenartigen Verkleidung als Sohn aus altadeliger römischer Familie erkannt worden. Dann wies sie ihm ein Polster neben ihrem Gatten zu. Der kaute schon. »Du bist also der Echte«, brummte Passienus. »Man findet sich kaum noch heraus aus all den rätselhaften Geschichten! Unter dem Kopfkissen des Jungen haben wir eigentlich nur eine Schlangenhaut gefunden, und ob die Schlingel, die wir dem Prätor übergeben haben, Mörder waren oder nur gemeine Diebe, weiß die rächende Nemesis.«

Petronius lag unruhig an der Tafel. Der Schmerz gestauter Wollust stach ihn noch, und er trank, um ihn zu betäuben, schneller und reichlicher als sonst. Sooft er seinen Kelch leerte, kam auf dem Boden, in Silber getrieben, eine Liebesszene zwischen Satyr und Nymphe zum Vorschein. Wie sollte er nicht glauben, daß Merkur seine Hand im Spiel hatte? Er sah seinen weiteren Weg klar vor sich. Doch sein Blick begann sich zu verschleiern, und für Augenblicke war ihm, als müßte er sterben, er wußte nur nicht, ob vor Glück oder vor Traurigkeit.

»Ist dir nicht gut?« fragte Passienus. Mit glotzenden Augen hatte er der Tänzerin zugeschaut, die, während sie den Tanz einer Mänade vollführte, einen Gürtel langsam zwischen ihren Schenkeln hindurchzog. Nun fängt das wieder an! durchzuckte es Petronius.

»Ich dachte nur«, antwortete er, »daß uns das alles überleben wird, der Marmor dieser Säulen, die gemalten Blumen, das geschnitzte Holz, das getriebene Silber dieser vergnüglichen Szene, selbst das Wasser dort im Bassin ...«

Crispus Passienus schob sich einen Krammetsvogel zwischen die Zähne, nahm sein Mundtuch und sagte kauend: »Der jedenfalls wird mich nicht überleben.«

Was danach geschah, wußte Petronius nicht mehr, als er am anderen Morgen in einem sauberen Bett erwachte.

»Du bist ein wenig unterernährt«, sagte Agrippina. Sie brachte ihm selbst das Frühstück. »Wir ließen dich ins Bett tragen!«

»Ich habe dich enttäuscht«, seufzte er.

»Wärest du der Straßenmusikant gewesen, für den ich dich hielt«, antwortete sie mit einer hochgezogenen Braue. »So aber ...«

Ein zahmer persischer Leopard war ihr nachgeschlichen und begann am Bettzeug zu schnuppern.

»Meine naschhafte Zofe hat nach dir gefragt. Darf sie kommen?«

»Mir tut der Kopf weh.«

»Den brauchst du ja nicht dabei.«

Ich war ganz unten, dachte er. Das hängt mir noch lange an. Aber die sich zahme Leoparden halten, kennen das Leben nur halb. Als er nach der Zofe verlangte, wurde ihr Blick doch heftig, und sie zögerte.

»Agrippina! Warum hättest du mir den Straßenmusikanten vorgezogen?«

»Weil wir uns nie wieder begegnet wären.«

»An mich mußt du dich wohl erst gewöhnen?«

Sie wandte sich zum Gehen und sah ihn nicht mehr an. »So etwa kannst du es ausdrücken.«

Er hatte die Sklavin noch in den Armen, die ihrer Herrin viel Dank wußte und kein Erbarmen mit seinen Kopfschmerzen kannte, als der Neger hereinlugte und radebrechte, am Parktor ständen der alte Sänger von gestern und das lockige Wesen, von dem man nicht wisse, ob Junge oder Mädchen.

Petronius steckte nur die Nase durchs Torgitter und spitzte die Lippen zu Abschiedsküssen. »Verzeiht! Wenn ich das Tor öffnen lasse, komme ich in Versuchung.«

»Laß nur«, winkte Eumolpus ab. »Ohne dich haben wir das Fahrgeld nach Korinth schon zusammen. Wir schiffen uns heute abend ein.«

»Ich bin immer für euch da«, antwortete Petronius. »Ihr findet mich leicht, wenn ihr mich braucht, denn ich habe wieder meinen Namen. Und ich werde sehen, was sich für euch tun läßt.«

»Übernimm dich nicht«, lachte Eumolpus.

»Gib acht, Giton, daß du nicht Lichas und Tryphaena in die Arme läufst! Sieh dir das Schiff genau an, in das du steigst!«

»Gib auch auf dich acht!« lächelte Giton nach einem Kuß.

»Verabreden wir keine Treffpunkt, Eumolpus?«

»Diesmal nicht.«

Der Finger auf dem Mund

Drei Tage ließ Agrippina sich nicht sehen. Vielleicht hätte er doch mit den beiden Strolchen weiterziehen sollen? Wenn ihn nun diese Frau belogen hatte? Einer schönen Frau, dachte Petronius, verzeihen wir Männer einen schlechten Charakter weit eher als jedem Mann. Was ist eigenlich ein schlechter Charakter? Unentwegt fragten Diener nach seinen Wünschen. Die Bibliothek, der Park, die Schwimmhalle, das kleine Segelschiff standen ihm zur Verfügung. Aber überall verscheuchte ihn bald das Gefühl, daß er zur Verfügung stehe und nicht gerufen werde. Die Erfrischungen ödeten ihn an, die Schriftrollen fesselten seinen Blick nicht lange, im Park kannte er bald jeden Winkel, auf dem Segler sah er nur mit Ingrimm die Vorgebirge des Golfes wie eine vom Feind besetzte Küste.

Endlich ließ sie ihn rufen. »Noch heute muß ich nach Rom. Du begleitest mich. Dein Gepäck steht bereit. Vor deinem Stadthaus setze ich dich ab.« Auf alle Fragen antwortete sie: »Später!«

Er setzte sich ihr gegenüber. Kaum hatte er Reisewagen die glattere Via Campana erreicht, rückte sie zur Seite und wies neben sich. »Meinen Gatten lasse ich in Bauli. Übernimm seinen Platz!«

Er spürte ihre Wärme, erhaschte aber keinen ihrer Blicke. Schon bereute er seinen Gehorsam. Auf dem Platz gegenüber hatte er lange ihren stummen Augen standgehalten.

»Ich hoffe«, sagte sie, »deine Kunst hat nicht Schaden genommen durch deine Herumtreiberei.«

»Wozu noch Kunst?« fragte er böse. »Alle Kunst ist schon gekonnt worden. Wir jammern über den Verfall aller Dinge, nagen aber selbst emsig daran. Dieser Gedanke läßt mich nicht mehr los!«

Sie zog die Vorhänge an der Sonnenseite des Wagens herunter. »Ist das nun Bescheidenheit oder Anmaßung? Bei dir weiß man das nie genau! Die Künste finden manchen, der sie vollendet, nie aber ein Ende. Hast du schon bedacht, daß es auch eine Kunst ist, einen Staat zu lenken? Die Barbaren waren und bleiben darin Stümper, die Griechen haben schimpflich versagt, und wir Römer sind drauf und dran, es ihnen nachzutun, wiewohl wir uns immer dazu ausersehen fühlten, gerade diese Kunst ihrer Vollendung entgegenzuführen.«

Petronius hoffte, daß sie ihn ansähe, wenn er schwieg, und sein müdes Lächeln entdeckte.

Aber er lächelte nur ihre Schneckenlocken an und die Hand, die sie in den Nacken schob. »Eros«, sagte er, »beseelt die Künste. Meinst du, dies trifft auch für die Staatskunst zu? Ich habe nur immer gesehen, daß Priapus sie behindert, wo er nur kann.«

»Wenn du das so gut begriffen hast, nimm die Hand weg.«

»Du liebst niemanden. Darum verlegst du dich auf die Staatskunst. Habe ich recht?«

Ihr Hals rötete sich leicht. »Du bist leider ziemlich verkommen! Früher hast du mich besser verstanden. Kennst du Platon?«

»Auf Capreae sprachen die Lehrer von ihm. Aber nur Epikur habe ich gründlich gelesen. Da sogar seine Lehre vor der Wirklichkeit versagt, traue ich keiner Philosophie mehr.«

»Das ist gutrömisch gedacht«, räumte Agrippina ein. »Aber von den Epikureern kann man natürlich nur Vorurteile über die Staatskunst lernen. Platon legt dar, daß auch die Staatskunst von Eros beseelt wird. Lies ihn! Lies auch Aristoteles! Lies Cicero! Claudius hat ihn ohne Einschränkung wieder zugelassen. Er läßt den Senat gelten. In Rom hat sich manches verändert! Meinst du, nur dein Geld und dein Haus bekämst du wieder? Ein Titus Petronius hat im Senat zu sitzen, das erfordert einfach der Anstand. Eine Schande wäre es für deine Väter und Vorväter, wenn du nicht von Amt zu Amt aufsteigen wolltest bis zum Konsul. Freilich ...«

Während sie überlegte, dachte Petronius: Wenn dieser Claudius, er mag sein, wie er sei, den Senat gelten läßt, wäre vielleicht doch etwas auszurichten? »Freilich?« fragte er dann.

»Von dem, was ich mir unter Staatskunst vorstelle, ist Rom noch meilenweit entfernt«, antwortete sie. »Aber der Weg in die richtige Richtung steht offen, und ihre Irrfahrten nehmen ein Ende. Wie übrigens die deinen.« Nun sah sie ihn an. »Glaube nicht, daß mich der dürre Ehrgeiz leitet. Es ist Liebe. Ich liebe das römische Volk. Du schmunzelst? Natürlich liebe ich auch meinen Sohn. Und ich liebe einen Mann! Bisher mußte ich diese Liebe geheimhalten, denn das öffentliche Vorurteil über seinen Stand würde uns sofort trennen. Er kennt die Tiefe, wenn dir das etwas sagt. Vielleicht ist er gerade deshalb dieses Wunder von einem Mann.«

Jetzt wird es spannend, dachte Petronius. Das klang, als meinte sie mich. Worauf wartet sie, um sich mir zu erklären? Er setzte sich ihr wieder gegenüber, um besser in ihre Augen zu sehen. Beinahe flehentlich bohrte sie ihren großen braunen Blick in den seinen, als sie fortfuhr: »Du stellst dir nicht vor, was es mir nach so viel Ungemach bedeutet hat, ihn zu finden. Ich kannte ihn seit langem, und mit Blicken verstanden wir uns schon immer. Aber es gab Hemmnisse und Zeiten der Trennung; ich wußte nicht, ob ich ihm trauen konnte. Seit ich mich über alle Erfahrungen hinwegsetzte, die Frauen mit Männern gemacht haben, kenne ich eine Liebe, die alle Widerstände überwindet. Du errätst nicht, wer es ist! Obwohl – er ist etruskischer Abstammung und nennt den arkadischen König Euander seinen Ahnherrn, es weiß nur noch niemand ...« Sie brach ab und lächelte ihn an, wie ihm schien, mit viel Herz.

Zu fragen, ob sie womöglich auf scherzhaften Umwegen von einem gewissen Titus Petronius spräche, erschien ihm plump. Sein unverwandter Blick schien ihr noch immer wohl zu tun. Vielleicht brauchte er sie nur stumm in seine Arme zu schließen, um das Rätsel zu lösen, das sie ihm wie eine Sphinx vorlegte. Sie würden lachend einander liebkosen und führen im schaukelnden Wagen einer gemeinsamen Zukunft entgegen. Aber er fürchtete die Klauen der Sphinx.

»Du errätst es ja doch nicht!« sagte sie. »Warte, bis wir in Rom sind!« Dann legte sie sich den Finger auf den Mund und raunte: »Wir sind doch noch immer Verschworene, nicht wahr? Und Verschworene haben sich zu beherrschen.«

Er wartete bis Rom. Auf den Landgütern der Senatoren, deren Gastlichkeit Agrippina in Anspruch nehmen konnte, wurde er niemandem vorgestellt, und wenn sie nach der Tafel getrennte Zimmer aufgesucht hatten, schlich er sich nie zurück. Meinte sie ihn, so ergäben sich bessere Gelegenheiten; täuschte er sich, drohte böses Erwachen.

Agrippina hatte einen Eilboten vorausgeschickt. Am Portal der Domus Petroniana verließ sie ihren Wagen nicht. »Wir sehen uns bald«, sagte sie. »Du erhältst eine Einladung.«

Die Vorhalle war leer; die Türhüter schloß draußen das Tor. Ein paar Sklavenkittel huschten hinter Säulen. Es wisperte und kicherte. Nur die Statue des Merkur, im Geschwindschritt geflügelter Schuhe gleichsam von Sockel tretend, begrüßte ihn mit schlangenumwundenem Heroldsstab. Auch das Atrium schien leer. »Warum fliehen alle vor mir?« rief er. Da entdeckte er, von einer Bewegung im Halbdunkel angezogen, Harpocrates, der sich den Finger auf den Mund legte. Das belehrte ihn, daß seine Stimme auf Schiffen, in den Bleigruben und im Staub der Landstraßen zu laut geworden war. Würdevoll trat ihm Harpocrates entgegen. Die ausgebreiteten Arme seines Herrn nicht beachtend, fiel er auf die Knie, entledigte sich der Toga und beugte seinen schwarzen Ägypterschopf den Mosaiksteinen des Fußbodens entgegen. »Herr!« sprach er. »Ich übergebe dir das Deinige wohlbehütet und bescheiden gemehrt.« Dann hob er den Blick und ließ sich unter die Achseln fassen und in die Arme schließen. »Die Zeit deiner Irrfahrten habe ich benutzt, um mich nach Römerart zu bilden. Du hast dich gewissermaßen verdoppelt. Aber ich werde wieder dein Sklave sein. Glaube nicht, es wäre mir ein willkommener Lohn, wenn du mich freiließest. Ich fühlte mich nur zu Unrecht verstoßen. Ohnehin wirst du mich dringend brauchen.«

»Das meine ich auch«, antwortete Petronius. »Sei fortan meine rechte Hand. Aber was machen wir nun mit den Leuten, die dich für Petronius angesehen haben?«

»Sei unbesorgt, Herr! In einer Stadt, die Götter macht und wieder abschafft, fragt keiner, ob du immer derselbe Mensch warst. Hast du nicht selbst erlebt, wie leicht die Römer sich damit abfinden, daß heute weiß sein soll, was gestern schwarz war? Nur über die Blauen und die Grünen beim Wagenrennen lassen sie nicht mit sich rechten. Mir scheint, ich muß dich lehren, Herr zu sein.«

Durch eine Gasse aus Haussklaven, die sich zur Begrüßung eingefunden hatten, erreichten sie das Tablinum. Noch immer wie ein Gast, der zu einem Gespräch empfangen wurde, nahm Petronius Platz.

Harpocrates blieb stehen. Er mußte eindringlich ermahnt werden, sich zu setzen. Wieder war hinter den Vorhängen Sklavengekicher zu hören. Ein letztes Mal raffte Harpocrates sich auf, den Herrn zu spielen, und verscheuchte sie. Obwohl das Getrappel sich rasch entfernte, behielt Petronius das Gefühl, in seinem Rücken würde geflüstert: »Herr«, sagte Harpocrates, »ich bin dir einige Erklärungen schuldig, bevor du dich hier zu Hause fühlst, das verstehe ich. Lieber wäre ich in den Tartarus versunken, als ich deine Verhältnisse geordnet sah, du aber verschwunden bliebst!« Er fügte dem, was Petronius durch Agrippina wußte, Genaueres hinzu. Der Prätor, vor den man ihn mit dem Wechsler gezerrt hatte, war duch die kaiserliche Steuerprüfung schon auf den Fall hingewiesen worden. »Er sollte nach dir suchen! Eine Nacht saß ich fest, es war nicht allzu schlimm. Dann kam ich vor Callistus. Der sah wohl trotz Zensus und Bulla, daß ich nur dein Sklave war. Aber in Sorge, daß man ihm hinter die Schliche käme, ließ er mich eine Abfindung zum Vorzeigen unterschreiben. Ich mußte schwören, Titus Petronius habe keine weitere Forderung. Der Eid ist ja nun nichtig. Schon um seinen eigenen Schacher zu vertuschen, lag ihm viel, wenn nicht alles daran, daß der Leib- und Lustsklave des Pompejus Turbo behielt, was er hatte. Wir kennen ihn beide.«

Petronius rollte die Schultern, um seinen Zorn zu bezähmen. »Ich habe Trimalchio gesehen, Harpocrates! Und ich sah, was er aus unserem Puteolanum gemacht hat. Mit Vorsatz nenne ich es unser. Weißt du noch, wie du mich überm Golf vor dem Sturz in den Orkus bewahrtest? Ich werde nicht ruhen, bis uns auch das wieder gehört!«

»Du wirst noch viele Fragen haben, Herr. Laß dir einstweilen das Haus zeigen. Ich hatte Zeit, alles zu entfernen, was dich an deine Feinde erinnert. Seit ich ein wenig unfreiwillig die Ehre hatte, Agrippina aus der Verbannung zu helfen, war ich dank ihrer Unterstützung zunehmend erfolgreich im Rückerwerb von Hausrat und Kunstbesitz der Petronier.«

»Du hast dich auch rhetorisch gebildet. Es ist zu hören!«

»Mit Überwindung, Herr, da ich vom Gott des Schweigens meinen Namen habe. Auch andere Gegenstände der Gelehrsamkeit, kurz alles, womit ich dich auf Capreae beschäftigt sah, habe ich mir angeeignet, ich gebe zu, mit deinem Geld, doch wenn du mich nicht verstößt, wirst du sehen, daß es gut angelegt ist.«

Petronius ließ sich die Küche zeigen, denn er verspürte Hunger. Behutsam verhinderte Harpocrates, daß sich sein Herr vor den Köchen lächerlich machte, indem er wie ein ungehobelter Gast in die Töpfe guckte und naschte. Er zog ihn durch die Schlafräume ins Peristyl. Sonne erhellte den Innenhof, und die Blütenranken gepflegter Sträucher spiegelten sich im Wasserbecken, in dem Fische auseinanderschwärmten und den Schutz der Seerosenblätter suchten, als Petronius sich über den Rand beugte, um sein Gesicht unter dem Wasserstrahl zu erfrischen, der aus dem Maul eines marmornen Tritonen floß. »Herr!« mahnte Harpocrates und schnalzte ärgerlich mit der Zunge. »Das Bad wird schon bereitet. Gedulde dich!«

Petronius lehnte sich an eine Säule. Hier hatte er mit dem Vater gestanden, hier hatte er die letzten Worte des Großvaters gehört. Von Horchern war die Rede gewesen, von Gift.

In der Glyptothek umfing ihn die kühle Starre der marmornen Götter, Helden, Philosophen, Dichter und Staatsmänner. Er blickte in die Runde, ohne auf Einzelstücken zu verweilen. Auch in der Pinakothek hielt es ihn nicht lange. Die Farbenspiele der Gemälde vermischten sich mit dem Hunger zu jenem schwärmerischen, niedergeschlagenen Gefühl, dem er sich in der Villa des Lucullus hingegeben hatte, bevor Eumolpus erschien. Er verstand nicht mehr, wie er so leichten Herzens von ihm und Giton Abschied nehmen konnte.

Der Zugang zum Triklinium stand weit offen. Geruch von Braten und Gemüse, Würzkräutern und erhitztem Honig strömte durch den Flur, der zur Küche führte. In dem halbrunden Saal, aus dem Glastüren in einen besonnten Garten führten, deckten Sklaven die Tafel mit einem Aufwand, als wollten alle neun Musen mit dem Herrn speisen. Petronius forderte Harpocrates auf, mit ihm zu tafeln.

»Bist du nicht neugierig auf die Bibliothek, Herr?«

Er sagte den Inhalt der Regale her, tippte auf die glitzernden Hörner der Schriftrollen, zog die Schubfächer mit den Elfenbeinplättchen auf, in die das Edelste vom Edlen geritzt war, wies auf die kleinen Bronzebüsten von Dichtern, Rednern, Philosophen. »Die Lyriker haben wir fast vollzählig, die Epiker desgleichen. An Tragödien und Komödien fehlt uns noch manches, aber ich habe schon bei den besten Buchhändlern vorgefühlt. Ich war nicht recht sicher, Herr, was du ausgeben willst. Hier sind die Philosophen Griechenlands versammelt. Julia Agrippina hat sie uns, mit aller Ehrerbietung gesagt, zum Dank für ihre Rückberufung geradezu aufgedrängt. Die Epikureer sind leider in keinem guten Zustand. Das Schicksal beliebter Büchlein ist es, unansehlich zu werden. Die Ausgaben des Platon und des Aristoteles sind zwar älter, aber viel weniger benutzt. Da sind wir in den Besitz von Raritäten gekommen.«

»Haben wir Cicero?«

»Seit er wieder herausgegeben wird, fallen die Preise, Herr. Ich wollte noch warten.«

Dann zog ihn Harpocrates vor ein Schränkchen aus poliertem Nußbaum mit goldenen Griffen und Schlössern. »Das, Herr, ist ein besonderes Geschenk unserer – ich darf sagen: Gönnerin.«

Petronius öffnete ein Türchen und nahm eine Rolle aus der Halterung. Ihre schäbige Aufmachung paßte nicht zu dem kostbaren Möbel. Er las drei Worte und mußte sich setzen. »Meine Verse!«

»Julia Agrippina hat ihre Freigabe durchgesetzt. Sie ist doch des Kaisers Nichte! Die Schmiergelder allerdings mußte ich aus deiner Kasse nehmen, Herr. Du wirst die Abrechnung sehen. Verzeih, es war viel. Es wurde Zeit, daß du auftauchtest. An Sachwerten haben wir zugenommen, aber in der Barschaft sind wir verausgabt.«

Fast mit Gewalt brach Petronius das Widerstreben seines Leibsklaven und schloß ihn in die Arme. Lange ließ er sein Kinn auf der harten Schulter. Dann suchte er Papyrus, Tinte und Schreibrohr. »Ich werde Agrippina einen Dankesbrief schreiben.«

»Du wirst ihn mir diktieren, Herr!«

»Richtig!« Petronius nahm die Hände auf den Rücken, ging auf und ab und sprach, wie er es bei Agamemnon gelernt hatte, zu jedem Schritt ein Wort.

»Du darfst schneller sprechen.«

»Kommst du denn nach?«

»Ich traf einen entlassenen Kanzleibeamten, der mich billig die Tachygraphie des Tiro lehrte; es ist eine Kurzschrift, die dem, der sie beherrscht, so schnell von der Hand geht wie Worte von den Lippen.«

Petronius schaute ihm staunend über die Schulter. »Ich wollte dich zu meinem Aktuar ernennen. Aber das wäre läppisch!« Er legte sich wie Harpocrates den Finger auf den Mund. »Ich ernenne dich zu meinem Geheimaktuar.«

»Herr, das war ich im Grunde schon immer.«

»Aber sag: Was hättest du getan, wenn ich nie wieder aufgetaucht wäre?«

»Ich hätte wohl ganz du werden müssen.«

Nach dem Diktat ließ Petronius sich baden. Im Auskleideraum befahl er, die lotosgeblümte Tunika in die Kleiderkammer für die Armen zu bringen. »Ich war dieser und jener«, sagte er zu Harpocrates, »und für wen man mich ab heute auch immer nehmen wird – ich will keinen vergessen.«

»So könnte Proteus, der Meister der Verwandlungen, gesprochen haben, Herr. Soll ich das notieren? Du wirst wieder Verse machen, und das wäre ein brauchbarer Einfall.«

»Schreib. Aber frage mich nicht jedesmal.«

Im Warmbad warteten ihm zwei Sklavinnen auf. Nicht mehr gewohnt, sich in allem bedienen zu lassen, beachtete er ihre Handreichungen nicht, und als sie sich untätig an den Beckenrand stellten, fragte er mürrisch: »Was gafft ihr?« Sie legten kichernd die Köpfchen aneinander. Er fand ihre Kirschaugen hübsch, aber eine Spur zu dreist. »Wie lange gehört ihr zum Haus?«

»Herr«, antwortete die eine, »wir gehörten dir schon, als du noch nicht volljährig warst. Mich hat Kaiser Gajus dir zu den Kalenden des Oktober verkauft, als er selber Konsul war, meine Freundin einen Monat später. Sie hat einen hübschen Jungen von dir.«

Auch die freundlichen Wesen, die ihm mit Tüchern entgegenkamen, nannten ihm, von den anderen aufgefordert, Namen und Daten. Sie erboten sich, ihre Töchter zu rufen, die bei den Gärtnerinnen erzogen wurden. Im Salbraum war es nicht anders. Sein Gedächtnis geriet in Bewegung. An Namen erinnerte er sich nicht, aber an Gesichter – persische Augen, syrische Nasen, die kurze dunkle Stirn einer Inderin, die der Notar ungewöhnlich hoch berechnet hatte, das Flachshaar der Britannierin, die von Sommersprossen übersäte Skythin. Harpocrates schrieb bereits wieder in der Bibliothek.

»Wie viele sind es?« fragte Petronius. »Wie viele Sklavinnen hat mir Caligula untergeschoben?«

»An die hundert. Ich habe nicht alle herausgefunden, und gerade dabei half mir Agrippina nicht, obwohl sie gekonnt hätte.« Ungefähr ein Drittel hatten Kinder. Doch Harpocrates riet zur Vorsicht. »Caligula war nicht ehrlich. Seine Bastarde sind darunter.«

»Alle werden verkauft!« gebot Petronius.

»Wie du willst. Aber diese Sklavinnen sind dir sehr zugetan, was ich von dem Pack, das in Turbos Diensten stand, nicht sagen kann. Die Herrschaft färbt immer ab. Und die Kinder? Willst du auch deine Kinder verkaufen?«

»Gut. Ich behalte alle. Sie sollen es gut haben. Jetzt iß mit mir!«

»Herr, das ist nicht möglich. In Kampanien werden wir wieder miteinander speisen. In Rom schickt sich das nicht.«

Petronius aß allein in dem großen Halbrund seines Speisesaals, während die Schatten der verschnittenen Hecken, der Zedern und Pinien lang und blau in die offenen Türen fielen. Dies sollte nun das Haus sein, um das er gekämpft hatte, obwohl er es kaum kannte. Hier waren seine Todfeinde unbehelligt im Bett gestorben. Er fühlte sich nicht als Sieger. Harpocrates war angewiesen, alle Sklavinnen mit ihren Kindern der Reihe nach vorzuführen. Manche schmunzelten keck oder lächelten willig, andere blieben ernst oder blinzelten ängstlich. Die Kinder waren vier, fünf, sechs Jahre alt. Ein Teil mußte von außerhalb geholt werden. Die Nacht war weit vorgerückt, und es fehlten noch einige. Petronius grübelte. »Harpocrates«, sagte er, »ich habe Lust, dir alles zu überlassen und wieder zu verschwinden. Wenn das möglich wäre: einfach verschwinden.«

Am nächsten Tag schon speiste er im Palatium. Kaiser Claudius verabschiedete sich von seinem Freundeskreis. Auf dem bevorstehenden Sommerfeldzug wollte er seine Legionen nach Britannien begleiten. Den riesigen Speisesaal, dessen Säulen kaum von vier Männerarmen umspannt werden konnten, füllten um die zweihundert Gäste. Lange suchte er nach Agrippina, die ihm die Einladung verschafft haben mußte. Den Platz, der ihm zugewiesen wurde, verließ er bald wieder. In dem Gewimmel kauender Senatoren und Ritter mit ihren Gattinnen und erwachsenen Töchtern und Söhnen wurde vorausgesetzt, jeder wisse vom anderen, wer er sei. Niemand wagte jemanden nicht zu kennen. All die freundlichen Gesichter, die ihn in belanglose Plaudereien zu ziehen versuchten, behagten ihm so wenig wie die gesichtslosen Diener, die seine Wanderung beobachteten. Fast jede Maserung des Marmors kannte er noch. Blicken wich er aus. Unwillkürlich war er wieder auf der Hut vor Augen und Ohren, die sich jeden Seufzer, jedes Lachen merkten, um darüber zu berichten. Endlich erkannte er ganz vorn die kastanienfarbenen Schneckenlocken Agrippinas. Er war bereit, ihren Tadel, daß er die vorgeschriebene Platzordnung mißachtete, hinzunehmen. Aber sie machte keine Umstände. »Nimm auch hier vorlieb mit dem Platz meines Gatten, damit du nicht länger herumirrst, als wüßtest du nicht, wo du wohnst. Verneige dich, dort sitzt der Kaiser mit seiner Gattin!«

Claudius lag halb aufgestützt zwischen Pokalen und Silbergeschirr. Froschäugig betrachtete er Petronius. Dann würfelte er weiter mit Prätorianertribunen. Da es zu Meinungsverschiedenheiten gekommen war, hatte er begonnen, Verse aus seinem selbstverfaßten Spielregelbuch vorzutragen. Speichel lief ihm aus dem Mundwinkel. Der Kopf wackelte rechthaberisch auf seinem faltigen, zu dünnen Hals, aus dem sich in Abständen vernehmliche Rülpser lösten.

Agrippina bemerkte die Verwirrung ihres Schützlings und legte im die Hand auf die Schulter. »Ja, seine Verdauung ist lebhafter geworden. Du wirst noch mehr von ihm hören. Er wirbt für einen Erlaß, daß sich bei Tisch niemand Zwang antun solle.«

Kaum hatte Claudius seinen Vortrag beendet, begannen die Flötenbläser in seiner Nähe gellend zu spielen. Beim Herkules, durchfuhr es Petronius, es geht hier zu wie bei Trimalchio.

Neben Claudius saß nach altrömischer Sitte seine Gattin Valeria Messalina, eine üppige Dreißigerin mit aufgesteckten schwarzen Locken. Ihr Kinn lag auf einer Fettfalte. Während sie gemächlich kaute, wanderten unentwegt ihre Augen, die in zierliche Pölsterchen gebettet waren. Eine verschmitzte Begehrlichkeit funkelte darin auf, als sie über die Köpfe der vordersten Gäste hinweg dem Senator Valerius Asiaticus zutrank.

Aus dem Vorhang einer rückwärtigen Flügeltür löste sich ein hagerer Mann mit gewelltem blauschwarzem Haar, großen, weit umschatteten Augen, einer feinen Nase und genießerischen Grübchen in den frischrasierten Wangen. Seine vollen, fast violetten Lippen blieben beinahe unbeteiligt an den wenigen Worten, die er leise dem Kaiser sagte. Umständlich erhob sich Claudius. Seine dünnen Beine trugen den massigen Leib torkelig dem Würdenträger entgegen, der ihm achtlos ein Schriftstück reichte.

Agrippinas Hals lief rot an. Sie faßte sich unwillkürlich an die Kehle. »Das ist er!«

»Wer?« fragte Petronius.

»Na er! Von dem ich dir unterwegs erzählt habe!« Mit einem Blick, der beschwichtigend um Verzeihung bat, legte sie sich den Finger auf die geschürzten Lippen. »Behalte es für dich!«

Kaltes Entsetzen. Ein Eismantel legte sich um sein Herz. Ein anderer! Was hatte er sich nur eingebildet!

»Das ist doch unmöglich ein Römer!« flüsterte er bissig. »Ein alexandrinischer Sängerknabe, der in die Jahre kommt, bestenfalls freigelassen. Ich bitte dich! Du, eine Julierin!«

»Er hat die kaiserlichen Bibliotheken, die Archive und die Steuern unter sich«, erwiderte sie. »In den Finanzen hat er Callistus abgelöst. Stell dich gut mit ihm, sonst siehst du deinen kampanischen Besitz nie wieder! Zugegeben, ein Irrtum Fortunas ließ ihn als Sklaven nach Rom kommen. Er ist Freigelassener. Aber sehr einflußreich. Du warst leider nicht der einzige, der mit patrizischem Stolz ein palatinisches Amt verweigerte, und da geht es längst nicht mehr um Bettwäsche wie unter meinem Bruder! Sein Stammbaum ist nicht weniger edel als deiner! Er reicht bis zum König Euander, der einst Aeneas hilfreich aufnahm. Solch einem Mann zu verfallen, ist für mich keine Schande. Er hat denselbsen Namen wie der Sohn des Euander: Pallas.«

Als die Tafel aufgelöst wurde, weil sich der Kaiser entfernen mußte, nahm sie seinen Arm, um ihn in Wandelgängen und Bildergalerien Leuten zu zeigen, die sich den Anschein gaben, daß sie ihn wiedererkannten. Einmal erklärte sie, Petronius hätte den Osten bereist, ein andermal, er wäre studienhalber in Athen gewesen. Dann wieder sollte er an einer Erkundungsfahrt irgendwo im Norden teilgenommen haben. Keiner fragte nach Erlebnissen. Wer Harpocrates kannte, nickte und schwieg. Agrippinas Hand zauberte ihm einen Freundeskreis schneller, als man all diese Leute hätte umbringen können. Sogar Verwandte verschaffte sie ihm. Petronius Turpilianus, ein behäbiger Senator, gab sich unauffällig als Onkel zu erkennen. Er wußte noch von einem Korb Feigen, den ihm der kleine Schlingel einmal weggegessen hatte. Eine Tante, die immer wieder ihren Namen nannte, erinnerte ihn an Verse, ihr gewidmet von seiner zarten Knabenhand. Sie rief ihren Schwager zurück, den Feldherrn

Galba, der, weil er frühmorgens mit nach Britannien sollte, vor Mitternacht nach Hause zu kommen suchte. Der drahtige Kahlkopf nickte zu allem, ohne Petronius anzusehen. Die Base Petronia erkannte er gleich wieder, obwohl sie gealtert war: Sie hatte ihn vor der Trauerfeier für Livia als Hirtenjungen eingestuft, weil ihr seine Haut zu dunkel schien. An ihrm Arm hing nicht mehr der bleichsüchtige Gatte von damals, sondern – Petronius schloß die Augen wie vor einer Wundererscheinung – Aulus Vitellius, der Strammsteher des Tiberius und Speichellecker Caligulas. Hinter ihm erschien, ein wenig klapprig geworden, sein Vater.

»Wir kennen uns«, sagte Petronius, bemüht um Verbindlichkeit.

»Nicht daß ich wüßte!« sagte Vitellius mit unbeweglichem Blick, als hätte er Caligula die Eidechsenstarre abgeschaut. Das war eine Flegelei, zu der Vorübergehende die Köpfe verdrehten.

Agrippina zog ihn in eine Nische. »Es war dein Fehler. Man sagt nicht: Wir kennen uns.«

»Ich muß wahnsinnig gewesen sein, als ich mir dieses Leben zurückwünschte!« sagte Petronius. »Und du sollst wissen, wie dieser Wahnsinn heißt: Ich liebe dich! Ich liebe dich schon lange, seit Antium, seit du der Livia die Puppen in die Flammen nachwarfst!«

»Höre, Petronius«, antwortete sie, »ich habe dich gern, sehr gern sogar. Du bist hübsch und gebildet und nicht mehr so grün wie in Antium, als ich meinen Sohn zur Welt brachte. Obendrein macht mich dein Ruf als Frauengenießer neugierig. Ich könnte dich heute noch in mein Bett nehmen, es wäre mir nicht unlieb und hätte niemanden zu kümmern. Aber ich weiß so gut wie du, es wäre, wie wir uns auch anstellten, ein politischer Beischlaf. Du kämst wieder und wieder, du würdest versuchen, Pallas zu verdrängen. Bitte erspare uns das! Ich bin ihm verfallen, aber er dient mir auch. Du wirst erfahren, inwiefern. Zwischen uns – ich weiß nicht. Deshalb, Lieber, laß uns gar nicht anfangen. Du bist zu stolz, um mir zu dienen, hab ich recht? Und denke daran: Verschworene haben sich zu beherrschen.«

Er wollte etwas erwidern, doch sie legte rasch ihren Finger auf seinen Mund.

VIII. BUCH: IM STAUB DER AMTSSTUBEN

... ut ita dicunt accedere ad rem publicam plerumque homines nulla re bona dignos, cum quibus comparari sordidum, confligere autem multitudine praesertim incitata miserum et periculosum sit ... proinde quasi bonis et fortibus et magno animo praestitis ulla sit ad rem publicam adeundi causa iustior, quam ne pareant inprobis, neve ab isdem lacerari rem publicam patiantur ...

... Angeblich widmen sich meistens solche der Politik, die zu nichts Gutem taugen. Wer sich mit denen auf eine Stufe stelle, erniedrige sich. Wer es mit ihnen aufnehme, zumal wenn die Menge verhetzt ist, begebe sich in Schande und Gefahr ... Es gibt doch für rechtschaffene, mutige und hochgesinnte Männer keinen zwingenderen Grund, sich dem Staat zu widmen, als den: sich Ruchlosen nicht zu unterwerfen und keinesfalls zu dulden, daß der Staat von solchen Leuten heruntergewirtschaftet wird ...

Cicero, De re publica / Über den Staat, I., 5,9

Quid iuvat admonitu tepidam recalescere mentem?
Alter, si possis, orbis habendus erit.

Liebe, die schon erlischt, durch Erinnerung schüren – wozu das?
Flüchte, sofern du es kannst, in eine andere Welt!

Ovid, Remedia amoris/Heilmittel gegen die Liebe, 629f.

Cursus honorum oder Die Ämterleiter

Julia Agrippina grüßt Titus Petronius

Wenn Du genau zugehört hast, verstehst Du, weshalb ich unsere Begegnungen, so lieb sie mir sind, auf die Notwendigsten beschränke. Verzeih, daß ich ohne ein Wort des Abschieds nach Bauli zurückgereist bin und Dir zumute, heiße Sommermonate in Rom zu verbringen. Gehe, sooft Du kannst, in die Archive und in die Steuerkanzlei, und betreibe die Rückgabe Deiner kampanischen Besitzungen! Von ganz oben kommt Dir jemand entgegen, aber nur, wenn Du Dich rührst. Mir zuliebe wird er davon absehen, einen vermeintlichen Standesgenossen zu schonen. Pallas ist das einzige Mittel gegen Trimalchio. Rechne nicht mit sofortigem Erfolg! Doch sobald der Kaiser Deinen Sitz im Senat bestätigt, geht es voran. Versuche zielstrebig die Unebenheiten Deines Verhaltens auszugleichen! Du erfaßt zwar schnell, was gespielt wird, zögerst aber leider, Deine Worte und Gesten entsprechend abzuwägen. Von jedem erwartest Du, daß er Dich nimmt, wie Du bist. Meinst Du nicht, daß Du damit einige Leute überforderst? Du solltest mehr auf die Leute eingehen, das heißt darauf, wie sie Dich sehen müssen oder wollen. Das gehört zu jener Menschenwürde, die feines Benehmen, Bildung, guten Geschmack, Güte und Mäßigung einschließt. Sie kennzeichnet den edlen Stand der Senatoren seit seinen besten Zeiten und ist das unveräußerliche Erbteil unserer Väter. Ich wünsche Dir Wohlergehen!

Titus Petronius grüßt Agrippina

Du erinnerst mich mit den letzten Worten Deines Briefes an meinen Vater. Damit hast Du mich schon gewonnen. Ich danke Dir an dieser Stelle für das wertvolle Geschenk, das Du mir mit Ciceros Reden und Schriften gemacht hast. Da die Tage so heiß sind, verbringe ich die Nächte damit, sie erstmals im Zusammenhang zu lesen. Auch an den anderen Quellen staatsmännischer Weisheit habe ich schon genascht. Nun weiß ich, woher mein Vater seine Worte nahm. Um so freudiger begrüße ich es, daß Kaiser Claudius in seinem Werk über die römische Geschichte sogar für die Zeit der Bürgerkriege dem Senatorenstand Gerechtigkeit widerfahren läßt. Ich kann mir kaum jemanden vorstellen, der die Werte der Humanitas tiefer in seinem Herzen bewahrt hat als ich. Aber seit früher Kindheit hatte das Böse so viel Macht über mich, daß es meine Freiheit in Frage stellte. Du wirst mir zugestehen: Nur der Freigeborene ist fähig, besagte Menschenwürde zu entfalten. Aber das genügt nicht. Man muß auch das Böse kennen. Da es Dir nicht unvertraut sein kann, wirst Du mir auch dies einräumen: Nur wer das Böse in seinen schrecklichsten Ausmaßen gesehen hat, kann sagen, daß er frei sei. Niemand kann das Gute tun, ohne das Böse zu kennen. Vielleicht hatte Rom diese Läuterung nötig. Aber niemand darf sagen, er habe das Böse gesehen, der nicht auch die Verheerungen unter seinen Opfern betrachtet, die gebrochenen Seelen der Überlebenden allenthalben. Die Unebenheiten meines Verhaltens rühren vielleicht daher, daß mir fortwährend Freundlichkeit, Freimut, Geltenlassen, Freundschaft, Hilfsbereitschaft, Erbarmen, Gerechtigkeit, Rücksichtnahme gegenüber Leuten abverlangt werden, die derlei nicht einmal zu kennen scheinen. Rom enthält die Zusammenballung der übrigen Welt. Die Schäden der Schrekkensherrschaft sind überall groß, den Willen, sie zu beheben, treffe ich nur spärlich an. Die Kräfte des Guten kümmern dahin.

Aber ich bin gern bereit, es mit Platon zu halten: Der Arzt möge die Klageweiber vertreiben! Ich habe wieder Verse gemacht und, was neu ist, nach griechischem Muster Romanszenen entworfen. Mir scheint, sie sind am ehesten geeignet, mich der Alpträume zu entledigen, die mich, wenn ich endlich doch zu Bett gefunden habe, wieder aufscheuchen. Sobald ich Senator bin, und wenn meine Bewerbungen um die fälligen Ämter nicht scheitern, werde ich sogar die Dichtkunst beurlauben, damit meine Kraft Gelegenheit findet, dem Gemeinwohl zu dienen. Mit meinem Liebesgeständnis hast Du mich an die Göttin Roma weiterverwiesen. Nun sehe ich ihre Mauerkrone auf Deinem schönen Haupt. Wenn wir uns wiedersehen, will ich Dir erzählen, was mir in Roms schmutzigsten Gassen, in den Häfen, auf den Landstraßen, in den Bergwerken widerfahren ist. Denn es genügt nicht, die Greuel Deines Bruders aus der Nähe gesehen zu haben. Eine Gegend, die Du mit allen Annehmlichkeiten durchreist, übersät mit Gütern, in denen Dir Freunde ein behagliches Nachtlager gewähren, wirst Du selbst dann lieben, wenn ihre Reize nur karg sind. Das lieblichste und gepriesenste Land dieses Erdkreises, und als solches mag unser Italien wohl gelten, kannst Du aber, wenn Du hungernd und ohne Obdach darin herumziehst, nur hassen. Ich zweifle nicht, daß wir uns in dem Bemühen finden werden, die Verhältnisse für alle freigeborenen römischen Bürger zu bessern.

Meine kampanischen Besitzungen fehlen mir sehr. Auch die vornehmsten Viertel Roms sind im Sommer ausstehlich. Wäre ich doch mit dem Kaiser ins kühle Britannien gezogen! Es wäre mir wohler, und ich könnte in seiner Umgebung leichter beweisen, wer ich bin und was ich kann. Drücke auf die goldenen Locken Deines Sohnes Nero einen Kuß von mir!

Julia Agrippina grüßt Titus Petronius

Ich möchte nicht, daß Du Dich in irgendeiner Weise bei mir beklagst. Bist Du nicht glimpflich davongekommen? Ich habe, getrennt von meinem Kind, auf einer Insel geschmachtet. Ich bestreite nicht, daß Dir Unrecht geschah und daß Rom Dir etwas schuldig ist. Aber ich kenne niemanden, der Dir von heute auf morgen zurückgeben kann, was in Jahren durchgebracht wurde. Du lebst und hast die besten Aussichten. Wie viele haben den Tod gefunden, und sie besaßen weniger als Du.

Titus Petronius grüßt Julia Agrippina
Ganz recht, viele sind tot. Damit hat es angefangen. Mein Vater war nicht unter den ersten, aber auch nicht unter den letzten. Dein einflußreicher Freund, der die Archive und Bibliotheken des Kaisers unter sich hat und die Steuern der wohlhabendsten Römer prüft, was voreinst der Zensor tat, ein Mann, der mindestens einmal Konsul gewesen sein mußte, dieser vorgebliche Sproß arkadischer Könige, den ich aber noch immer für einen alternden alexandrinischen Sängerknaben halte, der Freigelassene Pallas also hat mich hochmütig und brüsk abgewiesen, als ich ihn bat, in den Archiven auch nach dem Verbleib meiner Mutter zu forschen. Ich kann einfach nicht glauben, daß dieser Mann dem Freigelassenen, der jetzt halb Kampanien aussaugt, je ein Härchen krümmen wird. Ich darf es nicht unterlassen, Dir für Deine Mühe zu danken. Aber erwarte bitte nicht, daß ich die Wahl schöner Worte für scheußliche Dinge unter die Eigenschaften rechne, die zur Menschenwürde eines freigeborenen Römers edler Abkunft gehören. Ich konnte nicht erwarten, unter Landstreichern mit Bildung und feinem Benehmen eine gute Figur zu machen. Aber was ist aus Rom und seiner guten Gesellschaft geworden? Vitellius der Ältere, des verdienten Strammstehers Vater, der mich wegen meines Sitzes im Senat empfangen wollte, ließ mich warten, weil ihn ein Schwager seiner Amme besuchte. Er fütterte den Enkel seines Gastes mit Vorgekautem. Als ich ihm endlich mein Anliegen vortragen durfte, redete er mir unausgesetzt über seine Verdauung dazwischen. Hat das der Kaiser in Mode gebracht? Er beklagte sich über den Undank seiner Freunde und über die Unverschämtheit seiner Tischgäste vom Vortag. Habe ich deshalb den weiten Weg nach Tusculum auf mich genommen? War das sein Bescheid wegen meines Senatssitzes? Sein Sohn, der mich nicht mehr kennen will, läßt seinem Schoßhündchen ein Grabmal errichten und bezahlt den Friseur Messalinas, um sich von ihm die Haare legen zu lassen und damit vor jedermann zu prahlen.

Wäre mein Geld in die Staatskasse geflossen, so begänne ich meine Laufbahn als Senator mit einer feierlichen Verzichtserklärung. So aber handle ich gerade dann im Interesse des Staates, wenn ich es von diesem Geschmeiß bis auf den letzten Sesterz zurückfordere. Ich wünsche Dir und Deinem Sohn Wohlergehen!

Julia Agrippina grüßt Titus Petronius
Der September ist zwar noch ein Sommermonat, aber ich bin wieder in Rom, vorzeitig und nicht zuletzt Deinetwegen. Nimm diese Nachricht bitte nicht zum Anlaß, mich zu besuchen. Ich lasse Dich rufen, wenn ich Dich brauche. Nächstens wird der Kaiser aus Britannien zurückerwartet. Dann dürfte manches vorankommen. Es heißt, angesichts der Siege und der reichlichen Beute werde der Senat einen Triumph beschließen. Ich will Pallas über die Schulter sehen, wenn er prüft, wohin das Gold fließt. Du kannst darauf vertrauen, daß er königlich genug empfindet, Deine Angelegenheit als wichtig anzusehen. Im Stammbaum seid Ihr ja gewissermaßen Verwandte. Deine Heftigkeit nehme ich als Ausdruck Deines Stolzes. Ob diese Art Stolz zu besagter Menschenwürde gehört, wage ich zu bezweifeln. Ich würde ihr eher die Tugend der Geduld hinzufügen. Ich wünsche Dir Wohlergehen!

Titus Petronius grüßt Julia Agrippina
Wenn jemand, wie Aristoteles feststellt, Sklave ist, weil er jemandes Eigentum sein kann, dann ist Harpocrates nicht mein Sklave, sondern viel eher bin ich der Deine. Ich begrüße Dich als der Senator Petronius, der sogleich nach seiner Antrittsrede – Du liest sie im »Täglichen Anzeiger« – beurlaubt wurde, um die ihm rückübereigneten kampanischen und – ich wagte sie nie mitzunennen – lucanischen Besitzungen zu ordnen. Keinen Atemzug habe ich bezweifelt, daß den Griffel nicht dieser Pallas, sondern Deine, verzeih mir: mütterliche Hand geführt hat. Überschlage ich allerdings, mit welchen Summen dieser Trimalchio abgefunden wurde, ahne ich

dennoch, welche Komplizenschaft da mitgespielt hat. Die gewinnbringenden Ländereien und Werkstätten habe ich in gutem Zustand und, soweit meine Kindheitserinnerungen ausreichen, wenig verändert, verschiedentlich gar gebessert vorgefunden. Aber das Herz meines Besitzes, das Puteolanum, kann ich nur als Irrgarten verdorbenen Geschmacks, als Zyklopenhöhle und Barbarenfestung bezeichnen. Ich schätze, es braucht zwanzig Jahre, bis alles wieder so aussieht wir zuvor. Dazu werde ich keine Kosten scheuen. Ich habe es mir in den Kopf gesetzt, den Zustand meiner Kindertage dort wiederherzustellen. Der Tempel des Serapis in Puteoli soll stehenbleiben, meinem Aktuar Harpocrates zuliebe, der diesem ägyptischen Gott sehr zugetan ist, weil er angeblich die Toten in der Unterwelt richtet.

Möglicherweise können Italien und die Provinzen auf diesen schlauen, aber ungebildeten, leutseligen und zugleich dünkelhaften, rührseligen und doch brutal überrumpelnden Menschenschlag nicht mehr verzichten, den wir als Freigelassene kennen. Sie bringen die Wirtschaft in Gang, wo sie durch unsere Versäumnisse oder Mißgriffe verkam. Nicht ungeschickt führen sie die Güter weiter, die verwaist sind, weil ihre Besitzer ausgestorben oder der Willkür der Caesaren zum Opfer gefallen sind. Ob sie den Weg zu mehr Gerechtigkeit mitgehen können, bezweifle ich allerdings. Denn es sind gebrochene Menschen, nicht anders als die freigeborenen Römer, die Deinen Bruder überlebt haben, nur entschlossener, Unrecht durch Unrecht zu vergelten. Wir sollten unsere Sklaven entweder besser behandeln oder niemals freilassen! Sonst schicken wir Unholde und Schufte in die Freiheit. Auch dies ist ein Vermächtnis meines Vaters, und der Gedanke geht mir auf dieser Reise immer wieder durch den Kopf. Verüble mir nicht, wenn ich Dir wiederhole, mit welchem Unbehagen ich Freigelassene auch in Rom zu Ansehen und Macht kommen sehe. Mag Deinen Pallas ein Irrtum Fortunas getroffen haben, ein Los, das mir übrigens nicht unvertraut ist. Da ist aber auch dieser Narcissus, der den Briefverkehr des Kaisers erledigt, sein Vertrautester und daher der

Unangenehmste. Da ist dieser Polybius, der die gelehrten Grillen des Claudius hätschelt. Und da ist dieser Callistus, dessen zwielichtige Rolle in der Verschwörung gegen Deinen Bruder Du so gut kennst wie seinen Versuch, mich um mein Erbe zu betrügen. Er begegnet mir wieder freundlich. Wahrscheinlich braucht er Fürsprecher, falls sich Zeugen melden, die Folterungen an freigeborenen Römern, verübt unter seiner Anleitung, gesehen haben. Dieser Mann berät heute den Kaiser, wenn er über Eingaben und Bittschriften befindet! Ich wünsche Dir und Deinem Sohn Wohlergehen!

Julia Agrippina grüßt Titus Petronius
Du vergißt, mein Lieber, daß der Erste Leute braucht, denen er unbedingtes Vertrauen schenken kann. Bist Du nicht selbst mit Deinem verschwiegenen Geheimaktuar Harpocrates gesegnet? Es wäre schäbig, wenn Du ihn nicht spätestens auf Deinem Sterbebett freiließest! Auf wen kann der Kaiser denn zählen, nachdem der Senat bei der Ermordung meines Bruders versucht hat, seine unumschränkte Herrschaft wiederherzustellen? Sobald Du aus Kampanien zurückkehrst, wirst Du feststellen, daß die ehrwürdige Versammlung, an deren Sitzungen Du teilnimmst, sich teilt in solche, die dem Kaiser ihren Rat vorenthalten, und solche, deren Rat nicht zu trauen ist. Ich hoffe, Du stärkst die kleine Zahl derer, die das Amt des Ersten für notwendig erachten und seinem Träger im Sinn des Gemeinwohls beratend zur Seite stehen. Denn auch ich sehe keinen Segen in dem Einfluß der Freigelassenen auf Claudius. Wenn der alte Mann einmal zu den Göttern aufbricht und ein Nachfolger an seine Stelle tritt, der auf Freigelassene zu verzichten wünscht, sollten genügend Männer bereitstehen, mit ihm das Ruder des Staatsschiffes in die Hände zu nehmen. Dann wäre es geradezu Verrat, aus patrizischem Stolz ein palatinisches Amt auszuschlagen! Ich hoffe, Deine Reise stiehlt Dir nicht die Muße, Dich mit den Staatslehren der Griechen, mit den Sophisten, Platon und Aristoteles, aber auch mit unserem Cicero zu befassen. Ich werde der Lehrer meines Sohnes, sooft

ich sie schon gewechselt habe, nicht froh, und unter denen, die mir einfallen, wenn ich auf bessere sinne, bist immer Du. Ich wünsche Dir Wohlergehen!

Titus Petronius grüßt Julia Agrippina
Betrachten wir Trimalchio als warnendes Gespenst! Noch haben wir die Mittel, es zu verscheuchen. Seit einem vollen Monat bin ich zurück, und noch immer haben wir uns nicht gesehen. Was Du über den Senat sagtest, trifft zu. Aber warum hast Du die große Zahl der Schmeichler und Speichellecker weggelassen, die alle Ungeheuer überlebt und jede Erörterung erstickt? Vitellius der Jüngere kennt mich wieder! Neulich fragte er mich, ob ich mich an eine gewisse Amymone erinnere, die er mir als Strammsteher des Tiberius einmal zuführte, um mir seinen Beruf schmackhaft zu machen! Seit ich mich für die Quästur bewerbe, nennt er mir laufend Leute, die gut von mir sprechen, und entfernt beflissen eine Fussel von meiner Toga. Er biet mir sein Sitzkissen an, weil meines dünner ist, und findet alles wahr, was ich an Floskeln hinwerfe, um ihn loszuwerden. Spricht er mit jemand anderem, läßt er mich nicht aus den Augen und zwinkert mir freundschaftlich zu. Steht aber ein höherer Beamter in der Nähe, den er in ein Geflüster zieht, dreht er mir beharrlich den Rücken zu.

Mit den Senatoren, denen ich Vernunft zutraue, weil sie vorwiegend schweigen, komme ich nicht ins Gespräch. Sie lehnen Claudius ab und verschließen sich mir, weil sie annehmen, er hätte mich gemacht. Gebe ich mich als Sohn des Hingerichteten zu erkennen, wecke ich ihre Aufmerksamkeit mit einem Satz, den sie von mir nicht erwarten, überschütten sie mich mit Argumenten, die ich nicht verstehe, schleudern mir Zitate des Erzrepublikaners Cato ins Gesicht, deren kindischer Starrsinn so lächerlich ist, daß niemand ihnen dafür ein Härchen zu krümmen brauchte. Und doch schauen sie sich über die Schulter, als hätten sie etwas gewagt.

Mann kennt mich inzwischen, und wenn ich im Senat spreche, läßt sich niemand mehr vom Nachbarn meinen

Namen sagen. Aber wen kenne ich? Wessen Vertrauen darf ich suchen? Ich wünsche Dir und Deinem Sohn Wohlergehen!

Julia Agrippina grüßt Titus Petronius
Hast Du Dich zum Nachtschwärmer entwickelt oder zum Nachtarbeiter? Ich wollte Dir dazu gratulieren, daß Du Quästor geworden bist, aber Harpocrates beteuerte bei allen ägyptischen Göttern, Du wärest nicht wachzurütteln. Ich bin in Sorge und wünsche Dir nachdrücklich Wohlergehen!

Titus Petronius grüßt Julia Agrippina
Unser gestriges Gespräch über Epikur hat mich noch weit in den dämmernden Tag bewegt. Bis zuletzt hast Du mich als treuen Zögling seines Gartens betrachtet und nicht unterschieden zwischen einem Anhänger und einem Kenner. Warum überhörst Du alles, was ich gegen ihn einzuwenden habe? Ebenso verschließt Du die Ohren gegen die rauhe Wirklichkeit der Gassen, Häfen und Landstraßen, sooft ich Dir davon erzählen möchte. Ich gebe zu, das Versagen der Mächtigen erfüllt mich mit Schadenfreude, solange ich nicht zu ihnen gehörte. Aber nie stimmte ich in die Klagen derer ein, die in allen Winkeln des Reiches nach Beweisen für dieses Versagen fahnden und dem Kaiser für jeden Hundedreck die Schuld zuschieben, auf dem sie ausrutschen. Sondern immer sagte ich mir: Wenn die Mächtigen so offenkundig versagen, kann es nicht allzu schwierig sein, von der Macht, wenn ich einmal an ihr teilhätte, einen besseren Gebrauch zu machen. Schon immer hielt ich es, mit Platon gedacht, für ein Gebot des Edelmutes, die Lenkung des Staatsschiffes nicht Verworfenen zu überlassen, und ich lache mit Cicero über jene, die bei ruhiger See behaupten, das Schiff nicht lenken zu können, sich aber zutrauen, im Sturm das Ruder in die Hände zu nehmen. Du hast recht: Es bedarf, will man wirken, einer Stelle, von der aus man wirken kann. Du hast sie an der Spitze der Frauenvereinigung glücklich gefunden. Ich aber muß mich mit der Quästur abplagen. Sie steht mir nur wenige Monate

zur Verfügung, während mir unterstellte Beamte ihre lebenslänglich unkündbaren Stellen weiterverkaufen. Wer sein Amt so ernst nimmt, daß es sich herumspricht, ermutigt die Leute, sich bei ihm zu beschweren. Täglich erhalte ich von Berufsvereinen und Wohngebietsvorstehern Beschwerden über Versager in kaiserlichen Kanzleien. Mir bleibt nichts, als sie weiterzuleiten an Versager. Um sie zu überspringen, wende ich mich an Callistus, den Vorsteher der Kanzlei für Eingaben. Sofort bin ich selber einer, der sich beschwert. Er hält mir einen Vortrag: Kaum die wichtigsten Beschwerden können erledigt werden. Wir müssen uns gegen Klagen taub stellen und Drohenden drohen. Nur so bleibt Zeit, sich der gefährlichsten Mißstände anzunehmen. Aber ich finde, so werden die letzten Rechte freier Römer ausgehöhlt von Leuten, die nicht wissen, was Freiheit ist, und wir sind wieder so weit, daß Bürger von ihrem Staat wie Sklaven behandelt werden. Callistus hat mich unumwunden gefragt, ob nicht ich die ganze Kanzlei für Beschwerden übernehmen möchte. »Du, ein Freigeborener«, sagte er mit dem Hohn des emporgekommenen Freigelassenen, »weißt gewiß am besten, was den Bürgern zuträglich ist. Ich wollte mich ohnehin zur Ruhe setzen und würde mich beim Kaiser für Dich verwenden.«

Aber bin ich Herkules, der den Stall des Augias ausmistete? Soll ich Dreck wegräumen, den ich nicht hingelegt habe? Außerdem war es Callistus nicht ernst. Seine Fürsprache brauchte ich nicht. Hätte ich es auf seinen Posten abgesehen, fände ich binnen kurzem genügend Material, das ihn stürzen würde. Denn auch er ist ein Faulpelz, Betrüger und Versager. Aber ihm stehen Kerkerschlüssel zu Gebote. Warum hat mich noch niemand gefragt, ob ich der Erste werden möchte? Ich scherze nicht! Dir vertraue ich an, welcher Gedanke mir kam, als ich am Ende meines Parkes hinter dem Prätorianerlager die Sonne heraufkommen sah: Wie es ist, kann es nicht bleiben. Wo ich ändern möchte, steht mir das Bestehende im Wege. Um alles von Grund auf zu bessern, müßte ich selbst an die Stelle des Ersten treten! Als ich dann in mein Schlafgemach trat, zählte ein guter Dämon mir her, worauf ich verzichten müßte, wenn mir das gelänge. Damit fand ich in den Schlaf. Aber ich erwachte mit dem Wort des Platon im Kopf, daß zum Herrschen gerade die berufen wären, die am wenigsten Freude daran haben. Es geht mir nämlich eigentümlich: Wie anderen im Traum wiederbegegnet, was sie am Tag erlebt haben, so gehe ich träumend meine Nachtlektüre noch einmal durch und erwache oft über Sätze, an denen ich mich stoße, die mich bestürzt machen oder mit Genugtuung erfüllen.

Ich verstehe jetzt, warum auf Capreae die Staatslehren des Platon und des Aristoteles unter Verschluß gehalten wurden, weshalb bis auf den heutigen Tag in der Öffentlichkeit über alle das Gemeinwesen betreffende Fragen bei den verschwommenen Stoikern Rat eingeholt wird, wieso Epikureer, die ihren Meister nur halb verstehen, sich um genießerischer Muße willen von aller Politik abwenden: Wir müßten erkennen, daß Rom, wie es ist, nur die Wahl hat zwischen zwei verwerflichen Machtformen: zwischen Tyrannis und Oligarchie, zwischen der Herrschaft eines Räubers oder der einer Räuberbande! Um so befremdlicher finde ich, wie unverfroren die Vertreter beider Richtungen behaupten, sie hätten nichts als die Belange des Volkes im Auge, mit welchem Aufwand ihre Institutionen dem Volk Demokratie vorspielen. Da war die Aristokratie der Patrizier doch ehrlicher! Ich wünsche Dir und Deinem Sohn Wohlergehen!

Julia Agrippina grüßt Titus Petronius

Falls Du es auch schriftlich brauchst: Es ist mir vollkommen ernst damit, Du solltest heiraten! Erstens bist Du als Lediger mit den Steuern sehr im Nachteil. Zweitens hättest Du jemanden im Haus, der Dich hindert, die Nacht zum Tag zu machen und Dein Hirn zu zerrütten. Wenn es die Ehefrau nicht schafft, dann schaffen es die Kinder, indem sie Dir tagsüber so wenig Ruhe lassen, daß Du wieder nachts schlafen mußt. Und in einer Familie kannst Du unangefochten der Erste sein! Drittens aber kenne ich ein hübsches, gescheites

Mädchen aus gutem Haus, das Dir gefallen dürfte, zumindest nicht weniger als manche Sklavin aus Deinem persischen Gynäzeum. Ihr zu gefallen kann einem Mann wie Dir keine Schwierigkeiten bereiten. Das sage ich Dir nicht ganz ohne Wehmut. Ich wünsche Dir Wohlergehen!

Titus Petronius grüßt Julia Agrippina
Bitte entschuldige mein gestriges Benehmen! Als Kind schon war ich mürrisch und ungeduldig. Selten stellte mich etwas zufrieden, und bevor ich lesen konnte, langweilte ich micht oft. Im Verborgenen zu leben, wie Epikur rät, vermag ich nie auf Dauer. Die Augen dieses Mädchens sind ein Garten, der zum Ausruhen einlädt. Kann das wirklich Deine Absicht sein? Fürchtest Du nicht, daß sie mich der Göttin Roma abspenstig macht? Ich täusche mich nicht, sie gehört zu den sittsamen Frauen, die nur eine Untugend haben: Sie wollen einen Mann ganz für sich allein. In mir ist der tätige Mensch erwacht, und Epikurs Lehren sind mir zerfallen wie die Sandbauten Deines Sohnes am Strand von Antium in der Sommersonne. Auch im Tätigsein liegt Selbstgenuß! Damit würde ich gern, wenn sie es zuließen, die Lehrsätze der Epikureer ergänzen. Nur der Tätige lebt ganz, nur er erfährt, wer er ist und was er kann. Ich wünsche Dir und Deinem Sohn Wohlergehen!

Titus Petronius grüßt Julia Agrippina
Du hast mir durch Harpocrates sagen lassen, ich solle Dir vorsichtiger oder gar nicht mehr schreiben – warum bist Du nicht zu mir in die Bibliothek gekommen? Ich saß dort, obgleich es heller Tag war! Selten genug setzt Du Deinen Fuß, den niemand so herzlich küssen würde wie ich, auf meine Schwelle. So antworte ich Dir denn: Wenn Du uns so streng vorschreibst, wie selten wir einander in die Augen sehen, schreibe ich Dir so oft und so unumwunden, wie ich will! Was kann geschehen, wenn einer unserer Boten abgefangen wird? Ist nicht der Kaiser Dein Oheim? Geraten abgefangene Briefe nicht letztlich in die Hände Deines Königsohnes

Pallas? Fürchtest Du, eine Dame von Rang, etwa seine Eifersucht? Bis zur Selbstverleugnung bemühe ich mich, gerade ihm keinen Anlaß zu geben. Wolltest Du mich am Ende deshalb so eilig verheiraten? Ich wünsche Dir und Deinem Sohn Wohlergehen!

Titus Petronius grüßt Julia Agrippina
Ich gebe zu, daß gekränkter Edelmut auf die Dauer kein ersprießlicher Grund ist, sich um das Gemeinwesen zu kümmern. Wie ein junger Krieger, dessen Vaterland angegriffen wurde, bin ich beim ersten Schlachtsignal unter die Waffen gestürmt. Aber ich frage Dich nun, meine Gefährtin im Geist: Hat ein Staat lediglich die Aufgabe, unter seinen Bürgern Ruhe und Ordnung aufrechtzuerhalten? Oder besteht sein Sinn, wie ich bei Aristoteles lese, nicht auch darin, ein höheres Gut anzustreben, die Vervollkommnung jedes einzelnen etwa, die Verwirklichung der Menschenwürde für alle, die sich dessen würdig erweisen? Zur Aufrechterhaltung der Ordnung haben wir die Prätorianer. Mit ihnen läßt sich leicht Ruhe halten, wie der Erste auch heiße. So gesehen, könnte man auch einen Trimalchio auf seinen Sessel setzen. Aber diese Sicherheit wäre trügerisch. Jeder von uns kann das Seine nur dann behalten, wenn sich die Herrschaft des Ersten von Grund auf ändert. Der Senat, den wir haben, kann allein nicht regieren, und ob wir einen anderen bekommen können, ist ungewiß. Claudius ist gelehrt, aber nicht gebildet. Er ist gutmütig, aber nicht gut. Statt seine Ratgeber als Werkzeuge zu nutzen, läßt er sich von ihnen zum Werkzeug ihrer Eigensucht machen. Ich fordere nicht mit Platon, daß Philosophen zu herrschen hätten, sondern ich hoffe mit Aristoteles, daß ein gerechter Staat möglich ist, wenn sich der Erste von den Besten beraten läßt. Es kann doch nicht ausgeschlossen sein, daß einmal ein gebildeter, die Gerechtigkeit liebender Mann an die Spitze des Römischen Reiches tritt, der sich raten läßt von Männern, die ihre Verantwortung kennen! Wir müßten uns sonst mit der Meinung des Sophisten Thrasymachos begnügen, das Gute geschehe allein aus

Ohnmacht zum Bösen. Ich wünsche Dir und Deinem Sohn Wohlergehen!

Julia Agrippina grüßt Titus Petronius
Was die Stunden, die Du meinem Sohn opferst, erbringen, befriedigt mich sehr. Ich sähe Dich aber gern darauf verzichten, seinen Lehrer Anicetus zu schneiden, nur weil er ein Freigelassener ist! Vorurteile sind eines Menschen in Deinem Rang nicht würdig. Du hast Zeit, Dich anders zu besinnen, denn Lucius ist erkrankt. Du solltest jetzt Deine ganze Tüchtigkeit der Bewerbung um die Ädilität zuwenden. Ich wünsche Dir Wohlergehen!

Titus Petronius grüßt Julia Agrippina
Leider kann ich Dich nicht bitten, mich nachts zu besuchen oder zu empfangen, es verstieße zu sehr gegen den Schein des Anstandes, auf den wir nicht verzichten wollen. Aber Du kannst Dir nie ausmalen, welchen Zauber die Nacht in meiner Bibliothek, in meinem Park, in den Säulengängen und auf den Dächern hat! Die Sonne ist traurig. Manchmal meine ich: Könnte man ihren Klang hören, er wäre so falsch, als lenke unbefugt wieder Phaethon den Sonnenwagen. Dann fürchte ich seinen Sturz, der nicht nur ihn, sondern uns alle vernichten würde. Auf den Felsen von Capreae habe ich oft die Sonne untergehen sehen und gelauscht, ob ich nicht doch das Getöse ihrer Sphäre vernähme. Der Mond klingt in der seinen vermutlich viel lieblicher. Der Vormittag ist voll mit Geschäften. Nachmittags muß ich schlafen; wenn die Sonne ihre Mittagshöhe überschritten hat, mag ich sie am wenigsten. Sind abends die Besucher – ich möchte sie nicht Freunde nennen – gegangen, die vor Mitternacht ins Bett kommen wollen, fange ich erst an, mir selbst zu gehören.

Wenn es nur die Getreideversorgung wäre! Die regelt sich beinahe von selbst, wenn man weiß, wer die Finger drin hat. Die Mehlmaden sind durch kleine Zuwendungen, die weniger kosten als der Teil, den sie sich selber nähmen, in Schranken zu halten. Aber die Polizeiaufsicht ist unerquicklich!

Wie soll man die Wachhunde der Macht auf Märkten, in Straßen und Tempelbezirken an der Kandare halten, ohne sie alle zu kennen? Rüge ich Unterlassungen, verfolge ich Übergriffe, treffe ich allzuoft auf den Geheimdienst des Kaisers, besser gesagt: des Narcissus. Diese Zuhälter der Macht lassen sich von einem Ädil nichts sagen. Sie drohen dem »Senatsschwätzer« mit Anschwärzungen und schrecken vor ungesetzlichen Mißhandlungen nicht zurück. Da verliert mein Amt seinen Sinn. Die Zahl der Verbrechen, die weder verhindert noch verfolgt werden dürfen, steigt erschreckend. Zugleich geraten die staatlichen Institutionen bei den Bürgern zunehmend in Verruf, weil sie sich ihre Aufgaben ungehindert durch brutale Schikanen leicht machen. Manchmal denke ich, ungeachtet meiner patrizischen Herkunft wäre das Volkstribunat das Amt, das ich letztlich anstreben müßte. Aber diese Amt behält sich der Kaiser auf Lebenszeit vor.

Laß Dir gestehen, daß der Schwung, mit dem ich Gesetzen Geltung verschaffen möchte, schnell erlahmt. Nicht daß ich sie verachte! Ich messe ihnen nur nicht allzuviel Bedeutung bei. Epikur lehrte, ihre Aufgabe sei es, verständige Leute zu schützen. Aber um dies zu leisten, müßten sie von richtenden Göttern kommen. Denn der Unverständige achtet kein Gesetz ohne die Furcht vor Strafe, und jede Strafe, die Menschen einander androhen, schränkt die Freiheit aller ein: Sie bemißt alle gleich, obwohl es nicht dasselbe ist, wenn zwei das gleiche tun. Mir wurden die Rechte freier Römer von Kindesbeinen an nur vorgegaukelt. Was unterschied mich von denen, die keine Rechte haben? Lange habe ich mich gefügt: Durch eifrige Wahrnehmung meiner Pflichten hoffte ich, die Zahl der Rechte zu vermehren, die ich wirklich wahrnehmen durfte. Ich habe anderen Rechte über mich eingeräumt, die sie nicht beanspruchen durften, um mir geraubte Rechte zurückzukaufen. Wie oft wurde ich getäuscht! In den Augen des Rechtes geschah mir womöglich recht, weil ich, wenn auch auf Umwegen, dem Unrecht half. Aber anders hätt ich nicht überlebt! Vielleicht traue ich der Willkür mehr zu, als sie vermag, weil ich sie so heftig erfahren habe.

Bei meinen Amtskollegen beobachte ich, wie sie manche Gelegenheit zum Widerstand versäumen, weil sie die Drohungen überschätzen.

Du magst fragen, weshalb ich bei solch einem Urteil über die Gesetze während meiner Irrfahrten nicht zum Verbrecher wurde. Ich wußte immer, wie schwierig es ist, als Übeltäter unentdeckt zu bleiben. Dazu bedurfte ich nicht einmal der Warnung Epikurs, denn mich fing man immer wieder ein, auch wenn ich nichts ausgefressen hatte. Ein Pirat nannte mich ein Schaf im Wolfspelz. Oft genug wurde mir auch die Wahrheit nicht geglaubt. Um so genauer bedachte ich, wenn ich log, wie vieler neuer Lügen es bedurfte, um die eine Lüge zu decken, desto genauer prüfte ich ihre Glaubhaftigkeit. Kann solch ein Mensch von sich behaupten, er strebe aus freiem Willen nach dem Guten? Ich wünsche Dir und Deinem Sohn Wohlergehen!

Julia Agrippina grüßt Titus Petronius
Nach reiflicher Überlegung befinde ich es für besser, wenn Du die Ämterlaufbahn möglichst mit dem Konsulat beendest, bevor Du Dich ganz der Erziehung meines Sohnes widmest. Auch in der Wahl anderer Lehrer will ich nichts übereilen. Nero kommt jetzt in das Alter, in dem ich mir keine Fehlschläge mehr leisten kann. Wenn es mir doch gelänge, den Philosophen Seneca aus seiner korsischen Verbannung zurückzuholen! In ihm hättest Du den Gesprächspartner, den Du zu meinem Leidwesen vergeblich in mir suchst. Du hast eine Gabe, gegen Dich selbst zu sein, die eine Frau wohl niemals aufbringt.

Es beruhigt mich sehr, daß Du Dich über manches Hirngespinst Deiner Nächte selbst lustig machst. Aber überreize Dich nicht! Wenn Du schon nicht heiratest, nimm Dir eine Geliebte, die regelmäßig zu Dir kommt. Die Anhänglichkeit für die Sklavinnen, die Dir mein Bruder unterschob, als Du noch nicht mündig warst, finde ich rührend, aber sie erinnert mich auch immer wieder an das Gynäzeum eines persischen Satrapen. Selbst Pharao hatte eine Hauptfrau! Was Du brauchst, ist das beständige Urteil einer Frau über Deine Meinungen. Wer so viele Frauen haben kann, wann es ihm beliebt, wie Du, dessen Meinungen taumeln unberechenbar herum wie Gestirne ohne Sphäre im Himmel. Vergiß nicht: Das höchste Dir erreichbare Gut ist das Amt eines Konsuls, mit dem Du einem Jahr des bald tausendjährigen Rom Deinen Namen gibst. Damit übertriffst Du das Werk Deiner Väter. Ich wünsche Dir Wohlergehen!

Titus Petronius grüßt Julia Agrippina
Dein Unmut über mein Fernbleiben von den Spielen ist mir verständlich. Er wird mich nicht umstimmen. Du hast mich bei den Wagenrennen nicht gesehen, und Du wirst mich auch bei den Gladiatorenkämpfen und Tierhetzen vermissen. Es genügt, daß ich als Ädil bei einigen Vorbereitungen die Aufsicht führe. Ich schweige von den Kosten, so tief es mich auch verletzt, wenn ich gleich nach einer Aussprache mit meinen Kollegen von der Bauaufsicht über den lebensgefährlichen Zustand vieler Häuser in der Subura die Käfige zählen muß, in denen Antilopen, Gazellen, Zebras und Giraffen darauf warten, unter den Augen sich langweilender Römer und ihrer Familien von Löwen und Tigern zerissen zu werden! Mir scheint auch, Dein kaiserlicher Onkel ist im Anblick solcher Blutszenen weitaus schwerer zu sättigen als die Menge, für die er sie veranstalten läßt. Ich will von anderem sprechen: Bei Aristoteles fand ich die Mahnung, der gerechte Staat habe die Bürger auch zum weisen Gebrauch der Muße zu erziehen. Ist doch die Muße das Edelste, dessen ein freier Mensch sich erfreuen kann! Auch meine Geschäftigkeit hat nur ein Ziel: Muße, die ich auf gediegene Weise genießen kann. Durch sie wird das Leben erst lebenswert. Darin halte ich an Epikur fest. Er spricht von Selbstgenuß. Wer aber von der Muße nur Langeweile zu fürchten hat, verrät nichts als den gemeinsten Selbstüberdruß! Du mahnst, ich dürfe die Plebs nicht vergessen. Aber man ist kein Freund der ein-

fachen Leute, wenn man erst ihren Geschmack verdirbt und dann ihren verdorbenen Geschmack hätschelt. Ich kann auch nicht glauben, daß die Plebs mit solchen Schaustellungen wirklich zufrieden ist. Der Anblick brennender Schiffe auf einem künstlichen See bereitet ihnen Vergnügen, weil er sie vorübergehend aus ihrer Langenweile reißt. Sind die Schiffe abgebrannt, ist die Langeweile wieder da und verlangt nach neuen, unerhörten Spektakeln. Sie erneuert sich unaufhörlich aus ihrer Lage: Diese Menschen haben keine Gelegenheit, etwas zu schaffen, worin sie sich selbst als freie Bürger erkennen. Sehr viele kommen auch, um von den Beamten des Ersten kostenlos Brot zu erhalten, für das sie lieber die Arbeit leisten sollten, die ihnen von billigen Sklaven und Freigelassenen weggenommen wird. Ich habe selbst gesehen, daß ein Freier in Lohnarbeit mehr Nutzen bringt als zehn geprügelte Sklaven. Der Zeitvertreib bekämpft die Langeweile nicht, sondern macht sie nur drückender, wie der Genuß von Salzwasser den Durst nicht lindert, sondern verschärft. Ist es denn menschenwürdig, wenn man die knapp bemessene Zeit seines irdischen Lebens auch noch vertreiben muß? Langweilst Du Dich genug, um die ermüdenden Wiederholungen diese Unfugs zu ertragen? Ich kenne Langeweile aus den Tagen meiner Unmündigkeit. Als mir nicht einmal Bücher mehr halfen, machte sie mich fett. Jetzt, da ich weiß, was ich zu tun habe und was ich genießbar finde, besucht sie mich noch seltener als Du. Ich wünsche Dir und Deinem Sohn Wohlergehen!

Titus Petronius grüßt Julia Agrippina

Ich danke Dir für Deine Unterstützung meiner Bewerbung um die Prätur. Daß ich mir viele Feinde gemacht habe, weiß ich. Einer Nichte des Kaisers scheint, auch wenn sie verbannt war, nichts unmöglich. Bislang bekommt mir dieses letzte Amt vor dem Konsulat recht gut. Wenn ich auch nicht Recht schaffen kann, werde ich ein wenig Unrecht zu verhindern wissen. Bitten muß ich Dich aber in aller Entschiedenheit, mir die Gerichtsprozesse vom Hals zu halten, hinter denen

Deine Tante Valeria Messalina steckt! Mir wurde ein Ritter vorgeführt, dessen Rücken frische Peitschenstriemen aufwies. In seiner Arglosigkeit beteuerte er, freilich ohne Zeugen benennen zu können, die Hiebe wären ihm im Palatium verabreicht worden, weil er der Kaiserin nicht zu Willen war. Aus dem Palatium meldeten sich dann aber Zeugen, die beeideten, er wäre als ungerufener Eindringling aus ihrem Schlafgemach gepeitscht worden. Diese grausame Posse will doch, soweit bin ich immerhin unterrichtet, aus einem Opfer den Angeklagten machen, damit der hart beschädigte Ruf der kaiserlichen Vettel nicht völlig auseinanderbricht. Ich jedenfalls werde in dieser Sache als Prätor nicht tätig. Sollte man mich zwingen, lege ich mein Amt nieder. Ich habe siebzehn Kollegen. Unter ihnen wird sich einer finden, der für eine Kleinigkeit einspringt. Ich erstatte Dir alle Unkosten.

Du wirst mir entgegenhalten, das ekelhafte Treiben dieser Ersten Hure des Reiches sei damit nicht aus der Welt. Aber dieser Mißstand ist nicht schlimmer als mancher andere. Er entbehrt nicht einer gewissen Folgerichtigkeit: Nachdem Dein Bruder Gajus Caligula sich als Mann jahrelang schlechthin alles hat herausnehmen dürfen, gebraucht nun einmal eine Frau ihren Platz auf dem Palatin auf dieselbe Weise. Ich verstehe nicht, daß Deinem Onkel niemand die Augen öffnet. Es gibt doch genug Mäuler, denen die Sache nicht zu schmutzig zu sein brauchte. Vielleicht treibt die Mänade es noch nicht lange genug. Immerhin hat der Bücherwurm Kinder mir ihr. Octavia ist zwar nicht hübsch, aber von so sanfter Natürlichkeit, daß man zweifeln möchte, ob Claudius und Messalina sie gemacht haben. Ich spreche gern mit ihr. Noch mehr wundert mich, was Britannicus für ein begabter Junge ist. Aber Claudius müßte länger leben, als uns lieb sein kann, damit Britannicus sein Nachfolger wird. Auch müßte er es unterlassen, den ganzen Tag Verse zu machen, obwohl ich die seinen für einen Sechsjährigen mehr als beachtlich finde. Ich finde sie einfach zu gut, um sie ihm auszureden. Hast Du schon bedacht, daß Du im Grunde die zweite Dame des Reiches bist? Die Römer können sich nur einen Mann als Kaiser denken. Aber Messalina hat jetzt spürbar mehr Macht als der Erste selbst! Warum solltest Du nicht im guten werden, was sie im argen ist? Wenn Claudius etwas zustößt, werden wir Sorge tragen müssen, daß nicht Prätorianer im Würfelspiel den neuen Kaiser ermitteln! Ich wünsche Dir und Deinem Sohn Wohlergehen!

Titus Petronius grüßt Julia Agrippina
Ist jenes Mädchen noch zu haben? Untrügliche Zeichen sprechen dafür, daß bei Deiner männerverschlingenden Tante nun ich an die Reihe komme. Ich hätte öfter bedenken sollen, daß ich als schöner Mann gelte und als Frauengenießer gepriesen werde. Besser: Du hättest mich gelegentlich daran erinnern müssen. Nicht einmal beim kaiserlichen Gelage wechselst Du mehr als drei leere Worte mit mir, so daß ich Dir Wichtiges in Briefen mitteilen muß. Langeweile macht nicht nur fett, sondern auch neugierig. So habe ich mich zu unbedacht in Messalinas Blickwinkel begeben. Auch macht einen die Gewohnheit, vormittags herumzuhetzen, nachmittags zu schlafen und nur nachts wirklich zu leben, auf die Dauer zerstreut. Ich kannte eine Nymphe mit dem verhängnisvollen Namen Tryphaena, ich kann begehrliche Blicke lesen und weiß den Puls der Frauen zu deuten, also muß ich blind und fühllos gewesen sein. Oder hat Deine Kälte mich an meiner Wirkung auf Frauen irre werden lassen?

Wie dem auch sei: Das Henkersschwert hat keinen Reiz für mich, weder vor dem Bett Deiner Tante noch dahinter. Ich wünsche noch vor Ablauf meiner Prätur zu heiraten. Als Erste Mutter des Reiches wird die Kaiserin vielleicht einen Familienvater verschonen. Sodann verschaffe mir bitte zur Sicherheit bei Deinem Onkel oder bei Deinem arkadischen Königssohn eine Provinz. Ich schätze mich reich genug, um über jeden Verdacht, ich wollte sie aussaugen, erhaben zu sein. Nicht auf einer einträglichen Provinz muß ich bestehen, sondern auf einer entlegenen, öde genug, daß es Messalina nicht einfallen kann, mich dort zu besuchen. Du aber solltest recht bald noch einmal den Weg zu mir finden. Ich wünsche Dir und Deinem Sohn Wohlergehen!

An der Wiege des Erzählens

Titus Petronius grüßt Julia Agrippina

Kaiser Tiberius prägte einen Vergleich, den ich nicht vergessen habe, weil er so kaltherzig wie wahr ist: Die Bewohner unserer Provinzen nannte er Wunden und die Beamten Fliegenschwärme, die sich daraufsetzen. Es sei dahingestellt, ob er die kaiserlichen Provinzen oder die dem Senat unterstellten gleichermaßen meinte. Aber Bithynien, wohin der Senat mich entsandte, ist seit den Tagen des Granius Marcellus, der hier waltete, bevor ich geboren wurde, nicht wieder gesundet. Ich werde als Proprätor tun, was ich kann. Ich muß den Leuten helfen, denen die launische Fortuna das Los zuwarf, in diesem kargen Landstrich Kleinasiens zu leben, und auch jene Verleumder widerlegen, die da behaupten, ein raffgieriger Senat ruiniere noch heute seine Provinzen.

Die langersehnte Reise durch Griechenland, die mich hierher nach Nikomedia führte, war eher geeignet, mir allen Mut zu nehmen. In welchem Zustand sah ich Städte und Gewerbe! Wie schlecht versorgt die Landgemeinden und ihre Felder! Wie kläglich haben drückende Steuern und mangelnde Hoffnung auf Gewinn die Gewerke heruntergewirtschaftet! Wie verfallen sind die Heiligtümer, in denen die Götter weitaus länger heimisch sind als in unseren! Wie verkommen sind die Menschen, von deren Voreltern wir einen großen Teil unserer Bildung und Gesittung übernommen haben! Spricht man in Rom von Griechenland und Arkadien, so preist man etwas, das es entweder nie gab oder nie wieder geben wird. In Athen zeigte man mir eine Beinschiene des Theseus, auf Euboea ein Schiff des Königs Agamemnon; sein Zepter, das Hephaistos zuerst für Jupiter geschmiedet haben soll, ist zu Chairnea ausgestellt; auf dem Markt von Sikyon sah ich am Eingang des Apollotempels sein Schwert und daneben den Harnisch des Odysseus. Aber königlichen Sinn fand ich nirgends. Selbst die freien Griechen, die eine lange Ahnenreihe vorweisen können, verwandeln sich in kriecherische Sklaven, sobald sie eine Römertoga erblicken. Ein Stück von der Haut des Marsyas, das in Dodona verehrt wird, gemahnte mich an den Widersinn der Ereignisse, hält man sie neben den Mythos: Sie sind die Geschundenen, wir aber bleiben weit davon entfernt, uns mit Apollo vergleichen zu dürfen. Korinth ist eine ganz römische Stadt, aber Römer haben sie zuvor dem Erdboden gleichgemacht. Zwei Gefährten meiner Landstreicherjahre hofften hier ein bescheidenes Glück zu finden. Ich fürchte, sie sind enttäuscht worden. Darf man den arbeitsscheuen, raffgierigen Tagedieben glauben, die einem in der Troas die Ruinen von Ilium und die Grabhügel zeigen, unter denen Achilles und Hektor ruhen sollen? Ich habe ein Gespür für Fälschungen, denn mein Leben war voll davon. Ich verlor ein falsches Arkadien und bekam dafür eine Urne ohne Gewißheit, ob die Gebeine meines Vaters darin seien. Meine Mutter ist verschollen, und ich kann mir nicht abgewöhnen, unter Frauen, die mir begegnen, ihr Gesicht zu suchen. Mein Name wurde vertauscht, meine Person sogar. Du ziehst mir seit Jahren einen Mann vor, dessen Ahnen vielleicht zu den schweifenden Hirten Numidiens gehörten, nie zu den meinen, wie du mir weismachen wolltest, und um der Begehrlichkeit der Ersten Bürgerin zu entgehen, muß ich in dieser trostlosen Provinz mit einer Frau alleinsein, die ich nicht begehren kann. Ich wünsche Dir und Deinem Sohn Wohlergehen!

Titus Petronius grüßt Julia Agrippina
Es ist nicht recht, Freundin, daß Du die größere Entfernung zum Anlaß nimmst, mir gar nicht mehr zu schreiben! Ich habe Deinen Rat befolgt und keine meiner Sklavinnen mitgenommen, um das ehrbare Mädchen aus alter senatorischer Familie nicht zu beleidigen, und ich hoffte auf Deine Briefe. Fürchtest Du ihre Eifersucht? Sie kann nicht schlimmer werden, als sie

schon ist, denn Deine heftigen Blicke hat sie nicht übersehen. Ihre verworrenen Ahnungen von den Sitten und Unsitten der Gesellschaft, in der sie Dich und mich antraf, plötzlich entlassen aus der Obhut eines prüden Hauses, erfüllten sie mit rastlosem Argwohn. Die Eifersucht einer Geliebten macht stolz, die der Ehefrau aber demütigt. Vinia glaubt sich von mir beherrscht, ich glaube mich von ihr beherrscht. In Wahrheit beherrscht uns das Gesetz, das zwei Menschen aus Gründen ihrer Besitztümer und einer Ämterlaufbahn aneinanderkettet. Auch ihre Familie faßte, solange wir noch in Rom lebten, kein Vertrauen zu mir, beraubte aber den Abstand, den sie wahrte, der unentbehrlichen Zierde der Freundlichkeit. Menschen, die sich kaum kennen, verkehren menschlicher miteinander als solche Verwandte. Verwandtschaft betrachten sie als ein Recht, sich gehenzulassen und sich Frechheiten herauszunehmen. Ich zählte darauf, dies würde sich ändern, wenn wir allein in der Statthalterei zu Nikomedia leben. Aber es ist nur schlimmer geworden.

Leider ist Vinia nicht völlig im Unrecht, sofern man es als eine Wurzel der Eifersucht nimmt, daß man nicht geliebt wird. Zum anderen muß gerade ich sie verstehen, weil ich selbst die quälendste Eifersucht empfand, sooft ich Dich mit einem anderen verschwinden sah. Aber da schwanke ich schon: Ich wüßte mich von meiner Eifersucht geheilt, wenn ich sicher wäre, daß Du nichts für mich empfindest. Der Eifersüchtige sieht weniger auf das Begehren des anderen, das nicht ihm gilt, als auf die Genüsse, von denen er ausgeschlossen bleibt. Von welchen Genüssen sieht sich Vinia ausgeschlossen? Und wenn der Stachel der Eifersucht auf demselben Stengel wächst wie die Rose der Liebe – warum schmerzt mich so oft der Stachel, ohne daß je die Rose duftet? Sie könnte ein bißchen Gegenliebe wecken, und wir hielten es wenigstens miteinander aus. Ich wünsche Dir und Deinem Sohn Wohlergehen!

Titus Petronius grüßt Julia Agrippina
Meine Klagen erweichen Dich nicht, so will ich es mit mei-

nigen überlebten, die sich über die landläufigen Vorurteile gegen Anthropophagie hinwegsetzten. Alle Kriege, die er nannte, sind von Römern geführt worden, und ich habe ihn in Verdacht, daß er mir auf diesem Umweg sagen wollte, was er von uns hält. Sie halten alle nicht viel von uns. In den Städten Kleinasiens ziehen neuerdings auch Judäer herum, die den Kreuzestod, wie er entlaufenen Sklaven zugedacht ist, für eine königliche, ja sogar göttliche Ehre ansehen, und diese Sklaven, die uns gern entlaufen würden, haben bereits ihren Blutzeugen. Sie sagen der ganzen Welt den Untergang voraus, nur damit Rom nicht ungeschoren bleibe. Unter dem tun sie es nicht. Auch Epikur meint ja, daß diese Welt einmal untergehen werde, aber mit keinem Wort flößt er uns die Sehnsucht danach ein, die ich hier beobachten konnte. Im Osten geht die Weisheit sonderbare Wege. Ich wünsche Dir und Deinem Sohn Wohlergehen!

Julia Agrippina grüßt Titus Petronius
Der Tod ist manchmal weise. Ich bin wieder Witwe. Mein Mann, Crispus Passienus, starb an zu schwachem Magen oder an zu großem Appetit oder an beidem. Aber nicht deshalb sende ich Dir diesen geheimen Eilboten. Messalina fiel durch das Henkersschwert, laß es mich einmal so sagen, denn ganz so einfach war es nicht. Daß sie eine unersättliche Hure war, wußte jeder, nur der Kaiser nicht. Er hat seine letzten Zweifel noch immer nicht niedergerungen. Man kann ihm auch schwerlich die ganze Wahrheit zumuten. In schäbigen Kleidern, mit blonder Perücke soll sie Bordelle in der Vorstadt aufgesucht haben, um sich Lastenträgern und Schiffsleuten unterzulegen. Zuletzt wollte sie sich, während Claudius den Hafen von Ostia inspizierte, halböffentlich mit einem ihrer Lieblinge verheiraten. Das wußte Narcissus zu verhindern. Sie fand, um reumütig dem aufgestörten Gatten entgegenzufahren, keine andere Gelegenheit als einen Wagen der Müllabfuhr. Nur eine zornige Gottheit kann es so sinnreich gefügt haben. In einem Gartenhaus wollte sie sich selbst richten. Aber ein Henker mußte nachhelfen. Du darfst

wissen, daß ich nicht unbeteiligt an der Aufklärung meines Oheims war. Ich konnte es nicht mehr ertragen, wie Messalina meinen Ruf verdarb und sich Geschmeiß heranzüchtete, das gegen Pallas arbeitete. Man soll nicht jede Rache verschmähen. Auch wer nie jemandem etwas verübelt, macht sich der Menschenverachtung verdächtig. Das Schicksal, mit einem Arm Zufall, mit dem anderen Folgerichtigkeit, wollte es, daß der Fall auch einen Teil meiner einstigen Verfolger ans Messer lieferte. Aber selbst wenn ich anders gewollt hätte, ich hätte nicht gekonnt: Ohne Messalinas Entlarvung wäre ich selbst vernichtet worden. Weshalb ich nicht warte, bis Dich ein Kurier unterrichtet? Ich weiß nicht, ob das genau genug geschähe, und ich rate Dir, den Senat um Deine vorzeitige Rückberufung zu bitten, damit Du für die Bewerbung um das Konsulat, das Dir jetzt zusteht, keine Zeit verlierst. Wie schade, daß Du es durch Deine halbe Verbannung in Bithynien verpassen mußtest, einem Jubeljahr Deinen Namen zu geben! Wir haben es ja, kurz bevor Messalina die schmutzige Bettdecke weggezogen wurde, unverhofft zu einer Jahrhundertfeier gebracht. Nicht ohne einige Gewalt in der Auslegung der Sibyllinischen Bücher besteht unser Rom nun runde achthundert Jahre. Claudius überbot alle Annalisten an Spitzfindigkeit, die der »Tägliche Anzeiger« natürlich Scharfsinn nennt. Die Gelegenheit war günstig, dem Volk die beiden Ersten Kinder des Reiches zu zeigen. Nero und Britannicus führten beim Trojaspiel einträchtig die Schar der jüngsten Reiter an. Ich wünsche Dir Wohlergehen!

Titus Petronius grüßt Julia Agrippina
Auf keine Nachricht habe ich in Bithynien sehnlicher gewartet als auf diese, und nun bekomme ich sie sogar zuerst von Dir. Aber ich möchte Dich bitten, meine Rückberufung durch den Senat nicht mit unangemessenem Eifer zu betreiben. Ich will meine Amtsgeschäfte hier in der vorgeschriebenen Dauer zu Ende führen. Ihre Eintönigkeit war nur die eine Seite. Die andere war ihre Stetigkeit, die mich allmählich erleben ließ, wie man sich selbst in seinem Wirken wiederer-

kennt. Es war gut, daß ich eine der am wenigsten anziehenden Provinzen wählte: Niemandem fiel es ein, mich zu stören. Ich habe den Bewohnern dieses entlegenen, kargen Landes einige Verbesserungen gebracht. Mich damit zu brüsten, besteht kein Grund. Die Sorte, die jetzt in Rom obenauf ist, würde mich eher auslachen. Was ich tat, lag einfach auf der Hand, und man sollte meine Vorgänger dafür tadeln, daß sie so einfache Maßnahmen mir übrigließen, statt sich den leicht zu erhaschenden Lorbeer selbst zu schnappen. Aber ich muß auch dafür sorgen, daß meine Nachfolger es schwer haben, alles wieder zurückzunehmen. Seit ich tätig bin, weiß ich mehr über mich selbst: was ich kann und was ich nicht kann. Ich arbeite nicht nach vorgefaßten Plänen, die ich jemandem weitergeben könnte, sondern prüfe das Mögliche und setze davon das Zuträgliche durch. Wo man das Ganze nicht ändern kann, muß man vieles lächelnd geltenlassen. Ich habe meine Landstreicherei nicht so weit vergessen, daß ich den armen Schluckern meine Hilfe vorenthalten hätte. Ihr Dank half mir bei weiterreichenden Schritten. Hast Du das Vertrauen einiger, wächst Deine Kraft, mehrere zu überzeugen, und die anfangs erdrückende Mehrheit der Feindseligen und Abwartenden bröckelt ab. Gewiß wäre ich ein vereinsamter, auf sein Verkanntsein stolzer Kauz geworden, hätte ich mich nicht durch unbeirrbare Tatkraft gegen den Vorwurf gewehrt, ich versuchte mich an der tätigen Bewährung meiner Gedanken vorbeizuschleichen. Lange war ich zu Trägheit gezwungen, und spät fand ich zu mir selbst. Aber wer lange verkannt wird, versucht um so beharrlicher, sein Wesen zu ergründen.

Ich sehe hier deutlich, daß die Herrschaft des Ersten, wenn seine Beamten die Gesetze einhalten, den Provinzen besser bekommt als die Senatsherrschaft, die alle Fehler der Oligarchie aufwies. Für das Leben einfacher oder mäßig wohlhabender Leute in einer kleinen Stadt ferner Küstenstriche ist es tatsächlich segensreich, in Rom einen unfehlbar Gerechten zu wähnen, auf den sie sich berufen können, einen lebenden Gottmenschen, der alles regelt und jedes Unrecht wiedergutmacht, wenn man nur die Geduld hat, sich an ihn zu wenden.

Auch kann ich meiner Frau nicht so bald die beschwerliche Reise zumuten. Vinia ist schwanger. Die Abgeschiedenheit dieser Provinz, deren Menschenschlag ich nicht zu den schönsten zählen kann, hat mich des Reizes verführerischer Frauenblicke entwöhnt. So fand ich an meiner Gemahlin nach und nach einigen Gefallen, wie sie an mir. Sie ist in meiner Umgebung das einzige Wesen, das Geist hat, zu dem ich Freundschaft empfinden kann, und es gibt ein Mitgefühl des Fleisches, das mit Lust tut, was dem anderen gefällt, und Gefallen daran findet, was der andere mit Lust tut. Ich habe den Geschichtenerzähler wieder verkauft. Er wußte nichts Neues mehr. Im Erfinden war er unbegabt. Ich könnte ihn ohnehin nicht nach Rom mitnehmen. Harpocrates wäre wohl gekränkt. Ich wünsche Dir und Deinem Sohn Wohlergehen!

Julia Agrippina grüßt Titus Petronius
In Rom bewerben sich Leute um das Konsulat, die Du mit Leichtigkeit aus dem Feld schlagen könntest. Seit mein Onkel Witwer ist, geht es bei der Ernennung der Würdenträger wieder einigermaßen mit rechten Dingen zu. In seiner Gewohnheit, eine Frau um Rat zu fragen, um sich nicht ganz den Einflüsterungen seiner Freigelassenen auszuliefern, besinnt er sich immer häufiger auf mich, seine Nichte, in deren Adern Blut des Vergöttlichten Augustus fließt.

Bei aller Achtung vor Deinen Grundsätzen wäre es doch an der Zeit für Dich, beim Senat um vorzeitige Rückberufung einzukommen und unverzüglich die Heimreise anzutreten. Mein Onkel, der Erste Senator, wird jeder Begründung, die Dir geeignet erscheint, ein offenes Ohr schenken. Ich wünsche Dir Wohlergehen!

Titus Petronius grüßt Julia Agrippina
Dein Ruf verhallt nicht ungehört in den Bergen Bithyniens und den roten Mauern der Statthalterei von Nikomedia.

Aber die Niederkunft meiner Vinia steht unmittelbar bevor, und wir werden mit dem Kindchen nicht so bald abreisen können, wie es Deine Pläne erfordern. Ich gestehe abermals, daß auch mein Pflichtgefühl einer überstürzten Abreise widerstrebt. Wenn es der Sinn unserer Vorrechte ist, mehr Verantwortung zu tragen und höhere Pflichten zu erfüllen als andere, darf ich die Statthalterei nicht Hals über Kopf verlassen. Das Wenige, das ich bewirken konnte, wäre binnen kurzem verloren. Meine hiesigen Pflichten befriedigen meinen Willen, etwas zu leisten. Was könnte ich in Rom bewirken? Ich fürchte, das Konsulat befriedigt einen Ehrgeiz, den ich nicht mehr spüre. Ich würde diese Ehre nur über mich ergehen lassen, um vor Dir als Erzieher Deines Sohnes zu bestehen. Aber ich kenne die Ämterleiter hinreichend, um meinen Zweifeln zu trauen. Ich will noch aufrichtiger sein: Ich habe auch Angst. Man weiß, daß der Schreibgriffel in Amtsstuben als Tötungswerkzeug dienen kann, nicht nur im übertragenen Sinn. Überwinde ich die Angst, bleibt noch der Verdruß über die voraussichtliche Vergeblichkeit meines Einsatzes. Man weiß ja auch, daß ein einziger Strich mit dem Griffel des Kaisers mitunter die Arbeit von Monaten zunichte macht, und selten führt die Hand des Kaisers seinen Griffel! Neben die alte Ämterleiter des Senats ist die neue des Palatin getreten, auf der vorwiegend Freigelassene herumklettern. Ich gebe zu, dort zählt Leistung, aber nicht meine; dort ist etwas auszurichten, aber nicht durch mich. Manchen Freigelassenen des Kaisers kann ich Verstand und Sachkenntnis nicht absprechen. Ich dürfte sonst meinen Harpocrates nicht trauen, der mein Haus auf dem Quirinal verwaltet und mir monatlich berichtet. Aber für die Magistrate des Senats gilt leider allzuoft: Je höher das Amt, desto dümmer der Kopf. Es fällt nur nicht auf, weil die Ämter nichts mehr taugen. Wo mit ihnen noch Verantwortung verbunden ist, können viele höhere Beamte nur bestehen, weil ihnen gescheite Untergebene zuarbeiten. Die kurze Amtsfrist, früher eine Gewähr gegen Selbstherrlichkeit, aber auch ein Hindernis für Wirksamkeit, ist noch weiter beschnitten worden. Man scherzt nicht umsonst über einen Konsul, der sein Amt nur einen Nachmittag lang innehatte. Der Kaiser sagt, er wolle die Zahl der Würdigen, die in den Genuß eines Amtes kommen, erhöhen. Ich muß Dir entschieden widersprechen, wenn Du mir einiges zutraust: Fähige Leute sind für diese Scheinämter nicht gefragt, sondern gefügige Dummköpfe, die im Staatsamt nur ein Ziel ihres Ehrgeizes sehen, weil sie nichts anderes verstehen. Sie setzen sich manchmal dennoch über guten Rat hinweg, um sich das Gefühl zu verschaffen, sie hätten eine eigene Entscheidung getroffen, und richten nur Schaden an. Es heißt dann: Auf dem Palatin werden eben doch die zweckmäßigeren Entscheidungen getroffen. Genießt der Gestrauchelte von dort Schutz, finden sich genug Verantwortliche in den Reihen der Untergebenen.

Wenn ich nun dennoch alles daransetze, Deinem Ruf zu folgen, sobald ich kann, so deshalb, weil ich keine Angst vor Verwechslungen mit Dummköpfen habe. Ich empfinde es, mit Platons Worten, als schwere Strafe, wenn der Schlechtere die Macht bekommt, nur weil ich ihre Bürde scheute. Wie schön wäre der Wettstreit um die Macht unter Ebenbürtigen, in dem der Vornehme siegt, weil sich kein Besserer findet als er! Ich wünsche Dir und Deinem Sohn Wohlergehen!

Narr eines Narren?

Kaiser Claudius redete bereits die zweite Stunde. Titus Petronius saß auf einem der elfenbeinbeschlagenen Amtsstühle für die nachträglich ernannten Konsuln. Der Senat hatte ihn aufs dringlichste aus Bithynien zurückgerufen. Als er dennoch später als gefordert eintraf, waren Pflichterfüllung und Rücksicht auf die Familie als Entschuldigung anerkannt worden. Aber die Ehre, einem römischen Jahr seinen Namen zu geben, ging ihm verloren.

Neben ihm saß sein Amtskollege Mammius Pollio. Ihm hatte diese Ehre ohnehin nicht gewinkt. Desto beflissener nahm er seine Obliegenheiten wahr. Sein greiser Vater, ein langgedienter Militärtribun, hatte Narcissus große Summen zugesteckt.

Petronius schämte sich seiner Langenweile und gab sich Mühe, sie vor anderen zu verbergen. Also hörte er zu. Mehr um sich selber zu beweisen, daß er noch Gedanken hatte, flüsterte er Pollio eine witzige Bemerkung zu, erntete aber nur einen blöden Seitenblick. Vor ihnen füllten die beiden wirklichen Konsuln des 802. Jahres seit Gründung der Stadt, Gajus Pompejus und Quintus Veranius, mit den purpurnen Falten ihrer Togen die kurulischen Amtssessel aus massivem geschnitztem Elfenbein. Sie ließen keine Gelegenheit aus, durch Bewegungen, Rufe, Händeklatschen und beifälliges Gelächter die Worte des Kaisers vortrefflich zu finden.

Claudius redete in wohlgebauten Sätzen, aber schleppend. Er bevorzugte veraltete Wörter; vor den geläufigsten schien er zurückzuschrecken. Pausen entstanden, in denen Zunge und Lippen an einem Laut arbeiteten und die Mundwinkel gequält zuckten. Seine Froschaugen rollten unter den weit vorstehenden Wülsten, von der Unterlippe rann ein Speichelfaden. Über den Senat breitete sich eisiges Schweigen, bis sich die plumpe Gestalt im goldbestickten Gewand von den ausladenden Schultern her einen Ruck gab und das hängengebliebene Wort von sich stieß. Der Kaiser machte es sich dennoch nicht einfacher. Immer wieder streute er mit gefallsüchtigem Lächeln ausgesuchte Lesefrüchte ein. Er verschachtelte seine Sätze tief ineinander. Den Zuhörer packte, kaum war das Stottern überstanden, ein neuer Schrecken: Kann der Redner für seinen Satz noch ein passendes Ende finden? Um seinen Geist zu beschäftigen, achtete Petronius gerade darauf. Doch derselbe zähe Wille, der die Sprechwerkzeuge zum Gehorsam zwang, fand auch stets den richtigen Schlußstein für den Redebogen.

Er berichtete dem Senat über die Erfolge des Feldherrn Gnaeus Domitius Corbulo in Germanien, legte dar, welche Segnungen die Vergabe des römischen Bürgerrechts an die Gallier bereits brachte, gab Rechenschaft über die Kosten der neuen Wasserleitung für Rom, die durch Senatsbeschluß seinen Namen tragen sollte, äußerte sich erfreut, daß die neuen Buchstaben, die er dem lateinischen Alphabet einverleibt hatte, ihren Siegeszug durch die Amtsstuben vollendeten. Auch ließ er sich herbei, Gerüchte über seine Heiratspläne richtigzustellen. Der »Vater des Senats« bewies den »Versammelten Vätern und Zugewählten« seine Achtung, indem er Zwischenrufe dankbar entgegennahm. Oft halfen sie ihm, von einer gefährlichen Klippe seiner Rede loszukommen. Von den Senatoren wiederum vergaß niemand seinen Anstand so weit, die Erlaubnis für Zwischenrufe zu mißbrauchen, indem er den gewissenhaften, ehrlich bemühten Herrscher etwa durch eine unangenehme Frage aus der Fassung brachte. Sie alle halfen dem Ersten, den Faden seiner Rede weiterzuspinnen, und der Erste half ihnen, seine Maßnahmen zu begreifen.

Claudius griff noch einmal auf die Umtriebe Messalinas zurück. Zweifler, die nicht glaubten, daß er sich so lange hatte täuschen lassen, wurden eines Besseren belehrt. Die Gerichte erhielten einen Tadel, weil sie die sittlichen Verfehlungen der Mittäter zu lasch verfolgten. Der Kaiser verstand die Scham gewisser Familien, die Sorge der Bürger, wer die neue Mutter seiner Kinder werde. Er sah jedoch nicht ein, daß man seine Privatangelegenheiten breittrat, Belange des Staates aber verschleierte. Im Fall Messalinas freilich sei die leidenschaftliche Verstrickung eines Privatlebens zu einer Gefahr für den Staat geworden. Die Namen aller Beteiligten und ihrer Pläne gehörten aufgedeckt, sonst arbeite der Widersacher im Dunkel weiter. »Gajus Silius, schimpflichen Angedenkens, mit dem sie eine ungesetzliche, abscheuliche Hochzeit feierte, hoffte nichts anderes, als durch ihr schmutziges Bett auf den Platz des Ersten Bürgers zu gelangen! Und für mehrere solcher Liebhaber gilt dasselbe ...«

Der alte Lucius Vitellius, Konsul des 800. Jahres der Stadt, sprang aus der Reihe der Konsularen: »Auch für jenen Valerius Asiaticus, der sich für das 799. Jahr der Stadt zum zweitenmal die Konsulwürde erschlich! Er wurde noch vor Messalina entlarvt! Ein notorischer Staatsfeind! Jeder weiß noch, daß er nach der Ermordung des Kaisers Gajus schon einmal versucht hat, das Amt des Ersten Bürgers an sich zu reißen!«

Aulus Vitellius, sein Sohn, Konsul des 801. Jahres der Stadt, schnellte neben ihm hervor: »Wir, die gewesenen Konsuln, deren Wort etwas gilt, bitten dich, Caesar, denen kein Gehör zu schenken, die für Valerius Asiaticus die bürgerlichen Ehren zurückfordern. Auch er trachtete Dir nach Amt und Leben!«

Claudius blickte verwirrt zur Seite, wo sich auf schlichten Holzstühlen seine Freigelassenen bereithielten. Zwischen Pallas und Callistus saß unbeweglich wie ein Berg Narcissus: beleibt, kahlköpfig, dicknasig. Als ihn der Blick des Kaisers traf, rieb er sich eins seiner fleischigen Ohren und nickte wie ein gutmütiger Elefant. Ein wenig matt erwiderte Claudius: »So mag es sein.« Er beteuerte müde, in den Prozessen ginge es darum, die arglosen Opfer Messalinas von denen zu scheiden, die ihre Lüsternheit zu staatsfeindlichen Zwecken mißbrauchten. Was seine Wiederverheiratung betraf, wies er alle Gerüchte noch einmal zurück.

Die Sitzung war geschlossen. Konsuln und ausgewählte Konsulare begleiteten in der Mitte ihrer zwölf Liktoren den Kaiser zur Tafel. Die nachträglich ernannten Konsuln suchten ihre Amtsstuben auf. Petronius, der eine Sondereinladung von Agrippina hatte, entschuldigte sich bei Narcissus und ließ offen, ob er zu späterer Stunde noch käme, wozu der Freigelassenen mißbilligend brummte.

In der Amtsstube gab es nichts zu tun. Mammius Pollio richtete mit der grämlichen Bedächtigkeit des Pedanten, dem die Zeit leid tut, die er totschlagen muß, Protokolltäfelchen nebensächlicher Beratungen für überflüssige Abschriften in der Schreibstube her. Petronius schaute ihm zu, bis er spürte, daß seine Aufmerksamkeit störte. Plötzlich fragte er: »Was ist mit Valerius Asiaticus? Ist er verbannt worden? Oder eingekerkert?«

»Er ist tot«, antwortete Pollio. »Er öffnete sich die Adern.«

Petronius zuckte zusammen; unwillkürlich umfaßte er

mit der Rechten das linke Handgelenk. »Nimmt man kein Gift mehr? Ich hörte schon von solchen Fällen. Das viele Blut! Wo ist da der Unterschied zu einer öffentlichen Hinrichtung?«

»Das liegt doch auf der Hand«, sagte Pollio mürrisch. »Nichts bezeugt eindeutiger, daß einer freiwillig aus dem Leben schied. Er kann vorher entsprechende Erklärungen abgeben, Freunde entlasten, dem Kaiser etwas vermachen, damit seine Angehörigen verschont bleiben. Gift oder Dolchstiche machen nur Gerüchte.«

»Valerius Asiaticus hat also mit Messalina geschlafen, um Kaiser zu werden?« fragte Petronius ungläubig. Er hatte noch die Worte des Senators im Kreis um Agrippina im Gedächtnis, Rom brauche gar keinen Ersten. War der Senat nicht sogar von Valerius Asiaticus bewogen worden, Claudius anzuerkennen? Petronius fing einen hämischen Blick auf und entschuldigte sich: »In Bithynien wird man weltfremd. Ich habe nicht nur das Konsulat verpaßt.«

»Du hast nichts verpaßt«, brummte Pollio. »Kanntet ihr euch?«

»Wir mochten uns nicht, und doch hat er mir einmal das Leben gerettet, wahrscheinlich um mein Geld einzustecken.«

»Das kannst du abschreiben. Seine Witwe ist arm, und mit ihren Ansprüchen kommt sie nie durch. Nicht gegen die Vitellier!«

Petronius lachte. »Ich will keine Witwe pfänden lassen. Ich habe, was ich brauche, und würde sie eher unterstützen. Ich verstehe nur nicht, weshalb er selbst in den Tod ging. Mußte er?«

»Von mir erfährst du nichts.«

»Dann forsche ich im Archiv nach.«

Pollio musterte ihn feindselig. »Ich rate dir ab. Und mich laß aus dem Spiel. Ich weiß von nichts.«

Petronius fand das Fach für das 799. Jahr der Stadt. Die Akte des Konsuls Valerius Asiaticus fehlte. Kein Vermerk über ihren Verbleib. Dieselbe Leere hatte ihn andernorts angegähnt, als er Unterlagen über die Erbsache Pompejus Turbo und dessen Schützling Trimalchio suchte.

Er ließ sich nach Hause tragen. Der Himmel färbte sich violett. Vom Meer wehte Märzluft herüber, aber die Nachmittage waren noch kurz. Er schloß die Vorhänge seiner Sänfte. Er trug Senatsbeschlüsse mit, die er nicht billigte, sah zu, wie Vorschläge, die ihm einleuchteten, für undurchführbar erklärt wurden, teilte Meinungen, die er nicht hatte, über Leute, die er kaum kannte. Aber Valerius Asiaticus – das war etwas anderes! Eine verklärende Sehnsucht nach der Zeit, als er sich herumgetrieben hatte, ließ ihn nicht los. Was fiel mir ein, als ich beschloß, Rom zu dienen! Ich hatte es doch immer gegen mich. Je weniger ich von Rom wußte, desto glücklicher war ich. Aristoteles stellte fest, wer keinen Staat brauche, sei entweder ein Tier oder ein Gott. Als Satyr war ich beides. Petronius versuchte an anderes zu denken. Aber der Fall betraf zu sehr auch ihn selbst. Wäre er nicht rechtzeitig nach Bithynien ausgewichen, hätte Messalinas Männergier auch sein Blut gefordert. Dahinter mußte mehr stecken: Mit der Vergabe unterschiedlich wirksamer Ämter wurden festgelegt, wer etwas leisten durfte. Tat sich jemand in einem wertlosen Amt ungebührlich hervor, brachte er sein Leben in Gefahr. Derlei traute er Valerius Asiaticus eher zu als eine Liebschaft mit der Kaiserin. Schwieg Mammius Pollio aus Angst oder weil er sich bezahlen ließ? So alltäglich Petronius Bestechlichkeit inzwischen fand, sein Besitz schützte ihn gegen die Versuchung, Schmiergelder zu nehmen. Er bestach auch niemanden, hatte aber immer das Gefühl, dies werde ihm verübelt. Die Bestechlichen sahen in ihm den Gauner: Er wollte nicht zahlen, was so viele andere bereitwillig hergaben. Er war reich und verlangte dennoch kostenlos, wofür andere ihr Letztes opferten! Mit der sittlichen Entrüstung Bestechlicher über seine Unbestechlichkeit ließ sich noch leben. Wer für das Gemeinwesen etwas durchsetzen wollte, kam nicht ganz ohne die Schleimer aus. Nicht abfinden konnte sich Petronius mit Senatoren, die im Zwiegespräch das Vernünftige vertraten und in der Kurie dagegenstimmten.

Stellte er sie zur Rede, hieß es immer: »Ich konnte mich diesen Argumenten nicht verschließen.« Leute, die das Richtige wußten, aber das Falsche mitmachten, peinigten ihn bis zur Grimasse. Sie mochten sich von Bequemlichkeit leiten lassen, von Angst, von Eigennutz. Aber sie verstanden ihren Nutzen doch so schlecht, wenn sie den Staat verkommen ließen: Sie untergruben ihre eigene Sicherheit! Nach Platon war es ein untrügliches Zeichen der Tyrannis, wenn ein Herrscher versäumte, das Notwendige zu tun. Claudius schien manchmal außerstande, zu tun, was ihm Verständige rieten, was er selbst für notwendig erachtete, denn er und seine Günstlinge behandelten einander wie Gefangene. Es war schon schwierig genug, an sein Ohr zu gelangen. Bei Platon hatte Petronius gelesen, jedes Wesen strebe nach Macht. Vielleicht drängte ihn nichts anderes, wenn er hoffte, dem Mächtigen einen guten Rat zu geben. Vielleicht, dachte er, lehne ich jede Macht eines Menschen über Menschen ab, weil ich selbst der Erste sein will? Vielleicht spreche ich jedem das Recht auf Macht ab, weil ich weiß, daß ich niemals der Erste sein kann? Ich muß damit leben oder daran zugrunde gehen. Zum erstenmal fand es Petronius verlockend, mit aller Bedachtsamkeit dessen, der sich nicht in die Enge getrieben fühlt, sondern nur seinen Erdenbesuch für erledigt hält, das Ende seines Lebens selbst festzusetzen, nicht zu warten, bis er gerufen oder gestoßen würde, einfach aufzubrechen zu den Schatten.

Im Atrium seines Hauses trat ihm Vinia entgegen: »Wo warst du? Ich habe einen Sklaven ausgeschickt, um zu erfahren, ob du beim Kaiser speist! Er hat dich vor drei Stunden aus der Kurie kommen sehen, dann aber nirgends angetroffen! Hast du dein Gynäzeum auf die Landgüter verteilt, um mich jetzt mit einer schmierigen Stadthure zu betrügen?« Sie war ihre Wut los; nun weinte sie.

Petronius schob sie beiseite. »Ich habe dich mit dem Staub der Amtsstuben betrogen, in dem Senatorenblut rasch versickert!«

Harpocrates saß im Schreibzimmer über Abrechnungen.

Er verglich die Erträge der Arbeit von Sklaven und freien Lohnarbeitern in den Besitztümern seines Herrn. Petronius wartete, bis der Aktuar aufsah. »Herr«, sagte Harpocrates. »Ich habe bereits Ergebnisse, die deine Vermutungen bestätigen.«

Petronius überflog die Zahlenreihen. »Leider genügt das nicht. Wenn ich beantragen will, daß das Gesetz, das den Namen meiner Familie trägt, erweitert wird, brauche ich auch Zahlen aus fremden Haushalten. Aber wer gewährt uns solche Einblicke? Agrippina ist nicht abgeneigt. Aber der Kaiser antwortet nicht.«

Harpocrates widersprach: »Du solltest dich lieber vergewissern, ob die maßgeblichen Leute das Gesetz annehmbar finden. Wenn sie die Erweiterung nicht wollen, werden sie auch das beweiskräftigste Zahlenmaterial verwerfen. Ich möchte dich nicht belehren, Herr, aber du läßt mich Zahlen sammeln, während du lieber Gunst sammeln solltest. Gegen mich bist du noch immer fremd in Rom!«

»Das habe ich soeben erfahren. Erinnere dich an Valerius Asiaticus! Er ließ uns laufen, als sie Caligula umbrachten. Er soll sich die Adern geöffnet haben. Weißt du, weshalb?«

»Es hieß, Messalina wollte ihn haben, aber er war sich zu fein dafür. Dann liefen über ihn die schmutzigsten Geschichten um, unmöglich können alle wahr sein: Unzucht, Ehebruch, Unterschleif, kurz: alles, was in Rom niemandem verargt wird, solange er nicht in Ungnade fällt. Und es gab damals keine andere Ungnade als die Messalinas. Da sie, mit Verlaub, seinen Schwanz nicht bekam, wollte sie seinen Kopf. Und die Gärten des Lucullus am Mons Pincius. Eben dort schnappte sie im Jahr darauf der Henker.«

»Finde heraus, wo seine Witwe wohnt!« befahl Petronius.

Harpocrates fand die Witwe in einem schäbigen Mietshaus auf dem Aventin. Zuerst wollte sie Petronius und seinen Aktuar nicht hereinlassen. Sie hätte schon jemanden, mit dem sie verhandle. Wer das sei, sage sie niemandem. Als sie erfuhr, daß der Konsul Petronius der Wahrheit über das Ende seines Lebensretters auf die Spur kommen wollte, wurde sie zugänglicher. »Jemand, der ihm seinen Einfluß auf den Kaiser neidete, hat ihn verleumdet. Ich konnte den Namen des Schuftes nie erfahren. Ohne das unselige Interesse Messalinas für meinen Mann wäre er nie zum Zuge gekommen.« Nicht einmal Valerius Asiaticus selbst hatte ihr den Namen des Anschwärzers genannt. »Um mich zu schonen!« erklärte sie. »Dieses Wissen wäre tödlich, hat er gesagt.« Die Frau allerdings, mit der er des Ehebruchs bezichtigt wurde, sei, wie es Verleumdung nun einmal erfordere, stadtbekannt geworden und deshalb aus Scham ebenfalls in den Freitod gegangen, eine gewisse Poppaea. »Sie war das passende Opfer«, berichtete die Witwe, »schön, aber von anständigen Leuten gemieden, seit ihr Mann, Titus Ollius, als Freund des Sejanus hingerichtet worden. Ich glaube nicht, daß mich mein Mann mit ihr betrogen hat, und selbst wenn es wahr wäre, ich hätte beiden verziehen. Ihre halberwachsene Tochter, Poppaea Sabina, ist meine Verbündete geworden. Die weiß, was sie will! Unlängst hat sie sich mit dem Prätorianerpräfekten Rufrius Crispinus verlobt. Mit dessen Geld ist es uns gelungen, Narcissus die Akte meines Mannes abzukaufen. Sie wollte, da sie denselben Namen trägt wie ihre Mutter, nicht weiter ins Gerede kommen, ich hoffte, den Namen des Anschwärzers zu erfahren. Aber ich finde keinen bekannten Namen in den Akten. Der, mit dem ich verhandle, weiß mehr.«

»Ich muß die Akte sehen.«

»Poppaea Sabina bewahrt sie auf, da sie den größeren Betrag beigesteuert hat. Sie wohnt an der Straße nach Ostia.«

Petronius stellte der Witwe eine Geldanweisung aus und bat sie, ihn in seinem Mietwagen zu begleiten. Der Wagen rumpelte durch die nächtlichen Gassen den Aventin hinunter. Petronius erwog, die Akte aufzukaufen. Der Fall hatte ihn so gepackt, daß er sich nicht scheute, sich nun doch in das Geflecht der Bestechlichkeit hineinzuwinden.

Wenn er die Augen schloß, sah er den froschäugigen Kaiser und die verkniffenen Gesichter seiner Freigelassenen. Er hörte die beifälligen und mürrischen Laute, mit denen die Senatoren die Rede begleitet hatten. Einen Augenblick lang war ihm, als hielte er das Ohr an den kalten Bauch eines Untiers, das sich Rom nannte, und hörte seine Verdauungsgeräusche.

Das Mädchen, das sie im Beisein einer wortkargen Haushälterin empfing, gab sich sehr selbstbewußt. Ihr Gesicht wirkte reifer als ihr Körper. Aber oft vergaß sie das vornehme Gehabe, das sie nicht zwischen den ärmlichen Wänden dieses Häuschens gelernt haben konnte, und bewegte sich in einer natürliche Anmut. Poppaea Sabina hatte ein zartes, schmales Gesicht und glattes schwarzes Haar. Ihre meerfarbenen Augen ruhten unverwandt auf dem Besucher, während er sein Anliegen vortrug. Er empfand diesen Blick wie einen Überfall, so daß er sich unterbrach und nachdenken mußte, was er überhaupt wollte.

Sie brachte die Akte und rief nach größeren Lampen. Bevor sie die kleine lederbeschlagene Truhe aus der Hand gab, sagte sie: »Ich habe viel Geld dafür ausgegeben und finde wenig Nutzen. Das Unglück war nicht zu verhindern. Für einen guten Ruf war meine Mutter zu schön. Hätte ich das Geld in Baugrundstücken oder Schiffen angelegt oder weiterverliehen, besäße ich heute das Doppelte.« Ihre meerfarbenen Augen wurden kalt. »Ich verlange natürlich mehr, als Narcissus dafür bekam.«

»Laß sehen!« Petronius las. In die Schriftzüge mischte sich der Blick dieser meerfarbenen, meerkalten Augen. Flüchtig dachte er: Was soll aus einem Mädchen werden, dem so mitgespielt wurde? Für die Witwe und das Waisenmädchen war freilich wertlos, was in der Akte stand. Alle Namen waren verschlüsselt. Daß sich alles anders verhalten hatte, als in der Öffentlichkeit gesagt wurde, wußten sie sowieso, und mehr erfuhren sie aus der Akte nicht. Sie hatten es den Behörden nur erleichtert, Dokumente über eine Schurkerei verschwinden zu lassen. »Du wirst dafür keinen Käufer finden, Poppaea«, sagte Petronius. »Denn die Auserwählten, die mit solchen Aufzeichnungen etwas anfangen können, brauchen sie nicht mehr. Ich erstatte dir nur, was du Narcissus gabst.«

»Dafür bekommst du sie nicht. Lieber verbrenne ich sie.«

»Du darfst nicht bitter werden, Mädchen«, sagte Petronius und streichelte Poppaeas Wange. »Ich bin reich genug, um eine Kleinigkeit draufzulegen. Wieviel verlangst du?« Sie nannte eine unverschämte Summe. »Das ist zuviel. Aber du sollst nicht weniger bekommen. Vielleicht ist unser aller Geld dabei nicht verloren!«

»Ist dir der Name des Verleumders ersichtlich?« fragte die Witwe. Als Konsul hatte er eigentlich keinen Zugang zu den Verschlüsselungen. Wenn sein Amt eine Aufhellung erforderte, mußte er sie im Palatium beantragen. Aber Agrippina hatte ihm einige wichtige Namensschlüssel anvertraut, damit er Schlingen, die man ihm legte, rechtzeitig erkannte. Sparsam, aber gezielt versorgte sie ihn, sooft sie ein paar vertrauliche Worte wechselten, mit Warnungen, wo ihm sein unheilbarer Leichtsinn gefährlich werden konnte. Jedesmal verbesserte er sie, er sei freimütig, nur das.

»Es ist«, antwortete Petronius, »einer der Konsuln jenes Jahres: Lucius Vitellius.«

»Gerechter Jupiter!« jammerte die Witwe. »Das ist genau der, den ich jetzt bezahle, damit er die Ehre meines Mannes rettet.«

»Dieses Geld mußt du verlorengeben, die Sache aber noch nicht. Erlaube, daß ich sie in die Hand nehme. Ihr erhaltet beide Nachricht, vielleicht noch heute nacht.« Petronius siegelte die Geldanweisung für Poppaea Sabina, nahm die Schatulle, schickte Harpocrates nach Hause und begab sich ins Palatium.

Die Tafel war bereits aufgehoben. Die Gäste ergingen sich in den Wandelhallen. Er brauchte nicht lange nach Agrippina zu suchen. Sie saß, noch immer in Witwentracht, nicht zu übersehen, auf einem purpurbespannten Sofa aus Ebenholz. Über ihr hütete eine Statue der Göttin Vesta mit Hausfrauenhäubchen, langem Gewand, Blasebalg und Kleinholzbündeln ein kleines Herdfeuer. Zwischen den halbnackten und nackten Götterfiguren nahm sich das vermummte ländliche Mütterchen, das Claudius nach eigenen Angaben hatte meißeln lassen, empörend geschmacklos aus. Agrippina achtete aber bei der Wahl ihres Platzes mehr auf die Bedeutung des Bildwerkes. Ihre Hand ruhte auf der Schulter ihres zwölfjährigen Sohnes. Mit großen, mütterlich warmen Augen sah sie einem etwa zehnjährigen Mädchen ins blasse, mondrunde, von dünnem, aschblondem Haar gerahmten Gesicht. Es war Octavia, die Tochter des Claudius. An ihrer Hand wiederum lauschte der achtjährige Britannicus, schmächtig, mit großen, feuchten Lippen und umschatteten Augen. Die beiden Kinder wichen zurück, als sich Petronius vor ihrer großen Base verneigte. Nero aber blieb unverwandt stehen und fragte, was er ihm diesmal mitgebracht habe. »Ich ließ es in der Sänfte liegen, morgen schicke ich es dir«, log Petronius. Agrippina bemerkte seine Hast, sie erhob sich und nahm seinen Arm. Er bat um eine baldige Unterredung mit ihrem Onkel. Sie warf einen Blick auf die kleine Ledertruhe, die er mit Mühe festhielt.

»Ich bringe dich gleich zu ihm. Er ist in seinem Kabinett.« Man wich vor ihnen zurück. »Aber womit ist es dir so eilig? Deine Gesetzesvorlage über die Sklavenfrage überzeugt mich, soweit ich sie kenne. Du weißt, daß ich ihr jedes Gehör verschaffe, das sie braucht, um durchzukommen.«

»Danke«, sagte Petronius. »Aber ich bin einer Schurkerei auf der Spur, die sich unter uns Freigeborenen abspielt.«

Jemand stand ihm im Weg. Er sah sich stumpf gemustert. Aulus Vitellius spielte wieder den Schwerhörigen, tat, als fühlte er sich angesprochen, und forderte: »Lauter!« Hinter ihm stand sein Vater Lucius Vitellius und glotzte aus wimpernlosen braunen Augen. Ein Wink Agrippinas verscheuchte die beiden.

In dem holzgetäfelten Raum, den Claudius für seine Studien bevorzugte, roch es durchdringend nach Baldrian, Pfefferminze und Kümmel. Über dem schweren eichenen Arbeitstisch hing abgestandene, verbrauchte Luft. Der Erste half seiner Verdauung mit Kräutertinkturen und hütete sich vor Zugluft. Wortlos hatten die Wachen die Türen freigegeben, Agrippina war mit Petronius eingetreten, ohne sich melden zu lassen. Nahe der Tür blieb sie zurück.

Claudius unterbrach sein Diktat. »Ei, wen bringt mir meine Nichte? Sei gegrüßt, Titus Petronius! Ich erarbeite eine Geschichte der Etrusker. Gewiß hat es dir meine Nichte erzählt. Bist du nicht etruskischer Abstammung? Du solltest mir helfen!«

»Herr«, antwortete Petronius, »auch in dieser Sache arbeite ich dir gern zu. Aber jetzt komme ich wegen Unerfreulichem.«

Der Schreiber zog sich auf einen Wink zurück. An dem Vorhang, hinter dem er verschwand, vorbei huschte der Lichtschein des Kandelabers in einen dämmrigen Winkel. Dort saß reglos, kahl, fleischohrig der Freigelassene Narcissus, der wachsame Elefant.

»Sprich nur, sprich!« sagte der Kaiser. »Mein Ohr ist wach, ich habe nichts gegessen. Die Planeten sind heute dem nicht günstig, womit meine Nichte glaubt, die Gaumen der Gäste letzen zu müssen. Übrigens finde ich es sehr vielversprechend, wie du das Gesetz deines Vaters zu erweitern gedenkst. Mir wurde Kunde davon. Es ist gewiß sehr nutzheischend, das Verbot, Sklaven ohne richterliches Urteil vor die Bestien zu werfen, auf die ganze Behandlung unserer, wie Varro sie nannte, sprechenden Werkzeuge auszudehnen. Wie gern hätte ich dich als wirklichen Konsul gesehen, aber« – er wischte sich mit dem Handrücken Speichel vom Kinn – »auch der Erste kann sich nicht immer durchsetzen. Das Jahr, das deinen Namen getragen hätte, ist schnell vergessen. Das Gesetz, das den Namen deiner Familie trägt, wird lange in aller Munde sein.«

»Herr!« sagte Petronius. »Ich danke dir für die Huld. Ich hoffe, bald alle Unterlagen …«

»Aber das leuchtet doch ein, mein Titus! Sklaven mögen billig sein, aber sie erzeugen wenig, wenn man sie schlecht behandelt, und behandelt man sie besser, kosten sie ebensoviel wie freie Lohnarbeiter. Hol mir nur mit deinem Gesetz die vielen Lumpen von der Straße, die ich aus meiner Tasche verköstige, ohne einen Dank zu erfahren! Es ist segensreich, die Sitten zu bessern, ohne daß es den Staat Geld kostet, auch wenn man sagt, es tauge nichts, was man billig bekommt. Die Reichen sollen zahlen, das ist gut!«

»Herr! Auch die Sache, um die es mir jetzt geht, betrifft unsere Gesittung. Im Senat wurde heute ein Mann verleumdet, der, um deiner Einteilung zu folgen, unter die Opfer Messalinas gehört, nicht unter die Nutznießer ihrer Sittenlosigkeit. Warum darf die Ehre des Konsulars Valerius Asiaticus nicht wiederhergestellt werden? Er war unter den Verschwörern gegen deinen Neffen, aber er bewog den Senat, dir zu huldigen. Dafür gibt es viele Zeugen. Wo sind Zeugen dafür, daß er dir nach dem Amt trachtete? Hier ist seine Akte. Sie wurde widerrechtlich aus dem Tabularium entfernt. Woher ich sie habe, werde ich dir erklären. Es gibt auch Zeugen dafür, daß Lucius Vitellius, der Hauptverleumder, Geld nimmt für das Versprechen, die Ehre des Valerius Asiaticus wiederherzustellen. Diese Schweinerei, mit Verlaub, muß verschwinden.«

Der Kaiser las mit Wohlwollen und Bedacht. Nie überflog er etwas. Das geschriebene Wort, in seinen Augen das heiligste Göttergeschenk an die Menschen, genoß seine höchste Achtung. Petronius half ihm, die Reihenfolge der Unterlagen zu finden. Eine Luftbewegung ließ ihn aufblicken. Agrippina verließ das Kabinett. In seinem Rücken spürte er die Elefantenohren des Narcissus. Einen Augenblick zweifelte er: Für wen setzte er sich da ein? War das überhaupt wichtig? Womöglich brachte er sein Gesetz in Gefahr! In dieser Angelegenheit mochte Valerius Asiaticus unschuldig sein. Fortuna wußte, wofür er dennoch den Tod verdient hatte.

»Ei, der Vitellius!« sagte der Kaiser. »Ich verstehe! Schlau stellt er es wieder an. Aber er kann nicht alles haben!« Claudius sah mit gutmütigen Froschaugen auf. Er bedauerte die Hinterbliebenen. Morgen wolle er im Senat eine kurze Rede halten, die alle Verhandlungen über Valerius Asiaticus beende. »Setze sie mir auf, und gib sie frühmorgens in meiner Kanzlei ab. Ich muß mit unseren Etruskern vorankommen. Du bist ja wie ich ein Nachtarbeiter. Ich vertraue deiner Beredsamkeit.« Eine Weile besann es sich. »Aber hüte dich vor

Hybris, wenn ich dir heute so schnell willfahre! Mit der Forderung, die Staatskasse von meinem Privathaushalt zu trennen, kommt keiner durch. Diese Grütze wird mir nicht wieder aufgewärmt! Der Staat ginge leer aus dabei, er ist mein Schuldner. Meinst du, ich kann in acht Jahren ersetzen, was mein Neffe verschleuderte? Zöge ich mich vom Amt des Ersten zurück – wer zahlte den Prätorianern, die auch deine Habe schützen, noch Sold?«

»Herr, das würde sich finden, nicht nur du bist reich ...«

»Hör auf!« warnte Claudius. Dann zitierte er aus seinem Lehrgedicht über das Würfelspiel:

»Zweimal hast du gewonnen. Fürs dritte Mal liegen die Würfel
schlecht im Becher, drum laß sie dem andern und gib dich zufrieden!
Schätz nicht gering, was du hast, du könntest sonst alles verlieren.«

Petronius verneigte sich und ging. Draußen suchte er Agrippina. Aber sein erster Blick traf die Vitellier. Der Vater redete auf zwei junge Senatoren ein, während der Sohn die Tür des Kaisers nicht aus den Augen ließ. Petronius ging ein Stück, kehrte um und sah, wie Lucius Vitellius der Wache etwas zuflüsterte, die Tür öffnete, aber wie vor einem Blitz zurückschreckte. Der Kaiser wies ihn ab. Der hat genug, dachte Petronius und setzte die Suche nach Agrippina fort. Mitternacht war vorüber, die Hallen leerten sich. Als er wieder am kaiserlichen Kabinett vorüberkam, lauerten die Vitellier noch immer. Die Tür öffnete sich, und am Arm ihres Onkels trat Agrippina heraus. Die Vitellier fanden keine Beachtung. Zu Petronius sagte sie: »Du verabschiedest dich?«

»Ich hoffe auf die Ehre, dich an die Schwelle deines Hauses zu begleiten«, antwortete Petronius. Sie hatte ihm das manchmal erlaubt, wenn Pallas in Geschäften unterwegs war, manchmal aber auch, um mit Petronius gesehen zu werden und mit Pallas zu schlafen.

»Sie zieht es vor, im Palatium zu bleiben«, sagte Claudius.

Petronius sah verdattert von ihm zu ihr.

»Ist etwas anstößig daran, daß die Nichte im Haus ihres Onkels Zimmer hat?« fragte Agrippina.

»Durchaus nicht«, sagte Petronius und wandte sich zum Gehen. Aber sein Weg führte an den Vitellier vorüber, und er verharrte.

Agrippina nahm seinen Arm. »Geh schon voraus«, riet sie dem kaiserlichen Onkel. »Deine Pilze werden sonst kalt. Oder der Planetenstand ändert sich, und sie bekommen dir nicht.« Sie schob Petronius auf die Bank einer Nische und setzte sich zu ihm. Heiter sah sie ihm in die Augen, die Hand auf seiner Schulter.

»Irgendwann mußt du es doch erfahren: Ich trete nächstens in noch nähere verwandtschaftliche Beziehungen zu ihm. Das unglaublichste unter den Gerüchten trifft zu! Ich bin es, die der Kaiser heiraten wird. Warum so finster? Freu dich doch! Deine Vorlage wegen der lex Petronia ist so gut wie angenommen!«

»Da du von Gesetzen sprichst«, erwiderte Petronius, »das römische Gesetz verbietet diese Heirat. Es wäre Blutschande.«

Agrippina kicherte. »Darum sorge dich nicht. Wir wollen doch keine Kinder machen! Das Gesetz wird geändert. Ein ausgezeichneter Rechtskenner von konsularischem Rang wird den Senat überzeugen, daß wir den Willen unserer Voreltern nicht verletzen. Laß dich überraschen, und gib uns deine Stimme! Es ist auch dein Vorteil. Was sage ich! Begreife, was für Rom davon abhängt!«

In der Senatssitzung des folgenden Tages wartete Petronius lange auf die kleine Rede, die Harpocrates im Morgengrauen zur Kanzlei getragen hatte. Den Rest der Nacht hatte er daran gefeilt. Als Claudius endlich sprach, traute er seinen Ohren nicht. Der Kaiser hielt eine völlig andere Rede. Er wiederholte, heftiger noch, alle Anwürfe, die am Vortag die Vitellier gegen Valerius Asiaticus erhoben hatten. Die Witwe des Konsulars und Poppaea Sabina, die von Petronius in den Gästerang der Kurie geladen worden waren, wurden von Bewaffneten hinausgeführt.

Petronius preßte die Kiefer zusammen. Während er in der Nische Agrippinas Eröffnung gelauscht hatte, waren die Vitellier mit Narcissus allein gewesen! Sie hatten den Freigelassenen bestochen, damit er den Kaiser umstimmte. Es kostete sie nicht einmal etwas: Sie brauchten Narcissus nur das Geld der Witwe zu geben!

Nach dem letzten Wort des Kaisers sprang Petronius auf, um dem Gedränge zuvorzukommen. Mit langen Schritten nahm er die Stufen zwischen dem Halbrund der Senatsbänke. Oben wandte er sich noch einmal um. Starr und geweitet erfaßte sein Blick alle Glatzen, alle geölten Haarschöpfe, wie sie sich träge erhoben. »Elendes Stimmvieh!« zischte er. »Kaufen und sich kaufen lassen!«

Vor der Sitzung hatte er Agrippina mit ihrem Sohn und den beiden künftigen Stiefkindern in den kaiserlichen Erfrischungsraum wandeln sehen.

Ohne Einleitung fauchte er sie an: »Bin ich der Narr dieses Narren?« Der Posten, der hinter ihn trat, wartete, ehe er zugriff.

Agrippina verscheuchte den Posten. »Wovon sprichst du?«

»Von einem Trottel, den du heiraten willst!«

Sie schickte die Kinder hinaus. »Mäßige dich, Titus! Meine Freundschaft für dich hat Grenzen!«

Petronius tobte. »Ich lege mein Konsulat nieder! Wenn die Römer sich solch einen Kaiser gefallen lassen, verdienen sie ihn!«

Agrippina fing seine fuchtelnden Hände auf. Sie entwickelte überraschende Kräfte. »Du behältst dein Konsulat, bis es abgelaufen ist, oder man wird dich köpfen! Du legst dem Senat dein Gesetz über die Sklavenfrage vor, und es wird angenommen! Du hast mein Wort. Sei nicht kindisch wegen eines Fehlschlags!«

»Fehlschlag?« stutzte Petronius. »Du weißt doch noch gar nicht …« Da sie wissend nickte: »Und hast mich nicht gewarnt?«

»Ich wollte dich vor übereilten Schritten bewahren.«

»Die Vitellier haben Narcissus bestochen!«

»Mit meiner Einwilligung.«

»Ich nahm an, gegen das Geschmeiß wären wir uns einig!«

»Gegen Geschmeiß sind wir uns einig, Titus. Aber Vitellius der Ältere kennt die römische Familiengesetzgebung wie kein anderer. Er allein kann dem Senat erläutern, warum es keine Blutschande ist, wenn ich meinen Onkel heiraten werde. Noch heute! Siehst du? Du hast dich in eine Nebensache verrannt!«

Er hielt sich die erhitzten Wangen. »Ich decke eine Schweinerei auf, und du zeigst mir, daß ich mit drinstecke!«

»Aber nein! Du hast dir selber eine Falle gestellt. Ich habe vorgesorgt, daß dir aus dem Versuch, Claudius zu beschwatzen, kein Nachteil entsteht. Versteife dich nicht auf Nebensachen!«

»Nebensachen! Jede Hauptsache besteht aus lauter Nebensachen! Sie kann nicht anders verlaufen als die Mehrzahl der Nebensachen. Jetzt verstehe ich, daß sich Valerius Asiaticus die Adern öffnete!«

»Unsinn! Wenn du klug bleibst, bist du unersetzlich.«

»Gewiß! Als Narr eines Narren!« trotzte Petronius.

Agrippina setzte sich wieder und bot auch ihm Platz an. Sie schickte den Posten vor die Tür und sprach leiser: »Du bist nicht blind. Die Jahre, die mein Onkel noch hat, sind an einer Hand abzuzählen. Mit meiner Hilfe dürfen wir die andere wieder hinzunehmen. Natürlich neigt mein Onkel zu Trotteleien. Aber wer kommt nach ihm? Britannicus, ein Kind, das über seine wehleidigen Gedichte in Tränen ausbricht und schon zwei Anfälle von Fallsucht hinter sich hat? Ich heirate nicht zu meinem Vergnügen! Und es wird noch eine Hochzeit geben! Mein Sohn Nero wird meine Base Octavia heiraten. Mir ist nicht entgangen, daß du den Jungen magst. Aber es ist nicht zu beschreiben, was er für einen Narren an dir gefressen hat! Er verehrt dich, liebt dich, vergöttert dich! Weil er sich schämt, verbirgt er es. Nächstens wird der Philosoph Annaeus Seneca aus seiner korsischen Verbannung zurückgerufen, ich habe das Wort meines Onkels. Seneca hat sich durch kluge und schmeichelhafte Briefe in sein Vertrauen gegraben. Auch du könntest dich nützlich machen, indem du den Senat um Zustimmung zum Verlöbnis zwischen Nero und Octavia bittest. Halte die Rede!«

»Muß ich?« fragte Petronius. »Habe ich das nötig?«

»Dann wird es dein Kollege Mammius Pollio tun. Aber um eins kommst du nicht herum, wenn du dein Konsulat beendet hast: Du wirst mir helfen, meinen Sohn zu erziehen. Ich habe schon den Prätorianertribun Afranius Burrus gewonnen, und ich bekomme Seneca. Ihr werdet Nero nicht nur für mich erziehen, sondern für Rom. Erinnere dich an alles, was Platon und Aristoteles über die Erziehung von Staatenlenkern gelehrt haben. Mein Bruder Caligula hat aus dem Amt, das Augustus schuf, nur das Vorrecht gezogen, sich jede Verruchtheit herauszunehmen und ihre Vergeltung aufzuhalten. Warum sollte es uns nicht gelingen, aus meinem Sohn einen Menschen zu machen, der seine Vorrechte zur Durchsetzung des Guten und Rechten verwendet? Ich will den Römern endlich einen fähigen Kaiser geben. Du sollst mir helfen, ihn zu erziehen. Ist das nicht eine Aufgabe, für die du kleinliche Bedenken fallenläßt?«

Das Ansinnen kam Petronius nicht unerwartet. Er hatte es eher wie eine Versuchung gefürchtet. War er nicht mit heimlichem Vorbedacht aufsässig geworden, damit er nicht in Betracht käme?

»Und wenn sich Nero als ungeeignet erweist?« fragte er.

Sie sah ihn groß an. »Wolltest du mir nur etwas Nettes sagen, wenn du seine Begabungen lobtest? Er ist wohlgewachsen und gesund, hat einen starken Willen und läßt sich dennoch zur Bescheidenheit ermahnen. Er kann bewundern, er kann lieben. Hast du nie bemerkt, daß du sein Vorbild bist? Derlei schafft Verantwortung. Versuche dich nicht herauszuwinden. Ihr sollt das Beste aus ihm machen!«

»Und wenn er der Erste ist, was wird aus uns?«

»Ihr bleibt seine Berater. Teilst du etwa Platons schöne Täuschung, ein Philosoph wäre der beste Herrscher? Ich jedenfalls meine mit Aristoteles, daß der Herrscher der beste ist, der sich von den gescheitesten Leuten raten läßt.«

Unschlüssig rieb sich Petronius die Schenkel. »Und mich rechnest du darunter«, sagte er.

»Schon lange!« antwortete Agrippina. »Andere wirst du mit deinem Gesetz überzeugen. Nun geh auf deinen Amtsstuhl, die Pause ist zu Ende. Vitellius hält seine Brautwerberrede. Auch deine Stimme wird gebraucht!«

Lex Petronia

Oft habe ich mir, Versammelte Väter und Zugewählte, gewünscht, ein einziges Mal wie Cicero ausrufen zu dürfen, allein durch mein Wirken als Konsul sei der Staat gerettet worden. Aber in unseren Tagen gebührt niemandem als dem Ersten Bürger, dem Ersten Senator und Vater des Vaterlandes so hohes Verdienst! Unser Teil bleibt kundiger Rat, und das ist nicht wenig. Geleitet von dem Wunsch, mein Bestes zu geben, habe ich mich entschlossen, ein Gesetz wesentlich zu erweitern und dem Senat zur Abstimmung vorzulegen, das in seiner bisher gültigen Form von meinem ehrwürdigen Vater stammt und bereits den Namen meiner Familie trägt. Es betrifft Zustände, die uns alle angehen. Ich habe genauste Kunde eingezogen und festgestellt: Unser Staatsschiff gleitet in tödliche Bedrohung, wenn wir nicht Abhilfe schaffen. Ich habe die Gesetzbücher ausgeforscht und die Meinungen unserer Vorväter eingeholt, habe mir Einblick in das Leben ärmerer Römer verschafft und die Verhältnisse sowohl in Italien als auch in den Provinzen kennengelernt. Ihr werdet, meine Darlegungen erwägend, unserem hochgeschätzten Kaiser Claudius helfen, unser Gemeinwesen zu retten.

Unsere Vorväter errechneten, wie viele Soldaten sie an bestimmte Orte des Erdkreises stellen mußte, um ihn zu beherrschen. Für uns wird es erforderlich, die Arbeitserträge der Sklaven, der freien Lohnarbeiter und der Pächter zu vergleichen. Tun wir es nicht, nimmt die Welt, die wir beherrschen, weit schlimmeren Schaden, als brächen aus allen Himmelsrichtungen die Horden der Barbaren über uns herein. Schon jetzt veröden Landstriche von elysischer Schönheit, und im Angesicht einer üppig wuchernden Natur sterben Menschen Hungers, weil sie ihr Brot nicht selbst erwerben können, sondern auf Kornspenden angewiesen sind. Auch wenn wir an unseren Tafeln nichts davon spüren – wer außer uns wäre dafür verantwortlich? Es ist, wie der Dichter Horaz sagte: Für alle Fehler der Regierenden büßen die Untertanen. Ich möchte anfügen: zuerst! Denn wer könnte hoffen, lange verschont zu bleiben, der seine Untergebenen verkommen läßt? Das prächtigste Obergeschoß stürzt ein, wenn das Erdgeschoß fault. Warten wir, bis Saturnus wiederkommt, uns mit göttlicher Macht ein Goldenes Zeitalter wiederbeschert? Haben wir es nicht selbst in der Hand, die Lage des Menschengeschlechts zu bessern? Ich rede nicht jenen das Wort, die alles Leid aus der Welt schaffen wollen. Schmerz, Angst und Krankheit können wir nicht nur nicht beseitigen – wir dürfen es nicht, denn sie sind Warner vor allem, was uns nicht zuträglich ist, ohne sie wären wir stumpf gegen die Lust und die Segnungen der Gesundheit, ohne die unser Dasein allen Sinn verlöre. Die natürlichen Übel schreiben unserem Leib das Maß vor. Ich rede nicht über Mängel, die zu Teuerungen führen, ich schweige von dem Überfluß, der Nahrungsmittel der Vernichtung überantwortet, obwohl ich mir auch dies anders wünsche. Ich spreche von der Art, wie unsere Güter erzeugt werden, ich spreche davon, wie jeder dabei sein Auskommen finden könnte.

Wir sind es gewohnt, die Menschen in zwei Gruppen zu unterteilen: in solche, die freiwillig arbeiten, und solche, die zur Arbeit gezwungen werden müssen. Die einen sind zur Freiheit geboren, die anderen zur Sklaverei. Ich werde nicht mit den Weisen rechten, die solche Unterscheidung nur auf Brauch und Gesetz zurückführen und keine natürliche Grundlage dafür sehen, daß es Freie und Unfreie; Herren und Sklaven gibt. Ich stelle nur fest: Die Menschen sind so geworden, ob durch natürliches oder menschliches Gesetz, und wir müssen sie nehmen, wie sie sind. Ich kann nicht ausschließen, daß eines fernen Tages alle Menschen in ihre angestammte Freiheit zurückfinden. Heute sind wir darauf angewiesen, daß die einen durch Befehle, die anderen durch Gehorsam zum Gemeinwohl beitragen. Damit bin ich beim ersten Gesetzesteil.

Ich habe es nie für eine des Streites würdige Frage erachtet, ob Sklaven denn Menschen wären. Augenschein und Erfahrung sagen jedem Verständigen, daß sie Menschen sind. Nur wer daran zweifelt, hält es für notwendig, es heuchlerisch hervorzuheben. Das allmächtige Schicksal bewirkte, daß wir Nachfahren von Königen in Sklaverei vorfinden, die allein den Barbaren gebührt, und keine Macht der Welt bewahrt uns davor, daß dereinst Barbaren uns, freie Römer, in schimpfliche Sklaverei verschleppen, wenn wir nicht über unsere Freiheit wachen. Geben wir nicht ganz unverholen zu, daß wir Sklaven für Menschen halten, indem wir Kinder mit ihnen haben oder sie freilassen? Erkennen wir aber Sklaven als Menschen an, so gebietet es unsere eigene Menschenwürde, sie menschenwürdig zu behandeln! Unsere Altvorderen besaßen selten mehr als zwei, drei Sklaven und behandelten sie wie Familienmitglieder. Sie brauchten keinen Spartacus zu fürchten! Doch auf unseren großen Gütern, in den Bergwerken, bei den Hafenbauten und beim Bau von Wasserleitungen treiben wir Tausende zusammen, halten sie schlechter als Tiere, schüren ihren Grimm mit der Peitsche. Glaubt jemand von euch, daß diese Wesen gern arbeiten und so viel erzeugen, wie sie können? Ich habe Zahlen: Zehn von ihnen leisten nicht soviel wie ein freier Lohnarbeiter. Und doch finden Tausende freigeborene Römer keinen Broterwerb, lassen sich aus öffentlichen Mitteln ernähren oder gehen unter das Raubgesindel zu Lande und zu Wasser! Ist das nicht wider alle menschliche Vernunft? Dürfen wir Hilfe von den Göttern erwarten, wenn wir uns so zum Gespött machen?

Meines Vaters Gesetz verbietet es, ohne richterliches Urteil einen Sklaven vor die Bestien oder in den Kampf mit Gladiatoren zu schicken. Ich beantrage ein Gesetz, das jede Entscheidung über Tod und Leben eines Sklaven und über schwere körperliche Züchtigung in die Hände der öffentlichen Gerichtsbarkeit gibt. Es soll die Herren zwingen, ihre Sklaven besser zu behandeln. Eine gesonderte Behörde werde dafür eingesetzt. Sie soll auch Mindestpreise für Sklaven festlegen und jeden Weiterverkauf hart besteuern. Zahlen sind im schriftlichen Entwurf nachzulesen. Wer Bedarf an Arbeitskräften hat, muß ihn der Behörde melden. Sie weist ihm, je nach Art der Arbeit, freie Lohnarbeiter zu oder erlaubt den Erwerb von Sklaven. Steuererleichterungen sollen die Beschäftigung freier Lohnarbeiter begünstigen. Der Zweck dieses ersten Gesetzesteils ist leicht einzusehen: Die Beschäftigung von Sklaven soll nicht mehr die einfachste und billigste sein. Die armen und mittellosen Freien sollen wieder eine Möglichkeit erhalten, durch Arbeit das Brot zu verdienen, das sie brauchen.

Aber dieser Teil des Gesetzes, das uns mit einem Zwang belegt, wirkt nicht, ohne daß wir, die Begütertsten der Begüterten, unseren Verbrauch einschränken. Nur so können in Rom eines fernen Tages Verhältnisse eintreten, in denen immer weniger Sklavenarbeit vonnöten ist. Eine Erhöhung der Luxussteuer gebietet der Verschwendung nicht Einhalt, und die Gelder, mit denen sie angeblich dem Gemeinwesen hilft, fließen ja nur, wenn wir weiterschwelgen. Ich halte es für verderblich, wenn wir an den Vorbehalten gegen gesetzliche Einschränkungen des Luxus, die Kaiser Tiberius in seinen Briefen an den Senat vortrug, hängenbleiben. Die Höchstausgaben für Gladiatorenspiele, Tierhetzen, Wagenrennen, Gelage und andere Feste, für die Ausstattung von Häusern und für Kunstbesitz sind herabzusetzen, auch im öffentlichen Bereich, damit der Staat nicht länger sich selbst bestiehlt!

Im zweiten Teil meiner Gesetzesvorlage beantrage ich Maßnahmen gegen den Mißbrauch der Freilassung. Denn oft ist der Freigelassene ein noch erbärmlicheres Wesen als der Sklave. Er ist zwar frei, hat aber keine bürgerlichen Ehrenrechte. Er braucht zwar niemandem zu gehorchen, darf aber auch niemandem befehlen, es sei denn, er besitzt selbst Sklaven. Sobald ein Freigelassener zu Besitz kommt, vergißt er seine Sklavenzeit. Er fühlt nicht mehr mit denen, deren Los er einmal geteilt hat; er wird kälter, grausamer als jeder freigeborene Herr. Aber er wird auch bestechlicher, raffgieriger, rachsüchtiger. Wie der entlaufene Sklave sein Brandmal auf der Stirn trägt, so trägt es der Freigelassene in seiner Seele. Mit allen Mitteln erschleicht er sich, was ihm an Rechten vorenthalten wird, und es bereitet ihm Vergnügen, Freigeborenen ihre Habe abzujagen. Erst wenn er viel beisammen hat – genug ist es ihm nie –, erinnert ihn ein Weinrausch daran, daß er Sklave war. Dann spricht er seinen Lieblingen Freilassungen aus und verschenkt an sie die Handwerksbetriebe, Mühlen, Keltereien, Ölpressen, die Freigeborene ernähren sollten. Auf Getreideland baut er Wein an, denn das bringt mehr Geld. Stößt aber der ägyptischen Getreideflotte etwas zu, droht Rom eine Hungersnot. Er holzt die Wälder ganzer Landstriche ab, um Holzkohle zu schwelen oder um Schiffe zu bauen. Was er sich von der Bildung seines Herrn aneignet, verdreht er, guten Geschmack verbiegt er bis zur Unkenntlichkeit! Das schlimmste ist, daß der Freigelassene unsere Laster lernt und, hat er die Mittel dazu, ins Unsägliche treibt.

Sollen wir ihnen das Bürgerrecht geben? Aber geben wir ihnen damit auch unsere Tugenden, unsere Sprache und unsere Gebräuche? Werden sie nicht versuchen, uns ihre Götter aufzudrängen? Werden Sie uns nicht immer dreister dazwischenplappern? Werden wir es ihnen damit nicht erleichtern, sich unserer Habe zu bemächtigen? Man versteht mich: Auch die Freilassung muß gesetzlich erschwert werden. Die Freilassungssteuer ist zu erhöhen. Schenkungen an Sklaven und Freigelassene sind hoch zu besteuern. Alle Abgaben eines Sklaven, der ein Unternehmen betreibt, hat er auch nach seiner Freilassung an den Herrn zu entrichten, und der Herr muß diese Einnahmen versteuern.

Der Zusammenhang beider Gesetzesteile, Versammelte Väter und Zugewählte, ist keinem verborgen geblieben: Beschäftigen wir weniger Sklaven, gibt es weniger Freigelassene. Behandeln wir unsere Sklaven besser, gilt es nicht mehr als Wohltat, sie freizulassen, und lassen wir doch einen aus Dankbarkeit frei, schicken wir keinen Unhold in die Freiheit! Wird die Beschäftigung von Sklaven teurer, reißen wir Tausende von Freigeborenen aus dem Elend. Der letzte Sinn dieser Maßnahmen ist: Freigeborene Römer, gleich ob patrizischer oder plebejischer Abkunft, sollen die Herren bleiben. Sonst werden wir alle bald die Sklaven von Sklaven sein. Je mehr Menschen wir in Unfreiheit halten, desto weniger sind wir selber frei. Findet jeder sein Auskommen, brauchen wir eines fernen Tages niemanden mehr zu knechten. Erst dann wäre unsere Freiheit vollkommen. Wenn es nur Sklaven wären, die wir zu fürchten haben! Immer mehr Freie leben oft schlechter noch als Sklaven. Dorther droht uns Gefahr. Daher kamen die Bürgerkriege. Darum sah der Senat sich gezwungen, seine Freiheit einzuschränken und die Herrschaft einem einzigen zu übertragen. Unser Imperator Claudius ist klug, gewissenhaft, umsichtig, gerecht und unermüdlich tätig. Aber schlimme Vorgänger können schlimme Nachfolger finden! Laßt uns unseren Teil dazu beitragen, daß die Herrschaft des Kaisers Segen bringe. Oder gehören wir zu denen, die nichts tun und dann über sein Scheitern, das die Götter verhüten mögen, hämisch grinsen? Leben wir von der Arbeit Hungernder, so tritt an die Stelle unserer Gesetze die barbarische Gewalt. Sorgen wir, die wir Verantwortung tragen, weil wir keinen Besseren kennen, dem wir sie abtreten könnten, gemeinsam dafür, daß Rom Bestand hat! Der Adel des Benehmens und der Gesinnung, der einst die Patrizier auszeichnete, gehe in den Edelmut aller freien Römer über. Aber sie müssen ihr Auskommen finden!

IX. BUCH: ELEGANTIAE ARBITER: SACHKUNDIGER FEINEN GESCHMACKS

Virtute vero gubernante rem publicam, quid potest esse praeclarius?

Wenn echte Tüchtigkeit den Staat lenkt – was kann es Herrlicheres geben?

Cicero, De re publica / Über den Staat, I., 34, 52

Augurium ratio est et coniectura futuri:
Hac divinavi notitiamque tuli.

Auch die Vernunft prophezeit und vermag die Zukunft zu deuten:
Ahnungen gab sie mir ein, Kenntnisse hab ich durch sie.

Ovid, Tristia, I., 9, 51 f.

Die ehrgeizige Muse

Petronius wußte, daß er wieder zu spät kam. Der Flur vor Agrippinas Gemächern war still und sparsam beleuchtet. Gelage mit Hunderten von Gästen rauschten jetzt seltener durch die kaiserlichen Säle. Die neue Kaiserin gab sich in engem Kreis die Ehre einer dichterischen Abendunterhaltung.

Im flackernden Licht der Feuerschalen kam ihm eine Gestalt entgegen. Petronius erkannte den rotblonden Lockenkranz auf der Stirn und den federnden Gang: Nero. Seit ihn Claudius auf Anraten des Pallas adoptiert hatte, war dies der amtliche Name. Der Zwölfjährige verharrte, wo ihn ein Lichtschein ganz umhüllte, und verbeugte sich artig. Sein golden schimmerndes Haar war bis in den Nacken gescheitelt. Das Gesicht, das Petronius anlächelte, hatte von der Mutter feines Ebenmaß. Nur die Nase schien etwas hoch und kurz, und das Kinn sprang so kühn und kantig hervor wie bei seinem früh verstorbenen Vater Ahenobarbus. Knochig und breit waren auch die Kinnladen. Wer wollte, erkannte den Nachfahren des Augustus.

»Ich grüße dich, bezauberndes Kind!« sagte Petronius. Er liebte Nero wie ein Vater, der seine Vaterschaft anzweifelt, und rang zugleich gegen Abneigung und Mißtrauen; er liebte ihn wie ein untergeschobenes Kind und fürchtete das fremde Blut. Seine Tochter blieb ihm auf andere Weise fremd. Selten sah er sie am Tag. Betrachtete er sie im Schlaf, wagte er nicht, sie zu streicheln und zu küssen. Vinia tat alles, sie von ihm fernzuhalten, als wäre er mit einer ansteckenden Krankheit behaftet. Die Tochter war noch zu gewinnen, Nero vielleicht schon verloren.

»Wir haben längst angefangen«, sagte der Junge mit leichtem Vorwurf. »Wenn du dich schon nicht meinetwegen sputest, dann wenigstens meiner Mutter zuliebe! Willst du den Gleichgültigen spielen? Ich weiß Bescheid über euch!«

Der Gesellschaftsraum, ein kleiner, halbrunder Saal mit paarigen Säulen, zwischen denen man auf einen nächtlichen Balkon treten konnte, lag ebenfalls in gedämpftem Licht. Jemand unterbrach seinen Vortrag, damit der späte Gast jeden begrüßen konnte. Der Kaiser war eingenickt; seine Kinnlade hing naß und welk herunter. Agrippina ergriff rasch beide Hände ihres Dichterfreundes, damit er den Gatten nicht weckte, und bot ihm die Stirn zum Kuß. Britannicus und Octavia, zu denen sich Nero gesellte, grüßten ein wenig verschämt. Ihr Erzieher, der Freigelassene Sosibius, neigte seinen grauen Wuschelkopf tief auf die Brust.

»Verzeiht die Unterbrechung«, sagte Agrippina in die Runde und führte Petronius zu einem beleibten Mann, der ihm mit fröhlich fettem Blick aus runden braunen Äuglein entgegenblinzelte und sich mit dem Mundtuch Schweiß von der Glatze wischte. »Der Redekünstler und Philosoph Lucius Annaeus Seneca, seit wenigen Tagen aus Korsika zurück«, erklärte Agrippina. »Er wird dein Hauptkollege, um nicht zu sagen dein Vorgesetzter.«

Petronius stutzte: Sie gab ihm einen Vorgesetzten! Nun erkannte er auch den Wortgewandten, der in den letzten Tagen Caligulas im Palatium aufgetaucht war, den Schwafler, der Flausen in schöne Redensarten kleidete: Alles stimmte, aber es zerrann einem im Hirn wie Wasser zwischen den Händen. Lakonisch hatte Caligula einen seiner Geistesblitze verschossen: »Sand ohne Kalk.«

Senecas kleiner Mund spitzte sich schelmisch: »Auch du bist, wie ich hörte, Philosoph! Nicht aus der kargen Halle der Stoa, sondern aus dem Garten Epikurs, in dem sich Ferkel tummeln.«

»Du irrst«, antwortete Petronius. Ihm lag auf der Zunge: Doch würde ich den Epikureern immer helfen, fette Schweine aus ihrem Garten zu verjagen. »Ich hänge keiner Schule an«, setzte er hinzu.

»Darum hast du dich so hochherzig um unseres Gesinnungsfreundes Ehre bemüht! Ich meine Valerius Asiaticus. Du bist zwar gescheitert, aber mit meiner Rückkehr steht die Sache besser. Ab morgen bin ich Prätor. Die Gerichte gehören mir.«

»Du wirst ihn nicht wieder lebendig machen«, erwiderte Petronius schroffer, als er wollte.

»Das ist für uns Stoiker auch nicht wichtig«, lächelte Seneca. »Wichtig ist, daß ein Mensch in seiner Tugend überlebt.«

»Ah! Dann«, sagte Petronius gedehnt, »seid ihr geborene Selbstmörder, nicht wahr?«

»Treffend und geistreich!« versetzte Seneca. Man lauschte mit angehaltenem Atem. »Unsere ersten Schulhäupter schieden, von unerträglich schmerzhafter Krankheit geplagt, mit Gleichmut freiwillig aus dem Leben, auch unser Cato von Utica, als er den Staat unheilbar krank sah, und, wenn ich recht hörte, dein Großvater ...«

Agrippina ahnte Zwist. Behutsam führte sie Petronius zu dem Mann, der sich seinetwegen im Vortrag unterbrochen hatte. »Das ist ein seltener, lieber Gast in Rom: Lucius Junius Moderatus, genannt Columella, Gutsherr in Kampanien, als Dichter ein Schüler Vergils, wie die Hexameter seines Werkes über den Landbau zeigen. Ihr werdet euch gut verstehen.«

Petronius begrüßte den hageren, blonden, sonnengebräunten Mittvierziger herzlicher, als er wollte, als könnte er seine Grobheit an dem Fremden wiedergutmachen. Weshalb war ich so gereizt? Ich habe den ganzen Tag nichts getrunken. Sein Gedächtnis arbeitete rascher als sein Taktgefühl. Senecas Schmeichelbriefe an Claudius waren ihm eingefallen, ihre grämlichen Witzeleien, der unverschämte Versuch, sich als Opfer Messalinas darzustellen, obwohl ihn schon Caligula verbannt hatte. In Beratungen mit Agrippina war derlei zur Sprache gekommen. Die Beleibtheit des Philosophen verspottete jeden, der sich sein Schmachten in der Verbannung ausgemalt hatte. Harpocrates wußte von einer stattlichen Zahl gewinnbringender Grundstücke, die von Strohmännern für den Verbannten aufgekauft worden waren. Kein Verschollener kehrte da heim. Zugleich mit seiner Rückkehr hatte er eine reiche Heirat anzeigen lassen. Das alles hätte Petronius gern verstanden, auch er war mit viel Glück wieder aufgetaucht. Wären dem Philosophen nicht dickleibige Schriftrollen vorausgeeilt, in denen sich Sätze fanden wie der: »Vieles wirst du geben, wenn du auch gar nichts gibst als nur das gute Beispiel.« Auch die Totenschriften, Moralischen Briefchen und spitzfindigen Dialoge warfen schon Geld ab. Alles, was je über Tugend gedacht worden, trugen sie zusammen, um es in der Halle der Stoa aufzuhäufen. Sie fanden reißenden Absatz. So bildete man sich nach dem Vorbild des belesenen Kaisers.

Claudius war, während Columella weiter vortrug, mit einem erschrockenen Schnarcher erwacht. Er stieß vernehmlich auf. Ein Wink Agrippinas drängte Columella, weiterzulesen. Sie führte ihren greisen Gatten hinaus. Als sie zurückkehrte, mußte Columella sich nochmals unterbrechen, weil alles mit ihrem Einverständnis kicherte. Die Hand vorm Mund, versuchte sie Besorgnis in ihre Stimme zu legen: »Daß er so verrückt nach Pilzen ist! Die feinsten ließ ich ihm suchen, die unter den sausenden Pinien von Tibur wachsen. Er verträgt sie nicht. Es ist ein Fluch der Götter, wenn man so unbelehrbar begehrt, was einem nicht guttut!«

»Jetzt wollen wir Petronius hören!« rief Nero.

Petronius fuchtelte abwehrend mit dem Zeigefinger. Mit wachsendem Vergnügen war er den nüchternen und doch wohlklingenden, kundigen und doch leichtgebauten Versen Columellas gefolgt. »Das möchte ich unbedingt zu Ende hören!«

Man fügte sich. Auch als Columella mit viel Beifall geendet hatte, ließ Petronius anderen den Vortritt. Nero schmollte. Ein gewisser Caballus drängte sich lispelnd mit einer Dichtung auf Pasiphaë ein, die sich der Brunst eines Stiers hingab. Agrippina verwies ihm das Wort mit einem Blick auf die Kinder. Nero blies die Backen auf: »Alles verbietest du!« Caballus, ermutigt, wich nicht vom Platz. Er stöhnte, er hätte noch mehr solcher Gedichte im Bauch, werde sie aber lieber für sich behalten, wenn die erotische Anspielung auf die Politik das Vorrecht gewisser Leute bleibe.

»Aber jetzt ist Petronius dran!« maulte Nero.

Agrippina wartete mit fragendem Blick. Doch Petronius sagte: »Deine Söhne sind an der Reihe. Ich sehe es, sie verstecken etwas in ihren Gewandfalten.«

»Willst du unbedingt den Abend krönen?« fragte Seneca.

Agrippina bat um Gehör für Britannicus und Nero. Sosibius begleitete die Knaben auf der Kithara. Britannicus machte den Anfang mit einer Klage der Ariadne. Er sang, dem Stimmbruch noch fern, mit großen feuchten Lippen von der Einsamkeit der Königstochter auf Naxos, von Theseus, der sie verlassen hatte, von der Bezwingung des Untiers Minotaurus, vom Undank des Helden. Nero folgte mit einem Wettstreit zwischen Apollo und Marsyas. Abwechselnd hielt er sich die Maske des Lichtgottes und die des Satyrs vors Gesicht, aber nicht nur der Stimmbruch verhinderte, daß ihm der Rollentausch beider Sänger gelang. Die meisten Augenpaare richteten sich auf Petronius und warteten auf sein Geschmacksurteil.

In den letzten Saitenklang sagte Seneca: »Was Britannicus vortrug, war schon ein Gedicht. Neros Verse wollen erst eins werden. Aber das Unfertige hat noch alle Möglichkeiten, das Fertige zu übertreffen.«

»Darf man das auch politisch verstehen?« fragte Caballus.

Man zischte und raunte. Seit der kaiserlichen Heirat hing über dem Palatium die offene Frage, wer von den beiden als Nachfolger des Claudius gelte. Agrippina schickte dem Rüpel einen Diener, der ihm bedeutete, nach Hause zu gehen. In der Tür wandte sich Caballus um und grinste: »Ich bin für dich, Nero!«

Agrippina riß ihren verstörten Blick von ihm los und fragte Petronius nach seinem Urteil.

»Der Dichter muß wissen, was er wagt«, sagte Petronius. »Die schwächeren Verse des Marsyas sind Nero gelungen. Schwieriger ist es, Verse zu machen, die Apollo gesungen haben könnte. Überzeugt dieser Teil des Gedichtes nicht, so zweifelt man, ob der Gott ein Recht auf den Sieg hatte, und die Kunst wird zur Lästerung.«

»Und ich rate dir, mein Sohn«, setzte Agrippina hinzu, »beschreibe die blutige Szene, wenn dem Satyr Marsyas das Fell abgezogen wird, nicht so genau und ausführlich!«

»Britannicus hat noch mehr gewagt«, fuhr Petronius fort. »Er versetzte sich in ein Mädchen. Das Mädchen wird von dem Fremden, dem es half, einen zwar mißgestalteten, aber doch sehr nahen Verwandten umzubringen, einfach vergessen. Er hat es geschafft!«

»Aber nun wollen wir dich hören!« forderte Nero.

Er fühlte sich nicht mehr aufgelegt, las überhaupt nicht gern, nachdem er Kritik geäußert hatte. Die Zeit für Erfrischungen war heran. Aber niemand zeigte Ungeduld; alle warteten auf eins seiner Reisefragmente, die den Tonfall griechischer Romane mit dem groben, polterigen Bühnengeschrei des Mimus mischten. Er entwickelte viel Geschick, die schnarrende, quäkende, plärrende Sprache der Gassen nachzuahmen. Agrippina hatte kürzlich gurrend über Tryphaena gelacht; sie erkannte ihre Feindin Messalina. Nero war über die Katzbalgerei einer Hafenkneipe in tränendes Gelächter ausgebrochen. Er wünschte sich eine Tarnkappe, um sich nach Herzenslust unerkannt in der Subura herumzutreiben. Das Palatium, sagte er oft, beklemme ihn wie ein marmornes Gefängnis.

Petronius las aus dem Abschnitt, in dem Trimalchio mit seinen Gästen tafelte. Man schmunzelte behaglich über den geschmacklosen Pomp des Freigelassenen. Als Trimalchio mit Würfelbrett und Verdauungsbeschwerden, Astrologie und halbgebildetem Geschwätz auftrat, kicherten einige betroffen. Man erkannte eine Miene des Narcissus, eine Redewendung des Polybius, eine Eigenart des Callistus. Als die Kaiserin freimütig herausplatzte, tat sich niemand mehr Zwang an. Man erkannte Claudius. Er mußte oft unterbrechen und fürchtete, daß ihm alles zerlacht wurde. Verstanden sie ihn ganz? Trimalchio auf dem Palatin. Von seinem

Unbehagen, schon als er Harpocrates diktiert hatte, wußten sie nichts. Merkten sie, wo etwas nicht stimmte? Gern hätte er es sich sagen lassen.

Agrippina lud in den benachbarten Saal zum Essen ein. In dem helleren Licht wartete Aulus Vitellius. Er bot Petronius die Hand. »Ich bin eben erst herein, mein Vater liegt krank zu Hause. Du wagst ja allerhand. Wie machst du das nur alles! Erst das Gesetz, jetzt das! Du bist bewundernswert vielseitig und reich an Kenntnissen. Es gibt aber auch Beschwerden gegen dich von Leuten, denen du zu helfen glaubst. Agrippina hat Feinde. Ich brauche dich natürlich nicht zu belehren. Aber glaube mir, ehe sie die Kaiserin angreifen, zausen sie die Leute, die sie hochgepäppelt hat.«

Sie trennten sich vor beladenen Tischen. Petronius suchte die Nähe Columellas. Ihn umringten aber Angehörige der Kaiserfamilie, die sich aus Dichterlesungen nichts machten. Als sich Petronius auf ein leeres Polster setzte, kam Columella zu ihm.

»Längst hoffte ich dich kennenzulernen«, sagte Columella. »Ich bin zu selten in Rom. Schade, daß nur der erste Teil deiner Gesetzesvorlage angenommen wurde! Dieser Trimalchio, einfach köstlich! Nur: Ich kenne auch freigeborene Grundherren, auf die dein Ulk zuträfe. Es sind nicht einmal wenige.«

Seneca! dachte Petronius. Er hat mich sehr mißbilligend gemustert, fühlte sich vielleicht schon getroffen, obwohl ich es gar nicht wollte. Den muß ich auch an seiner fettigen Nase vor diesen Spiegel zerren. Er verriet Columella, welches lebende Vorbild Trimalchio hatte. Der erwiderte, das alles müsse sich zugetragen haben, als er Tribun in Syrien war. Dann lud er Petronius ein nach Kampanien in seine Villa Pomona.

»Die kleinen Güter«, sagte Petronius, »denen du in deinem Lehrgedicht so bewegend nachtrauerst, fehlen nun auch in meinem Besitz gänzlich. Das letzte war wohl das bei Volturnum.«

»Volturnum? Dann sind wir ja beinahe Nachbarn.«

Pallas tauchte auf. Das hieß, man hatte allmählich zu gehen. Er hatte neun spärlich bekleidete Mädchen mitgebracht, die, während sie tanzten, an verknoteten Seilenden kauten. Hager, gelb, mit blauschwarzem, ölglänzendem Haar schaute Pallas zu. Ein Tänzer gesellte sich zu den Mädchen, drehte sich mit jeder eine Weile sehr züchtig, zog an einem Faden, und, plötzlich erstarrend, standen alle neun nackt da. »Prächtig!« rief Aulus Vitellius und klatschte wie rasend drauflos. »Das ist die wahre Kunstbetrachtung! Man muß die Musen entblättern.« Die Gauklerinnen gingen auf Händen. Der Tänzer stellte ihnen Tabletts auf die Füße. So bedienten sie ausgewählte Gäste. Petronius fand unter dem Weinbecher ein Täfelchen, mit dem ihn Agrippina zu einer kurzen Unterredung lud. Er hörte nicht mehr, was Columella sagte, sah nur zu der Frau hinüber, die einen goldenen, mit Smaragden besetzten Thyrsosstab betrachtete, ein Geschenk des Pallas. Sie schwang ihn in Weinlaune wie eine Bacchantin, hob mit der anderen ein wenig ihr Kleid und tänzelte zwischen den Umstehenden hindurch zur Tür eines Seitengemachs. Petronius ließ sich von ihrer sinnlichen Anmut beeindrucken. An ihrem Geist zweifelte er. Sie macht uns alle lüstern, dann geht sie mit Pallas ins Bett, und sie lachen über uns. Hätte ich sie je gehabt, ich wäre frei.

Columella wollte sich verabschieden. Petronius hielt ihn auf seinem Polster fest. »Warte, wir gehen zusammen. Ich bin gleich wieder da.« Columella antwortete, er warte sehr gern.

Agrippina empfing ihn allein in ihrem Schreibgemach. »Heute gefällst du mir wieder, Petronius. Nun kann ich dir sagen, daß ich dir böse war. Daß nur der erste Teil deines Gesetzes angenommen wurde, mußt du dir selbst zuschreiben. Mein Wohlwollen hat dich verleitet, vor dem Senat Rücksichtslosigkeiten zu sagen. In meinen Räumen ist das etwas anderes. Du bist mehr Künstler als Redner!«

»Einem guten Schneider«, erwiderte Petronius, »müßten die beiden Gewänder der Wahrheit gleichermaßen gelingen.«

»Sie gefallen aber nicht jedem. Du hast im Senat Epikur gelobhudelt. Das schadet dir bei den alten Patriziern. Du hast die Freigelassenen geschmäht. Das schadet dir bei meinem Mann und seinen Getreuen, auch bei den Senatoren aus den Provinzen, die mit ihnen einen guten Faden spinnen. Und du hast die Herrschaft des Ersten unter dem Vorwand, sie zu rechtfertigen, angezweifelt. Wenn du das tust, verlierst du auch mich und meinen Sohn.« Sie wurde leidenschaftlich. »Denn er wird der Erste, daran ist nicht zu rütteln. Chaldäer haben geweissagt, er werde mich töten. Und wenn er mich tötet! Er muß herrschen.«

»Es kann seiner Herrschaft nur guttun, wenn die Gebrechen der jetzigen bloßgelegt werden.«

»Hast du die Staatsweisheit gepachtet? Sei froh, daß ich alle Fäden in der Hand habe. Narcissus und seine Leute sehen sich erkannt. Sie hetzen gegen dich. Weißt du, was man hinter deinem Rücken sagt? ›Er springt weit, aber er steht nicht sicher dort, wohin er springt.‹«

»Ich bin kein Weitspringer«, sagte Petronius verdrossen. »Die das sagen, kümmern mich nicht. Sie äffen hinter dem Rücken des Ersten seinen wackligen Gang und sein Stottern nach, reden ihm aber doch nach dem Mund und beteuern, sie äußerten nur ihre eigene Überzeugung. Das finde ich schäbig.«

Agrippina lachte. »Du tust doch dasselbe, nur mit etwas mehr Kunst.«

War es das, was an seinem Werk nicht stimmte? Beinahe hätte er gesagt, er meinte gar nicht ihren Onkel und Gatten und all die anderen, die sich getroffen fühlen konnten. Aber kam es darauf an, wie er es meinte? Er mußte bedenken, wie sie es auffaßten.

Agrippina hielt sich die Stirn. »Du machst mir Kopfschmerzen. Daß du dich herumgetrieben hast, wirst du wohl nie ganz los. Du suchst das Abenteuer und ziehst andere hinein.«

»Wollten wir nicht gemeinsam versuchen, ein wenig Verstand in die Maßnahmen des Ersten zu bringen? Wollten wir nicht im Senat das Stimmvieh der Vernunft dienstbar machen?«

»Aber doch mit Fingerspitzengefühl! Und Geschick im Umgang mit Gegnern! Du bist wie alle Künstler, willst alles allein machen und sofort durchsetzen. Der nachahmende Geist ist in dir, wie Platon es ausdrücken würde, stärker als der staatenbildende.«

»Wenn du staatenbildenden Geist in dir hast«, antwortete Petronius, »so verwendest du ihn einzig darauf, deinem Sohn die Nachfolge zu sichern. Ich habe nichts einzuwenden. Aber er hätte es viel leichter, wenn jetzt schon Ordnung in den Staat käme.«

»Laß das meine Sorge sein! Widme dich, wie ich dich gebeten habe, Neros künstlerischen Neigungen. Ich weiß nicht, ob das zu einem Herrscher paßt, ich bezweifle es sogar sehr. Mach das Beste daraus für uns alle. Dein Konsulat ist ohnehin abgelaufen.«

Die Räume waren leer. Columella wartete im Treppenhaus. Vor der Wartehalle der Sänftenträger kamen sie überein, zu Fuß zu gehen. Ihre Sklaven schlurften voraus. Petronius vergaß zu fragen, ob sie den gleich Weg hätten. Sie sprachen über die Lage der Güter, über Liebhabereien, entdeckten manche Übereinstimmung, bedauerten, daß sie einander nicht eher kennengelernt hatten.

»Ich hielt dich für unnahbar«, sagte Columella. »Du wirktest auf mich entweder erschreckend heiter oder abstoßend düster.«

»Leute, denen ich aus dem Weg gehe, um sie zu schonen, nennen mich überheblich«, lachte Petronius. »Wir haben uns gefunden.«

In einem Bogen der neuen Aqua Claudia stand klar der fast volle Mond. »Sieh dir die Wasserleitung an«, sagte Columella. »Das ist doch was! Rom brauchte sie schon lange. Man sollte Claudius auf seine alten Tage nicht mit Schmutz bewerfen. Er hat einiges geleistet. Laß uns die Jahre, die er noch hat, in Ruhe genießen. Was kann schon nach ihm kommen? Die Herrschaft eines Weibes und eines Knaben!«

Vor seinem Haus in der Straße zum Granatapfel lud ihn Petronius zu einem Glas ein. Aber Columella wollte in aller Frühe wieder zu seinen Gütern aufbrechen. »Besuche mich, so bald du kannst«, warb er. »Ich lebe jetzt in der Villa Pomona. Im Volturnum sagt dir jeder den Weg. Ich bin auch neugierig auf dein Puteolanum.«

Petronius versprach, bald nach Kampanien zu kommen.

Er hatte einen Traum, der sich oft wiederholte. Stehend fuhr er über ein schwarzes Wasser. Jeder Fuß stand in einem anderen Boot, und unterschiedliche Strömungen drohten ihm die Beine auseinanderzureißen. Lange zwang er mit der Muskelkraft seiner Beine die Boote, nebeneinander zu schwimmen. Doch gerade die Anstrengung brachte ihn aus dem Gleichgewicht, und indem er stürzte, wachte er auf.

Zuständigkeiten

»Seneca ist noch bei ihm«, sagte die Wache. »Burrus kam gerade.«

Petronius fand sich absichtlich früher ein, als man ihn erwartete. Es schien ihm an der Zeit, daß Zuständigkeiten geklärt wurden. Sein Konsulat war vor Monaten abgelaufen. Sich auf dem Rang eines Konsuls auszuruhen, genügte ihm nicht. Die wenig verbindliche Einladung Agrippinas, ihr bei der Erziehung Neros zu helfen, hatte er gern angenommen. Aber nun wurden ihm von Seneca feste Stunden zugeteilt. Vormittags besuchte Nero mit anderen Jugendlichen aus den vornehmsten Familien Unterrichtsstunden bei ausgewählten Lehrern, über die Seneca und Burrus die Oberaufsicht führten. Gegen Mittag widmeten sich die beiden dem kaiserlichen Zögling gesondert. Britannicus und Octavia blieben dann in der Obhut des Sosibius. Stillschweigend hatte man Petronius, der, seit er keine Amtsgeschäfte mehr wahrnahm, die Vormittage verschlief, die Nachmittagsstunden für eine lockere Abfolge musischer Unterweisungen zugeteilt. So ergab es sich auch, daß er Nero bei der Abendtafel und während der Stunden danach begleitete. Sie befaßten sich mit Musik, Dichtkunst, Malerei, Bildhauerei, Theaterspiel. Oft waren sie so vertieft in ihre Beschäftigung, daß Agrippina sie vom Erscheinen bei der Tafel befreite und ihnen Speisen und Getränke bringen ließ. Die Abfolge ordnete Petronius mit geübter Hand, und ohne seinen Schützling mit dem ganzen Lehrgebäude der Epikureer zu belasten, versuchte er, wie er es bei Philalethes auf Capreae gelernt hatte, unmerklich die Genußfähigkeit des Jungen zu schulen. Nero entwikkelte eine dankbare Anhänglichkeit. Doch sooft Petronius die Musik mit Fragen der Mathematik und der Weltkunde in Beziehung setzte, murrte Nero: »Das hatte ich schon bei Seneca.« Flocht er Betrachtungen über Grammatik und Rhetorik in die Lektüre dichterischer Meisterwerke ein, unterbrach ihn Nero: »Das lehrt Seneca anders.« Lenkten die bildenden Künstler den Gedankengang auf die Götter und die Philosophie, seufzte Nero: »Was mir Seneca darüber erzählt, leuchtet mir nicht so ein!« Ließ Petronius Schauspieler kommen, die eine Szene von Plautus oder Menander, Aristophanes oder Terenz vorspielten, atmete Nero auf: »Es gibt also nicht nur Senecas lederne Tragödien!« Ließen sie sich ein bißchen gehen, vertrödelten sie die Zeit mit Geschwätz, Ballspiel, Baden, Parkbummel, denn Petronius bemerkte in dem zarten Gesicht Zeichen der Überreizung, so schwärmte Nero: »Seneca ordnet an und verbietet, als wäre er mein Vater. Du aber empfiehlst und rätst ab wie ein Freund. Sei mein Freund! Ich wollte, du könntest mein Vater sein.«

Petronius hütete sich, dem Jungen seine Abneigung gegen den Stoiker mitzuteilen. Er kannte seinen persönlichen Widerwillen gegen Seneca zu gut, Haß und Neid auf den Vorrang des Philosophen wollte er nicht in sich aufkommen lassen. Aber es verdroß ihn, daß Seneca nur selten und dann herablassend mit ihm sprach. Und er wurde einen Verdacht nicht los: Wenn Claudius etwas zustieße, wäre nicht Nero oder Britannicus der Erste, sondern Seneca. Burrus nahm er das Schulterklopfen und Schmunzeln nicht übel. Der Prätorianertribun überwachte Neros gymnastische Übungen und seine Ausbildung in der Kriegskunst. Kunstverstand war von ihm ebensowenig zu erwarten wie unangebrachter politischer Ehrgeiz. Aber da Burrus alles gleichgültig war, was nichts mit Waffen zu tun hatte, ließ er sich arglos von Seneca vereinnahmen. Von Seneca hatte sich Petronius schon Zweifel an seiner philosophischen Begabung anhören müssen, nur weil er sich auf keine Schule festlegen wollte. Der redegewandte Stoiker ging in der Philosophenschule seines Gesinnungsfreundes Cornutus ein und aus und traf sich regelmäßig mit den derzeitigen Häuptern der Stoa, Thrasea Paetus und Bares Soranus. Ein einziges Mal hatte Petronius sich zu ihrer gelehrten Runde mitschleppen lassen. Man hatte vereint gegen die Epikureer polemisiert und ihn wie einen Vertreter des feindlichen Gartens an den Schandpfahl gestellt. Wie eine Gnade erkannten sie einigen Lehrsätzen des Meisters zu, daß sie sich auch mit der Stoa vereinbaren ließen. Aber Staat, sagten sie, sei mit dieser Philosophie nicht zu machen. Sie untergrabe jedes Gemeinwesen und höhle alle Ordnung und Gesittung aus, sie verleite zu Ausschweifung und Zügellosigkeit, die ein Zusammenleben der Menschen in Gerechtigkeit unmöglich machten. Spürbar leitete Seneca, ohne Agrippina auch nur zu fragen, aus dem Vorrang seiner Philosophie eine Rangordnung der Lehrfächer ab. Was er selbst lehrte, diente der staatsmännischen Ausbildung Neros. Was Petronius mit Nero trieb, schätzte er gering, wenn er es nicht überflüssig und verdächtig fand.

Warmes Herbstsonnenlicht fiel schräg, von den Rillen der Säulen gelockert, in die offene Galerie, auf die gemalten Blumen und Fruchtschalen der Wände, auf die Tierszenen des Mosaikfußbodens. Zwischen den reglosen Palmenwipfeln und Zedernschöpfen des palatinischen Gartens flogen Vögel hin und her, fast ohne Laut. Nur drüben im Park der Livia schrieen die Pfauen. Agrippina führte die Zucht der vor anderthalb Jahrzehnten verstorbenen Kaiserin weiter. Aus der Arkadenschlucht des Römischen Forums brauste der Lärm der Markthallen und Gerichtssäle; überall hielt man die Fenster offen. Tauben gurrten auf dem Dach der Julischen

Basilika. Das vergoldete Dach des Jupitertempels blinkte über die Zinnen der kapitolinischen Tempelburg. Die Rauchsäule der Opferfeuer stieg fast senkrecht in den hyazinthenen Himmel.

Zu seinem Plan gehörte, daß er hier auf und ab gehend Langeweile zur Schau trug. Gegenüber beschattete eine Säulengalerie Agrippinas Zimmerflucht. Sie mußte ihn bemerken, denn jeder, der sich ziellos im Palatium bewegte, wurde aus Gucklöchern in Türen, Bildern und Gebälk beobachtet. Er wollte unangenehm auffallen, ohne absichtlich zu stören. Sein Rang verbot es dem Posten, etwas dabei zu finden, daß er an der Tür horchte. Meldete man dies Agrippina, so wußte sie, daß es nicht seine Art war, und würde verwundert erscheinen. Der Sinn alles bisherigen Geschehens im Erdkreis, hörte er Seneca sagen, sei gewesen, das Römische Reich hervorzubringen, das höchste Gebilde menschlicher Gemeinschaft, das es je gegeben habe. An der Spitze dieses Reiches zu stehen sei folglich der höchste Sinn eines Menschen. Der Kaiser sei nicht nur der Erste Bürger, sondern auch der Mensch aller Menschen, zwar kein Gott, aber doch die höchste Stufe des Menschseins vor den Göttern.

Das war nicht anzuhören! Petronius nahm die Hände auf den Rücken und schritt wieder auf und ab wie einst zu Athen Aristoteles und die Peripatetiker. Im Puteolanum konnte man schon wieder wohnen. Er hatte Columella in seiner Villa Pomona besucht und war mit ihm die Windungen des Volturnus entlanggeritten, durch Korkeichenwälder, Pinienforste, Pappelhaine, zwischen denen die lichtgrün überwucherten Rebnetze hingen. Columella war zu ihm ins Puteolanum herübergekommen, das noch mehr einem Bauplatz glich, hatte mit wertvollen Hinweisen über die Verwaltung weit verstreuter Güter nicht gespart, ihn in der Anlage des neuen Parks beraten, Wissenswertes über die Fruchtfolge und die Lagerung der Ernte, die Viehhaltung und die Bienenzucht mitgeteilt. »Warum bleibst du nicht hier als ehrenwerter Konsular?« hatte Columella gefragt. »Du hast in Rom alles erreicht, was deine Väter von dir erwartet hätten, was willst du noch dort. Du reibst dich auf. Jenseits der Herrschenden, losgelöst von allen Banden des Ehrgeizes, leben, sich selbst genug, die höchsten Menschen. Die Herrschenden sind bestenfalls ihre Werkzeuge; sind sie es nicht, braucht man sie nicht zu beachten. Störst du sie nicht, lassen sie dich in Ruhe.«

»Dann, fürchte ich, gehört uns nicht mehr lange, was wir besitzen«, hatte Petronius geantwortet.

»Du hast deinen Teil getan mit dem Gesetz!«

»Nur das halbe gilt, und ohne die andere Hälfte bringt es womöglich mehr Unheil als Segen! Ich möchte meine Vorrechte genießen, aber wirklich genießen kann ich sie nur, wenn ich den Pflichten, die ich damit verbunden sehe, nicht davonlaufe.« Er hatte seinen Sprachgebrauch dem Columellas angepaßt. Dahinter stand ein anderer Gedanke: Ohne theoretische Debatte über philosophische Schulen wollte er den Stoikern etwas beweisen. Nicht daß sie unrecht hätten! Nur daß auch er recht hatte, daß Erziehung zu Kunstverstand und Gefühlsharmonie nicht weniger zum heranwachsenden Staatsmann gehörte als die Vermittelung von Wissen, Willenskraft und Selbstbewußtsein, daß die kluge Abstimmung der Genüsse und ihre Verfeinerung ebenso wie moralische Vorschrift dazu diente, Menschen zu einem Zusammenleben in Gerechtigkeit zu führen. Die edlen Werte der Humanitas, um deretwillen sich Rom einmal als Sinn des Weltgeschehens begriffen hatte, verkamen. Bei wem waren sie mit mehr Hoffnung wiederzuerwecken als bei dem vielversprechenden Jüngling, dem Seneca in den Kopf setzte, der »Mensch der Menschen« zu werden? Petronius wollte dabeisein. Er hegte Zweifel. Aber die Frau der Frauen hatte ihn dazu eingeladen.

Sie bog um den Eckpfeiler der Galerie, als käme sie zufällig.

»Warum gehst du nicht hinein?«

»Nur mit deiner ausdrücklichen Erlaubnis.«

»Komm, ich selbst will dem Unterricht gerade zuhören.«

»Seneca wird es mißdeuten. Er ist nie neugierig auf meinen.«

»Das mußt du mit ihm abmachen.«

»Auch das würde er falsch verstehen. Agrippina, du hast als unsere Auftraggeberin versäumt, die Zuständigkeiten zu regeln.«

»Das wollte ich euch überlassen. Ihr seid doch kluge Männer.«

»Damit hast du es Seneca überlassen.«

Agrippina weitete verständnislos ihre großen braunen Augen. »Fühlst du dich wieder einmal benachteiligt? Jeder ist dafür zuständig, was er am besten versteht: du für Kunst und alles, was dem Jungen Spaß macht.«

»So sieht es Seneca.«

Sie wich seinem Blick aus. »Von Philosophie mögt ihr beide ja gleichviel verstehen, obwohl mir schein, daß die Stoa sich für Nero besser eignet, weil sie strenger ist. Aber die Staatsgeschäfte? Die siehst du, finde ich, zu verworren.«

Petronius schluckte herunter: Vielleicht zu klar. Aber er war nicht gern der Besserwisser. »Um mein freundschaftliches Verhältnis zu Seneca vor Trübungen zu bewahren, bitte ich dich, daß du die Zuständigkeiten eindeutig festlegst.«

Sie zog ihn von der Tür weg und überlegte. Dann wies sie auf eine Marmorbank zwischen rankenden Blumentöpfen. »Ich habe nicht vermutet, daß du so amtlich über die Sache denkst, gerade du! Wie du willst. Ich werde das Amt für Vergnügungen, jene segensreiche Stiftung des Tiberius, die unter meinem Bruder und meinem Gatten in Vergessenheit geriet, wieder einführen. Du bist wie geschaffen dafür. Du wirst Neros Vergnügungsmeister.«

»Das ist nun aber doch ein palatinisches Amt; ich wollte nie eins übernehmen.«

»Du bleibst selbstverständlich Senator.« Sie lächelte, als käme ihr noch ein unerwartet guter Gedanke. »Natürlich ohne ständige Anwesenheitspflicht. Von einem Vergnügungsmeister erwartet niemand Senatsreden, schon gar keine Volksreden ...«

»Ich weiß nicht«, unterbrach Petronius sie, »ob es eines

Amtes für Vergnügungen bedarf – Tiberius brauchte es vielleicht, weil er sich nicht mehr vergnügen konnte.«

»Du kannst nicht bestreiten, daß man es lernen muß, sich zu vergnügen. Ich erinnere mich eines Briefes von dir, in dem du selber diese Weisheit auf Aristoteles zurückführtest, freilich bezogen auf das ganze Volk. Wieviel dringender braucht Nero als heranwachsender Herrscher einen Vergnügungsmeister, und zwar aus einem anderen Grund als Tiberius, aus dem entgegengesetzten.«

»Ich kann dir nicht mit einem Wort sagen, wofür ich mich bei deinem Sohn zuständig fühle. Aber ›Vergnügen‹ scheint mir zu eng.«

Agrippina nahm seine Hand und begann mit seinen Fingern zu spielen. »Du bist doch unbestritten ein Sachkundiger feinen Geschmacks. Nicht nur Nero hat etwas davon. Ich, meine Familie, der ganze Palatin hört auf dein Urteil. Ich stifte das Amt, und du nennst dich Elegantiae Arbiter. Titus Petronius Elegantiae Arbiter, das müßte dir doch zusagen, du eitler Fratz!«

Sie traten in den Unterrichtsraum. Nero saß in einem vergoldeten Stuhl. Seneca blickte, während er ihn abfragte, unbeweglich in eine obere Ecke des Raumes. Burrus wartete mit geöffnetem Harnisch, den Helm auf dem Schoß, in einem Korbsessel.

»Warum soll ein Herrscher auf Kränkungen nicht achten?«

»Weil er dadurch an Erhabenheit verliert.«

»Warum darf er aber nicht allen verzeihen?« Nero schaute verwirrt zu seiner Mutter. »Gib acht!« sagte Seneca. »Ich frage nie der Reihe nach. Dies lasest du am Anfang meiner Schrift.«

»Weil dies die Ehrfurcht vor ihm schmälert«, stammelte Nero.

»Warum aber«, fuhr Seneca fort, »darf der Senat niemals beschließen, daß sich die Kleidung der Sklaven von der Freigeborener unterscheide?«

Neros Augen blitzten: »Weil wir die Sklaven fürchten müßten, wenn sie uns zählen könnten.«

»Prächtig!« rief Seneca und wandte sich Agrippina zu, bereit, abzubrechen. Aber die gelben Knorpel in seinen Augenwinkeln schwollen, als er Petronius einen fragenden Blick zuwarf.

»Was ist das für eine Schrift, aus der du ihn abfragst?« erkundigte sich Petronius, bemüht, daß seine Neugier nicht boshaft klang. »Haben die Stoiker auch eine Staatslehre?«

»Es ist meine Staatslehre!« antwortete Seneca. »›Über die Milde des Herrschers‹ – ich habe die Schrift eigens für Nero verfaßt.«

»Sind denn Platon und Aristoteles nicht mit der Stoa vereinbar?«

»Wozu soll er das Zeug alles selbst lesen! Diese Wälzer! Ich stelle ihm, was er braucht, zusammen.«

Agrippina bat um Gehör. Sie wollte sich wieder zurückziehen und eröffnete Seneca und Burrus, daß sie gedenke, ihre Lehrtätigkeit in Ämter zu verwandeln. »Mit Gehalt und Stundenplan. Im Grunde ändert sich nichts. Es sei denn, daß ich das Amt für Vergnügungen wieder ins Leben gerufen habe. Petronius soll es bekleiden. Er darf sich jetzt Elegantiae Arbiter nennen.«

»Aha«, sagte Seneca. »Dann haben seine Windbeuteleien endlich einen Namen.« Er lachte allein. »Es war nicht so gemeint«, setzte er hinzu und legte Petronius die Hand auf die Schulter. »Wo war ich stehengeblieben? Du willst doch nicht bestreiten, daß die Tugendlehren der Stoa ...«

Petronius hörte nicht zu. Er tauschte mit Nero einen Blick, der es sichtlich nicht erwarten konnte, mit ihm zu gehen, aber bedauernd auf Burrus verwies. Plötzlich entstand eine fragende Pause.

»Entschuldige bitte, meine Gedanken waren abgeschweift.«

»Ich bewies dir soeben«, sagte Seneca leicht gekränkt, den Blick in der oberen Zimmerecke, »daß alle Tugend ihren Lohn in sich selbst trägt.«

»Wozu tugendhaft werden«, fragte Petronius, »wenn man sich doch nur damit brüstet?« Seneca versuchte vermittelnd zu lächeln. »Wie kann man«, fragte Petronius weiter, »nach allem, was in Rom geschah, die Tugend noch so glatt im Munde führen?«

»Hätten wir in jedem Fall der Tugend entsprochen«, antwortete Seneca mit einem Blick zu Burrus, der Zustimmung verlangte, »so gäbe es keine Tugend mehr, weil wir nicht mehr wären. Ich habe acht Jahre Korsika hinter mir. Viele Köpfe sind gerollt. Du forderst im Grunde, daß alle hätten rollen müssen. Wir haben uns für die besseren Zeiten bewahrt, wie Vergils Aeneas schon seinen Gefährten zurief. Du doch übrigens auch!«

Petronius schüttelte den Kopf. »Niemand kann allen die Köpfe abschlagen. Das war ein grausamer Wunschtraum Caligulas. Es war ein Wunschtraum der Ohnmacht.«

»Ganz recht!« sagte Seneca mit seinem fröhlich fetten Blick und mümmelte mit dem kleinen schmalem Mund. »Wir haben die Ungeratenen geduldet wie einen Geschmack von faulen Zähnen im Mund. Sie sind ausgefallen, laß uns die gesunden Zähne pflegen. Die Menschen haben sich nun einmal angewöhnt, vor jedem in den Staub zu sinken, der mit der nötigen Willenskraft befiehlt. Laß uns an die Stelle vor der sie sich verneigen, einen großen Menschen stellen!« Er wies auf Nero, der neugierig seinen vergoldeten Armstuhl verließ.

»Ich würde mich damit begnügen, einen ordentlichen Menschen aus ihm zu machen«, murrte Petronius. »Für wen soll er groß sein?«

»Für alle Freigeborenen natürlich!« rief Nero. »Ich habe dein Gesetz verstanden, nicht nur für die Begüterten, die bis jetzt abgesahnt haben, sondern auch für die kleinen Leute, du weißt ...«

Seneca lächelte tückisch. »Sage ich es nicht immer? Er ist gelehrig.«

»Ich bin kein Affe!« sagte Nero. »Affen sind gelehrig.«

Burrus stellte sich ungeduldig neben seinen Schüler. »Die Zeit rennt uns fort. Ich habe mit ihm noch die Schlachten

Alexanders des Großen durchzunehmen. Es sind nicht wenige!«

»Wir gehen schon«, sagte Seneca. »Ich brauche euch wohl nicht eigens zu raten, daß wir unsere Amtseinsetzungen vorerst wenigstens vor Claudius geheimhalten. Er könnte sie als Benachteiligung seiner Kinder auffassen. Agrippina hat gewiß nur vergessen, uns darauf hinzuweisen. Wir müssen für sie mitdenken.«

Später, als sie allein waren, sagte Nero zu Petronius: »Mach dir nichts daraus, wenn Seneca schwadroniert. Ich fand es köstlich, wie du seine Phrasen entblättert hast. Was ich über mich ergehen lasse! Auch den Senat ertrage ich nicht ohne dich. Wenn du die Schwätzer und Klugscheißer nachmachst und die Mode verulkst, einander zu zitieren – es ist lustiger als Komödie!«

Daß der Junge dies sagte, gefiel ihm nicht. Aristoteles hatte Alexander erzogen. Aber es war nicht bekannt, daß ihm jemand dreingeredet hätte. Ohne Zerwürfnisse war es dennoch nicht abgegangen, und von den Werken des Philosophen war dieser König dasjenige, welches man am leichtesten wieder vergaß. Vielleicht führt es zu nichts, was wir angefangen haben, dachte Petronius. Es ist sogar wahrscheinlich, daß wir das größte Unheil anrichten. Denn sooft er sich dagegen verwahrte, Agrippina gewöhnte es sich nicht ab, ihn Vergnügungsmeister zu nennen, und andere gewöhnten es sich an. Manchmal hielt er entsetzt inne, wenn er seiner Unterschrift den Beinamen »Elegantiae Arbiter« anfügte: Sie nehmen mich nicht ernst. Sie lassen es sich gefallen, wenn ich ihnen über Unsicherheiten ihres Geschmacks hinweghelfe. Sie denken, Nero und ich spielen miteinander wie früher. Wie soll ich ihnen begreiflich machen, daß ich das heikelste Problem seiner Erziehung am Hals habe?

Kein unbeschriebenes Blatt

Petronius erwachte aus einem schrecklichen Traum. Er hielt die Augen geschlossen. Was er gesehen hatte, glaubte er dennoch verloren. Er wußte nur, daß er unter Tränen gerufen hatte: »Tiberius, Tiberius, Tiberius ...!« Seine eigene flehentliche Stimme klang ihm noch im Ohr. Ich komme von den Kaisern nicht los, dachte er. Aber welchen Anlaß habe ich, diesem nachzuweinen? Da flackerten die Augen wieder auf, in die er geschaut hatte. Sie lagen tief; die Wangen und Schläfen waren eingefallen. Durch mattblondes Haar schimmerte eine käsige Glatze. Die Augen traten weit auseinander und erstarrten eidechsenhaft. Immer weiter irrten die Augäpfel voneinander ab, und langsam spaltete sich der ausgezehrte Schädel Caligulas von der Kinnlade her, blutlos wie ein Insekt fiel er auseinander. Wie ein geborstenes Ei entließen die Trümmer des Kopfes einen anderen. Neugierig und schwärmerisch lächelte Neros Jünglingsgesicht mit dem goldig schimmernden Wangenflaum. Er selbst aber stand da und hielt ein totes Kind auf den Armen.

»Du hast laut deinen Bruder gerufen«, sagte Harpocrates.

»Meinen Bruder! Er lebte nur einen Tag. Woher weißt du ...«

»Gestern ließest du mich seine Bulla suchen.«

»Jetzt verstehe ich meinen Traum! Ich hatte zwei Leben. Jetzt habe ich nur noch eins.«

Hoher Nachmittag hing über dem sommerlichen Antium. In den Gärten wurden die Schatten länger. Das Tyrrhenische Meer begann unter dem abwärtsrollenden Sonnenwagen zu funkeln. In den Myrtenhecken raschelten Vogelfüße. Petronius blinzelte, als er aus der Sänfte stieg. Über die lichtgleißende Terrasse eilte ein Diener mit Sonnenschirm. Auf der Schwelle seiner Zimmerflucht wartete Nero. Petronius neigte den Kopf zum Freundschaftskuß; er schmerzte, als müßte er bersten. Ein Kaiser sei immer so gut oder so schlecht wie seine Freunde, hatte sein Vater gesagt. Die Freundschaft, die ihm Nero entgegenbrachte, war vielleicht ein einmaliger Wurf Fortunas. Aber Petronius fand den Vergleich unheimlich, denn er verachtete das Würfelspiel, und wenn es ihm nicht gelang, sich davon fernzuhalten, spürte er manchmal eine fast unüberwindliche Hemmung, den Becher von den Würfeln abzuheben.

»Du kommst spät«, sagte Nero. »Aber wir haben Zeit. Meine Mutter erwartet uns nicht an der abendlichen Gästetafel. Womit überraschst du mich heute?«

Er schwieg; eine Überraschung würde es geben. Deshalb hatte Agrippina sie beide von der Tafel befreit. Aber seine Zusage begann ihn zu reuen.

»Darf ich dir meine neue Elegie vortragen?« fragte der Junge. »Sie scheint mir gelungen, aber sie kann mir nicht gefallen, bevor der Elegantiae Arbiter sie gutheißt.«

Merkur, dachte er, während der Zögling die Maske aufsetzte und sang, mein arkadischer Vorfahr, erfand die Lyra, verschenkte sie aber an seinen Bruder Apollo, damit er die Rinderherde behalten durfte, die er ihm fortgetrieben. So geht es jetzt mir. Denn durfte er Neros Verse zu übertreffen suchen? Er hatte sich ganz der Prosa zugewandt, war aber mit kaum einer Zeile zufrieden, und alles blieb fragmentarisch. Nero war nicht unbegabt. Er fand eigenständigere Bilder und erfaßte immer sicherer, welcher Tonfolge er sie unterlegen durfte. Seine Stimme überstand die Zeit des ersten Bartwuchses ganz gut. Aber er sollte kein Künstler werden. Man mußte ihm die Verse vielleicht ausreden; gute Verse redete man ihm nicht gern aus. Verwies man ihm aber Rohes und Stilwidriges, hielt er gerade daran verbissen fest, und in seine Rechtfertigungen schlich sich ein herrischer Ton.

Durfte man einer Künstlernatur die Geschicke Roms anvertrauen? Unter vier Augen hatte ihm Seneca geantwortet: »Laß ihm das. Es wird nie richtige Kunst. Es verkümmert, sobald seine wirklichen Aufgaben von ihm Besitz ergreifen.«

»Ich kann mir nicht vorstellen, wie aus einem Stümper in der Kunst ein guter Staatsmann werden soll«, hatte Petronius geantwortet. »Hätte er nie damit angefangen, wäre es wohl anders.«

Seneca war nicht dieser Meinung. »Eher möchte ich euch Künstlern vorhalten, daß ihr den Menschen Unglück bringt. Ihr lockt sie weg von ihrer grünen Weide, wo sie zufrieden waren, und lenkt ihre Aufmerksamkeit auf Dinge, die sie nicht ändern können. Wir Philosophen hingegen sagen ihnen, wie sie das Unabänderliche ertragen können.«

»Und wer wird ihm gelegentlich eröffnen, daß er ein Stümper ist?«

»Wer sonst als du, Petronius?«

Agrippina hatte ihn beruhigt: »Auch eine gute Herrschaft kann man als Kunstwerk betrachten, und wer einen geschickten Künstler mit Geschmack erzieht, gibt der Welt einen gerechten Herrscher. Du brauchst seinen Ehrgeiz nur in andere Bahnen zu lenken.«

Nero unterbrach sich. »Du hörst nicht zu. Ist es so schlecht?«

»Was zählt mein Urteil noch, wenn du einst Macht hast?«

»Dein strengstes Urteil wird immer für mich das beste sein. Ich gebe zu, ich fürchte es. Aber ich stelle mich ihm!«

Dieses Satzes erinnerte sich Titus Petronius später noch oft. Es sollte der einzige bleiben, mit dem Nero Wort hielt. So kam es, daß er Elegantiae Arbiter weit, unerbittlich weit ging.

»Du solltest fühlen wie deine Helden, Nero, es aber doch anders wissen. Sonst liegen Wahrheit und Schönheit im Streit.«

»Aber die Wahrheit ist selbst schön. Und ihre Schönheit ist grausam. Das waren gestern deine eigenen Worte!«

Petronius begegnete einem taubengrauen Blick, der schon stechen konnte. Schlau, aber noch nicht klug; kühn, aber noch nicht mutig; viel Trotz, aber noch kein Wille. Ein paar Jahre haben wir noch, bis er ein Mann ist. Er sagte: »Fühle Hektors Rachlust, aber wisse, daß sie ihm zum Verhängnis werden muß. Du verklärst deine Helden nicht wie Kallimachos oder Simonides, das ist gut. Aber die Griechen der Vorzeit arbeiteten die Tiernähe dieser Menschen heraus, um ihre Zuhörer menschlicher zu machen.«

»Wer könnte Tieferes über meine Verse sagen! Ja, die Griechen sind unser Maß. Athen, Sparta, Delphi, Eleusis! Laß uns reisen, mein Titus, so bald wie möglich. Ein Jahr Griechenland, nur wir beide! Nenne dich wieder Encolpius, und finde für mich einen hübschen griechischen Namen! Nur das könnte mich glücklich machen.«

Petronius sagte ihm, wie anders seine Mutter darüber dachte. »Und ich möchte auch nicht, daß du vor deinem Römertum fliehst.«

»Römertum!« sagte Nero dumpf. »Der Burrus verlangt auf dem Marsfeld einfach zuviel von mir. Werde ich nicht Feldherren haben? Wozu muß ich Gesetze kennen, wenn Seneca sie kennt? Ich will wie du das saftige Leben kennenlernen! Ich will wissen, wie das Volk lebt, wie es denkt, was ihm gefällt. Ich habe nämlich die Absicht, ein volkstümlicher Herrscher zu werden.« Dann verlangte er ein wenig zu tafeln und dazu Reisefragmente zu hören.

Petronius rief den Vorleser und besprach mit Koch und Kellermeister, was aufzutragen war. »Aber nehmt euch Zeit!« Dann begab er sich durch efeuumwucherte Arkaden hinüber zum Mittelbau der Sommervilla. Die heiße, kaum bewegte Luft trug schwere Blütendüfte, das Gesirr fliegender Insekten und das eintönige Schnarren der Zikaden herein. Er ließ Agrippina von der Tafel rufen.

Was nun seinen Lauf nahm, hatte mit einem heiklen Zufall begonnen. Wenige Tage zuvor war Petronius, als er zur festgesetzten Stunde vor Neros Gemächern erschien, in eine Weinlaube weitergeschickt worden. Der Junge hatte mit seiner Mutter ausgiebig im Meer gebadet, und sie lagen halbumschlungen schlafend auf Badetüchern und Polstern. Der Himmel gleißte weißlich bedeckt und doch sonnenhell; in der schwülen Luft verschwammen alle Schatten. Petronius, noch müde von seinem Vormittagsschlaf, legte sich daneben und schloß noch einmal die Augen. Der Duft des Salböls war so betäubend, daß er einnickte. Dann hörte er gurrendes Kichern. Sein Kopf lag auf dem Handrücken, und er öffnete reglos die Augen. Agrippinas Brüste waren nackt. Das lila

Brusttuch hing in ihren kastanienfarbenen Locken. Eine zarte Hand streichelte die eine Brust, eine goldig beflaumte Wange rieb sich an der andern. Petronius stützte sich verwundert auf. Der Junge, ebenfalls völlig nackt, zuckte zusammen und winkelte die Schenkel an. Aber es war nicht zu übersehen gewesen, daß Priapus in ihm stekkte.

»Zieh dir etwas an«, sagte Agrippina, »und geh voraus.« Dann fuhr sie, ohne sich zu bedecken und ebenso gleichgültig, fort: »Zugegeben, was du gesehen hast, ging weit. Aber weiter wäre es nicht gegangen. Ich hätte ohnehin bald mit dir darüber gesprochen. Nun kann ich mir eine Vorrede ersparen.«

»Du bist mir keine Rechenschaft schuldig«, sagte Petronius.

»Er kann bald mit Octavia Hochzeit halten«, erklärte sie. »Sein Kammersklave fand Befleckungen seines Bettzeugs. Ich habe ihn vorzeitig die Männertoga nehmen lassen. Nur sein Bartfest muß ich aufschieben, weil alle Welt in seinen Wangenflaum vernarrt ist. Ich will nicht, daß er Octavia ungeschickt nimmt, denn meine Kinderehe mit seinem Vater hat mich gelehrt, welches Glück davon abhängt. Ich war dreizehn, als man mich mit Ahenobarbus zusammensperrte! Ich tue nichts anderes, als was bei manchen Völkern außerhalb des uns unterworfenen Erdkreises üblich ist, wie unser Geograph Pomponius Mela berichtet. Ich lasse ihn finden, was eine Frau gern hat, damit er im Bett nicht nur an sich denkt! Das müßtest du doch verstehen als erfahrener Frauengenießer. Meine Brüste sind ihm nie ganz gleichgültig geworden, ich habe ihn sozusagen ungenügend entwöhnt. Auch ein bißchen verwöhnt natürlich, er ist nun mal meine einzige Freude ...«

»Das ist nun aber doch eine Vorrede«, unterbrach er sie.

»Kurz, ich dachte an deine Zuständigkeit. Ich wollte die Sache in deine Hände legen. Soll ich es ihm von einem gewöhnlichen Kinäden zeigen lassen? Die Hauptsache weiß er schon, aber das Vorpspiel, verstehst du? So geht es natürlich nicht weiter, es fängt an, brenzlig zu werden, und wie schnell ist der Augenblick da ...«

Sie hatte die Mitte der Dreißig überschritten, war aber noch schön wie eine Zwanzigjährige. Nirgends Fett trotz der Gelage, keine Runzel trotz Verbannung und ehrgeiziger Pläne. Da er sich abwandte und schwieg, sprach sie weiter. »Gerade weil Octavia nicht besonders hübsch ist und sich eher kalt und spröde geben wird, was mich bei einer Tochter Messalinas allerdings wundert! Aber wenn er richtig mit ihr umgeht, wird sie zweifellos Reize entfalten. Du wirst mit zwei Mädchen zu ihm gehen. Er hat mir anvertraut, daß er Hemmungen spürt, mit Mädchen allein zu sein.«

Er hätte ahnen müssen, daß man ihm damit kommen würde, wenn man ihn für ein harmonisches Gefühlsleben des künftigen Herrschers verantwortlich machte. Es war auch nicht ohne Reiz.

»Nach der Hochzeit wirst du aufpassen, daß er nicht verwildert«, sagte Agrippina. »Ich warte auf dein Einverständnis.«

Wortlos beugte er sich über sie. Schloß sie die Augen, damit er sie küßte? Ihre Lippen waren in der schwülen Luft beinahe kühl. Ihr Körper zuckte leicht unter seinen heißen Handflächen. Sie machte die Nascherei unerwartet lange mit. Er blieb behutsam; sein Blut tobte kaum erträglich, doch seine Lenden blieben sonderbar ruhig. Hätte sie mehr erlaubt, er wäre vielleicht das Opfer einer Verlegenheit geworden. Sie wälzte sich fort und stand auf. »Bist du nicht weit in den Dreißigern? Du solltest vernünftiger werden! Du hast dich doch, wie du sagtest, an Vinia gewöhnt.«

»Gut«, sagte Petronius. »Laß es mich wissen, wenn es an der Zeit ist mit den Mädchen.«

»Es ist höchste Zeit. Er wird mir gefährlich.«

Schon am nächsten Tag hatte sie ihm zwei Dutzend junge Mädchen vorführen lassen, ohne ihren Stand zu verraten. Er wählte eine Jungfrau und eine Erfahrene aus. Sie machten ihm Augen.

Nun führte sie ihn ins Badegewölbe, wo die beiden warteten. Auf der Treppe hielt sie ihn an und sah ihm ins Gesicht: »Du hast Herzklopfen? Ich auch! Laß mich am Anfang dabeisein! Ich schwöre, es ist für ihn das erstemal. Welche Mutter hat diesen Wunsch nicht? Ich habe alle Fäden in der Hand und kann ihn mir erfüllen! In Antium ist er geboren, in Antium soll er ein Mann werden!«

Die Jungfrau, sie nannte sich Cynthia, saß zwischen marmornen Meergöttern auf dem Beckenrand, die Erfahrene, die sich Lycoris rufen ließ, ritt nach Art der Tribaden auf einem Schenkel ihrer Freundin. Sie ließen sich ins Wasser plumpsen. Agrippina drohte mit dem Finger. Aber Lycoris rief plantschend: »Wir sind schon verrückt auf den Goldjungen!«

Petronius prüfte, ob der Enthaarungskünstler ordentlich gearbeitet hatte. Ein gewöhnlicher Kinäde, dachte er, macht das nicht schlechter. Aber Agrippina will es mich tun sehen, und es reizt mich, daß sie es will. Er hatte dafür gesorgt, daß der Goldjunge und die Mädchen einander nicht zum erstenmal sahen. Seit ihrer Vorführung brachte er die beiden zum Schwimmen und Vorlesen, zu Ballspielen und kleinen Theaterszenen mit. Nero war von ihnen begeistert, wurde aber bei der leisesten Anspielung schüchtern.

Die Mädchen nahmen ihre Umhänge. Agrippina schickte einen Diener in den Hof der Musikanten. Eine Flötenspielerin, eine Begleiterin für die Handpauke und eine für das klappernde, rasselnde Sistrum sollten kommen. Sie warteten auf einem Balkon. Zwischen schwammigen Wolken schien die Sonne ins Meer zu laufen wie Lava. Die Zikaden kreischten. Über den Zedern des Tempelhügels, wo Opferrauch in den taubenfarbenen Abendhimmel wölkte, kam übergroß der zunehmende Mond herauf. Sie schlichen sich ins Ruhezimmer.

Über Neros Liegestatt war ein leichter Baldachin errichtet worden. Nebenan sprach, um Wohlklang und Ausdruck seiner Stimme bemüht, der Vorleser. Die Mädchen huschten hinter die Vorhänge und kicherten. Plötzlich polterte Nero mit angstgeweiteten Augen herein, einen Dolch in der Faust. »Ich dachte, Mörder wären hier!«

Agrippina nahm ihn in ihre Arme und streichelte seine rötlichen Locken. »Da drin warten deine beiden Freundinnen. Einmal muß es doch sein. Husch, husch! Ich lasse dir deinen Titus da!« Sie ging auf den Balkon. Als Nero unter den Baldachin geschlüpft war, kam sie auf Zehenspitzen zurück. Sie faßte Petronius bei der Hand. Ihr Zittern übertrug sich auf ihn. Ihre vollen, scharf geschnittenen Lippen flüsterten an seinem Ohr: »Er darf es nie wissen, aber laß mich sehen, wie er die Jungfrau nimmt! Ich habe einfach keine Erinnerung daran.« Die Flötenspielerin hatte sich hingekauert und blies zum priapeischen Takt der Handpauke und des Sistrums. Dennoch hörten sie einander atmen, als sie, Schläfe an Schläfe, in den Kupferspiegeln, die im Dach des Baldachins angebracht waren und über der Vorhangstange gut sichtbar blieben, das beginnende Spiel beobachteten. Lycoris behandelte den Goldjungen sehr einfühlsam; Cynthia blieb nicht unbeteiligt, hielt sich aber, ihre jungfräuliche Rolle wahrend, zurück, bis Lycoris begann, Nero mit viel Zärtlichkeit von sich zu entfernen. »Sieh jetzt nicht hin«, flüsterte Agrippina. Er fühlte ihre großen Lippen auf seinem Mund, ihre Zunge. Sie hörten den kleinen, kurzen, ein wenig empörten Schrei des Mädchens. Agrippina legte ihm das Gesicht auf die Schulter und schluchzte leise. »Wenn ich doch die kleinste Erinnerung hätte! Alles wie ausgelöscht! Das soll Octavia erspart bleiben.« Die Musikantinnen spielten lauter und schneller. »Nun geh zu ihnen! Du siehst doch, er braucht dich. Und vom Zuschauen wird keiner satt.« Sie verhüllte ihren Kopf und schlich hinaus.

Als Petronius den Vorhang beiseite zog und die kleine Tafel herbeitragen ließ, schwang sich Nero vom Polster, nahm die Leckereien mit kindlicher Freude in Augenschein, stürzte einen Becher Wein hinter und kaute auch schon. Die Mädchen holten sich ein paar Happen auf silbernen Tellerchen. Der Goldjunge beachtete sie nicht mehr. »Das nenne ich eine Freundschaft besiegeln!« sagte er. »Ich danke dir. Für heute kannst du die beiden fortschicken. Laß uns noch plaudern!«

»Ein wenig darfst du auch deiner Mutter danken.«

»Der?« fragte Nero. »Sie drückt mir die Luft ab mit ihrer Liebe! Ich bin jetzt fünfzehn! Aber sie will mich beherrschen, wie sie alle beherrscht, meinen Stiefvater, den ganzen Palatin, den Senat. Ganz Rom beherrscht sie mit ihren schönen Schenkeln. Zum Kaiser will sie mich machen. Aber ich will mein Leben genießen.« Er starrte Petronius in die Augen. »Ich ertrage es nicht, wenn mich jemand beherrscht. Du versuchst es nie, mein Titus, das gefällt mir an dir! Ich finde, kein Mensch hat ein Recht ...« Er warf den Becher mit einem Verzweiflungsschrei von sich.

»Ich verstehe dich. Aber du darfst dich nicht so ereifern.«

»Was darf ich überhaupt?«

»Du wirst alles dürfen.« Petronius sagte es müde hin.

»Ich werde kein Willkürherrscher!«

»Sehr gut. Daran werde ich dich erinnern.«

»Ich will, daß jeder alles darf!«

Petronius behielt seine Einwände für sich, er fürchtete, sich zu verfangen. Er aß ohne Appetit. Nero kaute heißhungrig, trank und ließ sich nachschenken, bis Petronius die Hand über seinen Becher hielt.

»Sag mir, du Satyr«, fragte der Goldjunge, »wie oft muß man es schaffen, um als tüchtig zu gelten? Catull kündigt es seiner Ipsitilla neunmal an. Anicetus, mein früherer Lehrer, hat mir verraten, er brächte es spielend auf mehr.«

»Höre: Das ist nicht wichtig! Einmal mit aller Zärtlichkeit ist mehr als neunmal wie ein Bock. Wir lasen Ovid. Ist dir entgangen, daß er jede Erfüllung in der Liebe an die Gegenseitigkeit bindet? Man muß aufeinander warten können, damit man zu gleicher Zeit den höchsten Genuß findet. Die Höhe der Genüsse ist wichtiger als ihre Zahl. Sonst unterjocht einer den andern. Die beiden Mädchen – waren sie Sklavinnen oder freigeboren? Du hast nicht einmal danach gefragt! Auch ich könnte es dir nicht sagen.« Petronius grübelte. Seine Worte schienen ihm leer. Wer es nicht fühlt, wird es nie wissen. Wer es nicht kann, wird es nie lernen. Dann sagte er wie zu sich selbst: »Das alles hat mit dem Amt eines

Herrschers mehr zu tun, als manche glauben wollen. Hinter jedem Mann lauert Caligula, hinter jeder Frau Messalina.«

»Das ›Dodekatechnon‹ des Paxamos fand ich klarer als Ovid.«

»Wer gab dir das zu lesen?« fragte Petronius überrascht.

»Anicetus, der mein Lehrer war, als wir noch nicht auf dem Palatin wohnten und nicht jedem sagten, wer wir sind. Er dient jetzt bei der Kriegsflotte in Misenum und besucht mich immer, wenn ich mit Mutter in Bauli bin. Da hat er es nicht weit.«

Ob er die »Zwölf Stellungen« überhaupt verstanden habe.

»Er gab mir auch den Eubius zu lesen, die Elefantis und die Philainis.« Nero grinste. »Ich bin kein unbeschriebenes Blatt.«

»Dann war es heute wohl doch nicht das erstemal?«

»Doch, mit Mädchen. Aber die eine oder andere Vergnüglichkeit hatte ich schon bei Anicetus. An Mädchen ließ er mich nicht heran; er haftete meiner Mutter mit seinem Kopf. Trotzdem führte er mir einige vor, wie sie nackt über Geländer stiegen oder Seile hinaufkletterten. Manchmal fehlt mir Anicetus sehr.«

Anicetus! dachte Petronius. Der Barbiergeselle, der Freigelassene! Und die Verse, die Ovid in der Verbannung gedichtet hatte, kamen ihm in den Sinn: Wer schon mißraten ist, den kann schlechthin alles verderben. Konnte man diese Wahrheit umkehren?

»Dieser schmierige, stinkende Kinäde«, knirschte er.

»Kinäde? Sag das nicht! Er konnte ganz gut, was diese kastrierten Würstchen nicht dürfen. Dann müßtest du ja dich selbst als eine Art höheren Kinäden betrachten. Aber du bist auch nicht schlecht. Ach, meine Mutter ist die Beste! Sie glaubt alles zu wissen. Komm! Willst du mich nicht? Anicetus sagte nie nein.«

Petronius fand die Mädchen im Bad. Sie wollten ihre Enttäuschung über den Goldjungen nicht zugeben, erwarteten aber von seinem »Vergnügungsmeister« ein Nachspiel. Er führte sie durch den Park spazieren. Der zunehmende Mond, nun kleiner und höher, aber noch immer matt, machte die Dächer der Villen, die Statuen, Ziervasen, Sphinxe, Greife zu Schemen. Die Mädchen schwatzten unaufhörlich. Schon die Tage zuvor hatte ihn ihre Albernheit geärgert. Mußten denn so hübsche Mädchen immer beschränkt und albern sein? Der belustigte Eifer, mit dem sie sich als freigeboren zu erkennen gaben und berichteten, wie sie zu der Ehre gekommen wären, mit dem Goldjungen zu »spielen«, stimmte ihn traurig. Sklavinnen, fand er, heuchelten nicht so. Am Strand küßten sie ihn, bis er sie wegschickte. Allein ging er auf dem nassen Sandstreifen die Brandung entlang, die ein fernes Gewitter herantrieb. Mit all seinen Kleidern ging er den kühlen Schaumkämmen entgegen, bis sie ihn fast umrissen. Er breitete die Arme aus: Diana, keusche Göttin der Mondsichel! Gegen Geschmeiß kann man nicht gewinnen. Wird er nicht alles umkehren, was man ihm eintrichtert? Erbarme dich dieses Jungen, und gewähre ihm noch ein paar gute Jahre!

Jo Hymen, Hymenaeus!

Am Vorabend der Hochzeit versammelten sich die Familie und ihre nächsten Freunde in Agrippinas Gemächern. Die Auspizien standen günstig. Ein Seeadlerpaar hatten die Vogelschauer gesichtet, das einträchtig die Stadt überflog. In den Eingeweiden der Opfertiere war nichts Beunruhigendes gefunden worden. Nur zwei Opferbeschauer meldeten Anstößiges. Der eine wollte in der Leber eines geschlachteten Stiers die Maske eines Tragöden erkannt haben, der andere schwor heilige Eide, sein Opferschaf habe auch dann noch, als die gewohnte Menge Blutes aufgefangen worden, unaufhörlich weitergeblutet. Der rote schäumende Strom sei unvermindert aus dem Körper geflossen, der nach aller Erfahrung längst hätte leer sein müssen. Als die Bottiche überliefen, habe man das Opfertier in die Flammen geworfen, wo zwar das Blut verzischte, aber auch das Feuer erlosch. Gegen die Unheilskünder wurden Zeugen früheren Versagens beigebracht. Agrippina forderte eine gerichtliche Anklage. Titus Petronius verwies darauf, daß so die unangenehmen Beobachtungen öffentlich zur Sprache kämen. Er riet, den beiden Sehern einen weiteren Gebrauch ihrer zweifelhaften Gabe zu verbieten und sie aus der Stadt zu weisen. Der alte Kaiser, der sich aus Rührung über die Verehelichung seiner Tochter den ganzen Tag nicht vom Weinkrug getrennt hatte, pflichtete ihm mit rauher Stimme und ungelenker Zunge bei. Auch Burrus war während langer Würfelpartien mit Claudius eine Beute des Bacchus geworden; er gab ein paar Soldatenzoten zum besten. Seneca räusperte sich vernehmlich und begann, seine philosophische Abhandlung über den Sinn der Ehe zu verlesen.

Octavia, gerade fünfzehn, saß in ungesäumter weißer Tunika zwischen Freundinnen und sah still durch die Maschen des roten Netzes, das ihr über die Stirn herabhing. Sie zeigte Proben ihrer Wollarbeit herum. Nero hielt sich im Hintergrund bei Britannicus und gleichaltrigen Mitschülern. Der Flammenschein der Feuerbecken spielte auf den goldroten Stirnlocken des Sechzehnjährigen und ließ den tropfenförmigen Rubin erglühen, in den eine dem Scheitel aufgelegte Elfenbeinkette auslief. Als Seneca geendet hatte, trug Octavia einen Arm voll Spielsachen zum Hausaltar, um sie in einem Brandopfer den Göttern zu weihen.

Anderentags war das Palatium schon frühmorgens voller Gäste, die Gratulationen und Geschenke überbrachten. Vor allen Tempeln stiegen die duftenden Rauchsäulen der Opferfeuer in den Himmel. In den Straßen und auf den Foren wurden Holzstapel für die Freudenfeuer errichtet, und die Menge strömte den Säulenhöfen zu, in denen Freitische eingerichtet waren, drängte sich vor den Amphitheatern, um sich für die Gladiatorenspiele Plätze zu sichern, jubelte im Circus Maximus über die ersten staubwirbelnden Wagenrennen.

Nero schritt in einfacher Toga am Arm seiner Mutter durch die Flure des Palatium. Überall bildeten Verwandte und Freunde Gassen. In einem Saal führte ihm Claudius, begleitet von Britannicus, ungelenken Fußes seine Tochter entgegen. Das kostbar bestickte Hochzeitsgewand Octavias verschwand fast ganz unter dem safranfarbenen Überwurf, der ihre Schultern bedeckte. Ihr Haar war zu sechs Zöpfen aufgesteckt; über der Stirn vereinigten sie sich zum »Jungfernspieß«; ein Kranz aus Majoranblüten hielt den feuerroten Brautschleier. An ihrem dünnen Hals, der ihr zartes weißes Mondgesichtchen trug, blitzte eine goldene Kette. Unterm Saum des Gewandes zeigten sich bei jedem ihrer zaghaften Schritte abwechselnd die safranfarbenen Sandalen.

Agrippina, Mutter des Bräutigams, wechselte in der Mitte des Saals an die Seite des Brautvaters, ihres Gatten, über. Octavia reichte ihr beide Hände wie zum Abschied, wandte sich ab, um sich ein Stück zu entfernen, drehte sich auf der Ferse um und schritt zurück. So begab sie sich aus der Obhut ihrer Stiefmutter in die ihrer Schwiegermutter. Beifällig raunten die Umstehenden.

Nero nahm ihre Hand, und der Hochzeitszug begab sich unter festlichem Gesang und Zimbelgeklirr ins Freie, überquerte den großen Hof und verteilte sich auf die Freitreppe des Junotempels. Die Priester, die das Heiligtum der ehebehütenden Göttin pflegten, stimmten ihre Hymnen an. Octavia opferte ein weißes Lamm, Nero eine weiße Sau, die noch nicht geworfen hatte. Der Braut stand ein Mädchen zur Seite, das eine Fackel trug, dem Bräutigam ein fackeltragender Knabe. Dann setzte sich das Paar auf eine mit weißem Lammfell überzogene Marmorbank und aß aus den Händen des Junopriesters den heiligen Hochzeitskuchen. Auch Priester der Erdgöttin Tellus und des Kriegsgottes Mars waren mit geweihtem Backwerk aus ihren Heiligtümern gekommen. Zum Gesang von Knaben und Mädchen beobachteten Auguren den Flug eines Taubenschwarms, der vom Kapitol aufstieg und ohne Zwischenfall in weitem Bogen den Palatin überflog. Darauf traten die Notare des Claudischen und des Julischen Hauses vor das Brautpaar und entrollten das goldgerandete Pergament des Ehevertrages zur Unterschrift. Eine Verwandte des Claudius, die nur einmal geheiratet hatte, ergriff die Hände des Paares, führte sie wechselseitig den Lippen zu, damit einer des anderen Ring küßte, und legte sie zur Besiegelung ihrer Treue ineinander. Stille trat ein, und Octavia rief, ihre erhobene Rechte in der Neros, mit heller Stimme: »Wo du bist, werde auch ich sein.« Unter Priestergebeten umschritt das Paar dreimal von links nach rechts den Altar. Hochrufe mischten sich mit erneuter Musik. Verwandte und Freunde drängten näher. Die Trauzeugen drückten ihre Gemmen in das Siegelwachs des Ehevertrags. Unter ihnen erschien nach dem letzten Verwandten als erster der Freunde Titus Petronius. Rauchzeichen meldeten der Stadt die vollzogene Trauung. Von den Plätzen brauste der Jubel herauf. Die Geldspenden begannen.

Petronius blickte beiden Brautleuten suchend in die Augen. Nero war kein Kind mehr. Mit Gattenstolz und Schelmerei, schien es, versuchte er Angst zu überspielen, Angst vor dem ersten Löffel einer Speise, die er nicht genießbar fand. Octavia, nicht gewohnt, im Mittelpunkt zu stehen, war wie geblendet von dieser Festlichkeit. Ihr Blick wirkte ahnungslos, als wüßte sie nicht das geringste von einem Brautlager. Agrippina hatte mit ihr sprechen wollen, aber zu allem, was ihr Petronius über seine Beobachtungen in Antium sagte, geschwiegen, als nähme sie derlei einfach nicht zur Kenntnis.

Auch das Festgelage, das unter freiem Himmel in Gärten und Höfen des Palatin stattfand, war von Petronius geplant und geordnet worden. Daß Seneca an der kaiserlichen Tafel eine weitschweifige, mit guten Maßregeln gespickte Tischrede hielt, war nicht zu verhindern gewesen. Als am dämmernden Himmel der Abendstern sichtbar wurde, gab Petronius das Zeichen, die Hochzeitsfackeln aus duftenden Harzen anzuzünden. Flötenspiel mischte sich mit Handpaukenschlag. Das Brautpaar hielt Einzug in seinen Palastflügel. Auf seinem von Fackeln und Girlanden gesäumten Weg berührte es eine hellerleuchtete Balustrade, die vom Römischen Forum aus gesehen werden konnte. Dort machte der Hochzeitszug halt, damit das Paar die Hochrufe des Volkes entgegennahm. Einer alten Sitte folgend, die nicht mehr einhellig gedeutet wurde, warf Nero Nüsse hinunter. Er ließ ihnen Münzen folgen. Knaben und Mädchen sangen den Hymnus auf den Hochzeitsgott: »Jo Hymen Hymenaeus!« Das ganze Gefolge fiel ein. Die Strophen feierten Hymen, den Sohn der Aphrodite und des Dionysos, den Gesellen der Baumnyphen, der die bräutliche Jungfräulichkeit behütete. Sie priesen die Sittsamkeit der Braut und spielten auf erlaubte Erfahrungen des Bräutigams an, wünschten dem Paar Kinder und Enkel, ermahnten die Braut zum Gehorsam, den Bräutigam zur Sanftmut, warnten vor Ehebruch, beschrieben die Liebesfreuden, die nun die Braut gewähren sollte. Als das Paar die frischgehobelte Tür erreichte, war der Treppenaufgang so verstopft, daß Petronius mit den Ellenbogen lachende, lärmende, trinkende Gäste beiseite schieben mußte, um Octavia die Büchse mit Wolfsfett zu überreichen. Feierlich bestrich sie nach altem Brauch die Türpfosten, um böse Geister fernzuhalten. Nero hob sie an Schultern und Beinen empor und trug sie, damit sie nicht stolperte, über die Schwelle.

Agrippina wies alles, auch ihren trunkenen Gatten, zurück. Ausgewählte Sänger durften mit ihren Fackeln einmal das Brautbett umtanzen. Dann schloß Agrippina die Tür und zog sich mit Petronius hinter einen Wandschirm zurück. Einem beliebten Brauch folgend, hatte er eine üppige bäuerliche Matrone bestellt, die das Brautbett richtete und die derben, ermutigenden, anregenden Zaubersprüche kannte, mit denen das Landvolk sieben hilfreiche Begattungsdämonen beschwor. Die Pronuba drückte Octavias Kopf an ihre mächtigen Brüste und weinte ein wenig. Von einem bereitstehenden Herd brachte Nero eine Kanne mit frischem Quellwasser und eine Pfanne mit brennenden Scheiten; Octavia trug ihm eine Spindel und frischen Speltkuchen entgegen. Noch immer hallten draußen die Flure wider vom Gesang: »Jo Hymen Hymenaeus!«

Die Pronuba legte Octavia in die Kissen und zog, nachdem sie Nero herangewinkt hatte, die Vorhäng zu. Zuerst rief sie singend Volupia an, daß sie Wollust errege, dann Stimula, die aus Zärtlichkeiten Begierde zu wecken hatte. Mit wortreichem Singsang hielt sie sich eine Weile dabei auf, nicht ohne prüfende Blicke hinter den Vorhang. Dann beschwor sie, knapper und ein wenig zotig, Mutunus Tutunus, daß er das Glied steife, und Subigus, daß er die schüchterne Braut unter die Lenden des Bräutigams zwinge. Sie schien in Sorge und spähte häufiger hinter den Vorhang, wiederholte mit Ausdauer die Verse und beschleunigte sie bis zur Unverständlichkeit. Als sie Prema anrief, daß sie dem Bräutigam helfe, die Braut festzuhalten, begann ihr Eifer zu erlahmen. Hinter dem Vorhang entstanden Geräusche wie bei einer Balgerei. Man hörte Keuchen und einen halberstickten Schrei. Mit Nachdruck wiederholte die Pronuba alle fünf Geisterbeschwörungen. Agrippina wandte sich mit verhülltem Kopf der Lehne ihre Stuhles zu. Petronius ging auf Zehenspitzen zu dem Bauernweib und flüsterte, sie solle ihre Aufgabe nicht übermäßig ernst nehmen und bald zum Schluß kommen. Sie hob beleidigt die Schultern. Mit einem Blick wies sie alle Schuld am Versagen ihrer Kunst von sich. Lustlos leierte sie Verse herunter, die Pertunda um Hilfe bei der Entjungferung baten, und übereilt rief sie nach Perfica, daß sie dem Gatten den Samen entlocke.

Plötzlich wich sie verwirrt zurück. Aus dem Vorhang stieg Nero. Er kleidete sich mit fahrigen Bewegungen an und lief seiner Mutter in die Arme. »Ich kann nicht«, stammelte er. »Es geht nicht. Vielleicht ein andermal.« Octavias Freundinnen behaupteten später, Hymen wäre ihr Bettgenosse geblieben, Nero hätte nie die Ehe mit ihr vollzogen. Sie selbst verlor kein Wort darüber, außer zu Petronius.

Zu früh!

Ein anderer Traum wiederholte sich neuerdings: Er schaute in einen Spiegel, und aus dem polierten Silber sah ihn ein fremdes Gesicht an, ein völlig Unbekannter. Beim Erwachen war ihm, als verabschiede er sich von sich selbst. Er wartete, ob es weh tat. Der Zurückbleibende gestand sich endlich ein, was der Entschwindende längst wußte: daß er Agrippina nie gewinnen konnte. Was war sein Leben dann noch wert? Er ließ sich den Spiegel bringen. Noch hatte er die Vierzig nicht erreicht, aber die Wangen furchten sich, zwischen Ohren und Schläfen ergraute das schwarze Haar, und die violetten Keile unter den Augen, die er von der Mutter hatte, schienen ihm größer und dunkler. Nur das Blau der Augäpfel blieb klar und hell. Den Nachtmenschen sollte er sich abgewöhnen; wieder kam er zur Abendtafel im Palatium zu spät. Mit spöttischer Herablassung hatte ihm Agrippina das Erscheinen beim Morgenempfang erlassen, damit er, wie sie hinzufügte, wenigstens vor Sonnenaufgang in Vinias Bett fände. Immer glaubte er darüber wachen zu müssen, daß man ihn ernst nahm; nicht selten hatte er das Gefühl, daß er sich gerade dadurch lächerlich machte. Gefragt war sein Geschmack, wenn Bilder oder Skulpturen angeschafft, Dichtungen und Musikstücke ausgewählt, die Speisen und Weine eines Festmahles festgelegt wurden. Um die Prüfung von Akrobaten und Tänzerinnen kam er nicht herum. Baupläne und Reisevorhaben wurden ihm unterbreitet. Theateraufführungen und die Auftritte der kaiserlichen Familie in der Öffentlichkeit verlangten nach seiner ordnenden Hand. Agrippina schwor auf sein Fingerspitzengefühl, das sie ihm in der Politik beharrlich absprach. Er wunderte sich oft, wie wenig vonnöten war, um ihre Erwartungen zu erfüllen. Was den guten Geschmack betraf, waren sie auf dem Palatin alle unselbständig wie Kinder.

Trotzdem wälzte er mit Harpocrates in mancher Nacht griechische, orientalische und ägyptische Fachliteratur. Sie entwarfen, verwarfen, erprobten, kosteten, reisten, besichtigten, begafften, beschafften. Bei jedem Vorschlag bangte er, daß er versage. War er mit Beifall angenommen, sagte er sich: Hättest du doch versagt, sie ließen dich endlich in Ruhe! Aber was er anpackte, gab er nicht mehr gern aus den Händen. Schadenfreude über die Stümperei anderer tröstete ihn nicht über das Mißlingen einer Sache von allgemeiner Wichtigkeit, und für ihn war es keineswegs ohne Belang für den Staat, wie sich die Leute vergnügten, die ihn beherrschten. Die aber genossen nur die Annehmlichkeiten seiner Bemühungen. Dafür nahmen sie sogar manche Strenge hin. Sein politisches Urteil setzten sie herab, und die Stimme seines Ehrgeizes sagte ihm: weil sie es fürchten müßten.

Während er sich ankleiden ließ, kehrte Vinia mit ihrer Tochter von einem Ausflug auf den Janiculus zurück und schwärmte vom Rundblick über Rom bei dem klaren Oktoberwetter. Er trank mit ihr etwas leichten Wein mit zartem Gewürz zu mürbem Gebäck.

Es war noch mild genug für die trogförmige offene Sänfte, ein altes Familienstück, deren etruskischer Bemalung immer wieder bewundert wurde. Mit platzforderndem Geschrei drang der Herold ein in den Lärm der Gassen. Von den Märkten strömten Bauern und Händler zurück aufs Land. In den Hauptstraßen wurde die Fackelbeleuchtung angezündet. Die zeitige Herbstdämmerung kroch zwischen die sieben Hügel. In den perlmuttfarbenen Himmel ragte eine vom Sturm verstümmelte Dattelpalme wie der aufgerichtete Schwanz eines angriffslustigen Skorpions.

Das Palatium war ungewohnt spärlich beleuchtet, als wäre die kaiserliche Familie verreist. Reglos ließen die Wachen ihn durch; er kam und ging, wann er wollte. Die Flure waren leer, die Gesellschaftsräume verschlossen. Hatte er wieder eine Nachricht überhört oder vergessen? Er ging der Knabenstimme nach, die zu zaghaft gezupfter Lyra sang. Sie trübte sich, räusperte sich, sang unbeirrt weiter, immer dieselbe Folge zierlicher Verse, unfertige Zeilen mit Lalala füllend. Sie erzählten von einem Königssohn, dem ein falscher Freund die Herrschaft entrissen hatte.

Petronius trat ein. Sein Ohr trog nicht: Britannicus dichtete.

»Jetzt kommst du erst? Alle sind wieder nach Hause gegangen.«

»Wo sind deine Eltern? Deine Geschwister?«

Sie hätten sich in die hintersten Gemächer zurückgezogen

und wollten nicht gestört werden. »Komm, setz dich! Hör du mir zu! Es geht meinem Vater nicht gut. Die Kur in Sinuessa half wenig.« Britannicus wandte sein mageres, blasses Gesicht ab. »Ich bin so oder so verloren.« Aus den verschatteten Augenwinkeln perlten Tränen.

Petronius versuchte ihn zu beruhigen. »Dein Vater kränkelt schon lange. Die Götter werden ihm noch viele Jahre schenken.«

»Wozu hat jeder von uns seinen Vorkoster? Warum mußten etliche schon ersetzt werden? Warum schlucken wir alle Morgen für Morgen dieses Theriak, das gegen hundert Gifte gefeit machen soll?«

»Trittst du einmal deines Vaters Nachfolge an, genießt du den Schutz, der dem Ersten gebührt. Verzichtest du aber, wird dir niemand etwas tun.« Sogleich ärgerten ihn seine Worte. Sie waren nicht nur eine Ausrede vor der Not diese Kindes. Sie klangen wie Verrat. »Ich«, fuhr er fort, »nehme kein Theriak und habe keinen Vorkoster. Wir alle sind Schatten auf Abruf, und nichts schützt uns, wenn wir gerufen werden.«

Auch diese Worte bedauerte er sofort. Aber Britannicus lächelte dankbar. »Ja, der Gedanke tut gut. Wenn man nicht so am Leben hängt, tut es nicht weh, daß man es lassen muß.«

Petronius hörte ein Weilchen zu. Dann ließ er sich zu Seneca tragen. Der Philosoph empfing ihn nicht ohne freudige Überraschung. Wegen des Gelages, das nun aber ausfiel, hatte er seinen stoischen Kreis nicht eingeladen und sah schon einen wortkargen Abend mit Paulina vor sich. Sogleich schickte er sie in die Küche, damit sie Anordnungen für ein kleines Mahl treffe, und fragte Petronius nach Neuigkeiten. Petronius antwortete einsilbig. Dem Kaiser gehe es schlecht. Sofort fing Seneca an, nach Herzenslust selbst zu plaudern. Um Neuigkeiten liefern zu können, müsse man früher aufstehen. Was man eigentlich träume, wenn man den Tag verschliefe. Er habe im Traum in seinem Garten einen riesigen Bovist mit Ohren wachsen sehen, und ein Gesicht sei allmählich hervorgetreten. »Und was meinst du, wem es ähnelte? Na, einem, der selbst so gern Pilze ißt!« Seneca lachte schallend, aber allein. Er glaube übrigens nicht an die Vorbedeutung von Träumen, darin gebe er Lukrez und Epikur völlig recht. Das Abendessen hätte ihm schwer im Magen gelegen, weiter nichts. Auch hätte er noch keinen Stuhlgang gehabt, nach dem Traum jedoch klugerweise gleich den Finger in den Hals gesteckt. Regnen müsse es endlich. »Die Oliven vertrocknen an den Zweigen. Die Preise für Öl werden klettern. Wohl dem, der Vorrat hat.« Einer seiner Vertrauensleute hätte im Vorjahr zuviel aufgekauft. »Ich habe ihn zu früh gescholten: Bald werden wir alles für das Doppelte los.«

Pompeja Paulina setzte sich wieder zu ihrer Wollarbeit. Seneca tätschelte ihr die Wange. »Nicht wahr, Titus, du wirst sagen: Noch immer wie die Turteltäubchen? Hoffen wir, daß unser goldhaariger Zögling seine Octavia auch so liebgewinnt!«

»Mir fiel kürzlich«, sagte Petronius spitz, »die Ehre zu, Octavia begreiflich zu machen, daß Nero seine eheliche Treue gelegentlich dem Wohl des Staates opfern müsse. Sie weinte lange, sah es aber schließlich ein.«

Ob er auch für Geheimhaltung sorge, fragte Seneca. Die Leute wären zu boshaft. Wie es Vinia und der Tochter gehe. Ob er schon einen Bräutigam habe. »Ach, Titus, lieber keine Kinder als eine Tochter. Alles, was man besitzt, ist nur noch die Hälfte wert. Ich rate dir, sei nicht knausrig bei der Mitgift!«

Für einen Bräutigam sei es noch ein bißchen zu früh.

»Das ist nicht wahr! Die Eltern müssen den Bräutigam früher kennen als das Mädchen. Sie haben mehr Urteilsvermögen!«

Petronius versuchte das Thema zu wechseln. Er habe mit Britannicus gesprochen.

»Vergiß nicht, was du sagen willst«, unterbrach ihn Seneca. »In vertrautem Kreis habe ich darüber gerade einen Rednerwettstreit gewonnen. Meine Argumente zogen. Freilich hätte ich mir gewünscht, das philosophische Gedankengut wäre gebührend mitbewertet worden, denn wirklich lehrreich wird eine Rede nur dadurch.«

Jetzt hätte Petronius sprechen können; aber er hatte vergessen, was er sagen wollte. Ein anderer Satz, den er nur dachte, versperrte ihm den Mund: Wenn er nur Menschen belehrte! Aber er will auch noch die Tatsachen belehren.

Rom sei überhaupt heiratslustig geworden, fuhr Seneca fort. Die großen Hochzeiten rissen sozusagen nicht ab; er hätte mit Paulina gewissermaßen den Anfang gemacht. Heiraten sei ansteckend. »Beinahe hätte ich es vergessen: Der gewesene Prätorianerpräfekt Rufrius Crispinus heiratet auch! Und weißt du, wen? Poppaea Sabina, eine Waise, noch keine zwanzig. Schon ihre Mutter war eine stadtbekannte Schönheit. Er soll lange mit ihr verlobt gewesen sein, aber gezögert haben wegen dunkler Geschichten. Die einen munkeln, er hätte, solange er Präfekt war, noch Ausschau nach einer besseren Partie gehalten und sie jetzt erst genommen, als Burrus seinen Posten bekam. Aber er ist von Agrippina fürstlich abgefunden worden, und so behaupten andere, die schöne Waise hätte eine Begabung gehabt, sich möglichst teuer zu verkaufen. Sie soll vollendet die Spröde spielen, das macht die Männer toll und verwandelt Filze in Verschwender. Willst du dir eine Kleinigkeit nebenbei verdienen? Richte ihnen die Hochzeitsfeier aus, sie wären glücklich! Neros Hochzeit mit Octavia war dein größter Erfolg! Seitdem spricht man von dir wie von einem Magier. Crispinus traut sich nur nicht, dich selbst zu fragen. Er bat mich, vorzufühlen.«

Er sei nicht aufgelegt, antwortete Petronius, habe keine Zeit.

»Richtig!« antwortete Seneca unerwartet beifällig. »Das hast du denn doch nicht nötig. Obgleich: die Braut ist nicht nur sehenswert, und ihre Sprödigkeit ist, wie gesagt Fassade. Aus lauter Berechnung würde sie einen Seitensprung wagen. Crispinus ist jetzt zwar reicher als zuvor, aber abgedankt ist er nur zweite Wahl für eine ehrgeizige Schönheit wie Poppaea. Machen wir uns doch nichts vor: Agrippina ist heute das Idol aller Römerinnen, die es zu etwas bringen wollen. Du, der erste Frauengenießer ...«

Das Essen kam. Seneca bot an, griff zu und kaute. Petronius fand seine Worte wieder: »Ich hätte heute, wären wir uns bei Agrippina begegnet, mit dir über Britannicus sprechen wollen. Er ist zu schwächlich für die Nachfolge, und Nero ist sein Stiefbruder. Das ist zuviel Belastung für beide …«

»Schon lange«, unterbrach ihn Seneca. »passe ich auf, wie du darüber denkst. Ich stimme dir zu!«

»Nero bettelt mich« fuhr Petronius fort, »seit langem um eine Reise nach Griechenland. Er fragt mich aus, was ich dort sah; ich tue alles, seinen Eifer zu dämpfen, spiele die Sehenswürdigkeiten herunter. Es ist ja nicht alles echt.«

»Vortrefflich! Der Kenner spricht. Es gefällt mir an Nero, daß er die Griechen so mag, die wir lange roh und dümmlich verschmähten. Gewiß verdankt er dir dieses vernünftige Urteil. Wie wendig vertrat er doch unlängst in einer Rede, die ich natürlich durchsah, vor dem Senat die Bitten der Stadt Ilium um Mittel für die Bewahrung ihrer homerischen Denkwürdigkeiten. Sobald er Kaiser ist, soll er sich die Reise leisten. Gut, daß du mich fragst!«

»Er sollte die Reise jetzt schon haben«, sagte Petronius, »und ich möchte ihn begleiten. Und Britannicus soll dabeisein. Auch er liebt die Kunst und macht Verse, bessere, wie ich meine. Ihn wird die Reise ganz der Kunst gewinnen, und er verzichtet leichten Herzens auf die Nachfolge. Nero hingegen, mit einigem Scharfsinn ausgestattet, wird die Täuschungen der Kunstschwärmerei durchschauen und das Elend der griechischen Städte sehen. Die Stiefbrüder finden so ein harmonisches Verhältnis zueinander. Ich könnte mich uneingeschränkt um ein paar Unebenheiten in Neros Wesen kümmern, und er würde reifer für die unumgängliche Entscheidung, ob er Künstler oder Herrscher werden will.«

»Das ist längst entschieden«, entgegnete Seneca.

»In Agrippinas Geheimfächern, nicht in seinem Herzen! Ich bemerke, daß er die Herrschaft scheut. Aber Rom braucht nicht nur seine goldenen Stirnlocken, die ganze Welt braucht mehr!«

Seneca sah keinen Grund zur Sorge.

»Vielleicht, Lucius Annaeus, sagt er dir nicht alles. Als Philosoph wirst du mich verstehen: Er vertritt, wohl ohne es zu ahnen, Ansichten gewisser kynischer Bettelphilosophen, die jedem Menschen das Recht auf Macht absprechen und uns alle mit Hunden gleichsetzen wollen. Die Griechen nennen so etwas Anarchie. Ich hatte Umgang mit solchen Leuten, nicht nur mit ihren Schriftrollen. Ich kenne meine eigene Sympathie für sie. Und ich habe gelernt, mit jeder Philosophie einen bestimmte Charakter zu verbinden. Und so wahr die Stoiker zu den beflissensten Dienern der Tugend gehören, sind diese Kyniker verhinderte Tyrannen!«

Seneca lachte. »Nachtgedanken von Nachtgespenstern, Petronius! Wie du mich jetzt ansiehst! Als würdest du innerlich brennen. Du verwüstest dich, wie du lebst! Du höhlst dich aus. Ich empfehle dir meinen Wasserarzt Charmis aus Massilisa. Seine kalten Bäder sind sehr beruhigend, und das muß auch einleuchten: Kaltes verlangsamt das innere Brennen. Wer langsamer brennt, lebt länger.«

Petronius hatte genommen, was Paulina ihm nochmals anbot, aß aber nichts. »Wir sollten, lieber Annaeus, beizeiten prüfen, ob unser Zögling zur Herrschaft taugt, und nicht die Augen vor seinen Fehlern verschließen. Wir sind die Verantwortlichen! Der Senat schwatzt, der Kaiser kränkelt, Agrippina spinnt Netze, in denen sie sich noch selbst verfangen wird. Ich wollte, Burrus säße hier, damit auch er es hört: Ohne Glanz und Ehrenzeichen sind jetzt wir die Ersten. Jedenfalls sollten wir uns so verhalten.«

»Mit Claudius hast du recht«, sagte Paulina. »Ein Wackelkopf, der sabbert. Nun ist er auch noch schwerhörig geworden. Das macht ihn mißtrauisch und leicht kränkbar. Er will immer noch alles wissen, versteht aber nichts mehr. Daraus wird Tücke. Er fordert Köpfe, wie Hunde das Bein heben. Mein Mann verhindert das Ärgste, und der Erfolg? Auch ihn hat er jüngst aufs empfindlichste verdächtigt. Manchmal habe ich Angst um euch. In seinen guten Jahren war Claudius ein alberner Trottel. Jetzt ist er ein gefährlicher Trottel!«

Seneca griff den Faden auf. »Erinnere dich an die Tumulte nach der Mißernte, als er unbedingt zum Volk reden wollte und nur sehr knapp den Steinwürfen entging! Was unterscheidet ihn noch von unseren beiden stadbekannten Narren, dem Augurinus, der Katzen fängt, um zu weissagen, indem er sie vor den Leuten schlachtet, und Baba, der auf die Rednertribüne springt und fuchtelt und nur seinen Spitznamen herausbringt?« Seneca schmunzelte genüßlich. Mit dem Mundtuch in der Hand beschrieb er eine Rednergeste. »Worauf ich hinauswill? Im Grunde sind wir uns völlig einig. Unser Goldjunge kann seine Sache nur besser machen. Du solltest dich aber von der Zwangsvorstellung trennen, daß wir einen vollkommenen Herrscher brauchen. Das müßte ein Gott sein. Da wir uns keinen vom Olymp holen können, ist ein unselbständiger Herrscher besser als ein eigensinniger. Was wir aus den Jahren des Claudius verbuchen können, bringt es an den Tag. Er steht vorn und glänzt, so gut er kann, aber seine Hintermänner tun das Notwendige, und wenn er fällt, stellen sie einen anderen auf.«

Pompeja Paulina nickte heftig. »Da du auf eine Griechenlandreise drängst: Keine Zeit wäre ungünstiger dafür! Es gab schlimme Vorzeichen. Zwitter wurden geboren, eine Sau warf Ferkel mit Habichtsklauen, ein Bienenschwarm ließ sich am Giebel des Jupiter Capitolinus nieder. In Feldlagern brannten Zelte von selbst ab ...«

»Laß das«, murrte Seneca. »das ist ohne Bedeutung. Tatsache ist, daß es um Claudius sehr, sehr schlecht steht, und Nero darf sich gerade jetzt nicht von Rom entfernen.«

»Aber wenn in den Geheimpapieren alles klar ist!« sagte Petronius. »Du selbst sagst, auf seine Person käme es nicht an.«

Seneca gähnte. »So einfach denkst du dir das mit deinen Windbeuteleien. Außerdem ist die Jahreszeit zu weit fortgeschritten, das Ionische Meer wird jetzt stürmisch. Es ist schon später, als für mich üblich. Ich begleite dich gern nach Hause.«

Im Atrium wurde der Prätorianerpräfekt Afranius Burrus

gemeldet. Als ihm ein Sklave den Helm abnehmen wollte, hielt er ihn fest. Er müsse sofort weiter, keuchte er. Das ganze Prätorianerlager sei auf den Beinen. Mit Claudius gehe es zu Ende.

Sofort war Seneca hellwach. »Nun, dann sollten wir uns ins Palatium begeben. Agrippina wird unseres Beistandes bedürfen.«

Gassen, Straßen, Plätze, die Arkaden am Forum, die Stufen zum Kapitol und die Flure des Palatium hallten wider vom Getrappel der Prätorianerstiefel. »Optima mater« lautete die Parole: Mutter ist die Beste! Schon auf der Treppe des Dioskurentempels fingen Bewaffnete alle Gäste ab und wiesen sie in eine Wartehalle. Ausrufer verkündeten: »Wachet! Fleht zu den Göttern! Der Kaiser ringt mit dem Tode!« Man saß mit anderen Senatoren, die der kaiserlichen Familie nahestanden, beieinander, bis Pallas eintrat wie eine Statue auf mechanischen Füßen. »Der Kaiser ist tot!« Einer der beiden Konsuln sprang auf: »Der Senat wird morgen seine Vergöttlichung beschließen!«

Petronius fiel in den Armstuhl zurück: »Zu früh! Bei allen Göttern, das ist viel zu früh!«

Seine Worte gingen im Trauergeheul der Senatoren unter. Seneca hatte sie gehört. Er nickte: »Aber wir sind auch noch da!«

Der Arzt Stertinius Xenophon verlas einen Bericht. Die fatale Vorliebe des Kaisers für Pilzmahlzeiten fand darin Erwähnung. Das Gericht, nach dem die Krise eingetreten sei, habe sich jedoch als einwandfrei erwiesen. Halotus, der es verkostet hatte, wurde bei bester Gesundheit herumgeführt. Er lächelte wie ein Feuerschlucker nach gelungenem Gaukelstück. Auch die Kaiserin und ihre Kinder hätten mitgegessen, allerdings weniger Wein getrunken als Claudius. Als ein heftiger Durchfall die Unverträglichkeit der Mahlzeit für den hohen Patienten angekündigt habe, sei er mit Federkielen zum Erbrechen angeregt worden. Diese Maßnahme habe das Ende nur hinauszögern können.

Hinter Palles und dem Arzt standen die anderen Freigelassenen. Petronius blickte von einem zum andern. »Wo ist Narcissus?«

»Narcissus ist verreist«, sagte Seneca.

Puer Aureus: Der Goldjunge

Lucius Domitius, genannt Nero Caesar, wurde am 13. Oktober des 807. Jahres der Stadt, zwei Monate vor seinem siebzehnten Geburtstag, zum Kaiser ausgerufen. Claudius erhielt eine Bestattung mit viel Pomp und göttlichen Ehren. Agrippina ließ sich zur Priesterin des Vergöttlichten weihen. Ihren Statuen wurden die Priesterinsignien, Opferschale und Stab, beigegeben. Der Senat beschloß den Bau eines stattlichen Tempels am Nordabhang des Caeliushügels.

Der junge Kaiser unterzeichnete Ernennungsschreiben für neue Senatoren, die ihm Seneca und Burrus vorlegten, strich ebensoviele von der Senatsliste und verhängte über alle Freigelassenen des Claudius, Pallas ausgenommen, Hausarrest. Pallas rechnete durch, ob es möglich wäre, die Staatskasse vom kaiserlichen Fiskus zu trennen. Es war möglich. In den Büchern blieb zwar der Kaiser Gläubiger des Staates, aber er prüfte sie nicht mehr als einziger nach. Die Kanzleien erhielten Weisung, keine Anschwärzungen mehr entgegenzunehmen, sondern jeden Versuch zu ahnden. Jeder Anschwärzer sollte die Strafe erhalten, die er seinem Opfer gewünscht hatte. Nach strengen Verhören wurden einige der arretierten Freigelassenen enteignet, andere in den Ruhestand versetzt. Narcissus, des Claudius Allervertrautester, kam in Kerkerhaft. Seine Vermögenslage harrte einer gesonderten Überprüfung.

Seneca brachte alle Verfügungen umgehend an die Öffentlichkeit. Niemand verkannte die Hand des Ersten Erziehers, der nun der Erste Berater des Ersten geworden war. Nero, der Goldjunge, ließ sich täglich in der Stadt sehen. Die Huldigungen aller Römer flogen ihm zu. Wer rechtens etwas hatte, durfte endlich hoffen, es zu behalten, wer nichts hatte, würde bald etwas bekommen. Die Gleichaltrigen schwärmten für ihn wie sonst nur für die beliebtesten Sänger, Schauspieler und Tänzer. Weiterblickende Männer sahen ein besseres Zeitalter kommen; es mußte ja nicht das unwiederbringliche Goldene sein. Daran glaubten nur Einfältige mit lockeren Zungen. Daß sie im Stadtgespräch den Ton angaben, mußte nicht unbedingt schaden. Selbst besonnene Greise bekannten, daß sie in Nero vernarrt waren. Um ihn scharten sich Künstler, vor allem Dichter, Redner bemühten sich um sein Gehör, Philosophen, Geschichtsschreiber und Fachliteraten widmeten ihm ihre Werke. Niemand nahm Anstoß an seiner Jugendlichkeit. Sie enthielt ein großes Versprechen.

Die allgemeine Begeisterung machte Eindruck auf Petronius. Zu gern vergaß er seine Nachtgedanken; bereitwillig verscheuchte er Nachtgespenster. Wenn er sich irrte, wenn er zu schwarz sah – wer hätte erleichtert aufatmen können, wenn nicht er? Ein wenig betrachtete er Neros Herrschaft auch als sein Werk. Nur manchmal quälte es ihn wie eine innere Krankheit, die nicht ausbrach. So etwa mußte einem Steinmetz zumute sein, der an einem Bildwerk weitermeißeln sollte, nachdem es vorzeitig in aller Öffentlichkeit aufgestellt und von Unkundigen bewundert worden war. Mißriet es, gab man ihm die Schuld. Ließ er es stehen, blieb es halb.

Er war zugegen, als Pallas den neuen Haushalt vorrechnete. Für Feste wie Neros Geburtstag und die Saturnalien, Künstlerprämien, für Anschaffungen an Mobiliar, Hausrat, Luxussklaven, Wein und Delikatessen, für den Ausbau von Landhäusern und Strandvillen hatte er Kostenvoranschläge zu unterbreiten. Unter vier Augen war Nero auf jeden Einfall mit großem Behagen eingegangen: »Du hast freie Hand und bekommst, was du willst. Ich sah mich noch nie enttäuscht. Mit jeder Neuheit übertriffst du meine Erwartungen. Laß tiefere Keller graben und im Winter Eisblöcke von den Alpen nach Rom bringen. Da ist dir etwas Gutes eingefallen! Meine Gäste werden staunen, wenn sie im Juli Eisgetränke bekommen. Ich hätte nie gedacht, daß dieses Wunder so billig zu haben ist. Du entlarvst alle Verschwender als Dummköpfe. Eine klug erdachte Neuheit spart viel Aufwand.«

Trotzdem stellte Petronius zunächst Forderungen in üblicher Höhe. Seneca wiegte bedenklich den Kopf. Agrippina wagte nicht zu bezweifeln, daß solche Kosten dem entsprächen, was der Erste Bürger und die Seinen ihrer Würde schuldig wären. Die neue Haushaltsregelung befreie sie sogar von dem Verdacht, daß sie zu Lasten des Gemeinwohls aufgebracht würden. Aber der Erste hätte doch weniger Mittel zur Verfügung, dem verschuldeten Staat zu helfen. Seneca pflichtete ihr bei. Burrus verwies auf den Krieg im Osten.

Diese Bedenken habe er herausfordern wollen, antwortete Petronius. Er bat um Gehör für einen Mindestantrag, der kurz ausfiel.

Neros Gesicht wurde länger, Agrippinas Blick verfinsterte sich. Seneca schüttelte den Kopf wie über die Ungezogenheit eines Schülers. »Schabernack solltest du nicht mit uns treiben!«

»Mehr ist aber nicht vertretbar, sollen unsere Maßnahmen wirken«, sagte Petronius, zwinkerte aber Nero zu.

Ob das sein Ernst sei, fragte Agrippina. »Warum ziehen wir nicht gleich in eine Dachwohnung der Subura und vermieten das Palatium an zahlungkräftige Gäste?«

Petronius lachte. »So bekämst du auf großmütige Weise wieder herein, was dir gewisse Leute gestohlen haben.«

»Geh doch wieder unter deine einfachen Leute!« schalt Agrippina. »Die haben dich doch so gern gehabt!«

»Man hilft ihnen nicht, wenn man lediglich mit ihnen lebt.« Er kam sich kleinlich vor. Aber mehr plagte ihn die Geringfügigkeit des möglichen Erfolges gegenüber dem, was zu tun war. Den Luxus des Kaisers einschränken, was war das schon! Er hatte einfach zu wenig in der Hand. Pallas, der Rechner, schwieg.

»Gibt es keine vernünftige Summe in der Mitte?« fragte Seneca mit einem Augenaufschlag, als zweifelte er an der

Zurechnungsfähigkeit des kaiserlichen Beraters für feinen Geschmack.

Auch über und unter der Mitte wüßte er vernünftige Summen, antwortete Petronius und trug genau kalkulierte Varianten vor.

»Du gehst nicht pfleglich mit unserer Zeit um«, murrte Agrippina. Burrus scharrte beifällig mit den Stiefeln.

Dafür sei keine Zeit zu kostbar, bemerkte Nero ein wenig zu schrill. Petronius habe erkannt, was noch keinem Weisen eingefallen sei: Die Herrschaft des Ersten werde auch beeinflußt von der Güte seiner Vergnügungen. Ein heiterer, zufriedener, glücklicher Herrscher regiere besser als ein verdrossener, den unerfüllte Wünsche peinigen. Darin sei ihm vollauf zuzustimmen.

Petronius trug vor, was er bei Verzicht auf jede unnütze Zerstreuung brauchte. Der überraschende Tod seines Adoptivvaters habe Nero den Händen seiner Mutter und seiner Erzieher gleichsam als ein noch bildbares und zu verfeinerndes Kleinod überantwortet.

»Ich lasse mich gern verfeinern!« sagte Nero fröhlich. »Aber es muß Spaß machen. Pallas! Was ist mit der neuen Geldquelle?«

Der Freigelassene wartete auf den zustimmenden Wink Agrippinas und trug die Abrechnung vor, die er über die Besitztümer des inhaftierten Freigelassenen Narcissus hatte anfertigen lassen.

»Woher«, entrüstete sich Agrippina, aber nicht ganz echt, »woher nahm dieser Lump so viel? Da die Staatskasse leer ist, kann er es nur meinem Gatten gestohlen haben. Er muß vor Gericht, er verdient den Tod! Sein Besitz verfällt uns!«

»Einverstanden«, sagte Nero, »Narcissus wird geschlachtet.«

Seneca räusperte sich vernehmlich. Burrus fuchtelte mit seiner verkrüppelten Hand. Der Krieg im Osten! Nichts als Spinnweben in der Kriegskasse. Aber einen sauberen Prozeß gegen Narcissus!

»Wir«, entgegnete Nero. »wir brauchen ihn nicht zu fürchten!«

»Es klang nur«, brummte Burrus. »als wäre sein Urteil fertig.«

Petronius erinnerte an den zweiten Teil der erweiterten lex Petronia. »Bevor ich mich zurückziehe, möchte ich den erlauchten Rat fragen, ob er noch einmal zur Verhandlung kommt.«

»Das hat Zeit!« sagte Seneca. »Die Verbesserungen der Lage, auf die du uns hingewiesen hast, zeigen, daß der erste Teil genügt.«

»Hat Zeit!« echote Nero. Doch als Petronius sich zum Gehen wandte, befahl er: »Bleib! Wer mich so gut bei Laune hält, gehört zum Rat. Wir haben keine Geheimnisse vor dir.«

Petronius wunderte sich täglich mehr, wie gut eine Sache lief, die er verloren gegeben hatte. Er wohnte, wann er wollte, den Beratungen bei. Zu Dingen, die ihn nichts angingen, schwieg er, gerade weil Nero mit taubengrauem Blick auf sein Wort wartete. Ihm stimmte der Goldjunge allzu bedenkenlos zu, und jedes Wort, dem Nero seine Tat zur Verfügung stellte, lag ihm wie Blei auf der Zunge. Sichtlich mißfiel es dem jungen Kaiser, widerspruchslos zu unterschreiben, was ihm Seneca auf den Tisch legte. Unter vier Augen legte ihm Petronius behutsam Einwände in den Mund, die Senecas Vorlagen verfeinerten. Anfangs nahm es der Philosoph hin. Aber Zornröte schoß ihm ins Gesicht, die gelben Knorpel in seinen Augenwinkeln wurden dicker, und Schweißtropfen perlten auf seiner Glatze. Er machte sich nichts darüber vor, woher seinem Zögling das Wenn und Aber kam. Nero weidete sich an seinem Groll.

Noch lieber lauschte er dem respektvollen, aber gespannten Wortwechsel, der sich manchmal zwischen seinen Lehrern entspann. Nicht selten verstummte Seneca, als dünke er sich gescheiter, bis eine Frage, von Petronius gestellt, erwies, daß er nur nicht weiterwußte. Verlor sich der Philosoph in Plattheiten, verfitzte er sich in Zitaten, die einander widersprachen, verstummte Petronius. Das weise Wortgeklingel wurde unerträglich. Sobald Petronius ihn mit einem rettenden Stichwort unterbrach, gelang ihm jedoch eine glänzende Sentenz, die er, wie sich bei öffentlichen Vorträgen herausstellte, anschließend gleich niederschrieb. »Ich schreibe am besten«, gestand Seneca, »wenn man mich im Reden unterbricht.«

»Dann war es ein Segen für uns alle«, lachte Nero, »daß du verbannt wurdest! Wenn ich dir gelegentlich damit helfen kann, gern.«

Am Ende einer Beratung legte Seneca seinem Zögling zwei Todesurteile gegen Wegelagerer zur Unterschrift vor. Die Verurteilten waren des mehrfachen Raubmordes überführt worden. Nero stöhnte, als er in den Unterlagen las. Lange drehte er den Griffel in der Hand. »Die ersten Hinrichtungen meiner Amtszeit! Hätte ich doch niemals schreiben gelernt!«

»So spricht«, bemerkte Seneca tief gerührt, »ein wahrhaft milde gesonnener Herrscher. Ich werde das überall herumerzählen.«

»Unsinn«, sagte Petronius. »Mitgefühl, werden die Leute sagen, hat man nur für seinesgleichen.«

Da verlor der Philosoph seinen stoischen Gleichmut: »Was erlaubst du dir, du Hergelaufener? Du Bettfechter, wie du dich treffend selber nennst in deinen Fragmenten?«

Nero blickte abwartend von einem zum andern. Die Verteidigung, die Petronius erwartete, blieb diesmal aus.

Neros Geburtstag leitete die Saturnalien ein und verlieh dem mehrtägigen Fest des Ulks und der ausgelassensten Verkleidungen Schwung. Petronius hatte es Nero ausgeredet, als Gott Saturn vor dem Volk zu erscheinen. Ein Herrscher, der seine Pflichten kannte, sollte nicht den Wunschträumen des naiven Pöbels schmeicheln. Verhindern konnte er aber nicht, daß der junge Kaiser sich auf einer Galerie über dem Römischen Forum dem jauchzenden Menschenauflauf als »Sklave des Volkes« empfahl. Er vergebe sich ja nichts damit am Beginn eines Festes, bei dem die Herren scherzhaft ihre Sklaven bedienen, hatte Seneca gesagt. Burrus mischte sich nicht ein.

Den Gladiatorenspielen, Wagenrennen und öffentlichen Gastereien blieb Petronius fern. Er verschlief den Tag und erschien frisch bei der Abendtafel. Sie endete mit einem unverhofften Mißklang. Nero hatte seit dem Mittag getrunken. Nicht ohne Groll teilte es Agrippina dem »Vergnügungsmeister« mit. Seneca schmunzelte böse.

»Bin ich etwa sein Vater?« fragte Petronius. »Hätte ich auch nur die Rechte eines Vormunds, ich wäre zur Stelle gewesen.«

»Immerhin hast du das Liebhabertheater verpaßt!« tadelte ihn Seneca. »Meine satirische Szenenfolge ›Apocolocyntosis‹ wurde aufgeführt, vor ausgesuchten Leuten, versteht sich. Ein gewisser Kaiser wird, wie der Titel meldet, zum Kürbis statt zum Gott. Der Bovist, von dem ich träumte, wäre etwas zu deutlich gewesen.«

»Es war auch so geschmacklos genug!« sagte Agrippina. »Als des Vergöttlichten Claudius Priesterin verbiete ich das Stück!«

»Hinter deinem Rücken, Mutter, bezeichnet man Pilze neuerdings als Götterspeise!« witzelte Nero.

»Dein Verbot«, verwahrte sich Seneca, »träfe auch meine Huldigung an deinen Sohn!« Er zitierte:

»Solch ein Kaiser ist nah, und solch einen Nero wird Rom jetzt/schauen! Im milden Glanz erstrahlt sein liebliches Antlitz/und unter wallendem Haar sein schöngestalteter Nacken.«

Octavia erhob sich von seiner Seite. Ihr zartes Mondgesicht mit dem kurzen, vollen Kinn entschuldigte sich stumm mit Müdigkeit. Knappen Schrittes und kerzengerade, als hätte sie Räder unter dem Gewand, ging sie hinaus. Britannicus folgte ihr; er kränkelte.

Seneca erbot sich, die bissigsten Stellen noch einmal vorzulesen. »Zum Beispiel seine Strafe in der Unterwelt. Sisyphus und Tantalus sind gegen ihn gut bedient. Er muß mit einem Becher ohne Boden würfeln, und Caligula beansprucht ihn als Sklaven, um seine Schikanen an ihm ...«

»Schluß!« schrie Agrippina. »Ich habe beim Henker noch einige Köpfe gut!«

Burrus erhob sich angewidert, um zu gehen. »So sprach eine römische Frau in früheren Zeiten nicht!«

»Das ist wahr«, sagte Seneca. »Wäre es doch bei den zwei Wegelagerern geblieben! Wir haben dir den Kopf des Narcissus zu Füßen gelegt. Aber täglich schickst du neue Ankläger in die Gerichtssäle: Unterschleif! Amtsmißbrauch! Erpressung! Gut, das Volk glaubt die Gerechtigkeit im Vormarsch. Aber die Schwellen knarren es den Eintretenden schon zu: Agrippina stillt ihren Rachedurst. Das darf nicht sein! Seit wann übrigens werden Magistratspersonen ins Palatium gerufen, müssen statt in der Kurie im Gesellschaftsraum des Kaisers berichten, und hinter einem Vorhang hört man eine Frau niesen! Mir ist nicht erinnerlich, daß die Prätorianer ein Weib zum Kaiser ausgerufen hätten.«

»Mir auch nicht«, sagte Burrus und nahm seinen Helm.

»Ruhe!« brüllte Agrippina. »Unerhört! Unter meinem Dach!« Sie sprang auf, taumelte. Auch sie hatte getrunken. »Hinaus!«

Wie häßlich sie ist, wenn sie keift, dachte Petronius.

»Bleib, Seneca!« befahl Nero, trunkene Starre im Gesicht. »Hier gilt mein Wort und kein anderes. Und Britannicus hat schleunigst seinen Verzicht zu unterschreiben!«

Agrippina lachte wild. »Das tut er nicht! Ich selbst verbiete es! Sonst wirst du zu üppig, mein Sohn!« Sie warf ihren goldenen Pokal gegen seine Brust. Nero zupfte sich das nasse Gewand von der Schulter und rief nach Gauklern und Tänzerinnen.

»Will sie ein Schoßhündchen zum Wachhund des Volkes machen?«

Agrippina zog sich zurück und ließ auch Petronius stehen.

X. BUCH: MASKEN

Simul atque enim se inflexit hic rex in dominatum iniustiorem, fit continuo tyrannus ...

Sobald nämlich dieser Herrscher sich einer weniger gerechten Handhabung seiner Macht zuwendet, wird er sogleich zum Tyrannen ...

Cicero, De re publica / Über den Staat, II., 26, 48

Nemo enim potest personam diu ferre.

Denn niemand kann lange eine Maske tragen.

Seneca, De clementia / Über die Milde, I., 6

Si bene calculum ponas, ubique naufragium est.

Wägst du recht das eine gegen das andere ab, so ist überall Schiffbruch.

Petronius, Satyricon, 115, 16

Locusta, die Heuschrecke

Harpocrates kannte ein ägyptisches Sprichwort: »Wer sich bei Nacht einschifft, kann übel erwachen.« Mitunter flocht er es ein, wenn er seinem Herrn sehr spät mit Neuigkeiten vom Tag aus dem Schlaf half. Petronius verstand die Mahnung. Er fühlte sich auch an das Gleichnis des Platon über das Staatsschiff erinnert. Welchen Sinn hatte es, sich am Gezänk der Seeleute zu beteiligen, wer befugt sei, das Steuer zu übernehmen? Der letzte Streifen Land war hinter den Horizont gesunken. Erkannte er jetzt erst, daß sich gefährliche Leute an Bord befanden? Die Kundigsten wurden als Träumer und Sterngucker vom Steuerruder ferngehalten. Der Schiffseigentümer aber, stärker als alle, nur unkundig, lag, betäubt vom Wein, in tiefem Schlaf. Hatte Platon das Volk gemeint?

Beim »Königsspiel« hatte das Los Nero die Rolle des »Königs« zugewiesen. Befugt, anderen Aufgaben zu stellen, hatte er Britannicus befohlen, ein Lied zu singen. Wieder sang der Knabe seine Klage über die verlorene Herrscherwürde. Bleich vor Wut rannte Nero fort, erwürgte ein Schoßhündchen seiner Mutter und warf es in den Hof. Agrippina rannte wie eine Furie durch die Arkaden, verfluchte die Erzieher und packte ihren Sohn am Ohr: »Fängst du jetzt schon so an? Habe ich nicht alles für dich getan im Guten wie im Argen? Allerdings nicht, damit du tobst wie ein Zyklop!«

Sie tobte aber selbst. In ihre Stirnfalten grub sich die Wut. Schmutzige Schimpfworte flogen hin und her. Nero verspottete ihr Verhältnis mit dem Freigelassenen Pallas. Agrippina verwünschte Ahenobarbus und verdächtigte Neros Erbanlagen. Seneca erntete für besänftigende Worte von beiden Seiten anzüglichen Hohn. Burrus packte den feuerroten Busch seines Helms und meldete sich ab zum Dienst im Prätorianerlager. Petronius schien, im Palatium haßte auf einmal jeder jeden. Er gestand sich ein, daß er anfing, Agrippina zu hassen. Lieber wäre er gleichgültig geworden. Versuchte er argumentierend Wahres vom Falschen zu trennen, einen Streit beizulegen, indem er wohlbegründet Recht und Unrecht verteilte, hielten Mutter und Sohn sofort wie Verschworene zusammen und nahmen einander in Schutz. Seneca verstand es, die schlimmsten Auftritte, zumal sie öffentlich zu werden drohten, abzuwenden, indem er beide getrennt in ihrer Eitelkeit und Eifersucht bestach. Er deckte Gräben ab; man sah nicht mehr, wie sie noch tiefer ausgewaschen wurden. Beim Empfang einer armenischen Gesandtschaft schickte sich Agrippina an, auf dem Sitz des Ersten Platz zu nehmen. Schreckensstarr erwarteten die Umstehenden einen Zusammenstoß. Seneca flüsterte Nero zu, seine Mutter zur Begrüßung zu umarmen und sie dann sanft auf den zweiten Platz zu führen. Der Trick gelang. Doch Seneca rühmte sich dessen allzu lebhaft. Agrippina behandelte Britannicus mit noch deutlicherem Vorzug. Wenn es gelungen sei, ein halbes Kind zum Kaiser zu machen – warum nicht auch ein ganzes?

Unter vier Augen stellte Petronius sie zur Rede: »Willst du das im Ernst? Das wäre töricht. Als List wäre es gefährlich!«

»Laß die Vorhaltungen!« herrschte sie ihn an. »Ich habe dich gemacht, ich kann dich wieder abschaffen!«

»Wäre das dein Ernst, ich bäte dich darum!«

Zu Seneca sagte er: »Ihr seid mich nächstens los.«

Seneca schüttelte den Kopf. »Nicht jetzt! Wenn sie es fertigbringt, uns vor die Wahl zu stellen, müssen wir für Nero sein!«

Eine bissige Bemerkung Neros im »Rat der Großen« machte Agrippina fassungslos: »Ich habe übrigens erfahren, auf welche Insel die Giftmischerin Locusta verbannt wurde!« Sie hatte wieder auf die Ansprüche des Britannicus angespielt. Nun verhüllte sie den Kopf mit der Stola und lief hinaus. Besorgt folgte ihr der Goldjunge. Petronius fragte, welche Insel gemeint sei.

»Ein Mietshaus in der Subura«, lächelte Seneca. »Du weißt ja, diese Bruchbuden bezeichnet man auch als ›Inseln‹. Man kann also nicht behaupten, daß ihr Aufenthalt dem Gerichtsurteil widerspräche. Natürlich ist ihr Quartier vergittert, nicht wahr?«

Burrus nickte. Der Tribun Julius Pollio lasse sie bewachen.

»Daß sie sich wie mancher Arzt auf ihrem Dach ein Kräutergärtlein hält mit Mohn, Nieswurz, Eisenhut, Bilsenkraut, Schierling und solchem Zeug, kann man ihr nicht verwehren.« Seneca hüstelte und sah in die obere Zimmerecke. »Keiner läßt sein Handwerk gern.«

Petronius, Feinschmecker, also auch Topfgucker, schwatzte häufiger mit den Köchen der kaiserlichen Küchen. Wegen des naßkalten Januarwetters wurden die Lieferanten statt im Hof in einem Vorgewölbe abgefertigt, wo ein Feuer brannte. Petronius sah die Bäcker, Fleischhacker, Gemüseweiber kommen und gehen. Eine saß länger als andere zwischen Töpfen, Trögen und Kesseln, kauerte sich ans Feuer, streckte ihre langen, dürren Finger aus. Ihre Arme waren lang und knochig. Das weit vorspringende Gesicht überspannte eine harte graugelbe Haut. Unter dem Kopftuch zeichnete sich der Schädel so glatt und rund ab, als hätte sie keine Strähne Haar. Der schäbige, aber saubere Kittel bedeckte kaum die spitzen Knie, die in der Hocke fast ihre Ohren erreichten. So mußte sie aussehen!

Petronius packte ihren Arm. »Was schnüffelst du hier? Sag deinen Namen!«

Aus den Topfstapeln löste sich ein Harnisch. Der Prätorianertribun Julius Pollio hielt ihm die Schwertspitze unters Kinn und zischte: »Sei still, du!«

Den Kopf im Nacken, fragte Petronius: »Ist sie die Locusta?«

»Und wenn sie es wäre? Sie soll die angelieferten Waren prüfen. Damit keine Giftkräuter unters Gemüse geschmuggelt werden. Wer sich auskennt, den braucht man immer wieder.

Seneca empfing ihn steif: »Begreife! Es geht dich nichts an!«

»Und wenn ich Agrippina warne?«

»Willst du, daß ein Weib Rom regiert?« Schweißtröpfchen perlten auf Senecas Glatze. »Burrus weiß es: Für eine Geldprämie sind die Prätorianer bereit, Britannicus auf den Schild zu heben – also hat jemand ein Angebot gemacht! Gegen Gold kann kein Präfekt an! Ich bin sicher, daß wir Nero halten. Aber kommt es erst einmal soweit, bestimmen künftig die Prätorianer für klingende Münze, wer in Rom der Erste ist. Laß dir einen Rat geben: Sage Nero beiläufig, du hättest die Locusta niemals gesehen. Auch für dich liegt nämlich eine Schenkung bereit. Laß sie nicht schwimmen!«

Agrippina empfing ihn erst, als er drängte. Ihr Kopfweh plagte sie seit den letzten Tagen des Claudius häufiger. Anfangs hörte sie nur mit halbem Ohr zu. Ja, die Locusta. Wenn man alles so genau nähme. Was sollte sie auch auf einer fernen Insel? Schließlich verstünde sie das zuverlässige Theriak herzustellen. Daß sie im Palatium das Gemüse nach Giftkräutern durchsuchte, war ihr freilich neu. Sie fand die Maßnahme richtig. »Britannicus weigert sich, jeden Morgen sein Gegengift zu schlucken. Er ekelt sich vor dem Pulver aus getrockneten Nattern. Wenn er wüßte, welche Zutaten noch darin sind! Mit Mühe bringe ich ihn dahin, daß er den Vorkoster duldet.« Der sei ja auch eine Sicherheit; sie wolle genauer darauf achten, daß dem Jungen alles vorgekostet werde. Damit entließ sie ihn. Ach, rief sie ihn zurück, ein Durchfall in den letzten Tagen, aber es sei nichts nachgekommen. »Vielleicht hat er die schlechte Verdauung seines Vaters geerbt.«

Nero ging auf keine Anspielung ein. Neuerdings malte er auch und hieb mit Hammer und Meißel auf Steine ein. Nur an den hastigeren Schlägen erkannte Petronius, daß der Goldjunge wußte, wovon die Rede war. Britannicus sei ihm ein lieber Bruder und Schwager, beteuerte Nero. Er gab sogar zu, daß Britannicus bessere Verse machte. Dann hörte er plötzlich auf zu meißeln und knirschte: »Daß er sie alle, kaum geschrieben, bei seinem Busenfreund Titus Flavius hinterlegt, zeugt allerdings von beleidigendem Mißtrauen gegen mich. Kennst du die Flavier? Sie wohnen am Quirinal.«

»Man wünscht sich nachbarlich einen guten Tag«, sagte Petronius. »Nur ist er meist vorbei, wenn ich das Oberhaupt des Hauses treffe. Dieser Flavius Vespasianus ist ein Günstling des Claudius gewesen, Narcissus hat ihn hochgebracht im Heer. Er sieht aus wie ein Bauer aus den sabinischen Bergen.«

»Schon, schon«, erwiderte Nero. »Aber Stadtluft verfeinert. Der Titus Flavius ist sehr gescheit und hat viel Kunstsinn. Darum verdrießt es mich, wenn Britannicus mit ihm tuschelt.«

Die Abendtafel nahm ihren lärmenden Lauf. Zu Lebzeiten des Claudius hatte man sich noch zusammengenommen wie vor einem Götzen und Gattin, Sohn, Tochter, Familienfreund gespielt. Jetzt flogen Spitzen und Vorwürfe hin und her. Mit Spott und Rechthaberei wurde an den Rängen gerüttelt, die nur noch von der Sitzordnung abzulesen waren. Gelächter und Schelten standen schroff gegeneinander. Flüchtig wurde man sich einig, wenn man über einen Abwesenden herzog. Unausgesetzt kam es zu Streit über Dinge, von denen keiner der Beteiligten etwas verstand. Manchmal erreichte eine Frage Petronius. Für eine gründliche Antwort wartete jedoch niemand lange genug. Seneca hatte die glatteren Sprüche auf der Zunge. Den schweigsamen Kriegsmann Burrus behelligte man nie.

Petronius hatte Zeit, Britannicus zu beobachten. Agrippina ließ sich zu oft ablenken, bemüht, mit ihrem Wort die Tafelrunde zu beherrschen. Der Sklave, der Britannicus vorkostete, war nicht überfordert; der Junge aß und trank wenig. Gehorsam beantwortete er gelegentliche Fragen seines Stiefbruders. Manchmal sprach er leise mit Octavia, die aber immer wieder von Albernheiten ihrer Gespielinnen eingesponnen wurde.

Die Januarkälte steckte im Gemäuer; Kohlebecken und

Feuerschalen wärmten den Saal nicht durch. Petronius sah zufrieden, daß Britannicus erst den zweiten Becher heißen Punsch verlangte und sorgsam den Vorkoster davon trinken ließ. Demütig trat der Sklave zurück. Desto verwunderlicher der kleine Schrei, mit dem Britannicus den Becher wieder vom Mund nahm: »Zu heiß!« Hatte der Vorkoster nicht auch zu verhindern, daß man sich den Mund verbrannte? Agrippina, die aufgefahren war, lehnte sich beruhigt zurück.

Plötzlich ein tierisches, halbersticktes Gebrüll. Alle verstummen. Britannicus, jäh aufgesprungen, erstarrt mit emporgerissenen Armen, atmet nicht, fällt vornüber, windet sich lautlos mit verdrehten Augäpfeln neben der Tafel.

Agrippina kreischte und sprang zu dem Jungen. Petronius fing an zu verstehen: Das kalte Wasser, das Britannicus nachgeschenkt worden war, hatte niemand vorgekostet. Gäste, die nicht zur Familie gehörten, wandten sich entsetzt zum Gehen. Nero rief sie zurück. Es sei nur die Fallsucht. Einige nahmen ihre Plätze wieder ein. Britannicus wurde hinausgetragen. Agrippina folgte.

»Auch seine Schwester Octavia«, sagte Nero vernehmlich, »mit der ich als Gatte geschlagen bin, leidet an diesem Gebrechen. Meine Mutter hat sich Mißheiraten in den Kopf gesetzt. Die Claudier sind alle nicht gesund.« Er hob seinen Pokal und trank allen zu.

Octavia wandte ihm offenen Mundes ihr ehrbares Mondgesicht zu. Sie hatte noch nicht verstanden, was ihrem Bruder geschehen war; nun würgte sie an der Beleidigung.

Petronius fand Agrippina am Ende des Flurs zwischen zwei Bewaffneten, die ihr mit sanfter Gewalt verwehrten, der Leiche weiter zu folgen. Als sie ihm entgegenkam, fürchtete er einen ihrer Zornausbrüche. Aber sie lehnte sich schlaff an seine Schulter und führte ihn in eins ihrer Gemächer. »Du hattest nur zu recht, mich zu warnen«, klagte sie. »Hätte ich die Heuschrecke doch ganz verschwinden lassen. Immer denkt man, daß man sie noch einmal braucht, ein einziges letztes Mal, und dann kommt einem der eigene Sohn zuvor! Und wieder hat sie den Trick mitgeliefert, wie man den Vorkoster umgeht. Nicht wahr. in dem kalten Wasser war das Gift! Von jetzt an muß ich selbst auf der Hut sein, vor meinem eigenen Sohn! Es kann ja nicht anders kommen! Was ich für ihn tat!«

Petronius fragte langsam: »Gab es auch bei der Pilzmahlzeit, die deinem Mann zum Verhängnis wurde, einen Trick?«

»Hast du es wirklich nicht geahnt? Die Pilze waren natürlich einwandfrei. Nur Stümper arbeiten mit Pilzen. Hilfreich war, daß er sie schlecht vertrug. Denn an dem Federkiel, mit dem ihm Xenophon im Halse kitzelte, damit er sich erbreche, war das Gift.«

»Konntest du nicht zwei, drei Jahre warten? Wir hätten es mit Nero leichter gehabt.«

»Das lag nicht in meiner Hand«, sagte Agrippina sehr gefaßt, doch mit gerunzelter Stirn. »Ich mußte handeln. Narcissus hatte Claudius schon davor gewarnt, mich zu heiraten. Er hetzte gegen mich! Auch gegen dich! Er wollte uns erpressen, er kriegte nicht genug in seinen fetten Hals! Sollte es mir ergehen wie Messalina? Was denkst du, was Claudius einmal zu mir sagte, als er recht erholt aus Sinuessa zurückkam? Sein Schicksal sei es, von Frauen hintergangen zu werden, aber auch, sie hart zu bestrafen. Was sollte ich da tun? Als Crispus Passienus anfing, mich zu schlagen, wie hätte ich mich wehren können? Ihr Männer habt die Faust, das Schwert! Eine schwache Frau hat nur das Gift der Locusta!«

Petronius verschränkte die Arme. »Und Ahenobarbus?«

»Was soll das?« schrie sie ihn an. »Verhörst du mich schon in Neros Auftrag? Den Ahenobarbus hat mein Bruder auf dem Gewissen. Caligula ertrug es nicht, daß mein Mann Neros Vater war.«

»Das ändert nun nichts mehr«, sagte Petronius. »Du wirst deinem Sohn verständlich machen, daß ich nicht mehr zur Verfügung stehe. Ich ziehe mich nach Kampanien zurück.«

Agrippina packte seinen Arm und schüttelte den Kopf. »Ich kann dich nicht beurlauben, und er wird es nicht wollen. Auch wäre es dir nicht zu raten. Du verabscheust doch wie Britannicus unser Theriak? Du müßtest dir einen Vorkoster anschaffen.«

Octavia kam hereingeschlichen und warf sich ihrer Stiefmutter stumm zu Füßen. Petronius schaute sich mehrmals um, während er sich entfernte.

An der Tafel wurde heftig getrunken und gelacht. Vatinius, ein buckliger Zwerg, der nicht anders als mit den Beinen über Kreuz gehen konnte, trieb seine Possen. Nero hatte ihn unlängst gekauft. Er schüttete sich aus vor Lachen. »Einmalig, der Kerl!« lallte er und rüttelte Petronius an der Schulter. »Wenn der noch was von Frauen und Kunst verstünde, wärest du bald überflüssig!«

Als Agrippina erschien, setzte er einen strengen Blick auf. Er riß seinen Pokal in die Höhe. »Ab heute regiere ich ganz allein. Trinkt mit mir darauf! Ein Hundsfott, wer nicht mitmacht!« Den nächsten Trunk brachte er auf die Priesterin des Vergöttlichten Claudius aus. Er fragte Seneca nach der Geschichte der Atriden. »Wurde Agamemnon auch ein Gott, nachdem ihn seine Gattin Klytaimnestra umgebracht hatte? Wehe! Ihn rächte sein Sohn Orest!«

Seneca hatte seine Fülle erstaunlich schnell auf den Beinen.

Agrippina wies ihn auf seinen Platz zurück und fauchte: »Die imperiale Geste gelingt meinem Jungen am besten, wenn er voll ist.«

Ein Bote meldete, die Mühen der Ärzte hätten nichts genutzt, Britannicus sei tot. Nero heulte auf, als glaubte er selbst an das Märchen von der Fallsucht. Er ordnete an, die Leiche solle noch vor dem Morgengrauen bestattet werden, damit das Tageslicht nicht den Schmerz über den Tod eines so jungen Menschen schüre. Dann ließ er sich eine Schriftrolle bringen und trug eine Elegie vor. »Es sind die letzten Verse des Britannicus. In brüderlicher Liebe hat er sie mir zugeeignet.«

»Leihe mir eine Abschrift diese Meisterwerkes«, bat Petronius.

»Ich schenke sie dir zum Andenken an diesen traurigen

Abend«, sagte Nero. In seinen Augenwinkeln blitzten tatsächlich Tränen.

Der Sturm peitschte kalte Regenschauer durch die Straßen. Auf dem Marsfeld loderte einsam der Scheiterhaufen für Britannicus. Agrippina und Octavia blieben in ihrer Sänfte und ließen sich wieder forttragen, ehe alles niedergebrannt war. Auch Seneca verabschiedete sich. Der Feuerschein zog ein paar nächtliche Bummler an. Von den Halbgeschorenen, die das Feuer versorgten, ließen sie sich sagen, wessen Leichnam da verbrannt wurde. Sie zeigten sich nicht überrascht. »Das war nicht anders zu erwarten.« – »Ein Bruderzwist an der Spitze des Staates wäre uns allen nachteilig.«

Im Hause der Flavier war noch Licht. Petronius ließ sich melden. Titus Flavius, der engste Freund des Britannicus, hatte entsetzt die Tafel verlassen. Sein Vater Vespasianus beäugte den späten Gast mißtrauisch. Schlau und selbstbewußt saß sein blauer Blick in dem feisten, von gutmütigen Falten durchzogenen Gesicht. Das Atrium stand voller Truhen. Während Petronius sein Anliegen vortrug, versetzte Vespasianus einem etwa dreijährigen Buben, der von einer zur anderen sprang, eine schallende Ohrfeige. Da erschien Titus Flavius selbst und drückte den weinenden Bruder, den er zärtlich Domitianus nannte, an sich. Er nahm zögernd die Schriftrolle, die wie Petronius nicht ohne Zweifel sagte, die letzten Verse des Britannicus enthalten sollte. Mit gehetztem Blick las er halblaut ein paar Worte. Dann warf er die Rolle verächtlich hin.

»Das ist nicht von ihm. Das ist von Nero!«

»Ich dachte es mir«, sagte Petronius. »Und es ist schlecht. Wer Kaiser wird, hört auf, Künstler zu sein.«

Titus Flavius betrachtete ihn feindselig. »Es verhält sich anders. Wer Kaiser wird, war niemals Künstler.«

Petronius lächelte, er fürchtete, daß er verlegen wirkte. »Er hatte nie die Wahl. Seine Mutter hat uns alle überrumpelt.« Durfte er um Verständnis werben für einen, den er nicht mehr verstand?

»Künstler!« knarrte Vespasianus. »Man wird, was man ist, und man ist, was man wird. Einzig die Pflicht zählt. Wir kommen diese Nacht gar nicht mehr zu Bett. Unverhofft erhielt ich Befehl, mich auf den östlichen Kriegsschauplatz zu begeben. Die Parther, die Armenier. Ich nehme meine Söhne mit; sie sind dort sicherer.«

Der Sturm klapperte mit lockeren Dachziegeln. Man fröstelte.

»Ein kalter Januar«, sagte Petronius und wandte sich zum Gehen. »Im Osten wird es wärmer sein.«

»In Rom wird es bald zu heiß sein«, antwortete Vespasianus, wünschte Petronius Wohlergehen und zog sein bäurisches Soldatengesicht leutselig in die Breite. Nur die Augen leuchteten ernst.

Petronius hatte inzwischen ebenso viele Jahre gelebt wie sein Vater. Er spürte keine Angst um seinen Kopf. Aber der Rest seines Lebens erschien ihm wie ein unrechtmäßiger Besitz.

Maske des Freundes

Oft weckte ihn das Gefühl, jemand presse ihm eine Maske aufs Gesicht, unter dem es allmählich erstarrte. Titus Petronius holte den Tag wieder in sein Leben. Lange half er sich mit Schlafmitteln, und es ging nicht ohne Rückfälle ab. Aber immer häufiger ging er schon vor Mittag aus. Er verzichtete auf Sänfte und Herold und tauchte ein in den Strudel hastender und bummelnder Menschen. Er blickte in selbstzufriedene, habgierige oder belustigte, in verbitterte oder feindselige Gesichter. Obwohl er sicher war, daß ihn niemand kannte, kamen ihm manche Augen vor, als wüßten sie etwas Peinliches über ihn. Als er sich herumgetrieben hatte, war ihm die Menge bedrohlich erschienen, weil er unfreiwillig dazugehörte; jetzt fühlte er sich abgewiesen als einer, der niemals dazugehören konnte. Er hörte mit Achtung von Nero sprechen, der Kaiser meine es gut, er wisse, was er freigeborenen Römern schuldig sei. Er beobachtete Jugendliche, die sein Gebaren nachahmten. Andere sprachen mit Zärtlichkeit von Octavia. Wer Nero nicht traute, hoffte auf sie. Auch seinen eigenen Namen erlauschte er. Man lobte sein Gesetz, wünschte sich, daß es rascher wirke. Auch das Schweigen vieler Leute entging Petronius nicht, die Hinnahme und Duldung und die Bereitschaft, noch mehr hinzunehmen, wenn man nur das Dach überm Kopf behielt. Kleine Leute, die gerade dank Neros Verfügungen größer wurden, hielten sich einiges darauf zugute, daß sie der Macht jedes Unrecht zubilligten. Sie täuschten sich nicht darüber, was auf dem Palatin vorging, urteilten aber mit Nachsicht. So gerieten ihre eigenen Geschäfte in ein besseres Licht. Petronius kam nicht mehr aus Träumen zu Nero.

Nero hatte im »Rat der Großen« den Giftmord an Britannicus ausdrücklich bereut. Er zeigte sich mißbilligenden Hinweisen erstaunlich zugänglich. Aber seine Zerknirschung wurde bald aufdringlich und anmaßend. Seneca und Burrus stellten ihm Aufgaben und bildeten eine Phalanx eisiger Forderungen. So sparte Nero sich seine Rührszenen für Petronius auf. Manchmal saß jener Caballus bei dem Goldjungen, der jedem, der es hören wollte, beteuerte, daß er nichts mehr schreibe, seit er Nero bewundere, und sich ein Dichter ohne Werk nannte. Caballus hörte entzückt die Ausbrüche von Selbstmitleid an und fand es rührend, wenn der Kaiser in Versen sein Los beklagte und verfluchte. Bis Petronius Zeichen machte, er werde gehen, wenn er bliebe. Hatte sich Caballus entfernt, riet Petronius, alles zu vernichten. »Es ist mißraten und deiner nicht würdig.« Nero widersetzte sich, er wolle, daß man ihn verstehe und liebe. »Man hat verstanden«, antwortete Petronius. »Man nimmt hin. Erwarte nicht noch Liebe!« Dann begann Nero zu trinken und ließ sich von Petronius kein Maß mehr setzen. Sie sagten einander nicht mehr alles. Petronius schlug noch einmal die Griechenlandreise vor. Jetzt könne sie ihm niemand mehr verbieten. Vorläufig ginge das nicht, antwortete Nero. Seine Mutter würde ihn entmachten, wenn er Rom verließe. »Sie bringt es fertig und läßt Pallas zum Kaiser ausrufen!«

Daß Caballus nicht der einzige neue Freund Neros war,

erfuhr Petronius aus seiner Verwandtschaft. Der eine oder andere seines Namens meldete sich und bat um Förderung in der Ämterlaufbahn. Auch Petronia erschien, die blasse Base, die ihn als Kind für einen kampanischen Hirten gehalten hatte, nun Gattin des Aulus Vitellius. Die Vitellier waren seit dem Ende des Narcissus auf dem Palatin nicht mehr erwünscht. Sie wären zwar nicht an den Bettelstab gekommen, sagte die Base, aber wer gewohnt sei, flott zu segeln, den ärgere eine Flaute mehr als Gegenwind. Petronius antwortete höhnisch, Gegenwind könne er beschaffen. Da erhob sich Petronia würdevoll. »Dann wende ich mich eben an Marcus Salvius Otho. Der hat, wie man erzählt, das andere Ohr des Kaisers, das du nicht siehst.« Diesen Otho galt es kennenzulernen.

Zu ungewöhnlicher Vormittagsstunde ließ sich Petronius aufs Marsfeld tragen, wo Nero sich mit Gleichaltrigen und wenig Älteren im Reiten, Diskuswerfen, Speerwerfen, Bogenschießen vervollkommnete und mit Ausdauer das Führen eines vierspännigen Streitwagens übte. Er hatte Erkundigungen eingezogen über den jungen Hünen, der, fünf Jahre älter als Nero, aber schon kenntlich am Ansatz einer Glatze, den Ton angab in der kleinen Schar Beflissener, die dem peitschenknallenden Kaiser mit Tüchern zuwinkte und ihm Schweiß und Staub von Gesicht und Schultern wischte, sobald das Gespann anhielt. Von seinem stadtbekannt strengen Vater, der aber früh verstorben war, zu einer Laufbahn im Heer bestimmt, aber jedem Gehorsam abgeneigt, hatte Otho vorzeitig den Abschied genommen und brachte müßig sein Erbe durch. Man kannte ihn als Kneipenraufbold, der mit ein paar Kumpanen nachts in den Gassen die Leute abpaßte, um sie auf ausgespanntem Mantel in die Höhe zu werfen, bis ihnen Hören und Sehen verging. In dem baufälligen Haus seinens Vaters lebte er mit einer welkenden orientalischen Schönheit, die in den Bädern des Palatiums als Enthaarungskünstlerin diente, freigelassen von Claudius. Sie hatte Otho mit Nero zusammengebracht.

Petronius stand unbemerkt hinter ihm, als er Nero vorschlug, eine Beratung mit Seneca zu schwänzen und in den

Circus Maximus zu den Wagenlenkern zu gehen. Wer die Quadriga so pfiffig führe, der könne es, natürlich nur zum Spaß, auch auf der Rennbahn weit bringen. Nero zeigte sich begeistert, ließ sich aber noch ein wenig bitten. Da erkannte er Petronius. Alle blinzelten verdutzt, als der berüchtigte Nachtmensch und Tagschläfer in der grellen Frühlingssonne Nero freundschaftlich die Wange küßte und abschätzig das geblümte Tuch der nicht recht kaiserlich zugeschnittenen Tunika befühlte, während seine Nase sich in dem Moschusgeruch kräuselte, der ihm aus den rötlichen Stirnlocken entgegendampfte. In der Ehrerbietung, mit der Otho sich vorstellte, lag auch Spott. Na, Onkelchen? schienen seine Augen zu fragen.

»Es macht mich froh«, sagte Petronius, »daß du Freunde findest, die dir im Alter näher stehen als ich.«

Hinter Neros Schulter prustete jemand verhalten. Er hatte sich zu alt gemacht und schon verloren. Das kam davon, daß er so eifersüchtig darüber wachte, mit Seneca und Burrus auf einer Stufe zu bleiben. Wozu sich für diese Sauerköpfe lächerlich machen? Er war selbst noch keine vierzig. Lieber ließ er einmal mit diesen Jünglingen den Tag laufen, wie sie wollten. Um so besser lernte er sie kennen. Ließ er Nero die Zügel einmal etwas lockerer, sah Seneca vielleicht, wieviel in den Händen des Arbiter Elegantiae lag, den man geringschätzig »Vergnügungsmeister« nannte.

»Also los«, sagte er, »zum Circus Maximus. Ich lasse dich bei Seneca abmelden. Nachmittags geht's ins Theater, und abends mischen wir uns ein bißchen unters Volk. Wenn wir schon nicht nach Griechenland fahren, lassen wir mal in Rom fünfe gerade sein.«

Nero maß ihn ungläubig. Burrus, für seine Rückkehr auf den Palatin verantwortlich, wartete ungeduldig bei den Pferden. Petronius ging zu ihm und erklärte ihm leise, was er vorhatte. Der Gardepräfekt nickte bedächtig. »Vielleicht ist es nicht verkehrt, wenn du aufpaßt, daß diese Schmarotzer nicht zu üppig werden. Sie fallen mir schon lange lästig. Aber stoße keinen vor den Kopf! Sie haben Verbindungen zu Roms Meinungsmachern.

»Hurra!« schrie Marcus Otho, als Petronius mit dem Dispens zurückkehrte. »Ich hätte dem Geschmäckler das nicht zugetraut. Natürlich, Nero Caesar, der beste Herrscher, hat auch die Kneipen zu kennen. Du mußt dich mit dem Pöbel anfreunden. Der Pöbel kann übrigens reizend sein, sogar allerliebst.«

Petronius warf ein: »Ich sprach vom Volk, nicht vom Pöbel.«

»Ist da ein Unterschied?« Sie lachten. Das Lachen klang leer.

Schon in den Staubwolken der Wagenrennbahn billigte er nur halbherzig, daß er nachgegeben hatte. Hoch über den Sitzreihen, in denen die Wagenlenker mit ihren Stallknechten herumsaßen und, während sie auf ihren Probelauf warteten, die Gegner begutachteten, ragten die Stützpfeiler, Zinnen und Säulengalerien des Augustuspalastes in den klaren Himmel. Die Schadenfreude, daß Seneca dort wartete und schwitzte, bereitete ihm wenig Genuß. Es ging hoch her, als man den Kaiser erkannte und niemand Abstand gebot. Otho kannte alle. Ein Schulterklopfen fing an. Einer kam dem anderen zuvor, Nero etwas zu erklären. Die Proberunden wurden Ehrenrunden. Mit Vergnügen ließ man den jungen Kaiser auf einen Wagen klettern und seine Geschicklichkeit beweisen. Nero aß genüßlich mit, was Garköche aus ihren Gewölben brachten, griff die Kraftausdrücke auf, die hin und her flogen. Er spuckte aus wie die Wagenlenker und ließ mit ihnen sein Wasser an den Pfeilen der Treppenaufgänge. Mit der Mannschaft der Grünen war er sofort dick befreundet. Darunter fanden sich Kerle, die einen Kaiser zu nehmen wußten, wenn er Pferde liebte, und Anekdoten über Caligula auspackten, seinen Onkel. Die Blauen ernteten nur freundschaftliches Winken und Kußhändchen.

Als Petronius mahnte, es sei Zeit fürs Theater, stellte sich Otho wie ein Vormund neben Nero. Die besseren Theater und ihre Stücke kenne er schon. Aristophanes im Balbustheater? Euripides im Marcellustheater? Plautus im Theater des Pompejus? Wie solle man noch über etwas weinen oder lachen, das man auswendig kenne? Marcus Otho rief auf zu einem Bummel durch die Vorstadtschmieren, wo Pantomimen, Tänzerinnen und Sänger nicht nur den Text beherrschten und nicht nur darauf hofften, daß man in die Hände klatschte. Man dürfe sie auch anfassen.

Ein wenig Wache, gab Petronius zu bedenken, wäre wohl vonnöten.

»Nur das nicht!« warnte Otho. »Der ganze Spaß wäre hin. Freunde sind ihm doch Schutz genug. Ich hatte Fechtunterricht bei Gladiatoren. Wir verkleiden uns ein bißchen, ich habe vorgesorgt.«

Man zog durch die Weingärten am Südhang des Aventin. In Othos efeuumwuchertem Liebesnest lagen Kutscherkleidung, Läufermützen, Fischerstiefel und Perücken bereit. Das bräunliche Kätzchen des Otho erbot sich, Nero abenteuerlich zu schminken. Aber an seinem goldenen Bartflaum werde ihn jeder erkennen, meinte sie.

»Mein Bartfest ist überfällig!« sagte Nero. »Heute feiern wir's!«

Das Fest war so gut wie ausgerufen. Das Publikum der Schmierenstücke brauchte nicht lange, um Nero zu erkennen. Der Theaterbesitzer spendierte ein Faß Wein. Die Mimen tanzten und sangen Sondernummern. Die Freunde Neros ließen sich nicht lumpen und spendierten auch. Petronius mußte einen Boten auf den Palatin schicken und die kaiserliche Abendtafel absagen lassen.

Der Lärm lockte neue Gäste von der Straße. Manch einer lebte seit Jahren auf des Kaisers Kosten und dankte ihm nun von Angesicht zu Angesicht. Wer Geld im Beutel hatte, rechnete es sich als Ehre an, dem Kaiser einen auszugeben. Im Garten hinter dem Theater drehten sich zwei Schweine und einige Ferkel an Spießen überm Feuer. Neros Mundschenk Pythagoras traf ein und bediente alle aus vollen Kannen, und kurz darauf war auch sein Barbier Thalamus zur Stelle. Nero feierte mit dem Pöbel von Rom sein Bartfest. Mit feierlichem Schwung und zum allgemeinen Vergnügen versah Thalamus sein Amt. Da keine Priester zur Stelle wa-

ren, übergab er den abrasierten Goldflaum den Tänzerinnen, die ihn unter anzüglichen Liedern auf die Männlichkeit des Gefeierten auf einem Bühnenaltar den Göttern opferten. Das Fest nahm seinen Fortgang.

Man wechselte die Kneipen wie der Mond die Dächer. Der dionysische Zug bekam ständig neuen Zulauf. Auch vornehme Gaffer fanden sich ein. Nero, schon stark angetrunken, machte jeden, den er kannte, zum Gespött. Seine Huld hatte aber, wer ihm nach der Feier seiner ersten Bartabnahme frisch unter die Augen trat. Der Abschaum lenkte seine Aufmerksamkeit auf sich. Unrat, jahrzehntelang vom Palatin in die Gassen getropft, fand zurück.

Petronius sah es diesmal mit Erleichterung, wie Neros Blick sich trübte, seine Zunge an den Zähnen klebte, das nackte Kinn in den Blumenkranz rutschte, der ihm am Hals hing. Burrus, durch geheimen Boten verständigt, schickte einen Trupp Prätorianer mit der kaiserlichen Sänfte. Die Zecher murrten, hoben dann aber ihren Goldjungen auf die Schultern und setzten ihn neben Petronius in die Polster. »Verwahre das Juwel gut«, höhnte Otho. »Gelegentlich holen wir es uns wieder.«

In der schaukelnden Sänfte kam Nero zu sich. Er wollte auf der Stelle zurück. Otho hatte ihm einen Lustgarten mit Gauklerbuden und einem Freudenhaus an der Mulvischen Brücke schmackhaft gemacht. Petronius hielt ihn fest. »Du hast nun Roma von unten gesehen, wie du es dir immer wünschtest. Vielleicht sollten wir auch einmal bei Tag in Othos Kutscherkleidern durch die Gassen und Markthallen schnüffeln und in den Mietshäusern der Subura horchen, worüber das Volk spricht.«

Nero maulte, abends sei es besser. »Da sagen die Leute, was sie wirklich denken, und alle entpuppen sich als Schurken.« In seinem Gesicht arbeitete es. »Nur Schurken«, lallte er, »sind wahrhaft freie Menschen! Otho und sein Anhang, die wissen zu leben! Aus dem Nichts stampfen sie ein Fest für mich! Um das Bärtchen ist es schade. Sie haben mich beschwatzt. Aber das wächst ja wieder. Die halten zusammen!

Die stellen was auf die Beine! Im Palatium – heilige Dioskuren! Nur Spinnen, die den ganzen Tag von Tugend plappern. Du bist eine Ausnahme, mit dir läßt sich's reden. Wir trinken in meinem Schlafgemach noch ein Kännchen! Was Seneca sich aufplustert! Kein Mensch wird rein geboren, nichts ist es mit dem vielbeschworenen guten Kern! Alles angeklebt!« Er saß plötzlich sehr gerade, als redete er sich nüchtern. »Wenn wir nicht jede Frau oder jeden Knaben gleich umlegen und einander nicht dreimal am Tag an die Gurgeln springen, sind wir doch nur abgerichtet wie die Bestien der Gaukler!«

Petronius schickte einen Boten zu Vinia, schenkte Nero einen Becher Wasser ein, während der Kämmerer ihn auszog, setzte sich zu ihm ans Bett. Nero erkannte, daß er Wasser trank, gab aber zu, daß es das Brennen in der Kehle linderte. Petronius glaubte, er schliefe schon, da sagte Nero mit geschlossenen Augen: »Und daß mir niemand mehr behauptet, ich hätte meinen Bruder umgebracht! Ich lasse mich nicht mehr beschwatzen! Sosibius war auf der Folter geständig: Meine Mutter steckt dahinter.«

»Wozu diese Lüge! Alle Welt hat dir längst verziehen!«

»Nein! Sie hat ihn vergiftet und streut aus, daß ich es war! Sie will mich kirre machen, sie will herrschen! Ich kann sie nicht mehr sehen! Sie soll woanders wohnen!« Damit schlief er ein.

Petronius ließ sich Schreibzeug und Öl für die Lampe bringen. Er durchwachte die Nacht und schrieb auf Neros Pult an seinen Satyrgeschichten. Mit Gelächter verscheuchte er seinen Jammer über die bestechliche, selbstbetrügerische Natur der Menschen. Das Lachen seiner Zuhörer schien ihn nicht zu kennen. Wenige waren still geblieben. Columella lebte auf seinen Gütern, betrieb Landbau und schrieb darüber, zeigte sich selten in Rom. Petronius fühlte sich verrucht, dachte er an ihn, und an ihn dachte er, sooft er sich nach einem Freund sehnte. Er schrieb weiter, unbarmherzig gegen sich selbst, damit keiner je versuchen würde, ihn zu rechtfertigen.

Wasser rann aus marmornen Tiermäulern in die Grotte aus Säulen, die den Wuchs ständig tropfenden Höhlengesteins nachahmten. Neptun und seine Meergötter saßen, feucht vom Niederschlag des Dampfes, in Nischen. Nero und Petronius reinigten sich vom Staub des frühsommerlichen Marsfeldes. Nero war noch anhänglicher geworden.

Am Morgen nach dem unverhofften Bartfest hatte Seneca sehr unstoisch gewütet: »Was tratschen da die Küchenweiber mit den Lieferanten? Ist das dein Werk gewesen, Titus Petronius?«

Er habe nur geschehen lassen, was sonst hinter seinem Rücken geschehen wäre, und Schlimmeres verhindert.

»Schlimmeres? Er braucht keinen zweiten Possenreißer. Er hat den buckligen Vatinius!«

Petronius hatte ihm angeboten, Rom zu verlassen. Nero war beredt für ihn eingetreten, aber von seinem Kater wieder in die Kissen gezwungen worden. Thalamus brachte kalte Kompressen. Nero schwor bei Apollo, sich nie wieder von Otho herumschleppen zu lassen.

Burrus betrachtete die Sache lax. Der altgediente Soldat, der im Lagerleben seine Heimat sah, sagte: »Laßt dem Jungen doch das bißchen Spaß, solange wir noch für ihn da sind.«

Seitdem begleitete Petronius fast regelmäßig Nero schon auf das Marsfeld und beteiligte sich an den Übungen des kaiserlichen Zöglings, um den Schwarm der neuen Freunde zu entmutigen, begleitete ihn zur Senatssitzung, damit ihn niemand zu den Wagenlenkern entführte, und lieferte ihn zu festgesetzter Zeit bei Seneca ab.

»Seneca fällt heute aus«, sagte Petronius.

»Wie bin ich froh, daß ich dich noch habe«, antwortete Nero.

»Du hast dich vor mich gestellt. Diese Furien hätten mich zerfleischt!« Nach Seneca und Burrus waren auch Agrippina und Octavia in Neros Schlafgemach gekommen, um über Petronius herzuziehen.

Nero wand sich unter dem lauen, duftenden Duschregen. Immer wenn man ihm schmeichelte, wurde sein Gesicht weibisch.

»Die schlimmste Furie sind wir los. Aber mir scheint, du trauerst ihr nach?«

Nero hatte, unterstützt von Seneca, verlautbaren lassen, seine Mutter sei nicht frei vom Verdacht einer Mitschuld am Tod des Britannicus. Sie mußte aus dem Kaiserpalast in die Villa der Livia umziehen und auf ihre germanische Leibwache verzichten. Das alte Haus lag noch im Gebäudeverband des palatinischen Hügels, wurde jedoch von einem gesonderten Haushalt versorgt. Ohne Leibwächter war es Agrippina nicht mehr möglich, nach Belieben Senatoren, Magistrate und ausländische Gesandte zu empfangen. Von den Fäden der Politik hatte sie zurückkehren müssen an ihren häuslichen Spinnrocken. Nur Octavia saß oft bei ihr. Man munkelte, der Schatten der Livia, die gleichfalls ihren Sohn zum Kaiser gemacht hatte, ginge noch um in den Gemächern.

»Warum besuchst du sie nicht? Seit ich Pallas aus seinen Ämtern gejagt habe, empfängt sie ihn nicht mehr. Zwei Pechvögel vertragen sich schlecht. Aber du wärest vielleicht ein Lichtblick für sie.«

Kurz nach Agrippinas Umzug war der Freigelassene Pallas aus der Finanzverwaltung entfernt worden. Seneca setzte sich an seine Stelle. Als er das Vermögen des Pallas prüfen lassen wollte, stieß er jedoch auf ein Hindernis: Nero hatte dem Freigelassenen zugesagt, ihn nie über zurückliegende Handlungen zur Rechenschaft zu ziehen. Pallas ließ sich nicht schlachten wie Narcissus. Er konnte Peinlichkeiten zwischen dem Kaiser und seiner Mutter bezeugen.

»Von Zwist mit deiner Mutter habe ich dir immer abgeraten«, sagte Petronius. »Unterstelle mir aber nicht, daß ich auf ihrer Seite stehe.« Er sagte die Wahrheit, jedoch um sich zu schützen. Und wenn es nächstens eine Lüge sein mußte?

Nero grinste hinter seinem Wasserstrahl hervor. »Bist du nicht mehr verliebt in sie? Sind die Freigelassenen dir nicht mehr verhaßt? Ich hatte gehofft, der Arm zu sein für deinen Kopf!«

Petronius schwieg. Nero wußte, wenn der Elegantiae Arbiter sich in Schweigen hüllte, war er nicht einverstanden.

Sie gingen hinüber ins kühle Becken und schwammen.

»Sind wir nicht beide von gleichermaßen edler Abkunft?« warb Nero. »Mir ist das Freigelassenengeschmeiß nicht weniger verhaßt als dir! Pallas kann froh sein, daß er nicht für die Fälschung seiner Ahnentafel belangt wird. Ich halte mein Wort, aber er reut mich.«

»Du hast deine Mutter genugsam bloßgestellt. Deine Mutter!«

»Sie wollte alles haben! Einen Mann mit großer Nase und langer Ahnenreihe. Da machen die Götter nicht mit!«

Sie stiegen aus dem Becken. Bevor der Sklave Petronius in ein Tuch hüllte, äugte ihm Nero zwischen die Schenkel. »Es kommt wohl doch nicht auf die großen Nasen an! Wie wärest du sonst zu deinem Ruf gekommen? Ich sehe nicht ungern, daß uns die Götter ebenbürtig ausgestattet haben.«

Petronius hütete sich, solche Vertraulichkeiten, so geschmacklos sie waren, schroff zurückzuweisen. Er wollte sie nicht an Neros neue Freunde verlieren. So schwieg er wieder. Sie ließen sich salben und massieren. Petronius hielt sich lange damit auf, die Duftnote des Salböls auszuwählen. Nero fragte, was das für eine Überraschung sei, für die Seneca ihm freigebe. »Seit dem Marsfeld hältst du mich hin! Hast du endlich einen Hermaphroditen aufgestöbert? Einen Knaben mit Mädchenbrüsten wünsche ich mir schon lange.«

»Ich hoffe deine Erwartungen zu übertreffen«, sagte Petronius.

Sie setzten sich in einen gepolsterten Kasten aus fernöstlichen Hölzern. An einem Seil ließen sie sich hinauf in Neros Zimmerflucht winden. Sonnensegel verhängten die Galerie gegen die Mittagsglut. Eine Fontäne plätscherte, Tauben gurrten, aus der Tiefe des Parks schrieen die Pfauen aus der Zucht der Kaiserinnen. Die beiden Gepardinnen, die Nero an sich gewöhnt hatte, erhoben sich von der Schwelle, trabten ihm entgegen und strichen um seine Waden. Sparsam ausgewählte Bedienung wich hinter den Türen zurück. Unter durchsichtigem meerblauem Schleier, Seide aus Kos, trat sie mit federndem Schritt Nero entgegen: Claudia Acte.

Octavia hatte sich unlängst vertraulich beklagt: Petronius hätte sie zartfühlend auf die Untreue ihres Mannes vorbereitet. Ahnungslos habe sie geweint, nun weine sie aber, weil ihr offenbar zuviel versprochen wurde. »Wann läßt er mich endlich in Ruhe? Er ist nicht nur unersättlich, er verlangt auch Dinge, die eine freigeborene Frau niemanden zu erlauben braucht! Daß ich den Knaben für ihn spiele, ist das harmloseste!« Wahrscheinlich übertrieb sie und baute vor, falls Nero sich beklagen würde, daß sie sich ihm des öfteren verweigerte. Octavia wußte auch, daß es Otho doch gelungen war, ihren Mann in den Lustpark an der Mulvischen Brücke zu schleppen. Sie machte Petronius Vorhaltungen, er dulde, daß Nero ihr den Schmutz anderer Weiber ins Bett trage. Lange hatte sie still ihr ehrbares Mondgesicht im Palatium herumgeführt. Nun war sie die andere Furie, vor der Petronius sich hüten mußte. Aber wenn niemand hinsah, machte sie ihm Augen.

Seneca hatte eingesehen, daß der geschickteste Vergnügungsmeister damit überfordert war, Nero die Lust auf Freudenhäuser und bezahlte Weiberbesuche lediglich auszureden. Acte war ihm eingefallen, eine junge Freigelassene des Claudius, die im Sklaventrakt des Palatium den Mädchenschlafsaal beaufsichtigte. Seneca hatte sie dabei ertappt, daß sie heimlich die eine oder andere Untergebene für die eigene Tasche an vornehme Häuser vermietete. Er zeigte sie Petronius. Für die Peitsche sei sie denn doch zu schade. Sie kam aus Kleinasien, schwor aber, daß sie der Familie eines indischen Fürsten entstammte, der dem Zug Alexanders angehört hatte. Mit ihrer sandelholzfarbenen Haut, dem blauschwarzen Haar, das eine kleine Stirn umrahmte, mit ihren zum Tanz wie geschaffenen Gliedmaßen schien sie tatsächlich im Gefolge des Dionysos aus Indien gekommen. Sie zeigte sich erfahren in allem, was Dirnen feilboten, wußte jedem ihrer Spiele den Anschein zu geben, als hätte sie es eben erst erfunden. Da ihr nicht nur jede Strafe erlassen, sondern auch eine hohe Schenkung zugesichert wurde, fand sie sich ohne Sträuben zu allem bereit, was Nero von ihr verlangen würde. Selten waren Seneca und Petronius sich so vorbehaltlos einig: Sie würde Neros neuen Freunden alle Verlockungen vorwegnehmen. Man gewann Annaeus, Serenus, den alternden Präfekten der Nachtwache, sich zum Schein mit ihr zu verheiraten, damit sie Rang und Namen erhielt und sich unverfänglich im Palatium zeigen konnte.

Nero war von der Wundererscheinung sichtlich gepackt. Auf ein Zeichen ließ Acte den Schleier fallen. Sie trug noch immer blaue Seide, nur nicht dort, wo es die Scham geboten hätte. Flöten und Handpauken mischten sich in Saitenmusik, das Sistrum rasselte. Acte tanzte. Nero stierte, Petronius kannte das. Sah Nero eine schöne Frau, die er nicht kannte, zweifelte er an seiner Wirkung. Er vergaß, daß er Kaiser war, und schaute befangen an sich herab. Er wußte nur, daß er begann, schwammig zu werden, daß, wenn er sein Gewand abwarf, ein feister Bacchuswanst zum Vorschein kam. Er brauchte nicht nur Ermutigung, sondern auch einfühlsamen Beistand und mußte jede Zärtlichkeit jemandem absehen. Damit er nicht plötzlich mit tierischem Geheul auf sein Opfer losstürzte, spielte Petronius ihm die Sicherheit des Verführers vor. Auch darauf war Acte sorgsam vorbereitet worden.

Petronius machte einen abgewogenen Gebrauch von der sanften Gewalt, mit der seine Kunst Nero in ein gefügiges Kind zurückverwandelte. Nichts war seiner Pädagogik des Genusses verboten außer rohem Zugriff, Übereilung, Unmaß, Ichsucht. Jede Regel empfahl sich selbst: Dies nicht vor dem und jenes nur mit jenem, Naschen, Essen, Trinken, Kosten eingestreut, wie es die Verwandtschaft aller Sinne zu verstehen gab, ein Feineres erst nach dem Nächsten und Übernächsten, ein Vorletztes hinausgezögert, das Letzte niemals unbeherrscht vorweggenommen. Acte erfaßte jede Wendung, jeden Wechsel, jede Eingebung mit sicherem Instinkt und freudigem Beifall. Bekanntes wandelte sie ab, Erprobtes setzte sie ohne Zwang durch, mit Zaudern hielt sie hin, aber ihre Abwehr blieb voller Verheißung, unverhofftes Gewähren zierte sie mit lautem Wohlgefallen.

Petronius bezwang sich vollendet, wußte mit seiner Lüsternheit umzugehen wie ein Gaukler mit einer Raubkatze. Diese Stunden genoß er anders: Es waren die Stunden seiner Macht über den Mächtigsten. Neros Macht verflüchtigte sich. Die Natur selbst gebot.

Als Nero ruhte, entfernte sich Petronius. Nicht lange, und der Goldjunge ließ ihn suchen, um ihm dankbar die Hände zu küssen.

Petronius kroch in sich selbst. »Du sagtest einmal, wir kämen uns noch ins Gehege. Laß uns das einander ersparen. Dies war mein letzter Dienst. Erlaube, daß ich mich meinen Gütern widme.«

Entgeistert glotzte Nero ihn an. »Das ist nicht dein Ernst! Ich brauche dich mehr denn je, du bist mein Freund!« In seinen Augen schillerte die Angst, künftig mit Acte allein zu bleiben.

Petronius nahm sein Entlassungsgesuch zurück. Noch am selben Tag mahnte er Nero, nicht Alexanders Marsch an den Indus zu besingen und Actes königlichen Ahnen darin zu erwähnen, sondern den raschen Verfall seines nutzlosen Riesenreiches, an dem Griechenland sich zuschanden geblutet hatte. Er flocht ein, in den Verhandlungen mit Armenien müsse Rom sich mäßigen, damit ein Frieden mit den Parthern näher rücke. Anderentags fragte er nach den neuen Marktrechten, auf deren Unterzeichnung Seneca wartete. Nero lernte in seinen Blicken zu lesen, wenn in der Bauaufsicht zwischen einer Markthalle und einem neuen Amphitheater die Wahl zu treffen war, wenn von der Sanierung der Subura gesprochen wurde, von Bauspekulanten, die für Wuchermieten Bruchbuden hinstellten, von Mindestforderungen an die Sicherheit des Mauerwerks, von Arkaden gegen Sommerglut und Winterregen, vom freien Zugang zu den Aquädukten, breiteren Gassen und Höfen. Nero zog seine Pläne für neue Rennställe und Gladiatorenkasernen stillschweigend zurück. Der Getreidepräfekt kam unverhofft mit der Erweiterung der Kornflotte durch, Burrus erhielt die lange geforderten Mittel für den Straßenbau. Nero entwickelte viel Gespür, welche Entscheidungen von ihm erwartet wurden. Petronius wirkte auf ihn fast ohne Worte.

Aber Petronius war nicht wohl dabei. Als er selbst jung war, hatte Caligula versucht, ihn durch Geilheit gefügig zu machen, und es erfüllte ihn noch immer mit Stolz, wenn er an seinen Widerstand dachte. Durfte man noch auf Neros guten Kern hoffen? Dann mußte das Unternehmen Acte scheitern. Rascher Erfolg aber bestätigte nur, daß man morsches Holz nagelte.

Maske des Sängers

Gab er Nero auf oder sich selbst? Vor dieser Frage flüchtete er sich in Ulk. Er verulkte Seneca, Burrus, jeden, der etwas Ernsthaftes mit ihm bereden wollte, schockierte Nero in aller Öffentlichkeit, erschien im »Rat der Großen«, wann er wollte, wachte nicht mehr darüber, ob man ihn ernst nahm oder auf Rache sann. Er hatte viel gewagt und war nicht zimperlich gewesen. Man erzählte sich Wunderdinge über seinen Einfluß auf den Kaiser, staunte seinen unerhörten Freimut an und bewunderte die völlige Ungezwungenheit seines Umgangs, flüsterte aber, wer mit seinem Benehmen derart den Kopf aufs Spiel setzte, dem wäre es unmöglich noch ernst mit sich selber. Ob das zutraf, hätte er auch nicht sagen können. Er spürte nur, wie der Verlust unentwegt am Gewinn fraß, und besann er sich darauf, was er einmal gewollt hatte, umflatterte ihn wie eine große schwarze Fledermaus das Gespenst des Mißlingens. Der Tagschläferei überließ er sich wieder häufiger. Vor dem Erwachen legte er endlose Kletterstrecken über Tempeldächer, die Gesimse der Markthallen, die Kanten der Triumphbögen und Aquädukte zurück, stumm gaffende Menschenansammlungen in schwindelnder Tiefe. Die Sisyphusqual, sich festzukrallen und Tritt zu halten, und der Ärger, daß man unten auf den Absturz eines

Gauklers wartete, überwogen jede Angst. Er wollte niemandem etwas zeigen, hatte sich nur verstiegen.

Er war kein Günstling. Er schmeichelte niemandem, verhöhnte jeden, der ihn benutzen wollte. Selbst Nero empfand die Zusage, zu kommen, als Gunst und fühlte sich fortwährend von seiner Weigerung bedroht. Daß der Herrscher ihn nicht verlieren wollte, ersparte ihm nicht nur Mißhandlung, sondern auch die leiseste Schikane. Aber durfte er sich über die neue Saat von Speichelleckern wundern, die im Senat sproß und durch kaiserliche Schenkungen erstarkte? Genug Duckmäuser standen bereit, deren Alltagsschläue nur Unfähigkeit verschleierte, die kein Anstand hinderte, einander tückisch auszustechen, die sich nicht schämten, Neros unreifen Einfällen beizupflichten. Seit Augustus hatten sie einander fortgezeugt unter der Fuchtel des Ersten. Die Vitellius, Vater und Sohn, standen für viele. Einen Posten nach dem anderen vergab der kaiserliche Jüngling an seine Schmeichler. Seneca und Burrus unternahmen nur zaghafte Versuche, solche Tröpfe in die Schranken zu weisen. Sie fürchteten, den Kaiser selbst bloßzustellen, und das war, wie sie meinten, das Schlimmste, was der Macht zustoßen konnte, an der sie teilhatten.

So gewannen auch Neros neue Freunde an Boden. Sie brauchten sich nur kunstbeflissen zu geben, Dichter, Maler, Bildhauer, Theaterleute in ihr Schlepptau zu nehmen, schon hatten sie Zutritt zum Palatium. Ein Honigmond der Halbbegabten brach an. Wer in der Kunst von sich reden machte, ohne deutlich besser zu sein als Nero, war ein gemachter Mann. Neros Geschmack wurde Mode. Das war kein Unglück, soweit Petronius dahinterstand. Mit seinem Geschmack blieb Nero ebenso ungern allein wie mit Claudia Acte. Eine Peitsche hatte er seinem »Vergnügungsmeister« in die Hand gedrückt, damit er einschritte, wenn seine Gier ihm um den höchsten Genuß zu bringen drohte. Petronius machte keinen Gebrauch davon. Ebensowenig ließ sich guter Geschmack in der Kunst diktieren. Die »Pasiphaë« des Caballus war mit Musik und Tanz in einer Vorstadtschmiere aufgeführt worden, und der Erfolg machte es dem Besitzer des Marcellustheaters unmöglich, sich einer Übernahme zu widersetzen.

Sie saßen in einem luftigen Saal des Augustuspalastes, den Nero hatte instand setzen lassen. Er bekam sein Licht von der heißen Nachmittagssonne, blieb aber dank einer sinnreichen Erfindung des Petronius, die das kalte Wasser der Aqua Claudia durch Röhrenschlangen in Wänden und Decke leitete, dennoch immer kühl. Gemälde, Reliefs, Standbilder, Büsten und Glasschränke voller Gemmen und Kleinodien schufen einen ehrfurchtgebietenden Rahmen. Um den Verdacht zu zerstreuen, er mißbrauche ihn, hielt sich Nero im Hintergrund. Neben ihm schwiegen Marcus Otho und Caballus, der Dichter ohne Werk, den keine Demütigung von Agrippinas Lippen hatte entmutigen können. In der unsichtbaren Burg dieser Schweiger saß seit kurzem auch Aulus Vitellius.

Silius Italicus beendete den Vortrag aus seinem Versepos über die Punischen Kriege, an dem er noch arbeitete. In Agrippinas Kreis war er bereits mit Hirtenidyllen im Stil Vergils aufgetreten. Aber die Kaiserin hatte ihn aufgefordert, sich einem heroischen Stoff aus der römischen Geschichte zuzuwenden. Die Verse besangen, wie Hannibal, geleitet von Göttern, die Karthago ihre Gunst noch nicht entzogen hatten, mit seinem Heerwurm und seinen Kriegselefanten die eisklirrenden Alpen überstieg. Nun standen die punischen Horden mit afrikanischen und asiatischen Fratzen in den fruchtbaren Ebenen Italiens. Götter, die den Römern wohlgesonnen waren, berieten, wie sie den barbarischen Beutezug noch abwenden konnten. Die bange Frage, ob Rom mit seinen Lastern und seinem Hochmut die hilfreiche Hand vom Olymp verdiente, ließ der Dichter im Raum stehen. Er wartete auf Wirkung.

Die spärlichen Beifallsrufe erstarben, als Vitellius fragte, ob es stimme, daß Agrippina dieses Werk angeregt habe. Silius Italicus leugnete nicht. Nero fing einen Blick von Petronius auf und verschluckte sein Donnerwetter. Er beeilte sich, einen jungen Dichter vorzustellen, dessen Epos ebenfalls eine Überquerung der Alpen enthielt: Lucius Annaeus Lucanus. »Ein Brudersohn meines Erziehers und Beraters Seneca, kam auch er in kindlichem Alter aus Corduba im fernen Hispanien nach Rom.« Schmunzelnd bediente sich Nero der Worte und Gesten Senecas; es gelang ihm sogar, seinen Kopf ebenso gönnerhaft in ein Doppelkinn sinken zu lassen, denn sein Knabengesicht war schwammig und feist geworden. »Bei Lucanus allerdings übersteigt ein wahrer Held die Alpen: Julius Caesar!«

Lucanus, etwa achtzehn Jahre alt, gedrungen und noch schüchtern, erhob sich. Sein Blick neigte zu unfreiwilligem Vorwitz. Wirr hing ihm das Haar ins Gesicht. Eine großporige Sattelnase verriet die bäurische Abkunft der Annaeer, die vor Generationen Caesar auf seinem Feldzug nach Hispanien gefolgt waren. Was er vortragen könne, sagte Lucanus, und seine grauen Augen leuchteten dankbar den jungen Kaiser an, sei Stümperei gegen Verse, die er am Vortag in einem bescheidenem Haus aus dem Mund eines Schwerkranken gehört habe. Plötzlich geriet er ins Schwitzen; die Augen derer, die eine Huldigung an Nero erwartet hatten, kehrten enttäuscht und verdrossen zu ihm zurück. Er spreche von Aules Persius Flaccus, stammelte er, den kaum jemand kenne. Menschenscheu und ein zerrütteter Magen hielten ihn von aller Geselligkeit fern. Aber Persius sei der einzige in Rom, der wirklich dichten könne.

»Aha!« machte Vitellius. Otho sprach von verletzender Bescheidenheit. Doch Nero fragte neugierig: »Was schreibt er?«

»Satiren«, antwortete Lucanus erleichtert, »in der Art des Lucilius und des Horaz. Ich hätte das in Rom nicht mehr für möglich gehalten, wo sich die Musen das Brusttuch zur Nase heraufziehen.«

»Dann kennst du Petronius nicht!« lachte Nero.

Lucanus folgte seinem Blick und verneigte sich vor dem hageren Mann mit dem kurzen, silbrig durchsetzten Schwarzhaar, den großen blauen Augen und den violetten

Keilen darunter. »Wer kennt ihn nicht! Doch was er schreibt, verschließt das Palatium ebenso eifersüchtig in seinen Mauern wie deine Verse, Nero. Ich werde heute zum erstenmal etwas davon hören.«

»Gut, gut«, sagte Nero. »Aber jetzt bist du an der Reihe.«

Terpnus, Neros neuer Musiklehrer, fand sich bereit, den epischen Vortrag auf der Kithara zu untermalen. Lucanus begann:

»Caesar hatte bereits die eisigen Alpen bezwungen...«

Während Lucanus den Aufmarsch Caesars am Rubikon und die Unruhe Italiens schilderte, den Wortbruch des Senats geißelte und in stampfenden Hexametern die Legionen aufbrechen ließ, erhob sich Nero geräuschlos und ging hinaus. Der Dichter brach ab, um zu warten. Doch Otho ermunterte ihn, weiterzusingen, der Kaiser sei gleich wieder da, er brauche nur eine Erfrischung. Verständnislos betrachtete Lucanus die Kannen und Obstteller, die randvoll herumstanden. Nicht lange, und er unterbrach sich abermals verwirrt. Nero stahl sich mit einem Lächeln, das um Verzeihung bat, auf seinen Platz zurück. Lucanus verhedderte sich und verpatzte die eigenen Verse. Mit unzufriedenem Ächzen hörte er auf.

Vitellius ergriff das Wort. Lucanus habe seinen Rat befolgt und die Überquerung der Alpen durch den Vergöttlichten Caesar nicht, wie Silius Italicus, ausführlich beschrieben, sondern vorausgesetzt. »Aber«, fragte Vitellius besorgt, »habe ich nicht aufmerksam genug zugehört, oder kommen in deinem Epos wirklich keine Götter vor? Willst du uns weismachen, Julius Caesar hätte ohne den Willen der Götter gehandelt?«

Götter, antwortete Lucanus, kämen in seinem Epos zwar vor, aber sie lenkten nicht die Geschicke der Menschen.

»Wirklich?« fragte Nero. »Sehr seltsam!«

»Wer glaubt denn noch an Götter?« fragte Otho spitz. »Wenn es sie nicht gibt, soll man sie nicht herbeidichten.«

»Köstlich!« rief Nero. »Man soll sie nicht herbeidichten!«

»Wer so denkt«, sagte Vitellius unberührt, »soll auch

gleich die Vergöttlichung des Caesar, des Augustus, des Claudius leugnen und mit seinen Zweifeln an der göttlichen Fügung, die uns unseren herrlichen Nero Caesar beschert hat, nicht hinterm Berg halten!«

Nero klatschte in die Hände und rieb sie sich. »Das nenne ich ein musisches Streitgespräch. Weiter so. Ich mag es, wenn ihr euch die Köpfe heiß redet.«

Aber das Schweigen wurde immer eisiger.

Petronius rieb sich das Kinn, räusperte sich. Zu Streit bestehe ebensowenig Veranlassung wie zum Verschweigen einer Meinung. Niemand könne beweisen, daß es Götter gebe, niemand habe je bewiesen, daß es sie nicht gebe. Aber in Versepen käme ihnen als mitwirkenden Gestalten ein fester Platz zu. »Lukrez verwies sie, Epikur folgend, in Zwischenwelten, wo sie, unbeteiligt am Lauf der Welt, sich selbst genug sind, auf daß wir sie weder fürchten noch von ihnen verlangen, was wir nur selber leisten können. Vergil aber gab seine Helden wieder an die Hand der Götter, um Augustus, der keinen Menschen mehr Rechenschaft schuldig war, zu zeigen, wem er verpflichtet blieb. Der Frage, woher wir kommen, was unser Odem ist, der Urhauch, der uns beseelt, will ich hier nicht weiter nachgehen. Aber in ein Heldenepos gehören mitwirkende Götter. Wer noch an sie glaubt oder glauben möchte, wird sie vorfinden. Wer auf den Glauben verzichtet, wird sie in der Kunst dennoch als kostbaren Zierat begrüßen.«

»Wahr gesprochen!« sagte Nero. »Auch ich gehe nicht gern davon ab, daß Venus meine Ahnherrin ist, wie du, Titus, dein Geschlecht auf Merkur zurückführst.«

Lucanus stierte mit kindischem Trotz von einem zum andern. »Das möchte ich doch hören! Ein Bürgerkriegsgedicht unter Beteiligung der olympischen Götter. Neuer Wein in alten Schläuchen!«

»Du bringst alten Wein in neuen Schläuchen«, entgegnete Petronius. »Aber alter Wein gehört in alte Schläuche. Die neuen verderben seine Würze. Wenn du die Götter aussparen willst, schreib ein Geschichtswerk in Prosa über Julius Caesar! Verse brauchen Götter.«

»Das mußt du uns vormachen!« rief Lucanus.

»Gern!« antwortete Petronius. »Nächstens hörst du eine Probe.«

»Seid ihr fertig?« fragte Vitellius. Er richtete das Wort an Nero: »Wie lange, Caesar, läßt du uns noch schmachten? Du wolltest uns mit deinen Versen erquicken, leugne nicht. Weshalb bist du vorhin verschwunden? Um die Geschmeidigkeit deiner Stimme mit Lauch und Öl zu pflegen! Ich weiß es! Sieh, der Sonnenwagen wendet sich mit knarrenden Achsen zum Janiculus hinab, der Abendstern wird ihm bald folgen. Dann kommt auch die Stunde, in der du es liebst, dich deinem Volk zu nahen. Zuvor besteige die Bühne, die nur du besteigen darfst!«

Nero beriet sich tuschelnd mit dem Kitharöden Terpnus. Dann sagte er: »Mein Lehrer erlaubt mir, euch das Fragment ›Der rasende Herkules‹, das ich unlängst hinwarf, vorzutragen.«

Holz, mit Tuch bespannt, deutete in der Mitte eine Bühne an. Keiner hatte sie betreten. Nero ließ sich von Vitellius die Maske des Herkules vors Gesicht schnüren und probierte zwanglos einige Kunstlaute, die er für seinen Vortrag wichtig fand, das »Bienensummen«, den »Hohlziegelton«, den »Topfklang«.

»Ihr müßt wissen«, erklärte er, »das Versemachen ist die eine Kunst, sie eindrucksvoll vorzutragen, die andere. Nur wenigen ist es gegeben, beide zu vereinen. Manch guter Vers wird durch faden Gesang verdorben, und viele schlechte Verse erborgen sich gestohlenen Glanz von der Kithara. Seid unbesorgt! Ich erlege mir allerlei auf, um meinen schönsten Versen auch die vollendetste Klanggestalt zu vermitteln. Ich lebe tagelang Diät und nehme Brechmittel und unterziehe mich purgierenden Klistieren, sobald mich eine Geselligkeit, die ich nicht vergrämen möchte, daran hindert. Stundenlang liege ich unter Bleiplatten, damit mein Brustkorb sich für eine gute Atmung stählt. Ein Künstler, glaubt mir, muß verzichten können und sich selbst einiges zumuten.

Nero duckte sich, verharrte, sprang auf die Bühne, als

wollte er dort jemanden umbringen, riß aber nur an den Saiten seiner Kithara und sang seinen »Rasenden Herkules«:

»Gleich einem Donnergepolter im Innern der Erde ertönte nun des Herkules Stimme. Er schüttelte sich wie von Sinnen ...«

Trotz Lauch, Öl und Diät klang seine Stimme rauh und gequält. Die Verse strotzten von Schwulst und verfingen sich wie schon die einleitenden Worte in schiefen und überanstrengten Bildern. Er stampfte mit den Füßen, schüttelte, sich im Spiel unterbrechend, die Faust, verrenkte die Hüften.

Vitellius klatschte drauflos, Otho fiel ein, Caballus trampelte vor Begeisterung, brüllte: »Du solltest dich endlich auch öffentlich hören lassen, Nero Caesar! Eine Begabung wie dich haben die Freunde der Kunst noch nicht erlebt. Nach dem Erfolg meiner ›Pasiphaë‹ nimmt der Besitzer des Marcellustheaters jeden, den ich empfehle – falls du lieber inkognito auftrittst. Beteilige dich an einem Wettstreit der Kitharöden!«

Nero nahm die Maske ab, ließ sich von Terpnus den Schweiß aus dem Gesicht wischen und lehnte verlegen ab. »Unmöglich! Zumindest die Schiedsrichter würden mich erkennen und wären durch mein Amt voreingenommen. Als ich neulich einen halben Tag lang jedes Wagenrennen gewann, war ich nicht sicher, ob sich meine Gegner nicht doch absichtlich zurückhielten. Es liegt mir nichts daran, in allem der Erste zu sein.«

Vitellius hob bedauernd die Hände. »Ein Tyrann ließe den Richter köpfen, der ihm den ersten Preis verweigerte. Dir, Nero, steht das Gegenteil frei: Du kannst den köpfen lassen, der dir den Lorbeer zuschanzt, auch wenn du versagt hast.«

»Darauf sollten wir es lieber nicht ankommen lassen«, sagte Petronius und verließ die Runde.

Er hörte noch, wie Otho rief, gute Kunst sei kräftezehrend, er habe ganz gewöhnlichen Hunger, und vor dem Ausflug in die Stadt lade er alle zu sich ein.

»Mir nach!« jubelte Nero. »Auf zu Otho, wer was verträgt!«

Petronius sah, daß Lucanus sich nicht anschloß, und wartete auf ihn. »Es war mir nicht angenehm, daß ich Nero auf meiner Seite hatte. Vielleicht sollten wir uns einmal ohne ihn treffen.«

»Du hast ja gehört, was der Vitellius über den Sonnenwagen schmalzte!« sagte Lucanus. »Dazu sind ihnen Götter noch gut!«

Petronius erzählte ihm von den Sonnenuntergängen auf Capreae, während sie noch ein Stück durch das Abendlicht der palatinischen Gärten schlenderten. »Mit den ›knarrenden Achsen‹ hat Vitellius unfreiwillig ein peinliches Gleichnis geliefert. Mein Pädagoge sagte mir damals, wenn man aus der Sphäre der Sonne einen Mißton vernehme, führe unbefugt Phaethon den Sonnenwagen, und eine Katastrophe stehe bevor.«

»Pah! Wie sollte sie ausbleiben!« sagte Lucanus. »Auch Persius kündigte sie uns an. Er sagt uns, wie wir sind, wer wir sind, und kümmert sich nicht darum, ob es gern gehört wird. Eitle Wichte sind wir, nichts als Flausen im Kopf, nichts als Faselei auf den Lippen, und behelligen Götter, die es nicht gibt, mit nimmersatten, lasterhaften, lächerlichen Wünschen, anstatt daß jeder bei sich selbst anfängt mit der besseren Welt!«

Petronius erkannte den moralisierenden Stoiker. Trotzdem ließ er sich sagen, wo dieser Persius wohnte.

»Was kann uns dieser junge Kaiser schon bringen?« grollte Lucanus. Er wandte Petronius seine Sattelnase zu, hob ein Bein und entledigte sich eines laut knarrenden Windes. Dazu äffte er Neros rauhe Stimme nach: »Gleich einem Donnergepolter im Innern der Erde ertönte … – Knarrt vielleicht so der Wagen der Sonne?«

»Aha!« machte jemand hinter ihnen. Es war Aulus Vitellius.

In den folgenden Tagen wurde in hoher Auflage ein Lobgedicht auf Nero verbreitet. Es stammte von Lucanus und begann so:

»Schluß mit Phaethon! Der Sonnengott selbst besteigt seinen Wagen.«

Petronius ließ sich nicht anmerken, daß er sich bestohlen fühlte. Er hielt sein Wort und schickte Lucanus, der ihm aus dem Weg ging, als Probe den Anfang eines Gedichtes über den Bürgerkrieg, in dem die Götter mitwirkten. Er bekam keine Antwort.

Seneca entschuldigte seinen Neffen: »Du selbst hast ihn in die Lage gebracht, daß er das Lobgedicht verfassen mußte! Er genießt ja nicht deine Narrenfreiheit.«

Petronius besuchte den jungen Dichter Persius im Haus seiner Eltern am Esquilin. Ein hochaufgeschossener Mann schälte sich auf der Terrasse aus seinen Decken. Als Petronius in der gelblichen Spätnachmittagssonne die noch gelbere Gesichtsfarbe sah, wußte er: Nicht nur der Magen, auch die Leber. Der braucht kein Gift mehr zu fürchten, kann schreiben, was er will, fragt nicht, wer es liest und was es ausrichtet. Das ist ein freier Dichter.

Sie verwickelten sich rasch in ein erquickendes Gespräch. Persius verbarg nicht, wie er über Nero dachte, ließ seinen Gast aber kein Mißtrauen spüren. Als Petronius ganz ohne Klage, eher belustigt seine Not umriß, sagte er nur: »Du kannst nicht zugleich Dichter sein und Nero gefallen. Ein Dichter braucht niemandem zu gefallen. Nur dann erreicht er die wenigen, die sich vielleicht von ihm helfen lassen, ohne es selbst zu bemerken.«

Petronius antwortete: »Ich wollte Nero nie gefallen. Er war es, der mir gefallen sollte. Daß ich ihm gefiel, ermutigte mich zu dem Versuch, ihn zu formen.«

»Ein Dichter«, sagte Persius, »kann keinen Menschen formen. Du bist ein Dichter, nichts anderes. Hat dir das noch keiner gesagt? Als ich noch gesund war, habe ich dir manchmal in Agrippinas Kreis zugehört, ganz im Hintergrund, bei den Unbekannten. Deine Sache ist einzig die Kunst. Du darfst einen Menschen nicht mit einem Kunstwerk verwechseln.«

Sie wollten einander bald wieder besuchen. Dabei blieb es.

»Hat er wieder gesungen?« fragte Burrus verächtlich.

»MitTragödenmaske«, antwortete Petronius. »Jetzt ist die Sippschaft ausgeflogen, wie erwartet.«

»Niemand kann lange eine Maske tragen!« Seneca zitierte seit einiger Zeit immer häufiger aus seiner Denkschrift über die Milde des Herrschers, als wollte er sagen: Ich habe nur Gutes gewollt.

»Das Unternehmen ›Maske‹ wird heute laufen«, sagte Burrus. »Es wird erfolgreicher sein als euer Unternehmen ›Acte‹!« Er ließ sich von einem taubstummen Sklaven – nur solche durften bei geheimen Unterredungen zugegen sein – den Brustharnisch schließen, nahm seinen Helm und stampfte davon.

Wenn Nero abends mit Otho, Vitellius, Caballus und einem ganzen Schwarm von Schmarotzern durch Rom schwärmte, kam es zu Straßenunfug, wie ihn die vornehme Jugend liebte. Aber die Nachtwachen beklagten eine zunehmende Verrohung dieser Späße. Der Tribun Julius Pollio, der noch immer die Locusta verwahrte, hatte dem Prätorianerpräfekten Burrus scherzhaft gedroht, er werde die Giftmischerin in die Kneipen schicken, um das Ungeziefer auszurotten. In den Theatern störten Steinwürfe und Handgreiflichkeiten die Aufführungen, die Nero und seinem Anhang nicht gefielen. Einzelne Fußgänger wurden überfallen, ausgeraubt und in die Kloaken getaucht. Hatten sie eine Frau oder Knaben bei sich, kam es zu Vergewaltigungen. Bei Einbrüchen in Ladengewölbe wurden die Regale zertrümmert, die Waren auf die Straße geworfen, mit Kot und Urin besudelt. Die Gäste von Schankstuben und Freudenhäusern sahen sich ohne Anlaß in Prügeleien verwickelt. Keiner der Geschädigten erstattete Anzeige, niemand fand sich als Zeuge, immer stießen die Nachtwachen, die den Spuren solcher Ausschreitungen folgten, bei Befragten auf Ausflüchte und Ungereimtes. Hinter vorgehaltener Hand allerdings sprach sich schnell herum, wen man gesehen hatte: Neros engste Freunde und, mit Perücke, falschem Bart und Kutscherkleidern, IHN selbst, immer der Betrunkenste und Dreisteste. Wer sich zu den Unantastbaren zählte, streifte den braven Bürger ab und schurigelte andere brave Bürger. Den Sauertöpfen, so hörte man sie grölen, wollten sie es gehörig geben. Duckmäuser mauserten sich zu Spitzbuben, und es kümmerte sie »einen Dreck«, wofür man sie hielt.

»Mir will das Unternehmen ›Maske‹ nicht gefallen«, sagte Petronius. »Burrus erhofft sich zuviel vom heilsamen Schreck.«

»Es kann auf keinen Fall schaden«, antwortete Seneca.

Burrus hatte vom »Rat der Großen« Erlaubnis erhalten, Nero einen kampferfahrenen Prätorianer in der Kleidung eines einfachen Bürgers in den Weg zu schicken. Auch eine verlockende Frau sollte dabeisein, die den kaiserlichen Raufbold reizte. Eine Streife der Nachtwache nahm ihren Weg so, daß sie im entscheidenden Augenblick Nero von dem Gefolge trennte, so daß er auf finsterer Gasse mit dem Pärchen allein blieb. Während die Freunde untätig den Zug der Nachtwache vorbeilassen mußten, fände der falsche Bürger Zeit für einen wohlbemessenen Denkzettel. Seneca und Petronius warteten.

Als suche er Händel, sagte Seneca: »Dein Gesetz, ich kann mir nicht helfen – es bewirkt kaum etwas, so gut wie nichts.«

Petronius gab ihm recht. Nur die Hälfte sei angenommen und werde nicht anders als halbherzig angewendet.

»Aber besonders der zweite Teil«, nörgelte Seneca, »läuft unserer wirtschaftlichen Entwicklung zuwider. Wir müßten den Grundbesitz aufteilen, wieder zerhacken, was zusammengewachsen ist.«

»Teilen wir ihn nicht auf, zerfällt er bald denkbar ungerecht.«

»Willst du die Gracchen wieder ausgraben?« fragte Seneca. »Sie waren Träumer und endeten übel.«

»Ich lese ihre träumerischen Reden immer wieder gern. Mein Aktuar hat unlängst eine Handschrift hoch ersteigert. Nicht nur ich lese die Gracchen wieder. Aber vielleicht bin ich der einzige Großgrundbesitzer, der sie liest und begreift, daß wir unsere Güter an freie Pächter aufteilen müssen, wenn wir mit weniger Sklaven auskommen wollen. Das ist der Preis unserer Sicherheit.«

»Soll der Staat denen, die ihn tragen, ihre Habe wegnehmen?«

»Wer viel hat«, lachte Petronius, »will nichts hergeben.«

»Immer spielst du auf meinen Reichtum an! Ist es denn unsereinem möglich, Nero eine Schenkung zurückzugeben? Bist du neidisch, daß ich besser gedeihe als du? Ich kann nichts dafür. Ich gedeihe eben wie ein Pilz. Er muß einfach. Ich bin gar nicht auf Reichtum erpicht. Natürlich bin ich lieber reich als arm.«

»Wahrscheinlich sind wir beide hoffnungslos weltfremde Träumer.«

»Mit einem Unterschied!« sagte Seneca. »Du träumst zurück, ins Vergangene, willst Geschehenes ungeschehen machen, meinst wohl gar, hätte man auf die Gracchen gehört, wäre die Republik gerettet worden. Ich aber träume vorwärts, in die Zukunft. In den Mutterleib kann kein Mensch zurückkriechen.«

»Damit hast du recht«, erwiderte Petronius. »Aber auch ich denke nicht rückwärts. Irgendwann, ich bin überzeugt, gibt es überhaupt keine Sklaven mehr, ob wir wollen oder nicht.«

»Die Abschaffung der Sklaverei«, stellte Seneca fest, »ist überflüssig durch die Freilassung. Wie du weißt, betone ich immer wieder: Auch Sklaven sind Menschen. Und damit du dich nicht länger täuschst: Meine Meinung steht völlig im Gegensatz zu deinem Gesetz. Hätte ich nicht auf Korsika gesessen, du wärest damals auch mit dem ersten Teil nicht durchgekommen. Ich sage dir, man sollte die Freilassungen noch mehr fördern und erleichtern!«

Petronius hob die Achseln. »Man kann ein Halbtier nicht durch einen Spruch in einen Menschen verwandeln. Die Zukunft, von der du träumst, Lucius Annaeus, erscheint mir sehr düster. Ich sehe keine Römer mehr darin. Rom, ganz

Italien wird nur noch von Freigelassenen bevölkert sein. Das möchte ich nicht erleben.«

Senecas Kabinett war dunkel; ein einziges Öllämpchen blakte. Sie sahen voneinander kaum mehr als einen Schimmer des Gesichts. Draußen tackte der Schritt der Wache. In einem fernen Palastflügel übte eine Flötenspielerin. Drei Höfe weiter ertönte gedämpfter Priestergesang. Die beiden Männer, die einander nicht mochten und deshalb fast jeden Gedanken anders ausdrückten, als sie wollten, saßen wie die Götter Epikurs jeder in seiner Zwischenwelt.

Petronius brach noch einmal das Schweigen. »Wir sprechen von fernen Zeiten. Unterdessen läuft das Unternehmen ›Maske‹! Es wird sowenig wirken wie mein Gesetz. Weißt du, was ich für richtig halte? Wir sollten Nero einfach fallenlassen, solange das noch in unserer Hand liegt. Wenn sich alle Gutgesinnten von ihm zurückziehen, ist er in einem Monat am Ende. Dann sehen wir weiter.«

»Dann haben wir das Chaos!« sagte Seneca. »Mit der Macht darf man nicht spielen.«

»Wir tun es aber! Auch jetzt mit diesem törichten Unternehmen.« Petronius spürte eine satyrhafte Lust, diesen Flachkopf mit dem eßfreudigen Mündchen, dem fröhlich fetten Blick und der häufig schwitzenden Glatze mit Worten zu verprügeln. Mit seiner verdammten stoischen Philosophie des Gleichmutes, der Unempfindlichkeit, der Seelenruhe, der Tugend, die ihren Lohn in sich selbst fand, verdarb dieser Faselkopf alles! Heimlich lebte er wie ein Epikureer, aber von der Sorte, die Epikurs Ruf verdarb! War der Zustand Roms etwa nicht die Folge jahrzehntelanger geistiger Betäubung von Übeln an einem kranken Staatskörper? War es nicht Seneca, der mit seinen Reden und Schriften die Römer weiter betäubte? Ähnelte er nicht dem Freigelassenen Narcissus, dem wachsamen Elefanten des Claudius? Wollte er mich vorhin nicht wegekeln? Er sieht mich ungern als den dritten Mitwisser des Staatsgeheimnisses, den Burrus sich ausbedungen hat. Sonst sind es wertlose und abgeschmackte Mitteilungen, mit denen er hinter vorgehaltener Hand so tut, als ziehe er mich ins Vertrauen. Ginge es morgen um meinen Kopf, er würde mich preisgeben, würde ihn als erster fordern!

Petronius fragte aber nur: »Bemerkst du nicht, wie seine Raublust erwacht? Wenn er zum Beispiel einen begünstigt, von dem er weiß, daß er einen Fehler machen wird, sagt er: ›Den sollten wir mästen.‹ Eines Tages heißt es: ›Der ist fett genug.‹ Und wie bei Narcissus läßt er uns wissen: ›Den können wir schlachten.‹ Denkst du nie daran, daß auch du an die Reihe kommst? Wenn wir unsere Meinungsverschiedenheiten begraben und zusammenstehen, wenn wir die Fäden nicht loslassen, die wir noch halten, wird Rom Neros Fall ohne Schaden überleben.«

Seneca blinzelte müde: »Dazu ist es zu spät.«

»Und wann, wenn ich dich fragen darf, war noch Zeit dazu?«

»Ich hasse Verschwörer! Sie enden alle wie Catilina.«

»Nero ist Catilina mit dem Kaiserlorbeer!« sagte Petronius.

Ein taubstummer Bote unterbrach sie. Burrus meldete in einem versiegelten Schreiben, das Unternehmen »Maske« sei zufriedenstellend verlaufen. Er bleibe über Nacht im Prätorianerlager, vorsichtshalber. Es war eine Stunde nach Mitternacht.

Kurz darauf brachten sie Nero. Vier seiner Freunde trugen ihn auf ihren Schultern. Der verkleidete Prätorianer hatte seinen Fäusten keinen Zwang angetan. Neros Gesicht war grünlich und bläulich gedunsen. Der »rasende Herkules« stöhnte kläglich, verfluchte seine Schutzgötter und beschwor die Furien und die rächende Nemesis. Seneca lief hin und her, jammerte väterlich und ließ Nero auf ein Polster betten. Caballus schimpfte auf die Schlampigkeit der Nachtwachen und die Frechheit des Pöbels. Otho ächzte und strich sich eine spärliche Strähne aus der schmutzverklebten Stirn. Er, der erfahrenste der Nachtschwärmer, war, wie er berichtete, als erster zu Hilfe geeilt und hatte auch etwas abbekommen. Vitellius schwieg, Grübchen in den feisten Wangen, mit verkniffenem Mund. Neben ihm stand ein Mann, zwar neu unter Neros Freunden, Petronius aber seit langem bekannt. Seine tiefliegenden schwarzen Äuglein funkelten auf, als ein Feuerbecken entzündet wurde. Ein Lid hing von der gespaltenen Braue herunter. Ein großer Goldring bedeckte dürftig den Riß im Ohr. Ölige Locken hingen lang in das Raufboldgesicht, das er vorschob wie eine Hyäne: Ofonius Tigellinus.

Petronius wußte, daß er wieder in Rom lebte. Petronius griff ihn mit einem Blick an. Erkannte Tigellinus den kleinen Schlingel wieder, der, in Ketten, im Kerkergang mit dem Finger auf ihn gezeigt hatte? Der da steckte auch in der Verschwörung gegen Caligula, er schwärzt nur so viele an, um selbst den Kopf aus der Schlinge zu ziehen. Aber die kleinen Wolfsaugen hatten seither viel gesehen. Petronius hatte gehört, daß Tigellinus nach Jahren der Verbannung auf östlichen Kriegsschauplätzen im Heer gedient, sich in Rom erfolglos um Aufnahme in die Prätorianerkohorte beworben, Posten bei der Stadtwache aber abgelehnt hatte. Lieber lebte er untätig von einem Vermögen, dessen Herkunft den Zensor scheuen mußte. Vitellius stellte sich vor ihn, aber sein Ruf erholte sich trotz bezahlter Schmeichler nicht. Auf Märkten griff er in die Brotkörbe und Obstkisten und naschte, ohne zu bezahlen. Im Theater klatschte er an unpassenden Stellen, pfiff Arien aus, obwohl sie meisterlich vorgetragen wurden, und rülpste in die Stille vor dem Beifall. Beim Wagenrennen und nach Gerichtsverhandlungen beglückwünschte er höhnisch die Verlierer. In einer Abendgesellschaft hatte er vor den Frauen sein Gewand zurückgeschlagen und das aufgerichtete Glied zur Schau gestellt. Vitellius hatte richtig vermutet: Solch einen Menschen fand Nero unterhaltend. Nero war Zensor auf Lebenszeit. Mit einem Strich wurde das Vermögen des Tigellinus rechtmäßig, und er ließ sich dafür nicht lumpen.

Seneca verteilte Münzen. Tigellinus schlug ihm das Geld aus der Hand und zischte: »Belästige mich nicht! Bin ich ein Dienstbote?«

Seneca verlangte von Otho Bericht. »Wie kam es zu dem Überfall? Diese ruchlose Tat muß streng geahndet werden!«

»Woher weißt du, daß es ein Überfall und kein Unfall war?« krähte Tigellinus ihn an. »Da stinkt doch was! Der Kerl hatte einen Schlag, den nur Prätorianer lernen. Ich gehe der Sache nach.«

Steif wie ein zürnender Mars ging Tigellinus hinaus. Die anderen folgten. Nur Otho sagte noch vor einem Schreiber aus. Er mußte sich unterbrechen, denn Tigellinus brüllte auf dem Flur die Wache an: »Stecken die immer da zusammen? Warum ist Burrus nicht dabei?«

Petronius fühlte sich unerkannt. Aber was war damit gerettet? Er empfand Widerwillen, darüber nachzudenken. Es lief, wie es lief, auf ihn kam es nicht an. Der Denkzettel hielt nicht vor. Nero zog nun mit Bewaffneten los und verkleidete sich kaum noch. Die Ausschreitungen wurden verheerend. Die Betroffenen, auch wenn sie ein Auge verloren, empörten sich nicht. Wer nichts gesehen hatte, wollte nichts glauben; wer sah, hätte lieber nichts gesehen. Erst als es sich einbürgerte, daß Bedrohte rechtzeitig Geld und Sachwerte an die Nachtschwärmer abgaben, siegte stille Beutelust über den lauten Straßenraub. Aber Nero hatte entdeckt, daß er furchtbar sein konnte.

Juno wendet sich ab

Burrus geriet ins Zwielicht. Bei Nero ging eine anonyme Anzeige ein, der Gardepräfekt sei in einen Anschlag auf sein Leben verwickelt. Als Nero ins vierte Jahr seiner Herrschaft ging und dem dritten als Konsul seinen Namen gab, wiesen die Gerichte Anschwärzungen nicht mehr zurück. Nach einigen Prozessen gegen »Anhänger des Britannicus« folgten die ersten Majestätsprozesse. Sie endeten mit Enthauptungen. Seneca rang die Hände: »Wenn Burrus wackelt, wakkeln wir alle!«

Petronius erzählte ihm, was er über Tigellinus wußte. »Das Unternehmen ›Maske‹ war schlecht getarnt. Aber wüßte er Genaueres, gäbe er sich zu erkennen und erhöbe

Anklage, um selbst Gardepräfekt zu werden. Darauf hat er es wohl abgesehen. Wir sollten einen finden, der alles auf sich nimmt. Ich sorge dafür, daß Nero ihn glimpflich davonkommen läßt.«

Seneca erwog, alles auf Agrippina zu schieben. Sie galt als Haupt der »Anhänger des Britannicus«, lebte in verschwörerischer Einsamkeit und empfing niemand außer Octavia, die wie eine Witwe durch die Höfe und Gärten des Palatin schlich, aber mit Ovationen gefeiert wurde, sobald sie sich in der Öffentlichkeit zeigte. Wer an der Villa der Livia vorüberkam, hörte zwischen Pfauenschreien Agrippinas Schimpftiraden gegen Acte, das »geile Luder«, die »abgerittene Hure« ihres Sohnes. Nero stattete seiner kaltgestellten Mutter jedoch, wenn auch selten und stets unangemeldet, noch förmliche Besuche ab und spielte lärmend den dankbaren Sohn, blieb unempfindlich gegen alle Vorwürfe und lachte sie aus, bis sie seufzte: »Ach, Juno, die Beschützerin der Ehe, die Hüterin einträchtiger Familien, wendet sich ab von uns!« Dann sah sie Petronius an, den sie nur noch in Neros Begleitung vorließ, und fragte: »Wie geht es Vinia und deiner Tochter?«

Petronius antwortete Seneca, mit Agrippina wäre Burrus nicht freizukaufen. »Hat er sie nicht selbst einmal eine Nacht lang verhört, als ihr Verbindungen zu den Anhängern des Britannicus vorgeworfen wurden? Statt eine Anschwärzung zu entkräften, schüfen wir selbst Beweise für ein Komplott. Wir brauchen einen, der kaum bekannt ist, aber fett genug, daß Nero ihn ›schlachten‹ kann.«

Sie wurden bald fündig. Seneca kam einem gewissen Plotus auf die Spur, der als Tribun in der Prätorianerkohorte diente, unter Claudius jedoch mit dunklen Geschäften ein Vermögen gemacht hatte und unter Nero nicht davon lassen konnte. Er kaufte Leuten, denen ein Todesurteil drohte, billig und ohne Quittung ihr Hab und Gut ab. So verfiel es, falls das Urteil vollstreckt wurde, nicht dem Kaiser und blieb, wie er den Geängstigten versicherte, wenigstens der Familie erhalten. Keine Familie sah je etwas davon wieder, und Angeklagte, die freigesprochen wurden, kehrten in ein leeres Haus zurück. »Der hat genug Dreck am Stiefel«, sagte Seneca. »Dem können wir drohen. Für das, was wir von ihm wissen, winkt ihm die Todesstrafe. Versprechen wir ihm, daß er mit der Verbannung davonkommt, nimmt er die Tracht Prügel, die Nero verpaßt wurde, auf sich, und Burrus ist aus allem heraus.«

Seneca beschloß, noch am selben Abend mit Prätorianern zu Plotus zu gehen und ihm die Schwertspitze unters Kinn zu setzen.

Als Petronius am nächsten Morgen früher als gewöhnlich aus dem Haus wollte, verstellte ihm Vinia den Weg: »Was sind das für Prozesse seit einiger Zeit? Was geht auf dem Palatin vor? Hast du damit zu tun?«

»Aber ja doch!« antwortete Petronius.

»Was soll der kaltschnäuzige Ton?«

»Wir stecken doch mittendrin.«

»Ich jedenfalls werde dir auf diesem Weg nicht folgen.«

»Dann müssen wir uns trennen.«

»Halt!« Vinia entwickelte erstaunliche Kräfte. Sie zwang ihn zurück in die Bibliothek. »Weißt du, wen du diesmal opferst?«

»Wer von Nero geschlachtet wird, ist nicht besser als Nero.«

»Aber Plotus ist der Schwiegervater meines Bruders.«

»Ich hatte angenommen, meine Frau käme aus ehrbarem Haus.«

»Nicht weniger ehrbar als deine Geschäfte aus dem Palatin!«

»Was verstehst du davon!«

»Ehrbarkeit geht unter ohne Geld. Ich habe dich geheiratet, mein Bruder die Tochter des Plotus.«

Agripppina hatte ihm keine häßliche Frau ausgesucht. In ihrem Zorn fand er Vinia schöner, als er sie je gesehen hatte. Sie hatten miteinander geschlafen, sooft es sich zwischen einem Nachtmenschen und einem Tagmenschen ergab, aber kaum miteinander gesprochen. Ihm genügte das, sie beklagte sich nicht mehr.

»Der Plotius kann froh sein, wenn er dem Schafott entkommt«, sagte Petronius. »Ich selbst sorge dafür. Das sind meine Geschäfte auf dem Palatin.«

»Ich erwarte, daß du ihn da ganz herausholst!«

»Das geht nicht. Es würde Burrus das Leben kosten.«

»Burrus ist dir also wichtiger als mein Bruder? Dein Schwager bewirbt sich um die Prätur, falls das deinem Familiensinn entgangen ist! Wenn seinen Schwiegervater etwas angehängt wird, fällt er durch.«

»Diese Ämter taugen doch nichts!« sagte Petronius. »Vielleicht kann ich deinem Bruder anderweitig helfen!«

Vinia ließ sich nicht umstimmen. »Wenn er durchfällt, kommt er nie wieder auf die Beine! Hast du nicht selbst alle diese Ämter durchlaufen und dafür Agrippinas Speichel aufgeleckt? Noch jetzt trägst du mir, um in Neros Gunst zu bleiben, den Schmutz anderer Weiber ins Bett!« Petronius horchte auf. Octavias Redewendung machte unter den Matronen der Stadt die Runde! »Mein Bruder«, fuhr Vinia fort, »will nicht als Bettfechter nach oben kommen! Tu was für seinen Schwiegervater, wenn du mittendrin steckst!«

»Wenn du mich nicht durchläßt, verliert er auch seinen Kopf!«

»Ist das dein letztes Wort?« fragte Vinia. »Dann schreib mir auf der Stelle den Scheidebrief! Unsere Wege trennen sich.«

Sie war keine Spielernatur. Weshalb ging sie plötzlich so weit?

»Gut. Du hast mich satt.« Petronius rief Harpocrates zum Diktat. »Aber wo willst du denn hin?«

»Das laß meine Sache sein. Ich verlasse noch heute dein Haus. Muß ich auch um diesen Gefallen noch betteln?«

»Der Scheidebrief wird nicht anerkannt, wenn ich nicht angebe, wer deine Versorgung übernimmt.«

»Nun, dann sollst du es wissen: Ich reise nach Alexandria und verheirate mich wieder. Meine Tochter wirst du mir wohl lassen, du hast dich ja nie um sie gekümmert. Der Mann, der uns dort erwartet, war Militärtribun und verdient jetzt gut bei der Getreidebehörde. Wir hatten, bevor er abkommandiert wurde, Jahre hindurch ein Verhältnis, hier, in diesem Haus. Du konntest es nicht bemerken, du Tagschläfer. Schreib schon, ich habe diesen Augenblick herbeigesehnt!« Sie nannte einen Namen, den er nie gehört hatte. Harpocrates ließ sich diktieren.

Der Frauengenießer war seiner Sache zu sicher gewesen. Seine Geschick hatte ihn über die Kühle der Herzen hinweggetäuscht. Vielleicht war sie nur bei ihm geblieben, weil ihr sein Leib Angenehmes brachte und von seiner Seele keine Gefahr drohte. Sie wollte ein schönes Gefäß nicht zerbrechen, nur weil es nichts mehr enthielt. War er von Vinia nur als seelenloses Wesen geduldet worden? Hatte sie einen haltlosen Lebemann, einen ausschweifenden Stellungskünstler hingenommen, um sich zu vergnügen? Er, der nie die Macht ausnutzte, die er über Frauen gewann, sollte Hals über Kopf Vinia hergeben! Mars hatte Venus vernascht, während Vulcanus geschäftig war, den Göttern Waffen zu schmieden.

»Vinia! Laß uns überlegen! Ich brauche dich jetzt mehr denn je.«

»Daran hättest du früher denken sollen. Ich habe genug!«

Im Palatium schien alles wie vorgesehen zu laufen. Nero ließ sich von seinem »Vergnügungsmeister« versöhnlich stimmen. Der Überfall geriet zu einem harmlosen Schabernack. Plotus hatte im Verhör beharrlich wiederholt, er hätte den Kaiser nicht erkannt, niemand stünde hinter ihm. Er bekannte sich zu seinem Irrtum und wurde in die Verbannung geschickt. Seneca rieb sich in seinem Kabinett die Hände. Aber auf seiner Glatze perlte Angstschweiß. Sizilien sei zu nahe. Tigellinus werde Plotus dort aufspüren und weiterbohren. Ohne Vermögen sei Plotus bestechlich. Wenn er das Geständnis widerrufe, ginge alles von vorn los, und gefährlicher.

»Tigellinus bohrt weiter, bis er Präfekt der Prätorianer ist«, sagte Petronius. »Ihn hätten wir uns vom Hals schaffen sollen.«

In Bruttium wurde Plotus, angeblich von Wegelagerern,

umgebracht. Seneca sagte im »Rat der Großen« vertraulich: »Sie haben ihn dem Henker gestohlen.« Kurz darauf verunglückte beim Übungsstechen mit Spießen ein Prätorianer tödlich. Burrus ließ, als Nero noch nicht am Tisch saß, fallen, das sei der falsche Bürgersmann gewesen. Tigellinus hätte ihn herausgefunden und ihm viel Geld angeboten für eine Aussage. Nun werde er dem Geld bieten, der den tödlichen Stich ausgeführt habe, sagte Petronius. Burrus schaute auf die Wasseruhr. »Der lebt auch nicht mehr.«

»Warum begreift niemand, daß Tigellinus weg muß?« fragte Petronius.

Seneca kniff die Augen zusammen. »Wieso? Hast du mit dem eine Rechnung zu begleichen?«

Petronius schloß eine Scheinehe, um dem Steuerdruck des Ledigen zu entgehen. Er sah die Frau nach der Hochzeit nie wieder.

Floralia: Venus geht

Marcus Salvius Otho wurde Freund des Kaisers Erster Vorlassung. Wenn Nero neue Bilder und Skulpturen betrachtete, Musik hörte, Tänzerinnen zuschaute, eigene Verse vortrug, immer war Otho zugegen. Petronius erschien seit einiger Zeit nicht mehr regelmäßig, um zu erproben, wie sich Nero verhielt, wenn er sich rar machte. Nero schmollte, nannte ihn unentbehrlich, drohte mit Ungnade. Kam Petronius doch, war Otho meistens schon da, und er fühlte sich nur noch hinzugenommen. Otho mischte sich in die Einladungen zu Festlichkeiten und Vergnügungsfahrten ein, spielte den Besserwisser, warf mit Frechheiten um sich, die Nero erheiterten. Nur bei Acte war Petronius manchmal noch mit Nero allein.

In den ersten Frühlingstagen rühmte sich Otho, er werde nächstens eine Festung einnehmen, die er lange belagert hätte. Was Corbulo als Feldherr in Armenien vollbringe, wolle er nun in Rom als Verführer überbieten. Roms schönste und stolzeste Frau erachte er für sturmreif: Poppaea Sabina. Petronius erinnerte sich an das Mädchen mit den meerfarbenen Augen, dem er die Akte über Valerius Asiaticus abgekauft hatte. Seit ihrer Heirat mit dem verabschiedeten Prätorianerpräfekten Rufrius Crispinus lebte sie im biederen Glanz einer nach außen ruhigen Ehe. Wer sie kannte, rühmte ihre Bildung, ihr häusliches Geschick, ihre Begabung für Musik und Verse, ihr feines Benehmen. Doch sie nahm selten eine Einladung an, und ihr Gatte lud nie ein. Man begann ihn als sprichwörtlichen Geizhals zu verlästern. Das Gerede der Leute, sie werde von Tag zu Tag schöner, eine Schwangerschaft habe die Blume ihrer Anmut erst vollends zum Erblühen gebracht, nahm sie zum Anlaß, nur halb verschleiert außer Haus zu gehen. Gemunkelt wurde, sie hinge dem judaeischen Glauben an und verachte alle Götter um einer einzigen allgewaltigen Gottheit willen, die Unwissende für das Schicksal hielten. Um damit nicht öffentlich Anstoß zu erregen, bleibe sie allen Festlichkeiten fern, die mit Tempelopfern und Götterprozessionen verbunden wären. Denn auch den vergöttlichten Kaisern durften Anhänger der judaeischen Religion nicht huldigen.

Zu ihrem Gatten hatte Otho ein gutes Verhältnis gefunden, weil er beim Kaiser so beliebt war. Rufrius Crispinus fühlte sich noch nicht alt genug, um tatenlos sein Vermögen zu genießen, das zum größten Teil aus einer Abfindung bestand. Die Gefügigkeit, mit der er Burrus gewichen war, hätte man auch mit einem anderen angesehenen und einträglichen Amt belohnen können: Stadtpräfekt oder Getreidepräfekt, Oberaufseher der Aquädukte, Straßenbauaufseher. Er wies Verdienste vor und war sich keiner Verfehlung bewußt, er sah keinen Grund, seine Kaltstellung als Schonung zu empfinden. Sondern Agrippina steckte dahinter. Das sollte der Kaiser bedenken. So viele, denen seine Mutter Unrecht getan hatte, erfuhren Wiedergutmachungen. Vergaß man Rufrius Crispinus?

Otho machte ihm Versprechungen und kam in sein Haus, wann er wollte. Er richtete es ein, daß er Poppaea allein antraf, und redete viel von seinem Einfluß auf den Kaiser, der ihrem Gatten helfen sollte. »Das machte ihre Ohren spitz«, brüstete sich Otho. »Man hat Hinweise, daß ihre Sittsamkeit Berechnung ist.«

Das konnte Petronius bestätigen. Mit der Eröffnung, daß auch er Poppaea kannte, war er wieder im Gespräch. Nero und Otho fragten ihn abwechselnd aus, und er ließ sich zu einem stimmungsvollen Bericht darüber hinreißen, wie er einmal Narr eines Narren geworden war, der inzwischen bei den Göttern weilte. Die Erinnerung an Poppaea regte ihn so an, daß es ihn selbst überraschte.

»Wozu erzählt ihr mir so viel von ihr?« fragte Nero. »Der eine macht mich neugierig, der andere neidisch.«

Otho gestand, daß es noch ein Hemmnis gäbe. Sie wolle nicht seine Geliebte werden, sondern ehrbar und öffentlich ihre Ehe lösen und eine neue schließen. Aber ihr Gatte wisse es noch nicht.

»Lohnt es sich, Crispinus zu schlachten?« fragte Nero.

»Das schon«, sagte Petronius. »Aber wie ich Poppaea kenne, erhört sie Otho nicht, wenn man sie so roh zur Witwe macht.«

Otho nickte heftig. »Eigentlich neigen sich beide deinem Glanz zu, Nero, wie die Blumen zur Sonne. Mit keiner Lustbarkeit konnte ich sie bisher aus dem Haus locken. Aber sie gab mir zu verstehen, zu einem Gelage auf dem Palatin würde sie mich begleiten. Ich bin sicher, dann wäre sie bald zu mehr bereit. Sie gibt sich kalt, wenn wir uns küssen. Doch ein Funke, und sie steht in Flammen. Sie reißt sich zusammen, weil sie weiß, wie leicht sie die Besinnung verliert. Crispinus ließe uns gehen, winkte ihm ein Amt.«

Nero versprach, das zu regeln und die Einladung anzuordnen.

Otho hatte nicht übertrieben. Als Poppaea Sabina an seinem Arm das Palatium betrat, durchlief Geraune die Gäste. Nero wurde sofort schüchtern. Der Mund blieb ihm offen. Er schien nicht zu glauben, daß ihr Kniefall ihm galt. Petronius hatte sich an ein zierliches, noch flachbrüstiges Mädchen erinnert. Jetzt mußte er sich eingestehen, daß ihre

Schönheit auf ihn wie ein Erschrecken wirkte. Schlichte Kleidung, wenig Schmuck, kaum Schminke, keinerlei Gehabe. Die Wohlgestalt dieser Frau trat von allein hervor. Die meerfarbenen, meerkalten Augen wußten es, achteten aber nicht darauf. Scheinbar ohne eigenes Zutun war sie eine einzige Herausforderung: Wer ein Mann sei, müsse sie begehren und erobern. Petronius meinte, derlei hätte er noch nie gesehen. Acte verblaßte. Im Palatium gab es mehr als ein Dutzend Sklavinnen, aus denen sich mit einigem Geschick so etwas wie Acte hätte machen lassen. Er hatte sie Nero erfolgreich in den Kopf gesetzt; aber die Zusammenkünfte mit ihr wurden seltener. Eine Poppaea mußte sich einfach jeder in den Kopf setzen! Wenn es edle Geilheit gibt, dachte er, sieht sie so aus. Diesmal verstand er Neros Schüchternheit: Da sie unwiderstehlich ist, kann sie jedem, der sie begehrt, mit Züchtigung drohen.

Während der Tafel lag sie zwischen Nero und Otho auf gesondertem Polster und unterhielt sich in gemessener Abwechslung mit beiden. Auch an Petronius richtete sie über Neros Schulter das Wort. Ihre Meeraugen wußten von früherer Begegnung, leugneten aber den unerfreulichen Ausgang. Sie sprach freundschaftlich, als wäre man erst kürzlich im besten Einvernehmen auseinandergegangen. Auch ihre Stimme und der sanfte Ruck, mit dem sie ihre weit um die Schläfen reichenden Brauen und die kaum gebogene Nase zuwandte, machte begehrlich. Er kannte sich und fühlte die Warnung: Andere verglichen ihn mit Dionysos und seinen Bacchantinnen. Aber unter den vielen Frauen war keine erfüllte Liebe. Seit dem Sommer am Volturnus trug er tief im Fleisch das Mal einer Frau, die er nie bekommen hatte; es war kein klares Gesicht mehr, kein unverwechselbares Brüstepaar, keine unvergeßliche Schenkelgabelung: Desto drohender die Gefahr, sich auf eine einzige, plötzlich auf diese zu versteifen und sie, bauten sich Hindernisse auf, zu begehren bis zum Wahnsinn.

Wenige Tage später meldete Otho seinen Sieg: Was Corbulo von Artaxata, der Burg des Armenierkönigs Tiridates noch immer nicht melden könne, melde er von der Festung

Poppaea. Sie habe sich ihm huldreich ergeben, es sogleich Crispinus gestanden und warte nun auf den Scheidebrief. Crispinus aber warte auf sein Amt.

»Das Amt bekommt er«, sagte Nero. »Aber willst du mir dafür deine Eroberung nicht wenigstens leihweise zu Füßen legen?«

»Ich wollte es dir soeben selbst anbieten«, stammelte Otho. »Bei Venus und Cupido! Du hast ihr gefallen, sie sagt es selbst.«

»Du bringst sie mir hoffentlich noch vor eurer Hochzeit?«

Otho wies auf den Garten. Büsche und Rasen, Sträucher und Bäume hatten sich mit vielfarbigen Blüten überzogen. »In wenigen Tagen beginnen die Festlichkeiten der Blumen und der Zeugungskraft, die Floralia, in die auch mein Geburtstag fällt. Ist Poppaea bis dahin geschieden, lade ich dich in meine neue Villa ein zu einem Blütenfest. Wir feiern Poppaeas Scheidung und meinen Geburtstag.«

Nero bedankte sich kurz. Dann entschied er: »Petronius soll dabeisein.«

»Noch jemand?« fragte Otho mißmutig.

»Niemand weiter. Vor allem keine anderen Weiber!«

»Varro lehrt«, sagte Petronius, »zu vertraulichen Festen solle man nicht mehr Gäste haben als die Musen, aber auch nicht weniger als die Grazien. Sein Gleichnis bevorzugt die Weiblichkeit!«

Otho schmunzelte ergeben. »Ihr könnt ganz ruhig sein. Sie ist, wie ich vermutete: Wenn ich sie dreimal durchs Ziel geritten habe, fragt sie nicht mehr, wer der nächste ist.«

Nero lachte auf und entließ ihn. Mit Petronius wollte er sich noch ein wenig beraten.

»Du könntest dir den etwas heiklen Umweg sparen«, sagte Petronius. »Ich bin sicher: Poppaea wünscht nichts sehnlicher, als die Erste des Ersten zu sein.«

»Ich will es aber so!« maulte Nero.

»Bisher hast du dich stets an das rechte Maß erinnern lassen.«

Nero brauste auf. »Ich will es aber so!« Immer wieder

brüllte er diesen Satz. Petronius schwieg. Die Beherrschung des Maßes versetzt die Maßlosen in Wut, sagte er sich. Es ist die Leidenschaft Caligulas, einem Freund die Frau auszuspannen. Otho wird gehörig auf die Nase fallen. Er ließ es laufen, wie es lief. Daher kam seine unbeteiligte Art, die viele für Kälte hielten.

Crispinus wurde Hafenpräfekt in Ostia. Poppaea erhielt den Scheidebrief und zog zu Otho. Petronius ließ Othos Villa für das Fest herrichten, bestellte Köche, Weine, Musikanten, Tänzerinnen. Die Floralia begannen mit einem warmen Sonnentag. Straßen und Plätze waren erfüllt vom lärmenden Treiben des Blütenfestes. Der betäubende Duft der Blumenkränze, mit denen Brunnen, Bögen, Statuen, Arkaden und Treppengeländer behängt waren, drang hinter die Vorhänge der Sänfte, in der sich Nero mit Petronius zu Otho tragen ließ. Der müde Trab der Läufer warf beide aneinander. Einer roch des anderen Schweiß, Salböl und Mundwasser. Als die lauten Stimmen eines derben Schwanks zu hören waren, ließ Nero halten und schlug das Tuch zurück. Auf einem Holzgerüst spielten maskierte Schauspieler und halbnackte Tänzerinnen eine Verführungsszene zwischen Satyrn und Nymphen. Jeder Satyr hatte sich einen roten Riesenphallus vorgebunden, und das Geschick, mit dem die Nymphen ihnen auswichen oder sich wehrten, wirkte vergnüglich und erregend. Zuschauer, mehr oder weniger betrunken, feuerten die Satyrn an, die vielleicht als einzige nüchtern geblieben waren, denn auch der Theaterbesitzer betrat die Szene und gab dem Publikum jeden Spott zotig zurück. Heute sei es gleich, was unten und oben geschehe, jeder Mensch besitze sein eigenes Lustwerkzeug, und wer es besser könne als seine Truppe, solle es gefälligst zeigen. Bei manchem Pärchen wurde die Umarmung enger. Die vielfaltige Toga erwies sich für einige Herren als leicht auszuspannendes Lustzelt. Hier kreischte eine Spröde, dort kicherte eine Überraschte, da sanken zwei in die Knie. Als aber ein Bursche splitternackt auf die Bühne sprang, um sich zwischen die tanzenden Satyrn zu mischen, verwandelten sich die

Nymphen in Mänaden, zückten Thyrsosstäbe und schlugen drauflos.

Poppaea Sabina ließ auf sich warten. Als sie erschien, führte sie die beiden Gäste durch Othos Villa, durch Park und Garten, gab sich hoheitsvoll gelangweilt, als wüßte sie nicht, was der Besuch sollte, beglückwünschte Otho erst vor dem geöffneten Larenschrein, räucherte ein wenig, während er opferte. Sie plauderten, ließen sich vorsingen und vortanzen, speisten, tranken leichte Weine. Mit viel Sachkenntnis erzählte sie von ihren Sammlungen östlicher Kunst. Wer Götter sammle, bemerkte sie mit hochmütigem Blick auf Othos Glyptothek, suche nur nach einer einzigen Gottheit, und wer Frauen sammle, habe die eine nie gefunden. Nero schenkte sie fast keine Beachtung. Er schnaufte wortkarg, blickte entmutigt und verletzt, verlangte schwereren Wein, fügte sich aber, als Petronius mahnte, ihn für später aufzuheben.

Als Otho an ihr herumzutasten begann, stieß er auf mürrische Abwehr. Plötzlich hing sie mit bewundernden Blicken an Nero, der große, leuchtende Augen bekam und sofort eine gelenkige Zunge hatte. Otho murrte, er hätte sie »eingebracht«. Sie schüttelte ihn ab und schalt die Flötenspielerinnen, leiser zu blasen, sie wolle die Worte des Ersten hören. Neros Lippen fanden keinerlei Widerstand. Er klatschte in die Hände und knurrte: »Raus mit dem Gesindel!« Die Sklaven zogen sich zurück. Otho glaubte, er wäre auch gemeint, und schaute erschrocken zu Petronius, der sich wie gewohnt nicht vom Platz rührte. Nero, der schon mit Poppaeas nackten Brüsten spielte, richtete sich noch einmal auf und lachte Otho an, es tat ihm sichtlich gut, ihn zu verhöhnen: »Du bist ja ganz durcheinander! Erst dachtest du, du könntest dem Ersten vorreiten, und jetzt willst du fortlaufen! Warte, du Maulheld, nachher will ich dir zuschauen.«

Nero war nicht mehr schüchtern. Er brauchte keine Aufmunterung, verlangte nach keinem Zügel, tat, was er wollte. Petronius saß reglos. Othos Demütigung machte ihn überflüssig. Der Knabe war auch im Bett Herr geworden. Poppaea, indem sie sich völlig vergaß, half Nero, sich selbst zu entdecken. Als er aufstand, schlug er sich unter vergnügtem Kreischen mit den Händen auf den Bauch wie zwanzig Jahre zuvor, als er auf einem Parkweg das Laufen gelernt hatte.

Noch als er Otho zuschaute, wunderte er sich über sich selbst. Er schlug sich immer wieder auf die Schenkel. Kaum bei der Sache, trank er mehrmals seinen Becher aus und wiederholte: »Ist das nicht wahre Freundschaft?«

Als auch Otho aufstand, wollte sie verschnaufen. Sie huschte wieder zu Nero, schmiegte sich an seine rundlichen Hüften, richtete ihre Meeraugen auf ihn und sagte rauh: »Schaff dir die anderen Weiber vom Hals, ja? Auch deine Mutter und deine Frau!«

Petronius ging zur Tür und rief nach seinem Mantel.

»Bleibst du wohl hier!« forderte Nero. »Oder haben wir dich gekränkt? Was du so unübertrefflich hergerichtet hast, sollst du auch mit uns genießen? Ich wette, sie ist längst versessen darauf, deine Künste kennenzulernen. Sei unsere zuverlässige Hilfstruppe zu Fuß, die stets zur rechten Zeit am Schlachtort erscheint! Worauf wartest du! Du tust mir den Schimpf an und verschmähst sie? Ich hätte doch Tigellinus einladen sollen! Wieso zuckst du zusammen? Ach ja, Seneca sagte mir, ihr könnt euch nicht leiden, du und Tigellinus. Aber eure alte Rechnung geht mich nichts an. Komm, ich mache dich locker wie du mich, wenn ich verklemmt war. Das bin ich dir schuldig.«

So ist es vielleicht, wenn man enthauptet werden soll. Nero gab Poppaea frei. Sie wand sich wie ein Wurm, von dem ein Stein weggerollt wird. Er spürte, wie ihm das Gewand von den Schultern gezerrt wurde. Die Seele stieg ihm in die Nase, statt dorthin, wo er sie brauchte. Still verfluchte er Epikur und wünschte sich, ein Bauer zu sein, der zu Priapus beten konnten. Jetzt war er wirklich kalt.

Otho und Nero kicherten. Poppaea bäumte sich auf. »Was gibt es zu meckern? Hat man das schon erlebt? Ist kein Kinäde im Haus? Her mit der Peitsche, ich will es ihm geben. Bin ich etwa häßlich? Rieche ich aus dem Mund oder sonstwie schlecht? Diese Schmach soll nicht auf mir sitzenbleiben!« Sie schrie sich in einen Weinkrampf. Nero rief durch die Tür nach einer Geißel. Otho hüllte Poppaea in einen leichten Mantel. Petronius entwischte über die Terrasse. Die Wachen im Garten ließen ihn durch. Sie sangen zotige Lieder.

Der Vollmond kam über die Albanerberge. Fackelschein flimmerte in der wispernden, pfeifenden, stampfenden, girrenden Stadt, die das Frühlingsfest feierte. Petronius zog die Kapuze seines Mantels über den Kopf und wanderte durch die Gärten der östlichen Hügel. Wie gebleichtes Gebein schimmerten im Mondlicht die Säulengitter des Tempelbezirks auf dem Capitol, der Paläste auf dem Palatin. Als ihm am Praenestinischen Tor Bauern und Flußfischer begegneten, die für den zweiten Tag der Floralia ihre Waren auf die Märkte karrten, als er auf der Via Labicana die Händler und Wechsler beobachtete, wie sie die Blumenkränze an ihren Ladengewölben erneuerten, wäre er gern einen raschen Tod gestorben. Kein Verschwörer konnte Nero so hassen wie er. Er weinte vor Haß. Einen Atemzug später fürchtete er den Tod wie ein Kind. Deshalb brachte man sich nicht um! Aber er sah die Zerissenheit seiner Jahre auf dem Palatin. Solche Höhe mußte mit Erniedrigung enden. Was er getan und gedacht, erlebt und erreicht hatte, was er noch erhoffte oder befürchtete – alles war läppisch.

Nach Tagen sah er Poppaea sich beim Gelage im Palatium wie die Hausherrin bewegen. In ihren Meeraugen saß Hohn, als sie sich auf Petronius richteten, ihr Mund schrumpfte zu einem roten Fleck, ihre Lockenperücke, ein Geschenk Neros, fuchsrot wie der Schopf eines Galliers, wackelte leicht, als kichere sie in sich hinein. Nur überhitztes Blut konnte diese Frau schön finden. Sie war ein schönes Gespenst, nichts weiter.

Otho fehlte bei dem Gelage. Er hatte, kein Winseln half ihm, am Tag nach seinem Geburtstag Befehl erhalten, die Statthalterschaft über Lusitanien anzutreten, und reiste schon der rauhen Küste des Atlantiks entgegen.

Die Störung erwies sich als bleibend. Petronius aß täglich Austern und Spargel, für den die Jahreszeit günstig war, würzte mit Petersilie und Liebstöckel, ließ wilden Kohl mit Zwiebeln anrichten, ein Mus aus Pinienkernen, Pfeffer und Wein einrühren, trank Wasser, in dem Eisen ausgeglüht war. Harpocrates trieb auf dem Aventin eine Quacksalberin auf, die seinen Herrn mit Mäusefett und Katzenhirn einrieb und ihm gebratene Sperlinge und die rohen Hoden verschiedener Tiere vorsetzte. Ihre Nachbarin, die sie bald mitbrachte, bestrich ihm unter Zaubersprüchen die Füße mit Honig und Wein. Beide rieten, während des Schlafes sich Schwämme unterzulegen. Als der Erfolg sich noch immer nicht einstellte, beschafften sie gegen hohe Anzahlungen Haut von der Stirn frischgeworfener Fohlen und den Schleim rossiger Stuten. Petronius glaubte an keines dieser aphrodisischen Mittel. Doch Harpocrates meinte, wenn nur eins darunter wäre, das hälfe, hätte man das Geld nicht weggeworfen. Und wer wußte vorher, was anschlug? Nero schickte Pulver aus zerriebenen Jaspisen und Smaragden und die fast unerschwingliche Tinktur Cantharis, gewonnen aus einer hispanischen Fliegenart. Seneca schwor auf Fuchshoden aus seiner andalusischen Heimat. Nichts half. Die Ursache lag tiefer. Er hatte sich in einem hintergründigeren Sinn übernommen, war zu lange einen Weg weitergegangen, gegen den sich jede Faser seines Leibes sträubte, zu oft hatte er vor Geschmacksverirrungen die Augen verschließen wollen, um irgend etwas zu retten. Alles zerrann wie eine Luftspiegelung, eine kahle Stätte blieb, auf der es nichts zu retten gab. Die Verlegenheit seines Fleisches brachte ihn zur Besinnung. Er begriff seine Ohnmacht und brach alle Kuren ab.

Auf dem Palatin mehrten sich neue Gesichter, süßlich, verschlagen, füchsisch. Man bot sich dem Kaiser als Werkzeug an, um ihn als Werkzeug in die Hand zu bekommen. Man wisperte, schmunzelte, tuschelte, wo Petronius auftauchte. Als er fortblieb, schien es niemandem aufzufallen. Nero rief nicht nach ihm. Eine Aura von Selbstbewußtsein umgab ihn. Er brauchte keinen Menschen mehr außer Poppaea. Die aber spielte, nachdem sie ein paar Tage im Gästeflügel des Palatium gewohnt hatte, wieder die Ehrbare, Hochmütige, Spröde, zog in Othos verwaiste Villa und machte sich dort breit. Die judaeischen Priester, die sich von ihr abwandten, bestritten, daß sie je mit ihr zu tun gehabt hätten. Marktweiber und Dirnen tratschten, wie sie allen Göttern entsagt habe, um einem einzigen zu räuchern, hätte sie viele Männer verlassen, um die Erste des Ersten zu werden. »Sie will Nero heiraten! Sie ist übergeschnappt.« Poppaea ließ keinen Zweifel, daß sie den Kampf gegen zwei Frauen aufgenommen hatte: Agrippina und Octavia.

Auch in seinem Haus ließen die Gerüchte Petronius keine Ruhe. Harpocrates berichtete, Otho lasse in Rom verbreiten, daß Petronius Nero nachlaufe. Petronius schickte einen Botenläufer auf den Palatin und legte die Senatorentoga mit dem breiten Purpursaum an. »Das ist der Schlußstrich!« sagte er.

Frühsommer brütete über Rom. Im Süden zog Sturmgewölk auf, gelb vom Sand Afrikas. Die Sonne wurde fahl, ein trockener Wirbel hüllte die Stadt in eine Staubwolke. Wie Schatten verschwanden die Menschen in ihren Häusern. Türen schlugen krachend zu. Blumentöpfe barsten auf dem Straßenpflaster.

Nero lag mit Tigellinus beim Würfelspiel. Auch Anicetus war da, seit kurzem Oberbefehlshaber der Flotte. Petronius solle Platz nehmen und einen Wurf wagen. Aber Petronius bat um ein Gespräch unter vier Augen. Tigellinus feixte beleidigt. Anicetus rollte umständlich eine große Zeichnung zusammen. Da Petronius ihm aufmerksam über die Schulter sah und sogar seinen Arm festhielt, breitete er sie noch einmal aus. »Auf einmal hast du einen Blick für Kriegstechnik! Die Bettgefechte sind wohl nicht mehr das, was sie mal waren? Schau, das ist ein zerlegbares Schiff. Wenn der Feind erfolgreich entert, genügt ein Hebeldruck des Steuermanns, und er geht mit den Verlierern zusammen Wasser saufen. Immer noch besser, als bekäme er das Schiff in die Hand! Meine Erfindung. Na, ich baue dir gelegentlich ein Bett, das zusammenkracht, damit du es immer aufs Bett schieben kannst.« Nero brüllte vor Vergnügen.

Der trockene Sturm heulte; Fensterglas klapperte in einer Bleifassung. Als er mit Nero allein war, schien der Raum dunkler. Petronius war selbst überrascht, wie förmlich er begann. Auch im Senat werde ihm nur noch selten und unter schwer zumutbaren Bedingungen das Wort erteilt. Sofort unterbrach ihn Nero, das sei nicht wichtig. »Wie stehst du zu mir, mein Titus?« Petronius wollte antworten: Ein Weib brachte uns zusammen, ein Weib trennt uns wieder, man könnte den Ratschluß der Götter erkennen. Aber er ließ diese und andere Sätze aus. »Mache die wenigen aufrichtigen Berater, die dir noch bleiben, nicht schwankend, indem du ihnen drohst«, sagte er fast bittend. »Wenn du guten Rat als Angriff deutest, höhlst du den Boden aus, auf dem du stehst.«

Nero zog den Kopf ein. Sein Hals wurde dick, sein Nakken gedrungen wie der eines Stiers. Er hatte sich angewöhnt, das Gesicht schräg zu halten, wenn er jemanden prüfend ansah. »Was soll das? Du lägest längst in Ketten, wenn ich das nicht wüßte.«

»Ich spreche nicht von den Ausnahmen. Die Freiheiten der...«

»Die Freiheiten der Römer sind niemals eingeschränkt worden! Mein Vorfahr, Augustus, hat sie gerettet und erweitert!«

Petronius erklärte bedächtig, auch davon wolle er schweigen.

Aber Nero fuhr gereizt fort: »Wir erlauben und erlauben, was wir mit viel Aufwand überwachen müssen, und du faselst von Freiheit! Die meisten haben Sklavenseelen und brauchen die Knute!«

»Wolltest du nicht lieber bewundert werden?« fragte Petronius. »Erwirb dir Bewunderung durch Leistungen. Überwache, was du überwachen mußt, aber weide dich nicht daran, mache dir kein Vergnügen daraus, alle einzuschüchtern. Es ist doch nur deine eigene Angst, die dich lenkt. Du brauchtest deine Mutter nicht zu fürchten, wenn du sie nicht ständig bedrohtest, zum Beispiel...«

»Ich wußte es! Agrippina steht hinter dir, noch immer! Sie könnte alles haben, wenn sie nicht gegen Poppaea hetzte!«

»Es geht doch nicht um diese Frauen. Es geht um deine Herrschaft. Ich wollte doch nicht nur deine Genüsse verfeinern.«

»Seneca hat recht! Du bist ein Ausbund von Überheblichkeit! Du denkst dir meine Regierung aus, was?« Er nickte heftig zu seinen eigenen Worten. »Seneca und Burrus kannten immer ihre Grenzen! Aber du! Du willst selbst der Erste sein! Ich weiß es von meiner Mutter. Du willst mich stürzen, und wenn du es leugnest, dann willst du noch Vermesseneres: über mir stehen wie ein Gott!«

Petronius sprang auf. Nero nickte auch dazu. Wenn man so viel voneinander weiß, dachte Petronius, hört jedes Gespräch auf. Er lachte. »Das wäre mir zu unbequem. Helfen wollte ich dir.«

»Alle«, antwortete Nero, »alle, die den Ersten stürzen wollen, behaupten, sie wollten ihm helfen. Kommst du darum zu mir?«

Petronius setzte sich wieder. »Dein Aufbrausen ließ uns abirren. Die Verlegenheit meines Fleisches erlaubt mir nicht länger, dir zu dienen. Ich bitte dich um meine Entlassung.«

Nero beruhigte sich sofort. Den Spott, der in seine Miene trat, verscheuchte Angst vor quälender Langerweile. »Begreiflich. Wer das nicht mehr kann, der kann gar nichts mehr. Aber wie stellst du dir deine Entlassung vor?«

Er wolle sich auf seine Güter zurückziehen, antwortete Petronius. »Einige verdanke ich dir. Ich bin in der glücklichen Lage, sie dir zurückgeben zu können.«

»Behalte alles!« sagte Nero, als schöbe er etwas von sich weg. »Als Zensor müßte ich dich von der Senatsliste streichen. Ich werde es nicht tun. Wir bleiben Freunde, die sich selten sehen, nicht wahr? Das sind oft die besten. Halte dich bereit, wenn ich deinen Rat einmal brauche. Kampanien ist für Eilboten nicht aus der Welt. Du wirst Bücher schreiben, nicht wahr? Hüte dich, Geheimnisse auszuplaudern! Ich werde dich im Auge behalten. Und untersteh dich, mir eine einzige Schenkung zurückzugeben. Du wirst nicht den großmütigen Ehrenmann spielen, du nicht, ich warne dich nachdrücklich.« Nero sah versonnen ins Leere. Dann sagte er: »Von dir haben die Chaldäer nichts gesagt. Aber dem Otho hat einer verheißen, er werde mich überleben und den Kaiserlorbeer erlangen. Na, warten wir ab, wer wen überlebt.« Er maß Petronius mit einem taubengrauen Blick, wartete auf den Freundeskuß, vergebens.

Petronius rechnete damit, daß man ihn auf dem Flur verhaftete. Aber man ließ ihn ziehen. Seneca und Burrus, von denen er sich am anderen Tag verabschieden wollte, empfingen ihn nicht. Petronius bedauerte, daß er ihnen Gelegenheit gegeben hatte, ihm den Hochmut heimzuzahlen, den sie ihm nachsagten.

Sie hängen die Maske der Menschenfreundlichkeit über ihren Eigennutz und hoffen, mit ein paar schonenden Lügen weiterzukommen, ihre Tugend ist Stillhalten zu Übergriffen, Aushalten dessen, was ist; sie glauben, die Waage in der Hand zu behalten, weil die Menschen nach Ausgleich und Gleichgewicht streben: Wie du mir, so ich dir, im Guten wie im Argen. Aber ich habe erfahren, wie recht Platon hat: Jeder Mensch strebt nach Übergewicht über andere, ob er es weiß oder nicht. Darum ist Rom zu klein für Nero und mich.

Er hoffte lange vergeblich auf ein Gefühl der Erleichterung und verschob die Abreise von Tag zu Tag. Wut rauschte in seinen Ohren. Sehr schnell wurde er müde. Etwas hing noch in der Luft wie das Gewitter, das nach seinem letzten Besuch auf dem Palatin nicht losgegangen war. Der Versuchung, sich einen Zensus mit anderem Namen zu kaufen und unterzutauchen, widerstand er nur, weil er sich sehr krank fühlte. Nach einer Senatssitzung, einer Versteigerung, einem Theaterbesuch schleppte er sich am Arm seines Harpocrates nach Hause wie ein morsches, mit welkendem Fleisch behängtes Knochengerüst. Wieder verschlief er manchen Tag, weil er nachts keinen Schlaf fand. Die Spuren seines Verfalls und das Gerücht, daß er keiner Frau mehr etwas zuliebe oder zuleide tun könne, nährten bei den Leuten die Annahme, er sei zu abwegigen Lustbarkeiten nachgegangen.

Dann reiste er mit Harpocrates langsam von Gut zu Gut, prüfte, verbesserte, kümmerte sich um Schutzbefohlene, half Verarmten, stiftete Unterhalt für Kranke, Waisen, Witwen, Veteranen, holte Erwerbslose von der Straße und gab ihnen Arbeit in seinen Keltereien, Töpfereien, Korkstanzereien, Ölpressen, verkaufte Sklaven, die ihm zur Abstrafung vorgeführt wurden. Mit dem, was er Nero nicht zurückgeben durfte, wollte er auf seinen eigenen Besitzungen wenigstens dem näherkommen, was er mit seinem Gesetz bezweckt hatte. Aber er zweifelte, sooft er den Gesang der Sklaven auf den Feldern und in den Werkstätten hörte, den blinden Bettler sah, die mißtrauische Alte, die nur von ein paar Gänsen lebte, die jungen Männer, die auf Sklavenmärkten herumschlichen, um sich selbst zu verkaufen, die Gladiatorenwerber, die ihnen das Elysium in Rom versprachen, die Winkeladvokaten und Wucherer, die an der Härte der Gesetze ihre Schlachtmesser wetzten. Dem zerlumpten Mann mit der Schwangeren, die kein Dach fanden, konnte er helfen, dem Bauern, dessen Land von Geröll verschwemmt worden war, weil die neue Kriegsflotte den Bergwald gefressen hatte, dem blassen, mageren Jüngling, der in löcheriger Tunika Schreib- und Rechenkünste anpries, dem glatzköpfigen Dichterling, der mit einem weibisch zurechtgemachten Knaben an der Straßenecke anzügliche Lieder sang. Aber ihnen bewies er nichts, er holte nur einzelne Menschen von der Straße weg, wie es Agrippina in Bauli mit ihm getan hatte. Sie hatte nichts verändert, und er versuchte vergeblich, sich selbst zu beweisen, daß er recht behielt. Er stellte sich nicht wie Caligula aufs Dach und streute Gold unter die Leute. Aber konnte dieser Einfall eines kranken Hirns nicht als satirische Glanznummer für die Götter gelten?

Im Herbst bezog er sein Puteolanum wieder. Baumeister,

Maler, Bildhauer und Gärtner hatten, von Harpocrates regelmäßig überprüft, ein Landgut geschaffen, das dem ursprünglichen nahekam. Die neue Villa ging auf alte Baupläne zurück. Mit hohen Kosten waren halbwüchsige Platanen und andere Bäume gesetzt worden, Wein überwucherte einen Laubengang, an dessen Ende ein Brunnen plätscherte und ein bronzener Satyr in tänzerischer Schrittstellung verharrte. Auf der Felskante, die jäh über dem warmen griechischen Golf mit seinen Inseln und Vorgebirgen abbrach, sauste der Seewind in den alten Pinienkronen. Bei der Abrechnung wagte Harpocrates ein Wort über die verschwenderischen Summen, die das Puteolanum verschlungen hatte. »Auch die hat Trimalchio auf dem Gewissen«, sagte sein Herr.

Petronius wohnte noch nicht lange im Puteolanum, da bat ihn ein Schreiben Agrippinas nach Bauli. Sie wolle ihn noch einmal sehen, bevor sie nach Rom zurückkehre, wo sie, wie sie bemerkte, einander meiden mußten, mehr denn je. Er ritt ohne Begleitung über die staubigen Wege. Der fade, faulige Geruch des Schwefelkessels hing über der ausgedörrten Landschaft. In den Kastanienwäldern am Averner See blühten wilde Zyklamen. Der Inselberg Aenaria, der die Landzunge von Misenum überragte, wuchs ihm entgegen. Als er ihn von ihrem Balkon aus gesehen hatte, war er voller Gefühle gewesen. Jetzt fand er in dieser Herzgegend nur Leere. Schon an dem schmiedeeisernen Tor, vor dem er sich von Eumolpus und Giton verabschiedet hatte, um Rom einen bedeutenden Dienst zu erweisen, sah er sie auf der Terrasse sitzen. Sie begrüßte ihn fast beiläufig. Ihre Stirnfalten hatten sich vertieft. Kummer und Einsamkeit hielten die kleinen Nester der Sinnlichkeit besetzt. Die kastanienfarbenen Schneckenlocken schienen unverändert, aber die Gesichtshaut verbarg sich unter gefärbten Salben. Das kaum merkliche Schielen, zu dem sich ihr Blick veränderte, als sie Petronius erkannt hatte, sprach von Verlassenheit und Angst.

Sie lobte ihn für sein unverzügliches Erscheinen, umarmte

und küßte ihn sogar, aber mit Vorsicht wegen der Schminke. Dann klagte sie über Rom und ihre Rolle als Kaiserinmutter, beschimpfte gewisse schamlose Dirnen, mit denen sie Acte und Poppaea meinte, und gestand, selbst vor ihrem Sohn empfinde sie Grauen, vor seinem lärmenden, waffenklirrenden Verfolgungswahn, seiner ruhmredigen Armut, seinen endlosen Monologen, das alles nun auch in Verse gegossen, die er öffentlich singe. »Hinter seinem Rücken lachen sie, und er weiß es! Aber er vertraut auf die germanische Strohköpfe seiner Leibwache, die er mir weggenommen hat, und behandelt jeden wie einen Zwerg, den er zerschmettern kann. Ich bin mehr als je in Sorge um ihn, seit du ihn verlassen hast.«

»Gewiß, du mußt die letzte bleiben, die ihn verlorengibt«, antwortete Petronius. »Die Mutter nimmt sich nie von ihrem Sohn zurück. Aber ich habe mich zurückgenommen. Auch das letzte Mittel, das Geschmeiß mit seinen eigenen Waffen zu schlagen, hat versagt. Ich hatte mich verrannt und bin noch dabei, meinen Weg wiederzufinden. Wenn dein Sohn morgen gestürzt würde und man riefe mich an seine Stelle, ich wüßte nicht, was zu tun wäre. Eins jedoch weiß ich jetzt: Nur weil die Mächtigen solche Versager sind wie dein Bruder, dein Onkel, dein Sohn, konnte ich auf den Gedanken kommen, ich müßte selbst der Erste sein.«

»Du sprichst von seinem Sturz vor mir, seiner Mutter?«

»Ich verstehe, daß du um sein Leben fürchtest.«

»Nicht wahr? Und ich habe ein Mittel, ihn zu retten. Es ist unfehlbar, und es schlägt schon an. Poppaea hält sich für besonders schlau, wenn sie sich spröde gibt. Aber da hat sie sich in mir verrechnet! Als ich sah, wie er auf Abwege geriet, wünschte ich mir, ihn wieder in meinen Schoß zurückzunehmen, wo er es gut hatte. Ich habe entdeckt, daß dies nicht so unmöglich ist, wie es scheint. Kein Mensch weiß davon. Aber du, mein Vertrautester – der warst du doch immer? – sollst mich verstehen.«

»Dazu hast du mich hergerufen?« Die Worte seiner Mutter zum Tod seines kleinen Bruders waren ihm wieder eingefallen und jene Lustbarkeit des Tiberius auf Capreae, nach der er sich gesagt hatte: Der Schoß barg mich nicht.

»Dich kann man noch verblüffen, Petronius?« Es schien sie zu freuen. »Aber das ist doch ganz einfach! Bei allen Männern, die ich hatte, wurde ich das Gefühl nicht los, daß sie unter meiner Würde waren. Bei dir, Petronius, hätte es vielleicht anders sein können, aber ich wollte es nicht darauf ankommen lassen. Wenn die Edlen Roms von den Göttern abstammen, letztlich also von Jupiter, der mit seiner Schwester verehelicht ist, so bleibt mein Sohn für mich der einzige ebenbürtige Mann, wie ich für ihn die einzige ebenbürtige Frau bin. Unter den Lebenden haben nur wir beide noch Augustus zum Vorfahrn. Es mag wahnhaft klingen, und du hast recht, ich kann nicht leben, ohne es wenigstens einem Menschen zu erklären: Wir gehorchten einer göttlichen Gewalt, als mein Sohn und ich einander zum erstenmal in die Arme taumelten. Wenn die Götter nicht einschreiten, so dürfen sie auch nicht zürnen. Ohnehin ist das Priestergeschwätz für den Pöbel. Es war gar nichts Gezwungenes dabei, außer daß es so kommen mußte, schicksalhaft, daß ihn mein Schoß, der ihn einmal preisgab, wieder gefangennimmt. Wir waren glücklich und gestanden uns unsere tiefe Einsamkeit in dieser Welt, die sich von Kindern der Götter mehr und mehr entvölkert und immer gemeiner wird. Das Gemeinwohl? Ich glaube daran nicht mehr. Kein Herrscher hat je seine Macht zu etwas anderem benutzt als zu seinem eigenen Vergnügen! Das Machtgefühl selbst ist die höchste Lust. Erscheint dir das so fremd? Ich dachte immer, wenn ich bei meinen Angeboten das Schillern in deinen Augen sah, du empfändest es ebenso. Die Gunst des Volkes muß man sich natürlich erhalten. Auch der Ruhm, den man für seine Wohltaten genießt, ist süß. Ein zufriedenes Volk gibt und duldet bereitwilliger. Die Gunst des Volkes erspart dem Herrscher die Leibwache. Aber wirklich zufrieden bekommt man es nie.«

Petronius hatte seine Überraschung schon bezähmt. Macht, die nur auf Gewalt vertraute, wurde obszön; Macht, die keinen Sinn mehr verfolgte, als sich selbst zu erhalten, trieb zum Inzest.

»Es wird dich das Leben kosten, Agrippina.«

»Mag sein. Aber alles andere wäre, als würde ich meinen Sohn töten. Lieber würde ich selbst sterben. Könnten wir die Welt darüber täuschen, wer wir sind, würde ich jetzt gern mit dir zusammenleben, Petronius, denn ich weiß auch, lange geht das nicht.«

»Es ist nicht nur die Welt, die uns jetzt hindert.«

»Ja, ich hörte von deinem ... Aber das würde mir nichts ausmachen. Ich will einfach nicht allein sein. Bleib über Nacht.«

Petronius pfiff dem Sklaven, der in einiger Entfernung sein Pferd grasen ließ. »Erinnerst du dich an den jungen Menschen, dem du jene Spange ins Fleisch ziehen ließest, hier in diesem Haus, damit du dich vor ihm sicher fühltest und doch nicht auf die Schmeichelei seines Begehrens verzichten mußtest? Wie geht es ihm jetzt? Bei mir ist die Spange nun zu weit eingedrungen.«

Auf der Straße vor Agrippinas Villa, die Puteoli mit dem neuen Kriegshafen Misenum verband, sprengte ihm ein Reitertrupp entgegen. Der Anführer zügelte sein Pferd, um zu sehen, wer da allein durch Bauli ritt. In der Staubwolke erkannte Petronius das breite, grobknochige, unter den Augen gedunsene Gesicht des Oberbefehlshabers der Flotte. Anicetus grüßte nicht. Er zog nur eine Braue hoch über diesen Besucher. Dann hob er für die anderen eine Faust mit gestrecktem Mittelfinger. Lachend galoppierten sie ab.

Während des Winters berichtete der »Tägliche Anzeiger« über Aufführungen der Tragödie »König Oidipus« von Caballus. Der Dichter habe Sophokles weit übertroffen. Neros Kunst wurde gefeiert. Er war unter dem Namen Lucius Domitius mit seinem tragischen Monolog »Orest, der Muttermörder« hervorgetreten. Im Frühjahr wurde angekündigt, der Kaiser werde zur Abnahme einer großen Flottenparade vor Kap Misenum mit seiner Mutter zusammentreffen. Am Tag nach der Parade eilte ein Gerücht um den Golf: Zwischen Bajae und Bauli sei Agrippinas Schiff an Klippen zerschellt. Sie habe sich nachts auf der Rückkehr von der kaiserlichen Tafel befunden und sich als gute Schwimmerin mit der Hilfe der Götter an Land retten können. Harpocrates, der die Neuigkeit aus Puteoli mitbrachte, setzte hinzu, das wundere ihn sehr, denn zwischen Bajae und Bauli gäbe es keine Klippen, und die Küste wimmele von Leuchtfeuern.

»Es war ein Schiff, das mit einem Hebeldruck auseinanderfiel«, sagte Petronius. »Anicetus hat es entwickelt, ich sah den Plan.« Er lachte und schüttelte den Kopf. »Ich ahnte den Zweck nicht. Er wird büßen müssen. Der Versager hat sich selbst abgeschafft.«

Kurz danach wurde der Tod der Kaiserin Agrippina gemeldet. Petronius erhielt durch einen Eilboten eine geheime Stellungnahme Neros, die den Griffel Senecas verriet. Nero beteuerte, ein gewisser Agerinus, Freigelassener Agrippinas, habe ihn erstechen wollen, doch er habe mit einer raschen Bewegung dem Mörder den Dolch aus der Hand geschlagen. Wissend, daß sie als Anstifterin entdeckt wäre, hätte sich Agrippina in ihrer Villa mit dem Schwert selbst gerichtet.

Aber der Flottenpräfekt Anicetus plauderte bei einem Saufgelage aus, wie er sich seines Auftrags auch ohne das Klappschiff entledigt hatte, und bald wußte alle Welt, wie Julia Agrippina gestorben war. »Wohin flüchtete wohl die alte Hure, als wir in ihr Schlafzimmer eindrangen?« fragte er die Leute. »In ihr Hurenbett natürlich! Und sie streckte uns ihren Schoß entgegen und schrie, in den Bauch sollten wir stechen, in den Bauch!« Anicetus wurde nie dafür belangt, daß er dies öffentlich sagte. Er verbreitete auch, Nero hätte, als man ihm die Leiche seiner Mutter brachte, die Reize ihres Körpers gepriesen und ihre Brüste gestreichelt. Stimmungsmacher verbreiteten Schauergeschichten über Agrippinas Sitten. Buchhändler boten flüsternd eine geheime Senatsrede Senecas feil. Die einfachen Leute erzählten von Wundererscheinungen: Blitzeinschläge, einer traf ein Liebespaar; eine Frau sollte eine Schlange geboren haben.

XI. BUCH: DIE ENGE DER EINSAMKEIT

Omnia praecepi atque animo mecum ante peregi.

Alles nahm ich vorweg, und mit mir bin ich geistig im reinen.

Vergil, Aeneis, VI., 105

Die verschlungenen Pfade der Musen

Woher komme ich? Gegen Morgen hatte Petronius noch einmal sehr tief geschlafen. Reglos blieb er liegen, die Augen fest geschlossen. Man ging leise und vermied Klappern und Türenschlagen. Aber Spatzen und Tauben gurrten und schilpten einander an. Die Färbung der Laute verriet dem Schläfer, daß die Sonne hoch stand. Er hielt die Nacht unter den Lidern fest. Das Nichts eines Tiefschlafes hatte Träume gelöscht. Er fand Spuren, Worte, die er mit Traumgestalten gewechselt, Gestalten seiner Prosa. Liebe hatte er empfunden und die Furcht davor. Ein Hauch von weiblichen Wesen war nicht ganz verflogen. Wachten die Musen an seinem Lager? Erschien ihm in der Jugend unvordenklicher Zeiten Deiphobe, die Tochter des bläulichen Meergottes Glaucus, die Sibylle der Grotte im nahe gelegenen Cumae? Nach betäubendem Morgenschlaf gab es kein besseres Mittel, sich selbst zu finden, als einen Schwall kalten Wassers aus den Händen, denen er tief in der Nacht die letzten Sätze diktiert hatte. Harpocrates wartete mit dem Zuber im Baderaum.

Auf der Terrasse empfing unter dem Bastkegel eines Sonnenschirms ein Mädchen den Hausherrn mit dem Morgenmus und den eingemachten Früchten des Feigenkaktus. Sand aus Afrika knirschte unter den Schritten. Es hatte gestern von Süden her gestürmt. Blinzelnd hielt er der Sonne stand, denn sie gefiel ihm wieder, und er grollte der Schlafsucht, die ihn noch immer gefangenhielt, als müßte er den Schlaf von dreißig Jahren nachholen. So lange lag es nun zurück, daß die Mutter ihn auf das kleine Gut bei Volturnum gebracht hatte. War vielleicht sie ihm vor dem träumelöschenden Schlaf erschienen? Wann hatte er begonnen, Roma, die

Göttin mit der Mauerkrone, an die Stelle der Verschollenen zu setzen? Wo hatte die Verwechslung mit dem Wesen, das Geborgenheit verhieß, angefangen, als das ihm lange Zeit Agrippina erschienen war? Inzwischen lebte die Domina gewiß nicht mehr, wohin es sie auch verschlagen hatte. Er war allein, alt und kalt. Die Mitte der Vierziger lag noch vor ihm, aber nur wenige Freie wurden sehr viel älter. Sklaven, wenn sie nicht mit Vorzug behandelt wurden wie Harpocrates, starben meist früher. Auch Landstreicher wie Eumolpus, Giton, Ascyltus streckten sich gewöhnlich vor dem Ende des fünften Lebensjahrzehnts zum letztenmal. Er fühlte sich verbraucht. Die Verlegenheit seines Fleisches schien ihm anzukündigen, daß er nur noch wenige Jahre hatte. Es läuft, wie es läuft, dachte er. Wie konnte ich mich nur so wichtig nehmen! Irgendwann sterbe ich, niemand vermißt mich, und ich versäume nichts.

Die Sommerhitze tat ihm gut. Durch eine Allee junger Zypressen ging er zu der Gruppe alter Platanen, die wie durch ein Wunder trotz des doppelten Umbaus stehengeblieben waren. Sich häutenden Schlangen ähnlich, reckten die Bäume ihr Geäst, das unter der Sonnenglut zu schwellen schien, so daß die Rinde platzte und stückweise ins Gras fiel. Gelbgrün schimmerte darunter frisches, feuchtes Holz. Harpocrates folgte ihm wie ein Schatten mit Wachstafeln und Griffel. Einfälle seines Herrn kamen unverhofft, und er mußte zur Hand sein, wenn er diktierte. Ungeordnet warf er sie hin, nie sagte er ungefragt, ob sie festzuhalten waren. Oft lachte er bissig zu dem, was Harpocrates hernach vorlas, und befahl, es zu löschen. Die betrachtende Haltung, sagte Petronius, käme, sofern sie echt sei, nie aus einer Schwäche der Tatkraft. Denn wem die Kraft zum Handeln fehle, der nehme auch nicht genug wahr. Gerade der Scharfblick des Betrachtenden sei etwas Tätiges. Fern von den Geschäften der Öffentlichkeit sei man nicht mehr an die stille Duldung ihrer Lügen gebunden und sehe, wie unzweckmäßig die Leute leben. Das Leben habe doch keinen Sinn, wenn man seiner Tage nicht einigermaßen froh werde. Also dürfe man es nicht mit ehrgeizigen und aussichtslosen Unternehmungen vertun. Die Selbstlosen seien Menschen, die anderen und womöglich sich selbst ihre Selbstsucht verbergen, und die Selbstsüchtigen begriffen zu spät oder nie, daß sie anderen das Geschäft besorgten. »In allem, was man in Rom wichtig findet, bin ich bescheiden geworden. Um so höhere Ansprüche stelle ich in Dingen, von denen man dort keine Ahnung hat. Worüber die Leute lachen, das finde ich leer und lästig, und was sie langweilt, stimmt mich heiter.«

Harpocrates notierte alles in der Tachygrafie des Tiro, eines Freigelassenen Ciceros, die er gelernt hatte, als sein Herr verschollen war.

»Welchem Kauz«, fragte Petronius, »lege ich das in den Mund?«

»Vielleicht Eumolpus, falls du ihn in Kroton reich werden und sich zur Ruhe setzen läßt. Aber es paßt auch zu dir.«

»Ich schreibe kein Erinnerungsbuch wie Agrippina, sondern eine Satire. Ich selbst bin mir dieser und jener, im Grunde keiner.«

»Noch sieht, was du diktierst, eher wie ein Roman aus.«

»Romane kann man eigentlich nur noch verulken«, sagte Petronius. »Sie nehmen ihre Gestalten ernster, als ihnen zukommt.«

Sie gingen durch Gebüsch: Oleander, Hibiskus, Lorbeer. Die jungen Feigenbäume trugen schon. Die Dattelsetzlinge gediehen.

»Diesen Boden«, sagte Petronius, »hat die Unterwelt gedüngt. Das macht ihn unverwüstlich.« Den Schächten des Orkus war er wieder nahe. Er fürchtete sie nicht. Der fade Geruch des Schwefelkessels wurde vom Südwind abgetrieben. Aber selbst wenn er durch die Olivengärten heraufwölkte, wies ihn der stickige Rauch nicht ab, der angeblich Wahnsinn hervorrief, wenn man sich zu lange über die Erdspalten beugte. Eher fühlte er sich den unterweltlichen Schächten entstiegen und dem Licht wiedergegeben wie einer, der am Eingang zum Tartarus die Fratzen seiner Ungeheuer gesehen hatte. Vielleicht kam daher sein Tiefschlaf: Er schlief einen geistigen Rausch aus und fand wieder in ein Leben, das ihm gehörte.

Von der Felskante überm Golf waren im Lauf der Jahre meterbreite Stücke abgebrochen. Was Wind und Wetter geraubt hatten, konnte niemand zurückfordern. Das delphinförmige Vorgebirge Pausilypon ragte weit in das blaue, schwappende Salz; die Insel Nesis mit ihrem säulengezähnten Tempelkästchen schien darin zu schwimmen. Schuttgrau schimmerte durch den Dunst der Kegel des Vesuv. Der Rauch der unterirdischen Schmiedefeuer war dichter geworden. Vulcanus, der Feuergewaltige, brachte das Eisen zum Glühen, aus dem er den Göttern Waffen hämmerte, während Venus, sein Weib, mit dem Kriegsgott schlief. Weder von Vinia noch von ihrer Tochter war je ein Brief aus Alexandria gekommen. Nun, dachte Petronius, da ich Zeit habe für Genuß, kann ich nicht mehr genießen. Die Hohlen haben mich ausgehöhlt. Wie viele Kavernen durchlöcherten diesen Berg? Seit er stärker rauchte, war manchmal in der Stille um Mittag oder Mitternacht tief im Erdinneren ein Ton zu hören wie das Wiehern unterweltlicher Rosse, denen Vulcanus Eisen auf die Hufe nagelte, wie das Trompeten geängstigter Kriegselefanten, wie das Schnarchen eines vergrabenen Riesen und das Gepolter von Gestein in seiner engen Höhle, wenn er sich auf die andere Seite wälzte.

Er befahl Harpocrates, die Notiz über das betrachtende Leben zu löschen. »Auch das ist Selbstbetrug! In gewissem Maß ist Selbstbetrug lebensnotwendig. Gerade darum kann er zur Sucht werden.«

Harpocrates löschte nichts und schrieb auch dies auf.

Petronius wunderte sich über seine Stimmung. Er hätte sagen wollen: Ich bin heute so grundsätzlich gestimmt. Aber Harpocrates hätte die Grammatik des Satzes bemängelt. »Du mußt mir heute bei meiner Denkschrift über die Herrschaft des Thersites helfen«, sagte er. »Ich weiß nicht, was daran ernst zu nehmen ist. Homer singt zwar, einer müsse herrschen, einer König sein, und jeder Kaiser führt diesen Vers gern im Munde. Aber Agamemnon, die Aufgaben seiner Macht verkennend, kümmert sich mehr um sein Wohl als um das Gemeinwohl. Da tritt dieser Thersites auf, der häßlichste Mensch, der an der Spitze des Pöbels das Unterste zuoberst kehren will, und er kann es nur, weil Achilles, der Tüchtige, der Unentbehrliche, dem der König Unrecht getan hat, den Dienst verweigert, die Lyra zupft und das Gemeinwohl sich selbst überläßt. Es gilt einen Irrtum aufzuklären: Der Pöbel ist nicht das Volk! Wenn Nero strauchelt, rufen die Prätorianer den zum Ersten aus, der ihnen das meiste Geld bietet! Thersites vertritt nicht das Volk, sondern die Beutemacher, die Tyrannen von morgen, und Achilles hat ihm Platz gelassen. Das Volk ist ein schnarchender Riese. Wenn die Straßen vom Tumult überschwappen, wälzt er sich nur von einer Seite auf die andere.«

Der Golf flimmerte. Draußen wurzelte das versteinerte Schiff der Phaiaken im Felsengrund: Capreae. Hatte der Pirat Alkinoos nach seiner phönikischen Karte Afrika umsegelt und Äthiopien erreicht? Oder war seine Flottille unter der Glut des Äquators verbrannt, am Eis der südlichen Gegenwelt gescheitert? Jahr für Jahr überschwemmte der Nil Ägypten. Keine Kornernte fiel aus. Aber im Hafen von Puteoli lagen nur wenige Schiffe. Seit Claudius den Hafen von Ostia hatte entsanden lassen, hatte das alte Dikaiarchia, die Stadt der gerechten Herrschaft, die bei den Römern Stänkerstadt hieß, seine Bedeutung verloren. Öde ragte die lange Mole, die noch Caligula hatte bauen lassen, in treibende Wellen. Seit einem Erdbeben senkte sich ihr Ende, zu weit vorgetrieben, unter Wasser. Die Sockel waren leer; die Statuen waren versteigert, verschenkt, geraubt, umgesetzt zum neuen Kriegshafen Misenum, dessen Marmor unter dem flachen Kegel des Kaps leuchtete. Das ungeborgene Wrack einer Galeere lag zwischen Puteoli und Bajae. Seit Agrippinas Ende verglich er sich mit einem, der sein nacktes Leben aus einem Schiffbruch gerettet hatte. Er sah Strandgut, aber Raubgesindel machte sich darüber her, und ein Überlebender, der beim Plündern hinderte, war des Todes. Wenn er alles recht bedachte und eins gegen das andere abwog, sah er überall Schiffbruch.

»Und was soll mit der Denkschrift geschehen?« fragte der Aktuar.

Petronius wußte es nicht. »Nero hat keinen Erben, dem ich sie widmen könnte. Ich werde einen Ulk daraus machen und ihn den Satyrgeschichten einverleiben.«

Im Säulenhof des Hauses stand an einem Ort, der, von früher Sonne vorgewärmt, den Rest des Tages schattig blieb, ein Schreibpult. Petronius überflog, was Harpocrates inzwischen aus der Tachygrafie in Normalschrift umgewandelt hatte. Er strich, besserte, hielt Einfälle für das folgende Diktat fest, verglich frühere Fassungen seines Werkes, das er noch einmal völlig neu schuf. Die Mädchen, die ihm zu essen brachten, verscheuchte er. »Beim Äskulap! Kein Essen! Das zieht einem das Blut vom Herzen und aus dem Hirn, kaum daß es hineingefunden hat.«

Die Satyrgeschichten erwärmten ihn vollends. Um alles zu erzählen, was ihn bewegte, reichten zwei Leben nicht. Mochte Agrippina in ihrem Erinnerungsbuch, von dem man nur munkeln hörte, es wurde geheimgehalten und war vielleicht ohnehin eine Fälschung, Klatsch und Skandale zusammengetragen haben. Er formte Gestalten seit seinen Mußestunden in der Statthalterei von Nikomedia, und was er Peinliches über seine Antipoden wußte, knetete er ihnen ein: Trimalchio und seine Gäste, Zyklopen wie Lichas und Lykurg, Mänaden wie Tryphaena und Quartilla. Die schickte er einem Häuflein umgetriebener, unverdrossener Strolche in den Weg, die, vom Schicksal betrogen, aus einer Falle in die andere tappten und sich dennoch nicht unterkriegen ließen: Ascyltus, plebejisch dreist und zupackend; liebreizend, frech, schlau und gefügig Giton; listenreich und gutmütig, vertrottelt und verschlagen Eumolpus. Und, schnell verzagend, doch leicht zu ermuntern, unbelehrbar edelmütig, ausersehen, von allen geliebt und ausgenutzt zu werden, das leibhaftige Dilemma guter Sinnesart: Encolpius, hin und her geworfen zwischen Rom und griechischen Meeresküsten, verfolgt von göttlichem Fluch wie Ulixes und Aeneas, aber nicht von Neptun oder Juno, den Olympiern, sondern von dem bäurischen Priapus, dessen Holzfigur mit aufgerichtetem, rotbemaltem Phallus die Gärten und Herden mit Fruchtbarkeit segnete, ihm aber alle Gunst entzog. Was Petronius erzählte, hörte sich lustig an. Wer das Leben kannte, wußte, daß er Bitteres in Heiterkeit umstülpte. Er ließ streckenweise den verkehrten Priapus regieren, um sicherzugehen, daß man über Vorfälle lachen würde, die ihm weh getan hatten. Aus Trimalchios Gesicht sah einen nicht mehr nur Claudius oder Narcissus an, sondern auch Seneca. Auch Nero. Nero! Er war ihn los, er war ihn nicht los. Man konnte sich nicht endgültig von ihm trennen, so wie es kein Entkommen von Trimalchios Gelage gab. Nero, dachte er, während er zu Mittag in einer Weinlaube ruhte, hat kein Gesicht. Er hat alle Gesichter, auch meines. Was haben wir über Trimalchio gelacht, als er nur Claudius glich, nicht ahnend, wie sehr wir selbst ihm noch ähneln würden, beide genasführt von einem Weib, habgierig und zänkisch. Es ist wahr: Spötter sind immer zuerst selbst empfindlich verspottet worden. Aber wie oft lacht man über einen, ohne zu merken, daß man selbst dabei zum Gespött wird!

Täglich erzählte er neu, was er verworfen hatte, argwöhnend, er flüchte aus einer Täuschung in eine andere, taumele aus einem Wahn in den nächsten. Auf dem Palatin hatte niemand seine Frechheit und seinen Aberwitz beachtet; Unabhängigkeit konnte er damit nur sich selbst vorspielen. Warum, fragte er sich, scheute mein Fuß immer wieder zurück vor den Pfaden der Musen? Weil sie so verschlungen sind? Wußte ich nicht schon, als ich zu Füßen meines Lehrers Acoetes saß und bei ihm die spitzen Tierohren des Zentauren suchte, daß ich einzig in der Dichtkunst einen ehrenhaften Gebrauch meines Wissens finden würde?

Der Traum, aus dem ihn Harpocrates weckte, stand noch klar vor ihm: Er hatte in grauer Erde gegraben, um ein verkrustetes Relief freizulegen, hatte mit Bürste und Pinsel den Kopf gesäubert und sein eigenes Bild erkannt. Nur der dürfe sich frei nennen, der etwas schafft, worin er sich wiedererkennt, hatte er oft gesagt. Aber das Relief war nicht sein Werk. Als er noch Nero als sein Werk betrachtete, war er manchmal aus einem Traum erwacht, in dem er, von vielen Augenpaaren beobachtet, auf einer Töpferscheibe ein Gefäß formte, und immer wieder entglitt es seinen Händen und fiel zu Boden als mißgestalteter Batzen.

Der Zweirädrige fuhr sie ans Meer. Sie schwammen hinaus; Harpocrates konnte jetzt schwimmen; ein anderer Sklave folgte im Boot. Beim Schwimmen schaukelten seine Gedanken wie auf klaren Wellen. Harpocrates konnte nichts festhalten; aber auch im Wasser war er nicht gern allein. Vielleicht, erwog er, kam der Traktat über die Herrschaft des Thersites auf der Zunge einer seiner Gestalten ganz gut zu liegen wie auch der über den Verfall der Redekunst oder der über den Niedergang der Malerei. »Auch er enthält, ich höre es, falsche Töne, und ich empfinde Spott über seine selbstsichere Kritik! Ich will jeden Spott über die sogenannten schlechten Zeiten verspotten und den Hohn verhöhnen, zu dem wir nicht befugt sind.« Harpocrates wies es von sich, darüber zu befinden.

Als sie unter gelängten Schatten in den Säulenhof traten, überfiel ihn wieder das Gespenst des Mißlingens, das ihm nachschlich, überallhin. Wem der Leib nicht zu willen ist, was vermag der noch im Geist? War nicht auch Hirn und Seele geschlagen mit dieser verfluchten Verlegenheit seines Fleisches? Was änderte sich, wenn er Rom den Rücken kehrte? Auch hier galt: Wer nicht Herr seiner Taten ist, ist auch nicht Herr seiner Gedanken. Dieser letzte Zweifel wäre tödlich: der Zweifel an seinem Werk.

Er versuchte sich abzulenken, indem er mit Harpocrates über die Gattungen sprach. Auf keine hatte er sich festgelegt, mit keiner ließ er sich ein, ohne sie zu verulken. Jede half ihm ein wenig, sich auszudrücken, keiner wußte er Dank. »Wirkt das nicht alles gebastelt?« fragte er. »Eigentlich ist das nicht meine Art, denn mir gelingt etwas auf Anhieb oder gar nicht.«

Harpocrates verwies nicht zum erstenmal auf die besondere Form der Satire, die Menippus von Gadara entwickelt und Varro in Rom eingebürgert hatte. Sie mischte Prosa mit Versen. Sein Herr ließ ihn Gedichte aus früherer Zeit hervorsuchen, veränderte sie, paßte sie ein, wo sich Gelegenheit fand im Fluß des Erzählens. Auch das Bürgerkriegsfragment für Lucanus hatte schon seinen Platz.

Petronius schüttelte den Kopf. All diese Satiren wollten nicht mehr, als überkommene Sitten zu festigen. »Ich will aber fragen, ob wir überhaupt zur Gesittung fähig sind! Auch wenn die Satire in Italien zu Hause ist, bei den Bauern, in ihren ländlich gefüllten Schüsseln, Satura genannt, die für jeden Geschmack einen Leckerbissen bereithalten – was ich erzähle, sieht ihr nur ähnlich. Wenn ich auch Märchen und Kurzgeschichten einflechte, die ich in Kleinasien hörte, Redeübungen ins Lächerliche steigere, die Komödie, die Atellane, den Mimus poltern lasse, so will ich nur das Leben, wie es ist, von allen Seiten packen. Ich tanze mit vielen Musen.« Er hielt inne, stutzte, als wäre er sich, laut denkend, auf die Schliche gekommen. »Darum lasse ich sie alle wie Satyrn erscheinen: Satire und Satyr klingen ganz ähnlich! Die sich da aufführen wie Satyrn, scheuen nicht Sitte und Gesetz, sondern die Gewalt, mit der sie geltend gemacht oder gebrochen werden von Herren, die, je nach Vermögen, alle vergeblich den Göttern nacheifern. Die Wesen, von denen ich erzähle, sind keine Tiere mehr, aber auch keine Menschen. Ihnen steht noch offen, über sich selbst hinauszuwachsen und Götter zu werden.«

Da war sie doch wieder, die Glut des Gestaltens: Das Eisen hatte lange genug im Feuer gelegen, nun ließ es sich schmieden. Rissig wurde es nur unter dem Hammer, wenn es zu kalt war. Das Licht glitt aus dem Hof und rötete sich. Lange blieb das Essen stehen.

Als sie aßen, fragte Harpocrates, zu wem sein Herr eigentlich spreche, wenn er erzähle. Zu ihm, seinem Sklaven, der bestenfalls einmal freigelassen werde, wohl gewiß nicht. Petronius gestand, er wisse es nicht. Wenn die vernünftigen Römer ausgestorben seien und bei den Schatten der Unterwelt weilten, so wüßten vielleicht die ihm Dank für die Aufheiterung. »Aber mach mich nicht wieder verstummen mit solchen Fragen«, bat er. »Du hast doch hier und da Kinder mit meinen Sklavinnen. Erinnere mich, daß ich auch sie in meinem Testament freilasse. Deine Enkel sind dann schon freigeborene Römer. Laß uns hoffen, daß sie vernünftig werden.«

Aus der Küche wurde gefragt, was dem Gast am nächsten Abend vorgesetzt werden sollte. Petronius war bestürzt; er hatte den Gutsnachbarn vergessen, mit dem er sich manchmal gern unterhielt, weil er nicht ahnte, wie es wirklich um den kaiserlichen Günstling stand, für den er ihn hielt, der Nero als Volkskaiser feierte und mit Freuden »tüchtige Männer aus der Hefe des Volkes« um ihn sah. »Bei allen neun Musen«, seufzte Petronius, »laß dem guten Mann absagen. Ein andermal. Sag, ich wäre krank. Er wird mich über den Palatin ausfragen, über meinen Erzählfaden stolpern und mir alles wieder auftrennen. Ich kann niemanden sehen.«

Cicero hatte in einem Brief geklagt, er kenne Leute, die er meiden müsse, aber keine, denen er sich ausschließen könne. Petronius sog den Duft der Harze ein, die das Feuerbecken verströmte. So ging es ihm auch, aber er empfand keinen Gram darüber. Der Himmel über dem Dachsims verglomm lila und grün. Wie viele Nächte bleiben mir noch, mir und meinen Gestalten? Ich werde mit Harpocrates plaudern, ihm diktieren, schweigen, im Garten herumgehen, die Lyra zupfen, einer Flötenspielerin lauschen. Das ist gut.

Über seine Schlafstatt hatte er wieder den Zentauren Chiron malen lassen, wie er den jungen Achilles das Saitenspiel lehrte. Daß er Achilles nicht werden konnte, der Tüchtige, der Unentbehrliche, ohne den der Pöbelaufstand des

Thersites drohte, hatte er früh erkannt. Auch als Chiron war ihm kein Glück geworden.

Als er in der Stille lag, war der Ton wieder zu hören, fern und tief im Inneren der Erde, einem Stöhnen und Seufzen ähnlich, einem Wiehern und einem Trompeten, einem Schnarchen und einem Kollern von Gestein.

Oft erschienen ihm Giton und Eumolpus im Traum. Erwachte er davon, war ihm, als stünden sie zerlumpt, verschmutzt, ausgehungert an seinem Tor. Und hätte Ascyltus dagestanden, gern hätte er mit ihm geteilt, was ihm allein wenig Genuß bereitete. In dieser Nacht träumte er so lebhaft von seinen Gefährten, daß er im Halbschlaf aufstand und mit einer Fackel durch die Zypressenallee ging, um nachzuschauen.

Besuch

Nach der Mittagsruhe wurde ihm gemeldet, ein Mann aus Rom warte im Torhaus, ein Gewährsmann von früher her. Petronius hatte angeordnet, derartige Verbindungen abzubrechen. Harpocrates beteuerte, er hätte sich, obwohl er es bedenklich fände, daran gehalten. Es sei einer, der seine Nachrichten frei verkaufe, manchmal allerdings auch »Rauch«. Doch dafür wäre er wohl nicht nach Kampanien gereist. Petronius empfing den Mann auf halbem Weg zum Tor.

»Was machst du Schönes, lieber Herr?« fragte der Nachrichtenhändler, der sich Auricula nannte, das Öhrlein. Petronius antwortete, er genieße die Wonnen des Nichtstuns. Auricula fand den Ort geeignet und bewunderte den Park. Dahin werde er es nie bringen. Eine Flaute im Geschäft. Rom sei allwissend geworden. Er müsse sich mit Schreiberdiensten behelfen. »Ja, wenn ich deine Sachen abschreiben dürfte! Daran hätte ich zum Lohn obendrein den Spaß.«

Petronius führte ihn auf einen Weg, der sich vom Haus

entfernte. »Ich schreibe nichts. Ich lese, verwalte und bin faul.« Auricula wollte das nicht glauben. »Sag«, verlangte Petronius, »wie spricht man über mich in Rom? Bin ich ein Staatsfeind?«

»Dann hätte ich dich nicht aufgesucht. Man nennt dich vergnatzt. Du hättest eine Liebeswette mit dem Kaiser verloren.«

Das stimme, antwortete Petronius. Er habe die Kränkung allerdings schon verwunden. »Kränkung?« fragte des Öhrlein.

»Krankheit«, verbesserte sich Petronius. »Du weißt doch!« Er mußte Lügen decken, die man über ihn verbreitete, und froh sein, wenn er sie nicht öffentlich zu rechtfertigen brauchte. »Aber welches Geschäft führt dich zu mir, Auricula?«

Darüber wollte das Öhrlein bei einem Becher Wein sprechen. Petronius wies auf eine Rasenbank und schickte den Sklaven, der in gemessenem Abstand folgte, nach Wein. Aber es sei heiß, klagte das Öhrlein. Petronius antwortete, der Schatten dieser Platanen kühle mehr als sein Haus, und man habe es luftiger.

Als der Wein vor ihnen stand, sagte Auricula gedehnt, er kenne jemanden, der eine Abschrift von Agrippinas »Denkwürdigkeiten« feilbiete. Aber er hielt, kaum daß Petronius Näheres hören wollte, die Hand auf.

»Ich habe jetzt kein Geld bei mir.«

»Dann laß uns ins Haus gehen«, sagte das Öhrlein.

»Ich habe keine Zeit. Komm morgen wieder.«

Wo er übernachten solle, fragte das Öhrlein. In Puteoli gebe es Herbergen, antwortete Petronius. »Herr! Solche Unkosten ruinieren mich. Hast du in deinem Haus etwas zu verbergen?«

»Verschwinde!« schrie Petronius ihn an. »Harpocrates, laß die Hunde loß! Faß ihn. Hieron! Pack ihn!«

Der Besuch des Horchers gab ihm die Enge seiner Einsamkeit zu spüren. Aber jeder neue Gewährsmann konnte, ohne daß er es merkte, wieder zu einem Horcher werden.

Lieber reiste er selbst nach Rom. Im Winter war es ohnehin angebracht, sich manchmal im Senat zu zeigen. Sein Stadthaus fand er schlecht verwaltet. Der Herr wurde wie ein Verbannter angesehen: Aufseher hatten Teile der Einrichtung und Vorräte verkauft und eine Zimmerflucht vermietet. Petronius ließ sie auspeitschen, ernannte neue, verkaufte die Treulosen billig, denn so war er sicher, daß sie an schlechtere Herren gerieten, suchte sich einen zuverlässigen Mieter.

Im Sommer darauf ließ er seine Reisewagen anspannen, um Columella zu besuchen. Die Villa Pomona verbarg sich ein Stück abseits der Via Campana in den weindurchrankten Pappelhainen der Niederung. All die Jahre hatten sie fast nur brieflich verkehrt. Solange Petronius sich in Rom halten ließ und auch die Sommermonate mit Neros Gefolge in Antium verbrachte, war Columella manches Mal selbst ins Puteolanum gekommen, um Verwaltungsdinge und die Aufsicht der Umbauten in die Hand zu nehmen. Petronius kam zu ihm, um sich zu bedanken. Er wurde mit unverstellter Freude empfangen. Es war Erntezeit. Das Säulenpaar, durch das sie aus der Vorhalle ins Atrium traten, umwanden Girlanden aus Efeu, Weinlaub und Getreideähren. Er lasse es sich nicht nehmen, sagte Columella, Getreide anzubauen, sogar über den eigenen Bedarf, und wenn der Getreidepräfekt in Rom, übrigens ein fähiger Mann, der Faenius Rufus, nur diene er schlechten Leuten, einmal durch Neptuns Zorn oder eine Unregelmäßigkeit des Nil vergeblich auf die kaiserliche Kornflotte warte, könne er einspringen. »Du bleibst doch hoffentlich mehrere Tage?«

Columella ließ ein Getränk bringen, das im Glas dem Brotbier der Bauern ähnelte, jedoch, wie er erläuterte, ohne Umweg über Brot aus dem Malz der Gerste gewonnen wurde. Von den germanischen Kriegsgefangenen, die auf seinen Feldern arbeiteten, kannte er das Rezept. Die erfrischende Herbheit erhielt der schäumende Saft aus einem Zusatz von Lupine, die der Krieg aus Armenien nach Italien gebracht hatte. Petronius bescheinigte dem Freund, es sei ihm gelungen, dem Elegantiae Arbiter einen neuen Genuß zu verschaffen, und pries das glückselige Landleben. Aufgeräumt kündigte sein Gastgeber den Besuch eines Nachbarn an: »Gajus Plinius Secundus. Er schreibt über Naturgeschichte. Am Abend ist er da.«

Die gediegenen Fachschriftsteller, antwortete Petronius angenehm überrascht, seien neuerdings seine Lieblingslektüre.

Plinius, ein hochgewachsener, sehniger Enddreißiger, stammte aus Novum Comum am Südrand der Alpen. Er schoß dem kleinen Gelage einen leichten, trockenen Wein von den Ufern des Bergsees zu, die er mit sehnsüchtigen Augen beschrieb. Im Norden, sagte er, auf die Lex Petronia anspielend, wo sich die Unsitte, ganze Heere von Sklaven auf die Felder zu schicken, niemals durchgesetzt habe, verwalteten sich die Güter beinahe von selbst. Das bräche es leider mit sich, daß er gerade den heißen Sommer so weit im Süden über sich ergehen lassen müsse.

Dann sprach Plinius von beunruhigenden Zeichen, die selbst in Rom schon beobachtet würden, und unterbrach sich, um etwas Braten zu essen. Ja, es sei bedauerlich, warf Petronius ein, daß sich Burrus zurückziehe. Er berichtete von einem Gespräch, das er mit Seneca in dessen gut geheiztem Wintergarten gehabt hatte. »Kaum hatte Burrus sein Amt zur Verfügung gestellt, war als Nachfolger Ofonius Tigellinus im Gespräch, von dem nur Übles erwarten kann, wer ihn kennt, und nun sollte ich etwas dagegen unternehmen! Seneca und Burrus wußten, daß ich Tigellinus schon unter Caligula gekannt hatte, und hofften, ich würde Nero Abträgliches über ihn hinterbringen, meinten sogar, da wäre noch eine alte Rechnung zu begleichen. Ich bedauerte, und da kam unser alter Zank wieder auf: Ich wäre davongelaufen, hätte Rom in Stich gelassen. Die Wahrheit ist, daß sie mich nicht weniger weggeekelt haben als Nero selbst. Wir kamen zu keinem Ende, Nero, wohl durch einen Spitzel verständigt, erschien und stellte uns vor vollendete Tatsachen: Ende des Jahres wird Tigellinus Präfekt der Prätorianer!«

»Der gute Burrus!« sagte Columella. »Er führte sein waffenklirrendes Amt so lobenswert ruhig und unauffällig.«

»Gerade dadurch geriet seine Schlüsselrolle in Vergessenheit!« Petronius ereiferte sich um so mehr, als er bei Plinius Ablehnung zu spüren begann. »Erinnert sich niemand mehr an Sejanus? Was einer beschützt, sagt Platon, das kann er auch stehlen. Wie bald bekommt ein Gardepräfekt den Kaiser in die Hand! Afranius Burrus hat vielleicht zuwenig daran gedacht. Ein Tigellinus denkt nur daran! Wahrscheinlich steckte er schon dahinter, als die Prätorianer letzten Winter so brutal gegen die Plebs vorgingen.«

Columella fragte, ob er die Vorfälle um Pedanius Secundus meine. Ein Sklave hatte den Stadtpräfekten umgebracht, und ein Gesetz verlangte die Hinrichtung des gesamten Gesindes. Aber eine Abordnung der Plebejer bat um Milde, als im Senat darüber verhandelt wurde, und berief sich auf die Lex Petronia. »Nemesis, die jeden beim Wort nimmt, wenn er sich zuviel zugetraut hat, muß es gefügt haben, daß ich, verärgert genug durch anderes, auf der Senatsbank saß, und so mußte ich reden.« Petronius hatte gesagt, der Mord wäre nicht geschehen, hätte Pedanius Secundus seine Sklaven so behandelt, wie es die Lex Petronia vorschrieb, und so solle man auf die Stimme der Plebs hören, die sich von der berechtigten Furcht leiten ließ, eine Härte gegen Sklaven werde eine andere gegen sie nach sich ziehen. Heftig war ihm widersprochen worden: altväterliche Gesetzestreue! Unantastbarkeit des Herrn, besonders eines Beamten! Nur mit Schrecken wäre das zusammengelaufene Gesindel mit seinen fremden Göttern und Gebräuchen zu bändigen. »Man wußte noch meine Rede auswendig und bediente sich meiner Argumente!« sagte Petronius bitter. »Ein gewisser Gajus Cassius verwies auf das Heer, wo der Profoß nach einer verlorenen Schlacht antreten läßt, damit jeder zehnte Mann niedergehauen wird, eine ebenso zweifelhafte Maßnahme, an die man, nicht wahr, kaum noch denkt, weil unsere Legionen fast nur noch siegen. Nero will ein Volkskaiser sein, aber man gefällt ihm, wenn man das Volk Pöbel nennt und die

Knute fordert.« Petronius berichtete, was die Plebs auf dem Forum gerufen hatte, als die Kreuzigung aller Sklaven aus dem Hause des Stadtpräfekten beschlossen war: Bei der Kornverteilung höre man es schon, die unnützen Fresser gehören ausgerottet, damit die Beamten nicht nur das halbe, sondern das ganze Emporium verschieben können. Als sich Nero zeigte, hatte die Menge geschrieen: »Weg! Weg! Octavia wollen wir sehen! Octavia! Octavia! Octavia soll für uns bitten!« Bis die Prätorianer dazwischenschlugen.

Plinius hatte aufgehört zu kauen. »Ich sprach eigentlich von beunruhigenden Erscheinungen im Vulkanismus unserer Gegend. Ein Erdbeben in Rom ist bisher eine Seltenheit gewesen. Jetzt haben wir es jedes Jahr. Der Vesuv raucht stärker, und nicht selten hört, wer gute Ohren hat, im Erdinneren verdächtige Laute.«

Ein wenig betreten bestätigte Petronius diese Beobachtung. Die Einsamkeit macht mich geschwätzig, dachte er und ließ sich erläutern, was Plinius über die Vorgänge in den Schmiedegewölben des Vulcanus wußte. Der Vesuv, kündigte der Gelehrte an, müsse bald flüssiges Gestein speien. Je länger sich dieser befreiende Aderlaß hinauszögere, desto mehr wachse die Gefahr, daß der Berg auseinanderplatze und die Gegend mit Glut und Asche verwüste.

Petronius griff diese Worte auf. Ganz ähnlich verhalte es sich mit der Stimmung im Volk! »Wie es ist, kann es nicht bleiben. Ich fürchte aber, wieder muß es erst zu Katastrophen kommen, damit sich etwas ändert. Niemand bleibt ungeschoren.«

Plinius legte bedächtig die Hände ineinander. »Verüble es uns nicht, wenn ich dir ganz offen sage: Politische Gespräche liegen uns nicht!« Er wandte den Blick ab. »Nero steht dir noch nahe!«

Columella nickte und deklamierte aus Ovids »Tristien«:

»Schenkst du Glauben dem Freund, der durch schlimme Erfahrung belehrt ist:
Lebe dir selber und geh Mächtigen stets aus dem Weg!

Lebe dir selber und meide nach Möglichkeit glänzende Leute.
Aus dem himmlischen Glanz zuckt der vernichtende Blitz.«

Petronius verwahrte sich: »Verwechselt mich nicht mit Seneca! Der macht heute noch alles mit, weil er meint, daß es morgen kaum anders kommt. Aber zwischen mir und Nero ist es aus!«

Columella sprach über neues Ackergerät. Petronius steuerte bei, was ihm einfiel, aber man nahm es nur zur Kenntnis. Er warf die Frage auf, ob es besser sei, die Wirtschaft zu fördern, damit das Volk weniger unter Neros Mißgriffen leide, oder ob man nicht lieber kurztreten solle, damit er um so eher scheitere. Plinius strich mit flacher Hand durch die Luft. Er verbitte sich zum letztenmal jede politische Frage. Ein Bekannter sei kürzlich verschwunden, nachdem er bei einem Essen, dessen Teilnehmer er nicht alle kannte, auf herausforderndes Geschwätz eingegangen war. Columella wies seinen Gutsnachbarn zurecht, aber der Abend war verdorben. Petronius reiste anderntags ab.

Sie trauen mir erst, wenn ich den Kopf aufs Schafott lege!

Freundliche Stimmen und wohlwollende Blicke mochte er nicht gänzlich entbehren. So verkehrte er häufiger mit seinem eigenen Gutsnachbarn, dem etwas einfältigen Flottenveteranen Gnaeus Caecilius Probus, der sich von der Gegenwart des berüchtigten Vergnügungsmeisters immer geehrt fühlte, bissige Ausfälle gegen den Palatin für Schalkspossen hielt, die sich ein Mann so hohen Ranges erlauben durfte, sein eigenes Gelächter unter den Schutz des kaiserlichen Freundes stellte und damit vor seinen Freunden, die er mitbrachte oder hinzulud, protzte. Ein Reeder, ein Sägewerksbesitzer, ein Ölhändler, ein Grundstücksmakler, ein Kunsttöpfer, ländliche Lokalpoeten und griechische Schauspieler aus Neapel fühlten sich immer bereichert, wenn Petronius erschien oder zu einem bescheidenen, von Überraschungen prickelnden Fest auf sein Puteolanum einlud. Sie verstanden, daß eine peinliche Erkrankung ihn auf seinem Landgut festhielt, und gingen nie fort, ohne einander zu versichern, sie hätten wahre Kostproben aus dem Treiben im Palatium genossen. Petronius wies auch die Freigelassenen dieses Freundeskreises nicht mehr ab, als er sah, daß die Unterschiede darin unerheblich blieben. Er sagte sich: Wer einsam ist, verschenkt sich an Beliebige.

Als es ihm zu fade wurde, schrieb er an Persius, der ihm antworten ließ, er liege schwerkrank in seinem Landhaus am achten Meilenstein der Via Appia. Von seinen Satiren war die sechste angekündigt worden. Petronius war nicht begeistert von diesen Versen; sie pochten zu sehr auf überkommene, nie nachgeprüfte Tugend. Trotzdem ließ er seinen Reisewagen rüsten und fuhr hin. Persius lag in einem abgedunkelten Zimmer. Man brauchte kein Arzt zu sein, um zu sehen, daß es ein Sterbelager war. Er sprach langsam und klar und erklärte längere Pausen mit dem unablässigen Schmerz. Da er die eigenen Verse beharrlich herabsetzte, verschwieg Petronius seine Vorbehalte. Er sagte dem Sterbenden: »Man wird sie noch lesen, wenn man seinen Haushund Nero nennt, wie ich den meinen Hieron!« Persius nahm die Ermunterung nicht an, sondern gab Platon recht, wenn er die Dichter verwarf, weil sie nur nachahmten, ohne Kenntnis und Verständnis. »Wir dichten, weil wir zu nichts anderem taugen!« seufzte er. Sein einstiger Stolz war jetzt seine Not.

Petronius wies das zurück und trug es Platon nach, daß er die Kunst auf Nachahmung beschränkte. »Wenn sein Geist auf den Staat blickte, verkannte er sich selbst. Versteht der Knabe den Krieger und das Mädchen die Amme, wenn sie deren Tun zum Vergnügen einer Tischgesellschaft nachahmen? Nicht selten gewinnen die Zuschauer aus dieser Nachahmung ein neues Verständnis für Krieger und Amme, das tiefer reicht als vorher, obwohl sie da schon mehr zu verstehen meinten als die Kinder.«

»Ich wußte, daß du kein Staatsmann bist«, sagte Persius dankbar. »Es freut mich, daß du nun auch der Kunst den Vorrang gibst.«

Da widersprach Petronius. »Staat und Kunst gehören

zusammen. Sie ziehen sich an, sie stoßen sich ab, trennen sich aber nie. Aus Platon spricht die Furcht der Regierenden vor der Kritik durch die Kunst. Darum fordert er eine Überwachung aller Künstler. Aber das erübrigt sich, wenn beide wahrhaftig bleiben.«

Persius nickte. »Der Mächtige schützt den getreuen Stümper und verjagt den unbequemen Meister. So ging es allen, auch dir.«

»Das ist nicht wahr!« sagte Petronius. »Nicht weil ich ein guter Dichter war, mußte ich von Nero weg. Sondern als ich wegging, wurde ich erst ein Dichter. Wie du vorraussagtest!«

»Hielte es denn ein guter Dichter bei Nero aus?«

»Bei Nero nicht. Es muß aber unter Menschen einmal eine Macht möglich sein, die ihre Aufgabe versteht!«

»Die Menschen müßten sich dazu sehr ändern«, sagte Persius. »Ich fordere es in meinen Versen, und ich glaube kaum daran.«

»Das ist es, was uns unterscheidet«, entgegnete Petronius, zufrieden, daß er ohne Angriff und Gegenwehr sagen konnte, was er dachte. »Weil ich es für möglich halte, fordere ich es nicht. Einen Menschen wollte ich ändern, kläglich bin ich gescheitert. Die Verhältnisse, aus denen er kam und denen auch ich unterworfen blieb, holten uns ein. Aber daß die Menschen sich ändern im Lauf der Zeiten, wie die Seelen sich läutern nach vielen Wiedergeburten, das halte ich für unausbleiblich.«

Es war nicht deutlich, ob Persius mit einer Antwort rang oder mit dem Schmerz. »Ändern!« stöhnte er. »Meintest du bessern? Ja, die Seelen ...« Sein Kopf sank ins Kissen. Petronius holte den Arzt aus dem Seitenflügel. Der Arzt frgte ihn ernst: »Bleibst du länger? Er hat nur noch Tage.«

Dann, eines hellen Tages, stand Nero in der Vorhalle des Puteolanum, in blaugeblümter Tunika, die Stirnlocken sorgfältig gelegt und goldig schimmernd, nach Moschus duftend. Er tat, als gäbe es keinerlei Streit, ließ sich heiter auf die Terrasse führen, lobte die Aussicht, dankte wortreich für die Erfrischungen und plauderte drauflos. Zunächst beklagte er sich über die Dichter im allgemeinen. Fortwährend ließ er sich von einem Sklaven, der leise neben ihm zählte, die Zeit sagen. Er hatte es eilig; in Neapel wartete die Bühne auf ihn. Vor den Griechen des alten Parthenope wollte er zur Kithara singen.

Terpnus machte aus gemessenem Abstand Zeichen, nicht zu laut zu sprechen. Sogleich prüfte Nero seine Stimme, ob sie den »Hohlziegelton«, das »Bienensummen«, den »Topfklang« noch meisterte. Petronius schwieg geduldig. Endlich verriet Nero, worin er Rat suchte: Antistius hatte ein Schmähgedicht auf ihn verbreitet und stand vor Gericht. Der Senator Thrasea Paetus, bekannt als Philosoph, hatte sich öffentlich gegen eine Verurteilung gewandt und Zustimmung im Senat gefunden. »Kaum bin ich den einen Stoiker los, habe ich einen anderen am Hals!« klagte Nero. »Der Seneca, du weißt es sicher nicht, will sich auf seine Güter verkriechen, weil ihm irgend jemand eingeflüstert hat, Burrus wäre keines natürlichen Todes gestorben. Ich lasse jeden ziehen, der fortwill. Ich habe auch Thrasea nicht gehalten, als er nach dem Selbstmord meiner Mutter den Senat verließ. Aber du sahst es ja selbst, als der Pöbel die Mörder des Stadtpräfekten in Schutz nahm, war er wieder da – mit dem Pöbel! Die Sudelköche und Klugscheißer sollen gefälligst bleiben, wo sie sind!«

Petronius sah sich gleich mit zwei Mitteilungen geehrt, die nicht im »Täglichen Anzeiger« gestanden hatten: Burrus tot, Seneca auf dem Rückzug. »Warum berät dich Tigellinus nicht in der Sache?«

»Der versteht davon nichts. Vitellius drängt mich, unerbittlich gegen Antistius vorzugehen.«

»Schlag den Prozeß selbst nieder«, sagte Petronius. »Hättest du dir in wichtigeren Dingen raten lassen, brauchtest du jetzt das Wort der Dichter nicht zu fürchten. Und bedenke, du trittst heute selbst als Dichter auf. Man wird dir Neid nachsagen.«

»Lies das Geschmiere!« knurrte Nero.

Petronius entrollte die strittige Schrift. Die Verse des Antistius waren richtig, aber ohne Eleganz, bissig, aber von unten nach oben, und wo sie treffend waren, trafen sie Äußerliches. Sie gingen am Kern des Übels vorbei, weil sie nur in Nero, der da unter dem Sonnenschirm schwitzend und mit zitternden Knien seinem Auftritt entgegenhechelte, ein Übel erkannten.

»Schlechte Verse«, sagte Petronius. »Sie stellen nur ihn bloß.«

»Und wenn jemand gute Verse gegen mich macht«, fragte Nero mit freudigem Eifer, »soll ich dann Strenge walten lassen?«

Petronius grub seinen Blick in die Platanenwipfel. »Gegen Nero sind keine guten Schmähgedichte möglich.« Er wartete, ob Nero die Bosheit durchschaute. Aber der kaiserliche Tragöde bekam leuchtende Augen wie als Knabe. Er habe es gewußt! Antistius sei gerettet. Er wolle dem Dichter nichts nachtragen. Petronius mahnte: »Sorge dafür, daß auch Thrasea nichts geschieht! Die Leute sind hellhörig, und du darfst dir ihre Gunst nicht verscherzen. Ihre Lieblinge mußt du schonen, selbst wenn du sie haßt.«

»Du sprichst wohl auch für dich selber?« scherzte Nero. Er fertigte einen Boten ab, der in Neapel die Verschiebung seines Auftritts melden sollte. Dann speiste er mit Petronius. Er rieb sich die Hände, bevor er zugriff. »Ehrlich! Ich hatte schon schlaflose Nächte deinetwegen. Du fehlst mir. Aber – unter Freunden ist man offen. Angst habe ich auch vor deinem unbestechlichen Urteil.« Er wies die Pfauenfeder zurück, die sein Gastgeber ihm bringen ließ, damit er sich wieder erleichtere. Terpnus fuchtelte mit einem Klistierkolben. »Ich bin zu vertraut mit den Nöten der Dichter«, fuhr Nero fort, »um einen Kollegen gern zu maßregeln. Was hast denn du, mein Titus, in deinen Mußestunden geschrieben?«

Petronius sagte, er habe nichts geschrieben. Er schmückte seine Schlafsucht aus und erfand Unterleibsschmerzen. »Es gibt hervorragende Dichtungen! Ihnen ist nichts hinzuzufügen.«

Nero bemerkte listig, er wolle nicht weiter nachfragen.

Aber wie er denn Senecas neuste Tragödie fände. »Lucanus findet sie natürlich gut. Der Neffe lobt den Onkel, einfach abgeschmackt.«

»Der Oberflächliche lobt den Oberflächlichen und auf diesem Umweg sich selbst«, sagte Petronius, hoffend, Nero werde aufbrechen, wenn er ihm einen guten Abgang verschaffte. Aber der Gast kümmerte sich nicht um Terpnus und den Zeitsklaven; er lästerte genüßlich über den schlechten Absatz von Senecas Tragödien. Petronius lenkte ab: Wenn er Tragödien lesen wolle, greife er zu den Griechen. »Wir haben keinen tragischen Stoff. Alles durchschauen wir, trotzdem läuft es übel weiter. Und wenn es böse ausgeht, ist es nur fatal.« Er wunderte sich, daß Nero ihm recht gab. Aber der schlug damit eine Brücke zu einer Erläuterung, weshalb er epische und tragische Stoffe in lockerer Folge verknüpfte, beispielsweise in seinem Gedicht über Trojas Untergang, das er in Neapel singen wolle, und er preßte ein paar rauhe Verse hervor. Terpnus rang die Hände.

»Schon gut, schon gut!« Nero erhob sich zögernd. »Wir wollen den Elegantiae Arbiter nicht länger belästigen!« In seinen Augen, die wieder klein waren, wartete sklavische Gefallsucht auf Widerspruch. Auf dem Weg zur Sänfte sprach er über die neuen Spiele, die er gestiftet hatte nach Art griechischer Olympiaden, so daß auch Dichter wetteiferten. Seine Freunde hätten ihn gedrängt, sie »Neronische Wettkämpfe« zu nennen. Die Annalisten hätten herausgefunden, daß die kommenden Jahre voller Jubiläen steckten. »Meine Herrschaft soll ein einziges Fest werden, bis die Götter Lust bekommen, wieder auf Erden zu wandeln! Ich könnte dich brauchen. Übrigens habe ich nun auch den Pallas geschlachtet. Es war zu schamlos, was er zusammengerafft hatte. Es wird dir in Rom jetzt besser gefallen. Ich denke nur ans Volk, es bekommt, was es will.«

»Ich hörte es anders«, sagte Petronius. »Vielleicht überhäufst du es an Festtagen mit Waren, die sonst rar sind und nur den Vornehmen niemals mangeln. Aber das stellt niemanden zufrieden.«

Nero blieb stehen und krümmte sich; besorgt faßte er sich an den Kehlkopf. »Willst auch du mich noch peinigen? Ich hoffte, etwas Nettes von dir zu hören! Ich quäle mich wahrlich genug! Und allnächtlich hängen sich die Furien an meine Gurgel. Ich habe ihr meine Mutter geopfert! Was will sie noch?«

Petronius begriff, er sprach von Poppaea. Nur von ihr hatte er die ganze Zeit sprechen wollen.

»Wie kriege ich sie zu Willen? Jetzt verweigert sie sich ganz! Ich habe Octavia die Villa meiner Mutter in Bauli zugewiesen, sie ist unfruchtbar, ich kann auch nicht ran an sie. Besuch sie doch mal, ich wette, sie war schon immer verliebt in dich. Du brauchst dich nur bei Anicetus zu melden, der bewacht sie. Poppaea verlangt die Scheidung, und ich brauche einen Erben. Aber der Pöbel vergöttert Octavia. Ich darf mein Volk nicht spalten. Alle sollen mich lieben, ich halte mich sonst nicht aus!«

Nero hatte Tränen in den Augen. Er holte sein Mundtuch heraus, verbreitete Moschuswolken, schluchzte hinein. Petronius wartete. Nero überschwemmte ihn mit Gefühlen. Bei allem Widerwillen war er nicht ohne Neid. Der hat noch Gefühle, ich erinnere mich nur daran und leihe sie halberfundenen Gestalten.

Petronius führte ihn am Arm zum Tor. »Was du den Leuten zumutest, verlangen nur die Unholde der Unterwelt von den Schatten.«

Nero brauste auf: »Ich muß Poppaea haben! Was kostet es die Leute, sie mir zu gönnen? Sie sollen nicht für Octavia sein!«

»Denke an deinen Oheim Gajus Caligula«, sagte Petronius. »Dem machte es Spaß, den Gott zu spielen. Aber du willst wirklich ein Gott sein. Warte damit, bis es Zeit ist!«

Terpnus verschoß giftige Blicke, während Nero schwitzend und ächzend in eine Sänfte stieg. »Oh, ich werde schlecht singen! Ich hätte nicht zu dir kommen dürfen, Titus! Laß uns trotzdem Freunde bleiben. Ich wünsche dir alles Gute.«

Die Einladung zu Neros zweiter Hochzeit, die mit Eilboten aus Rom eintraf, beachtete Petronius nicht. Berichte über einen Prozeß gegen Octavia waren im »Täglichen Anzeiger« vorangegangen. Der Flottenpräfekt Anicetus hatte sich des Ehebruchs mit ihr bezichtigt. Daraufhin, hieß es, sei die Kaiserin auf die Insel Pandateria verbracht worden. Aber in Angst vor einer Entdeckung ihres unzüchtigen Verkehrs, nicht wissend, daß schon gegen sie verhandelt wurde, habe sie dort abgetrieben. Darauf stand die Todesstrafe. Nach der Vollstreckung gestand Anicetus angeblich, ohne des Kaisers Ermächtigung Agrippina niedergestochen zu haben. Da sie als Staatsfeindin galt, kam Anicetus mit einer Verbannung nach Sardinien davon. Er hatte Nero reingewaschen. Petronius erkannte das Muster. »Wahrscheinlich ist der grausame Lykurg gestorben, und er übernimmt die kaiserlichen Bleigruben«, sagte er zu Harpocrates.

Vom Sklavenmarkt in Capua brachte Harpocrates ein Gerücht mit: Poppaea Sabina sollte das Haupt Octavias aufs Kapitol getragen und auf den Altar der Götter gelegt haben. »Tun die Judaeer das?« fragte Petronius. Aber Harpocrates erinnerte an Tiberius und Sejanus. »Immer wenn die Zeiten schlimm wurden, vertrieb man die Judaeer aus Rom. Immer hängte man ihnen so etwas an, um sie am hellen Tag straflos zu bestehlen. Ihr Aberglaube muß herhalten.«

»Also geben die Leute Poppaea nicht viel Zeit?«

»Sie hat nicht viel Zeit«, antwortete Harpocrates.

Der Gehilfe des Apostels

In Capua redete ein Mann zum Volk. Er führte den Namen Jason und nannte sich Gehilfe des Apostels. Harpocrates reiste oft für seinen Herrn in die Stadt, wo die Via Campana auf die Via Appia traf. Wegen dieses Mannes wurde er zum erstenmal säumig. Er hörte sich die Vorhaltungen mit gesenkten Augen an. Dann bat er: »Laß mich noch einmal nach Capua gehen, Herr, und Jasons Predigten hören!«

Woher der Mann den Namen jenes Argonauten nehme.

Sein Goldenes Vlies, antwortete Harpocrates, sei die Lehre von einem einzigen und alleinigen Gott.

»Ist er ein Judaeer?«

»Nein, ein freigeborener Römer, der sich in der Welt herumgetrieben hat wie du, Herr! Ich habe in einer Schankstube Wein mit ihm getrunken. Der Mann steckt voller Geschichten.«

Petronius wollte ihn nicht gehen lassen.

»Ich gehe aber doch!« sagte Harpocrates und sah ihm fest in die Augen. »Denn diesem Gott schulde ich mehr Gehorsam als jedem Menschen, und wäre er der höchste Herr. Vor ihm ist auch der Sklave frei!«

»Ein Hirngespinst!« sagte Petronius. »Irgend jemand mußte sich das einmal ausdenken. Denn es ist auch nicht ohne Vernunft.«

Harpocrates kannte sich in den Gedanken seines Herrn aus. »Auch die Unfreiheit, die ein Herr auf sich nimmt, indem er andere knechtet, ist vor diesem Gott nichtig.«

Petronius äußerte sich befremdet über seine verschwommenen Worte. Wer der »Gottesgesandte« sei, dem Jason helfe.

Unlängst sei er in Puteoli gelandet. Der freilich sei Judaeer, aber im Besitz des römischen Bürgerrechtes. »Die Judaeer haben ihn verklagt, dürfen ihn aber nicht richten. Er heißt Paulus und kommt aus Tarsus. In Rom erwartet er einen Prozeß und den Urteilsspruch des Kaisers.«

»Hofft er, daß Nero seinen Aberglauben billigt? Das Reich wimmelt von Götterboten und Gottesgesandten!« Petronius wollte sich zur Ruhe legen.

Sein Aktuar hielt ihn mit unbotmäßigem Eifer zurück: »Dieser spricht aber die Wahrheit!« Nicht in unvordenklichen Zeiten, sondern vor wenigen Jahren erst sei Gott über die Erde gewandelt und habe sein Wort verkündet. »Herr! Auch ich habe deine Bücher gelesen, so manches eher als du. Herr! Ich teilte alle deine Zweifel. Aber jetzt weiß ich: Es gibt Wahrheit.«

Petronius fand keine Ruhe in der Weinlaube. Begnügte er

sich damit, die Wahrheit sei nicht auf ihn angewiesen, schätzte er sich zu gering. Warf er sich vor, ohne sein Bemühen wäre die Wahrheit schwächer, fand er sich eitel. Er hatte versucht, das Wort zu vergessen. In Rom deckte man jede Schurkerei mit der Frage: »Was ist Wahrheit?« Er selbst hatte sich damit beholfen, als er es laufen ließ, wie es lief. Nie war ihm wohl dabei gewesen. Denn er hatte dies erfahren: Wer sich der Wahrheit verpflichtet fühlt, muß zwar Opfer bringen, doch sie streitet für ihn, wenn er ihr treu bleibt. Die Vorstellung, Götter wären einmal über die Erde gewandelt und er sei einer ihrer Nachfahren, hatte er ungern verabschiedet. Einst waren die Götter unsere Freiheit: An den Grenzen ihrer Kräfte stellten unsere Voreltern sie auf, denn sie waren zu stolz, sich totem Stoff zu unterwerfen.

Nun kamen da wieder Leute, die einen unter Menschen wandelnden Gott kennen wollten. Bisher hatte man solche Schwärmer, die auf den Heerstraßen Rom zustrebten, abgefangen, eingesperrt, zurückgejagt. Denn sie verunglimpften das Staatswesen und verkündeten Roms Untergang. Petronius erinnerte sich solcher Leute aus seiner Statthalterzeit in Bitynien. Er billigte, daß man ihnen den Mund verbot, fragte sich aber, mit welchem Recht. Die Kaiser selbst verunglimpften das Staatswesen, indem sie sich Göttlichkeit anmaßten. Nur ihre Willkür hatte den Gedanken aufkommen lassen, kein Mensch besitze ein Recht, anderen zu gebieten, und Rom müsse untergehen, damit die Menschheit erlöst werde.

Er rief Harpocrates und fragte nach dem Verhalten der Behörden.

Der Prediger rede, was er wolle und solange er wolle, antwortete der Aktuar. Er fürchte keinen Menschen. Dennoch habe der Apostel zum Gehorsam gegen die Obrigkeit aufgerufen. Dafür stünden seine Anhänger unter dem Schutz der Behörden, solange sein Urteil ausstehe.

»Geh wieder nach Capua und höre deinen Jason zu! Aber vergiß nicht, wiederzukommen und mir zu berichten!«

Petronius besann sich auf einen Verwandten, der unter Caligula Unruhen in Judaea geglättet hatte. An ihn fertigte er einen Eilboten ab. Was er über die Sache wisse. Der andere Petronius antwortete umgehend, sein Auftrag wäre gewesen, eine überlebensgroße Statue des Caligula im Tempel von Jerusalem aufzustellen. »Man hätte die Judaeer bis zum letzten Mann töten müssen, um diese alberne und nutzlose Maßnahme durchzusetzen«, schrieb er. So hätte er alles in die Länge gezogen, und die Nachricht von Caligulas Ende sei eher eingetroffen als sein Todesurteil. Über den Stifter des neuen Aberglaubens wisse er nichts. »Aber ganz in Deiner Nähe, in Stabiae, genießt der Senator Pontius Pilatus, der vor mir Prokurator für Judaea war, recht und schlecht ein hohes Alter.«

Harpocrates blieb länger aus, als die Neugier seines Herrn ertrug. Sollte er sich selbst in Capua unter die Fliegen des Marktes mischen? Er mietete einen Segler und überquerte den frühsommerlichen Golf. In Stabiae, dem Badeort am Fuß des Milchgebirges, ließ er nach der Villa des Pilatus fragen. Die Leute schwiegen verstockt, als hätten sie Schweigegeld genommen. Gegen eine beträchtliche Summe brachte er einen Bademeister zum Reden. Am Tor stand in schlanken roten Lettern: »Auskünfte nicht vorrätig. Besserwisser unerwünscht«. Als der Anführer der Sänftenträger ans Tor schlug, heulte eine Meute Molosserdoggen auf. Ein Sklave steckte die Nase durch ein Fensterchen und nahm das Täfelchen, mit dem sich Petronius unter Neros Siegel als Freund des Kaisers Erster Vorlassung empfahl.

Die Sänfte wurde durch einen überalterten, von immergrünen Gewächsen verdunkelten Park getragen. Zwischen auswuchernden Lorbeerhecken blühten violett Rhododendronbüsche. Die Villa war von Feuchtigkeit ergraut und an den Sockeln bemoost. Im Säulenhof saß der Alte, von Gicht gekrümmt, und hielt trotz der Schwüle die Hände über ein Kohlenbecken. Eine dachförmige Glatze wandte sich dem Besucher zu. Das faltige Gesicht war blaß bis in die fleischigen Ohrläppchen. Kleine Gänseaugen öffneten sich. »Ich habe deinen Vater gekannt. Er war ein großer Mann.«

Petronius verbeugte sich stumm.

»Der Kaiser will was von mir?« fragte Pilatus mit kratziger Stimme. »Er soll Prätorianer schicken, damit mir das lausige Gesindel nicht das Tor einrennt!«

Petronius sagte, er käme nur aus eigener Wißbegier. Diese Prediger wolle er nicht anhören. Sie würden ihm nur Märchen auftischen.

Die Sache sei so unerheblich gewesen, antwortete der Senator, daß er sich an einzelnes nicht mehr erinnere. »Es wäre besser gewesen, diesen Judaeer laufenzulassen.«

»Du hattest ihn in Gewahrsam?«

»Ich fand nichts dabei, daß er sich als Gottessohn ausgab. Aber die Judaeer sehen nicht nur Anmaßung, sondern eine unerträgliche Lästerung darin, wenn einer ihrem Gott unterstellt, er hätte einem sterblichen Weib beigewohnt. Für uns käme da ein Halbgott heraus wie Aeneas oder Romulus. Die hätten sich allerdings nicht so ohne weiteres kreuzigen lassen.«

»Einen Schwärmer hast du ans Kreuz gebracht wie einen entlaufenen Sklaven?« fragte Petronius mißbilligend. »Dann dürfen wir uns nicht wundern, wenn sich jetzt Sklaven auf ihn berufen und behaupten, sie wären eigentlich frei! Du hast ihnen ein Idol für ihren Trotz geliefert.«

Der Alte schüttelte den Kopf. »So einfach war es nicht. Er belastete sich aufs schwerste, indem er sich auch als König der Judaeer feiern ließ. Händel mit unseren Truppen hat er nie gesucht. Aber die judaeischen Priester, die wir mit viel Aufwand und in zäher Kleinarbeit für Rom gewonnen hatten, verlangten das Todesurteil. Wer sich in Judaea als König ausgebe, sagten sie, lehne sich gegen den Kaiser auf. Was sollte ich tun? Sie haben mich erpreßt. Schließlich führe auch ich den Titel ›Freund des Kaisers‹. Täuschen wir uns nicht: Heimlich wünschen sie sich einen König. Aber bei dem wollten sie nur Genugtuung für ihren Aberglauben. Bevor er ausgepeitscht wurde, drückten sie ihm eine Krone aus Dornen auf die Stirn.«

Der Marmor der Götterfiguren war altersgrau wie die Villa, in der sich außer den klappenden Schritten eines buckligen Dieners nichts regte. Die Köpfe, Brüste und Schultern waren lange nicht vom Vogelkot gereinigt worden.

»So also endet es«, sagte Petronius halblaut, »wenn man, wie Epikur rät, unter Menschen wandelt, als wäre man ein Gott. Man wehrt sich nicht. Es hätte ja doch keinen Zweck.«

»Was sagtest du?« fragte Pilatus, eine Hand am Ohr.

»Nichts Wichtiges. Nur daß du dich doch an Einzelheiten erinnerst. Diese Dornenkrone nimmt mich beinahe ein für den Schwärmer.«

Pilatus winkte ab. »Ihn hätte ich gern laufenlassen. Aber seine Anhänger und die Pharisäer, so heftig sie sich anfeinden, sind doch einander wert. Mit ihrem Aberglauben wollen sie Rom unterwühlen und die Welt zugrunde richten. Diese Christianer sind nur ein neuer Hinterhalt der Judaeer gegen Rom. Sag dem Kaiser, er soll den Apostel köpfen lassen.«

»Da mir die Götter gleichgültig sind wie wir ihnen«, widersprach Petronius, »habe ich der Verfolgung eines Aberglaubens nie einen Sinn beimessen können.«

Er verabschiedete sich. Pilatus brummte ein Lebewohl und hob den Blick nicht von seinen gichtigen Händen.

Eine Brise bauschte das Segel. Unter der Nachmittagssonne lag die Felseninsel Capreae. Er hätte nicht sagen können, wie vielen Gekreuzigten sein Blick schon ausgewichen war. Dieser dachte er, ist für seine Lehre gestorben. Vielleicht hörte ich am selben Tag dem Epikureer Philalethes zu. Eine Lehre, die ihr Verkünder zu Ende lebte, machte Petronius neugierig.

Harpocrates war zurückgekehrt. Mit einer Philosophie könne man die Lehre kaum vergleichen. »Herr! Das Vorrecht, Philosophien zu verstehen, haben nur die, denen es an nichts gebricht.«

»Du hattest es doch immer gut bei mir, Harpocrates!«

»Was liegt an mir, Herr! Ich darf die Mütter meiner Kinder nicht heiraten, sehe aber, wie sie leben. Du kannst nicht überall sein. Wendest du den Rücken, treiben es die Aufseher und Verwalter wie vorher. Wer hilft uns? Die Reichen wollen es nicht, wir selber können es nicht. Unser Herr ist ein gewaltloser Herkules oder Theseus. Da wir das Gericht der Gewalt so gut kennen – wie sollte er nicht unsere Herzen gewinnen? Täglich werden es mehr, die Jason verstehen. Vor seinem Wort werden Weise zu Toren.«

»Werde auch ich ihn verstehen?«

»Herr! Du gehörst zu den Opfern der Gewalt. Ich habe Jason von deinen Irrfahrten erzählt. Er sagt, er kennt dich.«

»So packen es auch die kynischen Bettelphilosophen an, wenn sie sich in das Herz eines Begüterten schleichen wollen.«

»Komm mit, Herr! Höre ihn selbst!«

»Wenn ich ihn hören soll, bring ihn her.«

Harpocrates bekam den Zweirädrigen mit dem Sonnendach. Am folgenden Tag kam er mit Jason wieder. Die Torwächter des Puteolanum mußten Verstärkung aus dem Gärtnerhaus holen, um hinter dem Wagen das Tor zu verrammeln. Draußen drängte sich ein vielköpfiger Schwarm, neugierig, ob es dem Gehilfen des Apostels gelänge, den Freund des Kaisers zu bekehren.

Petronius ahnte, wer der Seefahrer war. Er saß in der Bibliothek und las, erwartete den Gast und faßte kein Wort, und er zögerte, den Blick zu heben, als Harpocrates sich räusperte.

Er war es. Petronius erkannte sofort den einstigen Mühlenbesitzer, unterlegen im Kampf der Weinrebe gegen das italische Korn, den Piraten Alkinoos. Sie breiteten die Arme aus, tauschten den Freundeskuß, überschütteten einander mit Grußworten und Fragen.

»Was mir gehört, soll auch dir gehören, ich versprach es«, sagte Petronius. »Aber was wurde aus der ›Bona Dea‹? Wo ist die ›Nemesis‹? Wohin geriet das schwimmende Reich der Phaiaken? Der Nil ist nicht ausgetrocknet.«

»Hast denn du den Palatin gestürmt?« fragte Alkinoos, der als Jason wiederkehrte. »Bist du ein richtiger Wolf geworden?«

Petronius führte ihn auf eine Sitzbank und behielt den

Arm auf seiner Schulter. »Keiner ahnte, auf welche Weise du recht behalten solltest. Was meinen Vätern gehörte, habe ich wieder. Doch vielleicht ergeht es mir noch wie dem Schaf im Wolfspelz.«

Der Gehilfe des Apostels legte die Hände zusammen und erzählte: »Auch ich fand, was ich suchte, auch ich traf es anders an, als ich dachte! Die Aufzeichnungen meines phönikischen Steuermannes trogen nicht, aber unsere Reise dauerte länger. Mit einem kleinen Geschwader segelten wir durch die Säulen des Herkules in den unbekannten Ozean. Wir pflügten stürmische und ruhige , warme und kalte Gewässer, streiften Wüsten und üppig begrünte Küsten, die Mündungen mächtiger Ströme färbten die See, und lange Zeit sahen wir die Sonne zu Mittag im Norden. Auf der Suche nach Nahrung und Frischwasser durchstreiften wir hügelige Grasfluren und finstere, von ständigem Regen triefende Wälder. Tiere jagten wir, weit vielgestaltiger als alles, was in der Arena des Kaisers einander hetzt. Schwarzgebrannten Menschen begegneten wir überall, wie sie uns Numidier und Ägypter manchmal verkaufen, teils freundlich, teils kriegerisch. Liebhaber reiner Pflanzenkost die einen, grimmige Anthropophagen die anderen. Doch die schlimmste Gefahr waren wir einander selbst. Die Manneszucht ließ nach. Einige nahmen gegen mein Gebot schwarze Weiber an Bord und forderten den Zorn der Häuptlinge heraus. In nutzlosen Scharmützeln verloren wir manchen Mann, manches Schiff. Weil ich nicht aufhörte, unseren Satzungen Geltung zu verschaffen, legten sie mich in Ketten. Gleich wollten wir werden und wurden einer des anderen Henker. Der neue Herr der Piraten hielt uns in seiner Hand mit Folter und Tod. Wir haben Afrika umsegelt, wir sahen die Küste Äthiopiens! Aber dann wurden wir die Beute anderer Piraten. Alle machten sie nieder bis auf mich, den stinkenden, halbverhungerten Gefangenen in rostigen Ketten. Sie zeigten mir den Weg über die Berge, und ich gelangte an den Nil. Mein Haß auf Rom hatte nicht nachgelassen, aber ich sah nun, daß die Absperrung des Stromes nicht möglich war, und hätten auch alle meine Gefährten, mir treu, überlebt! Ich war nun bereit, Gesetze zu achten, die ich ungerecht fand, wenn sie nur den Krieg aller gegen alle und die Herrschaft der Grausamsten verhinderten. Händler nahmen mich mit bis Alexandria, ich diente ihnen gegen Lohn und hatte bald genug für einen Schiffsplatz nach Ostia. Die heimatliche Erde schien mir längst das Elysium, und ich hatte meinen Traum von der Besserung des Menschenloses fast vergessen. Da hörte ich, während das Schiff vor Korinth auf günstigen Wind wartete, auf der Agora einen Prediger. Es war der Apostel, dem ich jetzt diene. Was er von Jesus Christus, dem Sohn Gottes, vom Heil meiner Seele und dem kommenden Reich verkündete, traf mich sofort ins Herz. Ich war zum zweitenmal gerettet! Mein Traum erfüllte sich nur anders. Du wirst mehr davon hören wollen. Erinnere dich: Ich wußte dich verloren und gab dich doch nicht auf. Wahrlich, auch deine Rettung ist nahe!«

Petronius rief das Mädchen mit den Erfrischungen.

»Freund, du siehst angegriffen aus. Du solltest dich ein paar Tage bei mir erholen.«

Seine Gemeinde werde ohne Hirten sein, antwortete Jason, ihm vorwerfen, daß er bei einem Reichen prasse. »Wenn ich dich taufe, vergeben sie mir.«

Petronius ließ sich die Taufe erklären. »Für Mysterien habe ich nichts übrig«, sagte er dann. »Ich möchte dich vieles fragen und werde dir gern zuhören, allerdings ohne Belagerung.«

Jason verwies auf die Friedfertigkeit seiner Anhänger. »Wenn wir uns nicht ruhig verhielten, schadeten wir der Sache unseres Apostels, der in Rom vor Gericht steht.«

Der Gehilfe des Apostels blieb Tag um Tag. War es Beharrlichkeit, oder erlag er den Verlockungen des Wohllebens? Petronius verwöhnte ihn und ließ ihn sprechen. Ein Teil der Anhänger verlief sich, den anderen wurde erlaubt, im Park zu lagern. Jason predigte griechisch und lateinisch, räucherte, und sie sangen ihre Hymnen. Er empfing Meldegänger und verlas Briefe des Apostels, die zur Zuversicht mahnten und über Tausende von Taufen berichteten.

Schon immer hatte Petronius ein offenes Ohr für Göttermythen, den ländlichen Volksglauben und fremdländische Religionen. Ihre Schrullen ergötzten ihn, ihr Hintersinn stimmte ihn nachdenklich. Wo ihn die philosophischen Schulen in seinem Bemühen, die Welt zu verstehen, im Stich ließen, boten Meinungen über göttliche Dinge noch manches erhellende Gleichnis. So drang er auch ein in Vernunft und Widersinn des Glaubens, den Jason ihm antrug. Doch da er mit vielen Göttern gelebt hatte, die sich zwar manchmal überwarfen, fremden Gottheiten aber Gastrecht gewährten und sich mit gelegentlichen Huldigungen begnügten, stieß er sich hart an dem einzigen und eifersüchtigen Gott, den die Christianer von den Judaeern übernahmen. »Mir scheint«, sagte er, »alle Gottheiten sind Schatten, die wir Menschen in den Kosmos werfen.«

Jason triumphierte: »Die Lichtquelle ist Gott!«

Wenig behagte Petronius, daß er »dieses Leben abtun« sollte. Er hatte ein anderes abgetan. Dieses nun auch? Er hoffte auf die Langmut der Gestirne. Aber selbst die Gestirne würden nächstens vergehen, antwortete Jason. »Gib nicht nur mir und meiner Gemeinde ein bißchen! Gib alles fort, ohne hinzusehen! Schenke, was du hast, den Armen und ziehe mit uns. Dann wird es dir in deinem eigentlichen Leben, das mit deinem Tod beginnt, an nichts fehlen.« Nahm hier einer seinen Nachtwunsch, wieder mit Giton und Eumolpus herumzuziehen, beim Wort?

»Ihr nehmt der Erde und ihrem Tag allen Wert«, sagte Petronius, »für ein ungewisses Dereinst. Himmel und Hölle? Das hatten wir schon: Elysium und Tartarus!«

Jason widersprach: »Da geht es um Verdienste, die einer auf Erden erwirbt. Vor Gott können wir kein Verdienst erwerben. Nur auf sein Erbarmen dürfen wir hoffen, wenn wir selbst barmherzig sind. Wer abends auf sein faulendes Stroh sinkt wie ein Stein, den kümmern die Verdienste nicht, die sich sein Herr um Rom erwirbt, und langweilig ist der Himmel nur dem, der seine Sinne täglich mit neuartigen Genüssen reizen muß.«

»Soll jeder im Schmutz liegen und seine Sinne und Gedanken verkommen lassen, bis eure Hirngespinste endlich stimmen?«

»Wenn du die Menschen nicht liebst, bist du verloren.«

»Kann ich mich zur Liebe zwingen? Liebe kommt ungerufen, und sie geht, ohne sich abzumelden.«

»So ist es«, sagte Jason. »Denn sie ist eine Gnade.«

»Wie kann ein Gott von mir etwas verlangen, wenn es in seinem Ermessen liegt, ob ich es habe?«

Nun beschrieb Jason die Schrecken des Gerichtes und die Verdammnis, die Gott den Verstockten zudachte. Petronius hatte auf behagliche Gespräche gehofft. Aber Jason sagte, dazu bleibe keine Zeit. Täglich könne der Weltenbrand ausbrechen, in dem Gottes Sohn wiederkehre, um Gericht zu halten. Dafür sprächen mehrere Zeichen, das Getöse in der Erde, die Rauchschwaden des Vesuv, ein Theatereinsturz in Rom, kaum daß die Leute hinaus waren: Drohung und Gnade zugleich!

Petronius wurde zurückhaltend. »Mit welcher Überhebung preist du einen Gott der Demut! Willst du mich mit Drohungen für einen Gott der Versöhnung gewinnen? Ich habe ihn nie beleidigt. Als du von Liebe sprachst, funkelte Haß in deinen Augen! Wieso belehrst du in einem fort die Schriftgelehrten über deinen Herrn – es ist keiner von ihnen hier.«

Jason beklagte die Verblendung seines Gastgebers, gab ihn aber noch immer nicht verloren. Anfangs habe selbst der Apostel judaeische Christianer verfolgt mit Feuer und Schwert. »Aber Christus rief ihn zur Umkehr.«

»Macht ihn das glaubwürdiger?« fragte Petronius.

Das Gespräch verflachte. Jason wiederholte sich, Petronius verschloß sich. Aber nun konnte Jason das Haus nicht mehr verlassen. Im Park wurden Stimmen laut, die ihn verfluchten. Sie wollten dem Apostel melden, daß er mit einem

Reichen prasse und hure. Vor dem Tor standen Fremde mit Knüppeln, die ankündigten: »Kommt Jason heraus und hat den Lüstling nicht getauft, trifft ihn Gottes gerechte Strafe.«

Auch die flimmernde Julihitze belagerte das Puteolanum. Da lief durch Kampanien die Schreckensnachricht: Rom steht in Flammen! An allen Enden brenne die Stadt lichterloh, nirgends gelinge es, die Feuersbrunst einzudämmen. Die Kerle mit den Knüppeln verschwanden. Ein Anhänger des Apostels kam verstaubt und verschwitzt aus Capua und wünschte heftig atmend Jason zu sprechen. Nach kurzem Wortwechsel mit dem Boten rief Jason seine Leute zusammen und verabschiedete sich von Petronius. Dieses Feuer sei kein gewöhnliches.

Auch ein großer Brand, sagte Petronius, habe eine natürliche Ursache. »Eine Unachtsamkeit in der ausgedörrten Subura, Schlampigkeit bei den Löscharbeiten.« Er kannte Neros Baupläne. Der Verdacht lag nahe, daß Nero an bestimmten Stellen die Flammen wüten ließ, um sich Baufreiheit zu schaffen.

»Wenn dein kühler Kopf recht behält«, sagte Jason, »bleibt dein prächtiges Haus auf dem Quirinal verschont.« Er müsse nun aber geradewegs nach Rom, der Apostel brauche ihn, die Gemeinde erwarte einen Beweis seiner Treue im Glauben. Petronius versuchte ihn zu halten. Aber Jason war entschlossen, wenn es sein mußte, mit seinen Brüdern und Schwestern zu sterben. »Im Buch des Judaeers Hiob steht geschrieben: ›Unser Leben ist ein Schatten.‹«

So zogen sie.

Harpocrates blieb mit Jasons Segen und der Ermahnung, seinem Herrn treu zu dienen. Das Haus war vereinsamt. Die Sonnenglut drückte den Geruch des Schwefelkessels in den Park. Die Dünste aus den Erdspalten der Phlegräischen Felder waren wieder so stark, daß Vögel, die von dort kamen, matt in die Büsche krochen und starben. Bei Windstille stand über dem Vesuv ein gigantischer Rauchpilz. Schwach, aber oft bebte die Erde.

Nach Tagen pochten Bewaffnete ans Tor. Der Tribun warf

einen Blick in den Park, bat den Hausherrn, sich nicht zu erregen: Er sehe, das Lumpenpack sei fort. »Hättest du uns rufen lassen, wärest du sie eher losgeworden. Haben sie Schaden angerichtet? Der Kaiser will ihn ersetzen.«

Petronius fragte nach dem Abkommen des Apostels mit den Behörden.

Der Tribun maß ihn spöttisch. »So nannten sie ihre Schonzeit? Sie ist vorbei. Rom haben sie angezündet, das war ihr Dank! Der Brand ist gelöscht. Was zwischen den Hügeln lag, ist weg, wie kahlgeschoren. Jetzt brennen sie selber, wie sie es verdienen.«

Harpocrates kniete in der Bibliothek und betete laut.

Petronius strich kopfschüttelnd über die Knäufe seiner Buchrollen. »Welch eine Vergeudung menschlichen Willens, menschlicher Tatkraft, menschlicher Tüchtigkeit! Afrika zu umsegeln und dann in Rom als lebende Fackel oder vor den Bestien zu enden!«

»Gott vergeudet gern«, sagte Harpocrates.

»Von Jupiter sagen wir dasselbe, wenn wir ihm Hekatomben weißer Stiere mit vergoldeten Hörnern opfern. Aber Menschen?«

»Gott hilft uns, wenn nicht vor dem Tod, so nach dem Tod. Wir wissen, wofür wir uns opfern. Je mehr wir leiden, desto besser haben wir es dann.« Er pries das Los seiner Brüder und Schwestern und klagte, daß er nicht würdig wäre, es zu teilen.

»Ihr giert doch nicht etwa danach, für einen üppigen Platz in einer eingebildeten Welt aus dieser auf möglichst abscheulicher Weise zu verschwinden?«

Harpocrates sah ihn mit Bedauern an. »Unser Herr litt am tiefsten, nicht erst am Kreuz, sondern zuvor schon in seinem Herzen: Um uns!« Er verfolgte die Hand, die noch immer Schriftrollen streichelte. »Ich weiß, was du denkst: Warum hat er nichts aufgeschrieben? Ich hörte dich mit Jason darüber verhandeln. Aber nur Kleingläubige fürchten, der Herr käme nicht wieder, bevor unser Gedächtnis erlischt.«

Petronius nahm eine Schriftrolle, hängte sie wieder ein.

Das sind Leute, die durch Verfolgung stärker werden. Noch schwärmen sie und lassen sich quälen. Aber sie werden schreiben, sie werden lehren, sie werden uns die Stirn bieten. Das könnte die Hypothek sein, die wir noch zu zahlen haben, weil wir durch Jahrhunderte von der Arbeit Hungernder lebten.

»Was ist?« fragte Harpocrates. »Deine Satyrn warten.«

Sie versuchten zusammenzuleben wie vorher. Harpocrates ließ sich diktieren und übertrug alles aus der Tachygrafie in die Reinschrift. Petronius war es, der sich manchmal unterbrach und seinen Aktuar etwas fragte. »Und wenn euer Herr lange ausbleibt? Nehmen wir an, er hat alle Schuld am Kreuz büßen können und man gelangt durch kein eigenes Verdienst in seine Gnade: Wird da kein halbherziger Umgang mit seiner Lehre aufkommen? Und wenn euch diese Welt nicht wichtig ist – was werdet ihr an ihr ändern?«

»Herr, wir verachten nicht die Welt, sondern das Verlangen, sie zu besitzen!«

»Nun, man verachtet den Besitz, den man nicht hat. Ich kannte einen Philosophen, der sagte treuherzig, er sei nicht auf Reichtum erpicht, aber doch lieber reich als arm.«

»Du tust nicht nur uns unrecht, Herr. Auch dir selbst!«

»Ich bin in Sorge«, sagte Petronius. »Einmal scheint mir, eure Lehre kommt zur Unzeit, dann wieder, gerade jetzt mußte sie aufkommen. Die Menschen denken immer weniger, und ihre Gedanken verlieren an Klarheit. Man folgt Gewalttätigen, man glaubt Schwärmern. Niemand vertraut dem eigenen Urteil. Die Möglichkeiten, es zu finden, nehmen ab. Eine Zeit könnte eintreten, in der die Menschen das Wissen geringschätzen, weil sie fürchten, es nicht zu ertragen. Ein Geist, wie er unter unseren Vorvätern geherrscht hat, von dem wir noch immer zehren, wird dann lange nicht wieder aufkommen.«

»Herr!« sagte Harpocrates und maß die Hörnerreihen der Buchrollen. »Solange es Menschen gibt wie uns beide, ist dies fern.«

Silia und die Langmut der Gestirne

Er begegnete langen Reihen von Karren, die Schutt und Trümmer aus der Stadt brachten. Die Subura war ganz vernichtet. Die Hügelhänge waren rauchgeschwärzt und von Plünderungen oder Schutzbarrieren der Löschmannschaften verwüstet. Nur die luftigsten Höhen mit den vornehmsten Straßen hatte das Feuer nicht erreicht. Den Aventin, wo in der Vorzeit Romulus seinen Bruder Remus erschlagen und der Unhold Cacus gehaust, bevor ihn Herkules erschlug, hatte es ganz verschont. Die Überlebenden, die sich dort drängten, legten das übel aus, und das Gerücht, Nero hätte den Brand selbst zumindest tatenlos wüten lassen, kam nicht zur Ruhe. Auf dem Kapitol, dem Palatin und den Foren hatten die Löscharbeiten den Schaden in Grenzen gehalten. Die Gerichte tagten; die Kerker waren vollgestopft mit »christianischen Brandstiftern«. In den Gärten des Maecenas, des Lucullus, des Sallust, wo Obdachlose vom Kaiser Zelte und Lebensmittel bekamen, standen noch Pfosten mit verkohlten Resten der »lebenden Fackeln«. Täglich scholl das Gejohl des Amphitheaters übers Marsfeld. Gladiatoren und Raubkatzen opferten Verurteilte dem Zorn der Menge. Wo die Hügelschultern von Quirinal und Viminal zusammenliefen, quollen aus den vierkantigen, zinnenbewehrten Tortürmen des Prätorianerlagers unablässig Abteilungen Bewaffneter. In den Ruinenvierteln, wo ausgebrannte Häuser einstürzten, bereiteten Lichtscheue ihre nächtlichen Beutezüge vor. Erste Fundamente für Neubauten stießen in die Schuttwüste vor. Ausrufer verkündeten Corbulos Siege in Armenien.

Viele kamen noch vor dem Ende des Sommers nach Rom, um zu sehen, was von ihrer Habe geblieben war, manche von weit her. Als Petronius, der Aufräumungsarbeiten in seinem Stadthaus überdrüssig, die Straße zum Granatapfel entlangwanderte, um die Schäden anderer Anwohner des Quirinal zu betrachten, traf er Flavius Vespasianus. Er war mit dem schnellsten Segler aus seiner Provinz Africa herübergeeilt, hielt sich aber mit keiner Instandsetzung auf, sondern ließ nur Unversehrtes abtransportieren und alles zunageln. »Wer weiß, was außerdem noch kommt. In der Statthalterei von Utica überdenke ich oft, weshalb das große Karthago untergehen mußte.« Petronius erkundigte sich nach seinem Sohn Titus Flavius. »Der ist nun erwachsen, er vertritt mich schon! Gedichte macht er keine mehr.« Petronius lachte: Er sei nun wieder ein Kind geworden. Vespasianus musterte ihn aus blauen Äuglein, die im ständigen Grinsen seines Bauerngesichtes ernst blieben. »Man hört aber, du schriebest keine Zeile mehr?« Petronius nickte zufrieden. Er habe nur sein wohlbekanntes Gebrechen gemeint.

Die Tarnung schien einigermaßen zu halten. Was er Harpocrates diktierte, war für Außenstehende nicht politisch verfänglich. Seine Kunst bewahrte ihn davor, platte Schlüsselliteratur zu verfassen wie Seneca mit seiner »Apocolocyntosis«. Aber von Neros Neugier, die er voraussetzte, fürchtete er Schaden für sein Werk. Auch Nachfolgern traute er nicht. Er konnte sich keinen Machthaber vorstellen, der so viel Freimut ertrug. Einer Liebesdichtung wegen war Ovid verbannt und verboten wurden. Wenn auch ein verhängnisvoller Zwischenfall, den er aus dem Kaiserhaus kannte, dabei mitspielte, man wußte seither, daß Mächtige, die sich alles erlaubten, in Darstellungen der Liebe leicht einen Angriff sahen.

Nach der Senatssitzung nahm ihn der Getreidepräfekt Faenius Rufus am Arm und zog ihn in das Gewimmel der Gassen und Treppen am Aventin. »Ich frage dich unumwunden: Hältst du dich aus allem heraus? Das Maß ist voll. Seit deinem Gesetz sind wir eines Sinnes. Wenn ich Tag und Nacht versuche, das Schlimmste zu verhindern, so nicht, um Nero zu halten, sondern um der Leute willen, und das nicht erst seit der Feuersbrunst.« Und er verbreitete sich über die Mißwirtschaft des kaiserlichen Grünschnabels. »Ich habe nach Art mancher Großhändler Korn gehortet,und jetzt verteilt der Senat Korn, weil der Kaiser keins hat. Er frohlockt, so käme er billig davon. Aber der Senat ist wieder eine Kraft! Nach unserem Verbot der Scheinadoptionen, die der

Staatskasse so viele Steuern vorenthielten, konnten wir ohne Schulden aufkaufen.«

Petronius staunte. Das war etwas anderes als Senecas Gesundbeterei. »Aber verlängert ihr, wer ihr auch seid, auf diese Weise nicht Neros Schreckensherrschaft?«

Faenius Rufus sah das anders. »Seine Herrschaft wird schrecklicher, wenn die Mißstände zunehmen. Und wenn er fällt, müssen Leute, die ihre Pflicht kennen, bereitstehen, sonst fällt Rom mit ihm. Aber noch besser wäre, ihn zu stürzen, und zwar bald.«

Petronius fragte geradezu, wen der Getreidepräfekt hinter sich habe. Faenius Rufus bestellte ihn für den Abend in das Hause des Senators Scaevinus. Wegen der Sicherheit bestehe kein Grund zur Besorgnis. Er selbst sei von Nero, da Tigellinus schon mehrmals versagt habe, am Oberbefehl der Prätorianer beteiligt worden. »Keine Spitzelei bleibt mir verborgen: Ich selbst bespitzele Tigellinus für Nero und nutze das aus für uns. Ein Werkzeug der Willkür wie der hat wenig Spielraum, verstehst du? Er ist einfach zu dumm und lebt in doppelter Angst: vor Nero und vor seinen Opfern. Und damit du weißt, woher ich mein Vertrauen zu dir nehme: Ich weiß, daß Tigellinus dich bespitzeln läßt.«

Petronius ging zu diesem Scaevinus. Und wenn er nur über die Spitzeleien mehr erführe! Er kannte den Senator flüchtig. Mit ihm ließ sich über Epikur reden, wenn man über seine klebrige Selbstgefälligkeit hinwegsah. Er hatte sich mit seinem Mittelmaß abgefunden und putzte es heraus. Auf einer verschwörerische Zusammenkunft in seinem Haus kam es ihm dabei nicht an. Petronius sah Leute aus gefürchteten Kanzleizimmern und hörte klingende Namen. Man versuchte sich auf ein neues Haupt zu einigen. Der Senator Subrius Flavus hatte sich zurückgezogen, nachdem er bei Löscharbeiten mit Nero in einer Qualmwolke allein gewesen war. »Er schämt sich«, erklärte Faenius Rufus flüsternd, »weil er nicht die Waffe zog und das Schwein abstach. Aber vielleicht hat er ihm sogar das Leben gerettet, um sich einzukratzen. Für seine Verschwiegenheit über uns haften mir seine Söhne, die bei den Prätorianern dienen.«

Gewählt wurde Calpurnius Piso. Der forderte sogleich die Ermordung des Kaisers und begründete sie mit den Tugendlehren der Stoa. Die Zustimmung war groß, aber über die Wahl der Mittel liefen die Meinungen auseinander. Enttäuschte Speichellecker widersprachen zaghaften Familienvätern, Schaumschläger stritten sich mit abgelebten Jünglingen. Sie sprachen das Wort »Macht« mit seltsam belegter Stimme aus. Die einen rechteten, wer das Amt des Ersten übernehmen werde, die anderen gruben die Vorrechte des Senats aus. Einig war man sich, untereinander zu verteilen, was Nero an sich gebracht hatte. Im Notfall wollte man die Straße bewaffnen. Kein Gedanke, einfachen Leuten ihr Los zu erleichtern. Die Freiheit sollte die Armen für Streitigkeiten unter den Bevorrechteten auf die Beine bringen.

Petronius stand auf. Eine Senatsrevolte, das kannte er. Leise und fest sagte er in die verdutzten Gesichter, es sei unmöglich, Zustände wiederherzustellen, die es seit mehr als hundert Jahren nicht mehr gebe. Welche Maßnahmen denn beabsichtigt wären, um freigeborenen Römern das Leben von Freien zu ermöglichen.

Man schien ihn nicht zu verstehen. Feindselige Blicke, Witzeleien. Scaevinus, in Angst, jemand könne witziger sein als er, wurde unverschämt. Vielleicht fasse ich mich zu kurz? fragte sich Petronius. Ihre Schlagworte kenne ich zwar, aber ich kann mich damit nicht ausdrücken. Er nahm wieder Platz, schwieg, ließ den Leuten Zeit, sich selber reden zu hören, hoffte, sie vergäßen ihn. Im Hintergrund sah er auch Frauen, die stumm zuhörten. Lange fühlte er sich aus der Dämmerung von einem Augenpaar belauert.

Als er ging, folgte ihm der Feldherr Verginius Rufus. »Du ermutigst mich, diese Leute zu verlassen«, sagte er und bot Petronius seine Sänfte an, der die seine bereitwillig vorausschickte. »Ich dachte, es sei ehrlos, nicht mitzumachen, wenn es gegen Nero geht. Aber wenn das hochkommt, kann es nur schlimmer werden.«

Verginius Rufus, hager, hochgewachsen, blond, helläugig über eine schmale, weit vorspringende Nase hinwegblikkend, war nur selten in Rom zu sehen. Stand er nicht mit einer Legion an einer Grenze des Reiches, hob er irgendwo Truppen aus und prüfte Befehlshaber. Er gehörte nicht zu den stumpfen Kriegsleuten, die nur die geputzte Montur und die geschliffene Klinge kümmerte. Petronius kannte ihn von den geselligen Abenden Agrippinas als kunstverständig und schätzte den Sachverstand, der seine seltenen Auftritte im Senat auf allen Gebieten kennzeichnete. Sein Haus unterm Janiculus jenseits des Tiber war unversehrt. Dort tranken sie einen Krug Wein miteinander. Der Feldherr berichtete von Unruhen in Gallien, wo ein gewisser Julius Vindex, vormals römischer Senator, aber Abkömmling eines Barbarenfürsten, sein Haupt erhob und mit dem Beinamen »der Rächer« scharenweise Unzufriedene an sich zog. Über Piso wußte er Ehrenrühriges. »Kleine und mittelgroße Gauner wollen dem größten die Beute abjagen. Dann werden sich auch bald die Gallier ein zweites Mal aufs Kapitol schleichen. Da mache ich nicht mit.«

Petronius blieb wortkarg. Keiner konnte dem anderen raten. Auch er setzte sich lieber dem Verdacht aus, er hätte Nero geduldet, als daß er Wirrköpfen folgte oder Barbaren ins Land rief. Sie gestanden einander, wie unzufrieden sie mit sich waren. Als Verginius Rufus erwähnte, daß er alljährlich auch in Apulien, Lukanien und Kampanien Truppen aushebe, lud Petronius ihn aufs Puteolanum ein. Vielleicht, dachte er, gehört der zu den vernünftigen Römern, auf die ich baue. Aber die Zeit ist nicht danach, ihm Satyrgeschichten vorzulesen. Sie trennten sich in der Hoffnung, die Leute um Piso würden nie losschlagen. Denn sie mußten scheitern. »Irgendeiner«, sagte Petronius, »wird auf der Folter unsere Namen nennen. Mir ist mulmig.«

Verginius Rufus antwortete, er kenne die panische Flucht geschlagener Soldaten, aber auch den panischen Angriff derer, die in einen Hinterhalt gerieten. »Die Pisonier riechen danach!«

Als Petronius am nächsten Morgen nach Kampanien aufbrechen wollte, stand in der Vorhalle eine junge Frau. Sie war blond, hatte Augen wie Honigtropfen in Moos, sandfarbene Haut und ein schmales Gesicht, in dem alle Linien klar waren, ohne daß es kantig wirkte. Auf ihrem Scheitel steckte ein Diadem aus Elfenbein. Der griechische Chiton jedoch war verwaschen und schäbig, und sie hob den Blick nicht, als sie sich Silia nannte, Frau eines Senators, der bei den Löscharbeiten umgekommen sei. Sie schien kaum Hemmungen zu spüren, als sie erklärte, Senator wäre er nur geworden, weil Nero sie begehrt und bekommen hätte. »Du kennst doch solche Abmachungen. Ich mußte mich zu Scheußlichkeiten hergeben. Im Würfelspiel hat er mich an Tigellinus verloren. Aber er gab mich noch nicht heraus. Er kann ja nett sein, ein rührender Junge manchmal. Aber das Schiefmaul, nein. In dem Durcheinander jetzt konnte ich aus dem Palatium fortlaufen. Aber unser Haus ist abgebrannt, mein Mann tot, und meine Verwandten wollen mich nicht mehr sehen, die palatinische Hure. Du bist doch Witwer ...«

»Geschieden«, verbesserte Petronius, der ihr gern zuhörte.

»Jedenfalls hast du keine Gattin, die mir das Gesicht zerkratzen würde. Außerdem bin ich die Urenkelin eines Freundes deiner Familie: Mein Urgroßvater war jener Silius Calvus, der deinem Großvater einmal half und durch eine Unvorsichtigkeit umkam. Und wenn es stimmt, was man erzählt, kannst du keiner Frau etwas zuleide oder zuliebe tun. Darum bitte ich dich, verstecke mich!«

Petronius nahm ihr Kinn, da sah sie ihm in die Augen, plötzlich und fest, aber die honighelle Iris begann zu zittern. Es konnte Angst sein, Lüsternheit, aber auch Falsch. Woher sie ihn kenne. Sie hätte ihn bei Scaevinus gesehen und Faenius Rufus gefragt, der sie schütze, ihr aber widerwärtig sei. »Du darfst mich nicht in diesen Schmutz zurückstoßen. Allein bin ich verloren.«

Hatte er nicht selbst so dagestanden nach Caligulas Ermordung? Er unterließ alles, womit Männer seines Alters sich schönen Frauen empfahlen, spürte aber etwas Seltsames, als er ihren Hals und ihre Schultern mit einem Blick streifte und sich in der Fältelung des fadenscheinigen Chitons verfing, der sich über den Brüsten spreizte und die Spitzen nicht verbarg. Sie zeigte keinen Verdruß über seine Neugier, sondern schien freudig überrascht, als hätte noch keiner ihren Busen zu schätzen gewußt. War das möglich? Es durchrieselte ihn wieder, nicht anders als in jenem fernen Sommer am Volturnus, sein Fleisch regte sich.

Er gab ihr Geld für einen Mietwagen und sagte, sie solle ihm in einem halben Tag Abstand nach Kampanien folgen, beschrieb ihr, wie sie das Puteolanum fände, verwies sie an einen Haussklaven: »Laß dir ein Kleid von meiner Geschiedenen geben, sie hatte deine Gestalt. Sind sie hinter dir her?« Sie schüttelte den Kopf.

Den halben Tag Abstand hielt sie genau ein. Als sie ihm unter dem vergilbenden Laub seiner Platanen entgegenkam mit kurzen federnden Schritten und Tupfen der Herbstsonne über ihr Haar mit dem Diadem, ihre Brüste, ihre Schenkel huschten, die sich bei jeder Bewegung aus roten Seidenfalten hoben, dachte er, so müsse Venus im Bergwald vor Karthago dem Aeneas erschienen sein, bevor er ahnte, daß die Fremde seine Mutter war. Aber die Hunde bellten sie an und ließen sich nur mit Mühe von ihren Wärtern bändigen. Zu selten kamen Fremde aufs Puteolanum.

Er hieß sie willkommen; fragte, ob jemand sie vorm Tor gesehen habe. Der Mietskutscher natürlich und ein Bauer mit einem Karren voller Trauben, sagte sie. Dann fragte sie nach dem faden Geruch. Er erklärte ihn, führte sie ins Haus, verscheuchte die herumstehenden Sklaven, machte sie mit Harpocrates bekannt, der sich sogleich zurückzog, zeigte ihr alle Zimmer. Glück kommt ungerufen. Immer ist es ein Geschenk der Götter, nie Verdienst, nie Eroberung. Das Leben hätte keinen Reiz ohne unverhoffte Gefühle. Einiges in der Art wechselten sie, als wie wieder zu sich fanden. Sie hatte weder gestaunt noch gezögert und gab nun sich selbst die Schuld, daß sie sich hatte täuschen lassen und arglos in sein Ruhegemach getreten war. Er beteuerte, das Gebrechen, von dem sie ihn erlöst hatte, sei echt gewesen, und beschrieb ihr die Ursache.

Sie betrachtete die gemalten Blumenranken, Fruchtschalen und Tiere und versicherte ihm, Priapus hätte ihn zur rechten Zeit geschlagen. Inzwischen wäre es nicht mehr auszuhalten. Nero tafele auf einem Floß, die Ruderer wären Lustknaben, und an den Ufern müßten in ununterbrochener Kette nackte Weiber herumhampeln. Frauen aus edlem Haus hatten sich wie übrigens sie selbst in Schilfhütten bereitzuhalten. Die Begattung der Leda durch einen Schwan und der Pasiphaë durch einen Stier lasse er sich naturgetreu vorführen. Für den Schwan sei ein Lüstling mit Wachs und Federn ausstaffiert worden, der Stier aber mußte echt sein. »Zuletzt hielt er Hochzeit mit einem Knaben namens Pythagoras.«

Als Petronius fragte, wer für ihn den Vergnügungsmeister mache, nannte sie Tigellinus. »Du solltest bedenken, daß er dich fürchtet, denn sooft Nero sich langweilt, schreit er den Tigellinus an: ›Paß auf, ich hole den Petronius wieder!‹«

»Bei der Schaumgeborenen!« sagte Petronius. »Sie dürfen nicht erfahren, daß ich wieder gesund bin! Solltest du das erkunden?«

Das leugnete sie. Aber den Faenius und die Pisonier habe sie aushorchen sollen. Vor allem deshalb sei sie zu ihm geflohen. Da erinnerte er sie an die Auskunft, Tigellinus habe sie erwürfelt. Daran hielt sie fest. »Viele Gründe machen einander verdächtig!« Nun gab sie zu, daß sie auch einen Auftrag hatte, der ihn betraf. Aber sie sei nicht willens, ihn zu erfüllen. Er habe sie in der Hand. Sie kenne keinen Mann wie ihn. Noch keiner hätte sie so durchs Ziel gebracht, so sanft, so festlich, so glanzvoll, so oft. »Und hätte ich Auftrag, dich umzubringen – du wärest jetzt vor keinem Menschen so sicher wie vor mir! Komm! Komm!«

Sie bearbeitete seine Schultern mit Sirenenkrallen und Kinderfäustchen und keuchte: »O Mann, Mann, Mann, Mann ...«

Sie richtete sich ein wie eine Gefangene; er verglich sich

mit Ulixes, den die Nymphe Kalypso festhielt. Das stand noch aus in seinem Tempeltraum damals, als er zum erstenmal aus Rom geflohen war. Er ließ kein Auge von ihr. Aber sie lehnte es von sich aus ab, allein durch den Park zu gehen oder ihn gar zu verlassen, das eine, damit er nicht denke, sie wolle fliehen, das andere, um nicht entführt zu werden. Harpocrates, der sie ungeblendet beobachtete, versicherte seinem Herrn nach einigen Tagen: »Du hast sie ganz. Solange sie hier ist, brauchst du nichts zu befürchten.«

Sie las in seinem Manuskript, lachte selten, sagte wenig dazu, nur: In dieser spöttischen Menschenverachtung fände sie tiefere Menschenliebe, als sie kenne, in dieser Lebensgier liege auch Todessehnsucht. Als sie ans Ende gelangte, fragte sie, was noch komme.

»Eigentlich nichts. Der Fluch des Priapus ist ja gebrochen.« Petronius fühlte sich aufgelegt, noch lange zu leben. Er wisse nur nicht, was er all die Jahre noch anfangen solle.

Silia erwähnte, von Chaldäern wüßte sie, daß Nero nur noch drei Jahre zu leben hätte. So lange wäre es doch auszuhalten.

»Also kann ich auf die Langmut der Gestirne hoffen«, sagte Petronius. »Aber vielleicht sind wir alle zum Tode Verurteilte, die wieder und wieder Berufung einlegen, um die Vollstreckung des Urteils hinauszuzögern?«

Einmal schlug sie vor, Italien heimlich zu verlassen.

Er wollte sich aber nicht mehr herumtreiben.

»Wenn dir Griechenland zu armselig ist, gehen wir nach Ägypten. In Alexandria lebt man jetzt schon bequemer als in Rom.«

Er ließ sie seine Verse singen:

»Sommerlich streuten die stolzen Platanen erquickenden Schatten,
Lorbeergebüsche, mit Beeren geschmückt, und die ranken Zypressen
und auf glatten Stämmen mit rundlichen Schöpfen die Pinien.

Plätschernd strömte darunter sich schlängelnd der Lauf eines Baches,
schäumte und rollte mit murmelnden Wellen beharrlich die Kiesel.
Das war ein Platz für die Liebe! Die Nachtigall sang es im Wipfel
wie auch die Schwalbe, die Freundin der Stadt. Sie umschwebten die Gräser
mit den lieblichen Veilchen, erfüllten die Flur mit Gezwitscher.«

Es war ein Gedicht aus früheren Jahren, ein Wunschtraum in Versen, dessen Erfüllung er nicht mehr erhofft hatte.

»In Alexandria«, sagte er, »lebt meine Geschiedene mit ihrer Tochter.«

Nie wußte er genau, ob er ihr so gefiel oder ob sie nur leicht zu haben war.

Der Wind blies lange vom Meer und hielt die Luft rein.

XII. BUCH: DAS SCHICKSAL TRÄGT FRAUENKLEIDER

Una salus victis nullam sperare salutem.

Einzige Rettung Besiegter: auf keine Rettung zu hoffen.

Vergil, Aeneis, II., 354

Anfragen und Botschaften

Silia lebte sich ein auf dem Puteolanum. Sie nahm eine Gefangenschaft an, ohne sie zu beachten, verhielt sich fügsam und doch ungezwungen, berührte nie die Grenze des Vertrauens und bewegte sich doch mit viel Anmut. Von einem Auftrag, welchen sie auch hatte, war sie bald so weit entfernt, daß sie draußen hätte Strafe befürchten müssen. Sie war nur für Petronius da und langweilte sich nicht, wenn er sie, selten genug, allein ließ. Manchmal steckte sie ihre Haare auf, flocht Zöpfe, legte Schnecken. Er wünschte sich einen Sohn von ihr, wie ihn Ulixes von Kirke gehabt hatte, und wäre es einer, der ihn dereinst umbringen würde. Dann war ihm aber zumute, als ob er diesen Sohn schon hätte, und Silia wurde ihm, ohne daß sie etwas dazutat, schmerzlich fremd. Nachts wand sie sich oft und zappelte, stammelte Unverständliches oder schrie. Starrte sie dann, noch nicht völlig erwacht, in das Licht, das er anzündete, blieb ihr Blick tierhaft, der zahmen Gepardin ähnlich, die Petronius aus der Zucht des Palatins mitgebracht hatte. Und noch wenn sie ihn erkannte, schien sie aus einem Land gekommen, in dem sie voneinander nichts wußten.

Ein Vorreiter meldete den Besuch des Aulus Vitellius. Silia erschrak. »Den schickt Tigellinus. Er findet sich nicht damit ab, daß die Laus in dem Pelz verschwindet, in den sie gesetzt wurde.« Sie bat um ein sicheres Versteck, und als er die Sache leichtnehmen wollte, sagte sie: »Du kannst mich auch preisgeben. Vielleicht wäre es deine Rettung. Für mich ginge es übel aus.«

Vitellius brachte wie ein alter Freund Geschenke, ließ sich bewirten, schwatzte über Baupläne Neros. Ein neuer Kaiserpalast sollte das ausgebrannte Areal südlich und östlich des Römischen Forum füllen, prächtiger als das Palatium und dem Volk bedeutend näher. Der Herrscher wollte vom Hügel steigen und seinen Glanz mit den Beherrschten teilen. Wandelhallen und Bibliotheken, Theater und Gesellschaftsräume, eine Pinakothek, eine Glyptothek, Bäder und ein künstlicher See mit Parkanlagen sollten der Öffentlichkeit zugänglich sein. Nero nannte den Bau bereits stolz sein »Goldenes Haus«. Es gebe noch einige Geschmacksfragen zu klären.

Da Petronius jede Regung vermied, fing Vitellius mit listigem Lächeln von Gerüchten über ihn an.

»Ohnehin«, sagte Petronius, »bestehen wir größtenteils aus Gerüchten. Sind wir uns selber denn am Ende mehr als ein Gerücht?«

Vitellius tadelte solchen Mangel an Neugier. Was wahr sei, erwiderte Petronius, wisse er selbst, was unwahr sei, wolle er nicht wissen. Da verriet der Gast: »Man munkelt, da hättest deine Manneskraft wiedergefunden. Nur einer könnte sich darüber mehr freuen als ich: Nero. Ihm fehlt dein Rat für sein Goldenes Haus!«

Petronius bedankte sich mit grämlicher Miene für so freundliche Vermutungen; leider träfen sie nicht zu. Seine Gebrechen mehrten sich sogar, in Rom könne er sich nicht mehr aufhalten.

Vitellius packte ein anderes Gerücht aus: Ob es zutreffe, daß Petronius auf seinem Gut mit einem Christianer verhandelt habe.

Er fände sich dadurch nicht im Zwielicht, antwortete Petronius, der Prediger sei ein alter Bekannter gewesen, und seine Anhänger hätten zu der Zeit noch unter des Kaisers Schutz gestanden.

»Hat sich von deinen Sklaven jemand taufen lassen?«

Harpocrates versicherte, da sein Herr die Schultern hob, das sei nicht der Fall. Vitellius brach eilig wieder auf. In seinem Gesicht lag ein Ausdruck des Bedauerns.

Man ließ das Puteolanum nicht lange in Ruhe. Ein Fremder wies am Tor das Siegel des Tigellinus vor und fragte

Harpocrates, ob sein Herr eine gewisse Silia beherberge. Der Aktuar erkannte im Gefolge des Mannes die nackten Büttel, die nur einen Schurz tragen durften, damit sie weder stehlen noch etwas unterschieben konnten. Er antwortete, für eine Haussuchung dürfe nur sein Herr das Tor öffnen. Der Fremde lächelte, die sei nicht vorgesehen, und er werde dem Wort des Hausherrn glauben, auch wenn er es nur aus dem Mund seines Aktuars höre. »Der bist du doch, oder?«

Harpocrates versicherte, er habe seit Jahren keine freigeborene Frau im Puteolanum gesehen, und eine Silia kenne er nicht.

Sein Bericht versetzte Silia in Aufregung. Sie sah in den Bütteln mit dem Schurz eine Drohung, die beim nächsten Besuch ausgeführt werden sollte. »Entweder du versteckst mich außerhalb des Gutes, oder wir nehmen heimlich ein Schiff und verlassen Italien.«

Petronius versuchte sie zu beruhigen. Die Drohung sei leer, ein plumper Einschüchterungsversuch. Gegen einen Freund des Kaisers Erster Vorlassung gebe es keinen Haussuchungsbefehl. Zuerst müßte man ihm schriftlich seine Rückstufung mitteilen.

»Dieses Schriftstück wirst du erhalten, aber dann ist es zu spät! Der es dir bringt, hat die Büttel gleich bei sich.«

Ein Schriftstück traf ein, ausgehändigt durch vertraulichen Boten. Tigellinus beschwor eine alte Freundschaft, die es nie gegeben hatte, klagte über die Bürde seines Amtes, bat unterwürfig, als drohe ihm der vernichtende Zorn des Kaisers, um Hilfe. Das Schreiben schloß: »Sollte eine Freigelassene namens Silia, Vertrauensperson und Schutzbefohlene des Prätorianerpräfekten, abgängig seit der Feuersbrunst in Rom, letztmalig gesehen vor Deinem Stadthaus, bei Dir auftauchen, überstelle sie bitte umgehend mir persönlich. Ich werde Dir immer Dank wissen.«

»Damit will er dich fangen«, sagte Silia, als Petronius sie fragte, ob sie eine Freigelassene sei. »Er selbst kann sich mit knapper Not als Sohn eines Freigelassenen bezeichnen!« Petronius horchte auf. Was sie noch über seine Herkunft wisse.

»Sein Vater«, fuhr Silia fort, »war ein Sklave des Tigellius, jenes Lebemannes und Sängers, mit dem Julius Caesar gern Umgang pflegte, und diente in zartestem Alter beiden als Lustknabe. Augustus, der ihn erbte, ließ ihn frei. Fast schon ein Greis, im selben Jahr, als Augustus starb, zeugte dieser Freigelassene mit seiner Sklavin Ofonia den Ofonius Tigellinus. Noch während der Schwangerschaft ließ er sie frei, damit sich sein Sohn einer freien Geburt rühmen konnte.«

Petronius faßte die Marmorbüste des Julius Caesar ins Auge, die auf einem Buchrollenschrank seiner Bibliothek stand. »Ein sinnreiches Vermächtnis hinterließ uns da der Diktator!« Er packte Silia am Oberarm. »Aber woher weißt du das so genau?«

Sie verkniff sich einen Schmerzenslaut. »Ich sagte dir doch, Tigellinus hat mich erwürfelt! Gut, es war ein bißchen geschwindelt, wenn ich sagte, Nero hätte mich nicht herausgegeben. Aber ich bin dem Schiefmaul fortgelaufen. Jage mich aus dem Haus, wenn ich dir zu schmutzig bin!«

Manchmal schien ihm die Welt ein gigantisches mechanisches Geklapper, völlig durchschaubar, nur nicht mit einem menschlichen Blick zu erfassen, voller Einzelheiten, die sich endlos wiederholten. Er kannte Augenblicke, in denen er glaubte, was geschah, schon einmal genauso erlebt zu haben, obwohl sein Gedächtnis auch Ähnliches nicht bereithielt. Nun hatte er das innere Ohr für den Donnergang der Gestirne. Selbst den Atem der Welt vernahm er, wie von einem riesigen Blasebalg getreten, und er hörte sich selbst, eine einzelne Pfeife in einer übermächtigen Orgel, und konnte, wieviel auch von diesem Weltenwind durch ihn fuhr, welcher Hauch des Weltenatems ihn auch traf, immer nur einen einzigen Ton von sich geben. Und es waren Mißtöne, wie Tiberius sie vorgeblich erlauscht hatte, wenn er auf Capreae die Sonne sinken sah. Nur wenn er mit Silia lag und die dünne, duftige Haut zwischen ihren Seelen zerriß, glaubte er die Harmonie der Sphären zu hören, die ferne, unwirkliche Musik, die, wie Platon seinen Timaios sagen ließ, entstand, wenn sich die Schalen der Welt mit ihren Gestirnen aneinanderrieben.

Lange konnte Silia ihm nicht gehören, das wußte er. Ließ die gemeinsame Gefahr nach, würde sie ihn verlassen. Oder er sie. Denn, so angenehm ihn ihre Reize anfangs überfallen hatten, auf Dauer entsprach ihr Äußeres nur wenig den Vorstellungen, die er von weiblicher Schönheit hegte. Sie hätten solche Gedanken voreinander geleugnet. Als sie gesagt hatte, er solle sie fortjagen, war er versucht gewesen zu antworten: Lieber sterbe ich mit dir! Aber sie hätte nicht verstanden, daß er mit dem Gedanken spielte, das Ende seines Lebens selbst festzusetzen, nicht zu warten, bis er zu den Schatten gerufen oder gestoßen würde. Das Leben war ein Fest gewesen, aber nicht seins.

Er veranlaßte, daß seine Hausschreiner einen runden Kasten zimmerten, der in die Öffnung eines trockenen Brunnenschachtes am Ende des Parks paßte. So wollte er Silia verstecken.

Im 818. Jahr seit Gründung der Stadt schlugen die verschworenen Senatoren um Piso und Scaevinus los. Aber sie waren bereits entdeckt, ahnten es und rannten Hals über Kopf in die Falle. Der »Tägliche Anzeiger« meldete Mitte April einen mißlungenen Anschlag auf das Leben des Ersten. Es folgten die Namen Festgenommener, dann die der Hintermänner, fast täglich neue. Schon die Mainummern gaben Namen Hingerichteter bekannt. Einige, hieß es, darunter Piso selbst, hatten sich selbst gerichtet durch Öffnen der Adern. Silia mahnte, Petronius sei wie sie selbst bei Scaevinus gesehen worden. Er antwortete: »Warst nicht du der einzige Spitzel?« Dessen fühlte sie sich sicher. Aber sie warnte vor Geständnissen auf der Folter. »All die Namen im ›Anzeiger‹! Sie schwärzen einander an wie ungezogene Bengel. Man braucht ihnen die glühenden Zangen nur zu zeigen. Einige wichtige Namen fehlen: Die haben sich durch Verrat freigekauft. Faenius Rufus zum Beispiel, der Getreidepräfekt!« Petronius schwieg einen ganzen Tag wie ein Stein. Am Abend sagte Sila: »Wenigstens ich sollte mich aus dem Staub machen, wenn du nichts begreifst! Aber lieber sterbe ich mit dir.«

Harpocrates fragte nicht mehr, wie es mit den Satyrgeschichten weitergehe. Petronius hatte nur noch selten diktiert. Zuletzt war Encolpius in dem Erbschleicherstädtchen Kroton an die schöne Circe geraten, die ihre Reize selbst anbot und ihn nach mancher Enttäuschung und Verwicklung endlich vom Fluch des Priapus erlöste. Vor ihr nannte er sich Polyaenus, und das war einer, der klug und schön erzählen kann und dafür Lob erwirbt, hieß aber auch Schwerenöter und Tausendsassa. So rief ihn Silia zuzeiten.

Dann brachte Harpocrates aus Puteoli die Nachricht, Seneca hätte sich auf einem seiner Güter die Adern geöffnet. »Aber die Leute bezweifeln, daß er mit den Pisoniern etwas zu tun hatte.«

Als spreche er von einer Lektüre oder weit zurückliegenden Ereignissen, sagte Petronius, nun treffe es also einen, der sich immer heraus-, aber damit nicht durchgehalten habe. »Die unfähigsten Ratgeber Neros räumen unter ihren Vorgängern auf. Die Verschwörung ist ein willkommener Anlaß. Niemand betreibt Neros Sturz besser!«

Silia begriff die Ruhe nicht, mit der er von sich selber absah. Vielleicht geschah ihm nichts, weil er sich so sicher fühlte? Er suchte in seiner Seele vergebens nach Spuren der Angst. Dann nannte er die Pisonier schimpfliche Versager. »Die kommende Zeit hätte das Vorbild beherzter Männer gebraucht, die klug vorgehen.«

Wieder hüllte er sich in Schweigen. Warum ließ sich Verginius Rufus nicht blicken? Der einzige, mit dem er sich in all den Jahren verstanden hatte, wenn auch wortkarg und ohne ausdrückliches Bündnis. Daß es in den Provinzen, vor allem in Gallien, gärte, davon schwatzten schon Sklaven, die kaum aus dem Haus kamen. Fiel das Heer vom Kaiser ab, hielt ihn noch eine Weile die Garde für doppelten oder dreifachen Sold. Schon glaubte er Prätorianer zu sehen, die um das Amt des Ersten würfelten oder irgendeinen Lumpen für Gold zum Kaiser ausriefen. Wer würde sie daran hindern? Warum ließ sich Verginius Rufus nicht blicken?

Wieder platzte die Rinde der Platanen in der Ruhe der

Sommerhitze. Die Staatstrauer um Poppaea Sabina hielt noch an. Sie war kurz nach den Neronischen Spielen, wie der »Anzeiger« meldete, an einer Fehlgeburt gestorben. Eine kleine Tochter war ihr schon vorangegangen. Petronius erhielt ein von Tigellinus gesiegeltes Schriftstück, das ihn sehr unpersönlich aufforderte, zweckdienliche Angaben über besagte Silia zu machen. Bei der Verfolgung der Pisonier habe sich herausgestellt, sie gehöre dazu.

»Wenn du meinst«, sagte Silia, »daß du dich für die Zeit nach Nero bewahren mußt, dann liefere mich aus. Ich bin bereit.«

Petronius antwortete, er denke nicht daran.

Zum Jahreswechsel ließ Nero ihn zu sich rufen. Er bewohnte in Puteoli die Villa seiner kaltgestellten Geliebten Claudia Acte. Die Hafenstadt bereitete sich auf einen prunkvollen Empfang des Armenierkönigs Tiridates vor, mit dem Corbulo einen vorteilhaften Vertrag gegen die Parther abgeschlossen hatte. Nero zeigte sich grämlich, aber nicht unfreundlich. Eine schlimme Zeit habe er hinter sich. Noch immer schleppe ihm Tigellinus Verschwörer ins Verhör, die nach wenigen Worten gestanden. Das Ausmaß der Wühlarbeit sei erschreckend. Aber er wolle nicht, daß Unschuldige unüberlegt handelten. Seneca zum Beispiel. Sein Freitod beschäme ihn zutiefst. »Das bedrückt mich alles so! Was soll ich machen? Was kann ich denn machen?« Da Petronius nicht antwortete, ließ er sich spöttisch aus über den Eifer, mit dem die Pisonier sich gegenseitig preisgaben. Der Dichter Lucanus habe die eigene Mutter angeschwärzt. »Übrigens, kennst du den Faenius Rufus näher? Er ist so eifrig bei den Verhören, daß ich glauben möchte, er war selbst dabei und will seinen Kopf retten. Ich rette ja selbst, wen ich kann. Aber ich muß auch an meine Sicherheit denken. Warum antwortest du nicht?« Er warb unentwegt um Petronius, nannte ihn seinen einzigen Vertrauten, seinen einzigen aufrichtigen Anhänger, der allein den Mut hätte, ihm immer die Wahrheit offen ins Gesicht zu sagen. »Was ist eigentlich mit dieser Silia?«

Petronius beachtete die Frage nicht. »Wozu rufst du mich?«

Die Feierlichkeiten für Tiridates bereiteten Nero Kopfzerbrechen. Tigellinus sei zu einfallslos. Er habe das Amt des Vergnügungsmeisters vorübergehend Patrobius übertragen, einem Freigelassenen. »Lockt es dich nicht, ihn auszustechen?«

Petronius schüttelte den Kopf.

Nero sprang auf und trampelte auf dem Fußbodenmosaik herum, das Herkules in den Qualen des Nessushemdes darstellte, verfluchte die Verkommenheit der Römer, nannte sie Faulpelze, Ränkeschmiede, Feiglinge, verwünschte sich selbst und die Gewalt, zu der sie ihn zwängen. »Sie läßt mir nur unehrliche Anhänger. Höre, Petronius Elegantiae Arbiter! Dein Freund, der Kaiser, ist verzweifelt! Den Tiridates schenke ich dir. Aber sobald der Trubel vorbei ist, trete ich meine lang ersehnte Reise nach Griechenland an. Begleite mich ins ehrwürdige Achaia! Ich nehme niemanden mit, der dir unangenehm ist. Die ganze Vorbereitung lege ich in deine Hand!«

»Eine Schiffsreise?« Petronius schloß die Augen mit einer Miene, als wäre ihm schon übel. »Ich würde sie nicht überleben. Tu mir das nicht an, Nero Caesar, was Augustus dem Vergil zugemutet hat! Ich bin schwerkrank. Es wurde nicht besser, sondern ärger.«

Nero stützte sich finster auf seine elfenbeinerne Stuhllehne. »Mein letztes Angebot!« Hinter ihm führte ein Bogen auf die Terrasse. Aus dem Golf ragte klar und blau wie das versteinerte Schiff der Phaiaken die Insel Capreae. »Wenn du mich nach Griechenland begleitest, schlachte ich auch den Tigellinus. Ich bringe dir den Kopf des Tigellinus auf einem goldenen Tablett.«

Atmete da ein Horcher in der Täfelung? Es blieb still.

»Du willst nicht?« Nero raufte sich die Haare und heulte auf. Petronius war auch der einzige, vor dem er sich gehenließ, und es schien ihm wohlzutun. »Es sind die Furien, ich wußte es! Und die stymphalischen Vögel. Auf alles, was mir

Freude macht, lassen sie ihren Dreck fallen! Ich bin verflucht! Weißt du, woran Poppaea starb? Ich, ich trat ihr in den schwangeren Bauch. Aber was kann ich dafür? Sie hatte mich gereizt, und ich war betrunken.«

»Wäre es ein Sohn geworden?«

»Ich konnte nicht hinsehen vor Gram. Aber der Arzt sagte es, um meine Pein zu verdoppeln. Ich habe meinen Erben, den Nachkommen des Augustus, getötet. Es ist, als wollten die Götter keine Kinder mehr mit Sterblichen.« Er keuchte. Mit dem Mundtuch tupfte er sich Tränen aus den Augen. »Aber was stellte das Weib mich zur Rede, weil ich nach einem Sieg bei den Spielen, die meinen Namen tragen, spät nach Hause kam? Sind wir Bäckersleute?«

Petronius erhob sich, »Mich strengt diese Unterredung sehr an.«

»Geh doch!« schrie Nero. »Undankbarer!«

Petronius ließ sich auf Umwegen zum Hafen tragen. Er mietete einen leichten Segler zur Überfahrt nach Capreae. Dort leitete Philokryptos, der Schüler des Philalethes, noch seine Philosophenschule. War das nun Angst? Der Weisheitshändler empfing ihn mißmutig. Ein goldner Pokal mit Neros Namenszug, ein Geschenk, ohne das Petronius den Kaiser nicht hatte verlassen dürfen, hellte seine Miene auf. Petronius erzählte von armen Strolchen, die mit einem sardischen Fischerkahn einmal bei ihm gelandet wären. »Einer davon war ich!« Da erinnerte sich Philokryptos. »Jetzt bin ich Freund des Kaisers und kann dir mir diesem Pokal die Wohltaten vergelten, mit denen du unser schlechtes Benehmen beantwortet hast. Was aber würdest du tun, strandete ich nächstens wieder in ähnlich lumpigen Aufzug an den Marmortreppen deiner Schule? Es wäre nur eine Verkleidung. Die Taschen hätte ich voller Gold.«

Philokryptos zog den Kopf ein. »Ich will nichts mehr hören.«

»Die Spuren wüßte ich gut zu verwischen«, sagte Petronius.

Der Weisheitshändler drehte den Pokal. »Wenn du deine

Bibliothek retten willst, ich nehme sie samt dem Bibliothekar. Ich sehe dir an, daß du mit beidem gut versorgt bist. Auch wenn du einen schriftlichen Nachlaß verstecken willst, stehe ich zur Verfügung. Ich wäre kein Philosoph, wenn ich nicht schweigen könnte. Aber einen Menschen, dem ein Mächtiger auf den Fersen ist – nein.«

»Ich danke dir«, sagte Petronius. »Das ist schon viel.«

Es dauerte noch Monate, ehe die Verfolger zugriffen. An den Platanen waren die späten graugrünen Blattbüschel entfaltete, zum zweitenmal, seit Silia da war, platzte von den Stämmen die Rinde und gab gelbliches feuchtes Holz frei, als ein Eilbote, von Bewaffneten begleitet, eine Briefrolle mit dem Siegel des Prätorianerpräfekten im Puteolanum abgab. Tigellinus teilte Petronius mit, dringender Verdacht hätte ihn bewogen, die Sklaven seines im übrigen sehr verwahrlosten Stadthauses in Ketten zu legen. Aussagen lägen vor, die seine Verbindung zu den Pisoniern bewiesen. Er habe sich auf seinem Gut für eine Befragung bereitzuhalten. Jeder Versuch, sich zu entfernen, werde ihm zum Nachteil ausgelegt. Er solle alles weitere abwarten. Der Kaiser, der gerade zu seiner Villa in Cumae aufgebrochen sei, fände bald Zeit für diese Angelegenheit.

Ohne Vorwurf sagte Petronius: »Es war ein Fehler, Harpocrates, daß wir nicht alle Sklaven aus dem Haushalt des Pompejus Turbo verkauft haben. Sie mochten mich nicht, weil ich ihnen nicht traute!« Silia, die ihn stumm umarmen wollte, schob er zur Seite. Noch sei nichts verloren. Er werde nach Cumae reiten und alles klarstellen. »Harpocrates! Halte Schreibzeug bereit! Falls man mich nicht vorläßt, tun wir es schriftlich. Mir glaubt Nero mehr als Tigellinus. So gänzlich dumm ist er nicht. Für seinen Vorteil war er nie blind. Ich weise ihm nach, daß er nur Scherereien davon hat, wenn er Anschwärzungen gegen mich glaubt.«

»Das hast du nicht nötig!« sagte Silia. »Das nicht!«

Doch, doch, er habe noch einen Wurf, ereiferte sich Petronius, der sonst nie von Würfeln sprach. Er werde behaupten, er hätte wie Agrippina Denkwürdigkeiten seines Lebens geschrieben, voller anstößiger Einzelheiten, unauffindbar versteckt, und er werde ihre Vernichtung anbieten für den Fall, daß man ihn in Ruhe ließe.

»Schurken, die sich sicher fühlen«, sagte Harpocrates, »lassen sich ebensowenig erpressen wie Helden. So wirst du sie nicht los.«

»Und den letzten Wurf behalten immer sie!« setzte Silia hinzu.

»Wenn Nero meine Stimme hört, wird er schwanken«, erwiderte Petronius. »Wenn nicht, wird sich doch etwas Spitzes bei ihm finden, ein Schreibgriffel. Einer muß ihn endlich umbringen!«

Er war nicht zu halten. In der Kaiservilla zu Cumae kam er nicht weit. Auf der Treppe des Torhauses hielt ein Tribun ihn an. »Freund des Kaisers? Erster Vorlassung?« Er ließ sich eine Tafel bringen. »Gestrichen! Der Bescheid ist an dich unterwegs.«

In der Vorhalle begegnete ihm mit geharnischtem Gefolge Verginius Rufus. Der Feldherr beherrschte es, seine Augen gleich nach dem Erkennen zu verstellen, als sähe er durch Petronius hindurch. So schritten sie aneinander vorüber.

Ahnungslose Gäste

Unter einer gleichgültigen Sonne ritt Petronius zurück ins Puteolanum. Notwendigkeit sei ein Übel, hatte Epikur gelehrt, aber es bestehe keine Notwendigkeit, unter einer Notwendigkeit zu leben. Das hieß ihm jetzt, es sei ratsam, zur rechten Zeit zu sterben. Aber wann war sie da, die rechte Zeit? Hatte er sie nicht schon verpaßt? Zu wenig Zeit blieb, einem Todesurteil, sollte es beschlossen werden, zuvorzukommen. Warum genügte der Wille nicht, den Schlag des Herzens anzuhalten? Ich sterbe – leicht ließ es sich sagen, obwohl es niemand wirklich tat. Wer sich tötete, stolperte mehr zu den Schatten, verjagt aus der lichten Oberwelt, als daß er freiwillig zurückkehrte.

Er ließ eine Wanne mit warmem Wasser in die Bibliothek stellen. Als er hineinstieg, nannte er sie seinen Wagen für eine fröhliche Fahrt zu den Schatten. Es gehe abwärts, man brauche keine Pferde. Unterwegs wollte er nach Belieben anhalten und aussteigen, um sich die Füße zu vertreten. Darum ließ er seinen Arzt reichlich Verbandszeug neben das Messer legen. Aber er konnte nicht umhin, in der Wanne schon den Nachen des Fährmanns Charon zu sehen, der die Abgeschiedenen drunten über den Styx setzte.

Harpocrates schwieg an seinem Pult; Silia saß gedankenverloren auf einem Lesestuhl. Drüben im Speisesaal klapperten Sklaven mit Geschirr, und aus der Küche zogen Wohlgerüche durchs Haus. Gäste waren geladen, der Gutsnachbar Gnaeus Caecilius Probus und seine Freunde. Sie wußten noch nicht, was sie feiern sollten, diese Nächstbesten, Beliebigen, an die er seine Einsamkeit verschenkt hatte. Den Scheiterhaufen, den angemietete Halbgeschorene kunstgerecht schichteten, verbarg ein Winkel des Parks.

Im Wasser empfand er Geborgenheit. Der Mann von fünfzig Jahren blieb draußen. Es machte ihn leicht, der Schaum duftete nach Kräutern, der Dampf schloß ihm die Augen. Er war wieder das Kind, das in das warme, schwappende Salz des Golfes tauchte, die Obhut des wortreichen Lehrers und des schweigsamen Vaters genoß, sich von Harpocrates in den Schlaf und aus den Träumen in den Tag geleiten ließ, die Brüste der Amme roch, seinen Kopf im Schoß der Mutter barg.

Kein Fremder sollte Hand an ihn legen. Er nahm seinem Arzt das Messer aus der Hand, zog prüfend den Daumen quer über die Schneide. Den Blick der Eltern, als der Großvater Gift genommen hatte, kannte er noch genau: Man soll einen Menschen, der seinen Tod beschlossen hat, nicht hindern. Er hatte sich aufgelehnt gegen den Schmerz ein Leben lang; als Mahner ließ er ihn gelten; jetzt waren sie Verbündete, er und sein Schmerz. Der Arzt zeigte ihm mit dem Finger die Schlagadern. Petronius klemmte die Zunge zwischen die Zähne. Aber der Schnitt gelang nicht. Der Arzt mußte doch helfen. Zuerst spürte er die Kälte der Klinge, dann sah er, wie sie in seine Haut eindrang. Der Schmerz blieb zart, kaum spürbar. Er fühlte aber mit plumper Wucht etwas Fremdes, Feindliches in sich eindringen. Immer noch besser, mein Sklave tut es als irgendein Henker. Jetzt wäre er davongelaufen, gelaufen bis ans Ende der Welt. Aber er saß, nur ein Tuch um die Lenden, im duftenden Wasser, umstellt von Gesichtern, die eben noch beteuert hatten, wie ungern sie ihn verloren, nun aber forschten, ob er ernst machte und wie er sich dabei betrug. Schon genossen sie es, ohne darum zu wissen, daß sie nicht an seiner Stelle waren, wie in der Arena, wenn ein Gladiator getroffen wurde. Er ließ sich wieder verbinden, rief nach einem Zuber heißen Wassers, lehnte sich zurück. Noch nicht! Das ganze Leben war Aufschub, seit ihn Harpocrates von der Felswand zurückgerissen hatte. Die Götter ließen den einen laufen, den andern straucheln. Sie lauern, ob wir ihr Spiel durchschauen, und wer sich etwas vormachen läßt, den belohnen sie, indem sie ihn ein wenig länger täuschen. Ihr feinstes Vergnügen ist, uns vorzuspiegeln, wir hätten sie erkannt. Sie erscheinen uns in unseren eigenen Masken, und es ergötzt sie, wenn wir darüber streiten. Wer sie durchschaut, kann nicht mehr bleiben. Wer erkennt, wie es bei diesem Spiel zugeht, hat es zu lassen, ist der Verlierer und erfährt obendrein, daß es sinnlos war.

Hatte er geschlafen? Die ersten Gäste wurden gemeldet. Er ließ sich entschuldigen, sein Bad sei noch nicht beendet. Probus brachte Musikanten und Tänzerinnen mit. Im Säulenhof zirpten Saiteninstrumente, Flöten pfiffen, das Sistrum rasselte, die Handpauke pochte den Herzschlag der Heiterkeit. Petronius ließ sich abtrocknen, verlangte nach einem Kelch Wein. »Ahnungslose haben die besten Einfälle«, sagte er zu Silia. »Ich wurde schon ganz traurig.« Er verschüttete wie üblich, ehe er trank, etwas Wein vor den Laren, um ihnen zu opfern, etruskischen Wein, rot wie das Blut seiner Ahnen, die als friedsame Hirten in Arkadien vielleicht mit den Göttern fleischlich verkehrt hatten. Ein Schatten füllt sich mit Lebenssaft und läßt ihn wieder herauslaufen.

Wasser spült ihn fort, bis er sich verliert im vergessenbringenden Lethestrom.

Er setzte sich in Badetüchern zu seinen Gästen. Sie kannten ihn als zwanglos und dachten sich nichts dabei. Irgendeine Überraschung gab seinen Festen immer eine unerhörte Wende. Sie versuchten ihre Spannung zu verbergen. Er sah farblose, blicklose, sprachlose, taube Schatten. Wem würde er morgen begegnen? Waren sie kenntlich und trugen sie noch ihre Namen, sie alle, die auf sein Geld und sein Geschlecht ausgewesen waren, auf seine Erfahrungen und sein Wissen, sein Geschick und seine Einfälle? Er aß etwas. Sein Kauen war ihm lächerlich. Ein Schatten, der kaute!

Er zog sich zurück, stieg in die Wanne, verlor Blut, ließ die Flügeltür zur Terrasse öffnen. Der späte Nachmittag warf die Posen der Statuen auf den Rasen und längte die Schatten der Bäume. Der Torhüter hastete die Zypressenallee herauf. Er meldete eine Hundertschaft Bewaffneter und den Feldherrn Lucius Verginius Rufus. Petronius schickte seinen Aktuar ans Tor mit der Bitte, die Diener des Mars sollten sich ruhig verhalten. Harpocrates kam mit der hageren, blonden Gestalt allein zurück. Sorgenfalten über der weit vorspringenden Nase, das breite Kinn erregt hin und her schiebend, betrat der Feldherr die Bibliothek. »Mein lieber Titus! Was hast du getan! Das war vielleicht noch gar nicht nötig! Ich habe nur Auftrag darüber zu wachen, daß du dein Gut nicht verläßt. Ich habe mich freiwillig dazu gemeldet, nicht um mich von unserer Bekanntschaft reinzuwaschen, sondern um dir einen Dienst zu erweisen. Andere würden hier alles kurz und klein hauen, ich aber nehme den Zenturio am Zügel.«

Petronius bat ihn, leiser zu sprechen, er habe Gäste, die keine Ahnung hätten, was vorging. Die hätten freies Geleit, versicherte Rufus. Der Kaiser habe verfügt, keinem dürfe Nachteil daraus entstehen, daß er Petronius kenne, und bedauere selbst die unerwartet ernste Verstimmung. »Ich werde mich dafür einsetzen, mein Titus, daß dein Testament anerkannt wird.«

»Ich mache kein Testament«, sagte Petronius. »Ohne Schmeicheleien wäre es ungültig, und was ich besitze, bringt dein Dienstherr ohnedies an sich. Aber um eins würde ich dich bitten: Trage Sorge dafür, daß einige Freilassungen, die ich gern ausspräche, Gültigkeit erlangen.« Verginius Rufus gab ihm sein Wort. Petronius ließ sich wieder verbinden und in Tücher hüllen und stieg aus der Wanne. Harpocrates hielt sich mit Schreibgerät bereit. Petronius verfügte die Freilassung aller Sklavinnen, die Kinder von ihm und seinem Aktuar hatten, sowie die Freilassung dieser Kinder. Sodann nannte er Harpocrates selbst und eine Reihe bewährter Verwalter. »Sie sollen alle meinen Namen tragen.« Ob die Vermögenswerte, die er ihnen mitgeben wollte, freigegeben würden, konnte Verginius Rufus nicht versprechen. Trotzdem ließ Petronius sie hinter die Freilassungssteuer setzen. Dann siegelte er das Pergament. »Ist es nicht ein heiteres Spiel des Schicksals«, fragte er, »daß gerade ich eine so ansehnliche Schar Freigelassener in die Welt schicke? Nicht wenige sind mein Fleisch und Blut, und könnte ich noch dabeisein, wollte ich wetten, daß einer meiner Nachfahrn dereinst Kaiser wird!« Dann verfügte er, daß alle Sklaven seines Stadthauses ausgepeitscht werden sollten.

Silia, die bei den Gästen geblieben war, trat ein. Verginius Rufus bekam runde, glänzende Augen, verneigte sich und fragte: »Ist das die Gesuchte?« Und er bot ihr seinen Stuhl an. »Sie steht natürlich unter meinem persönlichen Schutz.«

Sie hatte den Zenturio in der Vorhalle abfangen können und überbrachte seinen Wunsch, sich mit seinen Leuten im Park aufhalten zu dürfen. Draußen erregten sie unerwünschtes Aufsehen.

»Ah, die Leute!« sagte Verginius Rufus. »Ich hatte sie schon vergessen. Gib ihnen nach. Ich passe auf, daß sie sich benehmen.«

Petronius, der gerade das Freilassungspergament siegelte, trug Silia auf, den Gästen zu erklären, die Bewaffneten gehörten zu einer Überraschung, die niemanden zu beunruhigen brauchte. Man solle dem Zenturio und seinen Leuten

Rasenplätze für ihre Zelte zuweisen und die Vorratskeller öffnen, auch sie wären Gäste.

Binnen kurzem loderten im Park Lagerfeuer. Die Büttel sangen.

Als Petronius wieder in die Wanne stieg und sich die Verbände abnehmen ließ, äußerte sich Verginius Rufus zerknirscht über Tigellinus. »Er ist zu weit gegangen. Fordere eine Gerichtsverhandlung, und du wirst recht bekommen! Nero verliert lieber ihn!«

»Ich habe zwar nie eine Legion befehligt«, antwortete Petronius. »Aber ich weiß, eine Niederlage annehmen ist ebenso ehrenhaft wie ein Sieg. Ich werde nicht aus dem Leben gerissen, ich gehe ganz gern. Ohnehin hatte ich nichts mehr vor.«

»Ist das dein letztes Wort an Rom?«

»Ach, Rom. Ich liebe Rom wie eine Frau, die jemand für mich ausgesucht hat, ohne meinen Geschmack zu kennen.«

Verginius Rufus wußte von Geschriebenem. Er habe ihn früher bei Agrippina Satirisches vortragen hören. Wo die Handschrift sei. Er wolle sie in Sicherheit bringen. Petronius schöpfte mit den Händen Wasser, das sich blutig verfärbte, und ließ es herausplätschern. »Die Handschrift ist in Rom. Tigellinus hat sie.«

»Diktierte jetzt noch etwas! Ein Vermächtnis für unsere Sache! Ich werde kein Mittel scheuen, Nero zu überleben. Dann kannst du mit deinem Wort dazu beitragen, daß es nach ihm besser wird.«

»Ich kann mich nicht mehr so wichtig nehmen«, sagte Petronius. »Ich will keine Nacheiferer heranlocken und niemanden warnen. Wer sich zu wichtig nimmt, wird immer zum Verräter.«

»Wer sich nicht wichtig genug nimmt«, entgegnete Rufus, »wird auch zum Verräter.« Er warb um eine entlarvende Schmähschrift gegen Nero, den Zenturio wolle er schon hinhalten. »Die Wahrheiten, die du Nero sagen kannst, erträgt er nicht. Sie werden sein Ende beschleunigen. Schicke ihm mit dem Wort, das keiner so meistert wie du, den Tod zurück. Ein Weiser überläßt keinen Augenblick dem Ungefähr, auch den letzten nicht. Stirb nicht umsonst!«

Silia pflichtete ihm bei. Sie hatte sich merklich belebt seit dem Schutzangebot des Feldherrn. »Du darfst jetzt alles sagen!«

Petronius lachte. »Ich meinte bis heute, man müsse immer alles sagen, und habe mich redlich darum bemüht. Aber nun weiß ich, man kann nie alles sagen, selbst wenn man es wollte. Nero ist der Unfähigkeit längst überführt, und er weiß es durch mich. Aber wenn Mächtige der Unfähigkeit überführt werden, greifen sie zur Gewalt. Damit fängt es an, damit geht es zu Ende. Natürlich heult er jetzt schon um mich und beschimpft den, der mich ihm genommen hat. Aber sein Selbstmitleid ist auch nur Schwelgerei.«

Verginius Rufus bat ihn, jede Eitelkeit zu unterdrükken.

Eine erste Schwäche überkam ihn. Er ließ das Wasser erneuern und antwortete nicht. Die Musik fiel ihm lästig. Er schickte Silia zu den Gästen, damit sie ihnen die Wahrheit sagte. »Ich hatte es mir anders vorgestellt. Ihr habt mir die Stimmung verdorben.« Gelächter zerriß drüben das Stimmengewirr. Silia kam unverrichteterdinge zurück. Die Gäste glaubten nichts, als daß er auch die Hundertschaft im Park bezahlte, um sie zum Narren zu halten. Petronius ließ sich nochmals verbinden und in Badetücher wickeln und schleppte sich, auf Silias Schulter gestützt, zum Gelage. Sie hielten ihn für berauscht und gaben keine Ruhe, bis er einen Kelch Roten leer trank. Vorübergehend fühlte er sich gekräftigt. Er sah die Halbtrunkenheit der anderen, ihre verschleierten Blicke, die beim Sprechen erschlaffenden Lippen, hörte sie einander mit Lärm übertönen. Sie achteten kaum noch auf ihn. Er sollte nur bei ihnen sein und dasselbe tun wie sie, dann waren sie schon zufrieden. Auch die Zucht der Sklaven ließ nach. Sie tranken schon mit. Da hielt er die blutigen Verbände hoch.

»Wahrhaftig!« rief Probus, der sich für scharfsinnig hielt. »Das ist nicht zu überbieten! Unser Petronius verulkt den

Freitod Senecas! Das ist dir gelungen! Sag ein paar weise Sprüche!«

Er legte sich in sein Ruhegemach, um einen leichten Schwindelanfall abzuwarten. Silia folgte ihm, streichelte und küßte ihn und schalt sich selbst, daß sie ihm nicht abgeraten hatte, Gäste einzuladen, die sich nicht benehmen könnten. »Laß sie«, sagte Petronius. »Sind wir nicht alle ahnungslose Gäste?«

Da sie nicht aufhörte, ihn zu liebkosen, sondern ihn bestürmte wie auch sonst meist um diese Zeit, sagte er: »Ich bitte dich! Mit einem Schatten?« Er ging allein hinüber in die Bibliothek.

Harpocrates und Verginius Rufus unterbrachen einen gereizten Wortwechsel. Es war klar, daß der Feldherr den Aktuar über einen schriftlichen Nachlaß hatte ausfragen wollen, wie es schien, ohne Erfolg. Petronius machte hinter dem Rücken des Feldherrn ein Zeichen, festzubleiben, stieg in seine Wanne und riß die Verbände wieder ab. Draußen erhob sich Geschrei und Gejammer, und das Klatschen von Riemen war deutlich zu hören.

Probus drang händeringend in die Bibliothek ein. »Nein, was ist bloß in diese Frau gefahren! Das geht denn doch zu weit. Wir haben den Sklaven zu trinken gegeben. Dann muß sie auch uns auspeitschen lassen. Titus Petronius, im Namen deines Gesetzes, dulde das nicht in deinem eigenen Haus!«

Plötzlich glotzte er entsetzt. »Große Götter! Das ist echt! Er hat sich wirklich die Adern geöffnet! Er ist in Ungnade gefallen, rette sich, wer kann!«

Zuerst hörte die Musik auf. Dann klappten Türen. Man hastete hinaus. Ein paar Gaffer verharrten an der Tür und äugten in die Bibliothek. Sklaven trugen den Gästen die Mäntel nach. Jemand sagte, durch den Säulenhof schlurfend: »Wir hätten besser aufpassen müssen. Heute war mir alles von Anfang an verdächtig.«

Harpocrates stand still in der Terrassentür und beobachtete, wie der Zenturio die abziehenden Gäste, die ihm erklären wollten, daß sie betrogen waren, im Fackelschein ungeduldig weiterwinkte. Die Soldaten brieten an ihren Feuern Fleisch und Würste. Entdeckte der Zenturio eine Weinkanne, ließ er sie erbarmungslos ausschütten. Er rief Harpocrates zu: »Schreibt dein Herr noch lange an seinem Testament? Er muß viel besitzen. Du siehst, ich achte auf Zucht bei meinen Leuten. Der Herr sollte mir auch etwas vermachen, das ist jetzt üblich.« Und er nannte mehrmals deutlich seinen Namen.

Silia erschien mit wirren Haaren, schickte Harpocrates nach einem Spiegel und machte sich an seinem Pult zu schaffen. Sie begann zu schreiben, flüsterte vor sich hin, was sie schrieb, strich durch, zerriß, begann von neuem, beruhigte sich allmählich beim Schreiben, füllte schließlich eine ziemlich lange Briefrolle. Petronius saß in der Wanne; sein Kopf lag auf der Schulter. Er schnarchte leise. Verginius Rufus trat vorsichtig auf. Er hatte draußen nach dem rechten gesehen und dem Zenturio etwas zugesteckt. Er schaute Silia über die Schulter, fuhr ihr mit der Hand ins Haar. Sie griff nach der Hand, hielt sie fest. Während er halblaut durchlas, was sie geschrieben hatte, streichelte er ihre Arme. Ihr Kopf kippte an seine Wange. Er las eine Aufzählung ausgeklügelter, teils abwegiger Arten geschlechtlichen Umgangs. Silia, die sie angeblich in Neros Gesellschaft hatte kennenlernen müssen, beschrieb sie in allen Einzelheiten mit drastischen Worten, nannte die Namen aller beteiligten Mädchen, Frauen, Lustknaben und Kinäden, die sie wußte, oder behalf sich mit besonderen Kennzeichen, die durchweg die Scham verletzten. Manchmal kicherte sie leise zu dem, was Rufus raunend sich selber vorlas. Das Kichern klang krampfhaft und glitt ab in ein verzweifeltes Schluchzen. Dann zitterte seine Hand von dem Schüttelfrost ihrer Schultern und drückte sie fester.

»Das ist auf seine Weise stark!« sagte er. »Das muß unter die Leute.« Er winkte Harpocrates heran und trug ihm auf, das Pamphlet sauber abzuschreiben. Der Aktuar fügte sich. Als die Abschrift fertig war, verlangte Rufus eine Briefkapsel und Siegelwachs. Silias Entwurf, sagte er, lasse er heimlich vervielfältigen, die Reinschrift des Aktuars wolle er versiegelt Nero zustellen. Behutsam zog er Petronius den Siegelring vom Finger.

Harpocrates versuchte sich zu widersetzen, aber die beiden blieben stärker.

»Laß sie!« Petronius war erwacht. »Ruf den Arzt, er soll mich noch einmal verbinden.« Er sah zu, wie sie die Briefkapsel mit seinem Ring siegelten. Mußte er wissen, wofür er da seinen Namen hergab? Der war nun auch belanglos. Sie warfen ihm prüfende Blicke zu, bereit, sich jedem Verbot zu widersetzen. »Gebt mir meinen Ring zurück, wenn ihr fertig seid«, sagte er, während der Arzt ihm frische Verbände anlegte. Als der Arzt sich zurückgezogen hatte, bat er: »Freund, gib mir die Büste des Julius Caesar vom Buchrollenschrank dort herunter. Ich will sie küssen, wie ich als Knabe, bevor alles begann, die des Tiberius küssen mußte.«

Er stand auf, beugte sich aus der Wanne, legte den Ring auf den Mosaikfußboden, nahm die Marmorbüste entgegen, küßte sie aber nicht, sondern hob sie über sich und ließ sie fallen.

Der Siegelring zersprang. Auch das marmorne Haupt Julius Caesars barst in zwei Stücke.

»Ihr seid müde. Ich möchte noch ein wenig allein sein«, sagte Petronius. »Legt euch in mein Schlafgemach.« Sie gingen. Harpocrates schickte er in die Küche nach frischem Wasser.

Leere Stätte

Bis auf eine waren alle Lampen ausgegangen. Zeitig dämmerte der Sommermorgen. Auch die Lagerfeuer der Hundertschaft verglommen. Der Kies der Wege knirschte unter dem Schritt der Wache. Harpocrates horchte auf die kurzen Atemstöße seines Herrn. Plötzlich sagte Petronius, ohne die Augen zu öffnen: »Wenn die Sonne über dem Vesuv heraufkommt, Harpocrates, wirst du frei sein. Du sollst sehen, was noch kommt. Mich würde es nur kränken.«

»Herr, du siehst nur den Mißwuchs der Gegenwart, nicht das Neue, das dazwischen emporkeimt und ihn bald überwächst.«

»Wer den morgigen Tag erlebt, hat recht«, antwortete Petronius. Er machte dem Sklaven, der mit dem heißen Wasser wartete, ein Zeichen, nachzugießen. »Aber was wirst du anfangen?«

»Ich hoffte auf deinen Rat, Herr.«

»Hol mir noch einen Krug Wein. Aber geh selbst.«

Die meisten Sklaven schliefen, wo sie der Rausch hingelegt hatte. Es sah aus wie zu den Saturnalien. Im Keller stand jemand zwischen den Fässern. Als er die Lampe hochhielt, erkannte er Silia, die sich übertrieben störrisch von Verginius Rufus losmachte. Rufus sagte: »Es ist doch ein schriftlicher Nachlaß im Haus! Du allein weißt, wo er liegt. Rücke ihn heraus!«

»Hör auf!« fuhr Silia ihn an. »Wenn du ein Ehrenmann bist, setze ihn nicht unter Druck! Oder du verdirbst es mit mir.«

»Gut«, sagte der Feldherr. »Legen wir uns noch einmal hin.«

Petronius trank langsam. Der Himmel in der Terrassentür wurde weiß. In der tiefen Stille war wieder der ferne Ton im Inneren der Erde zu hören, das gedämpfte Tuten und Trompeten und das Kollern von Felsbrocken, als wälzte ein schlafender Riese sich von einer Seite auf die andere.

»Herr«, sagte Harpocrates, »was wird mit den Satyrgeschichten? Willst du, daß sie Fremden in die Hände fallen?«

»Davon nehme ich ungern Abschied«, antwortete Petronius. »Sie waren der einzige ehrenhafte Gebrauch meines Wissens und meiner Erfahrungen. Laß dir noch ein paar Sätze diktieren.« Petronius ließ ihn das Testament des Eumolpus aufsetzen, die Verfügung an die Erbschleicher von Kroton, wer ihn beerben wolle, müsse zuvor seinen Leichnam öffentlich verspeisen, dazu alle kynischen Rechtfertigungen dieses Ansinnens, die er in Bithynien einen Bettelphilosophen aus der Geschichte hatte zusammengetragen hören.

»Herr, du bist sehr bitter«, sagte Harpocrates. »Aber ich kann dir noch nicht widersprechen. Wie geht es weiter?«

»Damit soll Schluß sein. Rolle alles in die Kapseln und schnüre sie in den Ledersack. Die Handschrift ist dein Eigentum.«

»Es sind aber erst sechzehn Bücher«, widersprach Harpocrates. »Sollten es nicht vierundzwanzig werden wie in Homers Epen?«

»Ich hätte mich mit zwölf begnügen sollen wie Vergil«, antwortete Petronius. »Aber es ist für römische Dichter nicht ungewöhnlich, daß sie ihr Werk unvollendet hinterlassen. Da befinde ich mich in der besten Gesellschaft. Ich will es aber nicht wie Vergil machen und dir befehlen, mein Werk zu vernichten. Er hat so nicht verhindern können, daß sich Augustus damit schmückte. Du sollst meine Satyrgeschichten so geheimhalten wie bisher, sauber abschreiben, sooft du kannst, und auch die Abschriften sicher verwahren, und nur wenn du bis zu deinem Tod niemanden findest, dem du sie anvertrauen kannst wie ich dir, sollst du alles vernichten. Mehr kann ich dir nicht in die Freiheit mitgeben. Aber größeres Vertrauen bringt kein Mensch einem anderen entgegen. Und wenn du recht hast mit deiner Zuversicht, wirst du nicht leer ausgehen. Dann bekommen die Satyrgeschichten Goldeswert.«

Harpocrates schwor bei seinem alleinigen Gott, zu gehorchen.

»Auch wenn du ganz anders denkst als ich?«

»In deinen Geschichten, Herr, steht mehr, als du ahnst, von dem, was auch wir meinen. Aber man wird sie mir abjagen.«

Petronius nannte ihm Philokryptos und seine Philosophenschule auf Capreae. »Dort bist du sicher. Ich habe sein Wort.«

Sie hörten einen Schrei, den Schrei einer Frau. Er klang wie: Mann, Mann! Harpocrates sprang auf, lief zur Tür.

»Bleib!« sagte Petronius. »Hast du es nie gehört, wenn ich mit Silia glücklich war?«

»Herr! Du hast ein Recht, bitter zu sein.«

»Aber wieso denn? Eumolpus ist kerngesund, wenn er sein Testament abfaßt, und reich war er nie. Er führt sie nur an, die Erbschleicher von Kroton. Silia hielt sich für das Wesen, das ich am meisten liebte. Aber das, du weißt es, ist die Sprache gewesen, die Sprache der Dichtung. Alles andere war nichtig.«

»Immer wolltest du Rom retten, Herr«, sagte Harpocrates. »Und ich wollte immer nur dich retten. Nun vereint uns der Mißerfolg.«

»Der Gott der Unterwelt ist ein Wucherer! Er schickt uns als Leihgabe in die Oberwelt, damit wir uns vermehren.«

»Du glaubst wieder diese düsteren Dinge, Herr?«

»Die elysischen Gefilde würden mich nur blenden. Schon der Tag, der sich draußen zwischen die Platanen legt, ist mir zu hell. Ich bin sehr müde, ich krieche zurück, woher ich komme. Für einen, der stirbt, geht die Welt unter. So viele sind vorausgegangen. Merkur wird mich begleiten.«

»Bei uns in Ägypten war es Horos, der Gott, dessen griechischen Namen ich trage. Aber alle sind doch der Eine.«

»Wie alles, was uns über das Unvergängliche einfällt, weil wir zu gern daran teilhätten, ein Gleichnis bleibt.«

»Aber du verschwindest nicht, Herr, nicht für immer.«

»Erinnerst du mich an die Wiederverkörperung? Sie wird nur dem zuteil, der Gutes genossen und Großes geleistet hat. Ich habe nicht erlebt, was ich wollte, nicht erreicht, was ich mußte. Ich weiß, du erwartest eine Welt, aus der keiner fortwill.«

»Aber Herr, warum auch sollten gerade die wiederkommen, die Gutes genossen und Großes geleistet haben? Sie bekamen alles!«

Petronius sah ihm lange in die Augen. »Du hast recht, Harpocrates. Ich muß wiederkommen.« Dann lehnte er den Kopf zurück.

Harpocrates schob ihm ein Kissen unter. Er machte dem

Zenturio, der draußen über den Rasen näher stapfte, ein Zeichen, sich noch zu gedulden. Petronius schlief. Von Zeit zu Zeit hielt Harpocrates eine Feder unter seine Nase. Sie war sehr spitz geworden. Als sich die Feder nicht mehr bewegte, legte er seinem Herrn eine Münze unter die Zunge, das Fährgeld für Charon. Dann breitete er ein weißes Tuch über ihn, befahl, das Herdfeuer zu löschen, schnürte wenige Sachen aus seiner Truhe zu einem Bündel und nahm den Ledersack mit den Buchkapseln.

Am Portal wartete der Zenturio. »Halt! Hier ging es drunter und drüber. Ich kann dich nicht gehen lassen. Das Testament! Deine Freilassungsurkunde ist nicht beglaubigt.«

Der Wortwechsel dauerte eine Weile. Hochgewachsen, blond, verschlafen erschien Verginius Rufus. »Laß ihn. Das geht alles in Ordnung. Um das übrige kümmere ich mich.«

Harpocrates bedankte sich und nahm den Ledersack wieder auf.

»Willst du dich damit abschleppen?« fragte Rufus. »Komm mit zum Wagenschuppen, du nimmst einen Zweirädrigen!« Als der Fuhrsklave den Ledersack auflud, sagte Rufus: »Ich weiß, was du da verschwinden läßt. Wohin willst du damit?« Harpocrates antwortete, das dürfe er keinem verraten. »Gut so«, nickte Rufus, »du findest das bessere Versteck. Ich will auch nicht, daß es Nero in die Hände fällt oder gar Tigellinus. Aber warte!« Er holte ein Pergament aus dem Haus. »Unterschreib mir das: Wenn die Sache einmal etwas abwirft, bekommen ich und Silia je ein Drittel. Das ist ein klares Geschäft.« Harpocrates unterschrieb.

Vormittagssonne sog den Tau aus dem Park. Die Soldaten hatten damit begonnen, die Sklaven zusammenzutreiben, die nicht freigelassen worden waren: Stallknechte, Gärtner, Parkhüter, Schreiner, Wasserträger, Boten, Köche und Köchinnen, Tuchverwalterinnen, Wäscherinnen, Silias Zofen. Sie hockten, darunter einige Kinder, dicht beieinander und warteten, in der Morgenkühle fröstelnd, daß man sie nach Capua zur Versteigerung führte. Die Hunde bellten unablässig in ihren Käfigen. Harpocrates fuhr hinunter nach Puteoli. Frische Salzluft vertrieb die Schwaden des Schwefelkessels. Der Golf mit seinen Vorgebirgen und Inseln gleißte ihm entgegen. Steil stand die Rauchsäule über dem Vesuv. Stadt und Hafen prangten im Festschmuck bevorstehender Schauspiele. Die Ankunft des Armenierkönigs Tiridates, mehrmals verschoben, wurde nun erwartet. Er sollte aus Neros Händen seine Krone empfangen, nachdem sein Volk sich lange erbittert gegen die Truppen des Corbulo gewehrt hatte. Empfangsbereit lag die Kriegsflotte vor Kap Misenum. Das frische Ruderholz neuer Trieren, Tetreren und Penteren leuchtete. Die Schiffe glichen gigantischen Skeletten.

Das Fischerboot, auf dem Harpocrates hinaussegelte, war eins von vielen. Es wurde nicht behelligt. Langsam strebte es auf die blaue, kantige Insel zu, die eben noch blaß aus dem Meer gewachsen war wie eine Welle, die eine Wolke werden wollte, bald aber dunkler und fester umrissen aus höher schlagenden Wogen ragte wie das versteinerte Schiff der Phaiaken.

Epilog: Ein Nachlaß im Exil

Der persönliche Schutz, den Silia durch Lucius Verginius Rufus genoß, reichte nur bis in die Vorhalle der Kaiservilla. Dort wurden sie ohne Aufsehen getrennt. Der Feldherr, dessen Legion vollzählig war, erhielt Marschbefehl nordwärts über die Alpen nach Gallien, wo Julius Vindex, »Der Rächer«, mit rebellierenden Truppen siegte. Nach langem Taktieren schlug Rufus die Aufständischen bei Vesontio. Als seine eigenen Leute gegen Nero aufbegehrten, weil der Sold ausblieb, und ihrem geliebten Befehlshaber die Kaiserwürde antrugen, lehnte er ab.

Silia verbrachte einige bange Tage in einem verschlossenen Raum der Villa Caesaris. Endlich fand Nero Zeit, sich mit ihr zu unterhalten. Er tat es allein und hinter verriegelten Türen. Anfangs bekundete er Bedauern über das Ende des Petronius Arbiter. Nun stünden alle Anschuldigungen des Tigellinus unerwidert im Raum. Die Einziehung seines Vermögens und die Ächtung seiner Person wären unvermeidlich. Wenigstens sie solle einen klaren Kopf behalten. Was er Tigellinus zu ihrem Auftrag sagen solle. Da Silia schwieg, erging sich Nero in Selbstlob. Trotz unabweisbaren Verdachts habe er nie das Haus seines Freundes durchsuchen lassen. »Was nun? Tigellinus will, daß du in Ketten nach Rom kommst.«

»Wenn du nicht anders kannst«, antwortete Silia.

Nero lachte, er könne sogar sehr anders. Aber da wäre noch etwas. Er hielt ihr die Schriftrolle mit dem Siegel des Petronius hin. »Die Blutleere fing wohl im Kopf an, was?«

»So wird es sein«, sagte Silia.

»Aber woher wußte er das alles? Alle diese Einzelheiten da? Seit sieben Jahren war er nicht mehr mein Vergnügungsmeister. Hat er sich mit einer Tarnkappe eingeschlichen? Das war nicht nötig, ich hätte ihn auch so immer willkommen geheißen!«

Silia erklärte, das Anständigste sei, die Schrift zu vernichten. Den Inhalt könne Petronius nur erfunden haben.

»Er ist aber nicht erfunden!« brüllte Nero. »Jede Schweinerei stimmt haargenau. Du selbst weißt das am besten!«

Silia gestand, daß sie das Pamphlet verfaßt hatte. »Aus Verzweiflung und Übermut! Ich hatte es so gut bei ihm!«

»Tigellinus würde dich an deinen hübschen Haaren aufhängen«, sagte Nero. »Aber durch diese Schrift kommst du wieder in meine Hand. Schreib dein Geständnis hier gleich dazu!«

»Brauchst du das gegenüber Tigellinus?« fragte sie spöttisch.

»Auch unter uns muß alles seine Ordnung haben.« Nero sah ihr über die Schulter. Aber sie schrieb nicht, ihr Arm war wie Stein.

»Was geschieht, wenn ich mich weigere?«

»Nichts. Du kannst es lassen. Dann wandert es ins Archiv unter dem Namen des Petronius. Die Nachwelt wird keinen schönen Zug darin sehen. Früher schrieb er besser. Die Frage ist nur: Was mache ich mit dir?« Er überlegte mit umherirrenden Augen und seitwärts gesenktem Kopf. »Töten würde dich auch Tigellinus. Es hätte keinen Sinn, dich ihm wegzunehmen, wenn ich es nicht anders machte. Ich hab's: Du gehst in die Verbannung! Dort kannst du dir überlegen, ob du mir dein Geständnis nicht doch noch schriftlich gibst. Auf der Insel Pandateria steht eine schlichte kaiserliche Villa, eigentlich mehr eine Festung. Viele schöne Frauen aus meiner Familie haben dort schon wohnen müssen, die Tochter des Augustus und seine Enkelin, auch ein paar Tanten von mir, zuletzt Octavia. Das Gelände ist sumpfig, man bekommt Fieber. Aber du wirst diesen überaus ehrenvollen Verbannungsort ertragen, bis sich eine bessere Lösung findet.«

Die Lösung fand sich fast genau zwei Jahre darauf. Nach der Rückkehr von dem verschwenderischen Dauerfest, zu dem der Freigelassene Patrobius seine Griechenlandreise gestaltet hatte, fand Nero auch in Rom unzufriedene Bürger, unzufriedene Truppen, unzufriedene Prätorianer vor. Der Freigelassene Helius, der ihn auf dem Palatin vertrat, hatte alle verärgert. Von aufgebrachten Menschenhaufen aus Rom verjagt, stieß sich Nero am 9. Juni des 821. Jahres der Stadt selbst einen Dolch ins Herz. Sein Freigelassener Epaphroditus, der »Günstling der Liebesgöttin«, mußte nachhelfen. Neros letzte Worte bekundeten Bedauern darüber, welch ein großer Künstler der Welt verlorenginge.

Der alternde Feldherr Galba teilte nicht die Skrupel des Verginius Rufus. Für ein Handgeld an jeden einzelnen Soldaten ließ er sich auf dem Anmarsch von Hispanien nach Rom zum Kaiser ausrufen. Er entschied über Silias Bitte, aus der Verbannung zurückkehren zu dürfen, gnädig, fand aber über den Wirren des Reiches keine Zeit, sich weiter um sie zu kümmern. Jemand anders besuchte sie in ihrer gehobenen Mietwohnung, die Verginius Rufus bezahlte: die Frau, mit der Petronius eine Scheinehe eingegangen war. Seine Ächtung hatte ihren eigenen Verhältnissen einen schweren Schlag versetzt. Da sie nicht ahnte, woher Silias bescheidener Glanz kam – sie empfing manchmal auch andere Männer für Geld –, vermutete sie den schriftlichen Nachlaß, von dem gemunkelt wurde, in ihrem Besitz. Silia sah in der Scheinwitwe eine Sendbotin des Tigellinus, der unter Galba ungeschoren blieb, weil er sich zuletzt lautstark und tatkräftig am Kesseltreiben gegen Nero beteiligt hatte. Um ihren Beteuerungen, daß sie nichts wisse, Glauben zu verschaffen, gab sie mit einiger Überwindung die Herkunft ihrer Mittel preis und legte Quittungen vor.

Galba erwies sich als Geizhals. Es fand sich ein Mann, der den Truppen mehr bot: Marcus Salvius Otho, Neros einstiger Freund, nach dem verlorenen Tauziehen um Poppaea Sabina nach Lusitanien abgeschoben. Innerhalb weniger Monate wurde Otho auf den Schild gehoben, zum Kaiser ausgerufen und in Rom umjubelt. Der Kopf des Kaisers Galba rollte auf dem Forum zwischen den Stiefeln der Prätorianer hin und her. Otho versuchte Neros verblichenen Glanz wiederherzustellen und nach Möglichkeit zu überbieten. Doch er fand wenig Zeit. Das ganze Reich zuckte in einem blutigen Bürgerkrieg. Zugetragen wurde ihm, in Rom lebe eine Frau, die von dem schriftlichen Nachlaß des Petronius wisse. Otho, der schöne Frauen gern sah, bemühte sich selbst zu Silia. Sie hörte ihm lange zu, besonders als er die falschen Freunde verwünschte, die Nero gegen seine wahren Freunde gehetzt und zugrunde gerichtet hätten. Sie eröffnete Otho, einer dieser falschen Freunde, der gewesene Gardepräfekt Ofonius Tigellinus, lebe aufwendig in den Bädern von Sinuessa, bemüht, seinen Namen und seine Vergangenheit zu verbergen, denn in Rom hätte ihn eine wütende Menge schon beinahe gesteinigt. Kaiser Otho, schloß Silia, brauche nur dafür zu sorgen, daß der berechtigte Volkszorn und sein Opfer zusammenfänden, dann wolle sie das Geheimnis um den begehrten Nachlaß lüften. Tigellinus feierte wenig später in Sinuessa ein Fest, an dessen Ende er sich mit einem Schermesser die Kehle durchschnitt.

Silia brauchte das Versteck, das sie ausgekundschaftet hatte für den Fall, daß Otho auf ihr Versprechen zurückkäme, nicht zu beziehen. Der Nachahmer Neros war viel zu beschäftigt im Kampf gegen seinen Rivalen Aulus Vitellius.

Auch Aulus Vitellius erfuhr, als er für einige Monate Kaiser war, daß Petronius Schriftliches hinterlassen hatte. Er befürchtete, darin in einem nachteiligen Licht zu erscheinen, und versuchte Silia unter Druck zu setzen, indem er ihr zunächst das unsittliche Gewebe, das sonst nirgends Anstoß erregte, durch den Prätor verbieten ließ und eine ständige Wache vor ihr Haus stellte. Aber auch er richtete sich voreilig auf eine lange Herrschaft ein und schob die Prüfung, wie seine Maßnahme wirkte, auf, bis er nicht mehr lebte.

Vespasianus, der ein Jahr nach Neros Ende von seinen Legionen im Osten zum Kaiser ausgerufen wurde und ein halbes Jahr darauf in Rom einzog, um während seines letzten Lebensjahrzehnts leidlich gerecht zu regieren, erinnerte sich zwar flüchtig an einen Petronius, der einmal nicht weit von ihm in der Straße zum Granatapfel gewohnt hatte. Aber zu selten war ihm dieser seltsame Mensch, der die Tage verschlief und um Nero herumschwänzelte, unter die Augen gekommen. Sein Ende fand er bedauerlich, aber auch verständlich. Für eine schriftliche Hinterlassenschaft hatte er kein Geld übrig. Politische Denkschriften fürchtete er nicht, da er sich nichts vorzuwerfen brauchte und auf Recht und Gesetz besser achtete als seine Vorgänger, und Dichtungen langweilten ihn.

Aber sein Sohn und späterer Nachfolger Titus Flavius war einmal der engste Freund des Britannicus gewesen. Er kannte satirische Fragmente dieses Petronius von literarischen Abenden bei Agrippina. Manchmal war ihm schon die bange Frage gekommen, was nach solch bitterem Ende eines Dichters aus seinen Kostbarkeiten geworden sein konnte. Er war zugegen, als die ältliche Frau, die sich als Witwe des Petronius ausgab, vor der Kanzlei für Eingaben, wie sie herumschrie, zum hundertsten Mal abgewiesen wurde, nahm sie beiseite und fragte sie behutsam aus.

Bedacht auf Anstand und Würde, ließ er Silia aushorchen. Seit einiger Zeit nahm sie öfter den Spiegel und sah ihre Reize schwinden. Das Handgeld, das sie von dem Mittelsmann für die Preisgabe eines Namens erhielt, war nicht zu verachten.

Titus Petronius Harpocrates, Freigelassener und ehemaliger Aktuar des Petronius Arbiter, besaß alle Aufzeichnungen. Aber seinen Aufenthaltsort konnte sie auch für ein Draufgeld nicht nennen. Titus Flavius nutzte seinen Einfluß und ließ nach dem Aktuar suchen. Lange blieb ihm der Erfolg versagt, bis ihm ein Zufall zu Hilfe kam.

Der kaiserliche Villenbezirk auf dem Ostteil der Insel Capreae verfiel. Claudius war die Insel zu abgelegen, und ihre Versorgung durch kleine Schiffe – für große fehlte ein Landeplatz – kostete zuviel. Nero schlachtete die zwölf Villen aus. Was sich fortschaffen ließ, holte er nach Bajae, Cumae und Antium herüber.

Titus Flavius war der architektonische Wert der verwahrlosten Bauten wohlbekannt. Er dachte an einen Wiederaufbau für gemeinnützige Zwecke. Als beim Ableben des Philokryptos der Pachtvertrag der Philosophenschule mit dem Erben erneuert werden mußte, verband er einen Besuch des Schulgebäudes drunten am Meer, das er seit Jahren hatte sehen wollen, weil ihm oft Zöglinge begegneten, die davon schwärmten, mit einem Besuch der tiberianischen Bauten droben auf den Felskanten. In den leeren Hallen der Villa Minervae pfiff der Wind. Ein Raum jedoch hatte eine neue, bäurisch gezimmerte Tür, und die Fenster waren mit frischem Ziegenleder bespannt. Eine Strohschütte und wenige Möbel, gefüllt mit leeren und beschriebenen Schriftrollen, verrieten einen gelehrten und menschenscheuen Bewohner. Aus einem nahen Gebüsch zogen die Büttel einen weißhaarigen, schäbig gewandeten Einsiedler. Ehe er seinen Namen nannte, verwies er auf seine Zugehörigkeit zur Philosophenschule.

Titus Flavius, ein Mittdreißiger, etwas behäbig und feist schon, leutselig, aber auch schlauäugig wie sein Vater, fragte nach Namen und Stand.

»Ich bin Titus Petronius Harpocrates, Freigelassener des Petronius Arbiter. Wir sahen uns schon in Rom, Herr, ich war sein Aktuar. Ich pflege sein Andenken, indem ich sein Werk abschreibe. Nach der ersten Reinschrift nahm ich mir vor, um ihren Bestand zu sichern, noch einige Abschriften anzufertigen. Aber ich bin, offen gestanden, erst bei der dritten. Die Freiheit machte mich ein wenig faul, und ich liege gern in der Sonne.«

Titus Flavius ließ Harpocrates aus den Schriftrollen vorlesen, legte bewundernd die Hände ineinander, runzelte argwöhnisch die Stirn, lachte heraus, gebot Halt. »Manches ist schwer zu ertragen, aber es klingt noch besser, als ich es in Erinnerung hatte. Ein Wunder! Der Dichter, der immer das Herkömmliche verzog, schuf das neue, einmalige, unvergleichliche und unnachahmliche Werk!« Und er machte Harpocrates die verlockendsten Angebote, darunter die Stelle eines Aktuars in der kaiserlichen Bibliothek.

Harpocrates stellte zwei Bedingungen: Die Ehre des Petronius Arbiter müsse wiederhergestellt werden, und der Vertrag mit Verginius Rufus solle Rechtsgültigkeit erlangen.

Titus Flavius sagte ihm alles zu. Der Verleger und Buchhändler Trypho beschäftige genügend Schreibsklaven, um die Satyrgeschichten so oft abschreiben zu lassen, wie sie in den Gewölben des Argiletum verlangt würden.

Hinter dem Kielwasser des Seglers wich die blaue Felseninsel Capreae zurück, bis sie einer blassen Woge glich, die eine Wolke werden wollte.Titus Flavius verstand, daß der Aktuar sich ins Verborgene geflüchtet hatte. »Aber weshalb ließest du dich von der segensreichen Herrschaft meines Vaters nicht hervorlocken?«

»Ich wartete lieber, bis du kamst«, antwortete Harpocrates. »Wer dem Werk wohlwill, dachte ich, der findet es.«

»Wie hast du, der du einem so fröhlichen Menschen dientest, zehn Jahre dieses Einsiedlerlebens ertragen können?« fragte Titus Flavius.

»Seine Sprache war mir Gesellschaft genug. Ich habe mit seinen Gestalten geplaudert«, antwortete Harpocrates. »Und im übrigen verdanke ich meinen Namen dem Gott des Schweigens.«

FINIS OPERIS

ANHANG

Argumentum an den Leser

Der römische Geschichtsschreiber Tacitus berichtet über das Ende des Petronius ein halbes Jahrhundert später im XVI. Buch seiner »Annalen«, Kapitel 17–20:

(17) Innerhalb weniger Tage vernichtete ein Schlag zugleich Annaeus Mela, Cerialis Anicius, Rufrius Crispinus und T. (C.) Petronius... (18) Über Petronius muß ein wenig zurückgegriffen werden. Den Tag verbrachte er schlafend, bei Nacht ging er seinen Obliegenheiten und dem Lebensgenuß nach. Und wie andere durch Geschäftigkeit, so hatte er durch Müßiggang von sich reden gemacht. Aber er galt nicht als Prasser und Verschwender wie die meisten, die ihr Vermögen durchbringen, sondern als ein Mann, der sich in maßvollen Genüssen auskannte. Je ungezwungener seine Worte und Taten waren, je leichtfertiger er damit auch sich selbst gegenüber wirkte, um so bereitwilliger sah man darin den Ausdruck eines freimütigen Wesens. Als Prokonsul in Bithynien jedoch und gleich darauf als Konsul bewies er Tatkraft und war seinen Aufgaben vollauf gewachsen. Danach überließ er sich wieder seinen Untugenden; es mag sein, daß er diese Untugenden nur vortäuschte. Als Berater in Fragen des feinen Geschmacks gehörte er zum engsten Kreis von Neros Vertrauten, solange dieser nichts anderes für schön und genußreich ansah als das, was Petronius ihm empfohlen hatte. Daher rührte die Mißgunst des Tigellinus, der sein Gegner wurde, weil er in ihm einen Rivalen erblickte, der über gründlichere Erfahrungen in den Lüsten verfügte. Also wandte er sich an die Grausamkeit des Ersten, hinter der alle seine Leidenschaften zurücktraten, und unterstellte Petro-

nius freundschaftliche Beziehungen zu Scaevinus. Er entlockte einem Sklaven durch Bestechung eine Anzeige, vereitelte jegliche Verteidigung und ließ den größten Teil seiner Sklaven in Ketten fortführen.

(19) Gerade in diesen Tagen war der Kaiser nach Kampanien gereist, und Petronius, der bis Cumae gelangte, wurde dort hingehalten. Langes Schwanken zwischen Hoffnung und Furcht ertrug er nicht. Dennoch schied er nicht bestürzt aus dem Leben. Sondern nachdem er sich die Adern geöffnet hatte, ließ er sich, wie es ihm beliebte, wieder verbinden und abermals öffnen und führte Gespräche mit Freunden, nicht etwa über ernsthafte Dinge oder um damit den Ruhm der Standhaftigkeit zu erlangen. Er hörte ihnen auch zu, aber aus der Unsterblichkeit der Seele und den Lieblingsthemen der Weisen machte er sich nichts. Sondern leichte Gesänge und geschmeidige Verse wollte er hören. Einen Teil der Sklaven beschenkte er freigebig, andere ließ er auspeitschen. Er begab sich zum Essen und überließ sich dem Schlaf, damit sein Tod, obgleich erzwungen, den Anschein des Zufalls behielt. Er verfaßte nicht wie die meisten, die vor ihm den Tod gefunden hatten, ein Testament mit Schmeicheleien gegenüber Nero oder Tigellinus oder irgendeinem anderen Einflußreichen. Statt dessen schrieb er alle Gemeinheiten des Ersten mit den Namen der beteiligten Lustknaben und Weiber auf und schilderte jede neuartige Unzucht. Das sandte er versiegelt an Nero. Den Siegelring zertrümmerte er, damit er hernach niemandem dazu dienen konnte, andere in Gefahr zu bringen.

(20) Als Nero darüber nachsann, woher die Erfindungen seiner Nächte hatten bekannt werden können, fiel ihm Silia ein, die, als Gemahlin eines Senators nicht unbekannt, von ihm zu jederlei Vergnügung genötigt worden war und zu Petronius in einem überaus vertrauten Verhältnis stand. Aus persönlichem Haß schickte er sie in die Verbannung, als hätte sie über das, was sie gesehen und erduldet, das Schweigen nicht gewahrt.

Mehr sagen die Quellen nicht über einen Petronius, der die »Satyrgeschichten« (Satyricon, Satiricon, Satyrica) geschrieben haben könnte. Zudem bleibt Tacitus, so psychologisch genau er manche Einzelheit darzustellen bestrebt ist, an dieser wie an anderen Stellen dunkel und widersprüchlich. Wir wissen nicht, wie zuverlässig er selbst unterrichtet war, spüren aber, daß die moralisierenden Tugendlehren der Stoa seine Sicht einengen. Wer solche Berichte verwendet, darf sich von ihrem eigentümlichen Reiz nicht beirren lassen. Wo der Gelehrte immer vorsichtiger wird und seinen Ertrag schwinden sieht, fühlt sich der Literat zum Erfinden aufgerufen. Der Verfasser dieses Romans gesteht, daß er die Biographie des Petronius, die das Gerüst bildet, erfunden hat. Daß sich sehr vieles, wenn nicht das meiste, ganz anders zutrug, ist nicht nur möglich, sondern sogar wahrscheinlich. Aber niemand wird es je erfahren. Das gab dem Erfinder freie Hand. Dem Leser, der sich jetzt betrogen fühlt, sei versichert: So frei, wie er denkt, ist die Erfindung nicht. Über die Personen, mit denen es Petronius zu tun gehabt haben muß, besonderes über das julisch-claudische Kaiserhaus, ist weit mehr bekannt als über ihn selbst. Über die Welt, in der er sich bewegt hat, wissen wir nicht nur durch Tacitus, sondern auch durch Sueton und Cassius Dio, durch Ausgrabungen und Inschriften, zeitgenössische literarische Werke und nicht zuletzt duch die »Satyrgeschichten« selbst genug, um auch zwischen den Zeilen lesen zu können. So lassen sich die Herkunft des Petronius, die Schauplätze seines Lebens, sein Lebenswandel, seine Sinnesart und das Bild, das er von seiner eigenen Zeit hatte, mit einiger Wahrscheinlichkeit erschließen. Soweit Verbürgtes vorhanden ist, ließ sich die Erfindung immer davon leiten.

Kein Zweifel, nach fast zwei Jahrtausenden dürfen wir uns für klüger halten als Petronius und seine Zeitgenossen und einiges an dem Erzählten fremdartig und verwunderlich finden. Der Versuch, Bezüge zu unserer Welt herzustellen, stößt, wenn er redlich bleibt, auf einige Schwierigkeiten. Die Senatsherrschaft war zwar eine Republik, aber eine Adelsrepublik, und ihre demokratischen Züge waren nicht erst bei den Sklaven zu Ende. Das Kaiserreich war zwar eine Militärdiktatur, die ihren monarchischen Charakter mit scheinbar demokratischen Institutionen verschleiern wollte, ging aber aus einer Bewegung hervor, die in Ansätzen den Bedürfnissen der plebejischen Schichten entsprach. Petronius teilt das Schicksal vieler konservativer Reformer, die mit den überkommenen Mitteln persönlichen Besitzes versuchen, bestehende Verhältnisse für alle erträglicher und damit beständiger zu machen. Er hat keine Alternative, denn an eine Revolution, wie wir sie verstehen, war in seiner Zeit nicht zu denken. Er versuchte, es raffinierter als andere Zeitgenossen anzustellen. Darum bekommt er es empfindlicher mit den Versagern zu tun, die das Schicksal von Millionen in der Hand haben, und er begreift nicht schneller, als es seine eigene Verstrickung in die Verhältnisse erlaubt, daß einzelne, wenn sie das Schicksal von Millionen in die Hand bekommen, versagen müssen. Er begegnet den Archetypen der Macht, die sich auf Besitz stützt und dem Besitz dient. Als Staatsmann versucht er sie mit ihren eigenen Mitteln zu schlagen, als Künstler versucht er sie ein wenig zu vermenschlichen, beides beharrlich, mutig, findig. In Sorge, selbst zu versagen, geht er ihnen weit entgegen, läßt er sich tief mit ihnen ein, bis sein Körper ihm unmißverständlich zeigt, daß er scheitern muß. Aber er findet sich damit nicht ab, sondern gibt alles, was er noch einzusetzen hat, der Kunst. Hätte ihm damals ein Römer in aller Deutlichkeit gesagt: Petronius! Dein Bemühen um das Gemeinwohl ist aussichtslos! – er hätte auf Jahrhunderte recht behalten. Aber geben wir ihm deshalb recht?

Das Werk des Petronius selbst spricht noch frisch und lebhaft zu uns, auch wenn nur ein karger Rest überliefert ist: Teile des 14., das 15. und Teile des 16. Buches. Es zeigt weder Rom noch den Palatin, sondern die Welt der Landstraßen, Provinzgassen, Hafenkneipen. Aber das Schicksal der entwurzelten freigeborenen Strolche, unter denen Encolpius ein zarter Fremdling bleibt, der aus einer Falle in die andere tappt, läßt die Sphäre der Machthaber durchschimmern, und zusammengehalten mit dem des Dichters, wie es Tacitus darstellt, zeigt es die uralte, beharrliche Unbeholfenheit in der Handhabung der Macht, die Wichtigtuerei der Verteiler gegenüber den Erzeugern, ihren Anspruch auf den größeren Anteil, ihre Berufung, sie wären unentbehrlich. Sonderbar mag uns anmuten, mit welch ingrimmigem Spott Petronius die Freigelassenen, vertreten durch Trimalchio, verfolgt. Da ist auf persönliche Betroffenheit zu schließen. Satire kommt selten ohne eine gewisse Starrköpfigkeit aus, die Gefahr läuft, selbst lächerlich zu werden. Als soziale Schicht sind uns diese Freigelassenen so unvertraut wie die ganze Sklaverei. Doch auch wir lachen über Trimalchio mit leisem Unbehagen, denn solange einer nur so viel gilt, wie er besitzt, gibt es den Typ des lächerlichen, höchst unangenehmen Emporkömmlings.

Das Schicksal dieses Werkes bleibt bis zum 9. Jahrhundert völlig im dunkeln. Wann wurde diese nicht nur in ihrer Zeit einmalige Dichtung verstümmelt? Waren es Mönche, die mehr vernichteten, als sie retteten, indem sie beim Abschreiben nach uns nicht mehr erkennbaren Gesichtspunkten auswählten, oder ging schon das kaiserliche Rom schlampig mit der Handschrift um? War sie überhaupt vom Dichter abgeschlossen worden? Harpocrates, eine erfundene Gestalt, läßt dieses Schicksal wenigstens ahnen. Er nimmt den Sonderfall des christlichen Mönchs vorweg, der in einer Zeit, die den Buchdruck nicht kannte und mit geistigen Werten immer willkürlicher umging, dafür sorgte, daß überhaupt von Petronius etwas erhalten blieb. Auch das Werk des Tacitus und die anderen Quellen gingen, angewiesen auf Abschriften, einen hindernisreichen Weg zwischen sorgfältigem Bemühen und nichtachtender Vernachlässigung. Harpocrates ist noch der gebildete Schreibsklave und Freigelassene der Antike, aber auch schon der aufgeklärte Christ, der seinen Glauben nicht über die Bewahrung von Kulturgut entscheiden läßt und am Ende des Mittelalters den Scherbenhaufen der antiken Kunst aufbereitet.

Unter diesen Voraussetzungen wurde der Roman erzählt.

Die Mythen, die er streifen muß, versucht er nirgends umzudeuten, denn jede Umdeutung verflacht den Mythos. Sie bemächtigt sich eines Teils und läßt andere fallen, ohne die seine ursprüngliche Tiefe verlorengeht. Der Roman ist selbst so unwahr und so wahr wie Märchen und Mythos. Die heidnische Welt, in der er spielt, vorchristlich, aber schon gottlos, war auf eine harte Art licht, und wo sie düster wurde, kam den Menschen die Hoffnung schnell abhanden. Das Wort selbst hatte einen anderen Klang. Recht und Gesetz standen deutlicher auf seiten des Stärkeren, und auf seltsam leichtfertige Weise war man böse und gut. Wenn ein Tag den Blick auf ein Jahrhundert öffnen kann, mag ein Menschenleben auf Jahrtausende deuten. Das schien dem Erzähler des Erzählens wert: eine Gestalt mit ihren Ansprüchen und Leiden, Täuschungen und Unbelehrbarkeiten, ihre Schwäche und ihre Kraft, die menschlichen Wurzeln und Grenzen ihrer Menschlichkeit, die Eigensinn, Eitelkeit und Sklavenhalter-Seltsamkeit nicht verleugnet im sich neigenden Nachmittag der Antike.

Geschichtlicher Überblick

753 v.u.Z.	mythisches Gründungsjahr Roms, mit dem die römische Zeitrechnung begann.
133/123 –122	Reformversuche der Brüder Tiberius und Gajus Gracchus.
63	Verschwörung des Catilina. Cicero Konsul.
59–45	Bürgerkrieg. Auflösung der Adelsrepublik.
46–44	Diktatur Julius Caesars.
44	Ermordung Caesars (geb. 100).
43	Ermordung Ciceros (geb. 106)
31	Schlacht bei Actium, Ende des Bürgerkrieges um die Nachfolge Caesars. Sein Großneffe Octavian (geb. 63) besiegt seinen ehemaligen Verbündeten Antonius und wird Alleinherrscher
27	Octavian läßt sich unter dem Namen Augustus zum Princeps (»der Erste«) erheben.
5	Galba (Kaiser 68/69 u.Z.) geboren.
4	Seneca geboren.
5 v.u.Z. –2 u.Z.	Tiberius in »freiwilliger Verbannung« auf Rhodos
9	Vespasian (Kaiser 69–79) geboren.
14	Tod des Augustus. Tiberius (geb. 42 v. u. Z.), Sohn der Livia Augusta, der Gemahlin des Augustus, Kaiser bis 37 u. Z.
15	Julia Agrippina (d. J.) geboren. Aulus Vitellius (Kaiser 69) geboren.
16	fiktives Geburtsjahr des Petronius.
19	Tod des Germanicus (Neffe des Tiberius, Vater der Aggrippina und des Caligula).
um 24	Plinius d. Ä. geboren.

26 Tiberius in Kampanien. Silius Italicus geboren.

27 Tiberius zieht sich auf die Insel Capreae (Capri) zurück, ernennt den Prätorianerpräfekten Sejanus zu seinem Stellvertreter und betritt nie wieder Rom.

29 Tod der Livia Augusta (geb. 58 v. u. Z.).

31 Sturz des Sejanus.

32 Marcus Salvius Otho (Kaiser 69) geboren.

34 Persius geboren.

37 Tod des Tiberius. Nero am 15.12. in Antium geboren.

37–41 Kaiser Gajus, genannt Caligula.

um 38 Octavia geboren.

39 Lucanus geboren. Titus Flavius (Kaiser 79–81) geboren.

um 40 Britannicus geboren.

41–49 Verbannung Senecas auf Korsika.

41 Ermordung Caligulas.

47 Selbstmord des Valerius Asiaticus.

41–54 Kaiser Claudius.

48 Hinrichtung Messalinas.

49 Claudius heiratet seine Nichte Julia Agrippina, Neros Mutter.

50 Claudius adoptiert Nero.

51 Nero legt die Männertoga an.
Beginn der Missionsreisen des Apostels Paulus.

53 Nero heiratet Octavia, die Tochter des Claudius.

54 Claudius wird durch Agrippina vergiftet.

54–68 Kaiser Nero.

55 Ermordung des Britannicus (Sohn des Claudius).

58 Nero lernt durch Otho, seinen Freund, Poppaea Sabina kennen.

59 Ermordung Agrippinas.

60 Stiftung der Neronischen Spiele.

62 Tod des Burrus, möglicherweise durch Gift. Ofonius Tigellinus Prätorianerpräfekt. Faenius Rufus Getreidepräfekt. Verbannung und Ermordung Octavias.

Seneca zieht sich auf seine Güter zurück. Nero heiratet Poppaea Sabina. Tod des Dichters Persius.

63 Konsulat des Verginius Rufus. Geburt von Neros Tochter, die aber bald stirbt. Erdbeben am Golf von Neapel.

64 Brand von Rom. Erste große Christenverfolgung.

65 Die Verschwörung des Piso scheitert. Selbstmord des Seneca. Tod der Poppaea Sabina. Tod des Dichters Lucanus.

66 ergehen weitere Todesurteile und Selbstmordbefehle, nun auch gegen Titus Petronius Elegantiae Arbiter und wenig später an Thrasea Paetus.

67 Griechenlandreise Neros. Aufstände führender Militärs in den Provinzen, besonders des Julius Vindex in Gallien.

68 Verginius Rufus besiegt Vindex bei Vesontio. Bürgerkriegsähnliche Wirren erfassen Rom. Am 9. Juli endet Nero durch Selbstmord. Ende der julisch-claudischen Kaiserdynastie.

68/69 Nacheinander rufen die Truppen Galba, Otho und Vitellius zum Kaiser aus. Verginius Rufus zum zweitenmal Konsul.

69–79 Kaiser Vespasian.

79 Ausbruch des Vesuv, Vernichtung der Städte Pompeji, Herculaneum und Stabiae. Plinius d. Ä. kommt bei einer Exkursion ins Katastrophengebiet um.

79–81 Kaiser Titus.

81–96 Schreckensherrschaft des Kaisers Domitian (Bruder des Titus). Mitwisser der Verschwörung, die zu seiner Ermordung führt, ist der Prätorianerpräfekt Petronius Secundus.

96 beginnt eine fast hundertjährige Epoche, in der die Kaiser Nerva (96–98), Trajan (98–117), Hadrian (117–138), Antoninus Pius (138–161) und Marcus Aurelius (161–180), letzterer zugleich namhafter Philosoph, durch ausgewogene Politik gegenüber

Volk und Senat Rom nochmals zu wirtschaftlicher und kultureller Blüte verhelfen, indem sie Mißstände, wie sie Petronius in seinen »Satyrgeschichten« zeigt, zurückdrängen.

455 Ein Petronius Maximus ist kurz vor der Plünderung Roms durch die Vandalen für zweieinhalb Monate weströmischer Kaiser.

Bemerkungen zu den Zitaten

Die als Motto oder im Text verwendeten lateinischen Zitate und Gedichte sind vom Verfasser übersetzt bzw. nachgedichtet worden.

Die Echtheit des am Anfang des Kapitels »Villa Veneris« (S. 118) zitierten Gedichtes ist nicht gesichert. Es wurde nicht mit der Handschrift der »Satyrgeschichten« überliefert und kann Petronius nur zugeschrieben werden.

Personenverzeichnis

Acoetes: Lehrer des Titus Petronius (Sklave), in Vergils »Aeneis« Waffenträger des Arkaderkönigs Euander.
Acte: Geliebte des Kaisers Claudius, Freigelassene.
Agamemnon: Rhetoriklehrer, Gestalt aus den »Satyrgeschichten« des Petronius.
Agele: Hirtin (Sklavin).
Agrippina: Tochter des Germanicus und der älteren Agrippina, Schwester Caligulas, Mutter Neros, Urenkelin des Augustus.
Ahenobarbus, Gajus, Domitius: Vater Neros.
Albilla: Gattin des Senators Pompejus Turbo.
Alkinoos: Pirat (in Homers »Odyssee« König der friedfertigen, gerechten Phaiaken). Unter dem Namen Jason frühchristlicher Prediger.
Amymone: Venusdienerin auf Capreae.
Anicetus: Lehrer Neros, dann Präfekt der Kriegsflotte.
Anstistius: Dichter zur Zeit Neros.
Areios Didymos: stoischer Philosoph zur Zeit des Augustus und des Tiberius.
Ascyltus: Gefährte des Encolpius, Gestalt aus den »Satyrgeschichten« des Petronius.
Britannicus: Sohn des Kaisers Claudius und der Messalina.
Burrus, Afranius: Lehrer Neros, Präfekt der Prätorianer.
Caballus: Dichterling, Speichellecker Neros.
Caesonia: letzte Gemahlin des Kaisers Caligula.
Caesonius Priscus: Inhaber des Amtes für Vergnügungen unter Kaiser Tiberius.
Caligula, eigentlich Gajus Caesar: römischer Kaiser, Sohn des Germanicus und der älteren Agrippina, Bruder Agrippinas.

Callistus: Freigelassener des Kaisers Caligula, palatinischer Beamter.

Calvus, Silius: Freund des Hauses der Petronier.

Cassius Chaerea: Befehlshaber der Leibwache Caligulas.

Charikles: Arzt des Kaisers Tiberius.

Claudius: römischer Kaiser, Bruder des Germanicus, Onkel des Caligula.

Columella: römischer Fachschriftsteller für Landwirtschaft.

Corbulo: römischer Feldherr, unter Nero siegreich gegen die Parther und Armenier.

Dardanius: Pädagoge auf Capreae.

Drusilla: Lieblingsschwester Caligulas.

Encolpius: Ich-Erzähler der »Satyrgeschichten«, Kosename für Titus Petronius.

Ennia Naevia: Gemahlin des Prätorianerpräfekten Macro, dann des Caligula.

Eumele: Hirtin (Sklavin).

Eumolpus: Gestalt aus den »Satyrgeschichten« des Petronius, Beiname des Calpurnius Scurra.

Faenius Rufus: Getreidepräfekt unter Nero, Mitverschworener des Piso, Verräter.

Flavius, Titus: Freund des Britannicus, Sohn des Vespasianus, nach dessen Tod römischer Kaiser.

Giton: Gefährte des Encolpius, Gestalt aus den »Satyrgeschichten« des Petronius.

Habinnas: Begräbnisunternehmer, Gestalt aus den »Satyrgeschichten« des Petronius.

Harpokrates: Leibsklave und Aktuar des Titus Petronius, in dessen Testament freigelassen (griechischer Name für Horos, den ägyptischen Gott des Schweigens).

Hedyle: Gemahlin des Lichas, Gestalt aus einem verlorenen Teil der »Satyrgeschichten«.

Jason: s. Alkinoos.

Julius Pollio: Prätorianertribun, Bewacher der Locusta.

Knemon: Gutsverwalter (Sklave).

Lepidus, Aemilius: Prätorianerpräfekt unter Caligula.

Lichas: Schiffsbesitzer aus Massilia (in den »Satyrgeschichten« aus Tarent).

Livia Augusta: Witwe des Kaisers Augustus, Mutter des Kaisers Tiberius.

Livilla: Schwester des Kaisers Caligula.

Locusta: Giftmischerin.

Lucanus, Annaeus: Dichter, Neffe Senecas.

Lykurg: Verwalter der Bleibergwerke auf Sardinien, Gestalt aus einem verlorenen Teil der »Satyrgeschichten«.

Macro, Naevius: Prätorianerpräfekt unter Tiberius und Caligula.

Mammius Pollio: Amtskollege des Titus Petronius im Konsulat.

Messalina: Gemahlin des Kaisers Claudius, Mutter des Britannicus und der Octavia.

Narcissus: Freigelassener des Kaisers Claudius, einflußreichster Beamter des Palatins.

Nero (Lucius Domitius Ahenobarbus): römischer Kaiser, Sohn des Gajus Domitius Ahenobarbus und der Agrippina.

Octavia: Tochter des Kaisers Claudius, Stiefschwester und Gemahlin Neros.

Orestilla: Gemahlin Caligulas.

Otho, Marcus Salvius: Freund Neros, nach dessen Tod für wenige Monate römischer Kaiser.

Pallas: Freigelassener des Kaisers Claudius, Geliebter Agrippinas.

Passienus, Crispus: zweiter Gemahl Agrippinas.

Persius: Dichter zur Zeit Neros, Verfasser von Satiren.

Petronia: Verwandte des Titus Petronius, Gemahlin des Vitellius.

Petronius, Gajus, der Ältere: Großvater des Titus Petronius.

Petronius, Gajus, der Jüngere: Vater des Titus Petronius.

Petronius (Elegantiae) Arbiter, Titus: Verfasser der »Satyrgeschichten«, Berater Neros in Fragen des feinen Geschmacks.

Petronius: Statthalter von Syrien und Judaea unter Caligula.

Philalethes: epikurischer Philosoph auf Capreae.
Philokrotos: Netzeflicker am Fischereihafen von Neapel.
Philokryptos: Besitzer einer Philosophenschule auf Capreae.
Piso: Anführer einer Verschwörung gegen Nero.
Plinius (der Ältere): römischer Fachschriftsteller für Naturkunde.
Plotus: Verwandter Vinias, der Gemahlin des Petronius.
Pompejus Turbo: Senator, Denunziant.
Poppaea: Mutter der Poppaea Sabina.
Poppaea Sabina: Geliebte Othos und Neros, dann Neros zweite Gemahlin
Pythagoras: Mundschenk Neros.
Rufrius Crispinus: erster Gemahl Poppaea Sabinas.
Scaevinus: Mitverschworener Pisos.
Scurra, Calpurnius: Gesangslehrer auf Capreae, Freund des Petronius, später unter dem Beinamen Eumolpus.
Sejanus, Aelius: Prätorianerpräfekt unter Kaiser Tiberius.
Seneca, Annaeus: Philosoph und Staatsmann, gebürtig aus Corduba (Hispanien), verbannt auf Korsika, dann Erzieher und Berater Neros, verfaßte der Stoa verpflichtete moralphilosophische Traktate und Lesetragödien.
Seneca, Annaeus, der Ältere: Vater des Philosophen, Redner, Verfasser rhetorischer Übungsbücher (»Kontroversen«).
Silius Italicus: Dichter (erste Hälfte des 1. Jh. u. Z.).
Silia: Spionin, Geliebte des Titus Petronius.
Sosibius: Erzieher des Britannicus.
Syene: Lebensgefährtin des Gutsverwalters Knemon (Sklavin).
Thrasea Paetus: Senator, stoischer Philosoph.
Tiberius: Sohn der Livia Augusta, Stiefsohn des Kaisers Augustus, römischer Kaiser.
Tigellinus, Ofonius: Präfekt der Feuerwehren unter Caligula, wegen Beteiligung an einer Verschwörung verbannt, dann Günstling Neros und Nachfolger des Burrus im Amt des Prätorianerpräfekten.
Trimalchio: Sklave der Petronier, dann Sklave, Freigelassener und Erbe der Pompejer, Gestalt aus den »Satyrgeschichten«.

Tryphaena: Geliebte des Lichas, Gestalt aus den »Satyrgeschichten«

Valerius Asiaticus: Senator, führender Kopf der Verschwörungen gegen Caligula, Konsul 46 u. Z.

Verginius Rufus: Feldherr unter Nero, Konsul 63 u. Z., lehnte 68 u. Z. die Kaiserwürde ab, 97 u. Z. mit Kaiser Nerva erneut Konsul in seinem letzten Lebensjahr, wohl im Alter von 83 Jahren.

Vespasianus: Feldherr unter Claudius und Nero, dann römischer Kaiser.

Vinia: Gemahlin des Titus Petronius

Vitellius, Aulus: Senator, Schmeichler aller Kaiser von Tiberius bis Nero, zuletzt selbst für wenige Monate Kaiser, Konsul 48 u. Z.

Vitellius, Lucius: Vater des Aulus Vitellius, Konsul 47 u. Z.

Dieses Personenverzeichnis vereinigt erfundene und historisch verbürgte Personen. In den Rollen der historisch verbürgten Personen verbindet sich die Überlieferung mit Erfundenem. Die Reihenfolge von Familien- und Beinamen entspricht der jeweils für die Person gebräuchlichsten. Erscheint der Beiname vor dem Familiennamen, werden sie durch Komma getrennt. Fehlt der Beiname, erscheint, dem Familiennamen nachgestellt und durch Komma getrennt, der Vorname, auf den in den übrigen Fällen zumeist verzichtet wurde.

Inhalt